弯弯的永定河（续）

倪勤◎著

中国言实出版社

图书在版编目(CIP)数据

弯弯的永定河：续 / 倪勤著 . -- 北京：中国
言实出版社 , 2021.2

ISBN 978-7-5171-3741-2

Ⅰ . ①弯… Ⅱ . ①倪… Ⅲ . ①长篇小说 – 中国 – 当代
Ⅳ . ① I247.5

中国版本图书馆 CIP 数据核字（2021）第 009948 号

出 版 人　王昕朋

责任编辑　张　丽

责任校对　代青霞

出版发行　**中国言实出版社**

　　　地　　址：北京市朝阳区北苑路 180 号加利大厦 5 号楼 105 室
　　　邮　　编：100101
　　　编辑部：北京市海淀区花园路 6 号院 B 座 6 层
　　　邮　　编：100088
　　　电　　话：64924853（总编室）　64924716（发行部）
　　　网　　址：www.zgyscbs.cn
　　　E-mail：zgyscbs@263.net

经　　销　新华书店

印　　刷　北京中科印刷有限公司

版　　次　2021 年 3 月第 1 版　　2021 年 3 月第 1 次印刷

规　　格　710 毫米 ×1000 毫米　1/16　28.5 印张

字　　数　469 千字

定　　价　89.00 元　　ISBN 978-7-5171-3741-2

倪勤，1950年生于北京大兴。1976年正式参加工作，曾先后担任公社文化站站长，县文化馆馆长，中国档案报社一编部副主任、专刊部主任，副研究馆员

职称。1987 年加入北京作家协会，1993 — 1996 年为北京作家协会合同制作家。从事文学创作以来，共发表各类作品 200 余万字，代表作有《风流大前门》（合著）、中短篇小说集《浑河沿的子孙》、随笔集《好女人外柔也内刚》、长篇小说《弯弯的永定河》《弯弯的永定河（续）》等。作品曾多次获奖。

秋汛过后，永定河里的水回落了很多，往日的波涛汹涌不见了，只剩下河中心不到三四十丈宽的一溜儿，在阳光下静静地流淌，浅处不及人的膝盖，深处也只达到人的腰部。摆渡自然就停了，两条木船像翻白的鱼，仰卧在沙滩上，刷桐油保养。过河者便无奈地挽起裤腿，你搀我扶，徒涉而过。间或有谁踏入坑洼，发出一声短促的惊叫。时常会出现一两条大鱼，带起一股小浪头，在浅水中潜逃，引得岸上的闲人欢叫着扑下河去，你争我夺地捕捉，捉到的哈哈大笑，没捉到的也抖着湿淋淋的衣裤跟着笑。

香巧呆呆地坐在小吃店前，两眼空洞地朝向前方，像是在看河景，又像什么也没看。

香巧从李大裤裆处逃离回村后，虽然在王老奎的帮助下，又恢复了渡口的小吃店，可光景却大不如前。以前那个光鲜靓丽、爱说爱笑的香巧不见了，整天都是呆头愣脑，恍恍惚惚的。以往她总是变着法儿迎合食者的口味，如今常常就没了面条，没了大饼，更没了饺子。干活时也是丢三落四，客人要鸡蛋，她送上麻花；客人想吃炒饼，她却傻傻地站着，不知干什么好。那些爱看她笑靥如花的脸，爱听她甜脆嗓音的人，见她半痴半茶的，都露出失望的神色，远远躲开了她，生意就冷清下来，她也毫不在意。抗战胜利，看到人们敲锣打鼓喜庆的样子，香巧脸上也露出些微笑容。可很快，笑容就消失了，因为要抓汉奸，国民党抓，共产党也抓，风言风语地就传出，香巧是汉奸。香巧知道，这都是因为李大裤裆。于是，她吓得整宿整宿睡不着觉，睡不着觉就想，想她这些年干过的事，想不通就哭，哭得两眼成了烂桃。后来，李大裤裆被国民党收编了，国民党自然就不提她是汉奸的事了，可共产党却不放过她，新来的区委书记冯天焕还亲自找她谈话，要她交代罪行。要不是王老奎坚决不答应，河桩也到李斌那里申诉，她早就被抓走了。以后要发生什么事，她不敢想，就半死不活地煎熬着。

王老奎背个柳条筐，短把儿小镐挎在肩头，沿着河堤走过来。见到香巧，迟疑了一下，还是拐到跟前："香巧！"

香巧身子一抖，倏地转过头，见是王老奎，脸一红，垂下头没吭声。

王老奎往香巧的小店里看看："都准备了哪些吃食？怎么这早晚了，连一个吃饭的都没有？"

香巧懒懒地站起，叹口气："谁知道呢。没人也好，我有什么心思干营生？"

王老奎怜爱地看着香巧："闺女，你怎么蔫头耷拉脑的，是不是病了？要不，我给你找个先生看看？"

香巧摇头："我有什么病？大叔可别操心了。"

王老奎嘻一声，意有所指地说："闺女，不怕，不管什么事，都有大叔呢。"

香巧抬起眼，仰望着空中一朵飘动的浮云，好久，岔开话题："大叔，你这是……钊棒秸？"

"嗯。把地拾掇干净喽，该种麦子了。哎呀，苦熬苦挣了这么多年，总算把小鬼子打跑了。秋后搞土改，穷人分了地，老百姓该过几天舒心日子了。"王老奎感叹着放下背筐，筐里是几个"捡漏儿"的小玉米棒子。

香巧眼里亮起一丝光，随即就暗淡了，低声自语似的："过舒心日子？我……"随即觉得王老奎为她揪的心不少了，不能再让他扫兴，就装出笑脸，"钊棒秸可是力气活儿，早上喝碗棒糁儿粥能搪多大工夫？怕是早就饿了。大叔，你坐下歇会儿，我给你弄点吃的。"

"不用，"王老奎拦住香巧，"我得赶快回家，怕上面来人找我。"

香巧垂下头，用脚尖蹭着地面。

王老奎望着香巧额头、眼角过早出现的细纹，想着她的憋屈，想着她以往的风采，心里很不是滋味："香巧啊，真是委屈你了。闺女，你要想开点，你还不到三十岁，往后的日子还长着哪！"

香巧哼下鼻子，冷冷一笑："一个汉奸，一个烂女人，还想什么往后？"

这回轮到王老奎脸红了，他艰难地咽下口唾沫："你怎能这么说？你和李大裤裆……那是为了救柳芽和兴邦！"

"不管怎么说，我跟李大裤裆在一起过了多半年，人家指证我是汉奸，我也没什么话可说。"

"不，你不是汉奸！"王老奎把小镐从肩上摘下，狠狠扔到筐里，"你舍身救柳芽和兴邦，那是掩护抗日家属！你当联络员，给独立营传递情报，那是积极抗日！你被李大裤裆抓去，和他……那是迫于无奈！再说，你跟李大裤裆在一起的时候，没做一点有害抗日的事，为什么说你是汉奸？这不公平，不公平！"

香巧泣不成声了："大叔理解我，别人谁理解？舌头底下压死人呀！"

王老奎眼里也涌满泪水："闺女，你放心，有你大叔在，就绝不能让你受这委屈！我已找了县委李书记，河桩也找了张卫，他俩对你是了解的，不管怎么着，也要给你讨回清白！"

"不不，"香巧赶忙阻拦，"千万别让河桩兄弟掺和我的事。河桩兄弟是干大事的人，可别为我毁了前程！"

王老奎见香巧这个时候还顾记着河桩，很是感动，心里好一阵叹息。他又细细地看看香巧："闺女，你就挺直腰杆活着，别的事，别管！"就拎起背筐，倔倔地下堤去了。

香巧软软地坐回板凳上，用手拍着桌子痛哭："那会儿怎么就不死了呢？活着现世啊！"

抗战胜利后，八路军的游击区扩大到北宁路以南。解放区拓展了，各级政权组织也有了很大变化，冀中十地委在京南设立了大兴县，下辖五个区，干部严重不足，便在当地提拔了一批，又从冀中派过来一批，冯天焕就是外来的干部之一。李斌升任县委书记后，冯天焕就接任了区委书记。冯天焕原是北大学生，北平沦陷，北大、清华、南开三校南迁，冯天焕没有随着学校走，留下来在地下党领导下坚持斗争。调到大兴后，冯天焕就在全区轰轰烈烈地搞起抓汉奸、除恶霸的斗争。对冯天焕的工作热情，王老奎是赞赏的，可对他硬说香巧是汉奸，要抓起来惩处，王老奎就进行了抵制，甚至越级上告，闹得两人之间很不愉快。

王老奎走进家门，徐二婶迎出来："你这个老头子，到哪儿野去了，这早晚才回来？大伙儿都等你半天了！"

王老奎把背筐放到门旮旯儿，把小镐子挂到窗棂上，又拍打拍打浑身的土，才走进堂屋。他还被香巧的情绪左右着，朝水生、姜海、老黑几个勉强笑笑："我思谋今儿个没事，就偷空儿到地里刨了点儿棒秸。"

水生仔细瞄瞄王老奎的脸："我说老哥，你的气色可不大好。怎么，身子不得劲儿？"

"我能吃能睡的，还得得了病？"

徐二婶在旁哼一声："你就吹吧！这些日子，你哪夜不是在炕上烙饼？睡过一宿踏实觉吗？"

王老奎无奈地笑笑："这老婆子就是嘴碎，整天价瞎叨叨。去，到外面择点儿菜，眼看就晌午了，老哥儿几个就在家吃饭吧。说说，找我有事？"

水生先开口："刚才冯书记来了，是布置晚上工作的。没找到你，他又急着到别的村去，就跟我们几个说了，让转告你。他说，晚上还回来。"

王老奎一听有工作，立刻打起精神："快说，让我们干什么？"

水生想了想："他说，晚上要开群众大会，由他传达'五四指示'，就是斗地主、挖浮财、分土地。啊，他还说，以后这些事，都由贫农团牵头干。"水生说完，看看姜海、老黑。

姜海、老黑都点头。

"贫农团能牵头，当然好。可我总担心，怕唐立仁挑不起这个大梁，给砸了锅。"王老奎很是忧心。

"是啊，我也看那唐立仁不可靠，怎么冯书记就偏偏看中了他？"姜海也和王老奎有同感。

老黑哼一声："还不是让唐立仁的花言巧语给糊弄住了！唐立仁这小子，就是狗掀门帘儿——全仗那张嘴！"

"走一步看一步吧，如果唐立仁真能跟穷爷们儿一条心，咱多个骨干，也是好事。哎，那个冯大书记，没再提香巧的事？"王老奎的话语里明显透出讥讽。

水生摇头："这，倒没有。再说，香巧也不是汉奸呀！""就是，香巧那可是咱们的人！怎么跑东跑西、舍生忘死地忙活了半天，小日本打跑了，她倒成了汉奸？这不是要香巧的命吗？"姜海也很为香巧鸣不平。

老黑把水碗往炕沿上一蹾："我看那冯书记呀，纯粹就是三八赶集——四六不懂！他刚来几天？了解多少情况？唉，要是李书记不调到县上去，那该多好！”

"三八赶集——四六不懂"，是永定河两岸的一句俚语。说的是某村镇四、六逢集，有人却偏逢三、八赶集，比喻不明事理。

水生把烟袋锅往炕沿上磕磕："这个冯书记呀，是有点糊涂，分不清好赖人。老辈人说的就是好，嘴上无毛，办事不牢！"

王老奎听着几个人的话，感觉出是自己把大家带到岔道上去了，连忙往回拉："咱们可别背后议论领导。我看，那冯书记年纪轻，有文化，干事有冲劲儿，咱得尊重人家。来，咱们别扯闲篇儿了，研究研究晚上开会的事吧！"

二

就在王老奎几个议事的时候，另几个人也在密谋。

二狗一见金宝、金贵走进院子，就让媳妇豆花带着孩子出去串门，又把哥哥大狗叫过来，闩好街门，聚到二狗住的西厢房。

"听说了吧？共产党要搞土改了，你们有什么打算？"二狗是召集者，先开口说话。

几个人相互看看，沉默着。

二狗有些着急："怎么着？你们甘心把粮食、地亩拿出去，让那帮穷鬼分？"

金贵斜躺在炕上，用胳膊支着脑袋，懒懒地说："谁愿意把祖辈挣的家业白给人？可现在是共产党的天下，他硬要，你敢不给？"

大狗也叹息："这是什么世道呀，穷光蛋倒穷得有理了！"

"不给，就不给，看他能把老子的蛋咬了去？"金宝两眼冒出血丝。

"不给？"金贵冷笑，"你惹得起王老奎那帮人？他们有农会、工会、妇救会，还有民兵组，最近又组织起贫农团，多大的力量？敢不给？哼，打不出你的屎来！"

大狗就带出哭音："还让不让人活了？"

二狗阴阳怪气地瞪哥哥一眼："你不想活了？那正好，他们巴不得你死哪！"

大狗被顶得有些恼怒："二狗，你别总那么不阴不阳的，有什么想说的，就照直说！"

"是呀，你有什么主意，敞开说，别总含着葫芦露着把儿，让人猜闷儿！"

金宝知道二狗是个肚里长牙的主儿，只是嘴严，藏得深，思谋的事轻易不往外露。

二狗一听这话，脸倏地板起来，冷峻的目光从几个人的脸上一一扫过，看得几个人心里不禁一凛。

"我不说你们也知道，咱们李、孙两家都是李头儿的人，父一辈子一辈交情不浅，跟亲哥们儿似的。"

金贵有些着急："咱两家的关系还用你说？你就别拿捏着了，快说主意吧！"

"主意有，可这是毁家掉脑袋的事，"二狗又把几个人看了一遍，"谁要惜命，就赶快走，省得溅身血！"

几个人一下僵直了身子，说不清是害怕还是激动。

二狗得意地笑起来："告诉你们吧，我见到李头儿了！"

"李头儿？他不是跑到北平去了吗？北平那么大地方，你怎么找到他的？"金贵又惊又喜，一下从炕上坐起身子。

二狗告诉大家，固安县城被冀中十分区的部队攻破后，李大裤裆和"镇北关"跟着韩语斋，绕道涿州，渡过永定河，跑到了北平。国民党市政府任命韩语斋为大兴县县长，住在南苑。"镇北关"和李大裤裆被封为县保安团正、副团长，团部设在黄村。"前天我去北平送货，过黄村卡子时，可巧碰到了李头儿，他把我带到院子里，告诉我好多事儿，都是好消息。"二狗眼里满是得意，又住了口。

"你痛快点儿行不行？一句话能拖得鸡蛋孵出小鸡来，有什么意思！"大狗很看不惯二狗的故弄玄虚。

"就是，七拐八拐地急死人。你要是信不过，我走了！"金宝说着，就要往外走。

二狗忙拦住。他这么做，就是想吊众人的胃口，看火候到了，也就不敢再卖弄，痛痛快快地说起来："李头儿说，日本人走了，国民党就要打共产党了。别看老蒋请毛泽东去重庆谈判，那都是假招子。等准备好了，就要开仗！"

"哎呀，这可好！"金宝兴奋起来。

金贵开始也很兴奋，可想想，又泄了气："好是好，你知道猴年马月打？咱一家老小可在共产党的地盘上。人家把你的地分了，把你的浮财挖走了，国民党打过来又能怎么样？黄花菜都凉了！"

"这就是我把你们找来要说的事。李头儿说了，共产党要闹腾，就先让他们闹去，分地，给他；挖浮财，给他！我们只要保住命。等国共一开打，共产党那几杆破枪，哪儿干得过老蒋？李头儿一回来，那就是咱们的天下。到时候，谁分了什么，拿了什么，都叫他们加倍吐出来！"二狗眼里射出凶狠的光。

金贵还是摇头："几辈子在河沿住着，谁是什么人，做了什么事，都明摆浮搁着，能瞒得了谁？我看，眼下这关就难过！"

金宝也觉得有理："是呀，那帮穷小子恨得咱们牙根痒痒，好不容易得了势，还不往死里折腾？保不齐，咱的小命就完了！"

父亲李狗子被活埋的阴影，一直罩在金贵哥儿俩的心上，说话做事就有些慑慑惴惴的。

大狗被金宝说得有些慌："那，还不赶快跑？"

"跑？跑得了和尚跑不了庙，一家老小不要了？"二狗鄙夷地撇嘴。

"那你说怎么办？"

"共产党喜欢要态度，咱就给他个好态度，跟他来软的。"

"说了半天，打个大黑碗！"金贵懊丧地又要往炕上躺。

"软刀子扎人疼！这都不懂？来，你们听我说……"

二狗招招手，几个脑袋紧紧凑在一起。

三

秋风带着沙沙声从街道上掠过，几片黄叶在枝头挣扎一番，悠悠飘落。夜空中传来的雁鸣，更增加了几许寒意。

河沿村中心的老爷庙里，气氛却热得让人喘不过气来。

老爷庙是个大院子，北房五间是庙堂，供奉着威风凛凛的绿袍红脸长髯的关公。泥胎的莲花座前，摆放着紫红色的长条几案，几案上是古铜香炉，供人烧香用。庙堂南面是相应的五间倒座，只是要矮小得多，里面放着闹花会用的锣鼓、演戏的戏箱和废弃的桌椅板凳等杂物。靠近大门的地方还有一间小屋，是庙祝的居所。此庙建于何时，何人所建，已无人知晓。太平年景，逢年过节，由村里的保甲长出面组织，富裕主儿赞助，贫苦人家出点儿花生瓜子，便敲打起锣鼓，闹花会，演大戏，既算是对关老爷的祭祀，也是村民们的自娱自乐。自打卢沟桥事变后，整日枪炮不停，人们连性命都保不住，哪还有心情找乐子？延续了多年的传统自此终止。待看庙的孤老头子死后，庙里更没了人气，只有大门上的铁锁有时被风吹动，发出些微响声。共产党占据永定河两岸后，提倡学习文化，王老奎便想到了大庙。大庙是公产，办学校也是公益事，村里自然无人反对。找块苫布把泥胎遮起来，再凑些破桌子烂板凳，区里派来个教员，学校就办起来了。关老爷不管愿不愿意，也只得躲在苫布后面，和十几个高矮不一的学生一起听老师讲课，一起听老师教唱新歌。后来，王老奎看大庙宽敞，开群众大会时就在大庙里了。会前，他找来高房广播组的拴住几个，爬上庙顶，轮番扬声大喊："老乡们，注意啦，吃完晚饭到大庙里开会喽……"人们便放下饭碗，三三两两拥进大庙。

此时，大庙里的会正开得火爆。脱光膀子的贫农团团长唐立仁，站在用砖头垒起的讲台上，挥舞着麻秆一样的瘦胳膊，直喊得唾沫横飞："你们这些地主、富农，剥削了我们多少年？喝了我们多少血？你们买了那么多地，盖了那么多房，我们穷得连块瓦片儿都没有！你们整天喝酒吃肉，养得又白又胖，我们呢？饿得浑身没有四两肉！"说着，把细胳膊扬了扬，展示给大家看，引起台下一片笑声。

其实，唐立仁并非贫苦人家出身，祖上曾是庞各庄有名的财主。到了他爷爷那辈，一家人染上了大烟，几年工夫就把几百亩地踢蹬光了。唐立仁的爹更不成器，不光抽，还嫖，没有地就卖房，到唐立仁成人时，家里只剩两间破房了。唐立仁自小在这样的家庭里长大，耳濡目染，自然也沾染了不少恶习。十七岁那年，他喜欢上了小学堂里的女教师，便常常夜里去趴女教师的窗根。后来偷看女教师上茅房，被人发现，打了一顿。做出这样丢脸的事，唐立仁无法在庞各庄混下去，再加上老爹已死，了无牵挂，便来到河沿，白天给人打短工，夜晚就住在场房里。唐立仁不虑后，攒点钱就买酒割肉大吃大喝，有时还到固安的翠香楼风流一番，来到河沿十余年，还是赤条条一个光身子。但唐立仁也有讨人待见的地方，他念过几年书，嘴巴子利落，且能拉会唱，每逢村里玩花会、唱大戏，就是他露脸的时候。划成分时，富裕户都尽量少报或瞒报地亩，以图降低成分。不少村民明知有猫腻，但碍于邻里情面，不好意思捅破。唐立仁可不管这些，挺身而出，一一揭发。他吃了上顿没下顿，对富人有一种天然的仇恨。他孤身一人，没牵没挂，不怕把事闹大。他的表现令在旁边助阵的冯天焕兴奋不已，连连称赞："好！我们贫雇农就要有这样的觉悟，有这样的胆量，与剥削和压迫我们的地主富农做坚决的斗争！"河沿村成立贫农团时，冯天焕力排众议，坚持让唐立仁当团长。

对此，王老奎很不以为然，他把冯天焕拉到一边："冯书记，唐立仁不是正根正蔓的贫雇农，他当团长，不大合适吧？"冯天焕很不高兴。

在香巧的事上，他栽了跟头，就对王老奎有了偏见。他认为王老奎自恃资格老，和县委书记李斌关系密切，侄子又是独立营营长，看不起他，处处与他为难，便不客气地说："他怎么不是贫雇农了？他住场房、当雇工，谁有他穷？"

"他家以前……"

"以前是以前，现在是现在。现在他穷了，而且穷了十几年，穷得很彻底，那就是我们的阶级兄弟。以他的积极性，他的斗争性，村里人哪个能比？要斗垮地主阶级，就需要这样的带头人！"对唐立仁的敢说敢斗，王老奎是认可的。村里人大多拘着面子，不愿撕破脸，有的就是敢说，因为没有文化，也说不到点儿上。要推动运动发展，还真需要唐立仁这样的。可让唐立仁当领导，王老奎就是不放心："冯书记，你是不是再考虑考虑？"

冯天焕沉下脸，话也更冷了："老奎同志，你是老革命了，该有的觉悟应该有，不能总跟领导对着干！尤其是不能犯右倾的错误，要警惕成了绊脚石！"

王老奎心里一沉。冯天焕的话再明白不过了，他要抓香巧的汉奸，被自己拦了，他让唐立仁当贫农团的团长，自己又反对，他这是记了仇了。

自贯彻"五四指示"以来，一些基层干部因为这样那样的问题，被认为是阻碍运动顺利开展的绊脚石，抓到地区学习改造，俗称"搬石头"。

难道冯天焕要搬他的"石头"？王老奎沉默了。说心里话，王老奎并不怕冯天焕的威胁，他坚信自己是出于公心的，更相信李斌是了解自己的，绝不会允许冯天焕胡来。可那样一闹，他和冯天焕的关系就更不好处了，上下级不和，那要给工作带来多大损失？为了工作，他只能保持沉默。

得到区委书记肯定的唐立仁，更积极更活跃了。他常常召集贫农团开会，鼓动大家要敢拼敢斗，还扬言："今后的河沿就是咱们的了！"

今天的会议内容，唐立仁早从冯天焕口中知道了。对于挖地主富农的浮财，唐立仁是最乐意干的，他穷，就看不得别人富。一听高房广播，便马上安排贫农团的人去把守地主富农的家门，以防他们逃跑。待得知王老奎、水生已派民兵去了，才悻悻地把人撤回来。会上，唐立仁主动当起司仪，等冯天焕的话一讲完，他就第一个跳上台去，慷慨激昂地喊叫起来。

台下的哄笑丝毫没有影响唐立仁的情绪，反倒使他更加斗志昂扬："今天，我们有共产党的领导，有区委冯书记的支持，清算你们这些剥削阶级的时候到了！以前你们喝的我们的血，喝的我们的汗，都得吐出来！把你们的土地、粮食、花生、现大洋，都得交出来，让穷爷们儿平分！"

"好！好哇！"台下爆起一片喝彩声。

冯天焕坐在灯影里，脸上露出满意的笑容。他不无得意地瞥王老奎一眼，意思是说，我选的人选对了吧？

王老奎嘴里叼着短杆烟袋，雕像似的端坐着。

唐立仁转过身，望向冯天焕。见冯天焕微笑着朝他点头，便向几个地主富农宣布："我们要先挖你们的浮财！不过，共产党是讲民主的，讲自愿的，现在就给你们一个机会，自个儿报个数。可丑话说在前头，你们要掂掇好喽，别耍滑头，撒谎瞒不了当乡人！"几个地主富农互相看看，都耷拉下脑袋。

划成分时，贾家因有八十多亩地，又行医挣钱，比一般人家殷实得多，就被划成了富农。贾知达怕黑天瞎地的把老贾先生磕着碰着，更是怕出什么意外，便代替父亲来开会。他见地主们都不言声，觉得自己应该带个头，可又不知道报多少合适，正迟疑着，碰到王老奎鼓励的目光，就壮着胆子站起来："我先报。我家交五石棒子，三石麦子，二十块大洋。再……再加二百斤花生。"

"没了？"唐立仁盯着问。

"没……没了。"

"不行！谁不知道你们家又种地又行医，富得流油？我们穷得连碗稀粥都喝不上，你们家的果子多得吃不了，搁发毛了喂狗！你就交这点儿？不行！"唐立仁太阳穴上的青筋蹦起多高。

贾知达为难地说："我家行医不假，可这么多年，都是以舍药为主，没挣什么钱。那果子，是白瞧病的乡亲们过年过节时送的，这，老少爷们儿都知道哇！"

"嚯，照你这么说，你不但没剥削，还干好事了？"唐立仁嘲弄地斜睨着贾知达。见贾知达不吭声，立时又变了脸："你没剥削，你家那几十亩地是怎么来的？你家整天吃香的喝辣的，是哪儿来的？直到现在，你家还雇着长工。就你这态度，就得加倍罚你！大伙儿说，对不对？"

这回，响应唐立仁的却稀稀拉拉。河沿人或多或少都沾过贾家的好处，有些张不开嘴。

正在唐立仁尴尬的时候，二狗站起来："我报。"他转着脑袋看看大家："要报就报个实在的，别藏藏掖掖！我们家拿一百块大洋，二十石麦子，一千斤花生。嗯，干脆，再加八十石棒子！"

二狗的话一落音，全场就炸了锅。贫雇农们原来还担心像二狗这样的滚刀肉不好对付，没想到他竟这么痛快。一个村子住着，谁家有几窝耗子都瞒不了人，二狗报的数，几乎就是他家的全部家当了。几个地主富农吃不住劲，朝着二狗叫喊："二狗哇，你这么报，让我们怎么办？还吃饭不吃？"

孙秃子哭了："二狗你个兔崽子，你这是要让全家喝西北风呀！"

二狗却笑："爹，你哭什么？你剥削穷爷们儿的时候怎么不哭？现在变天了，不能再作孽了，该吐就得往外吐，吐得一渣儿不剩！再说，有共产党领导，还能没你的饭吃？"

冯天焕兴奋得心都要从嗓子眼里跳出来了，他一步跨到台上："这位先生说得太好了，就要有这样的觉悟！你们以前剥削压迫劳苦大众，现在共产党来了，领导穷人闹翻身，你们就要把剥削穷人所得的不义之财拿出来！这位……嗯，二狗先生是吧？认识得非常到位，做得非常好。我要向县委汇报，树立你为典型，把河沿村的经验向全区推广！"

很快，二狗的事就在十里八村传开了，有人还给编出两句话："孙二狗真敢干，一下交出一百石！""孙二狗真是狂，一下献出一百大洋！"

四

　　河桩走在田间小路上，心里说不出的舒坦。秋收过的大地空荡荡的，不少地块已种上了麦子，一眼望去，几里路远无遮无拦。永定河两岸都是解放区了，走在自己的土地上，再无须隐蔽，再无须东躲西藏，真是扬眉吐气！河桩越走越高兴，情不自禁地唱起"解放区的天是晴朗的天"。

　　共产党在京南建立大兴县后，县政府设在礼贤，独立营便也驻扎礼贤，以保卫县委县政府的安全。无有战事，河桩和志刚商议，让战士们轮流探家。昨晚，志刚对河桩说："整个独立营就剩咱俩没回家了，明天你也回家看看吧，等你回来，我再回去。"河桩答应了。一晃，离开河沿又快一个月了，他还真有些想家，想那亲如爹娘的大爷大妈，想柳芽母子，还惦记香巧。香巧所谓汉奸的事虽然在李斌的干预下无人提了，可对香巧的打击之大，河桩是比任何人都清楚的。唉，这个温柔善良、如花似玉的女人，命怎么就比黄连还苦！他知道香巧对他的情意，其实，他心里又何尝不眷恋她呢。以前炮火连天，每时每刻都在为生存抗争，是没有时间想家的，这一平静下来，无仗打了，家、亲人，就总在脑袋里转悠，有时做梦都能梦到。

　　吃完早饭，河桩刚要走，李斌走过来："王营长要回家？顺便帮我办件事吧。"

　　河桩就笑："李书记，您是领导，怎么跟我还客气上了！"李斌也笑，说："我这也是没办法，干部缺得太多，很多工作顾不过来。据冯天焕汇报，你们村挖浮财搞得很火热，想作为经验推广。冯天焕刚到咱这地区，情况不熟悉，我怕有纰漏，你回家帮我了解一下，看情况是否属实。你可别多心，我对老奎大叔是完全信任的，只想把工作搞扎实些。"

河桩痛快地答应了，说："这不过是搂草打兔子，算个什么事？"

二十多里的路程，不到晌午，河桩就到了家，径直走进大爷的栅栏门。老宽两口子被害后，王老奎怕柳芽孤单，就让她母子搬过来住了。

先闻声跑出来的，是拿着木头红缨枪的兴邦。他一见爸爸，就欢叫着扑过来。河桩弯腰抱起儿子，在他的小脸上连连亲着。

王老奎、徐二婶和柳芽也拥出门。徐二婶挓挲着两只沾满湿棒子面的手，嘎嘎地乐："瞧瞧这爷儿俩，亲热得让人眼馋！"

柳芽手攥一把扁豆角，望着河桩微笑，眼里溢出深深的情。

扁豆角是永定河两岸一种特有的菜蔬。它紫藤紫花，结出的豆角也是半紫半绿，扁扁的，椭圆形，像打火的火镰。其性畏热喜寒，秋凉后别的蔬菜都凋零了，它却到了旺盛期，绿茵茵的爬满树枝、棒秸扎的篱笆，结得一嘟噜一串。除去白菜萝卜，它就是晚季菜了，不下浓霜，绝不枯萎。

王老奎见到心爱的侄子，也是满脸堆笑："这可新鲜，不年不节的，你怎么回来了？"

王老奎的话徐二婶不爱听，嗔怪地瞪他一眼："你这是什么话？大侄子就不能偷空儿回来看看？"

王老奎哈哈地笑："看我，真是老糊涂了，连话都不知道怎么说了！进屋，进屋。哎，你们娘儿俩接着做饭。先炸盘花生仁儿，今儿个我们爷俩得喝两盅儿！"

饭桌上，河桩问起挖浮财的事。

王老奎抿下一口酒："要说这事，做得还真不赖。唐立仁带着贫农团斗得坚决，那些地主富农有二狗比着，报出的数也还靠谱。眼下，浮财都在大庙里存着，等交齐了，就给大伙儿分。那些穷得叮当响的主儿，还真等着这些东西过冬三月哪！"

"太好了！李书记说，要把咱村的经验向全县推广。"

王老奎皱皱眉头："一准儿是冯书记向上汇报了。推广嘛，也不是不行，毕竟咱村的运动开展得还算顺利。可我这心里总有点儿不踏实。"

"怎么呢？"河桩放下筷子，探寻地望着这个比爹还亲的大爷。

"一个村子住着，谁什么脾气秉性，那是秃子头上的虱子——明摆着。二狗是个什么人，你还不知道？那是个不好惹的人，别看他不哼不哈的，可肚子里长牙！这回他不用逼不用压，也不吵不闹，痛痛快快地交出那么多东西，我总怀疑这背后不简单。还有那个唐立仁，积极性、斗争性都有，可我咂摸着，总感觉味儿不正。"

"大爷的怀疑有道理，二狗的举动是有点儿反常。要不，就是他看清了形势，觉得抵赖也过不了关，索性就痛快点儿，还能在共产党这边落个好儿？"

王老奎仍是忧心忡忡："要是那样，敢情好，就怕不是。唉，走着看吧。"

河桩叮嘱："大爷，你们要多加小心。咱们这块儿虽说解放了，可北平、黄村、廊坊，全是国民党的部队，一直对我们虎视眈眈的。李大裤裆又在黄村当了保安团副团长，伙同东边采育的冯海文部，常和我们搞摩擦，向南蚕食解放区。这局面，还是很复杂的。"

"李大裤裆这个王八蛋，怎么就死不了呢？"

"大爷放心，有我们在，早晚要了他的命！"

"这，大爷相信。你走了半天，累了，睡会儿吧。"

"我想去看看何嫌哩。大爷，他现在怎么样？"

王老奎不满意地摇头："这个人哪，就是老婆孩子热炕头了。"

河桩为何嫌哩辩解："他家是真有困难，人还是不孬的。"

王老奎不再言语。

何嫌哩是独立营的战士，抗战胜利后，他就要求复员："河桩哥，小日本打跑了，该过几天安生日子了。我想回家照顾老娘。"

河桩太了解何嫌哩这个小兄弟了，他家除去二亩薄沙地，两间土坯房，就是瞎眼娘和一个十几岁的童养媳。童养媳是他娘在河边用三斗红高粱换的，养了十来年还没成亲。在日寇"铁壁合围"、独立营损失惨重的时候，何嫌哩扔下瞎眼娘和童养媳，加入了独立营。枪林弹雨三四年，何嫌哩虽没立什么大功，可冲锋陷阵也不含糊。如今日本投降了，以何嫌哩的家庭情况，是可以复员了。河桩二话没说，就批准了何嫌哩的请求，可心里一直也没忘记他。

河桩来到何嫌哩家，何嫌哩已和童养媳圆房，两口子正在院墙外捣粪，恩恩爱爱的样子。捣开的粪堆冒着白气，飘着淡淡的霉味。

何嫌哩见到河桩很高兴，又很局促，嘴唇动了半天，才叫出一声："河桩哥！"

童养媳很娇小，也很羞涩，低垂着头捻衣角。

河桩看看粪堆，又看看何嫌哩两口子："小日子不错呀！"

何嫌哩嘿嘿地笑："什么不错，瞎凑合呗。"

瞎眼娘眼瞎耳朵却灵，在院里喊："是河桩侄子吧？快进来！"

河桩就笑："婶子的耳朵可真好，是当侦察员的材料！"

瞎眼娘坐在蒲团上，捻纳鞋底儿用的麻绳。陀螺是自制的，用废房瓦磨成一个茶杯口大小的圆片，再在圆片正中钻个窟窿，插进根竹筷子就成了。把麻纰子系在筷子顶端，左手扬着持麻纰儿，右手捻陀螺，随着陀螺的转动，麻纰儿就紧成了一根细线。当陀螺捻得快到地面时，就把细线绕到筷子上，续上麻，再捻。筷子缠满，剪断麻纰儿，取下线团，把两股线头系在筷子头上继续捻，麻花样的线绳就捻成了。瞎眼娘此时已捻满线轴子，正把麻绳夹在笤帚疙瘩上，哧啦哧啦地搋。

河桩走近前："婶子，你这麻绳捻得可真仔密。"

瞎眼娘眯眯地笑："搋搋，绳儿均匀，好使。如今不打仗了，儿子也成亲了，过年儿给我生个孙子，再分了地，好日子就来了！"

"是啊，好日子就要开始了。可我们也得防备敌人破坏，国民党反动派，还有那些地主富农，是不会甘心让我们过好日子的。"

"又要打仗了？"瞎眼娘一下紧张起来。

"眼下还看不出红五六，可我们不能不加小心。"河桩说着，扭头看着何嫌哩，"听说你连民兵组织都没参加？"

何嫌哩脸红了，吭哧了一会儿，索性把话说开了："河桩哥，我回来就是为了伺候娘，为了踏实过日子的。要是当民兵，还不如不从独立营回来，你说是吧？不过，你放心，什么时候，我都是独立营的人，不会给你丢脸，不会给独立营丢脸！"

从何嫌哩家出来，河桩心里很是感慨。何嫌哩的生活让人眼红。他很羡慕何嫌哩，也想安安生生过日子。可他不能，老蒋不让，他得时刻提防打仗。

几天里，河桩看望了志刚娘和其他几个战友的家属。这天晚饭后，河桩又要出去串门，刚走出院子，王老奎就追上来。

王老奎回身看看门里，低声说："你也去看看香巧吧。"

河桩有些犹豫。

河桩不是不想去看香巧，他和香巧之间的感情，是旁人无法想象的。可他怕闹出风言风语，让人笑话。

"去看看吧，香巧对咱家的恩情，咱至死不能忘。她眼下的处境，只有你，能让她心里暖乎点儿。"

河桩脸一热。他感激大爷对他的理解，同时为大爷了解他们的内情感到羞愧。他连忙嗯一声，匆匆走了。

河桩顺着慢坡土道，走上堤顶，来到香巧的小店前。四周静静的，除去稀疏的星星在天上眨眼，只有溜河风吹起的波浪拍打着沙岸，发出啪啪的轻微声响。

河桩犹豫着，他不知道一旦进入这个小屋，会发生什么。很快，他就下了决心，走到窗下，隔着窗缝儿往里看。屋里黑漆漆的，没有了往日那忙碌的身影。河桩怕吓着香巧，放轻嗓音喊："香巧姐，香巧姐！"

见无动静，河桩又拍了拍窗户："香巧姐，别怕，我是河桩！"

屋门哗地从里面拉开了。香巧猛扑上来，紧紧搂住河桩的脖子："亲人，你可来了！"

河桩欲挣脱："姐，别，让人看见……"

香巧不放："我一个有今日无明日的人，还怕谁说？我今儿豁出去了，要不，死也是屈枉死的！弟，亲弟，你就忍心让姐屈枉死吗？"

河桩不忍心了。他不再挣扎，随她去了。香巧就那么搂着河桩的脖子，一直退到小里屋的床前，还把脸贴在河桩的脸上："兄弟，你到了还是没忘姐！"

河桩也激动起来，双手紧箍住香巧的细腰："我怎会忘了姐？姐永远在我的心里！"

"可我……"香巧心里一阵刺痛，涌出的热泪濡湿了河桩的脸颊。

"不，在我心中，你永远是那个好看善良、疼我热我的姐！"

"弟，姐的亲弟！有你这句话，姐现在就死，心也是甜的！"香巧把嘴紧紧压在河桩的嘴上。

没人再说话，只让手慌慌张张地忙碌。很快，两个滚烫的身子便倒在窄窄的木床上。

好久，香巧抚着河桩宽厚的胸脯说："你……不后悔？"

"不后悔！"河桩更用力地把香巧往怀里搂搂，"我早知姐对我的心意。我也喜欢姐。"

香巧轻叹："多少年哪！总算……，有这一回，我就没白活。就是死，也不冤了！"

"姐，你对我的恩，对我的情，我一辈子也报答不了！"

"傻话。姐做的事，都是自愿的，谁让你报答？唉，真不知道是哪辈子欠你的，这么多年，姐的心怎么就一直在你身上？"

"姐！"

"这回好了，终于遂了心愿了！"香巧贪婪地亲吻着河桩的嘴，抚摩着河桩的身子。

堤下传来一声鸡啼。

香巧推推河桩："真是好时光过得快啊！你该回去了，柳芽还等你哪！"

一说柳芽，河桩不由得慌乱起来。

香巧哧的一声冷笑："看看，现形了吧？还是柳芽值重。我呀，再怎么也是个外撒帘儿！"

河桩穿衣裤的手停住了。

香巧打了一下河桩的胳膊："快走吧，姐跟你闹着玩呢！"

河桩站到地上，香巧又扑上来。两人又缠绵了一会儿，还是香巧把河桩推开："这回你可真该走了。万一让人……不好。"

"姐，你多保重！"河桩有些恋恋不舍。

香巧往外推着河桩："知道。自此以后，姐要好好地活着！"

五

　　唐立仁这段日子可是风光了，也忙坏了。他带领着贫农团，按地主富农报的数字，挨家收缴。时不时地还挑毛病，什么麦子潮了，花生瘪了，接着就是怒斥："不老实，就捆起来！"吓得地主富农们点头哈腰地赔不是。见整麻袋整麻袋的麦子、棒子、花生，扛进大庙，他又自告奋勇，搬进大庙的耳房，看管胜利果实。王老奎和水生以不安全为由，硬把民兵刘永派了去。唐立仁很不高兴："你们这是不信任我！"

　　水生有些不好意思地解释："不是不信任你。你又要领人挖浮财，又要看大庙，忙不过来呀。"

　　王老奎两眼锥子一样盯着他："派个人给你做伴儿，是为你好。你想，这么多东西，万一有个闪失，你一张嘴说得清吗？"

　　唐立仁脸一红，不言语了。

　　这天，唐立仁带人到老贾先生家挖东西，一转过街角就碰上了拐二爷。拐二爷见了唐立仁，一瘸一拐就往家里跑。

　　"站住！"唐立仁大喝。

　　拐二爷身子颤了颤，站住了。

　　唐立仁赶到近前："你跑什么？心虚呀？"

　　"我有毒的不吃，犯法的不做，有什么心虚的？"拐二爷从心里看不起这个破落户败家子。

　　"你不心虚，为什么跑？"

拐二爷被唐立仁的咄咄逼人激怒了："我惹不起，还躲不起？"

"哟嗬，你还挺横！"唐立仁凑上去，"我这就挖你的浮财，你信不信？"

"你敢！划成分给我定的是富裕中农！村里的老少爷们儿谁不知道，我以前也穷得吃了上顿没下顿。这几亩地，是我一个汗珠子摔八瓣儿挣来的，是我从牙缝儿里一个饭粒一个饭粒省下来的，我没坑谁没害谁，更没剥削谁，你凭什么挖我的浮财？"

唐立仁冷笑："你少扯淡！就凭你，拐着一条腿，能挣来三十亩地？还拴了挂车，养了头骡子？你说你原来是穷人，我也是穷人，这些人，"唐立仁指指身后的贫农团，"他们也是穷人，怎么我们富不起来，偏你富了？你就是剥削！"

拐二爷在村里没人缘，人们都看不起他的小气，看不起他的自私自利。今儿见唐立仁训他，就都跟着起哄：

"是呀，我们都富不起来，怎么偏偏就你富了？"

"说说，你的腿是怎么瘸的？那枪子怎么不打别人，偏就打你？你还是缺了德了！"

拐二爷答不上话，气得浑身乱抖。

拐二爷叫陈明德，原来并不拐，他的腿是被枪打的。

说起拐二爷，在河沿也是个有名的人物。他从会跑就在永定河里泡着，到十来岁，就能横游一里宽的河面了。拐二爷的水性虽好，可李大裤裆不用他，一是他脾气暴躁，一言不合就要用拳脚说话；二是拐二爷太"奸"，针尖似的小利也要争，别人却休想从他那儿占到芝麻粒大的便宜。他常挂在嘴边的一句话是："狼叼来的不给狗吃！"

拐二爷当不了船工，就揽零散活儿，装船、背人，什么都干。他收拾完几亩地，腾出手就到河边找活儿干。浑河沿是杂巴地，三教九流，五行八作，什么人都有。船工中也不乏嘎杂子，背女人时往往手不老实，抠抠摸摸地占女人便宜，女人害羞，受了侮辱也不敢言声。拐二爷不仅身高力大，背个人就像背捆稻草，而且背法讲究，尤其在背女人的时候，他让女人趴在背上，双腿蜷起来，他两手托住女人的两个膝盖，绝不碰女人的屁股，过河的人就都愿意让拐二爷背，尤其是那些年轻女人。拐二爷还有一手绝活儿，就是给牲口打"淌"。骡马大车过河时，为了安全，要卸下牲口，大车顺着跳板推上船，牲口由人牵着游过河去，这就是打"淌"。打"淌"的人不光水性好胆量大，还要懂技巧。

初下水时，牲口害怕，要人牵着。待到深水处，浪大流急，再拉住笼头，牲口容易呛水，这时打"淌"的人就要松开缰绳，揪住骡马的尾巴在后面赶。骡马都是会游水的，在人的驱赶下，就拼命地往对岸游。但这需要打"淌"的人掌握分寸，分寸把握不好，就会连人带牲口被巨浪裹挟而去。待骡马上了岸，交给车把式，再跳下大河往回游。一个来回下来，再壮实的汉子也会累得浑身酸软，口吐白沫儿。打"淌"费力，危险性又大，价钱自然就高，拐二爷回回抢着干，有时竟一次哄赶两匹牲口。在河边讨生活的人，随时会丧命，所以无论河工、船工，一般都把钱看得不太重，一旦钱到手，便会邀上三两个相好的，到小酒馆里喝一顿，说是"吃到肚里是赚头"。拐二爷却从不干这种事，每次拿到钱，他就颠儿颠儿地跑回家，闩上门，扒出埋在柴垛底下的陶罐，把钱放进去，再仔细埋好。

让拐二爷名声大震的，是他竟敢把土匪打进河里。

那是个暴雨过后的傍晚，河里发了大水，混浊的浪头掀起三四尺高，渡船停了摆。拐二爷独自蹲在大堤上，想歇个俏。果然，一个人来到他跟前："背河的吧？送我过去！"

拐二爷一听话音，就知道来人不是善茬儿，细看，恍惚认出是个出没在永定河两岸的土匪。拐二爷嗑了半天牙花子："送你过河行，得多给钱。"

"只要能送我过去，要多少给多少！"土匪拍着胸脯子。

两人讲定价钱，拐二爷就架着土匪下了河。千难万险到了对岸，土匪却翻了脸："你知道老子是谁吗？敢跟我要钱！"

视钱如命的拐二爷哪儿受得了这种欺骗，也犯了牛脾气：

"你就是皇上二大爷，也不能白着！"

土匪大怒："给你妈的蛋！"伸手拔枪。

拐二爷手疾眼快，狠命一拳，将土匪打飞到河里。土匪挣扎了几下，就被浊浪卷走了。

拐二爷知道闯了大祸，躲在外面好长时间不敢露面，直到确认无人来报复，才返回家中。自此，他得到人们的钦佩，被尊称为二爷。

后来，拐二爷用他的积蓄，买了一头小毛驴，干起了赶脚的营生。赶脚也是苦力活儿，俗称"捅驴屁股"，但总比在风浪里卖命强了。拐二爷让小毛驴驮上客人，或客人的物品，怀里揣几个菜饼子，肩上背个盛水的葫芦头，跟在毛驴后面，来往于渡口至北平的百十里土道上。半路打尖，拐二爷先给毛驴拌上草料，然后坐在地上，一口菜饼子一口凉水，和毛驴一起吃喝。有时看驴累了，就把麻袋从驴背搬到自己肩上，惹得路人都笑："是驴驮脚还是你驮脚？"揽不着回程的活儿，别的赶脚人都骑着驴回来，拐二爷从来不舍得，他把缰绳放开，任驴自由走，自己跟在后面，兴致上来，还甩一嗓梆子腔："有为王坐之在龙围里……"一副极潇洒快活的样子。

再后来，拐二爷拴上了胶皮轱辘车，有了一匹黄毛大骡子，成了浑河沿的一个肉头户。

就在拐二爷向着更大梦想努力的时候，一场祸事降临了。那天，他和几个车把式结伴往北平送货，返程时走到一个杂草丛生、树木林立的地段，路两边突然开了火，把他们夹在了中间。车把式都是见过世面的，一听枪响，就喝住牲口，人钻到大车底下。拐二爷抱着黄毛骡子的腿，问同伴："这是谁跟谁打起来了？"

同伴头也不敢抬："那谁知道？"

拐二爷听着枪子发出的吱儿——吱儿声，对同伴说："这样躲着不行，咱们得跑！"

"跑？"同伴把头埋得更深了，"你没听见这枪打得跟爆豆似的，找死啊？"

"再怎么也得跑！要是把骡子打死了，还不如把我打死哪！"拐二爷放开骡子腿，一下蹿到车辕上，扬起红缨鞭，大叫一声："枪子有眼，不打好人！"赶起大车就跑。没跑出几步，就一头栽下车去。不知哪边飞来的子弹，打中了他的大腿。他多呀妈呀地哭叫着，在炕上躺了半年才把伤养好，只是腿根处的骨头凸起一个大包，成了一腿长一腿短，陈二爷变成了拐二爷。

拐二爷的腿残了，却不耽误干活儿，或者说他舍不下活儿。挑水时腿一瘸一拐，两只水筲便一悠一荡，远看还很有韵致。耪地时耪一锄蹦一步，耪一锄颠一下，竟也很有节奏。赶大车就更不在话下了，那只好腿用力一蹿就坐上车辕子，跟健全人没什么两样。只是每晚躺到炕上，浑身就像散了架，累得哼哼唧唧直叫唤。累归累，苦归苦，拐二爷并没有因残而误了发家，几年间，又买进十来亩地，小日子越过越红火。如今听唐立仁要挖他的浮财，那可是比摘他的心尖子还疼。

唐立仁见把拐二爷镇住了，把手一挥："走，先去他家！"

拐二爷急眼了，挓挲开胳膊挡在门口："谁敢动我的东西，我跟他豁命！"

唐立仁指挥贫农团的人："把他弄一边去！敢胡闹，捆上！"

眼瞅着一袋袋棒子、花生被扛走，拐二爷号啕大哭，边哭边骂："食你们八辈儿祖奶奶！你们欺负人，断子绝孙，不得好死！"

眨眼间，一厢房的粮食被搬了个精光。望着空荡荡的屋子，拐二爷的心也空空的了。他呆立好久，慢慢弯下身子，捡拾犄角旮旯散落的破碎花生，捡着捡着，豆大的泪珠就又滚下来，啪啪地砸在地上，发出沉重的响声。

拐二奶奶倒腾着小脚，不住嘴地埋怨："攒着哇，攒着哇，平日摊个鸡蛋你都得骂三天。跟你过了半辈子，就没见过几回荤腥。这倒好，全便宜了别人！"

拐二爷的火又蹿起来，把手里的花生狠狠摔在地上："我他妈不过了！"拎个柳条篮子就上了大堤。

拐二爷来到香巧的小吃店："香巧，给我来五套油炸鬼！"

香巧吃惊地看着拐二爷："呦，二爷，今儿个这是怎么了？不过了？"

"过什么过？吃，吃，吃在肚里是赚头，给他妈谁省着呀？"拐二爷两眼暴出血丝。

"嘿，二爷真是想开了，有道是，光干不吃是傻子。攒多少产业，两腿一蹬，还不是白甜还了别人？"

"嗯，说的是。再来俩咸鸭蛋！"

香巧端过一个白铁盘，掀开上面的纱布："二爷，再来只卤煮鸡，刚送来的新鲜货，味儿好着呢。"

拐二爷愣了愣，眼里的凶光慢慢淡下去，望着油汪汪的卤煮鸡好一会儿，嘴唇哆嗦起来："不，不……我不爱吃那东西！"提着篮子慌忙走了。

唐立仁挖浮财上了瘾，从拐二爷开始，富裕点的小肉头户都被挖了。听着那些被挖者的哭叫，他兴奋，高兴，更幸灾乐祸。河沿村村小贫穷，够得上地主富农的没有几个，中农成分的倒有八家，唐立仁称他们为"八大家"。挖出的粮食、花生、棉花扛到老爷庙，满满当当堆了一大殿。

王老奎对唐立仁的做法很反感，怒气冲冲地找了来："唐立仁，我们斗的是有剥削行为的地主富农，你怎么连中农也捎上了？"

唐立仁理直气壮："'八大家'也有剥削呀！他们哪家不雇打短儿的？我就给好几家干过活儿！哎，我说老奎同志，我这可是给穷爷们儿干事，你怎么总是拦三阻四的？”

“你这么干，不符合党的政策！”

唐立仁讥笑：“就你懂政策，冯书记不如你？告诉你吧，我这么干，是通过了冯书记的！”

一提冯天焕，王老奎张不开嘴了。挖浮财、分土地，他也是第一次经着，好些事拿捏不准。拿捏不准就得听上级领导的，冯天焕是区委书记，当然比他懂得多，既然冯书记同意了，他还能说什么呢？

王老奎不和唐立仁说了，却去找冯天焕掰扯，闹得冯天焕很下不了台。

没几天，王老奎就接到区里的通知，让他到地委参加土改培训班去了。

六

　　夜风越刮越大，门上的钉锦儿哗啷哗啷响个不停。唐立仁在凉冰冰的破被里翻着身子，心里却像有个火苗在燃烧，烧得他怎么也睡不着。他抬头向炕尾望去，那里只有一套空被窝。刘永才娶媳妇不久，在这儿陪他住了十几天，熬不住了，今晚非要回去不可。想着刘永和媳妇亲热的情景，唐立仁心里的火苗呼地旺起来，他翻身爬起，匆匆穿好衣裳，扒着窗缝往外看。院里黑漆漆的，除了钉锦儿的声音，只有些许枯枝败叶，随着风势，在地上擦出轻微的声响。唐立仁走出耳房，又在暗中站了一会儿，才几步窜到庙门前，从腰里掏出钥匙打开门，扛起半包麦子来到大门前。街上也是静静的，连声狗叫也没有。唐立仁拉开门闩棍，侧身挤出来，反身把大门锁好，贴着墙根，往村南走去。

　　唐立仁这是去会他的老情人彭春娥。

　　说起来，这彭春娥也是个命不济的。她自十五岁嫁到河沿，就没和丈夫程子瑶在一起住过多少天。刚开始那几年，程家的日子还算不错，程子瑶在固安城里的悦来饭庄当跑堂，她和公婆在家侍弄那十来亩薄沙地，种些小麦、棒子、花生、豇豆，产量虽不高，拌上糠糠菜菜的，也不愁吃不饱肚子。没两年，彭春娥又生下个女儿，小院里添了孩子的笑声，更显得红火了。唯一遗憾的，是家里很少见到程子瑶的身影。饭庄老板为人苛刻，一年到头也不给手下人放几天假。跑堂的都是年轻人，耐不住寂寞，就在上板后偷偷赌钱。程子瑶是十赌九输，手里没钱就不敢回家。后来又染上了嫖，有点钱全花在暗娼窝子里，就更不想回家了。气得老爹到城里找他，程子瑶躲着不见。老爹回来大病一场，驾鹤归西了。程子瑶回来办丧事，丧事没办利落，债主就上门了，说是不给钱就打断他的腿。程子瑶跪下哭求老娘："娘，你得救我呀！我可是你身上掉下来的肉，是程家的独苗！"老娘拿出地契后，趁人不注意上了吊。

程子瑶离家时，彭春娥抱着三岁的闺女跟在后面。程子瑶撵她："你跟着我干什么？回去，回去！"

彭春娥眼泪汪汪的："我是你媳妇，不跟着你跟谁？"

"你别是我媳妇，我养不起。从今往后，咱俩两来无事！对了，那几间房你愿住就住，不住，爱上哪儿上哪儿，甭跟我说！"程子瑶决绝地走了。

彭春娥坐在地上流了半天泪，抱着孩子还是回了那几间破房子。此后，彭春娥就一个人撑起了家。没了地，她就在大、麦二秋拾庄稼，冬天熬硝夏季打条子，实在没事可干，就夹个针线筐笸箩缝穷，饥一顿饱一顿地混日子。后来实在撑不下去，就把女儿换了三块大洋，给人当了童养媳。拾秋，免不了偷一把掖一把，彭春娥也没少干这样的事，结果就栽在了唐立仁的手里。

那年，唐立仁正给宋德财打短儿。打短儿和长工不同，是临时性的，这就更要求雇工要能干，要活儿全，不能有这样那样的毛病，否则，随时可被雇主辞退。短工的毛病若是传出去，就没人愿意雇了，这无疑就是砸了自己的饭碗。若短工干好了，让主家觉得诚实可靠，就可能转为长工，当了长工，饭碗就相对稳定了。唐立仁知道宋德财爱财如命，对雇工苛刻，一般人不愿给他打工。唐立仁那些天找不到雇主，肚子饿得咕咕叫，见宋德财主动来找，也就答应了。宋德财是个细心的人，时常到地里巡查，哪块地少了墩花生，哪块地丢了块白薯，他都知道。说来也巧，唐立仁刚干几天就出事了，掰了一半儿的棒子地被人偷了半条垄。宋德财心疼得直拍大腿，冲着唐立仁喊叫："你看看，你看看，这么长的半条垄，得多少棒子！你是怎么弄的？"

唐立仁又好气又好笑，我是你雇来掰棒子、钊棒秸的，又不管看地，你冲我瞎叫唤什么？可他怕被辞退，就干瞪着眼不吭声。宋德财骂了一阵，自己也泄了劲，便气鼓鼓地对唐立仁吩咐："你晚上睡到地里来，我给你加一斤棒子。你可经心着，再丢了什么，一斤棒子不给，我还要扣你的工钱！"

"那我要抓住贼呢？"唐立仁问。

宋德财转了半天眼珠子，才说："抓一个贼我给你十斤棒子！"宋德财的账算得很精，他有奖赏，唐立仁就会认真看守，他的庄稼就不会丢。即便唐立仁真抓住了贼，他也不亏，他罚小偷的数量绝不止十斤。

唐立仁也是有心计的，他不像别人看庄稼，在地里搭个窝棚，那是明告诉贼有人看守。他每天晚饭后，夹着被窝悄悄来到地里，抱几抱棒秸铺个地铺，打开被窝躺下，也很舒服。冷了，或是露水太重，再抱些棒秸盖在身上，站在远处，根本看不见地里有人。唐立仁这么做，一是为那十斤棒子和工钱，更是为了寻刺激，他要逮个贼，找个乐儿。彭春娥可巧落在他的圈套里。

这天夜里，唐立仁睡不着，正眯着眼想他在翠香楼与窑姐儿鬼混的美事，一阵脚步声从远处传来。唐立仁轻轻侧过身，两眼瞄向发出响动的地方。等那黑影放下背筐，掰下几个棒子后，唐立仁翻身跳起，一把抱住了黑影的腰。黑影惊叫一声，软软地倒在地上。唐立仁听出是女人的声音，放手一看，认出是彭春娥。见是彭春娥，唐立仁的心立刻翻腾起来。他虽是外来户，可到河沿也有六七年了，每家每户的情况已了解个大概。他知道彭春娥在守活寡，更清楚一个守活寡的年轻女人想要什么。待彭春娥醒神后，唐立仁便开始了恐吓利诱。唐立仁说，你不知道宋德财是什么样的人吗？他去固安赶集，宁可忍着肚子疼，也要跑十里路，把屎拉在自己的地里。你偷他？看他不剥了你的皮！彭春娥哭着哀求放她一马。唐立仁说，我和你非亲非故，凭什么放你？让宋德财知道，解雇了我，我到你家吃饭去？看彭春娥不吭声，唐立仁又说，放你也不是不行，你拿什么谢我？彭春娥又哭了，我穷得吃了上顿没下顿，有什么谢你的？我要是有谢人的东西，还用出来偷？唐立仁却笑了，你有，你真有。彭春娥愣了，我有？有什么？唐立仁把嘴伸到她耳边，我一个光棍，你还不知道我要什么？彭春娥沉默了。唐立仁把声音放得更柔软，你要是顺了我，我保你吃喝不愁，还有乐子，不比你忍饥挨饿守活寡强？彭春娥仍是沉默着。唐立仁果断地抱起彭春娥，放在他那散发着馊味的破被上。当彭春娥抖成一团的时候，唐立仁知道，这个女人是离不开他了。天快亮时，彭春娥要走。唐立仁说，掰筐棒子走。彭春娥不敢。唐立仁说怕什么，接着我白天的茬儿掰，我再把棒秸钊了，老东西再精明，也看不出来。此后，唐立仁还真的对彭春娥很上心，常常夜里给她送棒子、送花生、送白薯，当然那不是宋德财地里的，是偷别人的。彭春娥也对得起他，从没让唐立仁空回过，每次都让他满意而去。

唐立仁当了贫农团长后，忙得狗颠屁股似的，好长时间没顾上理彭春娥了，再加上冬天也没什么可偷，就觉得很对不起人。自浮财存进大庙，他就起了贼心，主动要求当看守。可王老奎派刘永来给他做伴，妨碍了他的手脚，一直不敢乱动。今夜刘永回家找媳妇，才给了他下手的机会。

唐立仁贴着墙根，转弯抹角快到彭春娥家门时，觉得背上的麻袋像被什么东西刮住了，使劲拉拉，拉不动。唐立仁有些心慌，倏地放下麻袋转过身，身后竟然站着孙二狗！

二狗这么做，是有预谋的。他交出浮财后，趁着去北平送货，又在黄村与李大裤裆见了面。李大裤裆听了他的汇报，恨恨地骂，这帮穷鬼！然后又夸赞二狗做得好，说，先让穷小子们乐一会儿吧，回头再跟他们算账。李大裤裆在屋里转了几圈儿，指示二狗说，唐立仁和王老奎、水生不是一路人，想法抓住他的短处，把他拉过来为我所用。二狗回来后，把哥哥和金贵、金宝叫到一起，说了李大裤裆的意思。几个人商量了半天，认为唐立仁准会打浮财的主意，便轮流监视他。果然，皇天不负有心人，唐立仁就落在了二狗的手里。

唐立仁愣怔着，觉得有一股冷气从脚底直升头顶，全身立刻瑟缩起来。

"唐团长，你这是干什么呢？"

唐立仁面对二狗的诘问，平时的伶牙俐齿不知跑到哪里去了，嗫嚅着，迟迟出不了声。

二狗狞笑起来："唐团长挖浮财那么卖力，原来是为填彭春娥那个骚窟窿啊！"

见唐立仁仍是不语，二狗凶恶起来："你这是监守自盗！我要是告诉了王老奎，告诉了你那些穷哥们儿，看不活撕巴了你！"

唐立仁再也支撑不住，两腿一软跪在地上："二狗兄弟，求求你，饶了我吧！"

二狗狠狠地啐一口："饶了你？挖浮财的时候，你饶过谁？"

漆黑的夜幕下，唐立仁瘫坐在地上，懊丧得只想扇自个儿的耳光。他后悔只注意防王老奎和水生，忘了二狗这几个人，如今竟着了他们的道。这事若嚷嚷出去，不说贫农团长要下架，就是河沿村也没脸待了，那他就又成了没根的苲蓬。他知道二狗不是好惹的，落在他手里，不说出个子丑寅卯是过不去的。他咬咬牙，好汉不吃眼前亏，大丈夫能屈能伸，就爬行几步，抱住二狗的腿："兄弟，好兄弟，都是我的错，我不是人，我对不起你们。你就当我是个屁，把我放了吧！"

二狗厌烦地踢开他:"放了你?你往日的威风呢?"

唐立仁苦苦哀求:"以后,我再也不干这个破团长了!"

"你真的不想干了?"

"真的,再不跟你们作对了。"

"那好,"二狗变了声调,"这个团长你还是干,而且还得干好。"

唐立仁迷惑了:"还得干好?"

"对。不过,你得听我的!"

"听,我听,你让我怎么做,我就怎么做!"

"嗯,只要你听话,我不会找你的麻烦,还会给你好处。记住,今天的事,不许让别人知道,泄露出去,把你顺了大河!"唐立仁不停地点头。好半天不见动静,抬头一看,二狗已没了踪影。

唐立仁爬起身,去拽麦子包,才发觉裤裆里湿漉漉的。

七

通往固安县城的土官道上，赶集的人缕缕行行，络绎不绝。唐立仁走在人群中，心里忐忑不安。这几天，偷麦子的事毫无影响，他知道二狗没有往外说，很是感激。昨天，二狗偷偷找到他，让他明天去赶集，两人在"油条张"的小吃店见面，这使他的心又悬了起来。他深知二狗的为人，找他，绝不会有好事。可把柄在人家手里攥着，又不敢不答应。唐立仁心里颠颠倒倒地不踏实，脚却在往前走。很快，高大的城门已矗立在眼前。唐立仁拿眼一瞥，二狗正坐在城门口"油条张"的小店里吃老豆腐。

"油条张"见唐立仁走近，笑脸相迎："哟嗬，唐老弟，少见哪。听说你当了河沿的贫农团团长？真不赖！啊，油条、烧饼都是刚出锅的，来点儿什么？""油条张"这些日子心里舒坦，小日本被打败了，"镇北关"跑了，小桂回了家，生意也好做了。人一高兴，看谁都顺眼，话就多。

唐立仁此时最怕人提他当贫农团团长的事，听"油条张"这么说，看二狗一眼，咧咧嘴，没说话。

二狗三口两口吃完碗里的老豆腐，把钱扔在桌上，起身就走。

刚要坐下的唐立仁见状，顾不得要吃的，紧跟着去了。

"油条张"在后面喊："怎么，不吃点儿再走？"又直纳闷，"这两个人怎么搅在了一块儿？"

二狗来到好来浴澡堂子，朝唐立仁一摆头，领先走进去。澡堂子里热气蒸腾，朦胧着不少光着身子的人影。唐立仁捂着鼻子，好一会儿才适应了那酸不酸、臭不臭的味道。二狗脱光衣裳，领先跳进池子。唐立仁也跟着跳进去，烫得使劲咧咧嘴。两人泡透了，二狗喊来师傅搓了身，修了脚，刮了脸，躺在窄板床上喝茶。

"怎么样？舒坦吧？"二狗笑嘻嘻地问唐立仁。

"舒坦，舒坦！"经过一番收拾，唐立仁也显得容光焕发了，"哎呀，多少年没这么享受了。兄弟，你让我……唉，让我怎么说呢！"

二狗把嘴贴到唐立仁耳边："待会儿，还有舒坦的！"

看着唐立仁不解的目光，二狗嘎嘎地笑起来，吩咐跑堂的："去，到外边买只烧鸡，再来套煎饼果子！"

东西买来，二狗让跑堂的放到唐立仁面前。唐立仁感激得不行，连连道谢："哎呀二狗，你可真是好兄弟！泡了这半天，还真是饿了。哎，你也吃。"

二狗摆摆手："你吃你的。多吃点儿，有劲，后边还有累活儿干！"说完，又嘎嘎地笑。

二人出了澡堂子，顺着大街走了几步，拐进一条小巷。此时的唐立仁浑身轻松，心里的阴影也消失了，说话也自然多了：

"哎，我说兄弟，咱们不逛大街，到这小胡同里干什么？"

二狗鄙夷地撇撇嘴："你这人啊，成不了大事，一高兴，就忘乎所以了。你就不想想，你是什么人，我是什么人？咱俩在一块儿，碰上熟人，不砸锅了？"

唐立仁一激灵："对，对对对。"忙扭头往后看。

来到一座门楼前，二狗对着黑色木板门敲了几下。很快，木门打开一道缝儿，露出一张憔悴的胖女人脸。胖女人一见二狗，脸上就笑出了花："哎哟，孙二爷呀，你可有阵子没来了。把我闺女想得呀，天天念叨你！"

二狗领着唐立仁走进门："你闺女想我？她是想我的袁大头了吧？"

胖女人一边关门，一边撒娇："看二爷说的，我们就那么没情意？"

"有情意，我他妈就是个冤大头！"二狗笑，胖女人也笑。唐立仁看出来了，这是一家下处。他立刻兴奋起来。

胖女人打起帘子，把二人让进屋，在八仙桌旁坐下，又朝外喊："红莲，红莲，快，你孙二哥来了，快泡茶！"

西厢房里传出一声娇滴滴的答应。

不一会儿，一位姑娘捧着茶壶走进屋。唐立仁定睛看去，姑娘年不过二十，红袄绿裤，涂脂抹粉，长得虽不出色，却是媚气十足。

"红莲，几天没见，长得更迷人了，真让人心疼。"二狗趁姑娘倒茶的机会，捏住她的脸蛋轻轻揉捏。

红莲冲二狗递个媚眼："就会说嘴。心疼我怎么不来？"

二狗眯眯地笑："这不是来了嘛，不光我来，还给你带来个新客人。"

红莲望向唐立仁："这位先生是……"

"你就叫他唐哥吧。"二狗代唐立仁回答。

红莲走到唐立仁面前："唐哥喝茶。"

唐立仁乐得连连道谢。

二狗掏出一沓票子扔在桌上："红莲，好好伺候你唐哥，一会儿我来找他。"

胖女人一边抓起钞票往腰里掖，一边假意埋怨："你这孙二爷，净出幺蛾子，这大白天的……"

"白天怎么了？白天才有味呢！"二狗笑着走出门去。走到院里，还叮嘱一句，"唐哥，悠着点儿，你那小身板，可别拉了稀！"

太阳压山的时候，二狗回来了。唐立仁听到二狗的声音，才从红莲的厢房里出来。

"舒坦了吧？"二狗淫笑着问。

唐立仁涨红了脸，感激不尽："多谢兄弟，多谢兄弟……"

"我说过，只要你……我不会亏待你。"二狗见胖女人站在旁边听，挥挥手，"你到别的屋待会儿，我们要说点儿事。"

见胖女人走进了红莲的厢房，二狗才扭头盯住唐立仁："你澡也泡了，娘们儿也玩了，该帮我做点儿事了吧？"

唐立仁不傻，知道二狗这样待他，是不图利不早起，是给他下诱子。可他就像那贪嘴的鱼，明知是钓饵，也得上钩："兄弟你说吧，让我做什么？"

"也没什么大事，就是把大庙里的浮财让我拉到北平去卖。"

贫农团的人早就跟唐立仁嚷嚷，要求把浮财分了。也有人建议，把东西卖了，大家分钱。因为王老奎不在，唐立仁不敢做主。说实话，唐立仁从心里还是挺怵王老奎的。今天听二狗说要由他去卖浮财，有些慌张："这，这不太合适吧？你想，你的身份……"

"我当然知道我的身份，可冯天焕是把我树为典型的。再说，去北平，咱村谁有我们哥儿俩熟悉？"

　　唐立仁疑惑地问："我不明白，你为什么要揽这个活儿？"

　　二狗轻描淡写地笑笑："这有什么？我就是想为乡亲们做点儿事呗。再说，你能白着我？总得给我点儿运费吧？我就图挣钱。"

　　唐立仁当然不信二狗的话，可也想不出他的企图，只觉得这事太重大，就苦着脸推脱："这，我做不了主啊！"

　　"怎么做不了主？"二狗不高兴了，"王老奎不在，水生是个老实疙瘩，他能拗得过你？"

　　"可，可我不好说呀！"

　　二狗眼里露出凶光："好说不好说，那是你的事！别忘了，那件事……我可好说！"

　　唐立仁一听这话，立刻像霜打的茄子，蔫了。

八

晚上回到家，唐立仁琢磨了半天，终于下了决心，就召集村干部、贫农团开会。看着眼巴巴望着他的人群，往日的威风、自信又回到身上，他把手一挥："大伙儿听我说！咱村的浮财挖得差不多了。有人提议，把东西卖了，给大伙儿分钱。我觉得这主意不错。你想，粮食、花生分到各家，不过就是个吃，嗓子眼儿一痛快，屁股眼儿一出溜，完了。要是换成钱，那就不一样了。你可以买些手使的家伙，也可以给娘们儿、孩子扯几尺布，做身新衣服。总之，比吃到肚子里强。大伙儿说，是不是这个理？"

人们一听，乱哄哄地喊好。

水生提出一个问题："固安一个月就那几个集，买卖的大多是花生、粮食，货下得忒细，咱这么多东西，什么时候能卖完？再说，价格也低，不合算。"

"这个事我也想了，咱不到固安卖，咱去北平。"

"去北平？"水生摇头，"就咱们这些泥腿子，到了北平，别说寻买主，能不能找回家都难说。"

唐立仁看水生一眼："咱有人呀，大狗二狗哥儿俩常年跑北平拉脚，对北平再熟悉不过，就派他俩去！"

水生惊讶地站起身："派他俩去？你真这么想？"

"他俩怎么了？"唐立仁理直气壮，"他俩是地主不假，可挖浮财时二狗的积极性，大伙儿都看到了，冯书记还树了他的典型。北平人可是吊诡得很，不熟悉的人去了，把你卖了，还得帮人数钱！"

贫农团的人都急于分钱，至于由谁去卖，他们不关心，就纷纷支持唐立仁的意见。

水生为难了。对二狗哥儿俩，他是不放心的，可又拿不出有力的反对理由。思谋了半天，提出要派个靠实的人押车。

唐立仁同意了，说："那就让刘永去。"

第二天早饭后，贫农团的人来到大庙，二狗兄弟俩赶着大车已在门前等候。人们欢笑着扛起麻包往车上装，对美好生活的憧憬洋溢在脸上。大狗二狗站在车上卖力地码包，还不时地吆喝："先装麦子、棒子，花生放上面，压爆了壳就卖不上价钱了。"

车装满，趁大狗二狗用绳子煞车的时候，水生把刘永叫到一边，低低嘱咐："长点儿心，眼放欢实点儿，这是穷爷们儿的胜利果实，千万别出什么差错。"

刘永点头。听二狗喊他，说声我走了，就爬上高高的车顶。二狗向水生、唐立仁打声招呼，扬起红缨大鞭一挥，头前走了。在离开人们视线的时候，二狗脸上的肌肉狠狠地抖了几抖。

到黄村打尖，二狗在路边一家小饭馆里要了肉炒饼，还要了两碗酒，让大狗陪着刘永先吃，说自己有点事，就出去了。刘永早被那泛着油光的炒饼馋得流口水了，哪顾得问二狗去干什么，抄起筷子就大吃起来。直到刘永把一大盘炒饼吃完，酒也喝得一滴不剩，二狗才回来，匆匆扒拉了几口，就上路了。

进入永定门，天已擦黑，二狗兄弟把车赶进一家大车店。店老板好像跟两人很熟，热情地迎上来搭讪："哥儿俩好，可是有些日子没来了。哟嗬，这么两大车货，载可不轻！"然后吩咐伙计，"把牲口卸了，牵到槽头喂上。"

三人掸掸身上的土，随店老板走进客房。这是大通铺，木板床上垫一层麦秸，再铺苇席，一溜能睡十几个人。二狗看看铺上的被子："老马，虱子还是不少吧？"

"哪能？被子都是新拆洗的。"

大狗就骂："少他妈扯淡！你这儿要没虱子，北平城里就没三只手了！"

店老板也笑，扭头朝外喊："石头，怎么还不把洗脸水打来？"

三个人洗净手脸，来到店外。刘永这是第一次来北平，拨楞着脑袋东撒西看，瞅哪儿都新鲜。二狗与大狗对个眼，笑笑：

"刘永，吃过卤煮火烧吗？"

"没有。"

"那咱吃去。那可是好东西，又解馋又顶饿。"

刘永捧着大海碗，一会儿加点儿香菜，一会儿抠勺辣椒，正吃得满头大汗，二狗又出去了。刘永擦把汗，看着二狗的背影：

"二狗哥怎么又一个人走了？"

大狗把几段肥肠夹到刘永碗里："甭管他，他是找下家去了。这么多东西，得找个大买家。"

刘永站起身："咱跟他一块儿去吧？"

大狗拉刘永坐下："你哪儿都不认识，跟去有什么用？咱吃咱的，吃完了，我带你去天桥看蹦蹦戏。嘿，马寡妇开店，那叫粉，保你看了睡不着觉！"

九

刘永默默地靠在车厢上,很是郁闷。他是水生派来押车的,说白了,就是监视大狗兄弟的。可他对二狗的行动一无所知。在黄村,二狗单独离开干什么去了,他不知道;在卤煮店,二狗说是找买家去了,可和买家怎么说的,他也不知道。尤其是,两大车东西卸下了,却没拿到钱,说是先赊着,等货物送齐了,再算总账,这让刘永更不放心。买卖间赊账是有的,可在远离家乡的北平城,人生地不熟,让人骗了怎么办?但他左右不了大狗兄弟俩,他没那个能力,人家常来北平,哪儿哪儿都熟,跟大车店的老板熟,跟卤煮店的掌柜熟,跟货找的主人还熟,他孤单单一个人,能怎么着?再说,人家一路好吃好喝地招待,非要跟人家拗着,也显得太不够意思。他就像一个被逼良为娼的女人,不愿意也得愿意了。望着土路两边衰败的蒿草,刘永心里比那杂乱的败草还乱,只能祷告上苍,千万别出事。

刘永的担心不是多余的。在黄村,二狗是去找李大裤裆。在北平,二狗是按李大裤裆的指点,前去与逃亡地主接头。乡下一闹土改,一些顽固地富不甘心挨斗,便跑进北平,然后一找俩,俩串仨,聚集到一块儿,谋划复仇。那个所谓的货栈,就是他们的据点。只是这一切都是二狗暗中进行,把刘永瞒了个严严实实。

大车一进村,人们就围上来,乱纷纷地询问卖了多少钱。当听说是赊账时,水生一下就火了:"那么多东西,怎么能赊着?被人坑了怎么办?"

大狗赔着笑:"水生叔别着急,买家是多年的朋友,我担保,出不了事。"

　　"你担保？谁给你担保？"水生的眼珠子都瞪出来了。王老奎不在，他就是河沿的掌舵人，出了事，他跟乡亲们无法交代，跟上级也无法交代。

　　大狗也急了："水生叔说的这是什么话？难不成我存心要坑害大家？我要真那么做，我的家还要不要？我本心想给大伙儿做点儿好事，到头来倒落了一脖子狗蝇，我图的什么？"

　　唐立仁见二狗用眼示意他，就走上去劝水生："李主任先别着急，买卖之间赊账是常有的事，没什么大不了的。大狗说的对，他的父母，他的老婆孩子，都在村里住着，他真敢弄事，跑得了和尚还跑得了庙？"

　　见水生无话说了，唐立仁又转向大狗兄弟俩："你俩也别怪李主任着急，那么多东西，搁谁也不放心。这么着，你们明天再辛苦一趟，把剩下的东西都拉上，快去快回，乡亲们还等着分钱呢。"

　　大狗点头答应。

　　水生说："再多去两个人，一定得把钱拿回来！"

　　二狗恼了："不就是那点儿钱吗？去八个人又能怎么着？打架呀？"

　　唐立仁见水生又要立楞眼，忙又打圆场："好了，好了，都别为这点事生气上火的。多去两个人就多去两个人，人多了安全不是？"

　　以水生的本意，是真不愿大狗兄弟俩去，可两车东西已撂在北平了，不让他们去，那两车东西怎么办？他真后悔当初没有硬顶住唐立仁，现在说什么也晚了。他抬头望向远处，远处只有夕阳留下的一抹红光，混混沌沌的，让人感到格外的阴冷。他突然想王老奎了，他相信如果王老奎在，一定不会发生这样的事情。

　　两辆大车又出村了。高高的车顶上，除了刘永，又增加了两个人。刘永有了伴儿，不再孤单，便随着大车的摇晃，眉飞色舞地向同伴显摆起在北平的见闻，引得两个没见过世面的年轻人一惊一乍地直劲儿赞叹。没想到，车到黄村卡子口，就被保安团拦住了。

　　两个年轻人悄悄问刘永："怎么回事？"

　　"不知道啊。上回没人拦呀。"

　　李大裤裆从旁边的房子里走出来："车上拉的什么？"

　　大狗二狗提着鞭子站着，都不说话。

　　刘永看是李大裤裆，吓得心里一哆嗦。见大狗兄弟二人不吭声，只得壮着胆子跳下车，结结巴巴地说："是……是李头啊。我们到……到北平送货。"

"送货？什么货？"

"就是……就是棒子、花生什么的。"

李大裤裆冷笑："是斗争的胜利果实吧？"

刘永低下头，不敢搭言。

李大裤裆向车上一指："你们两个小兔崽子，都他妈给我滚下来！"

车顶上的两个小青年连忙下了车。

李大裤裆瞪视了几个人一会儿："没他妈一个好东西，都捆上，带走！"

刘永三个人被保安团五花大绑起来，推搡着走了。

大狗哥儿俩这才走到李大裤裆跟前："李叔……"

李大裤裆拍拍两人的肩膀："你们干得好，下一步就按我说的办。金贵哥儿俩什么时候出来？"

二狗说："今天黑夜。他们直接到永定门大车店找我们。"

"好。把东西卖了，全买枪，不够，我再给你们补。告诉那帮兄弟，先悄悄地攒足劲儿，等时候一到，给共产党来个冷不防，全他妈一勺烩喽！"

"可是，"大狗有些担忧，"我们闹了这一出儿，家里人怎么办？"

李大裤裆满有把握："没事，共产党不搞株连。"

二狗恶狠狠地："就是有事，也顾不得了。不把这些穷种斩尽杀绝，我们永远没有好日子过！"

李大裤裆瞅着二狗笑："我就喜欢二侄子这股狠劲儿！"

一晃三天过去，还不见大车回来，村里乱了营，人们纷纷到水生家里探问。水生急得已是满嘴燎泡，无法回答大家，就带着一群人来找唐立仁："你说，大狗他们怎么还不回来？"

唐立仁此时也麻了爪儿，他预感到事情不好，心里除了暗骂二狗为人太损，把他扔在了火盆里，也没别的办法。面对水生气势汹汹的逼问，他佝偻着腰蹲在地上，一言不发。贫农团的人更急了，围着他大喊大叫，唾沫星子喷了他满脸。水生气得一脚把唐立仁踹倒在地上："你他妈这会儿装死狗了？当初干什么去了？我说不让他俩去，你火红了心的撺掇，现在四大车东西，影儿都没了，你怎么给大伙儿交代？"

唐立仁癞皮狗似的趴在地上，嗫嚅着："是不是……有事……耽误了？"

"放屁！从咱这儿到北平，两天打来回，这都三天了，能有什么事回不来？咱这是让人要了，让人坑了！"

刘永等三个人的家属一听这话，立时哭闹起来，围着水生要人。

水生抱着脑袋，也蹲在了地上。

唐立仁凑到水生跟前："要不，到大狗家问问？"

正在这时，老黑跑来报信，金贵家也闹起来了，说是金贵兄弟俩不见了。

水生的头一下炸了，他隐约觉出这是个阴谋，若真是阴谋，这事可就大了。他定定神："走，到他们家里去！"

一群人跟着水生来到孙秃子家，孙秃子正在院里转磨磨。水生指着孙秃子大喝："孙秃子，你的儿子坑了全村穷爷们儿那么多东西，你怎么说？"

孙秃子苦着脸，朝水生连连作揖："水生，不不，李主任，我这儿不也正着急哪吗？谁知道他们怎么还不回来？"

"你少装蒜，说，你们是不是有预谋？到底想干什么？"水生摘下肩上的大枪，哗啦一声推上子弹。

"哎哟，这不要了命啦？祖宗，我能有什么预谋？"孙秃子扑通跪在水生脚下，"李主任，咱以前也在一条船上混了那么多年，我的脾气秉性你知道呀！是，我是干了不少对不起穷哥们儿的事，可我天生胆小，那些阴的损的我绝不敢干呀！哎哟，大狗二狗你两个王八羔子，可把你爹坑死了！"

孙秃子的话水生是相信的，孙秃子当二船头几十年，除了赚点儿昧心钱，别的恶事还真没干过。

水生用枪扒拉一下孙秃子："站起来，谁让你跪下的？没有预谋好，你去北平把他们找回来！"

"这，这……，北平那么大，谁知道那俩兔崽子在哪儿呀，你让我怎么找？"

水生又觉得孙秃子说的有道理，便没了主意。愣了一会儿，想起另一件事："你知道金贵金宝去哪儿了吗？"

"祖宗，"孙秃子啪啪地拍打手，"我连自个儿的儿子都不知道去哪儿了，能知道别人家的事？"

水生见实在问不出什么，只好又来到金贵家。

刚到门口，就听见李狗子的老婆在骂儿媳妇："你们俩是死人呀？连自个儿爷们儿去哪儿了都不知道？"

水生走进门，见李狗子老婆拿着鸡毛掸子，正轮流往两个儿媳妇身上抽。两个儿媳妇一边哭，一边讨饶。

水生止住老婆子："别折腾了！"面对两个儿媳妇："你俩说实话，金贵他俩到底去哪儿了？"

豆花哭哭啼啼地说："夜里个睡到半宿，金贵说肚子疼，要上茅房。我睡得迷迷糊糊的，也没管他。谁知，他一去就不回来了！"

金宝媳妇说的和豆花一样。

"这是商量好的！"水生的心越来越沉，"说，他们是不是找大狗二狗去了？不说实话，饶不了你们！"水生又端起大枪。

李狗子老婆扔掉鸡毛掸子，坐在地上哭叫起来："天爷呀，这可怎么好哟！我这是哪辈子作的孽呀！老头子不明不白让人活埋了，如今俩儿子又没影儿了，让我老婆子可怎么活呀！"

水生被这一哭一闹，更没了方寸。他站在大街上冷静了一刻，决定到区里找冯书记汇报。

冯天焕一听也白了脸，丢下水生去找李斌。

麦穗听说河沿出了事，忙跑过来看。见父亲那失魂落魄的样子，心里也不好受，把水生拉进屋，倒碗白开水递过去，安慰说："爸，你先别着急，事情会弄清楚的。"

水生唉声叹气："我怎能不着急？你老奎大爷临走的时候，把村里的事交给了我，可我却办成了这，我怎么交代呀！"

麦穗自和金驹结婚后，显得成熟了很多，也沉稳了很多。她分析着说："两个骗了东西不回来，两个偷跑了，这里面好像有阴谋啊。"

"就是啊，我就怕这个呀！"

麦穗埋怨："爸，你也是，大狗二狗是什么人，你难道不清楚？怎么能把胜利果实交给他们？"

水生懊悔得直捶脑袋。

十

冯天焕懊丧地坐在村外的荒坡上，李斌那严厉的批评还在耳边回响："这就是你的经验？这就是你树立的典型？土改工作刚开始，就出了这样的事，会给我们党造成什么影响？老百姓还怎么相信我们？"

当时，冯天焕低着头，不敢吭声。他心里承认，这个结果是他的私心造成的。他刚到区里，急于出成绩，急于建立威信，才一手树立起河沿村的典型。派王老奎去参加学习班，也是出于私心，王老奎在一些事上总和他对着干，让王老奎去学习，实际上就是变相搬了他的"石头"。可让冯天焕没有想到的是，竟然事与愿违，搬石头砸了自己的脚。

李斌见冯天焕那窘迫的样子，不忍心再说下去，便指示他："你到各村去认真检查一下，不能再发生类似的事了。这段时间，不少地富跑到北平去了，这不是好事，要引起我们的警惕！"

冯天焕叹口气，仰身倒在草地上。看来，自己的政治前途是毁了，他想。便眯起眼往远处看。一棵歪脖老柳树的枝头，立着一只顺风而站的老鸹，被风吹起的羽毛，就像他那凌乱的心绪。

李斌的预感不是没有道理，不几天，坏消息就接二连三地传到他的耳中。

南庄地主年嗣旺父子杀害三名农会干部潜逃；活动在黄村一带的水匪王德刚、王德会兄弟，连续夜袭我村公所，杀害干部、民兵、积极分子五名，抢走大批挖出的浮财；采育的保安团团长冯海文，勾结国民党的正规军，向南蚕食解放区十余村，几十名基层干部被抓、被害……

李斌握着情报，紧锁眉头，陷入沉思。这几个人中，除去年嗣旺不认识外，王德刚、王德会和冯海文都和他打过交道。于是，他们的故事和身影就一一浮现在他的眼前。

王德刚、王德会原是永定河畔的渔民，长年撑着小船在河里撒网捕捞，过着半饥半饱的日子。由于家贫，兄弟俩三十岁了还是两条光棍。一年天旱，鱼量大减，光靠白天捕捞更不敷家用，兄弟二人便在黑夜提着风灯，扛上高凳、罩网，到河里砍鱼。"砍鱼"是永定河畔特有的一种捕鱼技巧，工具就是一个高凳，一个罩网。高凳是用粗木棍钉成的，高五六尺，放在一二尺深的水中，人坐在顶端的木板上，一是可以休息，二是观察水面。选择的水面不能深，太深罩网砍不到底，鱼就在下面跑了。也不能浅，水太浅没有大鱼。罩网是在一两丈长的木杆上固定一个圆形铁圈儿，铁圈儿边沿绑上渔网，做成网兜。鱼在水中游走，会形成水溜儿，鱼小溜儿小，鱼大溜儿大。人在高凳上，借着星光，粼粼水面上的情景可以看得清清楚楚。待水溜儿来到近前，举起罩网砍下，鱼就罩在网里了。那次兄弟俩直到东天泛白，也没罩到几条鱼。正丧气时，一个背着大包袱的人来到河边。来人脱鞋扒袜，在河水中试了几回，也不敢过。踌躇一会儿，只好向王德刚兄弟俩打招呼："二位大哥，能帮我过河吗？我出大价钱！"

二人下了高凳，蹚水来到岸边。王德刚看来人慌慌张张的，心中起疑，便问："你是什么人？怎这么早就过河？"

来人支吾了一下说："我是城里买卖家的伙计，老家来人捎信，说是娘病了，我连夜出城，回家看老娘。"

王德刚与弟弟对视一眼："看来你还是个孝子。好，就冲你这份孝心，我们也得把你送过河去。"

王德刚让王德会挽着来人下河，自己跟在后面。

三人来到河心，河水已深到腰际，王德刚突然夺下来人的包袱："小子，你别给我演戏了，说，你到底是怎么回事？不说实话，让你喂王八！"

来人本已被河水冲得东倒西歪，吓得心惊肉跳，被王德刚一诈，苦胆都破了，哆里哆嗦道出了实情。原来此人是黄村一家货栈的账房，与老板小妾私通，骗了钱物要逃回老家。

王德刚抓住来人的脖子就往水里摁。

王德会吓了一跳："哥，你这是……"

"还傻愣着干什么？你怕钱咬手啊？"

王德会醒过神，帮助哥哥把乱蹬乱打的来人摁进水中。好一会儿，直到那人不动弹了，才松开手，让尸身顺流而去。

两人趁天不亮跑回家，打开包袱一看，里面有几匹绸缎，几件首饰，还有厚厚一沓钱票子。二人狂喜，这才意识到钱还有这么容易赚的。尝到了甜头，二人手越来越黑，遇上合适机会就干一把。渐渐地，新房有了，土地有了，媳妇也娶进家门。卢沟桥事变后，二人趁乱拉起一支十几人的队伍，明目张胆地干起杀人越货的勾当。为建立抗日民族统一战线，李斌曾找他们接洽。王德刚、王德会的手下都是地痞、混混儿，不愿受约束，只答应井水不犯河水。抗战期间，王德刚倒也没找八路军的麻烦，独立营也就睁一只眼闭一只眼。谁知他们现在竟被李大裤裆拉过去了，改编为保安队，专杀共产党的干部，抢夺斗争出来的果实。

冯海文的经历要比王德刚、王德会复杂得多。冯海文是采育一带有名的大地主，日本人打来了，他怕财产受损失，就将看家护院的打手和长短工组织起来，成立了自卫队，并与风河营的霍墨斋联系，加入联庄会。霍墨斋牺牲，联庄会失败，冯海文带着他的残部打游击，后被鬼子抓住，关在据点里，受尽毒刑拷打，还要杀头。正在岌岌可危的时候，他的远房亲戚、采育镇维持会会长到黄村找龟田中佐求情。大特务佐藤亲到采育，对冯海文说，想活命可以，得给皇军做事。冯海文被打怕了，更想保命，便连连答应。佐藤经请示固安的毛利大佐，任命冯海文为采育警察局局长，管辖黄村以东的所有村庄。冯海文一下威风起来了，以前他只有三十来人，而且衣服破烂，枪支也残缺不全。如今他的队伍扩大到二百多人，统一的黑色警服，统一的三八大盖，不仅吃喝不愁，还按时发饷。每次出行，随从们前呼后拥，每到一地，迎接者点头哈腰，成了一跺脚四乡乱颤的霸主。他把那些为抗日而死伤的弟兄丢在了脑后，被鬼子打得死去活来的事也好了伤疤忘了疼。他衷心感谢日本人，是日本人让他有了这么大的威风，有了这么多的人枪。当张卫、李斌找他秘密谈判时，他第一句话就是，你能给我什么好处？你们是搞共产的，我是财主，尿不到一个壶里！在张卫、李斌对他反复明以大理晓以大义下，他才勉强应诺，互不侵扰。后来，冀中十分区几次派人到黄村东乡开展工作，都被冯海文抓捕杀害。并且他放出话，不管什么党什么派，敢到我的一亩三分地来捣乱，格杀勿论，成了共产党向黄村东乡渗透的最大障碍。日寇宣布无条件投降后，蒋介石命令在华日伪军原地驻防待命，维持治安，等待接收。冯海文与日军继续勾结，对抗独立营，激战数次，使独立营受降未果。因其抗拒共产党八路军有功，不但未以汉奸论罪，反被国民党改编为保安团，由伪警察局局长变成保安团团长，时不时地搞摩擦，向共产党挑衅。

李斌越想越觉得事态严重，决定将情况上报地委。

十一

　　凛冽的北风呼呼地刮着，细密的雪碴儿砸得地面啪啪的响，整个北平像是被严寒冻住了，大街上见不到一个人影。距天桥不远的那个货栈里，大狗和二狗、金宝、金贵等人围在桌子边，吃五喝六地打天九。其他人有的看歪脖儿和，有的躺在大通铺上唱小曲。破鞋臭袜子味、烟味屁味混在一起，乌烟瘴气，熏得人喘不过气。大狗连输了几把，骂骂咧咧地不玩了。满脸大麻子的殷耀廷不屑地讥笑："大狗你他妈可真是抠屁股嗍指头——小气得没边儿！那四车东西卖了多少票子？还舍不得这俩小钱？"

　　大狗反唇相讥："殷麻子你别站着说话不腰疼！我那四车货是卖了不少钱，可都买了枪，买了子弹。你呢？光腚眼子一个，吃饭都他妈靠蹭，还有脸笑话人？"

　　"笑话你怎么了？老子家里的地亩、牲口、钱财，比你多多了！"

　　"你多，你拿出点儿来让大伙儿看看！"

　　殷麻子有些泄气："我，我那些东西，不是全让穷小子们抢去了吗？"

　　"哼，废物！废物点心一个！"

　　"你他妈说谁废物？"殷麻子恼羞成怒，撸着胳膊往前凑。

　　"怎么着？还想动手？"二狗挺身挡在面前，"有本事把东西从穷小子手里夺回来，那叫能耐，那叫站着撒尿的爷们儿！在这儿张牙舞爪，有个屁用！"

　　"好，说得好！"随着话音，李大裤裆横着膀子走进来。

　　大狗、二狗、金宝、金贵忙叫李叔，其他人也李头儿李头儿地喊个不停。

　　李大裤裆咧着大嘴岔儿哈哈地笑，叉开两腿坐在太师椅上，裆里的肉球鼓起老高。

　　大狗从煤球炉子上提起壶，给李大裤裆倒了一碗热茶："李叔，大老远的，又这么个天儿，你怎么跑来了？"

　　"惦记你们呗！你们前一票干得带劲，让那帮穷小子白忙活一场。王老奎要是知道了，还不气歪了鼻子？"李大裤裆说完，又哈哈大笑。

　　"这事还得亏王老奎没在家，他要是在村里，还真不好闹。"二狗接过话头，"不过，唐立仁也帮了不少忙。"

　　"这就叫什么苗结什么瓜。唐立仁说归齐还是大户人家出身，就是落魄了也跟那些穷小子不一样。记住，这个人有用，到劲头儿上还得使使他。哎，你们的事办得怎么样了？"

　　二狗向李大裤裆表功："李叔，我跟你说道说道。我们把那四车货卖的钱，还有各位哥们儿爷们儿带出来的大洋，凑在一起买了十几条枪，五百发子弹！"

　　"好，不赖！"

　　"可是，"金宝明显的底气不足，"就咱这点儿力量，跟共产党的七十六团比，跟河桩的独立营比，还是鸡蛋碰碌碡呀，给人家塞牙缝儿都不够！"

　　"你小子知道什么？别他妈在这儿动摇军心！"李大裤裆不高兴了，"告诉你们，上面已经传下话，老蒋借着双十协定的机会，暗中把兵力都调配好了，马上就要大干。这回，不把共产党连根拔光，绝不算完！"

　　"好，好哇，可盼到这一天了！"一屋子人兴奋起来，纷纷叫好。

　　殷麻子流下眼泪，哽咽着说："老天有眼，老天有眼哪！我这丧家之犬，回家有日了！穷小子们，给我等着，看我不活剥了你们的皮！"

　　二狗急切地抓住李大裤裆的胳膊："李叔，你说，我们怎么干？"

　　李大裤裆似乎胸有成竹："这就用着金宝那句话了。眼下大战没打响之前，我们还不能拿鸡蛋碰碌碡，跟他们硬干。可也不能让他们安安稳稳地搞土改、挖浮财，得给他们找点儿麻烦，添点儿堵。他们不让我们好过，我们也不让他们舒坦！共产党不是会打游击吗？不是会搞偷袭吗？我们就跟他们学，把那些招儿都还到他们身上！你们黑夜下去，杀他们的干部，烧他们的房子，闹他个鸡犬不宁！得手就跑，让他们摸不着影儿，抓不着人，有劲没处使！"

　　在一片狂叫声中，李大裤裆环视屋内一番，又把眼光放在众人身上："你们这样哪行？看看，看看，屋里跟猪圈似的，人也一盘散沙，耍钱的耍钱，逛窑子的逛窑子，听蹦蹦戏的听蹦蹦戏，能成什么大事？你们得有个组织，有个名号，那才响亮！"

二狗说："李叔，我们这些人除去一肚子仇恨，什么也不懂，什么也不知道。干脆，你带我们干吧，我们听你的。"

众人相互看看，觉得二狗说得有理，便请李大裤裆牵头。

李大裤裆此来就是收拢这些人的，见目的达到了，也就当仁不让："那好，既然哥们儿爷们儿看得起，我就牵这个头。老辈人说，名不正言不顺，咱也得有个组织，有个名。咱不是趁黑夜杀人吗？就他妈叫黑杀团！二狗心眼多，手狠，当团长，大狗当副团长。下面分两个小队，金贵当一小队队长。哎，那个麻子，我看你挺恨共产党的，你就当二小队队长！"

李大裤裆见大家没有异议，站起身，又啧啧地摇头："看看你们这儿，嗯？破房子破枪，整个是老公骑骗驴——少鸡巴没蛋，这不行。你们收拾收拾，明儿跟我住到黄村去，保你们吃得好住得好，全换上新枪，到各村办事也方便。"

大伙儿簇拥着李大裤裆往外走，二狗凑到李大裤裆跟前，笑嘻嘻地说："叔，今儿留下吧，我请你去天桥'豆汁儿舒'喝豆汁儿、吃焦圈儿。饭后到前门外的广和戏楼，听小白玉霜的秦香莲。完了往西一出溜，就是八大胡同，在清音小班叫个姑娘，好好松快松快。"

李大裤裆扬手给二狗一个脖儿拐："我说你小子别整天弄这着三不着两的，你现在不是那个赶车的把式，是黑杀团团长了，想点儿正事行不行？"

李大裤裆急着回黄村，不是他惯吃腥的老猫戒了荤，他是正热恋着二丫头。

张运来在南辛庄打死鸡贩子周家福后，就把二丫头带到了礼贤，找个房子养起来。吴敬礼是二丫头的老情人，短不了前来找乐儿。张运来不敢惹吴敬礼，也就忍着气，睁一只眼闭一只眼。吴部被独立营歼灭时，可巧张运来外出办事，躲过一劫。他不敢再住礼贤，带着二丫头来到黄村，有一顿没一顿地混日子。李大裤裆到黄村驻扎，张运来就投奔了李大裤裆。李大裤裆听说张运来原是吴部的人，高看一眼，当即委了他个班长。张运来为表谢意，请李大裤裆到家里喝酒，不想李大裤裆一眼就看上了二丫头。二丫头十四五岁就跟吴敬礼瞎咧咧，早就没了羞耻，喜的就是有钱有势，能供她享乐，能给她刺激的男人。李大裤裆是大兴县保安团副团长，又长得高高大大，正是二丫头理想中的人物，见李大裤裆频频向她抛媚眼，正中下怀，便使出勾人手段，娇俏妖媚，风情万种，馋得李大裤裆恨不得当场就与她成其好事。李大裤裆走后，张运来醋劲大发，和二丫头大吵大闹。二丫头却淡定得很，说："我又不是你八抬大轿娶来的，想跟谁就跟谁，你吃的什么干醋，发的什么邪火？"倒把张运来问住了。后来，二丫头主动找李大裤裆，李大裤裆把张运来提升为小队长，发到远离黄村的安定去驻防，他和二丫头就住到了一起。李大裤裆完全被二丫头迷住，一宿也不想空过。二丫头没想到李大裤裆的那个肉球那么恶心人，看到就反胃，可贪图李大裤裆能给她吃鸡鸭鱼肉，能让她穿绫罗绸缎、戴金银首饰，也就咬着牙认了。

十二

李大裤裆一出永定门就打马飞奔，杨小山紧随其后。抗战胜利，杨小山本想归队，李大裤裆被国民党收编后，上级指示他继续留在李大裤裆身边。冀中七十六团攻打固安县城，就是他把城防图偷偷绘制下来，交到"油条张"手中，再转给攻城部队的。固安城破，"镇北关"和李大裤裆北逃，他也跟到北平，最后来到黄村。杨小山在黄村两眼一抹黑，与上级失去联系。他只能暗中多观察，尽量积累情况，待上级联络他时，一总汇报。李大裤裆来货栈，杨小山知道必有缘故，不然以李大裤裆这样的人物，绝不会对那个破大院感兴趣，他本想跟进去探个究竟，可李大裤裆让他在门外看马，他只能干着急没办法。见一群往外送的人里夹杂着几个穿长袍马褂戴疙瘩帽的，李大裤裆还对一个长相凶恶的壮汉说什么"黑杀团"，杨小山猜着里面有事，便想套李大裤裆的话。他给马加了一鞭，与李大裤裆跑个齐肩，故意发牢骚："团长，这帮人他妈不是东西！天都这早晚儿了，也不说留咱住下，让大老远地往回赶！"

李大裤裆喘呼呼地说："不是他们不留，是我不愿住。"

"这是一帮什么人呀？乱七八糟的！"

"乱七八糟？你可别小看了他们，将来有大用处！"

"就他们？一个个歪瓜裂枣的！"

"我说你小子懂点儿规矩好不好？别老是东问西问。知道事多了，装在肚子里闹心！"

李大裤裆跑进黄村大街，已是老爷儿压山，雾蒙蒙的暮霭中飘荡着焦煳味的炊烟。一群群麻雀或跳跃在院旁的树枝间，或站在屋檐上，叽叽喳喳地叫闹着，等待归巢。李大裤裆把缰绳扔给杨小山，卡拉着腿走进保安团团部。

"镇北关"正坐在泡子灯下，就着烧鸡、猪头肉喝酒，见李大裤裆进来，连连招手："哎哟老弟，这早晚儿还回来？我以为你到八大胡同乐和去了呢。来来，喝酒！"

李大裤裆扔下马鞭子："看大哥说的，军务这么繁忙，兄弟我能干那样的事？"

"镇北关"笑骂："兄弟，这话说给别人听，有可能信。跟哥哥我说，那不是扯淡吗？我还不知道你是什么变的？只要后腰不被枪顶着，你是见了娘们儿就走不动道！"

李大裤裆也笑："大哥说得我是没有一点儿人身了！我真是为正事回来的。"

"镇北关"敛起笑容："那事谈好了？"

"一谈就成。就那帮臭鱼烂虾，哪个是能顶起锅盖的？就等我去牵头呢。"李大裤裆端起酒盅，嗞儿的一声喝干，"我还给他们起了个名号，叫'黑杀团'，这两天就搬到黄村来了。"

"好！这些日子，你看共产党能的，还真以为坐了天下，折腾得那个欢实！别让他们太得意喽，该给他们加点儿佐料了！"

"对！等二狗一到，就叫他们下去，先宰几个，杀杀共产党的威风！哎，大哥，你自个儿慢慢喝着，我得走了。"

"镇北关"又淫笑起来："兄弟你真有艳福。别看二丫头是个土货，可真够骚的。就你这身板，可得悠着点儿，别正事没干，先让娘们儿拉垮喽！"

李大裤裆也打个哈哈，匆匆走了。

二狗带着人来到黄村的第三天晚上，"镇北关"、李大裤裆摆了丰盛的筵席款待。酒足饭饱，"镇北关"训话："共产党分了你们的地，抢了你们的粮，他们是你们不共戴天的死敌！今天我给了你们枪，给了你们子弹，就是让你们去报仇的！你们要是爷们儿，到村里就狠狠地杀，狠狠地抢，给那些穷小子一点颜色看看，得胜回来我还请你们喝酒！"

李大裤裆接过话："郝团长说得对！你们也看出来了，有共产党在，就没有你们这些人的好日子过！杀，把跟共产党跑的穷小子杀光！抢，把你们的浮财再夺回来！今天是有他们没我们，有我们没他们，跟他们死磕了！"

地主们心中的怒火被点燃了，鬼叫狼嚎地鼓噪起来。

很快，一群被酒精烧红眼、满怀仇恨的匪徒，赶着几辆大车，消失在黑暗中。殷麻子引路，来到他的老家殷家场，先在村口放上岗，然后悄悄把几个村干部家包围起来。殷麻子带头闯进贫农团团长李春堂的院子，砸开屋门，从被窝里拉出李春堂，啪啪就是几个嘴巴："我叫你斗我！我叫你挖我的浮财！今儿我先给你来个透明窟窿！"

二狗拦住殷麻子拿刀的手："哪能那么便宜他？先把他弄到保公所去，等会儿有他好受的！"

很快，五个村干部都被抓来了，他们大都赤着身子，因为谁也没想到会出这样的事，都躺在被窝里睡大觉。五个人被五花大绑捆起来，高高吊在房梁上。

殷麻子拿根劈柴棍子，挨个儿猛抽："你斗我呀！你打我呀！你个穷得掉渣儿的穷种，共产党来了看把你美的！你再唱呀，你再跳呀，你再斗地主挖浮财呀？没想到你们也有今天吧？"

二狗的怒气也蹿上来，一挥手："还他妈傻愣着干什么，动手！"

众匪徒一拥而上，木棍子、枪托子狠狠打在赤裸的肉体上，打得几个人一片惨叫。

二狗托起李春堂的下巴，李春堂的满槽牙齿都被打掉了，顺着嘴角哩哩啦啦流着血水。二狗像猫戏老鼠似的狞笑："怎么样？比闹土改好受吧？知道吗？这就叫一报还一报！你不是跟着共产党跑吗？共产党怎么不管你了？"

李春堂鼓起全身力气，将一口血水啐在二狗脸上："你……你等着，你们得不了好死！"

又羞又恼的二狗一抹脸，从怀里拔出剔骨刀："宰了他们！"带头将尖刀刺入李春堂的肚子。

二狗见五个人都断了气，又下令："挨家翻，凡是值钱的，都拉走！"

金贵带着几个人砸开一家土门楼，扛起厢房里的棒子包就往外走。一个披着大袄的老头从正房里跑出来："你们不能抢我的东西呀！"

金贵一脚把老头踹倒，老头仍抱住金贵的大腿不放："你们不能抢我的东西！"

"去你姥姥的！"金贵抡起枪托砸在老头脑袋上。

"我跟你们拼了！"一个小伙子挥舞着菜刀扑上来。

金贵有些慌，退后几步，一枪将小伙子打倒。

枪声惊动了整个村子，狗们疯狂地吠起来。有的人家亮起了灯，很快又熄灭了。

二狗跑过来："找死啊？谁打的枪？"

金贵一指地上的尸体："这小子用刀劈我！"

殷麻子挤上前，一把揪住金贵："这是我姑父家呀！"

金贵一下傻了眼。

二狗看看天："别闹了，赶紧走！天一亮，八路军过来，就走不了了！"

十三

河桩与金驹并肩趴在树丛后，目不转睛地盯着远处的小道。

殷家场惨案的发生，震惊了县政府和独立营，李斌立即派人通知各区各村提高警惕，严加防范，并请张卫、河桩等人前来，召开联席会议。会上，李斌通报了几起基层干部被杀案件后，悲愤地说："这些干部，是我们费了多年心血培养起来的，是我们依靠的中坚力量。他们没有死在日本人手里，却被土匪、反动武装杀害了，实在令人痛心啊！为了保卫解放区的安全，为了保卫胜利果实，我们一定要把这些祸害铲除掉！"

河桩惭愧地站起身："李书记，保卫大兴，是我们独立营的责任。我亲自带队，消灭这些匪徒！"

"张团长，"李斌转向张卫，"你的意见？"

抗战胜利后，张卫从北上支队调离，到冀中十分区主力七十六团当了团长，驻防庞各庄。他自进入会场，就一直冷着脸，默然沉思。听李斌问他，才抬起头，语气沉重地开了口："眼下的形势很严峻啊。种种迹象表明，蒋介石是要打内战了。就在前几天，有三个美国人坐着吉普车，打着军调处的招牌，来到庞各庄，围着我军事驻地进行侦察，被我扣押。后来经请示军分区，把他们交给了北平军调处。大家都知道，美国是支持蒋介石打内战的，此时他们敢明目张胆地来刺探军情，说明他们要动手了。所以说，土匪的抢劫，不是简单的杀人越货，反动地主武装杀害我基层干部，也不是单纯的阶级报复，这是敌人阴谋的一部分，不能等闲视之。"说到这儿，他又粲然一笑，"不过也没什么，有道是，兵来将挡，水来土掩。蒋介石要打，咱们就陪他打，大不了再打八年！王营长，你放手干，兵力不足，我支持你！"

河桩连连道谢："多谢张团长。只是你驻守庞各庄，是咱十分区的最前沿，面对北平城里成千上万的国民党军，还有咱们的死对头，黄村的李大裤裆，压力更大。收拾这些小鱼小虾，还是我们独立营干吧！"

散会后，河桩和志刚赶回营部，研讨敌情。大家认为，袭击殷家场的，应该是王德刚、王德会股匪，因为他们盘踞在芦城一带，距离殷家场较近，而且自投靠李大裤裆后活动频繁，经常到各村骚扰，便决定打他的埋伏。河桩把大部兵力留在礼贤，保卫县委县政府，自己带李三林的一个排，和新提升副营长的金驹一起，出来寻找战机。

在沙岗后趴了半天不见动静，李三林心急地来到河桩身边："营长，敌人是不是不来了？"

河桩嘴里嚼着草轩，头也不回地盯着前方："急什么？心急吃不了热豆腐。"

"我们干吗不去抄他的老窝？那多痛快！"

金驹扑哧笑了："我说三林，你当排长几年了，怎么还不会动脑子？王德刚有多少人？五十多人。我们多少人？三十人。三十人去攻五十多人守的据点，一时半会儿能打下来？枪声一响，相距咫尺的李大裤裆能不来增援？那我们不就两面作战，腹背受敌了？有胜利的把握吗？"

李三林脸一红，捅了金驹一拳："看把你能的！要不河桩哥推荐你当副营长？"

河桩听着两个师兄弟斗嘴，心里甜丝丝的，他从心眼里喜欢这帮出生入死的弟兄们。

"嘿，来了！"李三林突的一声低叫。

小路远处，出现了一支稀稀拉拉的队伍，吵吵闹闹地走了过来。

几个人迅速退到沙岗背后。

"准备战斗！"河桩看战士们各自进入了射击位置，又命令，"都把手榴弹拿出来，等他们走近了，先炸他个稀里哗啦！"

那支乱哄哄的队伍正是王德刚带出来的。王德刚新娶来个小妾，爱得心肝宝贝似的。那小妾不是个正经人，此前嫁过三四回，是个见过场面的，懂得打扮，不是要花要朵，就是要银镯子金耳环，要得王德刚手里挺紧巴，就想出来捞一票。王德会不愿动，说，哥呀，什么事都得有个够。咱们这阵子可没少闹事，独立营也不是吃素的，你老捅鼓他，说不定就急了，正张着网等咱呢。王德刚不以为然，他最看不上弟弟胆子小，得过且过的脾性，坚持要出动。王德会见拦不住，就假称闹肚子，留下一部分人和他看家。王德刚这回选中的是鹅坊。鹅坊是永定河河堤下的二个大村子，富户多，油水足，距离庞各庄、礼贤有二三十里，抢完就跑，共产党就是得到信息，也是远水救不了近火。独立营就是真来追，他就往黄村躲，李大裤裆在黄村有三四百人，而且还驻扎着国民党的正规军，独立营那点儿武力，是不敢摸老虎屁股的。王德刚想得高兴，用"懒驴抽"捅捅头上的礼帽，正正肩上斜挎的盒子枪，顺手在黑毛走骡屁股上拍了一掌，走骡跑跳起来，颈下的铜铃哗啷啷地一片响。他扭头朝后喊："弟兄们，点儿呀，到了鹅坊撒开了抢！回去咱就大碗喝酒，大块吃肉，大把分票子啊！"

匪徒们嗷嗷叫着，夹起枪，跟在骡子后面奔跑，蹚起的烟尘弥荡在拔节孕穗的麦田里。

此时已是阳春三月，杨树柳树的嫩叶舒展开了，远看葱翠朦胧的，形成绿莹莹的屏障。各种野花经一夜细雨的滋润，也姹紫嫣红地争鲜斗艳。轻盈的蝴蝶和嘤嘤嗡嗡的蜜蜂在花间穿梭着，忽而在这朵花上停一停，忽而在那朵花上站一站，忙忙碌碌地不识闲儿。一对喜鹊嘴上叼着枯枝，无声地飞落在一个高树杈上，为它们未来的孩子筑窝。更有几只野兔在绿草间嬉闹，忽被响动惊觉，站直身子，拱着两只前腿竖耳静听，猛地伏下身，一溜烟跑得了无踪影。

王德刚来到沙岗前，见岗上树木茂密，杂草丛生，静悄悄的毫无动静，突然起了疑心。他勒住走骡："弟兄们，到岗上看看！"

匪徒们一窝蜂地向沙岗拥去。刚到岗前，一群黑乎乎的东西便迎面砸下，随即响起剧烈的爆炸声，几个匪徒被高高掀起，又重重摔下。

"有八路！"王德刚惊叫一声，拨转骡头，往后就跑。

匪徒们平日欺负手无寸铁的老百姓比豺狼还凶，遇到真阵仗，那就变成兔子了。他们见王德刚先跑了，也就四散奔逃。

河桩跃上岗顶，一枪撂倒一个小匪，振臂高呼："同志们，冲啊！"

战士们呐喊着，冲下沙岗。

王德刚打着骡子，往永定河堤狂奔。堤坡上古树密布，遮天蔽日，是藏身潜逃的好去处。

河桩认出王德刚，哈下腰猛追。

几年前，河桩与王德刚曾有过一次相遇。那天，王德刚正押着几个肉票往回走，棒子地里冲出河桩，拦住去路："什么人？报个名号！"

王德刚见对方人不多，豪横地一指鼻子："怎么着，连我王德刚都不认识？"

"哟嗬，是王大当家，"河桩拱拱手，"久仰久仰！"然后一指那些被捆绑着的肉票，"这是怎么回事？"

"你是喝河水长大的？管得倒宽！"

"王大当家，眼下国难当头，你手里有枪，不去打鬼子，专欺压老百姓，算什么英雄？不怕让人骂八辈祖宗吗？"

王德刚被激怒了，倏地将枪指向河桩的胸膛："你小子真是不知道马王爷三只眼，敢教训我？来人，绑了！"

王德刚的话音刚落，金驹一个箭步窜上去，用枪顶住了他的脑袋："你敢！让你的人把枪放下！"

王德刚吓尿了："你们，你们……"

金驹自豪地一摆头："我们是八路军独立营！"又用下颏儿点点河桩，"他，就是我们王营长！"

"独立营？啊，知道知道。弟兄们，快，快把枪放下，误会了！"

"误会了？"河桩冷笑，"你们不杀鬼子，只打家劫舍，祸害乡亲，有什么误会？"

"哎呀王营长，你不知道啊，自打张支队长、李书记跟我谈了，我就想打鬼子。可我们没吃没喝，没穿没戴，只能自筹粮饷啊！"

河桩以前听张卫、李斌说过和王德刚谈判的事，也觉得他确有难处，就教育一番，把肉票留下，将他们放了。可以后再去找他，王德刚却躲着不见面了。

眼看王德刚就要跑上堤顶，河桩挥枪打去。王德刚双手一扬，摔下骡背，顺着堤坡，骨碌碌地滚下来。河桩跑上前，用枪指着他："跑？你杀害我们那么多人，还想跑？"

王德刚举着双手，连连求饶："王营长饶命，王营长饶命！杀村干部的事，都是李大裤裆让我干的！"

在河桩的威逼下，王德刚交代了他和李大裤裆的勾结，交代了他制造的几桩血案。

"你还有一件没交代！"刚跑到近前的金驹说，"殷家场的事是不是你干的？"

"不，不是。殷家场的事我听说了，可那真不是我干的！"

"那是谁？"

"我，我不知道。"

"那么多人被害，你敢说不知道？"

"我真不知道！真是不知道！"

"我让你不知道！"金驹抬手一枪，把王德刚的脑袋打开了花。

十四

　　李斌听了河桩、金驹的汇报，一时也摸不着头脑："永定河边的土匪虽然不少，可多是三三两两的散匪，成点儿气候的，就是王德刚、王德会那帮子人。殷家场血案不是他们制造的，那能是谁？难不成又冒出来一股子？"

　　金驹猛地一拍脑袋："会不会是大狗二狗？他们拐了浮财一去不回头，金宝、金贵也失踪了，说不定是他们混到了一块儿！"

　　河桩被提醒："嗯，很有可能！当时二狗一气献出那么多浮财，我就有怀疑。他们要是攒成一伙儿，肯定和李大裤裆有勾搭。"

　　李斌叹息："一个李大裤裆就够我们头疼的了，再加上这几个，破坏力就更大了！"

　　"妈的，河沿怎么净出这些王八蛋！"金驹恨恨地骂，"他们要是投了李大裤裆，肯定就在黄村。我去黄村一趟，摸摸底细。搞清楚了，找机会凿了他！"

　　"不行，"李斌摇头，"你们都是一个村长大的，一眼就能认出来，太危险了！"

　　"危险也得去！不然，以后我们吃了亏，都不知道防着谁。"

　　河桩也赞成金驹的想法："不摸清情况，心里总是没底。"

　　李斌也无他法，只得同意。

　　两人一出李斌的屋，河桩就问："有把握吗？"

　　金驹嘻嘻地笑："营长你放心，你还不相信我？"

　　其实金驹嘴上这么说，心里也没准谱儿，这种事谁能有十足的把握？只能见机行事。碰上就打他狗日的！金驹恨透了这几个凶残狠毒的乡亲。

"你别嘻嘻哈哈的，这可不是闹着玩。熟人熟脸的，难度太大，咱得好好研究研究。"

就在河桩和金驹在灯下冥思苦想的时候，麦穗进了门。她从怀里掏出一个手绢包，打开，竟是两块热腾腾的馏白薯。

"呦，这个季节，你哪儿来的这好东西？"河桩一边给麦穗让座，一边说。

"房东给的。他家每年都炕白薯秧子，剩下的，就当稀罕物儿吃。"

"找金驹吧？你们说话，我去查查岗。"河桩拿起一块白薯，笑着站起身。

"瞧河桩哥，净开我的玩笑。"麦穗故意朝金驹一撇嘴，"谁找他呀！"

金驹和麦穗虽然住在一个镇上，却也不常见面，今天见麦穗主动找上门，心里高兴得不得了，便朝麦穗做个鬼脸："你就不会跟河桩哥说，想我了？"

去你的！做梦娶媳妇……"麦穗话到半截儿忙打住，自己先咯咯地笑起来。

三个人说笑几句，麦穗便端正了脸色："李书记让我来送通知，请你们营干部马上到他那里去一趟。"

河桩不敢怠慢，忙叫金驹喊上志刚，急急地去了。

昏暗的油灯下，李斌正和一个罩着蓝花手巾的姑娘说话，旁边还坐着一男一女两个年轻人。见几个人进来，李斌站起身："你们看看，谁来了？"

女人摘下头巾，转过脸，竟是腊梅！

"腊梅？"河桩惊喜地抢上前，紧紧握住腊梅的手。

"河桩哥，又见到你了！"腊梅也激动得眼里盈满泪水。

志刚、金驹也高兴地围上来问长问短。

原来，腊梅到延安后，即进入抗大学习。毕业后，上级领导见她机灵果敢，又满身武艺，便要调她到社会部工作。征求意见时，腊梅不同意，坚决要求回冀中。到冀中后，她又要求来大兴。十分区党委书记旷伏兆考虑到大兴是斗争前沿，形势复杂，正需要她这样的干部，便任命她为大兴县敌工部部长。腊梅拿到介绍信，便和两个助手日夜兼程，到县委报到。

"太好了，以后，我们又能并肩战斗了！"河桩回想起南辛庄那段经历，心里又是怀念又是悲痛："可惜，洪司令他们……"

腊梅在延安就已得知母亲和全家被害的消息，此时提起，还是忍不住掉下泪来。河桩几个人和洪部是有深厚感情的，见腊梅这样，也都痛苦得说不出话。

好久，腊梅才哽咽着说："我妈我哥，还有那帮弟兄，是为抗日牺牲的，也算死得其所了！"

"是呀，是呀，"众人忙借机劝解，"洪司令是民族英雄，永定河两岸的人们是不会忘记她的。"

大家唏嘘了一阵，平静下来。腊梅抹干眼泪："好了，过去的事不提了，说工作吧。"

腊梅指着身边的一男一女介绍说："这是我带过来的两位同志，鲍国强，邹珮，别看他们年纪轻，可都是具有丰富斗争经验的优秀干部。我到大兴县当敌工部部长，在县委领导下，开展搜集情报、铲除敌特、瓦解敌人的工作。临来时，分区领导给了我一个内线，划归大兴体系。这个人一直隐藏在李大裤裆身边，叫杨小山。我得马上去黄村一趟，跟杨小山接头。我对黄村不熟，需要有人配合。听李书记说，独立营也要去黄村侦察情况，正好一起去。"

河桩说："去和杨小山接头？好啊！他在固安的时候，没少给我们送情报。没想到他还在李大裤裆那里！"

"河桩哥认识杨小山？"腊梅的脸色严峻起来，"还有谁知道杨小山的事？"

河桩想了想："除去我们在座的几个，就是我大爷王老奎，还有固安北关的'油条张'。腊梅你放心，绝不会走漏风声。"

"杨小山的事就限定在这个范围内，不能再扩散了。泄露出去，会给我们的工作带来损失！"

在前往驻地的路上，腊梅突然挽住河桩的胳膊，动情地问："河桩哥，这几年我可想你了，你想我了吗？"

腊梅的脸离河桩很近，一股好闻的气味直往河桩鼻子里钻。河桩不好意思起来，抽抽胳膊没抽动，只好尴尬地笑笑："瞧你，都当部长了，怎么还跟小丫头似的？"

"我就是小丫头嘛！我刚多大？二十三，就成了老太婆？"

"是是，你是小丫头，你还是南辛庄时候的那个小丫头！"

腊梅高兴地跳了两跳："就是嘛，你也还是我以前的那个河桩哥！那时候，我哭着喊着要跟你打鬼子，你硬是不要。现在怎么样？我们还是到一块儿了吧？"

邹珮跟在后面哧哧地笑。

腊梅正色道："邹珮你别笑，王营长就是我哥。现在我一个亲人都没有了，王营长就是我亲哥！河桩哥，你说是吧？"

河桩又感动又无奈，只得嗯嗯地应着。

志刚想不到腊梅还是这么孩子气，为给河桩解围，便故意装委屈说："腊梅你太偏心，只跟你河桩哥亲，我们都成外撇帘儿了！"

腊梅停住脚步嚷嚷："谁说你们是外撇帘儿？你们都是我哥，整个独立营的人都是我的亲人！"

河桩听了腊梅的话，心里一动。他在黑暗中看了志刚一眼，加快了脚步。

十五

　　黄村卡子前，腊梅化装成教书女先生，鲍国强和邹珮扮成探亲的小两口，在保安队虚张声势的咋呼声中进了镇。远处的金驹见无意外，也把头上的破草帽拉了拉，挑着两筐青皮萝卜来到卡子口。

　　"站住！"

　　一个龇着大牙的保安队员把枪一横，挡住了金驹。

　　腊梅几个人一惊，慢慢停在路旁，偷眼观察动静。鲍国强把手伸进鸡蛋篮子里摸枪，腊梅连忙抬手制止。

　　金驹把担子放下，笑嘻嘻地朝大牙哈哈腰："老总，有事？"

　　大牙不理他，两眼盯着萝卜筐："这早晚儿还有萝卜？"

　　"这是心里美，脆着哪！"

　　"不糠？"

　　"不糠，在深窖里埋的，比鸭梨还好吃呢。"

　　"你就吹吧。我倒听说西红门的萝卜是贡品，你是西红门的？"

　　"我倒不是西红门的，可这萝卜的品种和西红门的一样。你没听过'西红门的萝卜叫城门'这个故事？"

　　据说，西红门有一块地，土质特殊，专适合种心里美萝卜。上冻前把萝卜拔下，埋在土窖里，不糠不暄，能吃到来年麦秋。那一年麦子黄梢时节，慈禧太后胸中烦闷，心火上升，叫嚷着要吃脆梨败火。这可把大太监李莲英急坏了，这个节气，到哪儿去找脆梨？可也不敢违背懿旨，只得苦着脸到市面上蹓摸。正在焦急之际，忽见路旁摆着一堆青皮大萝卜，最顶上还放着一个切成梅花瓣儿的，红艳艳的瓤儿在阳光下闪着水灵灵的光。李莲英一见，忙走上前去。卖萝卜的老汉用小刀劈下一条，双手送上。李莲英一边接过，一边问，这萝卜怎么皮是青的，瓤儿是红的？老汉说这叫"心里美"。一尝，又脆又甜，就买了几个返回宫。慈禧先还不高兴，可尝了几口，脆生生的比梨还好吃，大喜，立即将其封为贡品，下令定期供奉。古时候，北京的城门是按时开关的，除非有兵马司特发的腰牌，任何人不能随便出人。菜农进城送菜都是起五更，图的是菜蔬新鲜。可来到城下，天才蒙蒙亮，守城兵丁不给开门。慈禧得知这一情况，特意颁旨，凡是西红门送萝卜的，即可开门放人。自此，就有了"西红门的萝卜叫城门"的传说。

大牙朝滔滔不绝的金驹撇撇嘴："我就不信萝卜好吃得赛过梨！"

金驹赔着笑："爱吃萝卜不吃梨嘛，各有一好。老总，要不，您也尝尝？"

金驹在筐里找个顺溜的，抹擦抹擦泥，送到大牙眼前。

大牙接过来，拔出刺刀，把萝卜劈成四瓣儿，红艳艳的萝卜心显现出来。"呦，还真是心里美！"大牙叫着，张开大嘴咔嚓就咬了一口："嗯，脆，好吃！"

几个守卡子的保安队员听说萝卜好吃，呼啦围过来，你争我抢地乱拿。

大牙此时倒动了恻隐之心，使劲推搡："行了行了，别他妈贪心不足，跟八辈子没吃过好东西似的！"然后朝金驹一摆脑袋，"还不快走？这帮家伙都是属猪的，晚一会儿筐就见底了！"

金驹答应一声，挑起萝卜筐急忙离开。

腊梅拐进一条僻静小巷，见一座坍塌的小庙，往四处看看，便走了进去。鲍国强和邹珮也随后而入。

金驹把担子放在庙门旁望风。

腊梅三人在庙内搜寻一遍，没有发现可疑迹象，便向鲍国强使个眼色。鲍国强点点头，出门而去。

鲍国强来到保安队部，向站岗的敬根烟，又递个笑脸："借光老总，能给找一下杨小山吗？"

"你是他什么人？"

"我是他表弟，有急事找他。"

"等着！"

站岗的进去一会儿，一个保安队员来到门口。

"小山表哥！"鲍国强不认识杨小山，故意带着名字冒叫一声，见那人闻声往这边瞅，认定是要找的人，忙说，"我姑姑病了，想你，让我来找你。"

杨小山听出这是另一套联络暗号，心中一阵狂喜，忙搭了腔："表弟，是你呀！我娘身体不是挺壮实的吗？怎么会病了？"

"唉，人吃五谷杂粮，哪有不得病的。"

暗号完全对上。杨小山回头看看站岗的并没有注意他们，便说："走，我们找个地方坐坐。"

"跟我来。"鲍国强低声说着，头前走了。

两人来到破庙前，鲍国强接替了金驹，金驹领着杨小山走进门去。刚一进门，杨小山就激动地低喊："哎呀，你们可找我来了！这些日子把我急的，都快憋出犄角了！"

几个人寒暄一阵后，杨小山便把他所掌握的情况做了汇报。

金驹问："你们这儿最近来了新人没有？"

"来了。是李大裤裆在北平城里收拢的，都是从解放区逃亡的地主富农，有三四十人。李大裤裆给他们发了枪，还给他们起了个名号，叫'黑杀团'，领头儿的叫孙二狗。李大裤裆对这些人很照顾，让他们单独住在一个大院子里。听说有几个人跟李大裤裆是一个村的。"

"他妈的，果然是这几个王八蛋！"金驹恨恨地骂，"殷家场的事是不是他们干的？"

"是，李大裤裆还给他们摆了庆功宴。听说李大裤裆叫他们专门黑夜搞暗杀，杀干部，杀积极分子。要不，怎么叫'黑杀团'哪。"

"早晚跟他们算账！"

腊梅说："这股反动地主武装比土匪还凶恶，他们有明确的政治目标，对我们充满了仇恨。小山同志，你要时刻注意他们的一举一动，以便独立营找机会消灭他们！"

"有了情报，我怎么跟你们联系？"杨小山问。

"我刚才想了个主意，鲍国强和邹珮留在黄村，开个夫妻小饭店，作为联络站。你有了情报，就送到他们这里。你们看？"腊梅征询地看看几个人。

"那可好，"杨小山高兴地说，"有战友并肩作战，我也不孤独了！"

腊梅让金驹把鲍国强叫进来，又把自己的想法说了一遍。鲍国强和邹珮对对眼神，也都点了头。腊梅便让杨小山帮忙物色房子。

十六

　　转眼天气就到了初夏，在暖熏熏的东南风里，小麦长足了身量，顶端的叶片渐渐变粗，两三天后就咧开嘴，半隐半现地钻出嫩绿色的麦穗。早播的玉米苗也长到一拃长，农人挥动两只薅勺，撅着屁股倒退着腿，开始定苗。各种野花在田间沟垄上绽放，摇晃着小脑袋争奇斗艳。可在这明丽的艳阳天背后，战争的阴云却破棉絮般的翻滚着，越来越浓。

　　中共北平工委传出信息，国民党军将有进攻北宁路南解放区的行动。

　　杨小山经鲍国强递出情报：黄村的敌人活动异常。

　　庞各庄的形势陡然紧张起来。

　　庞各庄是个古镇，史载辽金时期就已形成村落，后渐次扩大。明万历年间河宁巡检司曾设置于此；清雍正、乾隆时期，京师顺天府南路厅也驻扎在这里。镇内饭庄酒肆、银楼商店，鳞次栉比。最显赫的，还是崔家门前的贞节牌楼，那是直隶总督方观承请乾隆圣旨，为义母崔于氏所建。方观承是安徽桐城人，其父曾官居要职，后因受宫廷政变案的牵连，被流放黑龙江。方观承探父路上，病倒在崔家门前。崔家主人名唤崔文煜，娶妻于氏，年方十八。可惜婚后不到两年，崔文煜便撒手人寰，留下褓褓中的儿子崔诚和十九岁的寡妻于氏，苦撑日月。方观承倒在门前时，崔诚已长到十余岁。他早起看雪，见一个二十来岁的青年倒在雪地上，便喊来母亲。母子二人将方观承抬入屋中，延医诊治，精心调养。一个月后，方观承病愈，为谢救命之恩，拜于氏为义母。后来方观承平定青海边乱有功，深得雍正皇帝宠爱。雍正驾崩，又得乾隆赏识。乾隆见他对治理水患有独到见解，就委任他为永定河道台。此后一路升迁，转任陕西、河南、山东等省，直至直隶总督。为感谢于氏的救命之恩，方观承时来看望，并写奏章，请圣命为义母修建贞节牌坊。乾隆帝开始并不以为意，将奏章留中不发。方观承死后，乾隆帝哀其忠能，才恩准在庞各庄村口建造过街牌楼。于氏是贤惠之人，考虑牌楼乃是奉旨所建，官宦人等到此须文官下轿，武将下马，有诸多不便，遂又请旨改建于自家门前。建成后的牌楼华丽精美，通体木质结构，不用一钉一铆，高约丈五，宽有丈二，正中悬一匾额，刻"圣旨"二字，旁镌小款，上款为：乾隆四十四年十二月吉谷旦；下款为：旌表崔文煜之妻诚之母于氏。此事一时轰动四乡八镇，传为佳话。

现今庞各庄位于北宁铁路之南，平大公路西侧，北距黄村二十来里，全镇一千余户人家。北南走向的天堂河依村东流过，河上建有两座石桥，是接连公路和村庄的要道。过去的繁华古镇，此时成了冀中前哨，敌我争夺的重点。

激战前夜，冀中十分区政委、地委书记旷伏兆来到庞各庄视察，鼓励军民联手，打退敌人的进攻。他说："我们是不愿打仗的。抗日战争，我们死伤了多少人？想想就让人痛心。可蒋介石要打，那我们就奉陪，直到打得他低头服气！"

张卫一边领着旷伏兆镇内镇外观察地形，一边表示："请旷政委放心，我们一定守住分区前沿，给进犯之敌以迎头痛击！"

一干人来到崔家门前，旷伏兆望着油漆斑驳的贞节牌楼，叹息道："一百多年了，如此有价值的文物古迹，可惜要被战火毁了！"

此后，军民开展了热火朝天的备战工作。李斌带领县委县政府干部，组织动员八千余民工，昼夜奋战，在庞各庄北、东、南三面，筑起一圈十里长的防御战壕，并沿天堂河布上地雷。同时将镇内主街两侧的住宅全部打通，房上修起高房工事，十字路口还建了街心堡垒，能使房上屋下相互配合，轻重火力连成一片。

张卫站在地图前正琢磨战法，门口传来一阵吵闹。警卫员跑进来报告："团长，一群老乡送酒来了，我不让进，他们非要见你！"

张卫急忙往外迎："快请进来！"

七八个伙计抱着酒坛子，在几位老者的带领下走进院门。

张卫认识兴隆号烧锅的老板："王掌柜，你们这是……"

王掌柜摇头叹息："想中央，盼中央，中央来了更遭殃啊！小日本打跑了，理应踏实地发家过日子了，不想国民党又要打内战。唉，老百姓啊，就是一棵草，风来也刮，雨来也打。还是八路军仁义，吃饭给饭钱，喝酒给酒钱。要打仗了，我们也帮不上什么，送几坛酒，给大军助助威风，多打胜仗！"

张卫要阻拦，人们放下酒坛子就走。

张卫想了想，爽快地一拱手："好，乡亲们的心意我领了！我听过一句俗话，到了庞各庄不喝酒，必是眼子手。这酒，我们喝了！"

庞各庄自古多烧锅，著名的就有兴隆号、南裕丰、北裕丰等几个老作坊，酿出的二锅头闻名京城。过往客商来到庞各庄，没有不打打尖，喝点烧酒的。时日长了，就传出一句话：到了庞各庄不喝酒，必是眼子手。"眼子手"有各色、土鳖、不识货等意思，就如同到了贵州不喝茅台，到了景德镇不喜欢瓷器。

梁国兴站在大街上，指挥战士们修工事："这里位置不错，再建个火力点。"

"营长，没有材料了。"战士为难地报告。

一位在旁看热闹的胖老头听了此话，转身走了。很快，他就领着几个人，抬着一摞木板走过来："长官，我这儿有副棺材板，献出来给你们修工事。"

"老先生，我们八路军不兴叫长官，叫同志。"

胖老头尴尬地笑笑，又连连点头。

梁国兴看着四、五六寸厚的黄花松板材，很是不忍心："这么好的东西，可惜了的。"

在永定河两岸，棺材分几个等级，最次的是薄皮棺材，那是用板材的下脚料拼凑的。还有"三四五"的，即帮厚三寸，底厚四寸，盖厚五寸。"四五六"即帮厚四寸，底厚五寸，盖厚六寸，是最上乘的了。

胖老头摇手："土里埋的东西，有什么可惜不可惜的，你用就结了。"

一个伙计在旁介绍："我们是同源坊酱肉店的，这是我们老东家。"

梁国兴连忙拦阻："老先生，这可不行。您的寿材，哪能糟蹋喽！"

胖老头有些着急："看您这话儿是怎么说的，这哪是糟蹋？这是自保哇！唉，你是不知道啊！二十多年前'打老段'那阵儿，段祺瑞的败兵闯进我的作坊，抢了钱财不说，还把房子烧了个稀里哗啦。小鬼子就更别提了，住在镇上八年，糟害了我们八年，今儿个要肉，明儿个要钱，给慢一点儿，就是一顿狠揍。看看，"胖老头指着一个伙计，"他满嘴的牙，都让小鬼子打掉了。你们八路军多好，在这儿住了半年多，没动过谁家一根草刺儿！老百姓的眼睛看什么？就是看谁能让人过安定日子！唉，这才刚安定几天？又要打仗，真是造孽！别的不说了，只要你们挡住国民党兵，别让他们进镇糟害，我死后拿土蒙脸都愿意！"

胖老头放下木板，头也不回地走了。

梁国兴抚摩着厚厚的木板，看着围观的战士："大家都看到了吧？这就是我们的老百姓！敌人真要敢来，都给我狠狠地打！"

当年，梁国兴和他的保安团由张卫带到冀中分区后，即编入七十六团。不久他就入了党，当上营长。抗战胜利，张卫调任七十六团团长，这让梁国兴非常高兴，一见面就拉住张卫的手："老领导，我又在你的指挥之下了！"此次保卫战，梁国兴坚决要求担任正面防守。

经过研究，张卫带梁国兴的二营和镇内民兵守正面，郭焘政委带一营，李景山副团长带三营在外线配合作战。

几天后的一个拂晓，黄村的国民党军两千多人，由李大裤裆和二狗领路，向南进犯。连续占领东、西、中堡等村后，来到庞各庄镇外。隔着平大公路与天堂河，先行炮击，火力侦察。对面却毫无动静。

二狗第一次见识这样的场面，既兴奋又胆怯，不禁冒出一句："没人吧？"

负责此次指挥的国军六十四团团长楚玉张嘴便骂："放你娘的屁！再敢胡说八道，老子枪毙了你！"

李大裤裆忙拉拉二狗，躲到一边："人家是正规军，看不起咱们这些土包子！"

二狗往地上吐口唾沫："他妈的，还没打仗，先挨顿狗屁呲儿，真他妈晦气！"又盯住楚玉，狠狠地咬牙："小子，别忒狂了，惹急了老子，先打了你奶奶的黑枪，让你死都不知道怎么死的！"

楚玉拿着望远镜看了半天，也没看出什么，便对六十六团团长郭明说："郭兄，你来打头阵吧？"

郭明从心里对楚玉不服气，都是团长，凭什么你来指挥我？不就是你姐姐和师长相好吗？可战场纪律不是儿戏，他不敢明着顶，便朝李大裤裆和二狗喊："你们瞎嘀咕什么呢？过来！"待李大裤裆和二狗来到近前，郭明皮笑肉不笑地说："你刚才不是说镇里没人吗？你们去看看，到底有人没人。"

"我们？"二狗看看李大裤裆。

"对，就是你们。你们是本地人，情况熟。据我观察，镇东北角是个薄弱环节，你们越过公路，抢占北大桥，从那儿往镇里进攻！"

李大裤裆有些犹豫："这……"

郭明眼一瞪："有老子在后跟进，你怕什么？"

李大裤裆无奈，只得指挥保安队向前摸去。

二狗也对"黑杀团"挥挥手："走！"

两人来到公路边，伏在路沟里，伸着脖子往镇上望。

"八路玩的这是什么花样，怎么一点动静都没有？真他妈瘆得慌！"二狗看了半天也没看出眉目，忍不住低声嘟囔。

"八路那套我领教多了，可不好惹，国军这是拿咱们当炮灰！待会儿真打起来，可要多个心眼儿，别像瞎眼驴似的乱撞。死在这儿，不值！"李大裤裆以过来人的身份，嘱咐二狗。

"那我们还打？"

"不打怎么着？不把共产党打跑，有咱好日子过？"

李大裤裆的话激起二狗的仇恨，一咬牙站起身："他奶奶的，人死 × 朝上！小鸡儿不叫就鸡嗝（今儿个）了！弟兄们，给我冲！"

众匪徒刚冲到桥边，就踩响了地雷。随即，镇里射出密集的子弹。

李大裤裆见身边接连有人倒下，忙喊"撤，快撤！"

十七

郭明一见李大裤裆还没打就往下撤，带着一群护卫堵住去路："谁敢后退，我毙了他！"

李大裤裆无奈，只得掉转头来又往前冲。此时，左右两侧响起激烈的枪声，郭政委带队从东，李副团长带队从西，同时杀来，李大裤裆一下子处于三面包围之中。李大裤裆的保安团大部分是由伪军改编的，多少还有些实战经验，立刻卧倒射击。二狗的"黑杀团"哪见过这种阵仗？听着身边的子弹吱吱乱飞，立时就像炸了粪坑的苍蝇，轰的一声漫散了。

殷麻子一边跑一边哭喊："祖宗呀，快显灵吧！我要是让人给撂在这儿，咱家可就绝户了！"

金宝往后跑着，嘴唇哆嗦得说不成话："哥，这……这……可怎么好？"

金贵早已蒙了头："我知道……怎么好？今儿算是进了狗肉柜子！"

还是二狗有横劲儿，他趴在树后，脸色煞白地朝天打了两枪："都他妈给我站住！见过屁包，没见过你们这样的！"

楚玉从望远镜里看着李大裤裆的狼狈相，不满地对郭明说："郭团长，你是打仗还是开玩笑？七十六团可是中共的主力，你让那些乌合之众打头阵，不是白白送死？"

郭明阴沉着脸，不吭声。

"他们已经顶不住了，你去支援一下吧？"

郭明鄙夷地一哼："让他们吃点儿苦头，才知道锅是铁打的。这帮王八蛋，欺负起老百姓凶得跟恶虎似的，真打起仗来，就成病猫了。"

"你，什么意思？"

"我什么意思也没有，就想看看这帮不拉人屎的有多少尿儿！"

楚玉冷冷地盯住郭明："你这是见死不救了？"

郭明从楚玉眼神中读出分量，不敢再懈怠，回头对副官下令："命令一营，攻击东面之敌；命令二营，阻击西面之敌；命令炮兵，向镇内轰击！"

楚玉也命令自己的一个营，冲上去接应李大裤裆。

立时，镇里镇外枪炮声响成一片。炮弹炸起的烟雾，弥漫了整个镇子上空。

张卫伏在战壕里，擦擦溅在嘴边的沙子，命令梁国兴："梁营长，我在这里指挥，你去掌握高房工事的火力点。要注意隐蔽，防备敌炮轰击。等敌人来到近前，一齐开火！"

梁国兴答应一声，弯腰跑走了。

国民党军越上公路，来到天堂河边，张卫大喝一声："打！"

顿时，房上地下同时开火，敌军像麦棵子一般倒了一片。郭政委和李副团长又从两翼包抄过来，敌军支持不住，退回原地。

两次进攻失败，楚玉恼羞成怒，决定孤注一掷："我就不信，堂堂国军两个正规团，竟攻不下土八路的一个镇子！传我的命令，全部兵力压上，不拿下庞各庄，决不罢休！"

面对嗷嗷吼叫着冲上来的敌人，张卫指挥战士们沉着迎击。

梁国兴在高房工事里夺过战士手中的机枪，狠命扫射。

敌人倒下一片，又拥上一批，渐渐越过公路，有的已跳下天堂河。

张卫挺身而起："上刺刀，把敌人拼下去！"

战士们跳出战壕，怒吼着向敌人扑去。

白刃在阳光下闪烁，鲜血在身体上迸流。恶斗持续了不知多长时间，敌人终于退了下去。

战士们靠在战壕里喘息，有的擦拭身上的血迹，有的检查枪弹。卫生员匆匆地跑来跑去，为伤员绑扎伤口，把牺牲的战士抬到后面。

后勤组送来猪肉包子稀米汤。多半天水米未进的战士们，用沾满血污的手抓起包子，狼吞虎咽。

战地宣传员程士祥临时编了快板，在人群中演唱：

主力加民兵，不怕敌人凶。

全民来支援，到处地雷轰。

高墙加地堡，深沟加陷坑。

掏墙来连院，枪眼布哨兵。

敌人猛打炮，我们要冷静。

一听炮声停，必有敌冲锋。

机枪手榴弹，打他遍地红。

保卫庞各庄，看谁立大功！

　　太阳滑入西山，暮霭弥漫上来。枪炮声吓跑了附近的村民，本该炊烟缭绕的时刻，此时却无了人声。楚玉和郭明退到中堡，砸开一个高屋大院，驻扎下来。

　　郭明看着一群群伤兵骂骂咧咧从门前走过，试探地问楚玉：“楚团长，这一仗咱们的损失太大了，是不是请求师长支援？”

　　楚玉苦着脸：“咱们两个团打不过土八路的一个团，传出去不让人笑掉大牙？还有脸求援？不让师长骂个狗血淋头才怪！”

　　“那也不能硬拼下去。把兵拼光了，我们拿什么在军中立足？”

　　楚玉无语，在屋内烦躁地绕圈子。

　　郭明斜视着楚玉：“我说楚团长，你这转来转去的，走百病哪？”

　　“你！”楚玉知道郭明看不起他，想骂又张不开嘴。

　　正在这时，门口传来李大裤裆和卫兵争执的声音：“你让我进去，我有要事向楚团长报告！”

　　郭明朝外吼：“他来添什么乱？让他滚回去！”

　　楚玉拦住：“别别！郭团长难道没看过史书？有时候，鸡鸣狗盗之徒比正经人还能办事。叫他进来！”

　　郭明闹了个倒憋气，便脸色难看地坐在椅子上，不再作声。

　　天近黎明正是最黑暗的时候，也是人最疲乏的时候。二狗和金贵摸到村口，把两个依墙打瞌睡的民兵用刀捅死。李大裤裆一挥手，保安团和一个营的国军便跳进战壕，向村中拥去。

白天激战时，李大裤裆和二狗被那惨烈场景吓坏了，趴在路沟里不敢动。二狗听着一声声惨叫，下巴骨不禁哆嗦起来："真是不养孩子不知肚子疼。这打仗的营生，还真不是好玩的！"

见李大裤裆不吭声，又哭叽叽地问："李叔，我们怎么办哪？"

李大裤裆左右看看："妈的，没什么不能没了命。咱还是黄花鱼——溜边儿吧！"

他俩带着自己的人，顺着路沟，往南开溜。来到镇南，见枪弹打不着了，便又趴伏下来。很快，他们就发现，对面很安静，战壕里只有一些民兵在把守。二狗是软的欺硬的怕，便嚷嚷着要打。李大裤裆说你小子脑袋让门扇挤了？这刚离开虎口，你又惹火烧身？人家国军死了，算阵亡，有抚恤金。你死了，不过一堆臭肉，除去老婆孩子哭你，连根毛都得不着！我们回去报告姓楚的，也算一功。当国军溃退的时候，他们又跑回去，混在乱军中。

楚玉听了李大裤裆的报告，果然很重视，说想不到八路也有漏洞，我们就偷袭那里，撕开口子，打进镇去，给他来个里外夹攻！

郭明还是坚持自己的意见，向上求援。

楚玉不想和郭明闹得太僵，也就同意了。

李大裤裆冲到崔家牌楼时，才被高房上的哨兵发现，立即鸣枪报警。

张卫闻讯组织反击时，李大裤裆已占据了不少民房。

楚玉趁机发起攻击。

外围的两个营想进镇与张卫会合，却被郭明死死阻住。

鏖战到正午，敌军一个团的援军赶到，还配备了三辆坦克。坦克高昂着炮管，炮口中射出颗颗炮弹，冲过天堂河，轧过战壕，在大街上横冲直撞，把工事、地堡碾了个稀烂，逼得战士们节节后退。梁国兴两眼冒火，抱着手榴弹就向坦克冲去。手榴弹的威力奈何不了坚厚钢板，坦克没炸毁，梁国兴却被机枪扫中，栽倒在血泊中。

"快，把营长抢回来！"战士们呐喊着冲向前去。

张卫听说梁国兴负伤，急忙跑过来。

梁国兴满身是血，拉住张卫的手："团长，敌我力量太悬殊了！七十六团是老红军的底子，不能都拼光了啊！"

张卫望着在炮火中纷纷倒下的战士，知道局势无可挽回，只得下令撤出战斗。

突围中，张卫命通信员通知独立营，敌军大举南侵，让他们见机行事。

十八

　　这几天，冯天焕的心情坏到了极点。河沿事件发生后，他知道自己负有不容推卸的责任，主动向李斌做了检讨，可李斌还是没有放过他。李斌特地为此召开了县委扩大会，不仅让他在会上做深刻检查，还对他进行了严厉斥责。冯天焕觉得委屈："我那么做，也是为把工作搞好呀！"

　　"你搞好了吗？"李斌怒不可遏，"斗地主挖浮财，你信用贫农团那个坏头头，撇开王老奎，还硬把他派到地委去学习，这明显是不让他参与领导工作。王老奎是什么人？他是河沿村的党支部书记，一级党的组织！你这么做，是什么性质？挖浮财我们是有政策的，你竟把所谓的'八大家'都挖了，这是什么性质？因为你的严重失误，导致地主分子骗走四大车浮财，到北平买了枪，组织了'黑杀团'，杀害了我们那么多好干部！你说，你给党造成这么大的损失，还配当一名共产党员吗？还配做一个领导干部吗？"

　　冯天焕从来没有受过这样的批评，看着李斌抽搐的脸，布满血丝的眼，他害怕了。他原以为，自己一个知识分子，在一群工农干部中，是很有优势的。没想到，刚工作就犯了错误，而且是那么大的错误。看李斌那样子，就差说他是国民党，是杀人的刽子手了。冯天焕后悔了，他不该来大兴，如果在北平，不仅用不着风餐露宿，在学生中工作起来也得心应手。可现在说什么也晚了，他只得低下头："我错了，愿意接受处分。"

　　冯天焕被撤职了，仍留在区里工作。腊梅接替了他的职务。

　　太阳就要落山，火烧云染红了半边天。冯天焕走上永定河堤，靠着一棵老柳树坐下，望着粼粼的河水发呆。归巢的老鸹站在树顶，呀呀地叫。冯天焕烦躁地捡起一块土坷垃，狠命地朝树上打去："我让你叫！我让你叫！"

老鸹们惊惶地飞走了，洒下一地白屎。

一串清脆的笑声传来："老冯，跟老鸹置什么气？"

冯天焕转过头，腊梅笑吟吟地走上大堤。

冯天焕心里一热，他从见到腊梅的第一眼起，就喜欢上这个清纯开朗的女孩了。在北平，冯天焕也曾有过几个女友，可他总觉得她们小市民气太重，又圆滑又世故，让他心里腻歪。腊梅就像田地里的一株高粱，亭亭玉立，清新中还带点儿野味，强烈地吸引了他。现在，腊梅就站在他的眼前，鸭蛋形的脸，黑白分明的大眼，齐耳短发，窄窄的牛皮皮带束在纤细的腰间，更把胸脯凸显得鼓蓬蓬的，一把驳壳枪斜挎肩上，红绸穗子迎风轻飘，真的是英姿飒爽。冯天焕眼里进出火热的光："洪书记！"可随即他就想到了自己的身份，眼里的光亮立刻暗淡下去。

腊梅抿嘴一笑："老冯，看你，跟我还客气什么？以后咱们就一个锅里抢马勺了，别老是书记书记地叫，太生分。你就叫我腊梅！"

冯天焕默默地点头。

腊梅看看冯天焕的脸色："怎么，背包袱了？"

冯天焕叹口气。

腊梅咯咯地笑："呦，看这脸，拉拉得都到河那边去了。一个大老爷们儿，怎么娘们儿叽叽的！"

"我捅了这么大娄子，以后……"

"知道错就好。错了就改嘛，哪儿栽倒从哪儿爬起来，还是好同志。"

"可我……"

"行了行了，你们这些肚子里有墨水的人，就是心眼子重，花花肠子多。你是想，你被免了职，丢了面子，没脸在这儿待了，怕人不信服你，对不对？"

"你别站着说话不腰疼！"冯天焕心里有些起火，"这事儿搁在你身上，你不这么想？"

"我就不这么想！我要是犯了错，那就是对人民犯了罪，我就更得好好干，赎罪！说真的老冯，我虽然接替了你，可我还兼着县里的敌工部长，事儿多得摆不开步脚儿。你是老党员老干部，经验丰富，得多为区里的工作操操心。"

冯天焕眼里闪出一丝亮光："腊梅同志，你还相信我？"

"你这是什么话！"腊梅正色起来，"都是自己的同志，哪能不相信？"

"好，往后我就跟着你干了。赴汤蹈火，万死不辞！"

"看看，又错了吧？什么叫跟着我干？咱们都得跟着党干！你呀，真是……"

冯天焕拿拳头捶脑袋："你看我这张臭嘴，怎么就说不到点儿上！"

腊梅看着冯天焕的样子，又咯咯地笑了。

冯天焕也嘿嘿地笑起来。

"好了，我刚回来，对咱区各村的情况还不熟悉，你带我转转吧。"

冯天焕脸上又露出难色："这……"

"看看，又小心眼了吧？你以后还要在区里工作，就永远不见人了？放心，没人看不起你！"

就在冯天焕领着腊梅在各村了解情况的时候，礼贤保卫战也打响了，两人匆匆赶回礼贤。

礼贤也是大兴古镇之一，相传燕昭王曾在此修筑黄金台，以召天下贤士，故名礼贤，取"礼贤下士"之意。吴部在此盘踞多年，后被独立营剿灭。中共在京南设立大兴县治后，党政领导机关便设在这里。

自敌人进攻庞各庄的枪炮声传来后，全镇就紧急行动起来，民兵协助独立营建筑防御工事，妇联赶着做军鞋、烙大饼，儿童团加紧盘查过往行人，战争阴云浓浓地弥漫在古镇上空。

这天，一男一女匆匆来到礼贤镇口，被几个儿童团拦住："站住，干什么的？"

年轻姑娘掂掂肩上的包袱："小弟弟，我们就是县委的，有重要情况要向李书记汇报。"

"县委的？我怎么不认识你？"

"我们是新来的。有急事找李书记。"一旁的小伙子搭话。

"我不认识你，不许进村！"

小伙子急了："捣什么乱，误了大事你们负得了责？"

"没有路条，就不让进！"几把锃亮的扎枪捅到眼前。

吵闹声惊动了工事里的铁牛，他扔下铁锹跑过来："小三子，怎么回事？"

年轻姑娘把铁牛拉到一边，轻轻说了几句。

铁牛脸色大变，向小三子挥挥手："三子，把他们交给我吧。"说完领着二人朝镇里走去。

这一对男女便是鲍国强和邹珮，他们在杨小山处得到国民党军要进攻庞各庄和礼贤的准确消息，觉得在黄村待下去已无意义，便一同回来汇报。此时国民党军已包围了庞各庄，两人绕了很远的路才回到礼贤。

十九

根据战斗部署，河桩带领一连进入镇四周的防御阵地。金驹和二愣带领二连，埋伏在镇北于家场的树行子里，伏击敌人。

晨雾散去，太阳升起，被露珠浸湿的裤褂已经晒干，还不见敌人的踪影。二愣捅捅金驹："怎么回事？按情报说，早该露影儿了？"

金驹逗二愣："你这急性子就不能改改？三声叫不来狗，连屎都吃喽！"

"你才吃屎哪！"二愣照金驹肩膀上给一拳，"我不是怕误了战机吗？"

"踏实等着，有肉总能烂在锅里。"金驹说，又把嘴贴在二愣耳边，"哎，听说嫂子有了？"

二愣立时咧开了大嘴，眼角眉梢都是笑："快五个月了！"

金驹羡慕地直咂嘴："你这家伙，干什么都是急的。"

"麦穗还没动静？"

"我们倒想有动静，敢吗？麦穗要是有了孩子，还怎么工作？"

二愣满不在乎："那还不好说，给老娘看着呗！"

金驹叹口气："你老娘行，身子骨硬朗儿的。我娘行吗？弱得一阵风都能刮跑。我不在家伺候就够愧得慌了，还能再给她添累？丈母娘要是好好的，也行，可她更是个病秧子。我这，唉！"

二愣同情地看着金驹："真是家家有本难念的经呀。"

金驹愣了一刻，把眼转向前方："别扯那些没用的了，还是注意敌情吧！"

很快，太阳已转到东南，金驹抬头望望天，不由得也有些急了："邪门儿，兔崽子们怎么还不来？"

二愣瞪金驹一眼："我就说嘛。是不是情报有误？"

金驹站起身，仔细地往四周看看："咱们不在这儿了，咱到北边的平地村去。"

"转移阵地？行吗？"二愣有些迟疑。

"分析战况要兼顾全局。你看，庞各庄在礼贤西北，那里有七十六团守着。敌人要来攻打礼贤，必从北平或廊坊坐火车到安定，下车后从东北方向进攻。平地村离礼贤四五里路，敌人攻击礼贤，很有可能把平地做后方供给基地。咱们埋伏在村子里，说不定能大大捞上一把。礼贤若是危急，我们也能侧面支持。"

二愣佩服得了不得："金驹，你以后还得升！"

"废话少说，快走！"

二连刚到平地村内，礼贤就响起了枪炮声。

进攻礼贤的是国民党十六军二十二师的一个加强营。他们果然是从安定车站而来。带队的张营长趾高气扬，以为对付一百多人的独立营简直就是杀鸡用牛刀，不费吹灰之力，打上几炮吓也吓跑了。所以他一到镇边便架炮猛轰，随后就机枪猛扫。见镇里无动静，张营长忘乎所以了："土八路玩儿完了吧？弟兄们，给我冲！"

河桩满头泥土，守在两支大抬杆儿旁边，命令射手："把火药装足，犁铧片子蹾瓷实，等敌人到跟前儿再打！"

大抬杆儿是打野鸭、大雁的土炮，堂内装铁砂、犁铧片儿，射程虽然短，但射面儿宽，在近距离内是一种杀伤力很大的武器。

冲锋的敌军开始还猫着腰，到镇前时见还无阻挡，胆子便大起来，渐渐挺直了身子。就在这时，一排手榴弹飞过来，随即轻重武器一齐开了火。遭到突然打击的敌人顿时乱了阵脚，丢下几具尸体，退到一片麦田里。

此时的小麦已经孕穗，青嫩的穗头上顶着娇黄的花粉。

敌军趴在麦垄里，用工兵铲挖掘掩体，与我军对峙。

河桩与志刚商量："敌人武器精良，我们不能硬拼，就跟他耗着。等他进攻，我们再打。"

志刚点头："对，这叫以逸待劳。"

敌张营长却沉不住气，连续逼着士兵发起几次攻击，都被独立营打退。

张营长焦躁起来："妈的，想不到几个土八路还挺难啃。敢死队，给我上！冲进镇去，抓住共党大头目，本营长有赏！"

敢死队号叫着冲上来。

独立营沉着应战，远的用枪打，近的用手榴弹炸，大抬杆儿轰。铁牛更是一枪一个，打得河桩、志刚连连叫好。

敢死队的锐气终于丧尽，连滚带爬地退了回去。

二愣听着礼贤紧一阵慢一阵的枪声，心里就像有只小手在挠，痒痒得实在难忍，几次催促金驹："瞧人家那边打得多热闹，咱们不能耷拉着两手干看戏呀！"

金驹靠着土墙，不愠不火："咱们干看戏？咱们在准备演大戏哪！"

金驹坚信自己的判断不会错。

不知不觉，天已正午。麦穗带着一帮妇救会员，用筢笭抬着大饼、咸菜，来到村里。

二愣一边大口嚼饼，一边问："麦穗，营长那边怎么样？"

麦穗把一块腌芥蓝疙瘩塞到二愣手里："二愣哥放心吧，礼贤好着呢。河桩哥和志刚哥带着一连，打退了敌人三次进攻。铁牛哥一人就打死八个敌人。"

二愣听着，不停哎呀哎呀地感叹。

金驹笑着对麦穗说："你别馋他了。再紧着说，他就要跑回礼贤了！"

二愣赶忙摇头："不能，不能，哪能那样。我就是打不上仗心里痒痒。"

金驹满有把握地说："你甭着急，一会儿我们的菜就来了。"

"你怎么知道？"二愣不相信。

"我会诸葛亮的马前课，算出来的。"

"你就吹吧，把天吹个窟窿补不上！"

麦穗看着他们斗嘴，咯咯地笑。

吃过饭，金驹让二愣派出侦察哨，自己靠着土墙闭目养神。

很快，侦察哨跑来报告，有三四十个敌人朝村里来了。

金驹一跃而起："我说什么来着？来菜了！"

金驹让战士们隐蔽好，没有命令不许开枪，自己和二愣趴在村头矮墙后观察情况。

这是敌人的一个辎重排，准备到村里落下脚，再往阵地送弹药。

看着敌人扛着、挑着整箱整捆的枪弹，金驹兴奋地往墙上砸了一拳："真是天助我也！告诉战士们，等敌人全部进了村，以我的枪声为号，给他来个一勺烩！"

二愣乐得咧着大嘴笑："肥肉，肥肉！金驹，我是真信服你了！"

没想到，枪声一响，敌人扔下弹药就往村外逃。

早就憋足劲的二愣见敌人跑了，把枪一挥："追！"直追出二三里地，才喘吁吁地回来。

河桩和志刚得知二连有了大收获，也从礼贤赶来。看着崭新的枪支，黄澄澄的子弹，河桩心爱得不得了："及时雨，及时雨！这国民党还真讲交情，想吃馒头，他就来上供了！"

第二天一早，隐蔽哨来报，村外来了一帮可疑的人。

金驹和二愣忙到村头去看。

只见来人有骑洋车的，有骑毛驴的，也有乘步撵的，都是便装。

"土匪？这一带没有大股土匪呀？"二愣有些发蒙。

"看样儿不会是好鸟。管他是什么，打一下就知道了。"金驹让二愣回去组织队伍，自己在这儿监视。

二愣带着战士冲出来，对方先开了枪。

"敢向咱们开枪就不是好人，捉个俘虏问问。"金驹说着，甩枪将一个骑毛驴的打翻在地。

战士们冲上去把伤者摁住，其余的四散而逃。

"说，你们是干什么的？"金驹用枪顶住俘虏的脑门。

俘虏供称，他们是国民党十六军的侦察排，奉命来侦察礼贤的战况。还说，国军已有一个团在安定火车站下车，配属一个炮兵营，一个重机枪连，准备明天拂晓向礼贤进攻。

金驹觉得事关重大，忙到礼贤向河桩报告。

此时，李斌和腊梅也来到营部。

"王营长，有重大情况，让腊梅传达吧。"

腊梅说，据可靠情报，国民党第十一战区司令长官孙连仲调集第十三、十六、九十二、九十四军各一部分约一万五千人，向大兴、宛平、安次三县县委县政府驻地发动进攻。分区七十六团在进行庞各庄保卫战后，已撤走。国民党军占领庞各庄，又沿平大公路向榆垡挺进。分区前线指挥所指示，鉴于敌军势大，独立营可避敌锋芒，退到永定河南。

腊梅说完，李斌抬头望着天空，久久不语。

大家心里也都沉甸甸的。

最后，还是李斌先开了口："敌我力量悬殊太大了。我们组建这支武装不容易，不能毁于一旦。我的意见，撤出礼贤，向分区靠拢。"

众人相互看看，都点了头。

李斌于是派通信员紧急通知各区，为防敌人报复，动员各村干部、积极分子及家属撤到永定河南避难。

河桩一传达县委的决定，二愣首先叫喊起来："这仗刚打了个开头，为什么要撤？"

战士们大多是本地人，都不愿离开家乡，也跟着乱喊：

"我们明明打了胜仗，怎么倒要撤走？"

"我们走了，妻儿老小怎么办？"

志刚一捅二愣："你是党员，又是干部，要带头执行上级的决定！乱喊乱叫的，什么影响！"

这边二愣住了嘴，那边班长戴双印竟趴在地上哭开了："你们谁爱走谁走，反正我不走！我当兵为了什么？把老爹老娘扔给敌人糟践，我不干！"

大家都知道戴双印是孝子，见他哭得那样，心里也都酸酸的。更有几个学着戴双印的样子，跪在地上大哭大叫，死活不走。

金驹火了，一抓脖领子把戴双印提起来："这是什么时候，你还装出这副熊样子！你想扰乱军心吗？"

志刚拦住金驹，含泪站到队前："大家的心情我理解，你们不愿走，我也不愿走啊。这里有我们的家，有我们的父母和老婆孩子，有我们从敌人手中夺过来的土地！可是，眼下敌人比我们强大，我们不能拿鸡蛋硬往石头上碰！同志们想想，我们都牺牲在这里，对革命有什么意义？对我们个人有什么意义？我们今天的走，就是为了明天更好地回来！留得青山在，不怕没柴烧。只要我们的有生力量在，不要说礼贤、大兴是我们的，就是北平也是我们的！共产党员们，冲锋陷阵我们带头，执行上级的撤退命令，我们也要带头！"

志刚的话深深震撼了指战员们的心，哭闹的住口了，趴在地上的，也被拉了起来。

趁着大家收拾行装，腊梅把河桩拉到一边：“河桩哥，这一走，不知什么时候才能再见，你可多保重啊！”

望着那双泛着泪花的眼，河桩心里好一阵感动：“你也要注意安全。现在形势复杂，随时都有危险发生。你到各村下完通知，赶快撤到河南去。我相信，我们很快就会回来，很快就能见面！哎，我前几天跟你说的事，你想过没有？”

腊梅噘起嘴：“这都什么时候了，你还提那八竿子打不着的事？真是不着调！”转身走了。

二十

　　腊梅和冯天焕通知了沿河的几个村子，马不停蹄，顺着永定河大堤，急匆匆地向河沿走来。

　　立夏节气，熏风暖暖的，柔柔的，河水也无了往日的喧嚣，静静地流淌着。堤坡上，密集着柳树、榆树、青杨树、杜梨树，有的直刺青天，有的绿荫如盖。一对黄鹂忙碌着，在高大的椿树上做窝，公鸟嘴衔破布条，攀在半圆形的巢上，小脑袋一会儿歪过来一会儿掉过去，掂掇着安放布条的恰当位置。母鸟站在一旁监视，喋喋不休地唠叨。远处半枯的老柳树上，一只"锛嘚木"用铁钩似的爪子抓着树皮，立着身子，顽强地啄着树干，发出有节奏的嗒嗒嗒——嗒嗒嗒的声音，直到把虫子啄出来，吞下肚，才无声无息地飞往另一棵树。

　　腊梅走得急，额上渗出细密的汗珠，脸蛋便红得像盛开的桃花。

　　冯天焕却无情绪，远远地落在后面。他本来是不愿到河沿来的，他懒得见这个村里的人。腊梅不答应，说他："你一个男子汉，怎么心眼儿比针鼻儿还小？你做了对不起人家的事，见面说清楚，赔个不是，就过去了，谁还记恨你一辈子？你躲，能躲到哪儿去？除非你不在大兴工作！去，必须去！疮不捅不破，话不说不明，说开了，以后再碰面，心里就不硌硬了。"

　　面对这个强势的女上级，冯天焕一点办法也没有。到现在他才知道，腊梅率真的表象后面，是坚决和果断。他只得硬着头皮，跟着来了。可离河沿越近，他的脚步就越沉重。

　　腊梅见冯天焕跟不上，就站在一棵大榆树下等他。

"你怎么了，拉胯了？腿脚就那么稀松？"腊梅等冯天焕来到近前，玩笑着嗔怪。

"谁不知道你是个练家子，有轻功，我能跟得上？"冯天焕半真半假地敷衍。

"哼，你是心虚！"

"心虚？我有什么可心虚的？"冯天焕变了脸色，恼怒地瞪腊梅一眼。

腊梅才不管冯天焕什么脸色，快嘴像刀子，直往冯天焕的疼处扎："越离河沿近，你越赖着不走，跟懒驴上磨台似的，不是心虚是什么？同志哥，告诉你，心虚不行，得心诚！"

冯天焕无话可答，耷拉着脑袋不吭声。

腊梅看着冯天焕，噗的一声又笑了："得了得了，看你那样儿，受气小媳妇似的！也怪我，这张破嘴，就是管不住！"

正在这时，堤沿上露出个脑袋，探了一下，又缩回去了。

腊梅飞快地拔出手枪："谁？"

冯天焕几步跨到堤边，只一眼便认出是谁，大喊："唐立仁，你给我站住！"

唐立仁不搭话，没命地往前跑。堤坡太陡，一个跟头摔在地，滚了几个滚，爬起来继续跑。

"他就是唐立仁？"腊梅问。

"这个王八蛋，可把我害苦了！我把他追回来，绝不能轻饶了他！"

望着钻进树行子的唐立仁，腊梅拦住冯天焕："算了。眼下情况紧急，没时间跟他纠缠。走，我们快进村！"

唐立仁一边跑一边回头看，见冯天焕没追，才扶着一棵大树喘息起来。

唐立仁这些天的日子也不好过。二狗一去不回，他才知道让人当了枪使，心里一边暗骂二狗歹毒，一边跑到外村躲了起来。反正他无产无业，光棍一个，一人走了全家就搬了，到哪儿都是给人打工。有人雇，就混碗饭吃，没人雇，手里还有二狗给的钱，凑合着闹个肚儿圆。可他害怕，怕共产党饶不了他，就今天躲张村明天躲李村，不敢在一个地方落脚。躲了一阵，风声过去了，也没听说谁要跟他算账，又惦记着彭春娥，就悄悄回了河沿，依然住在场房里。昨夜，他在彭春娥那里鬼混了一宿，直睡到日上三竿，才喝了碗稀粥，要蹚过河到固安人市上蹚摸个活儿干，谁知刚上堤坡，就看到了冯天焕，吓得他一抹头又跑了回来。经这一吓，唐立仁心里又慌了，闹不准冯天焕是不是来找他，眼瞅着冯天焕和那个姑娘进了村，才又跑上大堤，蹚着水到河南去了。

腊梅二人刚进入村口，蓦地一阵劲风掠过，西北天涌上来浓重的乌云。

"天要下雨，咱得赶快通知。晚了，说不定会出大事！"腊梅把手搭在眼眶上，遮挡迎面扑来的沙尘。

冯天焕还没搭言，拐二爷一跛一跛地走过来。

两人面对面站住，一时都愣住了。

冯天焕尴尬了一下，还是先叫了声大叔。

拐二爷清醒过来，涌上满脸怒气，哼也没哼一声，拐着腿进了家门，哐啷把木门关上了。

"怎么回事？"腊梅诧异地看着冯天焕。

冯天焕红着脸，说这个拐子就是"八大家"之一。

"报应，这就是现世报！"腊梅恨恨地说。

冯天焕的脸挂不住了，被一个姑娘如此严厉地批评，他这个前区委书记实在是受不了，便小声嘟囔："你怎么能这样说我？"

又是一股疾风刮来，把冯天焕的话音吹散了，腊梅没听清，就捂着嘴追问："你说什么？"

冯天焕摇摇头，悲哀地叹口气："真是褪毛的凤凰不如鸡啊！"但这话他没说出口。

两人走进水生家。水生正骑着磨刀石，用手撩着瓦盆里的水，打磨镰刀。他的病老婆蜡黄着脸，佝偻着腰，半跪在捶布石前，枯瘦的胳膊抡着枣木棒槌，吃力地捶打晒得半干的破衣裳。渡船停摆，水生无事可做，就拾掇镰刀，准备麦收时吃麦工。

水生前些日子已和腊梅见过面，知道腊梅是洪老太太的女儿，又是从延安回来的，心里格外喜欢，便笑呵呵地站起来："呦，洪书记来啦？"当看见后面跟着的冯天焕，立时沉下脸，不言语了。

冯天焕在腊梅一再暗示下，硬觍着脸上前认错："李主任，都怪我，给村里造成这么大损失……"

水生两眼望着天，天上的跑马云正一团一团地往一起聚集。望着望着，豆大的泪珠就顺着眼角流下来。

腊梅动情地拉住水生的手:"大叔,你别这样。啊?"

冯天焕也慌了:"李主任,我……我认错,我……错了。"

水生猛地把镰刀扔在地上:"错?一个错字就完了?你知不知道,那事一出,以后的工作有多难开展?共产党的信誉还要不要?我也是,整个儿一个窝囊废!老奎走的时候,把村里的事交给我,我竟给干成了这样!让我怎么向他交代,怎么向全村的老少爷们儿交代?"

病老婆喘吁吁地跑过来,用手给水生扒拉胸脯子:"哎哟,拴他爹,你这是干吗呀?平时一天都难得说一句话,今儿个咋这大的气性?"

水生发泄过了,火气消了,慢慢平静下来。他抬手抹去脸上的泪水,冲着腊梅不好意思地笑笑:"瞧我,小孩儿似的。"又叹口气,"唉,这些天也是太憋屈了。洪书记来这儿肯定有事,就说吧。"

腊梅被水生深深感动了,心里很不得劲,拉住水生的手说:

"大叔,你甭太难过,我们犯的错误,以后改正就是了,能弥补的尽量弥补。眼下还真有个紧急情况,要马上办理。"

腊梅把庞各庄、礼贤保卫战的状况说了:"县委决定,为避免损失,要赶快通知有关人员立即撤往永定河南。国民党军已经到榆垡了,二狗他们也组织了'黑杀团',专杀我们的村干部。独立营一撤,他们肯定会回村报复,你们要赶快撤!"

"这几个兔崽子,还真闹出事来了?"水生瞪大眼,随即一巴掌拍在脑门上,"哎呀,都怪我眼里没水儿,上了他们的当!"

"大叔,不要再想别的了,赶快通知村干部和独立营的家属,连夜过河,越快越好,晚了就来不及了!"

水生拔腿就走:"这可是人命关天的大事,我这就去知会!"

腊梅冲着水生的背影喊:"你通知别人吧,老奎大叔那儿,我去告诉。"

二十一

腊梅走出水生家。天上的乌云翻腾得更厉害了，一阵紧似一阵的风旋起犄角旮旯儿的枯枝败叶，直往头上脸上扑，沉沉的雷声也越滚越近。腊梅用手护着头脸，急急地向前走。腊梅早就听说河桩有个既漂亮又贤惠的媳妇，出于一种说不出的心理，她一直想要见见她。

刚到院门外，一个清脆的童音传出来："风来了，雨来了，老和尚背着鼓来了……"

腊梅隔着栅栏门，见一个五六岁的男孩骑着杆红缨枪，在院里连跑带唱。一位身板硬朗的老太太一边急赤麻慌地收拾晾晒的衣物，一边朝孩子喊："兴邦，还不快到屋里去，别让沙子迷了眼！"

男孩不理，仍是跑着唱着："东西街，南北走，迎面碰上人咬狗。拿起狗来打砖头，倒叫砖头咬住手！"

腊梅被兴邦的憨态逗乐了，咯咯地笑起来。

兴邦停住脚，瞪着一双圆溜溜的大眼问："姑姑，你是谁？"

腊梅走进门，她从心里喜欢这个虎头虎脑的孩子，便弯下腰，疼爱地轻轻捏着兴邦胖嘟嘟的脸蛋："你不认识我，我可知道你。你叫兴邦，对不对？"

兴邦点点头。

"你唱的歌真好听，谁教的？"

兴邦把头转向那个老太太："我奶奶！"

徐二婶抱着一抱衣物走过来："呦，冯书记来了？这位是？"

冯天焕尴尬地咧咧嘴："大婶，快别这么叫了，我不是书记了。"一指腊梅，"这是我们区新来的洪书记。"

徐二婶看着腊梅，心里想，这么年轻漂亮的姑娘？

腊梅大方地向徐二婶笑笑："您是老奎同志家的大婶吧？我叫洪腊梅，您就叫我腊梅吧。柳芽嫂子呢？没在家？"

"她去地里间苗了。看这天儿阴的，该回来了。你们屋里坐。"

"没时间了，区里有个紧急通知要告诉你们。"

"紧急通知？哎哟，我这脑袋瓜子笨得跟榆木疙瘩似的，连学舌都学不圆全，丢三落四的，误了事怎么好？你们还是等等柳芽吧。这雷打得不断溜儿，她不会耽搁太久的。"

腊梅听徐二婶这么说，正遂了心意，就帮助徐二婶收拾衣物。

一阵扫地风刮过，吹起满院尘沙。柳芽提拎着两只薅勺跑进门："大妈，快抱点儿柴火吧，要下雨了！"见院里站着冯天焕，一愣："冯书记？你……呦，这位大妹子是谁？"

腊梅注视着柳芽，见她身材苗条，不胖不瘦，不高不矮，几根被风刮乱的黑发黏在红扑扑的脸上，由于跑得急，丰满的胸脯微微起伏着。腊梅心中不由得暗赞：好个利索人儿，河桩哥真是有福气！两眼便不离柳芽的身子。见柳芽问她，忙说："你就是柳芽嫂子？我叫洪腊梅。"

冯天焕在旁介绍："这就是咱区上新来的洪书记。"

柳芽扔下薅勺，上前抓住腊梅的手："你就是腊梅呀？兴邦他爸回来常提起你，说你是他的救命恩人。啧啧，这么好看的妹子，年纪轻轻的就当了区委书记，真是了不得！"

腊梅羞涩地红了脸："看嫂子说的！"

柳芽拉住腊梅就往屋里走："快，到家了怎么还在院里站着？进屋，进屋。"

腊梅止住柳芽，把县里的决定说了："你们得赶快走，李大裤裆和二狗回来，绝不会放过你们！"

徐二婶一听就浑身哆嗦起来："老天爷呀，这可怎么好？老头子不在家，我们这老的老小的小，两眼一抹黑，往哪儿去呀？"

腊梅看冯天焕一眼，也很无奈："先过河吧，到了河那边再想办法。"

柳芽倒很镇定："事到如今，说什么也没用。大妈，你放心，我有地方去。"

腊梅又嘱咐了一番，说是还有几个村要通知，就匆匆走了。刚出院门，一道立闪打过，随着震耳的雷声，瓢泼大雨就倒了下来。

柳芽追出来："雨太大，披个麻袋片吧！"狂风把她的声音卷得无影无踪。

腊梅和冯天焕冒雨下完通知，已是傍晚时分。一天水米没沾牙，又饿又累，就打算到沈大爷家去，休息一夜，第二天一早再过河。他们走在大堤上，雨停了，一缕斜阳钻出云层，把四野照得亮堂堂的。腊梅捋捋头发，甩掉手上的水，加快了脚步。湿透的衣褂紧绷在她的身上，使原本就玲珑的身体，显得更加凹凸有致。冯天焕抖着身子跟在腊梅身后，看着腊梅的诱人倩影，心里不由得一阵悸动，紧走两步挨近腊梅："洪书记，你冷吧？我把衣服脱给你？"

腊梅只顾往前走："老冯，跟你说多少回了，你就叫我腊梅，别总书记书记的，我不爱听！"

"是是，看我这个脑子，就是记不住事。腊梅同志，我把衣服脱给你吧？"

腊梅头也不回："咱俩半斤对八两，我冷你也冷呀。"

冯天焕忙着解纽扣："不，我不冷。"

腊梅笑了："你这人呀，吹牛都吹不到点上。你的嘴唇都青了，身子也在打哆嗦，能不冷？你还是好好穿着吧。告诉你，别看你是男同志，论抗冻我比你强！"

冯天焕也嘿嘿地笑："我是冷，可我是……"

"行了，你的好意我心领了。等到了沈大爷家，喝碗热粥，烘干衣服，歇一宿，什么冷呀累的，就全没了。"

"是呀，能喝碗热棒子糁儿粥，多美呀！"冯天焕仿佛闻到了棒糁儿粥的香味，空空的肚子立刻咕噜噜地响起来。

在沈大爷家，腊梅和冯天焕换上老两口的衣服，把自己的湿裤褂洗净，挂在院中晾上。此时沈大妈已做好饭，葱花炝锅的片儿汤，黄灿灿的贴饼子，一碟腌得紫红的咸菜条儿。二人也不客气，捧起碗就喝。一碗热汤面下肚，两人的鼻尖都渗出汗珠，身子彻底暖和过来。腊梅帮沈大妈收拾完碗筷，几个人就坐在炕上，黑着灯说闲话。

"唉，这刚太平了几天，就又打仗了。咱们这辈的人，这是遭的什么瘟，哪儿来这么大的孽呀！"沈大妈叹息。

沈大爷呛她："瞧你个老婆子，净瞎叨叨。老蒋要打，谁有什么辙？"

"是呀，我们是不愿打仗的，我们只想把小日本打跑，给穷苦农民分了田地，大家过好日子。可国民党蒋介石要打，我们也不能光挨打呀，只好奉陪。"腊梅解释。

"哎，说起这斗地主分田地，可真是好事，救了多少穷人哪。不过……嘿嘿，有句话，不知该说不该说？"沈大爷有些吞吞吐吐。

腊梅爽快地应道："大爷，咱们是一家人，有什么话不好说？您说！"

"那我就说了啊。我觉着，不该斗争那些中等户。中等户是有点产业，有俩小钱，可那都是流血流汗挣来的，都是省吃减喝攒下的，不是靠坑害别人得来的。你想，是人谁不想过好日子？你们把这些人也斗了，不是要告诉人们，越穷越好吗？那以后谁还好好过日子？就穷混呗。这不行，那成了什么世界？再说，共产党也离不开中等户，你们也要吃饭呀。就我知道，好多堡垒户都是中等户，不管你们白天来还是黑夜来，到了就有吃喝。真正的穷户，连自个儿都顾不上，拿什么给你们吃？嘿嘿，我就是瞎琢磨，不知道对不对？"

沈大爷说完，屋里好一阵沉默。

沈大妈在暗中扯扯沈大爷："你这老头子，还说我瞎叨叨，你不瞎叨叨，你瞧你都说了些什么？"

"不，大爷说得对。"腊梅止住沈大妈的埋怨，"前一段挖浮财运动，有些村子确实过火了，伤害了中农的利益。这，我们已经认识到了错误，也进行了纠正。我们党的政策一直坚持贫雇农是我们的依靠力量，中农是我们的团结对象。谁违反这个政策，谁就犯错误。大爷，你也挨斗了？"

沈大爷不语。

沈大妈接过话："斗倒是没挨上，老头子人缘好，村里人掰不开面。就拿出两石棒子。"

腊梅叹息："你们舍生忘死地掩护我们，还让你们受委屈，真是对不起呀！"

"不不，"沈大爷忙说，"我赞成共产党，赞成八路军，这点委屈不算什么。再说这样也好，免得我暴露。可你们这一走，不知什么时候再回来？"

"回来是一定要回来，只是以后的形势会更复杂、更残酷，大爷大妈要注意安全。"

"放心，我和你们来往七八年了，村里人很少知道。这回我还被挖去两石棒子，正好给我打掩护，嘿，歪打正着！"

几个人说话的时候，冯天焕浑身如有葛针在扎，他觉得很多话都是冲着他来的。他无法搭言，便靠着被窝垛假装打盹，不大一会儿还真睡着了。

腊梅和沈大爷老两口聊了会儿家常，窗外又打起闪，随着一个霹雳，大雨又哗哗地落下来。

沈大爷说："跑腾一天，累了，安置了吧。"

沈大妈拉起腊梅往厢房走："大雨泡天的，正好睡个安稳觉。"

二十二

天刚蒙蒙亮，腊梅就叫醒了冯天焕，换上半湿不干的衣服，揣上几个贴饼子，告别沈大爷老两口，悄悄出了村。

清晨的寒气很重，两人走在空旷的田野里，都情不自禁地打了几个冷战。当他们串着树行来到堤下时，猛然发现堤顶上有人影晃动。两人忙蹲下身子，隐在树后观察。

雾霭渐渐散去，天越来越亮，堤顶上清晰地现出国民党兵的身影，还有不少骑自行车的便衣窜来窜去。

"是敌人！"冯天焕低叫。

"敌人的行动好快啊。他们这是想截断我们的退路，来个一网打尽。幸亏我们提前做了准备，不然，损失可就大了。"腊梅手握着枪，两眼紧盯着堤顶。

"那，我们怎么办？"

"看来我们过河是不行了。这样，我们先隐蔽下来，等待时机。"

"天亮后敌人一定会清剿，我们躲到哪里去？"冯天焕有些心慌。

"这么大的地方还藏不下两个人？走！"腊梅弯腰便走，冯天焕只得跟上去。

楚玉打下庞各庄，又奉命向南推进，相继占领了黄垡、榆垡。李大裤裆觉得这是把共产党连根拔掉的机会，便向楚玉进言，共军七十六团撤逃，大兴的独立营、区县干部肯定支持不住，也要向永定河南撤退。我们若能及早守住大堤，把他们堵在永定河北，就可瓮中捉鳖。楚玉正想立功，对李大裤裆的话深以为然，就把团部设在榆垡，命两个营在河堤上布防。没想到，守了一夜，连个共产党的影儿也没见到，却被大雨淋成落汤鸡。天一亮，楚玉就骑上马，由李大裤裆陪着，到堤上视察。怨气冲天的两个营长一见楚玉，就瞟着李大裤裆骂开了："团长，这是哪个混蛋给你出的馊主意？让我们白喝了一宿雨水，冻成了奶奶样，连人家共党的毛都没见到！"

"妈的，纯粹就是想借我们的手，公报私仇！"

楚玉拉下脸："不许胡说！李团总也是为了消灭共产党，是好心。"看着一群冻得鼻青脸紫、一身泥泞的手下，又朝李大裤裆笑笑："李团总，你看兄弟们这个样子，也真是太辛苦了。你是不是……"

李大裤裆被这顿空心子骂骂得好不尴尬，搭言不好，不搭言也不好，正抓耳挠腮之际，听了楚玉的话，连忙借坡下驴，叫过二狗："带着你的人，到村里去，把猪、羊、鸡，凡是能逮住的，都宰喽，大锅炖，犒劳犒劳国军兄弟们！"

二狗答应一声，带着"黑杀团"跑下大堤，向附近的小屯扑去。

可巧，腊梅和冯天焕就隐蔽在小屯的一座草棚里。

本来，冯天焕是不同意在小屯隐蔽的："我们既是躲避敌人，就该躲远些。小屯离堤这么近，很容易被敌人发现。"

腊梅说："我们离堤近，有好处。瞅个空子，从缝隙里插出去，就过河了。"

冯天焕恨不得一下跨过河去，躲开这随时有生命危险的境地。听了腊梅的话，连忙奉承："洪书记真行，不光……"冯天焕本来想说不光长得漂亮，又觉得不妥，就改了口，"还……还懂军事。"

腊梅低头不语，暗想，你知道什么。她是从小就跟着母亲和哥哥，南北闯荡，东躲西藏，过着刀口舔血的日子的。在夹缝中求生存，首要的就是保全自己。后来到延安，学习了游击战术，把人性本能上升到了理论，对付敌人自然驾轻就熟。想到洪部，想到母亲和哥哥以及那些弟兄们的惨死，腊梅的心疼得一揪一揪的。

冯天焕见腊梅突然变了脸色，以为自己又得罪了她。心里埋怨女孩的脸真是六月的天，说变就变，也就不敢再说话。

沉闷中，村街上传来一阵纷乱，其中夹杂着猪羊的尖厉叫声。

"怎么回事？"腊梅拔枪在手。

冯天焕扒着窗缝往外瞅，没看到什么，就说："我到外面看看？"

腊梅点头："多加小心。"

冯天焕来到街上。此时太阳已升起老高，雾霭散尽，槐树的叶子被雨水冲刷得闪着墨绿的光，空气也清新得甜丝丝的。冯天焕深吸几口气，顺着墙根，往喧闹声处慢慢靠近。转过几个巷口，金贵正追着一只芦花大公鸡跑来，两人一下撞了个对脸，不禁都愣住了。

"冯……姓冯的，你小子在这儿！"金贵先喊起来。

冯天焕扭头就往回跑。

金贵大叫："来人啊，抓冯天焕呀！"

二狗他们听到喊声，撒开手里的猪羊，轰轰隆隆地跑过来。

"冯天焕！"金贵指着冯天焕的背影。

二狗阴狠狠地咬着牙："好小子，你也有今天。追，抓活的！"

冯天焕跑近草棚，朝里面喊："快，快跑，金贵来了！"

腊梅迎出来："什么金贵？"

"哎呀，快跑吧，以后再跟你细说！"

两人没跑出几步，二狗已带人堵在了前面。

两人无法，只得又退回到草棚里。

"这是些什么人？"

"嘻，"冯天焕懊悔地捶着墙，"这就是从河沿跑出去的二狗、金贵！"

"'黑杀团'？"

冯天焕点头。

腊梅冷冷一笑："好哇，本来就想找他们算账，他们倒自个儿送上门来了，干掉他！"

冯天焕的脸惨白得没了一点血色："他们那么多人……"

"怕什么？大不了同归于尽！"

此时，二狗在外面喊起来："冯书记，你跑不了了，快出来投降吧。念在你树我为典型的份儿上，饶你不死！"

见里面没动静，二狗又喊："怎么着？不敢出来了？你闹土改的那股狂劲呢？现在当缩头乌龟了？这可真是，三十年河东，三十年河西呀！嗯？"说着，哈哈大笑。

众匪徒也跟着起哄："你斗地主呀，你分浮财呀，怎么他妈不敢露面了？吓尿了吧？"

冯天焕气得浑身发抖："兔崽子，老子跟你们拼了！"说着就要往外冲。

腊梅一把拉住："沉住气，别做无谓的牺牲。消灭敌人的目的，是保存自己。咱得找找退路。"转着脑袋往四处看。

二狗在外面等急了，朝金贵把枪一挥："上！"

匪徒们端着枪，慢慢靠近了草棚。

腊梅甩手一枪，一个匪徒应声倒下。

众匪徒哗地退回去，躲到墙角后面。

二狗气坏了："打，往死里打！倒要看看你小子能滋出几尺尿去！"

枪声激烈地响起来。

腊梅和冯天焕影在墙垛后，不时探头往外射击。

两只手枪压不住对方的火力，匪徒们渐渐又拥到了门口。

"怎么办？"冯天焕惊慌地问。

"还能怎么办？打！打死一个够本，打死俩赚一个！"腊梅一甩头发，又打出一枪。

"冲！"趁敌人慌乱之机，腊梅领头冲出草棚。可没跑出几步，就被密集的枪弹打了回来。

正在腊梅无计可施的时候，对面房顶突然开了火，几个匪徒直挺挺倒在地上。

二狗见腹背受敌，慌忙撤走了。

房顶上跳下几个人，领头的竟是郑师爷和"快马张三"。

"郑叔叔！"腊梅欢叫着跑出草棚。

郑师爷和"快马张三"几乎是异口同声：

"腊梅？果然是你！"

腊梅的眼泪夺眶而出："是，是我，我回来了！"

郑师爷一把抱住腊梅："好侄女，你可回来了！"不禁就流下眼泪。

远处又响起枪声，李大裤裆带着保安团来了。

"快马张三"催促："快走，找个地方再说话！"

几个人跑出村子，串着麦地进了一片沙岗，才停住脚步喘息。

郑师爷望着亭亭玉立的腊梅，眼圈又红了："腊梅，你回来了，可大当家他们……"

腊梅咬咬嘴唇："郑叔，我妈的事，我都知道了。"

"都怪我们，我们要不回家过年，也不至于让胡二胡三钻了空子！一大家子人呀，就那么……""快马张三"悔恨得直跺脚。

腊梅被两位叔叔的真情实意感动得又掉下泪，忙拉着"快马张三"的手劝解："三叔，你可千万不能这么说。你们跟着我妈闯荡十来年，枪林弹雨的，冒了多少风险？咱们就是一家人呀！"

郑师爷喃喃着："一家人，就是一家人呀！如今当家的走了，大伙儿的心也散了……"

腊梅觉得不能总沉浸在悲悲切切的情绪中，再说这里也不是久留之地，就岔开了话题："郑叔叔，你们怎么知道草棚里是我们？"

这完全是一次巧合。洪玉秀遇难后，洪部残存的人大多散了，只有几个想吃旧饭的跟着郑师爷和"快马张三"，东一榔头西一棒子的四处打游击。昨天他们来到小屯的窝点，夜里喝多了酒，直到外面乱腾起来才被惊醒，以为漏了风，忙爬上房顶观察。当见一帮穿便衣的人围攻草棚时，才知道不是奔他们来的。刚松一口气，郑师爷看见了一个熟悉的身影，忙捅了一下"快马张三"："那个姑娘怎么像腊梅？"

"不会吧？""快马张三"待要细看，那个娇小的身影又闪进了草棚。

"我看的不会错。"

"她不是去延安了吗？没听说回来呀？"

"不管是不是，先帮他们一把再说！"郑师爷下了决心，指挥几个弟兄开火，果真就救了腊梅和冯天焕。

郑师爷双手合十，连连向天作揖："天意，天意啊，这是老天爷不让洪家断后啊！"

众人也是一片唏嘘。

腊梅望着这几个满身匪气的人，心里沉甸甸的："郑叔，张叔，你们以后有什么打算？"

"打算？能有什么打算？活一天算一天呗。死不了就得找饭吃！"

腊梅摇头："这哪是长法？绿林虽说不乏英雄好汉，可终究不是正路子。当年洪部那么红火，不也……"

郑师爷凄楚一笑："走上这条路，就回不去了。你让这些人回家种地，他们吃得了那种苦？走一步看一步吧，哪儿的黄土不埋人？"

"要不，跟我们干？"

郑师爷摇头："这话就不说了，王河桩营长以前也和我说过这话。你想，我们这些人浪荡惯了，哪儿受得了共产党的管束？还是自个儿找食吧！"

腊梅想说，当土匪没有善终，可这话太不吉利，说不出口。想说土匪是人们的公敌，共产党不容，国民党也是不容的。又觉得此时说了也无用，就把话咽下肚，道声珍重，和冯天焕向沙岗深处走去。

二十三

　　水生通知老黑、姜海和独立营的家属转移后，自己却没走。水生不走，一是他老婆的病犯了，咳嗽起来就没完，憋得鼻青脸紫，说不定哪会儿一口气上不来，人就完了，经不起折腾。再者，河南对水生来说是两眼一抹黑，连个熟人都没有，带着老婆孩子，嘀里嘟当的，躲到哪儿都是受不清的罪。而最主要的，是他不想走。自打出了二狗的事，他心里就压上一块大石头，总觉得这是他的错，是他给村里造成了损失，他对不起乡亲们，对不起王老奎。听说二狗组织了"黑杀团"，心里的火就一股子一股子地往外蹿，奶奶的，小家雀还真想变老鹰了？老子就等着你，跟你一命换一命！既是不走，就要对家里人有个说道。他把全家人叫到一起，说了自己的想法。病老婆不等他说完，就接过他的话，嗓子眼里喘得吱儿吱儿的像小鸡叫："拴他爸你就别说了，你在哪儿我在哪儿，咱们死活在一块儿！"

　　望着骨瘦如柴的媳妇，水生的眼湿润了。这个苦命的女人，跟了自己二十多年，没过过一天舒心日子，半拉身子骨，还要忍着病痛，给他生儿育女，操持家务，如今又要跟他担惊受怕。唉，真是对不起人哪！

　　水生回头望着两个儿子，拴住十七了，二拴也十四了，都长得虎虎实实的，眼看就要中用了。水生为此很得意，没想到病老婆竟给他生出这么健壮的儿子。还有麦穗，那个亲不够疼不够的心尖子。水生的心哆嗦了，揽过两个儿子，话音也就有些哽咽："国民党就要来了，李大裤裆、二狗他们也要回来了，这些东西们绝不会放过我。我和你妈不走，你们走吧。拴住你带二拴过河，两个半大小子，到哪儿都能找碗饭吃。"

拴住坚决地摇头："爸妈不走，我能走？我不走！"

二拴也说："我也不走！"

水生叹口气："也好，不走就不走。一家人死活在一块儿，挺好！那就准备准备，二狗他们不来便罢，来了，就跟他们玩儿命！"

水生拿过他的大枪擦拭，连仅有的五粒子弹也擦得晶亮晶亮的。拴住和二拴一人拿把捅猪条子，一人拿着砍刀，在油石上哧啦哧啦地磨。拴住妈抱着棒秸，找补那大窟窿小眼睛的栅栏。

水生看着拴住手里的捅猪条子，说："找根木把儿绑上，就成扎枪了，使起来更顺手！"

二狗没有抓到冯天焕，还伤了几个弟兄，很是沮丧。但也得到一个信息，有些共产党的干部还滞留在河北。楚玉接上峰指示，攻打固安县城去了，河北的剿共任务就交给了保安团。李大裤裆经与"镇北关"商量，带领一部保安团和"黑杀团"，驻进了榆垡。

二狗阴沉沉地来找李大裤裆："李叔，我们该回河沿了！"

李大裤裆正在喝酒，他捏起一粒花生米扔进嘴里，慢慢嚼着："回，当然要回。咱们的老家，能总让别人占着吗？可河沿是共产党的窝子，王老奎、水生，还有农会、工会、独立营的家属，都他妈跟咱是死对头，全都得杀，这就得有个章法。我们要是明着去，逮着一个跑了仨，不合算。咱得把底数摸清，然后突然袭击，给他来个一窝端，那才带劲！"

二狗连忙恭维："李叔想得就是远。那，我去找唐立仁。"

"唐立仁？那小子倒是能帮我们办点事，可也不是什么好东西，就是棵墙头草，哪边儿风硬哪边儿倒。只能利用，不能重用。"

"唐立仁是不够揍儿，可在河沿，我们眼下只能依靠他。"

"他跟你非亲非故，能让你由着性儿摆弄？"

二狗一拍胸脯子："叔你放心，那小子的肝花肺都让我摸透了，我知道他的德行。再说，他已经蹚了浑水，也怕共产党找他算账，不听我们的还能听谁的？"

"嗯，也好。"李大裤裆把杯中酒一仰脖儿喝干，"你去找他。跟咱走，没二话，不跟咱走，连他一勺烩！"

夜黑得伸手不见五指，没有一丝风，虽然离麦收还有几天，却显出少有的闷热。二狗和金贵怕被人发现，绕开官道，在田间小路上迅疾而又隐秘地走着。来到北上坎，爬上最南面的一座沙岭，再穿过"大河行"，就是河沿了。"北上坎"是"大河行"北面的高土岗子，延绵数十里，岗上沙丘起伏，杂树茂盛。由于地理位置在村子北面，河沿人就叫它"北上坎"。卢沟桥事变时，王老奎和村人们就是在这儿躲避日军的。两人走三步退两步地爬上岗顶，二狗一屁股坐下来，一边呼呼地喘息，一边抖落鞋窠儿里的沙子。金贵哎哟一声躺在地上，断断续续地骂："这……他妈……厌地方，把老子的屁……都累出来了！"

"先喘喘，时辰还早，不着急。"二狗也侧身躺下。

金贵挥手赶着在眼前乱飞的蠓虫："这天闷的，让人喘不过气来。"

"又要下大雨了，麦秋连阴雨嘛。"

"这老天爷真是，好像专跟人过不去，要他下时他不下，不要他下时他偏下。麦秋来几个响晴天多好，他偏给你来个连阴雨！"

"较劲嘛！"二狗狠狠地说。

"较劲有什么好？我看还是风调雨顺的好。"

"不较劲，你我会在这儿？"

金贵不言声了。好半天，才试探着说："我们出来都好几个月了，也不知道家里人怎么样，要不，我们先到家里看看？"

"不行！"二狗断然拒绝，"一回家，免不了大人哭孩子叫的，走漏了消息，我们的计划就完了！"接着又安慰，"放心，他们要敢祸害咱们的家人，我把他们一个一个活剐喽！"说着站起身。

金贵也跟着爬起来。

两人下了北上坎，来到"大河行"边上，绕来绕去也没绕过水坑，索性脱鞋下水。哗啦哗啦的蹚水声惊动了在坑边静默的青蛙，扑通扑通跳入水中。突然，蒲苇中一只什么鸟尖叫着冲天而起，吓得金贵一哆嗦，手中拎着的鞋掉落在水里。

二狗哧哧地笑："瞧你那个胆儿！"

金贵捞起鞋，讪讪地："这黑天瞎地的，真他妈瘆死个人！"

两人来到场房，轻轻叫了两声，里面无人答应。门虚掩着，二狗一推就开了。

"没人。这小子不在这儿住了？"金贵悄悄说。

二狗不吭声，摸到半截土炕上的被子，嘿嘿地笑了："走，我知道他在哪儿。"

唐立仁果然在彭春娥家里。

傍晚，唐立仁下工回来，在水坑里洗澡，竟从水草中摸住条大鲇鱼。他撅根芦苇穿了鱼鳃，提拎着来到场房，从破被窝里掏出半瓶酒，乐颠颠来找彭春娥。

"哎哟，这么大呀？"彭春娥接过鱼，惊喜地在灯下看。

"你不是喜欢大的吗？"唐立仁涎皮赖脸地调笑。

"去你的！"彭春娥杵了唐立仁一肘子，赶忙去收拾。

焖鱼是需要时间的，等熟了端上桌，已是小半夜。就着焖鲇鱼，两杯酒下肚，唐立仁开始往彭春娥身上腻咕。

"大热天的，别麻烦人！"彭春娥半真半假地推拒。

唐立仁一边搂抱，一边笑："麻烦人？我不麻烦你，你干吗？"

不想门外有人低低地搭了腔："先别麻烦了，开门！"

唐立仁吓得一下醒了酒，呆愣愣地不知如何是好。

彭春娥更是缩在炕上不敢言声。

"快，开门！"外面又低低地叫了一声。

唐立仁没办法，只得咬咬牙把门打开。

二狗和金贵挤身进来。

"哎哟，是你们？"唐立仁原以为是谁来捉奸，见是二狗，吊着的心不由得放下来，可紧接着又提了起来，"你们……这是？"

"别说话！"二狗呵斥着，把枪顶住彭春娥的脑袋，"我们到这儿来的事，对谁也不许说。说出去，要你的命！"

彭春娥早吓得没了魂，连连点头："不说，不说，绝不敢说！"

二狗吹灭灯，推推唐立仁："走，到外头去。"

唐立仁一屁股坐在地上："兄……兄弟，饶命！"

二狗扑哧笑了："瞧你这点出息，就玩女人有本事！放心，不怎么着你，就跟你问点事。"

几个人来到大堤下的树棵子里，在二狗的追问下，唐立仁把所知道的情况都说了。

"他妈的，真是比泥鳅还滑溜，闻着味全跑了！嗯，还算好，水生没走，也能出口恶气！"二狗恨恨地骂。

"我还有重要的呢，"唐立仁见他的话受到重视，赶紧献殷勤儿，"冯天焕可能也没走，让国军给堵在河这边了。"

"你这算什么重要的？早正月十五贴门神——晚半个月了！前几天，我们差一点儿就抓住他了。"金贵不屑地撇撇嘴。

唐立仁不服气："还有一个姑娘哪。"

"是，是有一个姑娘。嘿，那小丫头片子，真够水灵！"金贵使劲吸溜一下嘴唇。

唐立仁得意了："你们知道她是谁？我听说了，是顶替冯天焕的，新来的区委书记，叫什么，啊，洪腊梅！"

"这倒是个有斤两的，得赶快告诉李头儿。能逮住她，比杀几个干部家属强得多！"二狗赶紧问，"你知道她在哪儿？"

唐立仁泄气地摇摇头："她在哪儿，能让我知道？"

二狗扔给唐立仁几张票子，嘱咐他别去打工了，把村里跟共产党走得近的人的情况摸清楚，明天晚上到榆堡报信。"记住，我对你可不赖，你别跟我要滑头。要是做了对不起我的事，可别怪我不客气！"二狗最后威胁说。

二十四

惦记着二狗吩咐的事，第二天一早，唐立仁就悄悄来到水生家门前，躲在一个墙角后面往院子里看。自打出了二狗骗浮财的事，贫农团自然不用他管了，他也不敢再和水生见面，好几回和水生撞个对脸，他都慌忙拐进小胡同。水生倒是没追他，可站下脚盯住他直劲看，看得他后背像扎满了葛针，火辣辣的疼。觉得无法在河沿待下去，才跑到外村去避风头。他重回河沿，一是在外实在不好混，河沿还有间场房住，外村雇主只管吃饭，不管睡觉，还不如有窝的狗。二是他放不下彭春娥，几天不找彭春娥泻泻火，就憋得难受。如今他来探虚实，当然不敢让水生发现。他盯了一会儿，就见水生扶着病老婆出来，靠在窗根底下晒太阳。他放心了，掉头就往刘永家里走。对刘永，他心里怀着一股恨。在大庙里看浮财时，刘永对他盯得很紧，几次想往外鼓捣东西，都因刘永没有成功，还被那小子教训了一番：咱这可是给大伙儿干事，不能存私心，不能损阴坏德。闹得他挺下不来台。奶奶的，借二狗的手灭了他，也算出口恶气！

唐立仁来到刘永的梢门外，刘永正在用牛皮绳缯簸箕舌头。瞄见唐立仁来了，也不理他，仍旧低头干自己的活儿。

唐立仁心里蹿起一股火："妈的，你小子也敢对我洋洋不睬，真是狗眼看人低！"本想转身就走，又怕引起怀疑，只得厚起脸皮搭讪，"大兄弟，这是拾掇什么呢？"

刘永没好气："没看见？缯簸箕嘛。快麦秋了，扬场好用。"

"快麦秋了？你他妈还想吃新麦子？"唐立仁恶毒地想，脸上却堆满了谄媚的笑，"兄弟，我的铁锨把坏了，人都说你勤快，手使的家什打磨得好，能借我把铁锨使吗？"

刘永脸上的肌肉松弛下来："不就是一把铁锨吗？什么能不能的，门旮旯后靠着呢，拿去！"

唐立仁扛着铁锨站在大街上，不知出于什么心理，明知徐二婶和柳芽早已离家，还是来到她家门前。当看到门上挂着的铜锁时，竟长出了一口气，心里仿佛轻松了不少。正在愣怔间，何嫌哩从堤上拐下来："呦，这不是老唐吗？可有些天没见了。你在这儿发什么呆？"

唐立仁一惊，忙扬扬手里的铁锨，编个瞎话掩饰："这两天嘴馋了，想叠个堰子淘点儿鱼吃，正琢磨哪个水坑鱼多呢。"

何嫌哩就笑："看看，还是你好，光棍一根葶，一人吃饱，全家不饿，还有闲心淘鱼吃。哪像我，拖家带口的，整天为吃饱肚子急得眼蓝！"

唐立仁也笑："你别饱汉不知饿汉饥。整夜搂着媳妇睡，那是什么味道？要不，咱俩换换？"

"想得美，滚一边去！"

唐立仁跟何嫌哩有些交情。前几年，两人一块儿在南海子吃过"锅伙"。南海子在京城南郊，原是元、明、清三代皇家园林，此处地势低洼，常年积水汪洋若海，故称海子，所谓"南"，是相对京城的北海而言。清人入关，重视骑射，便在海子里大兴土木，建起四座行宫，八大寺庙。每逢冬春之交，天子亲幸，带领文武大臣、凤子龙孙，纵鹰走狗，行围打猎。庚子事变，园林被八国联军烧毁。清廷迫于经济衰败和赔款压力，下旨开放园禁，准许农人垦荒种地，南海子自此成为地主庄园。"吃锅伙"就是多人同租一块地，在地里搭个窝棚，伙吃伙住伙干活。待收秋后，缴了租子，剩下的大家平分。南海子地广人稀，就有不少河南、河北、山东、山西的穷人过来搭伙租地种。种地凭的是真力气，真本事，唐立仁动嘴皮子行，干农活就稀松二五眼了，因此常受欺负。

"你就是个鹰嘴鸭子爪，能吃不能拿的货！"河南人讥笑他。

"既是武大郎卖豆腐——人囚货软，就别出来混！都是一样干活的，谁总包着你？干不了，干脆卷铺盖！"山东人呲打他。

每当这个时候，何嫌哩就出来保护他，替他说了不少好话，也帮他干了不少活。唐立仁非常感激何嫌哩，把他当成自己的靠山。后来何嫌哩加入了独立营，唐立仁也从南海子回到河沿。

唐立仁见何嫌哩要走，叫住他，朝王老奎家努努嘴："人家都走了，你不走？"

"我走什么？我一不是干部，二不是家属，老百姓一个，有什么可走的？"

"你以前不是……"

"我如今不是不干了嘛。怎么，你听到什么风声了？"何嫌哩盯住唐立仁。

"我……"唐立仁想把实情告诉何嫌哩，话到嘴边又咽了回去，"我能听到什么风声？我只是觉乎着，你还是出去躲躲好。"

何嫌哩摇头："我一个穷种地的，有什么可躲的？再说，我老娘没有眼，媳妇肚子也大了，到外面不是受不清的罪？"

望着何嫌哩的背影，唐立仁暗暗叹了口气。

吃过晚饭，唐立仁偷偷来到榆垡，向李大裤裆和二狗报告了水生、刘永等人的情况，把何嫌哩隐下了。

"就两家？"李大裤裆不满意。

"就两家，我是一个门一个门挨着看的。"

"两家就两家，宰一个也能解解恨！宰一个也是对共产党的打击！"二狗摩拳擦掌。

唐立仁看着二狗那凶神恶煞的样子，腿肚子都差点转了筋。他鼓了半天勇气，才儳儳吃吃地说："李头，二狗兄弟，我有个……不情之请。"

李大裤裆厌恶地瞪着眼："你他妈有话就说，别给老子放字屁！"

唐立仁吓得心里又是一哆嗦："是是。我是说，求李头和二狗兄弟，别把我的事说出去。"

"怎么着？你还想跟着共产党走？别做梦了！"二狗狠狠地说。

"我不是那意思，我是想，想，我没有二狗兄弟那股英雄气，更没有李头的威风，干不了大事。只想……多活几年！"

"放心，我们不会把你捅出去，留着你还有用哪！"李大裤裆狞笑。

等到夜深，喝得醉醺醺的李大裤裆和二狗带着"黑杀团"，悄悄来到河沿村北的小树林。李大裤裆分派任务，金贵、殷麻子带人抓刘永，二狗去抄水生的家。

"这些人是咱们的死对头，谁他妈也不许手软！"李大裤裆吩咐完，朝臭子挥挥手，"走，跟我回家看看！"

二狗有些担心："叔，这大黑夜的……"

"怕什么？这块地方马上就是咱爷们儿的天下了，我回去看看，过几天收拾收拾，就把你婶从固安接回来。我看谁敢把我的蛋咬了去！"

"那也得多带几个人！"二狗指了金宝几个，随李大裤裆去了。

金贵等人来到刘永家，到窗根下听听，屋里传出轻微的呼噜声。金贵往门轴上撒了泡尿，端开门扇，几个人蜂拥而入。刘永从梦中惊醒，还没爬出被窝，就被紧紧压在炕上。金贵掏出洋火，点着灯，见刘永媳妇光着身子趴在被子下，一条雪白的大腿裸露着，便一顺大枪，凑上前去。

殷麻子自金贵打死他的姑父和表弟，就在心里跟他结了梁子，常常三句话不合就动手。他见金贵那涎皮赖脸的样子，就知他想干什么，一挺身子挡在面前："你他妈少作点儿孽吧！"

金贵也知道自己对不起殷麻子，两人一发生争执，往往就甘认下风。今见殷麻子拦挡，又怕节外生枝坏了大事，就罢了手，悻悻地找出绳子："把这小子绑上，带走！"

李大裤裆来到自家门前，心里就有了酸酸的感觉。一晃，他离开家已经好几年了，自逃到固安县城，就再没敢回来住过。想不到他这个站在大堤顶一踩脚，河水都得翻花的主儿，竟被共产党害得成了丧家之犬。

"奶奶的，老子还是回来了！这回，不把你共产党连根拔，老子就不姓李！"李大裤裆恨恨地想着，伸手在门上乱摸。门上没有锁，推推，不动，门在里面闩上了。"有人？"李大裤裆的心跳了一下，"莫非姜海没走？"他让臭子爬上房顶，跳进院子。

里面的人还真是姜海。姜海不是没走，是走了又回来了。他接到水生通知，匆匆过河到了河西。麦收之前农活不多，姜海转悠了几个村子，没找到活干，身上带的几个饼子也吃完了。没吃没住没办法，姜海一咬牙，便偷偷回来了。没想刚回来，就让李大裤裆堵在了屋里。

李大裤裆坐在炕沿上，望着五花大绑的姜海，嘿嘿冷笑："你好大的胆子，竟还敢躺在我家睡踏实觉！"

姜海梗着脖子不吭声。

李大裤裆火从心头起，站起身，狠狠扇了姜海一个嘴巴："你个没良心的东西，在我家这么多年，供你吃，供你喝，还给你工钱，你竟跟着共产党毁我，把我的粮食都给了八路！你说，你对得起我吗？"

姜海喘着粗气："什么也别说了，既是落在你手里，要杀要剐，随你！"

"呵呵，死到临头还充好汉！你想痛痛快快地死？没那么容易，我要让你慢慢地活受罪！把他给我吊起来！"

臭子刚要动手，外面突然传来一声枪响。

李大裤裆一愣："怎么回事？碰上硬茬儿了？"

说着话，枪声竟乱了起来。

"走，带上他，出去看看！"李大裤裆拔出枪，领头走了出去。

二十五

二狗本来是要偷袭的，没想却失了手。他来到水生家，指挥匪徒们散开，把房子包围起来，然后亲自用刀来拨门闩。刚拨几下，窗眼里突然捅出一把宰猪刀，差点儿刺中他的肩膀。二狗吓得一屁股坐在地上，撇下刀，连滚带爬地跑了回去。

"他妈的，老小子够阴的！弟兄们，上，都上！全宰了，一个不留！"

这几天，水生一直警醒着，每夜都和两个儿子轮流打更。这夜是拴住值守，想着自己是在保卫一家人的安全，说不定还能跟敌人真刀真枪拼上一下子，拴住浑身的热血就沸腾起来。他已十七岁了，若不是家庭拖累，他早参加独立营了，是王老奎拦了他。王老奎说，你姐是区干部，整年不着家，你刚顶点事，再走了，让你爸怎么办？干革命是对的，可也不能一点儿不顾家。拴住觉得老奎大爷说得有理，就没去独立营，加入了村里的民兵组织，还被选为队长。可民兵终究是民兵，除去农闲时训练训练，情况紧张时站站岗，平时跟村人没什么两样，这让拴住很不过瘾。独立营撤走了，县区村干部也撤到河那边去了，父亲却不走，他理解父亲，便也不走。李大裤裆、二狗他们若真来了，大不了拼个你死我活，只当跟着独立营上战场了。就在他抱着杀猪条子，靠在窗户垛子后面东想西想的时候，外面就有了响动，

他趴在窗眼上往外看，外面墨一样的黑，什么也看不见。他正怀疑自己听错了，门口又传来窸窸窣窣的响声。拴住轻轻下了炕，来到门后，果然有个人影在撬屋门。还真他妈来了！拴住心里一阵兴奋，把杀猪条子悄悄顺出窗眼，

狠狠捅了出去。可惜角度不好，杀猪条子刺空了。拴住不敢怠慢，赶紧把全家人叫醒。

听着二狗在外面的喊叫，水生沉声说："是祸躲不过。跟他们拼了！"他让拴住守住窗户，让二拴和妈妈趴在炕沿下，自己端着大枪守在门口。

匪徒们冲到近前，水生瞄准一个，扣动扳机。清脆的枪声打碎了夜的宁静，村里的狗立刻狂吠起来。

"黑杀团"们慌乱后退，一具尸体丢在地上。

"开枪，开枪！"随着二狗的叫喊，枪声杂乱地响起来。

李大裤裆来到水生家门前时，"黑杀团"正在二狗的指挥下，或趴或跪地朝水生屋里打枪。

李大裤裆问明情况，挥手让停止射击。一时间，夜空出现了可怕的寂静。李大裤裆把姜海拉到身前，自己隐在后面，梗着脖子朝那座孤零零的小院喊："徐水生，你给我听着！你在我的船上干了二十年，吃着我的喝着我的，没有我，你能娶得了媳妇，你能有这一家子人？你个忘恩负义的东西，不念我的好不说，还跟在共产党的屁股后头，反过来和我作对。现在怎么样？共产党跑了，独立营跑了，没谁管你了吧？你，还有你们一家，就是死路一条了。看在我们老东老伙几十年的分上，我放你一马，只要你出来投降，我保你不死！"

李大裤裆喊完，对面好一阵沉默。

李大裤裆等得不耐烦，张嘴又骂："徐水生，你他妈有话说有屁放，别死猪不怕开水烫！磨叽到什么时候，你也跑不了！"

小屋里传出水生嘶哑的声音："李大裤裆，告诉你，老子根本就没想跑。想要我的命，好办，过来拿！"

"好小子，给脸不要！上，活捉他！"

"黑杀团"们知道水生有枪，谁也不敢冲在前，你推我揉地慢慢往前摸。没挪出几步，对面枪声响起，又一个身影倒在地上。"黑杀团"们哗地全都趴下了。

"废物，全是废物！一个臭船花子就把你们吓成这样？"李大裤裆怒骂着，抬手朝小屋打了两枪，就要往前冲，被二狗拉住，"李叔，千万别耍愣的！水生在暗，我们在明，硬冲白送命！"

"那你说怎么办？"

"我们就原地射击，引着他打枪。他能有多少子弹？等他子弹打没了，再抓他，那不是干坑逮王八？"

"说的是，让弟兄们狠狠打！"

枪声早就把村人们惊醒了，可谁也不敢动，都穿好衣服在炕上瞪眼听着。何嫌哩听了一阵，坐不住了："不行，我得出去看看。"

小媳妇紧紧拉住他："你不要命了？人家不来找咱，就阿弥陀佛了，你还上赶着招事？"

瞎眼妈眨着塌陷的眼皮："枪响的地方好像是水生家。"

何嫌哩挣开媳妇的手，起身从灯窑里摸出一颗手榴弹，那是他复员时心血来潮偷偷留下的。临出门，又反回身，叮嘱媳妇："好好照顾咱妈。"

何嫌哩先还贴着墙根悄悄往前摸，后来听枪声越响越激烈，就跳到大街上。没跑几步，身后传来杂沓的脚步声，忙又躲到墙角后。

"你他妈老实走，再瞎挣歪，在这儿就捅了你！"是金贵的声音。

"你们要干吗？把我带到哪儿去？"刘永一边挣扎，一边喘吁吁地问。

何嫌哩心里一惊，刘永被抓了？又想，既然金贵回来了，那大狗二狗也肯定回来了，说不定还有李大裤裆。奶奶的，今晚儿的动静不小啊！何嫌哩攥着手榴弹，一时不知怎么办好。正犹豫着，前方腾起了火光，黑漆漆的夜空被烈火染红了半边。

水生的五颗子弹很快打光，"黑杀团"扑了上来，可还是无法进屋，每当他们靠到门前窗下，里面的刀子就捅出来。气得李大裤裆大骂："徐水生，你真是茅坑的石头——又臭又硬啊！你不要命，也不顾你的老婆孩子？"

水生隐在门后说："李大裤裆，你少啰唆！老子还是那句话，想要我的命，就进来拿！我的老婆孩子和我一样，永远跟着共产党，跟你们死拼到底！"

李大裤裆还要骂，二狗拉拉他的胳膊："李叔，跟这种人废什么话。他不出来，就点他的天灯！"

"好，抱柴火，烧！"

听着匪徒们把棒秸、树枝子往门前窗下乱堆，水生知道大限到了，他扔下刀，来到老婆跟前，抚着那双瘦瘦的肩膀："孩儿他妈，对不起。你跟了我二十年，没过上一天舒心日子，到头来，还……"

病老婆喘成一团，话说得断断续续："孩儿他爸，你不用说……这样的话，我嫁你……不亏。就我这身子骨，没有你，早死了。麦穗有出息，我真高兴。只是……两个儿子……"

水生揽住围过来的拴住二拴，紧紧搂在怀里，眼泪不由得流下来："儿啊，今儿个，看来我们是出不去了！你们还这么小……是爸对不起你们！"

拴住瞪着眼："爸，我们全家死在一块儿，不冤！"

水生摸着二拴的脑袋："二拴，怕吗？"

二拴抬起满是泪水的脸："有爸妈哥在，我……不怕！"

"好，我们坚守到底！"

水生让拴住把衣裳在水缸里泡湿，自己也舀了两瓢水泼在身上，再将缸中的水全倒在被窝里，给病老婆和二拴披上，然后抄起刀，又守在了门后。

二狗凑到棒秸前，用洋火点燃："老小子，你不出来，就在里面烤火吧！"

火苗先是燎着了棒秸叶，慢慢又烧着了棒秸、树枝捆子，风一吹，轰的一声，便噼噼啪啪地烧起来。

何嫌哩赶到水生家近前，大火已包围了整个房子。矮矮的草房是禁不住这样大火的，看来这家人是没有活路了，何嫌哩的心里一揪一揪地疼。他见二狗还在指挥"黑杀团"往屋里打枪，就拉断手榴弹的弦，扔过去。手榴弹爆炸了，三五个人倒下去。何嫌哩撒腿就跑，火光把他的影子长长地印在大街上。

李大裤裆发现了不远处的人影，大喊："抓住他！"

二狗抖抖头上的泥土，端起大枪："跑不了他！"

枪声响处，何嫌哩一个趔趄，摔在地上。

二狗跑过去，借着火光认出何嫌哩："是你？"

何嫌哩瘸着腿："是我。"

二狗一个耳刮子扇过去："你妈的，真是耗子舔猫屁股——作死啊！"

何嫌哩不吭声。

二狗把何嫌哩带到李大裤裆面前。

"哟嗬，老子没找寻你，你倒来招惹老子，真是没白在独立营待，不怕死啊！"李大裤裆冷笑着打量何嫌哩，"那好，老子就成全你，等收拾完水生那老小子，再拾掇你们！"

此时大火已扑上房顶，整个屋子成了一个火笼。病老婆在火着起来没多久，就被浓烟熏得晕了过去。拴住中了枪，直挺挺地倒在炕上。水生烤得实在难受，拔下饭锅顶在头上。又一阵枪弹打来，他也躺下了。二拴全身烧着了，哭叫着拉开门，跑了出来。

二狗跳过去，一脚把二拴踹倒："小兔崽子，你给我回去吧！"提起二拴的两只脚，又扔回火里。

草房晃了两晃，轰的一声倒塌了。

不远处的房顶上，趴着唐立仁。从榆垡回来，他心里就像长了草，坐也不是，立也不是，更没心情去找彭春娥了。第一声枪响，他就出了场房，哆哆嗦嗦爬上离水生家不远的破房子。他看了水生和二狗对峙的整个过程，当二狗把浑身冒火的二拴扔回火堆的时候，一泡屎尿全拉在了裤裆里。

直等到大火熄灭，李大裤裆才和二狗撤走。经过半夜的折腾，他们都累了，杀人的兴趣也降低了不少。二狗问李大裤裆，抓到的三个人怎么办，李大裤裆摆摆手，随便弄死算了。二狗就把姜海、刘永、何嫌哩拉到村北"大河行"，一顿乱枪打死了。

二十六

　　在李大裤裆和二狗在河沿糟害的时候，柳芽已带着徐二婶来到长安城的许大爷家。

　　腊梅走后，柳芽和徐二婶就赶紧拾掇。天一黑，就一人背个柳条筐，筐里装着棒子面、盐、咸菜疙瘩，上面摞着被褥和洗换衣物，拉着兴邦，来到河边。黑黑的夜空，黑黑的河水，使娘儿仨实在没有胆量下河。踌躇了好久，柳芽一咬牙："就是做水鬼，也不能留在这边儿！"

　　徐二婶也知道除去过河，无路可走，就说："过吧，就是淹死，咱娘儿仨也死在一块儿！"

　　柳芽让兴邦站在背筐上，搂着她的脖子，拉着徐二婶，下了河。还好，他们没有遇到深坑，有惊无险来到了河西。过河时的艰难和惊吓，已使徐二婶没了丁点力气，刚爬上大堤，就一屁股坐在老槐树下："我的亲娘哎，就是打死也走不动了！"

　　柳芽也放下筐，一边拧着裤角的水，一边安慰徐二婶："大妈，别着急，先歇会儿，下堤不远就是长安城了。"

　　徐二婶很是担忧："咱这老的老小的小，跟个没窝狗似的，又跟人家非亲非故，能收留咱？"

　　柳芽却很有信心："你放心，许大爷老两口可是好人，上回我和香巧在他那儿，待我们跟亲闺女似的。"

　　"唉，前几年躲鬼子，这又躲国民党，没有一天安生日子，这是什么世道啊！"徐二婶连连摇头。

柳芽把兴邦揽在怀里。兴邦懵懵懂懂地问柳芽："妈妈，我们为什么不在自个儿家，要到别人家里去？"

柳芽听着儿子稚嫩的声音，心里很不好受，觉得给他解释他也听不懂，就摸着兴邦的脑袋没言语。

娘儿仨捧着"土牛"上的干沙子，捂在湿裤裆上阴浸着，浸湿一层，抖掉，再撒一层。反复几次，裤裆就多半干了，天也放亮了。柳芽望着堤下村庄上升起的袅袅炊烟，对徐二婶说："大妈，天亮了，我们进村吧。咱这样子，碰上坏人，指不定又要惹出什么事来。"

三个人下了大堤，沿着一条蜿蜒小道，进了长安城。柳芽一边走一边打量，几年没来，村子没什么大的变化，只是房舍显得更破败了些。一只瘦得皮包骨头的老狗趴在栅栏根下，见他们走近来，应付差事地撑起脖子，懒懒吠两声，便又躺下去了。一群鸡倒很活泼，聚在半倒塌的草垛下，嘴里咕咕地叫着，用爪子奋力扒土。领头的芦花大公鸡挺着厚实的红肉冠子，神气十足地欣赏着它的妻妾，突然振翅一越，飞上垛顶，梗起脖子，发出一声嘹亮的长鸣。柳芽找到许大爷家，黑漆的小门还紧闭着。柳芽左右看看，在门板上敲了几下。很快，院里传来脚步声，许大爷边咳嗽边打开门："谁呀，这么早？哎呀，是你！"

柳芽激动地望着许大爷，眼里涌出泪花："大爷，是我。我们又来……"

许大爷拉住柳芽："闺女，快进来，有话屋里说！"

走进堂屋，许大妈正坐在镜子前梳头，见了柳芽，忙把木梳上的落发捋下来，用手指捻成团塞进镜子下的小屉里："哎哟，闺女，你怎么来了？这是兴邦？都长这么高了！这位老姐姐……"

柳芽把徐二婶介绍给老两口。

许大爷高兴地说："王老奎是条好汉子，十里八乡都有名。老嫂子快上炕歇息歇息！"

徐二婶见老两口这么热情，也很高兴。

柳芽道明来意。

徐二婶未张嘴先红了脸："我们实在是没地方可去，有一条路也……只能来麻烦你老公母俩了！"

许大爷很爽快："这算什么大不了的事？住下住下！"说完又叹气，"我也听说河那边吃紧，老七十六团，还有独立营，都撤到河这边来了，可没想到情况会这么严重。唉，又得死不少人了！"

许大爷问起香巧。柳芽迟疑一阵，还是把香巧的遭遇说了。

"真是好人天不佑哇。那么个乖巧伶俐的人儿，竟遭这样的罪！"

大家唏嘘了一阵子，许大爷支使老伴："快拾掇饭。这娘儿仨一宿没合眼了，吃饱好好睡一觉。"

于是，三个女人一起动手。很快，一锅黄灿灿的贴饼子，一盆稠乎乎的小米粥，一盘苤蓝疙瘩咸菜条端到了桌上。

自此，柳芽娘儿仨就在许大爷家住下了，住的还是东厢房，只是香巧换了徐二婶，这让柳芽心里很不是滋味。

让人没想到的是，第五天头上，王老奎竟找来了。

这天清早，徐二婶掏了一簸箕灶灰，想倒进茅房坑，刚走到院中，大门就被敲响。徐二婶把门打开，王老奎直愣愣地站在门口。

"是你？"徐二婶叫一声，一簸箕灶灰倒在地上，闹得满院像起了浓雾。

屋里人听见响动，急急地跑出房门。

"大爷！"柳芽惊喜地叫。

王老奎答应着，走进院子。

徐二婶用手捂着脸，双肩抖动着低泣。

许大爷一看就明白了："你是老奎大哥？"

王老奎抢步向前，紧紧拉住许大爷的手："老兄弟，你两番接济我的家人，这救命大恩，让我怎么报答？"

"哎呀，瞧老哥哥说的，我们是一家人，还用说这样的话？来，快进屋！"

许大妈捅捅仍在哭泣的徐二婶："老嫂子，大哥来了，你该乐呀，怎么倒哭起来没完了？"

"我是乐呀，可……可我，就是忍不住眼泪！"

众人进到屋里，柳芽问王老奎："大爷，你怎么知道我们在许大爷这儿？"

"张卫告诉我的。"

王老奎到地区后才知道，进培训班的都是所谓工作不力，或阻碍土改顺利进行的落后干部，美其名曰培训，其实是被搬了"石头"。尤其让王老奎难以忍受的，他还经常要和那些被"砍"来的"大树"、抓来的"大肚子"一起劳动。

"大树"是仇视共产党政权，又在当地有一定影响力的土豪劣绅；"大肚子"是顽固的地主富农。这就让王老奎很委屈，很愤懑：老子干革命这些年，都是和地主、富农、恶霸斗争的，怎么斗来斗去，倒和他们成一伙了？可他的委屈、愤懑，无人可说，在这里没有一个认识的人，只能沉默。让他略感欣慰是，他通过听课，学习了不少革命知识、革命理论，大开了眼界。慢慢地，他的心绪平静下来，每次上课都认真听讲，还在草纸订的小本子上一笔一画做记录。再后来，形势变了，地委领导来到培训班，说是前段工作过"左"了，使他们受了委屈，受了伤害，要予以纠偏，并向他们道歉，鼓励他们回去后，继续努力为党工作。王老奎心花怒放，收拾东西就要回家。可突然又接到通知，说是驻北平的国民党部队向我平南根据地大举进攻，七十六团被迫撤离，"庞榆"失守。独立营也放弃了礼贤，掩护县区干部撤到永定河南，永定河北全部被国民党军占领。一些反动地富分子乘机组织起"还乡团"、"黑杀团"，疯狂屠杀我基层干部、土改积极分子，进行反攻倒算。为保护干部，参加培训班的人员暂不返乡。王老奎闻讯焦急万分，他既惦记村里的工作，更担心家人的安全。前天他正在驻地周围转悠，遇到了回分区汇报工作的张卫。张卫向他介绍了永定河北的情况，安慰他不要着急，县区政府已下了通知，干部和家属都撤到永定河南来了。王老奎说，能不着急吗？即使跑过来，那么多人，无亲无友的，怎么生活？张卫想了想，说，大婶他们有可能去了长安城，柳芽和我表叔家熟。王老奎再也待不下去，和有关领导打个招呼，就找过来。

许大爷高兴地说："这下好了，你们一家团聚了，就在我这儿住下，眼面前儿这里还算安全。"

王老奎朝许大爷连连拱手："没法子，只能给兄弟添麻烦了。"

吃饭时，王老奎问："听到河那边的动静没有？"

徐二婶说："我们连屋都不敢出，能知道什么动静？"

许大爷说："要不，我过河去看看？"

王老奎摇头："你跟那边不熟，还是我去吧。"

徐二婶急了："人家正愁抓不到你，你还往枪口上撞？"

柳芽也劝阻着不让去。

王老奎拉过小包袱，从里面掏出一把盒子枪："我有这个，不怕。"

徐二婶眼都直了："你怎么有这个？哪儿来的？"

王老奎得意地显摆："临来张卫送的，让我防身用。瞧瞧，八成新，德国大镜面。有了它，再加上飞刀，就是跟兔崽子们真碰上了，他十个八个也白给！"

许大爷竖起大拇指赞叹："早听说老哥哥英雄，今日一见，果然名不虚传！"

王老奎呵呵地笑："不行了，老了。要是搁在头三十年，我……"

徐二婶佯嗔地打断他："得了得了，说你胖，还真喘上了！"

王老奎挠挠头："这老婆子，总是砢碜我！"

大家都笑。

第二天，王老奎戴顶破草帽，背个粪筐，腰里挂上飞刀，怀里揣着盒子枪，离开许大爷家，爬上永定河大堤。站在西堤往东看，对岸静静的，鸡不飞狗不咬，王老奎就捡个水浅的地方下了河。麦收前是永定河的干涸期，缓缓的河水虽然还有点凉，已不那么刺骨。王老奎蹚过河，闪在一棵大柳树后观察村里的动静。大街上冷冷清清的，不见一个人影。王老奎又蹑摸蹑摸四周，也没发现异常，就把草帽往下拉拉，来到香巧的小店前。店门关着，推推，里面上了闩，王老奎就敲了两下。好一会儿，屋里才传来香巧颤巍巍的声音："谁呀？"

"香巧，别怕，是我。"

门打开了，香巧惊惶地望着王老奎："大叔，这是什么时候，你还敢回来？"

"这是怎么了，街上不见一个人影，你大白天的还闩住门？"

"哎哟，可不得了了！"

王老奎把粪筐粪叉子放下："怎么了？天翻了不成？"

香巧把王老奎拉进屋："就是天翻了！"

"嗯？"

"死人了，死了七八口子。水生叔一家全没了！"香巧的眼泪簌簌地流下来。

"什么？"王老奎如同五雷轰顶，身子一软险些栽倒，脸就失去了血色。

香巧一把将王老奎拉住，把他扶坐在床沿上。

王老奎定定神："快说，怎么回事？"

香巧擦擦眼泪："前几天夜里，李大裤裆和二狗他们回来了，把水生叔一家烧死了，还把姜海、刘永、何嫌哩枪崩了！"

"真是他们干的？"

"就是他们！听说李大裤裆当了保安团团长，大狗、二狗，还有金贵、金宝，组织起"黑杀团"，投奔了李大裤裆，专杀跟共产党走得近的人。昨儿个又听人说，他们在东庄营、小黄垡、刘家铺也杀了不少人。大叔，我大婶和柳芽她们都到河西去了，你也快走吧。李大裤裆、二狗这些人就是杀人不眨眼的恶魔，他们恨透了你，让他们碰见，就没命了！"

王老奎呆呆地坐着，心里却在翻江倒海。这几年，他对大狗二狗、金贵兄弟一直是心怀戒备的，可没想到，这才离开家多少日子，就出了这么大的事。这些人，真是太歹毒了！

香巧见王老奎不说话，急得直摇王老奎的肩膀："李大裤裆、二狗，还有国军，把咱们的地方全占了。大叔，往后，可怎么办呀？"

王老奎缓缓站起身，眼里射出冷峻的光："闺女，别怕。先胖不是胖，后胖压塌炕！总有一天，让他们全玩儿完！"

见香巧不吭声，王老奎又问："水生他们的后事都办了？"

"姜海三个人进了自家的坟地，水生叔一家被村里人埋在了村南堤根底下。"

"我去看看！"

荒草从中，几座新坟矗立着，白花花的沙土在阳光的照射下格外刺眼。王老奎站在水生坟前，老泪纵横："兄弟，想不到我这一走，咱们竟永远见不到面了！兄弟是好样的，你一家人都是好样的！我绝不让你们白死，只要我王老奎有一口气，就要给你们报仇，就要追李大裤裆、二狗他们的命！"

二十七

独立营撤到永定河南，在离固安县城不远的知子营整训。他们总结礼贤战斗中和国民党部队初次交锋的经验教训，讨论用游击战打法对付国民党正规军的战术，开展军事演练。并将部队进行了整编，剔除老弱病残，留下精兵强将，有效地提高了战斗力。尤其是李三林排，被定为营主力，配备了两挺机枪，一门小炮，还建立了一个"三八枪班"。这个班是戴双印由伪军反正时带过来的，全班有七八支三八枪，为集中优势火力，又从别的班调拨来几支，成了清一水的三八式。

在确定"三八枪班"班长时，河桩与李三林起了争执，河桩想让季保田当，因为季保田是党员，又是战斗英雄。李三林却坚持由戴双印当。河桩说："三八枪是咱独立营最好的武器，得掌握在最忠诚的人手里。"

李三林听了这话不高兴："照你这话，戴双印不忠诚了？"

"那倒不是。可我们从礼贤撤退时，你看他那样儿，趴在地上哭着不起来，总让人感觉……"

李三林抢过话头："那算什么事？谁都知道戴双印是孝子，他哭，是放心不下父母。对父母孝，对我们的队伍就会忠！再说，戴双印一直是班长，你让别人顶了他，让他怎么想？我这个排长还怎么当？"

"不是撸了他，是让他到别的班当班长。"

"那也不行，这是明显的不信任！你非要这样，把我的排长也换了吧！"李三林梗起脖子，耍起小孩子脾气。戴双印为人伶俐，知道官大一级压死人，不管李三林下什么命令都积极执行，李三林使着顺手，自然就偏向着他。

见李三林真有点急了，河桩就不好再说话。他是真心喜欢这个跟他在枪林弹雨里拼杀了八九年的小兄弟，不忍心让他不痛快。

志刚怕二人闹僵，忙打圆场："既是三林这样说，戴双印这几年也表现得不错，就依三林吧。"

金驹也说："戴双印是老同志了，作战经验丰富，又有三林把着，不会出什么问题。"

河桩虽然心里还是有些犹豫，但不愿撕破脸，只得点了头。

李三林见河桩答应了，高兴得见人就咧嘴笑。

转眼到了四月二十八。

这天，河桩正带队训练，李斌走来通知：分区为了慰劳永定河北过来的干部战士，在固安县城北关的药王庙举办庙会，请独立营前去观看。

河桩这些天心里很不是滋味，因为是领导，不好在战士们面前表露，硬撑着。但对李斌，他是可以敞开心扉的，用不着隐瞒什么："根据地丢了，家里人也跑散了，哪儿有心思乐和？"

李斌盯着河桩的眼："看来，情绪不高哇。"

河桩把眼转向别处，不言语。

李斌把手放在河桩肩上："你的心情我理解。你心里不舒服，我心里就好受？抗日战争，我们流血牺牲，好不容易打出一片天地，如今却被国民党、李大裤裆抢去了，搁谁心里不窝囊？还有那些村干部、积极分子，跟着我们出生入死，支持我们，掩护我们，如今我们却保护不了他们，心里能不愧疚？"

"是呀，我就是这么想的呀！也不知他们怎么样了。没吃没喝的，可怎么活？"河桩的眼睛湿润了。

李斌沉默了一刻，使劲拍了河桩一下："别泄气，根据地丢了，再夺回来，天下还是我们的！明天你亲自带队，让战士们到庙会上看看热闹，散散心。"李斌走了几步，又转回头叮嘱，"打起精神，别影响了战士们的情绪。放心，上级很快就会有新的部署！"

虽然"庞榆"失守后，永定河北成了国民党的天下，但河南的固安、永清一带还是共产党的根据地，形势还算安定。战争的阴云遮挡不住人们向往美好生活的心情，数十档花会齐聚药王庙前，大路小路上的人流也潮水般地涌向固安县城，咚咚哐哐的锣鼓声传出几里地外。祭祀仪式完成后，花会开始踩街。在密不透风的人群中，五虎少林棍在前开路，又会紧随其后，呼呼生风的棍棒和哗啷啷的钢叉在人们眼前乱舞，惊得人们不时尖叫，挤挤插插地让出一条通道。高跷、龙灯、小车、杠箱……便在这个通道中表演、行进，各有各的特色，各有各的精彩，引起阵阵叫好声。

河桩令部队以班为单位观看演出，又和志刚打个招呼，便挤出人群，向"油条张"的小吃店走来。

河桩来找"油条张"，说不出有什么明确目的，只是想来看看，就是看看，看看"油条张"，当然也想看看小桂。他和小桂的事早已是过眼云烟，可心里似乎总有一丝抛不下的牵挂。

"油条张"的小店就在路边，花会进城要从门前过，一家三口就不去人群中挨挤，搬条长凳站在店前看。

小桂伸着脖子踮着脚，不时欢叫："爸，妈，你们看，高跷里那个丑儿，逗得真好！哎呀，那又扔的，都有树尖高了！"忽然觉得脚下站了个人，低头看了瞬间，跳下凳子跑进屋里去了。

"油条张"老婆觉得奇怪："哎，小桂，花会马上就要过来了，你怎么倒不看了？"一眼看到河桩，也不言语了。

"油条张"这时也看到了河桩，忙跳下板凳："王营长，你……"

河桩笑笑："大叔，大婶，我没什么事，就是来看看你们。"

"油条张"感激得连连道谢："看，还让你惦记着。"

"大叔，话可不能这么说。抗战时期你给我们送了那么多情报，帮了我们很大的忙，我得感谢你们才对！"

"不说那些，不说那些。来，屋里坐！""油条张"伸手相让。

河桩看看紧闭的房门，突然就觉得好没意思，便又搭讪两句，转身离开了。

二十八

庙会后没几天，李斌脸色凝重地来找河桩："王营长，有件事，我不得不跟你说了。"

河桩看看李斌的神情，玩笑地说："什么样的大事，让李书记这么严肃？"

"腊梅和冯天焕失踪了！"

"啊？"河桩大吃一惊。

站在一旁的志刚也赶忙凑过来："怎么回事？"

"唉，都怪我，太粗心了！"李斌不住地摇头，"本以为他们下完通知就会跟上来，后来没见到他们，我还想，可能遇到什么事耽搁了，过两天就回来了，谁知他们竟一直没回来。我感到事情重大，就向地委汇报了。上级非常重视，通过各种渠道进行查找，至今也没得到任何线索。"

"那我们得回去找他们呀！"河桩急了。

"那怎么行？没有上级的命令，我们不能擅自行动！"

"那就不管他们了？腊梅刚从延安回来，如果出了闪失，让我怎么跟她埋在地下的娘交代？"河桩第一次冲李斌瞪起了眼。

志刚看看李斌，拍拍河桩的肩膀："营长，你先别着急，情况没有那么严重。我估计，腊梅是遭到敌人阻挡，没有突围出来。情报人员没有找到他们，也没有得到任何消息，那就说明他们没有遭到敌人毒手，是隐蔽起来了。"

河桩想想，觉得志刚说得有道理，但仍忧心忡忡："但愿没有什么事。"

志刚很有信心："腊梅虽然年轻，但她机警灵活，战斗经验丰富，又有一身功夫，一般情况下不会有危险。再加上冯天焕熟悉各村情况，短时间内和敌人周旋是不会有问题的。不过，我还是建议，独立营尽快返回河北，寻找他们！"

李斌同意："我立即向地委提出我们的看法！"

几天后，李斌传达了地委和军分区的指示：大兴县党政干部和独立营立即返回永定河北，恢复我党政权，与国民党反动派做坚决斗争。

散会后，李斌把独立营连以上干部留了下来。

"走，到那边小树林溜达溜达。"李斌说着，头前先走了。志刚与河桩相互看看："李书记这是怎么了？"

金驹推推两人："走吧，估计是有什么事！"

几个人走进林中，李斌停住脚："你们几个都是河沿村的，我要单独告诉你们一件事。"说完，又闭上嘴，不吭声了。

河桩预感到不祥，忙问："李书记，你快说，到底出了什么事？"

李斌挨个儿扫视了几个人一遍，才沉重地开了口："地委传来情报，我们撤离后，地主反动武装疯狂反攻倒算，大肆屠杀我方干部群众。河沿武委会主任徐水生全家四口被烧死，三个干部被杀害。"

河桩啊了一声，愣住了。

其他人也都愣住了。

好一会儿，二愣才大叫："哪个王八蛋干的？"

"不光河沿，东庄营也有我方七名干部家属被害。此外，东黄堡、小黄堡、刘家铺、石堡等村都发生了惨案，被害的党员、干部、积极分子以及家属达二三百人。制造这些惨案的凶手，就是我们的老对头李大裤裆，还有河沿的大狗二狗组建的'黑杀团'！"

"是他们？打他个姥姥的！"二愣的眼珠子都要瞪出来了。

从来寡言少语的铁牛也叫喊："打，打回去，给水生叔报仇！"

志刚抬手止住二人："李书记，你说吧，县委有什么指示？"

李斌望着大家："我们面临的形势非常严峻，环境也很恶劣。蒋介石撕下了假和平的伪面具，开始了全面内战。就目前来看，国民党军力量强大，无论武器、人员，都大大优于我军。在平南地区，南有'镇北关'、李大裤裆，北有冯海文，一直是我们的劲敌。现在又增加了二狗的'黑杀团'。这些坏蛋都是本乡人，对各种情况比较熟悉，尤其在地富阶层中有一定的影响力，这就给我们增加了更多困难，斗争将会是非常艰难和残酷的。但是，我们绝不能退缩，绝不能让烈士的血白流，绝不能让敌人再继续猖狂下去！大家准备一下，我们马上召开誓师大会，把惨案向所有干部战士公布，提高大家的阶级觉悟，激发复仇情绪，以高昂的战斗精神打回永定河北！"

在此期间，金驹一直沉默着，没吭一声。水生全家被害，对他的打击比任何人都大。岳父那慈祥的笑脸，岳母那疼爱的目光，与拴住、二拴那亲如兄弟的感情，飞车般地在他脑海里旋转，使他胸中憋着的那口气怎么也吐不出来。

几个师兄弟围过来，有的拉住他的手，有的抚着他的肩膀。

金驹茫然地望着大家，还是一声不吭。

河桩使劲抓住金驹的手："兄弟，你可要保重！"

一串热泪从金驹眼中滚出："麦穗可怎么受得了？"

志刚眼里也噙满泪水："金驹，你要做好麦穗的工作，不要让她过度悲伤。"

麦穗嘴里哼着歌，把几件衣物打进小包袱。和她同住一屋的邹珮笑问："麦穗姐，要回河北了，就那么高兴？"

"又要和乡亲们并肩战斗了，就要见到爹娘兄弟了，能不高兴？"

"麦穗姐，我真羡慕你。"

"羡慕我？羡慕我什么？"麦穗停住手。

"姐夫是独立营副营长，你是县妇联主任，父亲和兄弟又是村干部、民兵，一家人都干革命，多好！"邹珮由衷地说。

"你要是愿意，我给你在独立营介绍个对象，两口子不也在一起干革命了？"

邹珮不好意思地嗔怪："去你的！"

两人正在说笑，金驹推门走了进来。

邹珮咯咯地笑："看看，说曹操曹操就到。行，我出去，让你们两口子说会儿悄悄话！"

邹珮刚把门关上，麦穗就满脸幸福地朝金驹扑来。待一看到金驹那阴沉的面色，麦穗便愕然地止住脚步："出什么事了？"

金驹走上两步，紧紧握着麦穗的手，眼泪汹涌地倾泻下来。

"金驹，你怎么了？金驹，你可别吓唬我！"

金驹把麦穗揽进怀里，温柔地抚摩着她的头发。待心情平静下来，才哽咽着说："麦穗，我告诉你件事，你可得挺住！"

麦穗颤抖起来："到底出了什么事，你倒是说呀！"

金驹刚把李大裤裆灭门的事说完，麦穗就闷哼一声，昏了过去。

金驹吓得抱住麦穗大喊大叫。

河桩、志刚闻讯赶来，急得束手无措。麦穗青白着脸，喉咙里一哽一哽的，身子越挺越硬。

"快，掐人中！"李斌看出了门道。

金驹把拇指放在麦穗鼻子底下，使劲掐住。

好久，麦穗才呼出一口气，哇的一声哭出来。

二十九

　　腊梅头上戴个树条圈，蹲在一丛紫穗槐下的土坑里，香甜地咬着"金裹银"烙饼。"金裹银"是一种把麦面擀成薄皮，再包上掺着葱花、盐末的棒子面烙成的，既香又不用就菜，是穷人的上好吃食。如果从颜色看，白面在外边，棒子面在里边，白包黄，该叫"银裹金"才对，可不知为什么，永定河两岸的人偏叫它"金裹银"。

　　腊梅和冯天焕在沈大爷家藏了两天，遇到三次搜查，幸亏钻地洞快，才没暴露。看着老两口担惊受怕的样子，腊梅实在不落忍，就提出到野外隐蔽。沈大爷说："也好，你们白天躲在野外，夜里再回来，安全些。"

　　"只是不知哪儿背静。"

　　"背静的地方倒有，就是……怕你们硌硬。"

　　腊梅笑了："看大爷说的，眼下关键是保命，还有什么硌硬不硌硬的。"

　　"那好。村西二里地有个郭家坟，是老坟圈子，大小有四五十个坟头，长着百十棵一搂粗的青杨，四周还围着半人高的土壕，坟圈子里外满是紫穗槐。人们都说那里阴气重，还说有狐仙，闹鬼，除去清明节上坟，轻易没谁敢靠近。"

　　"行，就是那儿了！"

　　"去那儿？"冯天焕脸色有些发白。

　　"怎么，你害怕？真要有狐仙，你老冯还没成亲，就娶来做媳妇，不是挺好？"腊梅顽皮地瞅着冯天焕，嘻嘻地笑。

　　冯天焕的脸又红了："洪书记，这都什么时候了，你还开这样的玩笑？"

沈大爷领着二人来到郭家坟，果然幽静，茂密的树木遮天蔽日，人在其中，冷森森的，身上竟无缘无故地冒出鸡皮疙瘩。

"真是个好地方！"腊梅一边称赞，一边让沈大爷回家拿铁锨。沈大爷刚转身，又被腊梅叫住，"大爷，你就手带点吃的来吧，夜里就省得回去了。"

天擦黑，沈大爷背个柳条筐来了，筐里有一把铁锨，几条破麻袋，两个盛满水的大肚葫芦，还有一摞用捂布包裹的热乎乎的"金裹银"。沈大爷在两簇紫穗槐中间挖个半人深的坑，让腊梅下去试试。腊梅跳进坑，委下身子，只剩个脑袋露在外面。沈大爷说正好，又能藏身又能听动静。就把两个麻袋递给她，铺在坑底，防潮。腊梅很感动，说大爷想得真周到。沈大爷就叹气，说大爷没能耐，也就是少让你们受点罪。在距腊梅一丈远的地方，三个人轮换着，又给冯天焕挖了个同样的坑。

沈大爷走后，腊梅把一个水葫芦和几张烙饼分给冯天焕，就让他回自己的"蛤蟆蹲"里去。

夜幕降临了，坟地里黑得伸手不见五指，只有虫蚁的鸣声从四处传来。腊梅靠紧坑壁坐着，寂静的环境是想事的时候，她就想起过去的马戏班，想起轰轰烈烈的洪部，想起疼她宠她的母亲、哥哥，想着不知避到哪里去了的河桩和李书记，眼泪便簌簌地流下来。她哭着想着，想着哭着，一股倦意袭上来，脑袋一歪，就睡过去了。

腊梅被冯天焕叫醒时，已是天光大亮。

"腊梅，你……"冯天焕望着腊梅的脸，欲言又止。

腊梅站起身："我怎么了？"

"你……哭了？"

冯天焕醒来后，听听四周没动静，先伸展一下蜷得酸痛的身子，就到腊梅这边来了。腊梅还在香甜地睡着，脸庞红艳艳的，浓密的长睫毛上挂着两颗泪珠。冯天焕痴痴地看着，心里涌起一股冲动，真想在那小巧的嘴唇上，红润的脸蛋上亲吻一番，可他不敢，怕腊梅看不上他，更怕冒犯了这枝带刺玫瑰的后果。他就蹲在坑边，目不转睛地看，直到几只喜鹊叽叽喳喳地飞过来，怕被腊梅发觉，才叫醒了她。

腊梅没吭声，拿起葫芦往手心里倒点水，简单地把脸擦了擦："老冯，垫补垫补肚子，马上走！"说着，折下几根树枝编成帽圈戴在头上，拿出一张"金裹银"就咬。

"怎么，我们不在这儿隐蔽？"

"我们不能消极地躲避，要主动出击！"

"就我们两个人，躲都怕躲不过，还……出击？"

"两个人怎么了？两个人也能闹他个天翻地覆！我要让那国民党、'黑杀团'看看，永定河北还有共产党，不会让他们由着性子来！同时也是告诉老乡们，共产党就在他们身边，还在给他们撑腰，把他们的心稳下来。"

冯天焕有些着急："你不是跟沈大爷说，眼下的关键是保命吗？"

"是呀，那话是我说的。保命就是千方百计不让敌人抓住。可保命的目的是什么？那就是坚决地打击敌人！"

腊梅说着，咔嚓把子弹推上膛，头前走了。

冯天焕愣了愣，赶忙跟在后面。

麦黄风一阵一阵地吹着，沉甸甸的麦穗挓挲着针尖似的麦芒，随着热风起伏。腊梅擦擦额头上的汗，在地边的树荫里坐下，顺手揪下一个麦穗，在掌心里搓搓，嘟起小嘴吹去麸皮，放进嘴里细细地嚼："嗯，硬棒了，不出五天就能拔了。"

"拔了又能怎样？还不是被敌人抢了去？"冯天焕担忧地说。

"是啊，地主回来反攻倒算，多少粮食也不够他们抢的。唉，要是独立营在就好了。"

冯天焕不言语。

腊梅也不再说话，抬头呆呆地望着远处。

一阵哀哀的哭声顺风传来。

腊梅竖起耳朵听了一阵："走，看看去！"

在小树林的空地处，有一座新堆起的土坟。一个衣衫褴褛的女人正烧着黄表纸哭诉："马儿他爹呀，你撒手走了，躲清静去了，撇下我，这罪可怎么受啊！崔家那挨千刀的天天来闹腾，让我怎么办？我实在没有活路了，就跟你去了吧！"嘴里说着，拿起一截儿麻绳，向歪脖榆树走去。

"大婶！"腊梅从树后闪出，挡在面前。

女人一哆嗦，手中的绳子掉在地上。

"大婶别怕。你受了什么委屈，要寻短见？能跟我说说吗？"

女人看清眼前是个姑娘，心里稍稍踏实了些，眼泪重又流下来："闺女，你别问了，你管不了。"

"大婶要是受了地主恶霸的欺负，我就管得了！"

"你，你是……"

"我是共产党的干部！"腊梅露出腰间的手枪。

冯天焕一旁介绍："这是咱区的区委洪书记。"

"哎哟，老天爷呀，你们可回来了！你们一走，我们可是遭了大罪了呀！"女人抓住腊梅的手，又洒下一串热泪。

女人是距此三里地崔屯的，村里有个大地主崔玉，家有二百多亩好地十几间瓦房。女人的丈夫李增和儿子马儿是崔玉的长工，穷得房无一间地无一垄，住在村头半塌的龙王庙里。去年土改，她家分了崔玉的三亩地两间房。十天前，逃跑出去的崔玉随着"黑杀团"回来了，把全村人赶到一起，大喊大骂，说是谁分了他的房子分了他的地，都得吐出来。还把李增拉到人前痛打，说是家贼更可恶，要罪加一等，不仅要退出房子、地，还逼着赔三亩地的产量翻盖三间新房。马儿不服，争辩几句，被黑杀团绑走了。身受重伤的李增又气又急，抬到家也死了。就这样崔玉还没完，三天两头派狗腿子找她捣乱，要粮食没有，就砸锅；要盖房的砖瓦木料拿不出，就把她的破被窝扔到庙外。她打听儿子的下落，黑杀团放出话，用一百块大洋赎人，没钱就等着收尸。她实在没有活路，就想一条麻绳吊死算了。

"这就是阶级敌人的反攻倒算！"冯天焕气愤得涨红脸。

腊梅却不动声色，轻轻问那女人："崔玉住在哪儿？"

"他回来没再走，就住在家里。"

"他家在哪儿？还有什么人？"

女人似乎看出了腊梅的用意，心头掠过一丝惊喜，说话也利索了："我们村就一条街，进村往里走，见到又高又大的房子就是他家。崔玉就俩闺女一个儿子，闺女早就出嫁了，老胎儿子刚十八岁，入了'黑杀团'住到榆垡去了，家里就是他两口子，他们……"

"好了，"腊梅拦住絮叨起来没完的女人，"大婶，你回去吧，可要好好活着，不许再往歪道上想。放心，崔玉不会再跟你捣乱了。记住，见到我们的事跟谁也不要说！"

　　看女人走远，冯天焕转头问腊梅："你要拿姓崔的开刀？"

　　"对，打掉他！"

　　深夜，腊梅和冯天焕来到崔家墙外。腊梅纵身一跳抓住厢房后檐的椽子头，顺势一悠就上了房顶。她趴在后坡，看看，听听，见无异常，便身子一飘，落入院中，打开大门，冯天焕闪身进来。两人摸到正房窗下，屋里传出粗重的鼾声。腊梅朝冯天焕做个手势，冯天焕守在门口，腊梅用短刀拨开门闩，进入屋内。借着窗外透进的微光，腊梅看见炕上躺着两个人，那个打呼噜的男人应该就是崔玉了。为了慎重，腊梅在那胖乎乎的脑袋上推了推，轻声叫道："崔玉，崔玉！"

　　胖脑袋停住呼噜，愣愣怔怔地问："谁？谁叫我？"刚要翻身起来，腊梅的短刀已深深抹进他的脖子。

三十

　　李大裤裆自制造了河沿血案后，以为河北已成他们的天下，就让老婆周秀珍从固安回到村里。这天他正在家吃周秀珍做的水揪片儿，绿绿的青蒜汁辣得他顺着脖子淌汗，二狗带着崔玉的儿子找来了。李大裤裆听说崔玉被杀了，露出一脸惊愕："河北还有土八路？"

　　二狗迟迟疑疑地："莫不是河桩又回来了？"

　　李大裤裆思谋一会儿，摇头："不会，真要是独立营回来了，动静要大得多。这么偷偷摸摸的，应该还是残留的共党分子。"

　　二狗喝曝牙花子："那是冯天焕和那个女共党？他们还在这一带活动？这可不好办了。明刀明枪地丁，咱不怕他们。可这暗中……谁知道他在哪儿给你来一家伙？"

　　李大裤裆心里发毛，嘴上还硬撑着："小泥鳅能翻多大的浪？明儿个把人都撒下去，把树林子、沙岗子、各个村子，算头发似的给我来回地算，我就不信他们能藏到耗子窟窿里去！"二狗点头答应，然后又讨好地说："李叔，我看，你还是跟我回榆堡吧。"

　　李大裤裆也怕遭暗算，便把碗一推："走！"

　　周秀珍不干："你撇下我多少日子了？这刚在家待两天就又走，你把我当什么了？擦桌子的抹布？擦屁股的土坷垃？不行，我不让你走！"

　　二狗把周秀珍拉到一边："我说婶子，你知道点轻重好不好？崔玉的事你刚才也听说了，你硬把我叔留在河沿，真有个三长两短，你不后悔？"

　　周秀珍不听那一套："他怕死，我就不怕死？你知道这半年多我一个人在固安，担了多少惊受了多少吓？这又要扔下我？不行，要走，咱们一块儿走！"

　　气得李大裤裆一把把周秀珍推个跟头："你个混蛋娘们儿，人事不懂！有老子在，你吃香喝辣。老子死了，你喝西北风！你就给我在河沿住着，看谁敢动你一根毫毛！"

　　李大裤裆回到榆堡后，派出他的保安团和二狗的黑杀团，分成多路，没日没夜地围剿。有时他们冒名独立营去敲老百姓的门，谁开了门，就说是共产党，捆到榆堡，张嘴要钱，交不上钱的就毒刑拷打，逼得不少无辜百姓家破人亡。李大裤裆还把村公所的牌子摘掉，换上保公所的牌子，威胁保甲长说，现在是国民党的天下，谁要敢再挂共产党的牌子，格杀勿论！并在各村张贴告示，谁若发现共产党不报告，就视同通匪，全村连坐。村民们害怕了，不敢再接待腊梅和冯天焕，有的甚至一见二人，就到保公所报告。腊梅和冯天焕无法进村了，更不愿让乡亲们遭受损失，就一会儿在沙岗，一会儿在麦田，忽儿又钻进树林，想方设法和敌人周旋。好在麦子就要成熟，饿了就搓把麦粒吃，渴了就捧起水坑里的水喝几口，几天下来，人已瘦得脱了形。

　　这天，腊梅和冯天焕转移了好几个地方，最后爬上一座沙岗，躲在树棵子底下休息。这里地势高，视野开阔，能看清几里地外的情况。冯天焕因吃生麦粒，又喝水坑里的脏水，闹起了肚子，拉得没有精神，趴了一会儿，就睡着了。腊梅也很疲惫，她见冯天焕睡着，就不敢懈怠，强睁着两眼，观察四周的动静。经过一段时间的接触，腊梅对冯天焕的看法有了转变。冯天焕虽然书生气较浓，政治上不是很成熟，甚至有些怯懦，但他有工作热情，有正义感，立场坚定。尤其在这样残酷的环境下能坚持下来，毫不动摇地跟随着她，就很让人欣慰。当然，她也隐隐觉出，冯天焕对她有好感，这从他的眼神、表情和话语中可以看出。但腊梅眼下还不想考虑这个事，更何况河桩还向她推荐了志刚。对于志刚，她是钦佩的，志刚为人沉稳，足智多谋，是河桩离不开的左膀右臂，深受战士们的喜爱，她一直把他当大哥哥看待。至于和他谈婚论嫁，腊梅没有心理准备，也没有一点感觉。要说喜欢，腊梅是真心喜欢河桩的，这种喜欢，她已埋在心里好几年了。她也知道，这是不可能的，河桩早已有了媳妇柳芽，还有了儿子兴邦，可她就是喜欢。也许正因为这种喜欢，使她对别的男人动不了心。

　　腊梅正胡思乱想，一阵嘈嘈杂杂的声音传进耳里。她探头一看，十几个歪戴帽，敞着怀，扛着大枪的人吵吵闹闹地走过来。

"黑杀团！"腊梅立刻伸手去捅冯天焕。

冯天焕噌地坐起来。

"趴下，敌人！"

冯天焕彻底清醒过来："那，赶快转移吧？"

"等等，"腊梅向沙岗下观察着，"看样子，敌人是过路的，没有发现我们。倒不如趁他不备，打他一家伙！只是，你……"

"我怎么了？你说打就打，我绝不含糊！"冯天焕对腊梅小瞧他，很不高兴。

"老冯你别误会。我是说，打了咱就得跑，我怕你的身体……跑不动。"

"腊梅同志，谢谢你。打吧，我跑得动！"冯天焕看出腊梅是真关心他，心里很温暖，身上也似乎有了力量。

"那好，"腊梅看着面黄肌瘦的冯天焕，不禁动了感情，眼里蒙上一层雾气，"听我的，我说打就打，我说跑就跑！"

两人悄悄下了沙岗，在路边草丛里隐蔽下来。

过来的是金贵那伙子人。李大裤裆接到密报，说是在永定河边的曹辛庄一带发现了共产党。金贵就主动请缨，要带领他的小队前去捉拿。金贵上赶着出动，心里有自己的小九九，能抓到共产党自然是好事，可立功受奖，抓不到也不吃亏，可趁机大捞一把。他们每到一个村子，就说村里藏着共产党，吓得保长又是赔笑又是递钱。金贵正好抓住理："村里没共产党，你给我什么钱？明明是心虚。搜，非搜出来不可！"

匪徒们巴不得这一声，立刻窜进各家各户翻箱倒柜，见到值钱的东西就往怀里揣。金贵闯进一户人家，一个十五六岁的姑娘坐在院里择野菜，见了金贵，站起身就往屋里跑。金贵追进屋，二话不说便摁在炕上。当他心满意足地系着裤腰带出来时，金宝正好找过来："哥，闹得差不多了。呦，你这是……"

金贵嘻嘻一笑，指着墙角拴着的羊："把这羊拉走，回榆垡让翟回回给咱烤整羊吃！"

虽然连共产党的影儿都没见着，可兜里却塞得满满的，匪徒们很是高兴，一边走一边说笑。金贵更是兴奋，想着和那姑娘在炕上的事，心里要多舒坦有多舒坦，张嘴吼出一句戏文："三姐我好比那盛开的花，王公子就是那采花的蜂……"

突然，一声枪响，一个匪徒双手一扬，倒在地上。金贵愣怔间，又一颗子弹飞来，紧贴着耳根擦过，吓得金贵往前一扑，趴在地上："怎，怎么回事？"

金宝撒了手里的羊："共，共产党！"

又是几颗子弹飞来，金贵再也嘅不住粪：

"快，快撤！"

三十一

金贵跑回榆堡，添油加醋地向李大裤裆报告，遇到了八路的主力，伤了四五个弟兄。

李大裤裆不信："你小子少胡说八道，独立营早跑到河南去了，哪儿来的八路主力？你就是胆小，被几个零星共匪吓坏了！"金贵不服气："零星共匪？零星共匪能把我打成这样？"

李大裤裆还是半信半疑："明儿我亲自出马，倒要看看是哪路神仙，我就不信马王爷真有三只眼！"

李大裤裆的亲自出马，使本就残酷的环境更加残酷了。李大裤裆知道榆堡东南乡是共产党活动的重点村镇，就带着一百多人的保安团和六十多人的黑杀团，没日没夜地在那一带反复查抄，最后竟然把腊梅两人在郭家坟的藏身点也找到了。李大裤裆看着那浅浅的土洞，哼哼冷笑："就这仨蛤蟆俩兔子的，也敢在我李爷面前紮刺儿？"又瞪着金贵，"我就说嘛，什么他妈八路主力？让你哄鸡巴攥蛋哪？"

闹得金贵红头涨脑，一声不敢吭。

李大裤裆看看四周："他们跑不远，给我搜！那些树林、沙岗，一个挨一个地搜，耗子窟窿里面也要掏三把，我就不信他能变成蚊子飞喽！"

匪徒们分散开，咋咋呼呼地搜起来。

腊梅见在沙岗、树林实在藏不住了，就一咬牙，拉着冯天焕钻进麦地，匍匐着身子爬了半天，扎进莽莽苍苍的"大河行"。所谓"大河行"，就是永定河故道，方圆一二十里，几百年来就是荒草甸子，一人多高的芦苇、蒲棒密密层层，大大小小的水坑连成一片。鲤鱼、鲇鱼、黑鱼、鲫鱼、黄花鲢子肆意繁衍；野鸭、水鸟四处做窝；狐狸、獾子、野兔、地巴狗子成群结队在杂草中出没；更有那铺天盖地的蚊子、小咬狂乱飞舞，吐着三叉舌头、红脖绿身的水蛇嗖嗖乱钻，使其成为一个神秘而又恐怖的世界，平白无故没人敢钻到深处去。此时虽然刚近麦秋，可芦苇、蒲棒已长得没过人头。两人在苇丛中钻了一阵，估计已到了"大河行"腹地，便找个高出水面的草滩坐下来。好在节令还早，蚊子、小咬尚不猖獗，两人少受不少皮肉之苦。腊梅静坐了一会儿，觉得无聊，就拔出腰中的尖刀，到水坑边割下一抱蒲子，摊在地上编织。冯天焕看了半天看不明白，就问："你这是干什么？"

"编蓑衣。"

"编蓑衣？蓑衣是什么东西？"

腊梅一边双手灵巧地动着，一边回答："这就不知道了吧？蓑衣是遮雨的工具，下雨时候披在身上的。你们城里人下雨打雨伞，我们农村人不行，一是雨伞贵，买不起；二是打着雨伞没法干活，就披这个。"

冯天焕听了腊梅的话，脸上有些讪讪的："看你说的，城里人也不是都有钱。"

腊梅知道冯天焕多心了，抬头朝他笑笑："这蒲子柔软，有弹性，晒干了再用水闷湿，还能编篓。"

"编篓？"冯天焕找到了话题，"那篓子不是用竹子编的吗？"

"你说的那是竹篓。蒲子编的是软篓，专装鱼虾和螃蟹的。"

冯天焕就啧啧赞叹："看不出，你年轻轻的，知道那么多事，还什么都会干！"

西斜的阳光照在身上，不觉有些燥热。腊梅忽然闻到一股怪味，四处看看，什么也没发现。正纳闷，又一股酸臭扑过来，才知道是从冯天焕身上发散出来的。她低头闻闻自己，也是臭烘烘的。十多天没洗澡，衣服又是湿了干干了湿，怎能不馊臭？看着浑头满脑都是土的冯天焕，腊梅脸上红了白，白了红，好半天终于说出口："老冯，看这浑身的土，衣裳都馊了。你到那边儿，去洗洗吧。"

冯天焕身上也拘磨得难受，可跟腊梅形影不离，他不好意思提洗澡的事，怕腊梅寻思他不安好心。现在听了腊梅的话，忙答应着站起身。

"你……离远点儿，好好洗洗。"腊梅眼睛望着地面，"今天要没情况，我们就在这儿休息了。"

等冯天焕消失在苇丛中，腊梅选择了与冯天焕相反的方向，钻进重重芦苇，找个干净水坑，停下来。腊梅是个快性人，知道这里不会有人，就麻利地解下腰上的皮带，把手枪、短刀扔在地上，整个人就走下水去。水温温的，很舒服。腊梅坐在水中，把夹袄、裤子脱下来，用手使劲搓洗，洗下的脏泥使周围的水都混浊起来。好久，她走出水坑，把岸边的芦苇按伏下，搭上裤褂晾晒着，就又回到水中。此时，腊梅身上只剩了小小的白布背心和一条花裤衩，显得无比轻松。她弯下身子，搓洗大腿，浑圆的大腿白白的，但肌肉很硬实，这是常年练武的结果。当她把水撩到鼓蓬蓬的胸脯时，心里猛一悸动，眼前浮现出河桩与志刚的面庞。自打十五岁那年在固安遇到河桩，她心里就涌出一股特殊的情愫。是因为河桩帮了她们？也不尽然，张卫也加入了救助，可她对张卫只是敬重，而对河桩，却是喜爱。喜爱？腊梅有时也自问，年轻男子多了去了，为什么单单喜爱他？而且人家已是有妻有子的人，不可能跟她发生什么。可她就是喜爱。莫非喜爱不需要理由？这让腊梅很困惑。从礼贤撤退前，河桩找了她，郑重地把志刚推荐给她，这使她陷入更大迷茫。说心里话，她对志刚也是很有好感的，但那也只是敬重，没有丝毫喜爱的成分。与柳芽见面后，腊梅表面上不显山不露水，其实还是很失落的。柳芽才比她大三岁，与河桩却已是八九年的夫妻，儿子兴邦都七岁了。这使她感到自己年龄已不小，应该结婚成家了。她不是独身主义者，不愿意家锅老、炕头埋，她要嫁人，要生孩子，要过正常人的生活，她觉得这与革命事业并不冲突。可与大她五岁的志刚结合，她心里没有底，毕竟他们互相了解得不深。这几天，她也想到了冯天焕，她也看出冯天焕对她有那种意思，但很快就被她否定了。冯天焕虽然有文化，也有很多长处，但他根本不是她理想中的人。腊梅正胡思乱想，忽然觉得周围有些异样，忙抬头四望。不知不觉太阳已经压山，水面染上了芦苇、蒲棒浓黑的倒影。就在阴影处，一条粗大的"野脖子"吐着鲜红的三叉舌头，瞪着阴冷的小眼，悄悄地朝她游来。腊梅不是胆小的人，可在这寂无人声，暮色苍茫的环境下，面对如此硕大的水蛇，心里也不免怦怦乱跳。她哗地站起身，稀里哗啦地往岸上跑。激荡的水波刺激了水蛇，"野脖子"极速扭动着身子，飞快地扑上前来。腊梅跑到岸上，"野脖子"也追到坑边。腊梅捡起短刀，唰地投了出去。短刀准准钉在"野脖子"的七寸处，翻腾几下，便伸直身子，肚皮朝上，浮在水中不动了。

腊梅长出一口气，顾不得背心和裤衩还在滴水，从芦苇上扯下半干的裤褂穿在身上，又把死蛇拎上岸，拔下短刀，就顺着原路去找冯天焕。

冯天焕此时已回来了，蹲在地上琢磨腊梅编成半拉子的蓑衣。见了腊梅，说："你这蓑衣还挺复杂，我看了半天，还是云山雾罩。"

腊梅看冯天焕经过清洗，精神多了，心里也很高兴："什么东西也不是那么好学的。哎，你怎这么快就回来了？看，衣裳还往下滴水哪。"

"我不放心你，好歹洗洗，就回来了。"冯天焕两眼热辣辣地看着腊梅。

腊梅脸微微一红，心里很是感动。她躲过冯天焕的目光："你想学编蓑衣呀？我教你。"

冯天焕高兴极了："我从小在北平城里长大，对农村的事懂得很少，是得多学点，以适应今后的斗争。"

"你说得太对了。"腊梅蹲下来，"编蓑衣要先从领子开始，领子编好了，后面就容易了。你看，这样，再这样……"

冯天焕学得很认真，但那手却总在有意无意去碰腊梅的手。腊梅觉察到了，也不说破。等冯天焕的身子越靠越近时，一扔蓑衣站起来："天黑了，你饿了吧？"

"饿有什么办法？在这个地方，哪儿找吃的去？"冯天焕说着，肚子真就咕咕叫起来。

腊梅不言声，走到水坑边，抓住一棵蒲棒用力一拔，蒲棒被拉出地皮，一截白白的根茸拉在下面。腊梅掰下白根，在水里洗洗，递给冯天焕："尝尝。"

"这也能吃？"冯天焕犹豫着，把蒲棒根放进嘴里。一股腥腥的甜味溢满口腔，连忙吐在地上，"这是什么味儿！"

"城里人就是娇气！这可是好东西，农村人在青黄不接的时候，就靠它来救命。"腊梅把一截蒲棒根用力地嚼着。突然，水里那条"野脖子"的尸体浮现在眼前，她心里猛一翻腾，将要下咽的蒲棒根全喷了出来。

"看看，我说不是味儿吧？"

腊梅连连呕着。

"你这是……中毒了？"冯天焕抓起腊梅的手。

"我……没事！"腊梅急促喘息着。当发现自己的手被冯天焕攥住时，忙挣开了。

两人沉默下来，气氛就有些压抑。

腊梅等胸中平静下来，拔枪在手："走！"

"去哪儿？"

"找吃的去，我们不能干饿着！"

"这荒草甸子，哪儿有吃的？"

"这'大河行'西头紧挨胡林店。我们去找胡振山。"

"胡振山？那个伪保长！"

"伪保长怎么了？他是白皮红心，在抗战时期没少给我们办事。我跟他见过两面，觉得那人还算实在，靠得住。"

冯天焕没想到腊梅来大兴不到一个月时间，就了解这么多情况，心中的敬佩又增加了几分，也就不再言语。

三十二

　　腊梅和冯天焕蹚出"大河行"，天已是黑漆漆的了，便沿着一条小道朝胡林店走来。将到村边，迎面走来一队人影。腊梅一拉冯天焕，跑进路边的草棵子，趴下来。

　　那溜人影越走越近，连呼哧呼哧的喘气声都听到了。就有人说话："妈的，跑腾了一天，白捞毛，连个共党的影儿都没见着！"

　　冯天焕贴近腊梅耳边："二狗！"

　　腊梅示意冯天焕别出声。

　　一个粗哑的声音响起来："二狗啊，人都说你心眼多，我看也是徒有虚名！共产党是什么变的你不知道？那是些长了毛比猴儿都精的人！要是能轻易让你逮住，日本时期就早把他们灭了，能让他们折腾到现在？甭着急，心急吃不了热豆腐。咱就给他有枣一竿子，没枣一棍子，没有不开张的油盐店，常赶集早晚有碰上亲家的时候！再说，亏了你们了？谁兜里不是鼓鼓囊囊的？"

　　冯天焕又忍不住捅捅腊梅："李大裤裆！"

　　腊梅用动作严厉地制止了他。

　　李大裤裆为了抓住腊梅和冯天焕，把命都搭上了，天天出来清剿。今天直直折腾了一天半后晌，还不说收兵。

　　金贵捞了不少好处，心里乐得什么似的，听了李大裤裆的话，就忍不住搭茬儿："李叔圣明。要是天天出来，又碰不上共产党，那弟兄们可就发财了！"

　　"放你妈那狗臭屁！"李大裤裆骂起来，"老话真是说得好，什么秧儿结什

144

么瓜！金贵，你就不能不学你爹的样儿，成天价在小钱儿上打算盘？就你这德行，到老也是个土鳖！"

金贵挨了一闷棍，好心情全跑光了，就闭上嘴不再言声。

二狗为打破尴尬，忙对李大裤裆说："李叔，你别生气，金贵也就那么一说，你还当真了？你能不知道，我们哥儿四个对你可是忠心耿耿的！叔，你看都一天半宿了，弟兄们累得够呛。你也得保重自个儿的身子，留得青山在，不怕没柴烧。咱是不是该回去了？"

"别，先绷绷。你饿，共产党的干部比你还饿。他们让咱追得野鸡不下蛋，到哪儿找东西吃？咱再找个背静的地方猫会儿，共党干部就爱往没人的地方躲，说不定就能逮条大鱼。听着，都他妈把嘴给我闭上，谁要说话暴露了目标，老子把他剁巴剁巴喂狗！"

一队人影过去了，腊梅还趴着不动。

冯天焕捅捅她："怎么办？"

腊梅爬起身："走！"

两人摸进胡林店，来到胡振山家的门楼外。从门缝望进去，正房里透出微弱的灯光。腊梅让冯天焕等在门外，自己飞身越过墙头，趴在窗根下偷听。屋里除去胡振山一声两声的咳嗽，没有其他动静。腊梅放心了，返回将街门打开，放冯天焕进来，顺手闩上门，又来到窗前敲了几下窗棂。

屋里的灯噗地灭了，好久才传出胡振山的声音："谁呀？"

"老胡，是我，洪腊梅！"

门开了，胡振山焦急地望着他们："天爷，你们怎么没走？"

"你家没别人吧？"腊梅两眼盯着胡振山。

见胡振山点头，腊梅才说："进屋说吧。"

进屋后，腊梅让把灯点上。胡振山的老婆和儿子国良闻声从东屋走出来，西屋的门却紧闭着。

"西屋住的谁？"

"我儿媳妇，正坐月子。"

借着灯光，果然见帘子上挂着红布条，门框上贴着红纸剪的红葫芦。

腊梅把枪插进腰里："老胡，这个时候来打扰你，很不好意思。我知道，抗战时期你没少为我们做工作，我们非常感谢你。现在，我们又遇到困难了，还想请你帮忙。"

胡振山连连点头："没说的，没说的！"

腊梅把他们当前的处境简单说了。

胡振山忙支使老婆："快，给两位同志做饭！"

腊梅拦住："不用麻烦，有剩的就行。还有，如果方便，给我们一人找身洗换衣服。"

"有，有。"胡振山答应着，用眼示意老婆和儿子。

很快，国良把他和媳妇的衣服拿了出来。胡振山的老婆摘下饽饽篮子，里面有五六个贴饼子，又从腌菜坛里捞出两个咸萝卜疙瘩。

"这就行了。"腊梅感激地说着，和冯天焕把东西分别打在小包袱里。

就在二人背上小包袱要走时，外面传来敲门声。

"坏了！"胡振山噗地又吹灭油灯。

"老胡，开门呀！"

"是李大裤裆！"腊梅和冯天焕唰地拔出手枪。

胡振山连忙拦挡："别，千万别！"

冯天焕说："我们被堵在屋里了，不打怎么办？"

"不像。李大裤裆要是发现了你们，不会是这种语声，八成是碰巧了。"

腊梅同意胡振山的分析："老胡，你说怎么办？"

"这么着，"胡振山此时反倒镇静下来，一推腊梅和冯天焕，"你们俩到我儿媳妇屋里躲着。"

腊梅有些迟疑："这……合适吗？"

"都什么时候了，还那么多讲究？保命要紧！"

腊梅无奈，只得和冯天焕进了西屋。一股腥臊之气扑进鼻子，噎得两人闭了下气。黑暗中，恍惚可见炕上躺着个女人，旁边小被下盖着娇小的婴儿。

腊梅说声大嫂对不起了，就和冯天焕一边一个把住了门口。

胡振山又让老婆和儿子回东屋睡觉。然后隔着帘子叮嘱腊梅："记住，外面有我支应，不到万不得已，千万不能乱动！"

李大裤裆等得不耐烦了，在大门上踢了几脚："老胡，你他妈干吗呢？黏在老婆肚子上了？"

"来了，来了。哎哟，睡死了！"胡振山打着哈欠，忙忙往外走。

门一开，李大裤裆带着一群人呼啦挤满院子。

"我说李头儿，天都多早晚了，还串门？"胡振山故意打哈哈。

"串门？老子还有闲心串门？老子在抓共产党！哎，老胡，你磨磨蹭蹭地不开门，是不是屋里藏了共党的干部？"

胡振山一边把李大裤裆往屋里让，一边哈哈地笑："看李头儿说的，这是什么时候，我无罪找枷扛？"

胡振山点上灯，让李大裤裆在太师椅上坐下，顺手倒了杯凉茶："李头儿辛苦，喝碗凉茶败败火。"

李大裤裆两眼贼溜溜地四处踅摸："老胡，你家里都有什么人？"

"李头儿你可真是，咱俩光着屁股一块儿长大，我家几口人你还不知道？就是老婆孩子呗。"

李大裤裆哼一声，站起身往东屋瞅瞅，又回头要掀西屋的帘子。

胡振山连忙拦住："李头儿，这可使不得。这是暗房，我儿媳妇正坐月子。"说着，把帘子上的红布条和门框上的红葫芦指给李大裤裆看。

在永定河沿岸，女人生孩子住的屋子叫暗房，有很多忌讳，尤其是外人不能进入，惊扰母婴是对主家极大的不尊重。二来产房是污秽之地，进去会沾染晦气，不吉利。

李大裤裆抬起的手落下来："共产党无孔不入，不能不加小心。"

"李头儿，在我家你尽管放心。再说，共产党早跑了，连他们的家属都没影儿了。"

"不，还有。"李大裤裆端起茶杯灌了一口，"前几天还差点儿让我们抓住。一个是原来的那个区委书记冯天焕，说是犯了错误，给撸了。又新来了一个小娘们儿，叫洪什么腊梅。"

胡振山故作惊讶："有这事？哎，你说也真是邪性了，共产党怎么就像野草，薅了一茬又出来一茬。"

李大裤裆也感叹："共产党的本事你还不知道？都是些蒸不熟、煮不烂、捶不扁、砸不碎的铁豌豆。他们要是屁点儿，早在日本时期就完蛋了！哎，老胡，我听说，你那时候可没少给共产党办事。"

"李头儿，可不能说这样的话！"胡振山叫屈，"咱们草民一个，敢得罪谁？两边支应着过日子呗。能保住吃饭的家伙，就念阿弥陀佛了。"说到这儿，话锋一转，"就像李头儿你，谁不知道是浑河沿出了名的好汉，可共产党要在你家开会，你不也得乖乖地伺候，还要大鱼大肉地管饭吃？没法子的事！哎，你还别说，弟妹做的侉炖鲤鱼还真是有味道，现在想起来还香呢。"

"你他妈……"李大裤裆被捅到疼处，有些恼了，他一直把李斌安排的那次会议当作最大的耻辱。不过，很快就又哈哈地笑了："老胡，你行，真是尿憋子镶金边儿——好嘴儿。不跟你瞎扯了，跑腾一天半宿，饿得前胸贴后背，快犒劳犒劳弟兄们！"

"那还不张飞吃豆芽——小菜一碟儿！我看这么着，我家忒窄巴，儿媳妇又在月子里，不方便。咱们去保公所，找几个会做饭的，弄桌子好菜，痛痛快快喝一顿！"

"我看行。这几天都快累趴了，得来个一醉方休！"

胡振山走到鸡窝前，伸手抓出两只母鸡。

胡振山老婆心疼得直喊："正下蛋哪！"

"下蛋？它就是下金子，也得给李头儿吃！"

李大裤裆乐得一拍胡振山的肩膀："老胡，够朋友！"

三十三

河桩带队来到永定河边，站在"土牛"上往对岸察看。对岸堤上黑漆漆的，看不到光亮，也听不见人声。

金驹建议："营长，我先过河侦察一下吧。"

志刚也说："是得先摸摸情况，免得遭受损失。"

河桩同意，命"三八枪班"随金驹过河。

金驹在前，"三八枪班"在后，悄悄蹚过河水，钻进大柳树行子。大柳树已长到四五尺高，人猫腰其中，被遮掩得严严实实。

金驹对戴双印耳语："堤顶上那个汛铺是何清的，我上去看看，你们待在这里等我消息。"

戴双印拉住金驹："副营长，你一人去太危险，还是我去吧。"

"你跟何清不熟，他要是喊叫起来更危险，还是我去。"

"那就大家一起去，有什么事还能互相掩护。"

金驹觉得也有道理，就和战士们运动到大堤根下，命戴双印做好战斗准备，自己一个人摸到汛铺前。

汛铺是三角形的苇席棚，左右两边是活动的，天热时可以支起，又透风又敞亮，人躺在上面，吹着溜河风，要多凉快有多凉快。此时刚到麦收时节，夜里还有些凉，左右两扇还是耷拉着的。金驹听听四周无动静，就来到铺口。何清正在熟睡，一盏没点燃的马灯挂在木柱上，枕边放着长把镰刀。金驹先把镰刀拿开，然后用手去推何清的脑袋。何清猛然惊醒，一边问是谁，一边去摸镰刀。金驹忙捂住何清的嘴，低声说："大叔别怕，是我，金驹。"

何清不挣扎了，金驹放开手，何清长出一口气："哎呀，吓死我了！金驹，你们又回来了？"

金驹默默点点头。

何清护堤是家传。早在大清朝时期，朝廷慑于永定河水的威胁，派出两千绿营兵，在堤上每隔十来里地搭个草铺，分别看守，监视汛情，草铺也就被人称为汛铺。后来不知是兵力短缺还是粮饷不足，撤掉了绿营兵，就地招募人员，河兵变成了河工。何清的爷爷当时已年老体衰，厌倦了军营生活，就给千总送礼，得以脱离军籍，成了一名河工。河工没有钱粮，由官府在堤外拨给几亩地，自种自吃，遇到旱涝年景，也是吃了上顿没下顿。汛铺是伏天住的，冬天住不了人，遮得了雪挡不住风，又是搭在堤顶上，溜河风硬得像刀子，数九隆冬能活活冻死人。何清的爷爷就在河沿买了两间破房，算是安了家，夏季住铺，冬时白天在堤上巡查，晚上就住回村里。后来娶妻生子，成了地道的河沿人，到何清这辈，已是连续三代河工了。金驹小时候也和其他孩子一样，常到堤坡上偷草，河滩里打柳条子，堤顶上偷干棒，免不了被何清逮住。金驹嘴甜，会哄人，大叔大叔地一叫，何清高兴了，赏个脖儿拐，就放了。金驹也讲义气，就约束小伙伴，偷草找隐蔽的地方，巡官视察时不易发现；偷干棒不许伤好树，免得何清受罚。久而久之，何清和金驹成了忘年交。金驹没事时就去找何清，躺在汛铺上听何清讲古，金驹肚子里的很多故事，都是从何清嘴里听来的。

何清溜下铺，往堤两头看看，回到金驹身边："是打一下就走，还是常驻？"

"当然是常驻，这回回来就不走了，要跟国民党斗到底！"

"哎哟，这事，悬！国民党的势力太大了，堤顶上都驻着兵哪。还有李大裤裆，天天带人到各村抓共产党，闹得鸡飞狗跳的。我看，你们还是回去吧！"

"大叔，别怕。大兴是我们从日本鬼子手里夺来的，不能白白便宜了国民党，更不能让李大裤裆胡作非为。你给我说说国民党兵在堤上的布防情况。"

何清说，远的不知道，近处有六七十人，一半驻辛安庄堤上，一半驻胡林店村外。开始时挺紧张，堤顶上筑了工事，还有巡逻队，没白没夜地巡逻。近些天因为没见到共产党的影儿，就松了，当官的在帐篷里喝酒，当兵的就打牌耍钱，连巡逻队都撤了。

"那就是两个排的兵力了。"金驹说着，抓住何清的手，"大叔，谢谢你。你赶紧悄没声儿地回村里去，跟什么人都别说这事。"

目送何清走了，金驹让"三八枪班"原地隐蔽，自己回河南岸汇报。

河桩听了金驹的汇报，和志刚商量后，决定打掉辛安庄的敌军。请示李斌，李斌也同意，说："我们从礼贤撤退后，敌人造谣说，独立营已被打散。现在我们回来了，就要回得有声有色，打个漂亮仗，粉碎敌人的无耻谰言！"

河桩说："李书记放心。国民党虽是正规军，武器装备精良，但我们已有礼贤和他们交手的经验，消灭他一个排，有绝对把握！"遂命令金驹带李三林排到河沿村头，阻击胡林店的敌军，如其前来增援，坚决顶住，以保证辛安庄歼敌的胜利。

金驹领命去后，河桩也率独立营本部过河，直插辛安庄。

辛安庄战斗十分漂亮。在敌人不知不觉中，独立营就把堤坡上的几个帐篷包围了，手榴弹像冰雹似的甩了过去。敌人被剧烈的爆炸声惊醒，瞪着惺忪的睡眼乱跑乱钻。战士们猛打猛冲，不过一袋烟工夫，就干净利落地把敌人全部歼灭。河桩命令战士们打扫战场后，带着战利品向押堤村转移。

金驹和李三林趴在"土牛"后，听着辛安庄方向的枪声，心里羡慕得不得了。李三林拐了金驹一肘子："哎，你听，打得多热闹！"

金驹咂咂嘴："又该让二愣那小子吹牛了。"

很快，枪声停了。

李三林又嘟囔起来："怎么，这么快就完了？"

"快还不好？说明战斗顺利！"金驹心里虽然也很失落，嘴上只能如此说。

"那我们呢？敌人还没露面呢！"

"我们的任务是打援，援军不来还打个屁！走吧。"金驹站起身。

李三林还趴在地上舍不得起来。就在这时，远处传来杂沓的跑步声。

李三林惊喜地叫起来："来了！"

金驹强压内心的激动："来了又怎么样？辛安庄的战斗已经结束了。"

"他结束他的，咱打咱的。哪有敌人到了眼前不打之理？"

"你说打？"

"打！"

"得，那就打！"

李三林高兴了，扭头命令："准备战斗！"

　　堤顶上现出模模糊糊的人影，李三林大喝一声，手中的机枪先响了起来。战士们一齐开火，三八大盖叭——勾，叭——勾的声音非常悦耳。

　　国民党军本来就怯于夜战，接到增援命令磨蹭半天才出来。遭到突然打击，立时慌了手脚，虚张声势地打了几枪，就匆匆撤退了。

　　李三林没过瘾，沮丧得直骂大街："真他妈尿包软蛋，还没打就跑了！"

　　金驹劝："行了，还打了几枪，总算没白来。走吧，找营长会合去！"

　　河桩为了制造声势，也为不暴露沈大爷，带人敲开保长雷声的门，要他领着号房子。

　　雷声是押堤村的地主，有百十亩好地，爷爷还是晚清的秀才。雷声自小聪明伶俐，深得爷爷喜爱，对他寄予很大希望，早早给他开了蒙，教他四书五经，稍大一点，又送进新式学校，希冀他将来光宗耀祖。可雷声厌倦读书，却对牲口情有独钟，常偷跑出校，从长工手里要过骡马，骑着在野地里飞跑。父母染瘟疫去世后，爷爷年老管不了他，涕泪泗流地念叨几句"朽木不可雕也"，也就随他去了。雷声索性不再上学，整天和长工混在一起，围着牲口打转儿。小小年纪就学会了套车、赶车、犁地，把骡马牛驴使唤得乖乖的，成了十里八村有名的好把式。人都笑他，说是少爷的身份穷人的命。实行保甲制，村里人因他是首富，也不刁钻，就推举他当了保长。可雷声仍然喜欢牲口，对当保长不上心，有事能躲就躲，能搪就搪。好在他不搜刮乡亲，这保长就歪歪揣揣地当了一二十年。抗战时，他想不干了，村里找不出合适人选，他只好接着干。几十年的老保长，自然总结出不少经验，尤其是哪方面都不得罪，土匪来了该接待接待，日本人来了该支应支应，共产党来了该帮忙帮忙，成了个八面玲珑，倒也没落下什么不好。沈大爷和独立营有来往的事他很清楚，但他不说。李大裤裆来搜查，他也不检举。他认为，人各有各的路，好赖自个儿背着，不用别人多嘴多舌。今见独立营又回来了，暗暗庆幸自己有远见，没有落井下石，就领着河桩到了沈大爷家。

　　"沈大哥，今儿得麻烦麻烦你。王营长来了，要在咱村扎营，你家有闲房，就住你们家吧。"

　　沈大爷见了河桩几个，心里说不出的惊喜，但当着雷声的面，不能表露，还得装出一百个不情愿："兄弟，你看我这儿窄窄巴巴的，不好住。你那儿宽屋子大炕的，还是住你家好。"雷声知道沈大爷是假招子，心说你跟共产党来往多少年了，还以为我不知道？但不说破，双手作个揖："行了大哥，我家这两天不方便，就麻烦你了。待会儿我给你送过一袋面来。放心，出了事我兜着。"

沈大爷要的就是他这句话，也就借坡下驴："得得，那就凑合住吧。"

雷声二走，沈大爷立即拉住河桩的手："王营长，可把你们盼回来了！快，进屋！"

河桩瞅着沈大爷笑："大爷，你的警惕性真是高啊。"

沈大爷也笑："环境残酷，人心隔肚皮，不多长个心眼不行。万一出了什么事，是他这个保长安排住我家的，也好有个躲闪。"众人都称赞沈大爷的斗争艺术越来越高超。

沈大妈乐颠颠地抱柴火刷锅，给大伙烧水喝。

河桩略事寒暄，就迫不及待地问起腊梅的消息。

沈大爷摇头："这十来天，一直没见到他们，也不知去哪儿了。"

李斌面露惊喜："这么说，您以前见过他们？"

"见过。她和冯天焕送完撤退通知，就在我家过的夜。谁知第二天一早，国军就封了大堤，把他们拦在了河北。她俩又返回我家，隐蔽了三天。后来李大裤裆搜查得紧，我把他们转移到郭家坟，每天送水送饭。再后来，李大裤裆发现了郭家坟的隐蔽点，就不知道他们到哪儿去了。"

志刚分析："照沈大爷说的情况，他们应该没出事。你想，他们要是有了意外，就李大裤裆那帮狗肚子装不下二两酥油的主儿，还不得把大天吹破喽？"

众人点头称是。

沈大爷猛然一拍大腿："哎，我想起一件事！前几天听人们嚷嚷，崔屯的崔玉搞反攻倒算，让人黑夜给抹了脖子，说不定就是他们干的！"

河桩兴奋得直搓手："应该是他们，这是腊梅的作风！"

李斌环视大家一眼，做出决定："我们高调返回，明天就能传遍大兴，肯定会引来国民党军的围剿，我们要做好充分的战斗准备。再有，立刻派几个侦察小组出去，寻找腊梅，打探敌情！"

三十四

胡振山把李大裤裆引走后，腊梅不敢耽搁，忙与胡振山老婆告别，匆匆走出胡家。走在房屋的黑影里，冯天焕忍不住感叹："老胡真了不起，这是拿全家的命赌啊！"

"是呀，"腊梅也满怀感激，"人民用身家性命保护我们，我们更要尽心做事，可不能伤了人家的心！"

两人悄悄说着话，却不防身后有人在跟着。

此人名叫刘亮，做小买卖出身，为人贪婪，性情奸诈，属于气人有笑人无的那种。觉得靠缺斤短两赚点小钱发家，下辈子也不能够，就暗中与土匪拉上了线，借走街串巷的便利，为土匪踩点探风，事后分利。几年工夫，就置了十几亩好地，盖了青砖到顶的瓦房。村里成立保公所，他请客送礼，当了管钱粮的先生，从中又捞了不少好处。保公所不护着村里，还搜刮钱财，引起村人的愤怒，吆喝齐了到榆垡找镇长刘世昌告状。刘世昌迫于压力，只得同意改选，胡振山就当了保长。胡振山知道刘亮的底细，决定把原班人马全部遣散。刘亮得到风声，夜里揣着十块大洋就到了胡振山家，把大洋往炕上一拍："兄弟，浑河沿上有句话，人活着就是为了一张脸。今儿个我来求兄弟，给老哥一个脸！"

胡振山望着刘亮那双要进出眼眶的眼珠子，还真被镇住了。他知道刘亮不是个好惹的主儿，好鞋不踏臭狗屎，就忍气答应了刘亮的请求，但让刘亮把大洋拿回去，并告诫他以后不许贪财。可吃惯了的嘴，走顺了的腿，刘亮还是旧毛病难改。为此，两人经常吵闹，刘亮就恨上了胡振山。今天正巧刘亮在保公所值班，胡振山让他回家拿白面，给李大裤裆的人烙饼吃。刘亮就生气，认为这是胡振山故意当着李大裤裆的面要威风。可他怕李大裤裆，不敢不去，就心里咒骂着往外走。刚到胡振山家房后，恰巧就看见两个人从胡同里走出来。刘亮并不认识腊梅和冯天焕，可凭经验，这时候还在外面晃荡，不会是本分人，就躲进暗处跟着。听了两人的对话，刘亮大喜："胡振山，你也有栽在老子手里的时候！"转身就往回跑。

胡振山正在院里指挥几个做饭的刷锅洗碗，见刘亮空手回来，有些奇怪："你拿的面呢？"

刘亮朝他眨着眼笑笑，径自进了屋。

很快，屋内传出李大裤裆的喊声："胡振山，你他妈给老子进来！"

胡振山跑进屋："李头儿，怎么了？"

"你真是吃了熊心豹子胆，敢糊弄我！"

"李头儿，这是怎么话儿说？"

"你窝藏共产党！"

胡振山一惊："李头儿，这玩笑可开不得。你刚从我家来，我把共产党藏哪儿了？"

李大裤裆一指刘亮："他看见了！"

刘亮奸笑着，一边说着胡保长对不起，一边就把刚才见到的听到的都说了。

"纯粹是诬陷！"胡振山吼起来，"胡同里住着好几家人家儿，你就肯定那俩人是从我家出来的？你就敢肯定他们不是路过？刘亮，你要想害我，就明说，别编这狗屁不通的瞎话，借李头儿的刀杀我！"

胡振山的一通嚷，倒让刘亮瞪着眼无话可说了。

李大裤裆不理胡振山，盯着刘亮问："你确实看见那俩人了？"

"亲眼所见。而且听他们的话口，就是从胡振山家出来的！"

"好！"李大裤裆一拍桌子，"胡振山你别嘴硬，等我抓住那俩共党，审出什么来，看我怎么收拾你！"饭也不吃了，带着人追出来。

腊梅和冯天焕走出胡林店，望着黑沉沉的旷野，冯天焕问：

"我们去哪儿？"

腊梅想了想："李大裤裆回西边来了，我们就到东边去。还回沈大爷家！"

两人没走多远，就听乱哄哄的脚步追上来。

腊梅一拉冯天焕，拐进旁边的麦子地。

李大裤裆追出村外，连个人影也没见到，只得停下来。

二狗肚子饿，就抱怨："这黑天黑地的，谁知他们朝哪边跑了，怎么追呀？"

金贵也说："刘亮说不定是满嘴跑舌头，有没有那回事，都两说着！"

李大裤裆烦了："你们以为我是火轮船打哆嗦——浪催的是不是？我他妈不知道搂着娘们儿睡觉好？可不把共产党灭了，他们就要分你的房子，分你的地，还要你的命！"

二狗连忙讨好："叔你说得对，我们都懂。你说，往哪个方向追？弟兄们绝不含糊！"

李大裤裆望着黑漆漆的旷野，也发了愁。愣了片刻，一挥手："回去，吃胡振山的炖鸡去。不能便宜了那老王八蛋！"

就在这时，东南方向传来激烈的枪声和手榴弹爆炸声。

金贵吓得赶紧往李大裤裆身边挪了两步："坏了，打起来了！"

"听声儿是辛安庄那边儿。"二狗也紧张起来。

"那枪打的，来头不小。"

"八成是土八路的大部队过来了。"

李大裤裆听着两个人的对话，心里也惊慌起来。

"李叔，我们怎么办？"二狗小心翼翼地问。

"还能怎么办？回榆垡！"

待李大裤裆走远，腊梅一把抓住冯天焕的手："一定是独立营，一定是王营长他们回来了！"

冯天焕也很激动："终于把他们盼回来了！我们挺……挺过去了！"嗓音竟有些哽咽。

河桩刚把侦察小组派出去，二愣兴冲冲闯进屋："李书记，营长，政委，你们看，谁来了？"

河桩抬起头，腊梅和冯天焕站在眼前。

几个人欢呼一声，把二人紧紧围住。

河桩望着消瘦多了的腊梅，眼中充满关切："身体还好吧？"

腊梅顽皮地扭扭身子："你看，一根汗毛也没少！"当看到志刚热辣辣的目光时，忙羞涩地低下了头。

　　李斌眼含热泪："腊梅同志，天焕同志，你们辛苦了！你们能在如此残酷的环境下，保存自己，坚持斗争，了不起，真是了不起！"

　　腊梅和冯天焕也都流下眼泪。

三十五

　　内战一爆发，北平的国民党军就占据了铁路、公路沿线。国民政府任命的大兴县长韩语斋坐镇南苑，拼凑起一支两千多人的保安团，任命"镇北关"为保安团总团长，率一大队驻黄村；李大裤裆为二大队队长，驻榆垡；冯海文为三大队队长，驻采育。又命各村成立自卫团，维护地方治安，防范共产党，攻击独立营。大兴一时间成为国民党占领区。

　　面对敌人的猖狂，李斌根据十地委指示做出决定：所有干部县不离县，区不离区，收拢人心，坚持敌后，和敌人做针锋相对的斗争！

　　河桩把独立营分成几个小队，保护区干部回区开展工作。在分派带队领导时，河桩让志刚带着李三林排保护腊梅。腊梅知道河桩的心思，心里虽然有些别扭，可碍于志刚在场，红着脸没有说话。

　　散会后，志刚见屋里无人了，碰碰河桩："这有点儿不太好吧？"

　　河桩装糊涂："怎么不好了？"

　　志刚捶了河桩一拳："你的鬼心眼子还瞒得了我？不过，我还是要感谢老兄的好意。只是，这是不是有点假公济私？"

　　河桩哈哈大笑："你别得了便宜还卖乖，把我的好心当成驴肝肺！说心里话，你喜不喜欢腊梅？"

　　志刚承认："腊梅确实是个百里挑一的好姑娘，好同志。"

　　"那不结了。老弟，这可是个机会，你得好好把握。过了这个村，可没这个店。错过了，你哭都哭不出韵儿来！"

"可这搞对象怎么个搞法，我不会呀，你教教我。"

"扯淡，我教你，谁教我？我跟你嫂子成亲，也是媒人撮合的，我也是个土包子！"

腊梅回到驻地，把区政府的人聚到一起。此时，干部虽然还是很缺，但相关人员基本配齐了。在腊梅的推荐下，冯天焕被任命为区长，农会主任杨福海，粮秣助理楚子玉，文教助理祝崇儒，民政助理曹化臣，妇联主任是二愣媳妇张桂兰，腊梅负责全面兼管军事。腊梅部署完工作，大家正准备散去，志刚推门走了进来。

腊梅面对志刚，往日的亲热变成了拘谨，竟一时无话。

志刚心里藏着那个事，神情也显得很不自然。

其他人已听到些风声，忙相互使个眼色，知趣地退了出去。

好久，还是志刚先开了口："洪书记，你看，咱们什么时候出发？工作从哪儿入手？"

"我们刚才开会研究了，先把各村保公所的牌子换喽，做个安民告示。然后摸清情况，打击反动势力，铲除恶霸地主！我想，先让大家准备一下，明天一早出发！"腊梅低垂着眼，但话语还是那么干脆利落。

"好，就按洪书记说的办！"

"赵教导员……"腊梅顿了顿，终于忍不住了，"哎，我说志刚哥，咱们别这么假门假事的好不好？憋死人了！你还跟往常一样，叫我腊梅，我叫你志刚哥。其他的，另当别论！"

志刚也松了一口气，脸上露出笑容："好，腊梅，我听你的。"

第二天，他们就沿着永定河堤，把几个村子的保公所牌子砸烂，换成村公所的牌子。志刚还对围观的群众宣传，独立营回来了，这块地方还是共产党的天下。国民党打内战不得人心，希望大家还像打鬼子时那样，拥护共产党，帮助独立营。

腊梅看着侃侃而谈的志刚，心里很是佩服志刚的口才和理论水平。

麦收很快过去了，眨眼间节令就到了初秋。节气不饶人，虽然中午的太阳还很厉害，晒得人没处藏没处躲，可已有了清风，减少了让人喘不过气来的溽热。"处暑找黍，白露割谷"，田野上便添了一道风景：背着柳条筐，手拿镰找掐黍子穗的农人。

一队人马走在高高的堤顶上，堤里堤外的景物尽收眼底。

腊梅擦擦额上的汗，和志刚商量："转了好几个村子，大家都累了。前面就是河沿了，咱们歇歇再进村吧？"

志刚点点头，李三林便下令休息。战士们散开来，有的坐在"土牛"上，有的靠着树根，喝水吃干粮。

志刚走到堤边，李三林也跟过去，一起往河沿村里望，心里都沉甸甸的。

腊梅深知二人的心情，一家老小在外颠沛流离，音讯断绝，谁能不煎熬？她站在两人身边，同情地望着他们，一时不知说什么好。

志刚振作一下，望着堤下郁郁葱葱的原野："日子过得真快，棒子都吐花红线儿了。"

"是呀，"腊梅接口说，"所以我们要加大工作力度，赶在青纱帐砍倒前，重新站稳脚跟。形势好了，干部家属也就能回来了。"

他们走进村，找到保长贾知达。贾知达对换牌子有些不解："这牌子也就是个名称，叫什么没那么重要吧？"

"当然重要！"志刚的语气不容置疑，"保公所是国民党的，村公所是共产党的，这是水火不相容的两个概念。挂上村公所的牌子，就是告诉群众，这块地盘还是共产党的，还是人民民主政权！"

"可你今天换了，李大裤裆明天又换回去了，不是白折腾？"

"那就继续换，一直换到我们胜利为止！贾先生，抗战时你帮了我们，希望今后一如既往地和我们合作。"

贾知达一口应承："这你放心。咱们自小一个村子住着，谁还不知道谁？"

腊梅问："村里还有谁对共产党有敌意？"

"那几个人是明摆着的，都跟李大裤裆合伙去了，这你们知道。至于还有谁跟共产党死拼硬磕，真是看不出来了。"

"唐立仁呢？他和李大裤裆有瓜葛没有？"冯天焕对那个让他丢尽脸面的人一直耿耿于怀。

贾知达撇撇嘴："那就是个混吃混喝的癞皮狗，谁拿他当人？"

贾知达的话无意中捅到了冯天焕的痛处，嘴张了几张，没有说出话。

腊梅给冯天焕解围："这种人更容易被人利用，做出我们想不到的事。贾保长，你是自己人，往后要对他多加注意，发现可疑情况，请及时向我们报告。"

志刚看冯天焕实在尴尬，就转移了话题："贾先生，村里跑出去的干部家属，有什么消息吗？"

贾知达摇头："出了水生家那么大的事，李大裤裆又三天两头到村里搜查，谁敢回来？"

志刚暗暗叹口气，不再说话。

贾知达忽然想起一件事："哎，对了，前些日子，李大裤裆把他老婆接回村里住了。还有，大狗、金贵两家人也都在村里。"

志刚眼睛一亮："你是说……"

贾知达连忙摆手："我什么也没说！"

志刚转向腊梅："这倒是个办法，只是有点……洪书记，你看？"

腊梅明白志刚的意思，毫不犹豫地表示支持："为了救我们的干部家属，也为了打击李大裤裆的嚣张气焰，我看这个办法行，这也叫以其人之道，还治其人之身！"

"那就赶快行动，别让他们闻风跑了！"

很快，大狗、金贵两家人被集中到李大裤裆家。

周秀珍一见身前身后站满独立营的战士，志刚、李三林又两眼冒火地瞪着他们，两腿一软，坐在地上。其他女人更是噤若寒蝉，低着脑袋不敢吭声。只有孙秃子，骨碌着两只惊慌的小眼睛，一会儿看看这个，一会儿瞅瞅那个，心里打着小算盘。

"都注意了，听我说话！"腊梅威风凛凛地往前一站，"告诉你们，我叫洪腊梅，是共产党十一区的区委书记。今天把你们找来，就是要和你们说一件事。李文成在抗战时期就是汉奸，帮日本鬼子杀害了不少中国人。现在他又投靠了国民党，继续和共产党作对。还有大狗、二狗、金贵、金宝，组织黑杀团，捕杀我们的干部，残害我们的干部家属，光河沿一个村就杀害七条人命，逼得我们的家属流浪在外，不敢回家。你们也是李文成、大狗、金贵的家属，你们说，我们应该怎么对待你们？"

周秀珍憋了半天，才小声问："你们……也要杀我们？"

志刚大喝一声："杀你们怎么了？烙饼翻个儿，不为过吧？"

李三林也跟着吆喝："李大裤裆、二狗、金贵杀了水生叔一家，你们得给他们偿命！"

周秀珍立刻号哭起来："大裤裆你个死嘎嘣儿的，你只顾在外头乐了，就不管我了，让我个娘们儿给你顶缸儿！洪书记呀，你打听打听，那些恶事都是爷们儿们干的，我可一个手指头也没掺和呀！"

周秀珍一哭，其他女人也都哭起来。

孙秃子苦苦哀求："洪书记，我知道对不起你们。可那些混账事都是那两个孽种干的，我们连影儿都不知道，你就饶了我们吧！"

"饶了你们？"李三林一拉枪栓，"宰了你们都不解气！"

屋里的哭声更大了。

腊梅觉得火候到了，便缓和了口气："以李文成、二狗犯下的罪恶，怎么对待你们也不为过。但我们共产党是讲人道的，独立营也是仁义之师，不搞株连九族。我们不搞株连，你们也应该不为难我们的家属，是不是？要打仗，就枪对枪刀对刀地干，残害家属算什么本事？"

孙秃子连连点头："对对对，他们这么干，是忒缺德了。"

"那好，你们选个人，去榆堡找李文成，告诉他，不许再糟害我们的家属，如果不答应，那就别怪我们对你们也不客气！"

孙秃子看看一屋子的女人孩子，答应自己去榆堡送信。

腊梅让贾知达陪着孙秃子一起去，并说："我就在这儿，立等回信！"

两人走后，志刚命李三林带"三八枪班"到半路埋伏，以防敌人偷袭。

三十六

李大裤裆被杨小山叫醒，很不高兴，嘟嘟囔囔地骂："火上房了还是人掉井了？睡个觉都不安宁！"

庞榆失守，杨小山又和组织断了联系，现在得知独立营已返回河北，心里兴奋得不得了，就吓唬李大裤裆："大队长，这事比火上房人掉井还要严重，独立营回来了！"

李大裤裆一骨碌爬起来："你怎么知道？"

"河沿的贾保长来了，他说的。"

李大裤裆慌忙蹬上裤子："快，快叫他进来！"

孙秃子一见李大裤裆，眼泪就下来了："李头儿，快救命吧！"

李大裤裆故作镇静："老孙，这深更半夜的，你怎么来了？别急，慢慢说，到底出了什么事？"

"独立营来了，还有个姓洪的女区委书记，把咱们几家的人全抓了，要枪毙！"孙秃子添油加醋，把之前的事说了一遍。

"有这样的事？"

"要不我会赶三关似的来找你？"

李大裤裆愣了好久，对杨小山一挥手："去，把大狗、二狗、金贵、金宝，全叫来！"

几个人听了孙秃子的述说，除了二狗，都慌了。

金贵哀求李大裤裆："叔，我们就依了他们吧！"

二狗眼露凶光:"依什么依?就不尿他,看他能咬下我的蛋去?"

孙秃子上去就是一耳光:"二狗你他妈要什么二百五?独立营咬不下你的蛋,可能要你爹你妈的命!我风里雨里苦了半辈子,你就不能让我死在炕头上?"

大狗看着满头白发的老爹,心早软了:"李叔,就答应他们吧,那可是老老小小十几口子呀!"

二狗仍是不依:"别听他们瞎咧咧,那是吓唬拉屎的哪。共产党的政策我懂,他们不敢干那样的事!"

"怎么不敢?你把人家闹得家破人亡,人家就不能照着样儿办你?烙饼得翻个儿!二狗你个孽种,你不要这个家,我还要哪!"孙秃子抓住二狗,又是几个耳光。

李大裤裆心烦意乱,见孙秃子还在和二狗闹腾,焦躁得大吼一声:"你们消停点儿行不行?"

屋内立刻安静下来。

贾知达趁机搭话:"李队长,我看,还是答应了吧。按理说,也真不关家里人的事!"

"你少放屁!"二狗揉着被打肿的脸蛋子,把邪火都发泄在贾知达头上,"我早知道你跟共产党一个鼻孔出气,跟河桩穿一条裤子。再敢胡说八道,信不信我先崩了你?"

贾知达苦笑着退到一边:"得得,我放屁,我放屁。真是狗咬吕洞宾,不识好人心!"

二狗还要骂,被李大裤裆拦住:"行了,都别争了。秃子,你回去跟他们说,让他们马上把人放了,我也不再找他们家人的事!"

"李叔,你……"二狗仍不甘心。

李大裤裆不理二狗,挥挥手让孙秃子和贾知达走了。

"李叔……"二狗困惑地望着李大裤裆。

李大裤裆叹口气:"你是不是以为你李叔胆小了?那你就错了。自打我跟共产党撕破脸,这么多年,我什么时候怕过他们?只是,我们枪里刀里地滚,为的什么?还不是为了让家人过上好日子?万一……唉,十几条人命啊!就放他们一马吧。以老蒋的实力,共产党能蹦跶多久?等把共产党连根拔了,他们还不是咱嘴里的菜!"

"要不，我带人到河沿去，先把志刚这小子灭喽！"

"你是不是傻呀？他们既然敢这么做，肯定有准备，你去打他，不正中了他们的圈套？"

孙秃子和贾知达出了榆垡镇，在黑漆漆的平大公路上默默地走。贾知达多了个心眼，谎说肚子疼，钻进路边的树行子，他要看看，李大裤裆是否偷袭。

孙秃子惦记着家里人，一遍一遍地催。贾知达等了一会儿不见动静，才提起裤子继续走。走了不远，树影里闪出李三林，问了几句，就放过他们，继续警戒。

腊梅听了孙秃子的汇报，又把贾知达拉到旁边，了解过详细情况，就把几家人放了。临出门，志刚还安慰说，只要李大裤裆不乱来，你们就安心过日子，我们绝不打扰。

腊梅等一行人来到大堤上，志刚派一个战士去找回李三林、大家就散坐在堤顶休息。

腊梅问志刚："怎么通知家属们？"

"我也在琢磨这个事。当时情况紧急，没有统一组织，大家都是各走各的，这个时候，到哪儿去找呀？"志刚也很为难。

"要不，我们派人过河去找？"

志刚忽然想起一个人："去问问香巧姐，说不定她知道点儿消息。"

香巧见到志刚，很是兴奋，忙着把卖剩下的大饼、油条、鸡蛋拿给大家吃。她自与河桩有了那一晚，生命好像重新回到体内，又恢复了以往的活泼，大槐树的浓荫下，人们再次听到了她那甜脆脆的吆喝声。

"老奎大叔还真来过。"香巧说。

"什么时候？"志刚惊喜地问。

"早了，还是水生叔出事不多几天，离现在得有俩来月了。"

见志刚很失望，香巧自告奋勇："要不，我去找找他们？"

"都分散了，你到哪儿去找？"

"老奎大叔告诉过我，他们一家都在河西长安城，就是前几年我和柳芽、兴邦住的许大爷家。"

腊梅见香巧知道这么多情况，有些诧异："这位大姐，你是……"

志刚拍拍脑袋："你看这事闹的，我就忘了你们不认识。"忙给做了介绍。

"呀，你就是洪部那个又漂亮，武艺又高强的腊梅？"香巧一把抓住腊梅的手，"知道知道，早就听河桩兄弟说过。"

"她现在是咱们区的区委书记。"志刚怕腊梅尴尬，赶快在旁说明。

香巧连连咂嘴："啧啧，这么年轻就当了这么大的官，真是！哎，河桩兄弟没来？"

"他和李斌书记在一起。"腊梅见香巧左一个河桩兄弟又一个河桩兄弟，心里有些起疑，"香巧姐和王营长很熟？"

香巧眯眯地笑："何止是熟！"

志刚就把香巧的身世，以及抗战时给独立营当联络员的经历说了，还想说她为掩护柳芽和兴邦才被李大裤裆抓住，怕引起香巧痛苦，话到嘴边又咽了下去。

"香巧姐也是个女英雄啊！"腊梅由衷称赞，"希望以后继续帮助我们。"

香巧爽快地答应："那没说的，我对共产党独立营绝无二心！只是，"瞟了一眼躲在黑影里的冯天焕，"别再说我是汉奸了！"

冯天焕本来就不敢面对香巧，听了香巧这话，浑身更是不自在，悄悄溜到门外去了。

第二天，香巧换身干净衣服，头上罩条蓝花羊肚手巾，挎个小巧竹篮，篮里盛着早起烙的芝麻火烧，上盖白白的揾布，娉娉婷婷来到河边。

正在船上忙乎的孙秃子，灰暗的脸上强打起笑容："香巧，这干鞋净袜的，去固安赶集呀？"

香巧也笑盈盈的："是呀，过河串个亲戚。"

孙秃子暗道，你一个大河里冲下来的丫头，这么多年也没听说有亲戚，说瞎话都不挑好日子！猛地想起昨夜那场惊吓，似乎明白了香巧出行的用意，便咬住舌头骂自个儿老糊涂：她干什么去，用你咸吃萝卜淡操心？还嫌身上的事少？保住吃饭家伙，比什么不强！就闭紧嘴，把跳板顺得更稳当些，让香巧上船。

香巧在对岸下了船，找一座"土牛"坐下，装作整理竹篮里的东西。过一会儿见无人注意，就斜插花下了堤，朝长安城走去。看着眼前熟悉的土路、庄稼，就想起几年前和柳芽在此避难的情景，自然也就想起被李大裤裆抓住的事，心里不免生出复杂的滋味，便有隔世之感。

到了许大爷家，徐二婶和柳芽见了香巧，就像见了久别的亲人，都高兴得眼泪哗哗的。兴邦也抱着香巧的脖子，姑姑姑姑地叫不停嘴。

娘儿几个缠磨了一阵，不见王老奎，香巧便问："大叔去哪儿了？"

徐二婶又是埋怨又是心疼地说："这个老头子，自打找到这儿，就没消消停停地待过一天。这不，一大早儿就出去了。"

王老奎从水生坟上回来，心里就像烧着一把火，夜里翻来覆去地在炕上烙饼。徐二婶被他折腾醒，不高兴地嘟囔："你吃耗子了？瞧这百爪挠心的！"

王老奎索性坐起身："不行，明儿我得找他们去！"

"找谁们去？"

"找咱们那些人呗。水生一家没了，我不能再让那些家属有闪失。要不，我怎么向河桩，向独立营的人交代？"

自此，王老奎便天天出去，在周围的村子里边打零工边转悠。很快，他在西玉村找到了二愣的娘，老太太住在村头破庙里，端个针线笸箩给人缝穷，凑合个半饥半饱。随后又找到了志刚的父母和妹妹，他们住在小东湖村一家富裕户，那是富裕户的老爷子看上了志刚的妹妹春英，提出如果给他做孙子媳妇，就收留他们。志刚父母一是出于无奈，一是看小伙子还忠厚老实，就答应了。最艰难的是金驹的娘，浑身是病，干什么也没人雇她，只能串村要饭，夜里随便找个草棚子或是柴火垛安身。王老奎安慰了他们，鼓励他们坚持下去。又把金驹娘带到西玉，和二愣娘住在一起，并嘱咐她外出时注意扫听其他人的下落。临走，掏出兜里的几毛钱给了金驹娘，那是他为别人耪了两天地挣的工钱。

天大黑，王老奎才回来，见了香巧，也很高兴。香巧问他找得怎样了，他说还有几家没找到。

香巧把要大家返村的事说了，王老奎不相信："就李大裤裆那个坏种，能有这好心？"

"他也怕他们的家人出事嘛。这是志刚，还有新来的洪书记，亲口跟我说的，不会有错！"

王老奎沉思一阵后说："对李大裤裆、二狗这样的人，还是防着点好。这样，我先回去探探路子，如果没事，大伙儿再回去。"

三十七

此时正值秋汛，永定河又暴怒了，急湍的河水冲刷着坎脚，大块大块的坎土连同上面种的花生、白薯、大豆垮嚓垮嚓地坍进河里，溅起一人高的水花。王老奎找个河水稍缓的地方，把手枪裹在衣服里，顶在头上，浮过河。他没摸清情况，不敢坐船，怕出意外。

到了家，小院里的杂草已长得没过大腿。一只趴在房檐的老猫见有人来，瞪圆黄眼珠盯了一刻，悄无声息地跳下地，不情愿地溜走了。望着被风雨吹得飘飘零零的窗纸，想着那几家也好不到哪儿去，而水生家早被大火烧毁，王老奎心里一股悲怆涌上来，眼中便有了泪花。他愣怔一刻，摸出钥匙开门。长方形的铁锁早已锈在一起，捅了半天也捅不开，他焦躁起来，捡块砖头就把锁砸烂了。推开门，缸缸罐罐都还在，只是各个角落挂满了蛛网，屋地上印着密密麻麻的耗子脚印，浓重的潮气扑鼻而来，熏得待不下去，反身退回到院子里。他从屋檐下的横杆上摘下锈迹斑斑的铁锄，耪了几下草，又扔下，把枪插在后腰上，朝渡口走来。

渡口还是那么热闹，等着过河的人吵吵嚷嚷，小贩的吆喝声此起彼伏。

香巧见到王老奎，欢喜地上前招呼："大叔回来了？还没吃饭吧？我给你炒饼吃！"

王老奎摇摇头："不忙。"抬眼四望。见孙秃子正在指挥装船，就朝香巧使个眼色，径直走下堤去。

孙秃子早就看见了王老奎，心就往一块儿揪，假装什么事也没发生，仍旧张罗着船工干活，可那喊号子的声音已经变了味。见王老奎走到面前，本想不理，心却不给做主，脸上已挤出比哭还难看的笑："老奎兄弟，回……回来了？"

王老奎不看他，望着满船的货物："生意还很红火嘛！"

"嘿嘿，凑凑合合。"

王老奎转过脸，直视着孙秃子的眼睛："好日子得好好过。"

"那是那是，"孙秃子躲着王老奎的目光，"老奎兄弟，我这人你还不知道？就是挣点小钱过日子，从没思谋害过谁。"声音竟有些颤抖。

王老奎把手往孙秃子肩上一拍："那就好！"转身走了。

王老奎一上河堤，香巧就迎上来："大叔，你怎么还去搭理孙秃子？"

"我这是主动出击，试试他们是真是假。"

"大叔就是足智多谋！"

王老奎微微一笑，下堤进了村。

村街上很静，他在大狗、金贵和李大裤裆家的门前转了转，没见到一个人影。就来到水生的家。这家已不能叫家了，三间土坯房早就塌了架，成了一堆烂土。一根烧焦的枣木柱子还立着，黢黑地指向天空，好像在诉说着当时大火的惨烈。王老奎站了好久，才默默离开。

王老奎返回家，重新捡起地上的铁锄，找块沙石打磨打磨，脱掉小褂，飞刀仍挂在腰里，手枪顶上膛放在窗台上，就晃开膀子耪院内的杂草。王老奎虽已年过六旬，身子却壮得赛过牛，一个时辰不到，就把小院拾掇得干干净净。接着又打扫屋子，糊上新窗户纸，破败的家眨眼就有了生气。一连三天，王老奎把志刚、金驹、铁牛几家都收拾好了。他白天在村里干活，香巧在大堤上给他放哨、送饭，夜里就到村外的树林去睡觉，见确实没有什么异常，才过河去接其他人。

摘牌子的活动一直比较顺利。保长们大多是两面派，哪边都惹不起，就两边都支应，共产党让挂村公所的牌子，就挂；国民党让挂保公所的牌子，就换；没谁愿意出来硬挡。老百姓见这换来换去的，像小孩过家家，就站在一旁看热闹。不过，穷人还是高兴的，他们愿意共产党站住脚，领着大伙分土地分浮财。

腊梅带人走后，贾知达正收拾砸烂的保公所牌子，宋德财和拐二爷凑了上来。拐二爷脾气偏，又记着分浮财的仇，就讥笑贾知达："我说知达，共产党给了你多少好处，是少挖你的浮财了，还是答应将来不分你的地不要你的房？看你干得多起劲！"

贾知达就笑："看大叔说的，我给谁干不起劲？没法子！"

宋德财脸上露出哭相："这共产党真要占长了，又划成分又闹土改的，我们一辈子的辛苦就打水漂了！"

"国民党坐天下你就落下了？"贾知达把碎板子扔到墙角，拍拍手上的土，"就你那点家底，政府派，军队征，土匪抢，你算算，到头来你能落下个嘛儿？共产党也就分你点房子分你点地，那些人，哼，说不定能要了你的命！"

"说得好！"王老奎不知什么时候来到跟前。

腊梅到河沿时先和王老奎见了面，为了安全，腊梅不让王老奎在换牌子时露面，免得把李大裤裆惹毛了，再生出事端。可王老奎不放心，等腊梅一走，就来到街上看动静。听了贾知达的一番话，很是高兴，就嘴里叫着好，走上前来。

宋德财怵着王老奎，曾多次跟人说："王老奎这老小子身上长了瘆人毛，我看见他心里就不得劲儿！"见王老奎左一眼右一眼地瞅他，嗳嚅一句，这日子没法过了，就转身离开。

拐二爷虽对贫农团挖浮财有意见，但从心里佩服王老奎是条汉子，今见他带着干部家属回来了，就知道共产党又要得势。可自己终究和王老奎不是一路子，也就没什么话可说，也一踮一蹦地走了。

王老奎直望着两人走远，才回过头来看着贾知达："知达，你刚才说的那话，有劲！"

"大叔，你放心，谁好谁坏，我心里有数儿！"

"有数儿就好！"

三十八

换牌子也有不顺利的，李斌和河桩在侉子营，就遇上了蔡师儒这个横主儿。

蔡师儒是侉子营的首富，有四五顷良田，拴了几挂胶皮轱辘大车，养着十来匹骡马。抗战时期，日本人见他有声望，就委任他为乡长。蔡师儒虽然对汉奸两字有忌惮，但他想借着日本人的势力壮大自己，就应承了。没想到日本鬼子在一次扫荡时闯进他家，见到了他的年轻小妾和漂亮的女儿。日本兵可不在乎中国人的乡长，他们只对花姑娘感兴趣，不光奸污了她们，还杀死了她们。这使蔡师儒痛不欲生又怒火满腔，在李斌来做他的统战工作时，一口答应与共产党合作。抗战胜利后，蔡师儒知道自己当的是日本人的官，听到惩治汉奸的风声，就辗转托人，找到固安的接收大员韩语斋，送了重礼，韩语斋没办他的罪，还让他继续当乡长。共产党这边因为以前有过合作，也没把他当汉奸看，但在土改时没少挖他的浮财，这让他心里很不满。韩语斋当了大兴县长后，召集各乡乡长开会，鼓动说，共产党不是抗日的，是抢地盘搞共产的。眼前的事不明摆着？日本人一走，他们立刻就搞土改，要分你们的房子分你们的地。你们这些财主如果跟着共产党，就是死路一条！所以你们应该拥护国民政府，拥护蒋委员长。只有国民政府才是正统，只有国民政府才是保护你们的。你们要协助政府，清除共产党，打击独立营。共产党不是组织民兵吗？你们就组织自卫团，成立大乡队。不许共产党进村，不给共产党粮食，饿死他们，困死他们，直到最后彻底消灭他们！

蔡师儒觉得韩语斋的话说到他心里去了，就很激动，很振奋："就是这话！

坚决支持韩县长！"

韩语斋一脸奸笑地盯着蔡师儒："你支持我，那敢情好。可我听说，你跟共产党的关系可不一般。"

蔡师儒的脸白了："我怎么会跟共产党的关系不一般？"

"你不是说，你的财产宁可让共产党共去，也不给日本人？你为了表决心，还用板砖砸烂了手？"韩语斋仍然笑眯眯的。

蔡师儒觉得韩语斋的笑比冰还冷，让他不寒而栗。他忙站起身，指天画地地发誓："韩县长，我要是跟共产党一条心，让我马上就死！那时候，我说那样的话，就是想借共产党的手给我报仇。谁想到，我是前门拒狼后门进虎呀！先是日本鬼子杀了我的人，现在共产党又抢我的房子分我的地，这是要断我的根绝我的后！许他不仁就许我无义，从今以后，我和共产党势不两立！回去我就成立大乡队，让各村组织自卫团，绝不让共产党得手！"

韩语斋终于露出亲切的笑容，当众把蔡师儒大大表扬一番，还让"镇北关"拨给他二十支枪，作为奖赏。鼓励说："蔡乡长的态度很端主。你带头，大家都学着你的样儿，共产党就玩完了！"

李大裤裆也在一旁打气："老蔡，你就放心大胆地干。你侉子营离我这儿不过一卡巴远，你那儿一响枪，我就派兵增援，保证共产党动不了你一根毫毛！"

蔡师儒连连拱手："全仗李大队长关照！"

蔡师儒回到乡里，立即通知各村保长，派粮征款，购买枪弹。

李斌和河桩带着二连的战士，一进侉子营，就直奔保公所。二愣性急，上去就把写着"国民党大兴县侉子营保公所"的牌子摘下来，刚要劈，蔡师儒赶来了："住手！谁让你们摘牌子的？"

李斌上前解释："老蔡，这是国民党的牌子，我们是共产党，要建立人民政权，不能挂国民党的牌子。"

蔡师儒冷笑："你们共产党是什么？不过一帮土八路！这侉子营乡是国民政府建立的，我这乡长也是国民政府委任的，是正根正蔓儿。这牌子，不能摘！"

"老蔡，抗战这几年，咱们可是合作得挺好呀，今儿个这是怎么了？"

"怎么了？"蔡师儒的火气更大了，"你们没良心！打日本你们让我干这干那，我哪样不配合？日本人一走，你们马上翻了脸，要分我的房子地，要让我断子绝孙！"

"消灭剥削，实现耕者有其田，让劳苦大众都过上好日子，这是我们共产党的主张。你和大家一起过好日子，有什么不好？"

"少跟我瞎咧咧，我是老虎拉车，不听那一套！我辛辛苦苦盖的房子置的地，凭什么白白给了你们？"

李斌细眯起眼睛，紧盯着蔡师儒："看来你是真要跟着国民党走，跟共产党作对了？"

"我就相信国民政府，相信蒋委员长！"

"我他妈毙了你个老混蛋！"二愣唰地抽出手枪。

蔡师儒又是一阵冷笑："小子，就你有枪？我就是吃素的？"脸一板，"来人！"

从房子里拥出几十个乡丁，拿枪对准了二愣。

二愣的战士们也都举起了枪。

双方紧张地对峙着。

河桩让战士们放下枪，转身对乡丁们说："你们都是穷苦人，独立营是穷人的队伍，不会对你们动手。希望你们不要被人蛊惑，站错队，上了当！"

乡丁们互相看看，也都放下了枪。

蔡师儒瞪着乡丁们大骂："吃我的饭就得服我管，谁要想吃里爬外，别怨我摘了他的葛食罐儿！"

李斌被蔡师儒的嚣张激怒了："蔡乡长，看在前几年我们合作打过鬼子，我不跟你一般见识。现在该讲的道理我都讲了，望你三思。如果仍是执迷不悟，一切后果由你负责！"

走出村，河桩有些不解："这个老蔡，吃错药了？怎么翻脸不认人？"

李斌摇摇头："他以前支持我们打鬼子，本质上不是为民族大义，主要还是为报私仇。不是有那么一句话吗？兄弟阋墙，外侮共御。现在外侮没了，就剩阋墙了。亲兄弟翻了脸，比路人都不如！"

"李书记，看来蔡师儒是想冒尖儿了。这个尖儿我们得掰！"

李斌点头："对，不掰他这个尖儿，会影响一大片。回去我们商量个办法。"

李斌一走，蔡师儒擦把冷汗，知道这麻烦惹大了，独立营不会善罢甘休，就急忙到榆垡去找李大裤裆。

李大裤裆和蔡师儒沾点儿拐弯亲戚，又都是当地有名的人物，平时来往就很密切，只是在抗战时期一个帮八路军，一个是汉奸，就疏远了。如今又上了同一条船，感情重又拉近了。听了蔡师儒的述说，李大裤裆大加赞赏："好，对付共产党，就得来硬的。人是可怜虫，不打不行。以前我就跟你说过，少跟共产党打连连，你就是不听，结果怎么样？日本人一走，就冲你开了刀！"

蔡师儒叹气："我的人不是让鬼子杀了吗？我也是利用他们为我报仇哇！"

"报仇就找共产党？他们跟咱可不是一路人。你看我，李斌，还有那个张卫，找过我多少回，我就是不跟他们合作。见着他们的人，就打；逮住他们的人，就杀；他们没有一点咒儿念！"

"你财大气粗，枪杆子多，当然硬气。我行吗？武大郎卖豆腐——人尿货软！"

"你现在不也硬起来了？"

"唉，我那也是腰里别个死耗子——假充打猎的。就我那几个人，真要跟独立营干，还不像吃小葱似的让人家给嚼喽！"

李大裤裆不以为然："看你说的，共产党就那么可怕？你没看北平四周有多少国民党的正规军？收拾独立营那几个人几杆破枪，还不是手拿把攥？这样，我从手里给你拨一个排，帮你守村子。不过，丑话说头里，粮饷得你出。你在各路口设上岗，共产党来了就打，我听到枪声就过去支援。就独立营那点力量，保他望风而逃！"

三十九

太阳刚升起一竿子高，侉子营村口来了走亲戚的小两口，他们是化装侦察的鲍国强和邹珮。得知蔡师儒从李大裤裆处搬来了援军，李斌和河桩更坚定了掰掉蔡师儒这个"尖儿"的决心。他们把分散活动的独立营两个连重又集合在一起，先派鲍国强和邹珮前去摸情况。

两个站岗的乡丁横枪拦住二人，盘问一番就放行了。

这天是侉子营大集，小摊小贩很早就在街道两边摆开了阵势。鲍国强和邹珮在离保公所不远的小吃摊前坐下，要了"油炸鬼"和豆腐脑，边吃边往四下打量。卖早点的是个热情而多嘴的老头，见邹珮喝豆腐脑不放佐料，就把盛韭菜花、辣椒油、芫荽的碗碗罐罐往她面前推："姑娘，你这可外行了，吃豆腐脑哪能吃白的，得把这些佐料放全，那才够味！"

邹珮的脸一下红了，她心里光惦记着任务，吃到嘴里的东西根本就不知道什么味。她心里一边暗暗埋怨自己的疏忽，一边掩饰："您这黄花、木耳、肉丁卤就够香了，用不着再加别的了！"

鲍国强也忙搭话："大爷，您的手艺真棒！看这油炸鬼炸的，焦黄酥脆，这豆腐脑点的，又白又嫩，再加上这全套佐料，真是没挑了！"

卖早点的老头被夸得满面红光："你这小伙儿眼里有水儿！不是吹，方圆十几里，谁不知道我白大傻的早点是一绝！"

这时，保公所里走出个胖子，指着老头笑骂："白大傻，又他娘的吹牛哪！"

白大傻也回骂："蔡老肥，对着你妈的嘴吹！"

两人笑闹一阵，蔡老肥端正了脸色："剩下的别卖了，送到蔡乡长前院去，给你包圆儿了！"

"给我包圆儿是好事，可我找谁要钱去？"

蔡老肥又骂开了："你老小子就是小心眼儿！这么大的保公所，还差你那几个小钱？"

白大傻不领情："前几天乡里来人吃我的，还差着钱呢。"

"你小子怪不得卖了一辈子早点，老了还是卖早点，就是大账不算算小账！这里的事，你是真不明白，还是假不明白？亏你了吗？"

白大傻这才连连哈腰："好嘞您哪，就　好吧！"

蔡老肥又骂咧咧地笑闹几句，才挺着肚子走了。

望着蔡老肥的背影，鲍国强预感到这胖子不是简单人物，就试探着问："这人谁呀？好大的口气！"

"他？"白大傻朝蔡老肥撇撇嘴，"以前就是个浪荡鬼，吃嘛嘛香，干嘛嘛不行，没人看得起。可人家念过书，识文断字，平日就靠给人写家信写状子瞎混。他远房哥哥蔡师儒当了乡长，他就巴结着当个碎催。那小子嘴甜，眼里又能看出红五六，马屁拍得响，把蔡师儒伺候舒坦了，又看他会写会算，就让他当了账房先生，征粮派款的事都由他操持，从中可捞了不少油水，也成了侉子营有头有脸的人物。哼，真是叫花子也有翻身的时候，一屁股蹾在屎上了！"

"他刚才让你去的大院，就是大乡队驻的地方？"

白大傻又一撇嘴："大乡队能有这伙食？蔡老肥让我送油条豆腐脑，是给榆垡来的保安团吃的。"

邹珮灵机一动："两伙人吃两样饭，那还不打起来？"

"哪能那样呀，"白大傻说顺了嘴，又有忠实听众，话就越说越多，"两头叫驴拴一块儿还咬槽呢，别说人了。大乡队驻村中间的关老爷庙里，这会儿，嘿嘿，正喝棒子面稀粥呢。"

"你这么多东西，他们能包得了圆儿？"

"三十七八个人，个个都是饿死鬼投生的，够不够还两说呢。"

鲍国强使劲奉承："大爷你真是好福气，刚出摊就遇到个大买主。"

白大傻嘿嘿笑："谁家过年不吃顿饺子？"说着，就动手收拾家伙。

鲍国强和邹珮对视一眼："大爷，看你这么多碟碟罐罐的，怎么拿得了？我们帮你送过去吧？"

邹珮也忙说："对对，我们帮你拿。"

白大傻更高兴了："我今儿真是开门见喜了，怎么净遇上好事呢？你们帮我送过去，早点钱免了！"

白大傻挑着担子在前引路，鲍国强和邹珮抱着碟碗在后跟着，顺大街走一段，拐到一个大院前。门口站岗的问清来意，扭头朝门里喊："过排长，送饭的来了！"

门里出来个歪戴帽、斜楞眼的家伙，劈头就骂："你他妈要把老子饿死呀？什么时候才来送饭？"

这个过排长叫过世德，原是一股土匪的头目，李大裤裆曾是他的眼线，后来过世德看李大裤裆也是个人物，两人就结为拜把兄弟。在日本人的一次扫荡中，过世德的队伍被打散，就投奔了在固安当警备队长的李大裤裆，反倒成为李大裤裆的部下。过世德匪性难改，彪悍凶残，很得李大裤裆的赏识。有三四个共产党的干部，牺牲在他的手里。

白大傻被过世德的凶相镇住了，连忙赔笑："长官，对不起，蔡老肥刚告诉我，我就赶紧来了。"

过世德又斜楞两眼，才一摆头："进来吧！"

几个人一进院，保安团们就乱哄哄地围上来，大呼小叫地抢吃抢喝。一个瘦猴见邹珮长得漂亮，笑嘻嘻地上来就要摸邹珮的脸蛋："呦，这小妞长的，真逗人儿！"

邹珮侧身躲过那只脏手，狠狠瞪去一眼。

瘦猴咯咯地笑："嗬，还有小脾气儿！"

引得保安团们一阵哄笑。

过世德过来扇了瘦猴一个脖儿拐："你他妈的臭毛病总也改不了，瞧你那德行，早晚让女人把你拉死！"又朝众人喊，"快点塞，吃饱了操练。小心独立营来了，把你们一个个都宰喽！"鲍国强迅速看清院里的地形和人数，拉着邹珮就往外走。两人又找到老爷庙，躲在墙角后往里窥探。借着敞开的大门，可见大乡队的人三个一群两个一伙，有的坐在地上用砖头瓦片玩跳子儿，有的靠着台阶侃大山。邹珮用眼睛数了数，总数不超过三十人。两人刚要走，身后传来一声咳嗽。这咳嗽声来得突然，惊得两人身子一震，倏地转过身，眼前站的竟是蔡师儒！

肥肥胖胖的蔡师儒头戴一顶黑色礼帽，身穿古铜色府绸裤褂，一把匣子枪斜挎在肩膀上，阴鸷的双眼紧紧盯住鲍国强和邹珮："你们在这儿干什么？"

鲍国强迅速镇定下来，朝蔡师儒点头笑笑："我们是赶集的，想找个茅房。"

邹珮适时地做出羞涩状。

"这儿哪有茅房？快走！"蔡师儒不耐烦地摆手。

两人答应着刚迈步，蔡师儒又喝了一声："站住！"

蔡师儒脑海里极速搜索着，猛然想起，那天李斌来摘牌子时，这两个人就在队伍中。蔡师儒狞笑了："我说怎么看着眼熟呢，闹了半天是八路！"伸手就去腰里掏枪。

鲍国强抢步上前，从蔡师儒手中夺过手枪，一脚将他踹倒在地，拉着邹珮拔腿就跑。

蔡师儒一时挣扎不起，便大喊："来人呀，有奸细，快抓八路！"

庙里的大乡队跑出来，有人讨好地把蔡师儒搀起来。

蔡师儒顾不上浑身的泥土："快，八路往那边跑了，快追！"

鲍国强一边朝跟踪而来的大乡队射击，一边催促邹珮："我掩护，你快走，回去向李书记和王营长汇报！"

邹珮使劲握着鲍国强的手："要走一起走！"

此时，集上已乱了营，过世德带着保安队推搡着人群，从另一方向包抄过来。

鲍国强再次催促邹珮："敌人就要把我们包围，再不走就来不及了，完成任务要紧！"

邹珮无奈，只得混入乱哄哄的人流中。

鲍国强的子弹打光了，被逼到一个没有退路的墙根。

过世德指着鲍国强大骂："老子的地盘你也敢来捣乱，真是耗子给猫捋胡子——找死！"抡起枪柄，狠狠砸在鲍国强的脑袋上。

鲍国强顿时鲜血淋漓，软软地倒了下去。

四十

蔡师儒抓住鲍国强，喜不自胜："共产党也不过如此，刚出手就栽了！"

他等鲍国强醒过来，立即审问。鲍国强两眼瞪着他，一言不发。

蔡师儒恼羞成怒，命人把鲍国强吊在房梁上，狠命抽打。鲍国强扭动着身子，大骂："姓蔡的，你等着，独立营会找你算账的！"

"找我算账？我先要了你的命！打，给我往死里打！"

蔡老肥有些不忍："大哥，别打了，脑袋都耷拉了，再打，就真死了。"

蔡师儒也有些累，就顺坡下驴："这小子不识好歹，给脸不要脸！老肥，等他缓醒过来，接着审问。我身子乏了，回去歇会儿。"

大殿里昏暗暗的，一盏马灯发着微弱的光。关老爷端坐在莲座上，凤眼微闭。周仓手持大刀，横眉怒目地注视着前方。

鲍国强呻吟一声，慢慢醒来。

蔡老肥凑近前："呦，醒了？"

鲍国强把头扭向一边，不理他。

"你这孩子，真是犟。问你什么你就说，不就省了挨打了？"

见鲍国强仍不说话，就自说自话："再吊下去，胳膊就废了。哎，咱可说好，我把你解下来，你可别跑。"招呼看守的两个乡丁，把鲍国强放下，绑在柱子上。

鲍国强感激地看着蔡老肥："大叔，你是好人。"

蔡老肥咧嘴一笑："好人？我都不知道自个儿是不是好人。我是看你嫩骨头嫩肉的，受这样的罪，可怜。来，喝点水，还能多扛几棍子。"

鲍国强一口气把水喝干，又闭上眼睛喘息。

蔡老肥放下水碗，走到鲍国强跟前："你说你们这是何必呢？打日本打就打了，谁让他们欺负中国人呢！可一眨眼，自个儿跟自个儿又干上了，真是……"

鲍国强睁开眼："大叔，不是我们共产党要打，是蒋介石要打，是国民党要打，我们不能干挨着呀！"

"你们两党的事，说不清。公说公有理，婆说婆有理，就是老百姓没理。"

"大叔，你不能这么说！"

"得得，你也甭跟我掰扯，你们的事我也管不了。你还是歇会儿，等蔡乡长来审问吧。"

"大叔，你能不能把我放了？"

"放你？"蔡老肥吓了一跳，"小子，你可真敢开牙。放了你，我还有命？蔡乡长不得要了我的脑袋？"

蔡师儒回到家，让老婆温了壶酒，吃饱喝足就睡了。半夜时渴醒，灌了一肚子凉茶，猛然清醒了："不好，我抓了共产党的人，独立营能善罢甘休？他们要是来报复，就我这点儿人手，能抗得住？"想着，就披衣下炕。

老婆拉住他："这深更半夜的，你还去哪儿？"

蔡师儒嘱咐老婆："好好在家待着，不管外面有什么动静，都别出来！"

蔡师儒来到关帝庙，见蔡老肥把鲍国强放下来了，心里很是恼火，但无暇多说，把大乡队队长叫醒，嘱咐他跟保安团配合，守住村子。然后挑了几个精壮的乡丁，押着鲍国强，奔榆堡找李大裤裆去了。

李斌听了邹珮的报告，急忙把河桩、志刚找来，商量对策。

志刚说："根据蔡师儒现在的表现，鲍国强落在他手里，凶多吉少！"

河桩也说："我们得马上去救，借此灭了大乡队，掰了蔡师儒的尖儿，一举两得！"

李斌点头："依照邹珮侦察来的情况看，保安团加上大乡队，拢共有七八十人，大乡队基本没有战斗力，我们取胜，应该有绝对把握。只是，要防备李大裤裆支持。"

"不怕，"河桩信心十足，"榆堡到侉子营有二十来里地，只要我们速战速决，等李大裤裆赶来，黄花菜都凉了。"

“好，事不宜迟，马上出发！”

队伍在黑暗中急行，百十人寂静无声，偶尔惊起睡梦中的野兔，箭一般向远处逃去。

夜半时分，佟子营已在前方现出朦胧轮廓。

按照事前的部署，河桩把队伍停在村外，志刚带一个班到村西朝榆堡方向警戒，金驹带着李三林和刘顺去解决村口的岗哨。

三人潜行到村边，并不见一个人影。金驹捡起一块土坷垃，往前扔去。

“谁？”黑暗里一声吆喝，还是看不见人。

金驹心说好狡猾！又把一块土坷垃更重地扔过去。

“什么人？不说话开枪了！”随着哆哆嗦嗦的喊声，柴火垛后终于站起两个人来。他们不是狡猾，是害怕。

趁两个乡丁弯腰寻找的当儿，李三林和刘顺摸上去，一手捂嘴，一手拿刀抹断了脖子。

金驹刚要给河桩发暗号，不远处响起说话声。金驹连忙示意李三林和刘顺把尸体拽到柴垛后，自己也隐蔽起来。

一点烟火明明灭灭地走近。一个声音说：“老嘎、骡子这俩小子，不知吓成什么样了。”

抽烟的搭话：“你别笑话别人，你不害怕？”

“不害怕是孙子！我上有老下有小的，为这几斤棒子面，丢了命不值！”

“这不结了！”抽烟的在鞋底梆梆地磕打几下烟袋，一串火星倏忽而灭，“不是被逼着，谁干这提心吊胆的差事！”

“就是。哎，那俩小子呢？老嘎，老嘎！”

金驹听着两个乡丁的对话，心里动了恻隐之心，低声说句捉活的，就起身迎了上去。

一个乡丁见有人走来，以为是自己人，毫无戒备地说：“老嘎，你可真沉得住气，这么喊，都不言语！”

金驹举枪对准他们：“不许动，我们是独立营！”

两个乡丁还在愣怔，就被李三林和刘顺控制住了。

“饶命，饶命！”两个乡丁吓得连连求饶。

“只要你们说实话，绝不伤害你们！”

金驹问清情况并无变化，便向河桩发出信号。

队伍疾风般扑进村子，河桩带一连去消灭蔡家大院的保安团，金驹带二连到关帝庙铲除大乡队和解救鲍国强。

金驹把两个被俘的乡丁带到大庙前，门口站岗的问："李山哥，你们不是去换岗了吗？怎么又回来了？"

李山按照金驹教的话说："夜里忒冷，我们回来添件夹袄。"

金驹和李山走到近前，突然亮枪逼住了门岗。其他战士一拥而入，冲向大乡队的住房。大乡队都是庄稼汉子，没有任何作战经验，更谈不上战斗意志，见让人堵了被窝，就都趴在炕上不动了。

金驹在大殿里找了个遍，也没有鲍国强的影子。最后，在供桌下搜出缩成一团的蔡老肥。蔡老肥告诉金驹，一个时辰前，蔡师儒把鲍国强押往榆垡了。

金驹让刘顺看守俘房，自己带几个人去找河桩。

河桩在蔡家大院遇到了对手。河桩见院墙高大，上面还有女儿墙，知道易守难攻，就命铁牛率刘小强排爬到对面房顶，用火力支持，命李三林排向院内发动攻击。过世德这伙人都是原来的绺子，生性凶狠，枪法又准，在刚受到打击时乱了一阵，经过世德一顿叫骂，很快稳定下来，各找依托，拼命抵抗。保安团的武器好，刘小强排虽居高临下，仍压不住保安团的火力，李三林排伤了好几个人，还是攻不进去。

李三林怒火冲天，从戴双印手里夺过机枪，打着连发向大门冲击。

过世德在围墙上看得真切，骂声真有不怕死的，抬枪打中了李三林的大腿。

铁牛见状，从烟囱后站起身，瞄准枪弹出膛时迸现的光点，一枪一个，接连打倒四五个，吓得保安团再不敢露头，河桩借机下令把李三林抢了回来。

河桩重新调整部署，命所有机枪全部上房，集中扫射，其他战士向高墙内投掷手榴弹。一时间，大院里火光升腾，弹片横飞。过世德抵挡不住，只得把后山墙炸个窟窿，领着剩下的六七个人，向村外逃去。

打扫战场时，河桩命令必须找到蔡师儒。金驹说不用找了，蔡师儒押着鲍国强去榆垡了。

河桩恨恨地骂："便宜了这老小子！"

李斌对没救出鲍国强，感到格外痛心。

这时，远处传来枪声。不一会儿，志刚派人来报告，李大裤裆的援兵到了。

河桩立即集合起部队，冲向村外。

李大裤裆见独立营火力凶猛，闹不清底细，不敢恋战，匆匆撤了回去。

此时天已大亮，河桩率独立营返回侉子营，一边打扫战场，一边召集村民开会，当众将伪大乡的牌子砸碎。

白大傻在人群中见到邹珮，不由得瞪大了眼："哎哟，姑娘，你是八路呀？"

邹珮笑着解释："大爷，我们现在不叫八路军，改叫解放军了，解放劳苦大众的军队。"

"劳苦大众？"

"就是穷人，我们要让全国的穷人都过上好日子！"

"那可好！"

四十一

李大裤裆为损失一个主力排，心疼得像被人割去一块肉，在屋里唉声叹气地走绺儿。

蔡师儒又羞愧又内疚，连连赔罪："大队长，怪我，连累了弟兄们。"

过世德更是如同死了爹娘老子："大哥，这三十几个人都是跟我十来年的老弟兄，是我的全部家底，让共产党一下子就给吃光了！大哥，你得帮我报仇！"

"我也是呀，辛辛苦苦鼓捣起来的队伍，还没施展，就连人带枪打了水漂儿。我……我真是心有不甘呀！"蔡师儒也是痛心疾首。

李大裤裆本来对二人有些埋怨，此时见他们这种情形，心里又升起一丝窃喜。他想，一个欠他的情，一个有求于他，以后这俩人就是他的铁杆，会心肯意肯地任他驱使。要消灭共产党，打垮独立营，尤其要独霸榆堡这块小天地，就得有死心塌地跟着他干的。"黑杀团"不必说了，除了二狗、金贵等四个心腹，其他人都是被斗的地主富农，在对付共产党上和他一条心。保安团和各乡的乡长就不同了。保安团虽然是由过去的警备队改编的，可大部分人是老滑头，平时对他毕恭毕敬，打起仗来没有一个玩命的，都是见了便宜抢，见了祸事躲。各乡的乡长更是两面派，大多和共产党拉拉扯扯，都闹不清谁是可靠的。现在保安团里有了过世德，乡长里有了蔡师儒，这两个榜样利用得好，会影响一大片。于是，李大裤裆脸上的怒火一扫而光，变得大度而又亲切："二位客气了。我们虽是异姓兄弟，却胜如骨肉，你们的事就是愚兄的事。以后我们联起手来，互相扶持，同心反共，跟共产党、独立营死磕到底，绝不能让穷鬼们得了势！"

"大哥放心，我一腔热血都倒给你，跟共产党势不两立！"过世德瞪着血红的眼珠子喊。

蔡师儒也连连点头。

李大裤裆吩咐下面："多弄几个好菜，我和两位兄弟喝个同心酒！"

一壶酒下肚，蔡师儒红涨着脸问："大队长，抓的那个共产党怎么处置？给韩县长送去？"

李大裤裆一拨楞脑袋："费那事干什么？共产党到了我手里，就是一个字：杀！哎，对了，问出点什么没有？"

"问什么问？那小子铁嘴钢牙，一个字也不说。"蔡师儒无奈地摇头。

"那就少废话，宰喽！"

"好，痛快！"过世德起身下炕，"我去办！"

李大裤裆在身后喊："别让那小子太舒服了，拉到村外活埋！"

李大裤裆看着过世德走出大门，端起酒杯，与蔡师儒碰了一下："老蔡，别丧气，明儿我亲自送你回去，把大乡队再拉起来！"

得知鲍国强被害的消息，河桩气得大骂："李大裤裆这个狗东西，也太嚣张了，欺负我独立营是吃素的！"

李斌痛惜得什么似的："从延安来的年轻干部，前途远大呀，一年不到，竟牺牲了！"

志刚说："李大裤裆是我们的死敌，一定要想办法灭了他！"

独立营和保安团的相遇，是在侉了营村西的开阔地上。双方都是为报仇而来，不想就在路上碰面了。仓促间，来不及排兵布阵，趴在地上就开了枪。

李大裤裆从望远镜里看到独立营没有多少人，胆子就壮了，扯起嗓子喊："弟兄们，他们没有我们人多，狠狠地打！"

独立营也拼命还击。

志刚见敌我力量悬殊，忙向河桩建议："不能硬拼，得以智取胜！"

河桩打得性起，有些不管不顾了："今儿个我倒要看看，他李大裤裆有多少尿儿！"

过世德指挥保安团的几挺机枪，泼水般地扫射，团丁们呐喊着越靠越近。二狗也带着"黑杀团"，嗷嗷叫着冲上来。

独立营接连有几个战士倒下。

金驹冒着弹雨跑到河桩身边："营长，这样打下去不行，我带一部分人迂回到他身后，打他的屁股！"

河桩此时也看出硬碰硬要吃亏，就让金驹带李三林那个排，袭敌后背。

李三林负伤留在侉子营，金驹就代理排长，指挥战士们向敌后迂回。

李大裤裆看独立营的火力被压下去了，兴奋得大叫："独立营快完蛋了！弟兄们，给我冲，活捉王河桩！"

过世德也挥着匣子枪狂喊："冲，冲，冲上去，一个不留！"

正在这时，背后射来密集的枪弹，团丁们麦棵儿似的倒下一片。

金驹、戴双印一人一挺机关枪，急雨般地向敌人扫射。

一颗子弹擦着李大裤裆的耳边掠过，吓得他一个马趴扑在地上。

跟随前来的蔡师儒胖脸上早没了血色，央求李大裤裆："大队长，我们腹背受敌了，快撤吧！"

李大裤裆瞪起眼："我可是为你来的，刚打就撤？你也忒尿包软蛋了！"

"不是，大队长你看，我们躺下多少人了？好汉不吃眼前亏呀！"

过世德也捂着流血的胳膊跑过来："大哥，弟兄们快顶不住了！"

"真他妈倒灶！"李大裤裆悻悻地骂了句，只得下令撤退。

河桩因伤员过多，也不追赶，返回侉子营。

李大裤裆吃了亏，又羞又恼，又无计可施："真他妈邪门了，王河桩就是我的克星！"

蔡师儒不愿独立营占据侉子营，独立营在侉子营不走，他就成了无家的狗，于是就使劲撺掇李大裤裆："大队长，可不能让独立营在侉子营待长喽。侉子营是大村子，富户多，独立营喝饱吃足，就更不好对付了！"

李大裤裆咬牙切齿："我自打归了国民政府，还没栽过这么大跟头。哪怕老天爷刮红风下绿雨，这个仇我也得报！"

"是呀是呀，李大队长谁不知道？在大兴地面，你那是一跺脚四角乱颤的霸主，能咽下这口气？"

"可……"一想起那天战场上的情景，李大裤裆的心又虚了，"独立营人不多，可个个都是硬骨头。得想个好法子……"蔡师儒见李大裤裆也尿了，心里不免就有些鄙夷：看来也是个说大话使小钱的主儿，都是说话呱呱儿的，尿炕唰唰儿的！不过他有求于人，只得继续赔笑脸："李大队长顾虑的也是，把队伍拼没了，拿什么吃饭？我想是不是可以这样，您派人去跟采育的冯海文联系，他跟独立营也是死对头。咱们南北对进，不就把独立营包了饺子？"

"好，这个主意好！"李大裤裆高兴了，"我不光找冯海文，我还要找'镇北关'。'镇北关'是我大哥，又是总团长，他不能不支持我！"

李大裤裆话是说了，可一个月也没动弹。

李大裤裆窝在榆垡镇里不出动，是他又有了新欢，结识了大白果。

四十二

大白果是固安那边的人，长得虽然不是多漂亮，却白白胖胖的，挺招人喜欢。嫁到榆垡后，婆家是个腌酱菜的，整天择萝卜，洗蔓菁，和盐水、黄酱打交道，把一双白嫩的小手糟蹋得七裂八瓣，且还要闻那酸溜溜、臭烘烘的气味，大白果哪儿受得了？打闹几次，就跑到娘家不回来了。酱菜园老板心疼儿子，只得答应以后再不用她干活。大白果不干活，还嫌臭，就整天不着家，在镇街上东门串出西门串进，听些奇闻嚼些老婆舌头。慢慢地，烟也会抽了，麻将也会打了，和一些不务正业的搅和在一起，男女混杂，打情骂俏，成了镇上的风流人物。李大裤裆没有二丫头在身边，又早厌烦了周秀珍，很是寂寞，闲暇时就到牌场上消遣，认识了大白果。大白果眼皮子浅，羡慕李大裤裆有钱有势，就常抛媚眼。李大裤裆是此道中人，没费什么劲，就把大白果带进了营房。望着床上白羊似的肉体，李大裤裆乐得心花都开了。没想大白果是个黏不着，事情一完就要李大裤裆为她负责。李大裤裆满意地笑，你不让负责我也要负责，以后你就是我的人了。说完，掏出一沓票子扔过去。大白果还没完，说，家里知道了怎么办？李大裤裆眼一瞪，知道怎么着？不管算他识相，敢管我就要了他们的命！立时叫臭子带上警卫班，气汹汹闯进酱菜园。李大裤裆当着全家人的面，把大白果搂在怀里，先在胖嘟嘟的腮上亲几口，才说，她以后就是我的人了，你们谁敢难为她，小心狗命！酱菜园父子是胆小怕事的人，面对李大裤裆的凶相和黑洞洞的枪口，一句话也说不出来。自此，大白果穿着白裤白褂，摇着精致的芭蕉小扇，就在保安团的营房里风情万种地常来常往了，有时夜里也不归宿，成了镇上的一大新闻。二狗趁李大裤裆高兴的时候打趣："李叔真是英雄，夜夜做新郎，村村有丈母娘！"

李大裤裆摸着光脑袋哈哈地笑："你小子屁也不懂！男人在世上图什么？就是权力、钱财、女人！没有这些，活着有什么意思！"

"照李叔的说法，我是白来一世枉为人了？"二狗也笑。

"你也弄去呀。三条腿的蛤蟆难找，女人还不海了去了？只要不误我的事，李叔不拦你。"

二狗摇头："我哪儿能跟叔比？金贵好这口儿。"

李大裤裆好像挺遗憾："你这小子！"

二狗又问："李叔，你这一有新的，我婶儿你不管，二丫头也不要了？"

李大裤裆毫不在乎："女人是什么？那就是衣裳，穿腻了就脱呗。"

让李大裤裆不想动弹的，还有一件事。那天他们到河沿，把腊梅刚换的牌子又换过来，就到了金贵的家。听说李大裤裆回来了，孙秃子、周秀珍，还有大狗二狗的老娘、媳妇们都找过来了。李大裤裆就问村里的事。二狗一听干部家属都回家了，就嚷嚷着去抓。

孙秃子不同意："两边不是说好了嘛，不牵连家属？"

金贵接过话："那还不是人嘴两张皮的事？说是说，做是做。"

孙秃子瞪着金贵："你少在这儿胡说八道！就冲你们烧水生一家的事，人家不把我们烧了，就够仁义了，你们还去招惹人家？"

李大裤裆讥笑孙秃子："老孙，听你这话，怎么好像共产党啊？"

"我是共产党？嘁，我给共产党擦屁股人家都不要！"

"要不你到老还摆船，就是胆小怕事！"

孙秃子是怕了李大裤裆一辈子的，此时不知哪儿来的勇气，张嘴就顶了回去："我怕事？我是怕当绝户！打仗就打仗，有本事，你们就枪对枪刀对刀地干，牵扯家属干什么？连家属都保不住，这仗还打个什么劲儿？"

女人们想起被腊梅聚在一起的事，还都心有余悸，便都乱嚷嚷，说别再乱抓人了，让娘们儿孩子过过安生日子吧。

二狗不耐烦了，冲着女人们喊："都闭上你们的臭嘴！怎么干是爷们儿的事，哪儿轮着你们瞎咧咧了？"

孙秃子指着二狗的鼻子就骂："我告诉你二狗，你不思谋后路，我可不想断子绝孙！别人我管不了，我管得了你，你要是瞎胡闹，就先把我打死，省得做别人的刀下鬼！"

二狗气得脸色煞白，嘴唇干哆嗦说不出话。

李大裤裆看着这乱糟糟的场面，很不是滋味。自己提着脑袋在外面冲杀玩命，家里人不但不支持，还这么多怨言，这还干个什么意思？心里不由得升起一股悲凉，原来的心劲就减了不少。没有了心劲的李大裤裆就龟缩在榆垡，在牌场上消磨时光，在营房里和大白果颠鸾倒凤。

杨小山这些日子却很焦急，自打庞榆失守，他和独立营的联系又断了，成了闲棋冷子。随着李大裤裆下乡换牌子时，他无时不在注意周围的情况，希望能从哪个人的脸上看出些蛛丝马迹，可每次都是失望而归。窝在榆垡这个魔窟里，整天看李大裤裆淫乱，看团丁和"黑杀团"们赌博、打架、敲诈或抢夺老百姓的财物，心里既愤恨又无奈，还不能有丝毫表露，甚至还要在一旁陪着嬉笑起哄，憋得他胸膛里像要爆炸一般的难受。有时他真想逃走，跑回部队和敌人真刀真枪地干，理智又告诉他不能那么做，没有上级的命令，他绝不能擅自行动。他相信，组织绝不会不联系他，更不会忘了他。于是，一有时间，他就在大街上转，希望能碰到来找他的人。

这天，他看李大裤裆搂着大白果进了房间，估计一时半会儿不会有事，就又来到大街上。街上有卖蔬菜的，有卖广梨鸭梨的，还有卖坛坛罐罐布鞋线袜的，他装作买东西，在这个摊前站一站，在那个摊前问一问，两眼却不住地四处扫瞄。

"杨小山！"身后忽然一声喊。

杨小山回过头，臭子正满眼狐疑地看着他。

臭子是追随"镇北关"多年的小兄弟，在李大裤裆当上伪警备队中队长时，当大队长的"镇北关"把臭子拨给了他，说："臭子拳脚有两下子，又敢打死架，是靠得住的人。带队伍凶险，没几个贴心过命的人不行。"

李大裤裆对"镇北关"的兄弟当然不敢怠慢，就让他当了自己的卫兵，平时免不了给些小恩小惠。李大裤裆被任命为保安团大队长后，建了个謷卫班，又让臭子当了班长。臭子仗着后台硬，整天扎手舞脚的，除去李大裤裆，谁也不往眼里夹。李大裤裆有了二狗一班人，就不再把臭子当棵葱了，有事就和二狗几个捏咕。臭子有被打入冷宫的感觉，憋屈得不行，就向"镇北关"告状。

"镇北关"听完，拍拍臭子的脑袋："你的心都不如针鼻儿大，光顾在馊饽饽烂卷子上计较。我派你过去干吗？"

"干吗？"

"你他妈是榆木疙瘩呀，怎么就不开窍？我是让你去当眼线，大裤裆要有什么瞒着背着我的，你来告诉我，不是让你跟个受气小媳妇似的来诉苦！"

臭子还是不明白："李队长和你不是拜把子的兄弟吗？"

"镇北关"冷笑："拜把子兄弟？亲兄弟又怎么样？这年头，哼，人无害虎心，虎有伤人意，还是脑后多长只眼把牢！哎，我听说，大裤裆连河沿的共党家属都不抓了？"

"是，说是怕独立营报复。"

"怕报复，他什么时候胆小过？这事说重了，就是通共！看在他是我的干哥们儿分上，我不给他往上捅，就满对得起他了。可他呢？眼里是越来越没有我了。"

"镇北关"这么一说，臭子也觉出来，李大裤裆自当了大队长后，给"镇北关"送的礼是越来越少了。

"他难道想跟大哥分庭抗礼？不能吧？没有大哥哪有他的今天？"臭子不相信地摇头。

"镇北关"又是一声冷笑："这就是能共贫贱不能共富贵。翅膀硬了，就不认识老家雀儿了。还有一条你记住，大裤裆的人太杂，说不定里面就窝着共产党，你给我盯紧点儿！"

臭子回来后，就不再张扬，可眼里多了一丝阴森。

"呦，是张班长，你也来逛街？"杨小山打着招呼，顺手从梨筐里拿起个大鸭梨，咔嚓咬了一口，"嗯，这梨不错，你也吃几个？我请客！"

"你挺闲在呀，"臭子不接梨，皮笑肉不笑地盯住杨小山的眼，"时不常地就逛街。"

杨小山心里一惊，莫非自己被盯梢了？他镇定一下，故作潇洒地一笑："你们搞女人的搞女人，耍钱的耍钱，多乐子？我没事可做，不逛街干什么？"

"你也搞哇，也要呀。镇上这么多的女人，就没你看上眼的？"

杨小山苦笑："那得有闲钱。我上有老下有小，发的那点军饷，得有一多半寄回家里，哪有闲钱干那个？"

"你甭跟我哭穷。大家都是一样的，别人能弄到钱，就你弄不到，废物点心一个！"

"我就是个书呆子，下不去手。"

"那你就十八岁守寡，干熬吧！"臭子扭头去了。

杨小山怕臭子起疑，也溜溜达达往回走。走到一个卖笊篱的地摊前，一块土坷垃落到脚下。卖笊篱的老头掀起破草帽，竟是王老奎！

杨小山左右看看，蹲下身。

王老奎低声说句："明天晌午饭时，镇北小杂货铺见！"就收拾摊子。

杨小山点下头，也忙站起身。

第二天，杨小山匆忙吃完午饭，趁人不注意，溜出营房，拐进一条僻静小巷，绕了好几个弯，直到确信无人盯梢，才进了那家杂货铺。掌柜的是个四十来岁的中年人，见了杨小山也不说话，把他引进后院，就又回前面去了。

王老奎和腊梅在屋里坐着。

腊梅虽然是区委书记，可还兼着县敌工部部长，榆堡又在她的区内，不能不了解李大裤裆的情况，就找王老奎商量。王老奎说，那还不好办，找杨小山呀，我去找他。腊梅觉得危险，不同意王老奎亲自去。

"危险是有，可除去我，谁还认识杨小山？榆堡的大街小巷我都熟悉，即使被发现，也好脱身。"

腊梅想想，也只能如此，就答应了。

杨小山一见二人，激动地上前握手："可又见到你们了！"

腊梅请杨小山坐下："小山同志，这些日子因为形势变化，我们失去了联系。今后，我们要建立一条地下交通站，由王老奎同志负责。李大裤裆和'黑杀团'对我们威胁很大，你要及时提供他们的动向，有了情况就交到杂货铺掌柜这里。掌柜的叫郝树臣，也是我们的同志。"

在腊梅和杨小山说话的时候，王老奎到前面把郝树臣叫了过来。几个人商量了传递情报的具体细节，就匆匆分手了。

四十三

杨小山从郝树臣的家出来，刚到营房门口，又碰上了臭子。

"杨小山，一个影儿不见，又钻哪儿去了？"

"我能上哪儿去？吃饱了遛遛食。"

"就那破伙食，黑面馒头倭瓜汤，还用遛？不遛在肚子里也待不了俩时辰。"

"那是我们小兵的吃食，你张大班长哪天不是和李大队长一起，吃香的喝辣的？"杨小山知道臭子的处境，故意挑拨。

果然，臭子的火被激起来："我操他亲娘祖奶奶！我如今是什么？是掉毛的凤凰不如鸡，是虎落平阳被犬欺！有了红花就不要绿叶了，哼，用人朝前不用人朝后的东西！"

"嗬，张大班长哪儿来这么大怨气呀？今儿没喝上酒吧？"杨小山笑嘻嘻一拉臭子，"走，兄弟请你喝两杯！"

臭子一听这话，立即转怒为喜："那敢情好。我就说杨兄弟你是重情重义的！"

杨小山又故作犹豫："就怕李大队长待会儿找你。"

"扯淡！爹死娘嫁人，个人顾个人，谁也不是谁的爹！"两人来到大街中心，进了一家小饭店。杨小山要了一盘猪头肉，一盘花生米，一斤二锅头。伙计把菜摆在二人面前，又揭开酒坛上的棉盖头，用提把白酒打在绿豆茶碗里，浓烈的酒香弥漫了整个屋子。

"好香！"臭子使劲吸吸鼻子，迫不及待地先端起酒杯喝了一口，咂着嘴又叫了一声，"好酒！"

"张班长，慢慢喝，酒有的是，今儿兄弟就陪老哥喝个够。"

三两酒下肚，臭子的话多起来："兄弟，咱们从固安时候起，在一个锅里搅马勺也有八九年了，我知道你是个好人，平时也不惹是生非。可这年头人心不可测，你得小心点儿。"

"小心？我做什么了要小心？"杨小山想起那天在街上遇到臭子时，他那怀疑的目光。

"兄……弟，"臭子的舌头有些大了，"不是我说你，这些日子你抽时摸会儿地就在街上转，不让人……起疑？"

"逛大街有什么可疑的？我那是憋得难受，闲散心。"杨小山强作镇静。

臭子摇头哈哈笑："就你……那点道行，还能瞒过我这……火眼金睛？当年跟着郝大哥混，我就是有名的踩盘儿手，蚊子飞过……能……能认出公母。你，不是散心，是……找人！"

杨小山惊得心都要从嗓子眼里蹦出来了："张大哥你可真能开玩笑，我是外地人，在这儿一无亲二无故，有什么人可找？"

臭子瞪着通红的眼睛："没有更……好，咱们是……兄弟，我不愿意你……出事！"

"多谢张大哥关心。"杨小山架起瘫软的臭子，送回营房。此后，他再也不敢轻易上街了。

就在李大裤裆心灰意懒的时候，"镇北关"和冯海文的信来了，二人同意三方同时出兵，围歼独立营。这使李大裤裆又兴奋起来，忙把二狗、金贵几个心腹找来，商议计策。

二狗更是兴奋得摩拳擦掌："这些日子可是闷坏了。咱也别跟共产党玩换牌子了，屁意思没有，该真刀真枪干一家伙了！"

李大裤裆很喜欢二狗的蛮霸之气，但还是佯嗔地瞪他一眼："你小子就知道杀呀砍的，就不会动脑子。你没听韩县长说？换牌子是长人气收人心的大事，叫……啊，政治！"

"搞这样的政治，就能把王河桩的独立营搞没喽？我看呀，还得靠打！"二狗不服气。

"打当然得打。可共产党为什么那样看重换牌子？人家就是懂政治。他搞政治，咱也搞，对着干嘛。如今我大哥和老冯同意南北夹击，以咱们为主角。你们说，咱怎么办？"

"还能怎么办？当然听李叔你的了。"

李大裤裆点头："咱以前虽和老冯没来往，可那也是个人物，是大兴东半拉子的霸主。既然都打共产党，就是一个庙里的，磬儿不亲帽儿亲，咱得和他配合好，别到时候锣齐鼓不齐的，让独立营各个击破。"

"李叔，你就吩咐吧。这些日子老在镇里窝着，弟兄们手里都干巴了，得下去弄几个！"金贵想的是另一码事。

殷耀廷因为金贵打死了他姑父和表弟，一直记恨在心，见金贵说话不上路，气就不打一处来："只惦记着捞钱糟蹋女人，还打仗？打也是败仗！"

"你少没油没盐地扯淡！"金贵哪把殷麻子放在眼里，立时就顶了回去，"你哪回空着手了？别老鸹落在猪身上，光看别人黑，看不见自个儿黑！"

"我捞钱不假，可没祸害人家黄花闺女。谁家没有亲姐热妹子？不怕缺德遭雷劈！"殷耀廷仗着李大裤裆在场，即使偏向金贵，也不能把他怎么样，就毫不客气地反击回去。

金贵被戳了肺管子，恼羞成怒，嗖地拔出枪："老子毙了你！"

搁在往常，殷耀廷是不敢太嚣张的，二狗四个人抱团抱得很紧，癞狗成群，自己势单力孤，只有挨欺负的分。今天，一是压抑太久了，想发泄一下，二是想给李大裤裆添点堵，作为对他有偏有向的反抗，就不怕把事闹大，也拔出枪："就你有，老子没有？谁不敢开枪，是婊子养的！"

"殷麻子，你他妈作死呀？"大狗、二狗和金宝果然一哄而上，把殷耀廷围了起来。

臭子听里面吵得热闹，忙从旁边屋里跑过来，见杨小山站在门外偷听，立刻停住脚步，狐疑地看着他。

杨小山已发现了臭子，就装作神秘的样子，把手指竖在唇边，微笑着朝屋里指了指。

臭子只得走上来，听了听："嗬，打起来了！"

杨小山故意撺掇："要不，咱进去劝劝？"

臭子恨恨地说："劝个屌，让他们打去！狗咬狗一嘴毛，都他妈打死才好呢！"

　　李大裤裆本来不想管这些糠事，在他眼里，"黑杀团"就是一群乌合之众，没有纪律没有规矩，打打闹闹是常有的事，反正二狗他们也吃不了亏，闹就随他们闹去。可看今天的架势，殷麻子还真杠上了，他不出头是收不了场了，这才一拍桌子："干吗？你们要干吗？反了你们了！眼里还有没有我这个大队长？有本事找共产党打去，窝里斗算什么能耐？"

　　这些人还是怵李大裤裆的，见李大裤裆发了火，就把枪放下，退到一边。

　　见把大家镇住了，李大裤裆就又指斥殷耀廷："麻子你也欠，大伙在这儿商量事，你横插膀子瞎咧咧什么？"

　　殷耀廷早就料到会是这种结局，反正今天也出了气，就咧咧嘴，不再言语。

　　李大裤裆吩咐："冯海文信上说，独立营还在侉子营、西沙窝一带。咱这么着，明天出发，'黑杀团'打前站，我带大队在后面跟进。记住啊，打独立营要紧，别净顾往兜里划拉，误了大事！"

　　殷耀廷一拨楞脑袋："我不一块儿走，各走各的！"

　　二狗也不示弱："各走各的就各走各的，我这盘槽子糕也用不着你这个臭鸡蛋！"

　　李大裤裆很是无奈："瞧你们那德行，真他妈没法说。想怎么着，你们看着办吧！"

　　杨小山趁人不注意，把殷耀廷拉到一边："殷队长，我得劝劝你，以后别跟二狗几个闹。谁不知道大队长跟他们是一个村的？亲得跟一家人似的。闹出大天来，也是你吃亏！"

　　殷耀廷的火一下又被挑拨起来："一个村的怎么着？就癞狗成群欺负人？别惹急了我，惹急我，谁也落不了好！"

　　杨小山回到自己住的屋子，就琢磨怎么把情报送出去。这个情报太重要了，若不及时送出，独立营就有可能遭受重大损失。可他想着臭子的话，回忆着臭子那深不可测的眼神，又有些犹豫，如果他真受到监视，一旦暴露，连郝树臣都牵连了。又想，军情如火，宁可牺牲，也不能贻误战机，就一咬牙，把情报写在纸条上，溜出营房。来到杂货铺，把纸条往郝树臣手里一塞，说声"十万火急，立刻送出"，就从后门返回去了。

　　杨小山气还没喘匀，门外就传来脚步声。杨小山从桌上拿起一本《红楼梦》，躺在床上看起来。

　　臭子推门而入："秀才，你刚才干吗去了？转一大圈儿都没找着你！"

　　杨小山心里一惊，这小子果然在监视我！就装出不在意的样子："我能到哪儿去，上茅房呗。"

　　"上茅房？我怎么没……"臭子两眼紧盯住杨小山看。

　　"那就是错过了。"杨小山不动声色，又捧起了书。

　　"都什么时候了，还有心看这破玩意儿？"臭子把书夺下，扔到桌子上，"明儿个就出动了，你就不想想能不能回来？"

　　杨小山爬起身，坐在床沿打个哈欠："这种事咱经的少了？人各有命，富贵在天，能不能回来，就看造化了。"

　　"所以呀，咱得及时行乐。走，喝酒去，哥哥请你！"

　　"你是李队长的警卫班长，李队长的安危都在你身上，不能总是喝酒。"

　　"枪子没眼，打谁不打谁，我做得了主？"臭子嗦嗦地笑。

　　杨小山就觉得臭子的笑很阴险。

四十四

殷耀廷等二狗走了好久，才带着自己的小队出了门。

季节已经到了深秋，玉米、高粱大部收完，一块块空地朝天裸露着，微风不时刮起片片枯叶，贴着地皮沙啦啦旋舞。白薯、萝卜、白菜却还茂盛，绿莹莹地生机勃勃。

殷耀廷走上一座沙岗，便命队伍停下休息。有人不明白："我们离二狗团长越来越远了，怎么不追，倒歇着？"

殷耀廷扭曲着脸骂："你要是死催的，赶着投胎，就自个儿追去，别他妈连累大伙儿！"

说话的人从没见过殷麻子这副凶相，吓得躲到一边去了。

二狗带着金贵的小队走出三十多里地，还不见殷耀廷跟上来，大狗心里不踏实了："这个麻子，怎么还没影儿？"

"管他干什么？他拿自个儿当大铆钉，我看他狗屁不是。我就不信，没有他就不行！"

"话不能那么说，就咱这二三十人，真要遇上独立营，可是够喝一壶的！"

听了大狗的话，二狗也有些心虚，见前面有片树林，就说："咱到那儿等他。"

"黑杀团"刚走到小树林前，迎面就射来一阵弹雨。"黑杀团"措手不及，被打了个晕头转向，丢下几具尸体，钻进旁边的沙岗。

原来，王老奎接到郝树臣的情报后，连夜赶了五十里，天没亮就到了侉子营。河桩和志刚看完纸条，忙向李斌汇报。决定避敌锋芒，向群众基础好的东南厢转移。走到半路，在前侦察的战士跑来报告，发现敌情。河桩听说只有二三十个敌人，便下令伏击："到口的菜，先吃他一嘴再说！"待看清是大狗二狗，仇人相见，分外眼红，河桩大吼："把他灭了！"

二狗跑进沙岗，河桩指挥战士们把沙岗团团围住，从四面向岗顶攻击。子弹打进沙土里，噗噗地冒起股股白烟。

金宝吓坏了，趴在地上不敢抬头："这可怎么好？小命要交代在这儿了！"

二狗一边射击一边骂："金宝你个软蛋，你哭共产党就饶你了？别忘了，咱杀了他们多少人！打，跟他们拼到底！"

二狗的话提醒了匪徒们，他们手上都是沾满共产党人鲜血的，打与不打，独立营都不会放过他们。于是，便拼命抵抗。

很快，"黑杀团"又倒下几个。大狗捂着伤胳膊跑过来："二狗，顶不住了！我们，我们都要死在这儿了！"

金贵的耳朵被打穿，血流了满脖子满脸："殷麻子这个王八蛋，怎么还不上来？真他妈要看着咱们死？"

二狗凶相毕露，抱起机关枪猛扫："死了也得屁朝上，跟他们拼了！"

北面的枪声一响，殷耀廷就听到了，嘴角露出一丝冷笑，仍坐在地上悠然地抽烟。他的手下却紧张起来，纷纷询问："队长，你听，干上了！咱们怎么办？"

"怎么办？看戏！二狗、金贵这几个兔崽子，平时耀武扬威的，不把咱放在眼里，今儿个我要看看，他们到底有多少尿儿！"

二小队的人都明白殷耀廷和金贵的关系，乐得清闲，也就不再言语。直到李大裤裆远远赶来，殷耀廷才站起身："走，看看兔崽子们死了多少！"

殷耀廷来到沙岗下时，二狗的人已伤亡大半，抵抗明显地弱了下去。

殷耀廷朝天开了两枪："弟兄们，该看我们的了，给我冲！"

河桩见二狗的援兵到了，远处还有李大裤裆的大部队，就带着独立营撤出了战斗。

李大裤裆喘吁吁地爬上沙岗，看着东倒西歪的尸体，心疼得直咧嘴："这是怎么闹的？伤亡这么大？"

金贵一指殷耀廷："都是这个王八蛋，见死不救！"

李大裤裆转向殷耀廷，两眼射出阴森的光："麻子，你闹着要单走，就是为了这？"

殷耀廷看着对准他脑门的手枪，吓得腿都软了："大队长，我冤枉，冤枉！"

"冤枉？你跟二狗是前后脚走的，他们打了这么半天，你都不露影儿，你去哪儿了？不说实话，立马打死你！"李大裤裆一把揪住殷耀廷的脖领子。

"我……我去拉屎了。这几天肚子不好，一路上就拉了三回。你不信，问问他们。"殷耀廷把眼瞄向自己小队。

二小队的人知道此事非同小可，若是败露，都得受牵连，就都点头。

李大裤裆无法，只得喷出口粗气，把殷耀廷放了。

二狗不干："李叔，我这么多人，就白死了？"

李大裤裆烦躁地一摆手："白死？找独立营报仇哇！"

河桩带领独立营来到永定河边，驻进押堤村，在沈大爷家召开了联席会议。这一仗虽给"黑杀团"以沉重打击，独立营也有不少伤亡。为了轻装上阵，河桩建议把伤员分散隐蔽在老乡家。李斌和志刚等人都同意。李斌说："李大裤裆、'镇北关'、冯海文这三股势力联合起来，总兵力不下千人，是我们的五倍，这还不算国民党的正规军，形势相当严峻。我们今后的战术还是游击战，偷袭、伏击，都需快速敏捷，神出鬼没，伤员随队，必然会迟滞我们的行动。要对伤员做好说服工作，我们不是丢弃他们，这是战斗的需要。让他们安心养伤，等伤愈了，我们再接他们归队。"

腊梅主动请缨："李书记，王营长，我们区群众基础好，堡垒户多，地道也修得好，伤员就放在我们区吧，我们会不惜一切代价保证他们的安全！"

李斌点头说好。

当河桩把决定告诉李三林时，李三林却坚决不同意："河桩哥，不行，我死活不离独立营！"

河桩拉住李三林的手，眼里也是湿漉漉的："兄弟，我知道你的心情，自打在长安城成立抗日义勇队起，咱们一天也没分开过。你舍不得离开，我就舍得让你离开？可是不行啊兄弟，你伤在腿上，不能跑不能颠，是不是要拖累大家？"

李三林的眼泪流下来："这么说，我成了独立营的累赘了？"

"你怎么说这话？"河桩更紧地握着李三林的手，"你战斗负伤，是好汉，是英雄，我们都要向你学习！"

志刚也劝："三林，我们是生死弟兄，要不是形势所迫，我们能忍心丢下你？三林，你是排长，又是党员，得带头服从命令，顾全大局。"

李三林垂头不语。

腊梅见状，忙接过话头："李排长，你放心，区委和乡亲们不会让你们受委屈的！"

"我不是怕受委屈，我也不怕死，"李三林哽咽起来，"我是……我是舍不得离开独立营啊！"

好说歹说，李三林终于答应隐蔽养伤。在河桩等人走出屋门的时候，李三林又在后面喊了一句："河桩哥，别忘了来接我啊！"

河桩没搭言，早就噙着的热泪夺眶而出。

四十五

李大裤裆率领保安团和"黑杀团"，顺着永定河大堤，稀稀拉拉地向东开。隆冬的天气滴水成冰，微弱的阳光洒向大地，显得那样苍白，那样无力。浓重的水汽凝结成的树挂，把灰黑的枝条裹在里面，高悬在堤顶两旁，偶有冷风掠过，噼噼啪啪落下来，冷不丁钻进衣领，冰得人忍不住地打个冷战。

李大裤裆骑在马上，两耳戴着兔皮耳罩，嘴巴鼻孔喷出的热气，先是变成白雾，然后就挂在眼睫毛上，两眼就往一块儿粘。他用戴着皮手套的手抹抹眼，回头望望缩头端肩的兵们，心里冒出一股火，暗骂"镇北关"不够意思，自己暖屋子热炕的喝酒玩乐，却派他出来清剿。可他不敢明说，"镇北关"是县保安团总团长，是他的顶头上司，更是他的结拜大哥，怎么着也得给面子。可这能冻死老鸹的天气，他真是不愿出来，就把怨气发泄在团丁身上："都给我精神着点儿，这半死不拉活的，能打仗？"

二狗紧随在李大裤裆马后，使劲吸溜下鼻子："这是哪个吃饱撑的没事干，偏在这时候送情报。要是找不着独立营，我把他脱光了绑在大堤上，活活冻死他！"大狗、金贵受了伤，都留在了榆垡，没有这两个左膀右臂，二狗心里空落落的，少了不少精神，没有精神，就显得格外冷，清鼻涕就流个不住。

李大裤裆没吭声。他也在寻思那个告密的人是谁，守着他近近地不报告，为什么要绕远去黄村找"镇北关"。"镇北关"就是接到情报，说是独立营正在押堤一带活动，还有不少伤员，才逼着他们出动的。

李大裤裆默想了一会儿，找不出答案，就不想了，爱他妈是谁是谁吧！见二狗蔫唧唧的，就给他打气："这样的天气也不是没好处，我们冷，独立营更冷。没了庄稼地，还省了遭他们的伏击。这一马平川的，只要让我们发现，就没跑儿！"

"可他们有地道。"二狗提醒。

李大裤裆哧地一笑："什么地道？狗屁！你也是本地人，连这都不知道？这些村子紧靠永定河，地下水浅，挖不了多深就出水，那地道能管多少事？他们要是钻地道，正好罐里逮王八。告诉弟兄们，进村就挨家挨户地搜，找他的地道口！"

来到押堤村对面，李大裤裆马鞭一指，匪兵们跟头流星地跑下大堤，呼啸着扑进村里。

村里静悄悄的，哪里有独立营的影子？

李大裤裆把保长雷声找来，雷声说，独立营走了，刚走。

"妈的，跑得比兔子还快！"李大裤裆骂一句，又问，"伤员呢？"

"伤员？什么伤员？不知道。"雷声摇头。

李大裤裆扬手就是一鞭子："你给我装傻是不是？我有情报，独立营的伤员就藏在你们村里！"

雷声抱着被抽出血的脑袋："李队长，你饶了我吧，我真不知道伤员的事！"

"那地道你该知道吧？"

"地道？也没听说。"

李大裤裆又是一鞭子："你都知道什么？我看你就是共产党！"

雷声哭了："李队长，咱们乡里乡亲的，你还不知道我是什么人？我除了喜欢牲口，其他什么都不在乎，能是共产党？再说，就是真有人挖地道，也是偷着掖着，能让我这样的人知道？"

李大裤裆长出一口气："你跟着我搜，找出独立营的伤员，我活剥了你！"

李三林被安排在一个堡垒户家，家主是年轻的小两口，男的叫曹化龙，有个弟弟叫曹化虎，是独立营的战士，当年在截击毛利逃往北平的战斗中牺牲了。曹化龙是村里的游击组成员，媳妇郭秋萍漂亮娴静，也是妇救会员。当河桩、腊梅把李三林送到他家时，曹化龙拍着胸脯表示："王营长、洪书记放心，有我两口子在，绝不让李排长出意外！"

当晚，郭秋萍就把挂在屋檐下的茄子干取下来，放在水中泡上了。茄子干是把秋天摘下的鲜茄子切成片，用麻绳穿起来，片与片之间夹上小木棍通风，挂在屋檐或窗棂上，晒干后留到冬天做馅吃的。郭秋萍见李三林一直看着她和面，就微微一笑："我先和点杂豆面醒着，一会儿给你包饺子吃。茄子干加白菜，再拌上花生仁面儿，嘿，那叫香，保你吃了上顿想下顿！"

李三林被郭秋萍逗乐了，心里的纠结也放下来："大嫂，在家时我妈也常给我做这个吃，真是香！"

曹化龙抱着柴火走进屋，接话说："没什么好的，凑合吃吧。"

"曹大哥看你说的，谁家吃什么？这就麻烦你们了！"

三个人说说笑笑，很快就熟得像一家人了。

河桩接到王老奎送来李大裤裆要出动的情报，已是凌晨。他把冻得咝咝哈哈的王老奎留在屋里休息，又往四个方向派出侦察哨，就催促炊事班生火做饭。待战士们吃完饭，侦察哨跑回来报告，李大裤裆已到离此五里地的马家屯。腊梅和冯天焕立刻挨家通知伤员入洞，河桩也带独立营转移出村子。

曹化龙把李三林扶进地道，刚要盖洞口，看见了院中的媳妇，就把郭秋萍拉到洞前。郭秋萍甩开曹化龙："我不下去！"

"你留在上面有什么用？白多一个人的危险！"

"我……不放心你。"

"看你，我有什么可不放心的？你就把心放在肚子里，什么事也不会有。你下洞去，还能照顾李排长。"

"那……我下去？"

"下去下去。"

在郭秋萍下到洞底，曹化龙就要盖洞口的时候，曹化龙又喊住郭秋萍："记住，不管外面发生什么事，你和李排长都不许出来！"

很快，村里就乱腾起来，在鸡飞狗叫中，还夹杂着咚咚的砸地声。

曹化龙听出，咚咚的声音是在用碌碡砸地道。他愣了一下，把院门闩上，忽而觉得不妥，再次把门闩抽开，让门虚掩着，从角落里拖出个树孤丁，又去找刨斧。

李大裤裆闯进曹化龙家时，曹化龙正在院中劈柴，顽硬的榆木疙瘩被劈得木屑横飞。

"不许动！"二狗用枪逼住曹化龙，从他手中夺下刨斧。

李大裤裆用眼扫视着院落："你家有没有独立营的伤员？"

"没有。"

"有没有地道？"

"没有。"

"没有？我要是搜出来，你怎么说？"

曹化龙不说话，抬头望向天空。此时太阳已快到正南，却没有一点热度，尖厉的北风刮在脸上，生疼生疼的。

"你姥姥，李大队长问你话，怎么不言声？哑巴了？"二狗狠狠踢了曹化龙一脚。

李大裤裆一挥手："给我搜！搜出来再跟他说话！"

团丁们四下散开，稀里哗啦地翻起来。

猛地，臭子一声大叫："这儿，这儿，这儿有地洞！"

团丁们闻言，都拥了过去。在挨着猪圈的柴草棚里翻着块木板，木板旁边现出一个水缸粗的洞口。

"你不是说没地道吗？这是什么？"二狗揪住曹化龙，恶狠狠地问。

曹化龙瞥眼洞口："我这是防土匪的。"

"我让你骗我！我让你骗我！"二狗接连扇起曹化龙的耳光，"说！洞里是不是藏着伤员？"

"没有，是防土匪的。"曹化龙仍不改口。

"我叫你嘴硬！"二狗举起手枪，狠狠杵在曹化龙的嘴上。

曹化龙的门牙被杵掉了，鲜血顺着嘴角流下来。曹化龙大吼一声："我日你姥姥！"抱着二狗扭打在一起。

李大裤裆喝令团丁们把二人拉开。脱出身的二狗抬手一枪，打在了曹化龙的脑袋上。

四十六

李三林进入地道后，一直持枪守在洞底，洞口被发现，他就要往外冲。郭秋萍拦住他："别着急，再等等。"

"我们不能等死呀！"

"你大哥说了，不管外面发生什么事，都不许我们出去！"外面的枪声让李三林再也坐不住，他一咬牙跪起身，拖着一条伤腿就往外爬："不好，大哥出事了！"

郭秋萍拉住他不放："你不能出去，出去也是白搭一条命！"

"放开！"李三林狂暴地推搡郭秋萍，"我不能让曹大哥为我担风险！"

郭秋萍仍不放手："兄弟，你听我说。王营长、腊梅书记相信我们，我们得对得住他们的信任，我们要对你负责！现在你大哥在外面已经遇到危险了，说不定……李大裤裆找的就是你们，你出去，不是白送命吗？"

"嫂子，我知道你们对我好，可我不能眼睁睁着曹大哥为我……"

"你要是认我是嫂子，就听我的话！"郭秋萍抱着李三林，吃力地拖往地洞最深处。

地面上，李大裤裆见曹化龙已死，就朝二狗摆摆下巴："下去，看看里面有人没有。"

二狗瞄瞄黑乎乎的洞口，心内发怵。转眼看见保长，立时有了主意："雷保长，你不是说村里没地道吗？这怎么有了？你下去，把里面的人叫上来！"

雷保长知道逃不过，就抖抖索索下了地道，一到洞底就喊："别开枪，我是老百姓！"

李三林等下来的人爬到近前，用枪顶住来人的脑袋，低喝：

"你是什么人？"

"别开枪，我是村里的保长。你们放心，我不会害你们！"

郭秋萍知道雷保长是好人，忙问："大叔，我那当家的……"

"眼下不是说闲话的时候，我得赶快上去。你们躲在里边别动，我就说下面没人。"

雷保长爬上洞，拍打着浑身的泥土："哎呀，亲娘祖奶奶，吓死我了，里面黑得伸手不见五指，跟十八层地狱似的！"

"少废话，里面有人没有？"二狗逼问。

"没有。我一直爬到尽里边，什么也没有！"

"没有？"李大裤裆不相信。

"臭子，你再下去看看！"

臭子一惊："我？"

"你怎么了？下去！"

臭子无奈，只得爬下洞。他刚下到洞底，就觉得浑身的寒毛都竖了起来，没爬几步，就再也撑不住胆，转身逃了出来。

"没有，真的，什么也没有！"臭子瘫坐在地上，大口喘气。

李大裤裆也没了主意。愣了好半天，发狠说："砸，顺着地道的走向砸！我就不信砸了耗子洞，耗子不出来！"

河桩和志刚并排趴在沙岗上，密切注视着村里的动静。

独立营主动撤出押堤，一是避敌锋芒，更主要的是担心在村里开战，会给乡亲们带来损失，对隐蔽下来的伤员也不利。但他们并没走远，就在村外一溜沙岗后停下了。

金驹一头雾气地跑来："把李书记他们护送到南庄了。怎么，李大裤裆还在押堤折腾？"

河桩皱着眉头："保安团半天不出来，不是好事。他们是不是发现了地道？"

"很有可能。"志刚点头。

"不行，得把他们引出来。金驹，你带李三林那个排从村东打，我从村北打。记住，有机会就吃一口，没有，就拖着他走。"

村外骤起的枪声让李大裤裆吃了一惊："他妈的，河桩这小子还真有种，竟敢打回来？"

二狗说："咱正愁找不着他们呢，他自个儿送上门，这不正好？"

李大裤裆看看砸塌的地道，有些不舍："眼看就要见真章了，半途而废？不，我不能在鸡屁眼儿里摸着鸡蛋了，又把鸡放喽。说不定这是河桩的鬼点子，就是要把我们引开。要是那样，说明这村里还真有货。"

"那怎么办？"二狗扭头听着枪声，"这火力还真不弱。"

"你和臭子带人去村边顶着，不让他们进村，我在这儿继续砸。反正我们人多，不怕他！"

臭子没去多会儿，就跑回来了："大队长，不行，顶不住！"

李大裤裆刚要骂，二狗也跑了回来："李叔，独立营攻进村了！"

"一帮废物！"李大裤裆听着头顶吱儿吱儿飞过的子弹，只得放弃了地道，"都给我上，活捉王河桩！"

独立营边打边撤，拖着保安团转圈子。眼看天要黑了，李大裤裆不敢再纠缠，急急撤回榆垡。

深夜，独立营返回押堤村，腊梅带着河桩来到曹化龙家。曹化龙的尸体躺在门板上，停在堂屋中间。一盏煤油灯在曹化龙头边摇曳着，发出昏黄凄冷的光。李三林和郭秋萍跪在地上，往瓦盆里烧着黄表纸。

郭秋萍见到河桩，放声大哭。

腊梅紧搂着郭秋萍的肩膀："大嫂，是我们连累了你们！"

郭秋萍连连摇头："不怪你们，不怪你们……"

河桩掀开蒙在曹化龙脸上的白纸，凝望着曹化龙的遗容："曹大哥，我们一定给你报仇！"

李三林跪着转向郭秋萍："大嫂，曹大哥是为我死的，你们是我的救命恩人。只要我李三林有一口气，就要给曹大哥报仇！只要我活着，就不会忘了你，就要永远照顾你！"

为防李大裤裆杀回马枪，独立营连夜把伤员转移了。

李三林临走，拉着郭秋萍的手，哭得爬不起来。

倒是郭秋萍反过来安慰李三林："兄弟，别这样，只要你好好的，你大哥就没白死。记住，有空闲了，就回来看看我！"

四十七

　　李大裤裆和冯海文忙活了半天，腿没少跑，劲没少费，人也没少伤，南北对进的计划却没任何效果。不但没效果，独立营还又重新站稳了脚跟，抗战时期占据的地盘又归于他们掌控，恢复了县区村政权，农会、工会、妇女会、武委会、民兵等组织也相继建立起来，有条件的村子甚至又搞起了减租减息、合理负担。

　　"这不行！"李大裤裆把茶杯往桌上重重一蹾，"不能让共产党坐大。他们得了势，那些泥腿子就跟着瞎起哄，咱就没有安稳日子了！"

　　"是呀，"蔡师儒深有同感，"那些穷小子本来看我们就眼红眼绿的，再有共产党撑腰，就更不好摆弄。再说，上面也对咱不满意。你看'镇北关'那脸耷拉的，滴下水能淹死人！"

　　李大裤裆已对"镇北关"深为不满，就一撇嘴："固安城关的小混混，充什么大尾巴鹰！"

　　蔡师儒没想到李大裤裆会这么说"镇北关"，心里很是诧异，但记起"疏不间亲"的古训，只能好言相劝："不管怎么说，你们也是一头磕到地的兄弟。再说，人家还是保安团的总团长，官大一级压死人！"

　　李大裤裆无奈地摆摆手："不提他，憋气！唉，我还真怀念日本人在的时候，那时我只要把日本人伺候好了，剩下的就是我说了算。哪像眼下，婆婆小姑子一大堆，是人不是人的都想说两句！"

　　一提日本人，蔡师儒就不言声了，他家毕竟受过日本人的害，想起来心里就硌硬。

李大裤裆见蔡师儒闷口了，才察觉自己说走了嘴，忙扭转话题："老蔡，人都说你足智多谋，你出个高招，怎么把共产党撵走？"

蔡师儒叹气："我哪有高招，这些日子，我都让共产党弄蒙了。"

"我倒有个想法，好白菜就怕心里烂。我们从外面打不垮他，就从内部把他搞乱！"

"哎，这倒是个办法。可从哪儿下手呀？"

"这就看你了。"

"看我？"

"你不是有个表侄在独立营吗？"

蔡师儒一拍大腿："你是说戴双印？嘿，我怎么把他忘了？"紧接着就又摇起头，"这小子跟了共产党好几年，王河桩又很看重他，给了他个班长当，美着哪，他能听咱的？"

"这就要找他的软肋了。听说他是个孝子？"

"是，他对父母，特别是对他奶奶，那是孝顺得没挑儿。"

"好，我们就在他老家儿身上做文章。你这样……"

蔡师儒提着盖着红纸签儿的果匣和两瓶烧酒，天近晌午时来到车轱辘营。高悬的阳光照化了残雪，稀烂的污泥沾满千层底棉靴，蔡师儒在大门槛上把靴底刮净，就大声喊姑姑。

表哥戴全闻声出来："哎哟是表弟呀，这大冷天的，你怎么来啦？"

蔡师儒把果匣和酒递过去："快到年了，给姑姑和表哥表嫂拜个年。"

表嫂打起门帘，笑盈盈地把蔡师儒让进门："看，又让表弟破费。"

围着被窝坐在炕上的老太太见了娘家侄子，乐得眼都眯到了一起："哎哟，师儒，大老远的，还想着来看我。多冷啊，快，上炕暖和暖和。"

表嫂沏上茶，就忙着烧火做饭。

蔡师儒拉着老太太的手："姑，身子骨还好吧？"

"好什么好？日子过得糟心啊！"老太太摇着花白的头。

蔡师儒装作不相信："瞧姑说的，你家吃喝不愁，表哥表嫂又孝顺，有什么糟心的？"

"唉，表弟你还不知道？"戴全点上一袋烟，递到蔡师儒手里，"去年划成分，给我划了个富农，把浮财全挖去了。要不是老蒋发兵把共产党打跑，地也给分了。你姑就是心里窝了一口气，总是心口疼，吃了多少服药，也不管事。"

"这是心病，心病还得心药医。"蔡师儒别有用心地说。

"哪有什么心药？除非共产党别分我的房子地，我的病就好了。"老太太颤巍巍地接过话头。

"这共产党真是不仗义，咱双印还在独立营里哪，也不说照顾照顾。我真后悔把他拉到共产党那边去了。"

"要说打日本，也应该，小鬼子把咱糟害得太苦。"老太太的头摇晃得更厉害了，"可你不能不让人过日子。我们几辈子攒了那点家业，容易吗？说分就分，凭什么呀？"

"这就是共产党的政策，打土豪分田地。共产党是替穷人说话的，有他们在一天，咱富人就别想踏实。"

"那，那不要命了吗？"老太太咧开没牙的嘴，要哭。

"姑，你先别急，事还有缓。老蒋是反对共产党的，他现在不是跟共产党开战了吗？以老蒋的兵力，打共产党那是手拿把攥。咱跟老蒋走，不愁没好日子过。"

"那我家双印怎么办？他在独立营，不是帮别人打自家人吗？"

"可不是，"蔡师儒继续挑拨，"帮别人卖了半天命，自个儿的家都保不住，这不是傻子吗？"

老太太的火被挑旺了："把双印叫回来，咱不干了！"

"说叫就能叫回来？"戴全心里还是清醒的，"人家那是军队，不是赶大集，想来就来，想走就走。"

"我倒有个主意，表哥你去找双印，就说他奶奶病得厉害，想见他，我估摸着独立营不能不让他回来。等他回到家，看看他的意思再说。"

老太太高兴了："我侄子这主意好，快去叫！"

蔡师儒的目的达到了，高兴地朝外间喊："表嫂，给我们摊个鸡蛋，再炸个花生仁儿，今儿个我得和表哥好好喝点儿！"

第二天，戴全就找到独立营的驻地。戴双印一听奶奶病了，就急火火去找河桩。河桩当即准了戴双印的假，并嘱咐他注意安全，早去早回。

路上，戴双印急不可耐地问奶奶得了什么病，戴全不明说，只说到家就知道了，戴双印就猜想奶奶是得了不治之症，眼泪就哗哗地往下流。

刚进大门，戴双印就喊着奶奶，号哭起来。

双印妈嗔怪说："你瞧这孩子，你奶奶好好的，哭什么？"

戴双印止住哭："我奶奶没病？"

老太太在屋里朝着窗户喊："是我双印回来了？快进来，让奶奶看看！"

戴双印跑进屋，抓住奶奶的手，眼泪又忍不住掉下来。

奶奶凹陷的两眼也湿润了："奶奶这不好好的？我双印不哭，不哭。"

俗话说，老丫头大孙子，老太太的命根子。从双印一降生，奶奶就对这个胖胖乎乎、健壮得像小老虎似的长孙爱不释手，才两三岁就硬从他妈怀里抢过来，和自己一个被窝睡，挪湿就干，把屎把尿，直到十来岁才让他单另儿睡。平时有点儿好吃的，奶奶自己不吃，也不给别人吃，宁可搁坏了，也要给双印留着。双印走路摔个跟头，奶奶也要胡噜着脑袋祷告半天，生怕孙子有个灾儿病儿的。双印也对得起奶奶，和奶奶的感情极深，对奶奶的话没有不听的。他家旁边有个水坑，热景天小伙伴们都在里面打扑腾，奶奶怕淹着，不许双印下水，双印就不下水，不管小伙伴怎么诱惑，就是不下，长到二十多岁，还是个旱鸭子。礼贤撤退时，他趴在地上哭，就是怕远离父母，更怕奶奶年龄大了，有个三长两短，见不着面。

双印擦干眼泪："奶奶，你到底哪儿不得劲儿，我爸说你病了，可吓死我了！"

老太太疼爱地摸着孙子的脸："也没什么大症候，见了我双印，病就好了一大半。"

戴双印不解地望着父亲。

戴全说："你奶奶就是让共产党闹的。挖浮财把咱家都挖空了，她心里别扭，窝了一口气，就胸口堵得慌。四里八村的先生都请遍了，药汤子喝了不少，就是不管用，人说是心病。"

戴双印一听这话，低下头不言声。

老太太可叨叨开了："双印你说，你在独立营里，也算是共产党的人，他们怎么那么不讲情面，一点儿都不手软？粮食、花生、棉花、钱，还有好点儿的衣裳，都拿走了，听说以后还要分地，还让不让人活了？唉，我真不如早点死喽，眼不见心不烦！"

戴双印忙又拉住奶奶的手："奶奶，你可不能死，你死了，我怎么活？"

戴全瞅着戴双印："你奶奶就是心里有这个疙瘩解不开。当兵不是为了保家吗？你当了几年的兵，倒帮着别人毁自个儿的家，这兵还有什么当头？"

戴双印怔怔的："你是说，让我回来？"

戴全瞪起眼："不回来怎么着？你帮人打自家还没打够？"

戴双印又沉默了。说心里话，他对独立营还是有感情的，这些年，苦是苦了点，可大家同甘共苦，同生同死，亲如兄弟的氛围，让他很是留恋，说不干就不干，他还真有点舍不得。

"你这回回来，就别走了！"戴全又砸了一句。

"这哪儿成？这不是逃兵吗？以后怎么跟弟兄们见面？"戴双印第一次顶撞父亲。

"你个兔崽子，翅膀硬了是吧？你真要把你奶奶气死呀？"

戴全话音未落，蔡师儒在门外搭了茬儿："表兄，不能那么逼孩子，有话慢慢说。"

蔡师儒掀开棉门帘走进屋，身后还跟着几个保安团丁。

戴双印一见，忙把三八枪拿在手里。

团丁们也哗地端起枪。

蔡师儒先让团丁们把枪放下，又笑眯眯转向戴双印："大表侄，别紧张，咱是一家人，用不着动枪动刀的！"

"表弟，你这是……"戴全惊疑地望着蔡师儒，戴双印的奶奶和母亲也变了脸色。

蔡师儒仍是满面笑容："姑，表哥，你们不用怕，我来没有别的意思，就是李大队长听说双印回来了，想跟他见个面。"

"跟李大裤裆见什么面？我不见！"戴双印一口回绝。

老太太也不同意："我叫我孙子回来，就是不想惹是生非，踏实过庄稼日子，我们不去榆垡！"

蔡师儒不高兴了："姑，你还信不过我？李大队长就是想跟双印见个面，派我来请。当着几个兄弟的面，我请不动，怎么跟李大队长交代？双印，跟表叔去一趟吧！"

蔡师儒趁戴双印不注意，夺过戴双印的枪，朝几个团丁使个眼色，团丁们一拥而上，架起戴双印就往外走。

戴全蒙了："表弟，你这是干什么？"

蔡师儒头也不回："姑，表哥表嫂，你们放心，我作保，什么事也没有，双印去去就回来！"

老太太颤颤抖抖追到门口，带着哭腔喊："双印，你可快点回来啊！"

四十八

戴双印被绑架到榆堡，李大裤裆一见面就拉着他的手哈哈大笑："果然名不虚传，真是条汉子！"

戴双印惊惧地望望一群荷枪实弹的团丁，又望望李大裤裆：

"你们，你们到底想干吗？"

"爷们儿，你把心放在肚子里，我没别的意思，就是想跟你交个朋友。你不相信我，还不相信你表叔？"李大裤裆挥挥手，让团丁们退下。

"跟我交朋友？可我，我是……"

"你是说你是独立营的？没关系，"李大裤裆大度地摆摆手，"小日本是该打，他们太糟害中国人了。想当年，你表叔，那家伙，为表抗日决心，把手都拍烂了。可彼一时此一时，现在的时局不同了，共产党要搞土改，要把我们有钱人往死里逼。你奶奶不就是让共产党给气病了？等共产党真正掌了权，那就不是病不病的事了，那就是死路一条！所以呀，我听你表叔提起你，就想把你找来，救你一命！"

戴双印茫然地站着，一时不知说什么好。

李大裤裆见戴双印不说话，就朝门外喊："陈胖子，酒菜得了没有？上菜！"

很快，鸡鸭鱼肉摆满一桌子。李大裤裆拉戴双印坐下："咱别光站着说，边喝边聊。"

蔡师儒夹起一块鸡肉放到戴双印碗里："在那边没什么好东西吃吧？来，多吃点儿！"

红色岁月 红色历程 红色史诗 红色经典

　　几杯酒下肚，戴双印就听着李大裤裆和蔡师儒的话入耳了。他自小就是听着奶奶和父母的话长大的，长辈的话在他心里是很占地方的。当李大裤裆再一次提起他奶奶的病时，他竟泣不成声了："我听……你们的，不回独立营了！"

　　李大裤裆和蔡师儒对视一眼，会心一笑："不，你还回去。"

　　"还回去？你们不是不让我跟共产党干了吗？"

　　蔡师儒又给戴双印满上酒："我们让你回去，是让你搜集共产党、独立营的情报，偷偷送给我们，等时机成熟，把他们一锅端！"

　　戴双印通红的脸立时变白了："你们是让我当卧底？不不，我不干，我……干不了！"

　　"你这孩子，怎么说半天，就不开窍呢！"蔡师儒有些急了。

　　"老蔡，别逼孩子，"李大裤裆装好人，"这个弯子转得是有点大，得容双印思谋思谋。双印，来，咱不说别的了，喝酒！"

　　戴双印心里烦闷，连连干杯，不一会儿就趴在桌上不动了。

　　戴双印醒过酒来已是半夜，肚里烧得难受，睁开眼想找水喝，屋里黑洞洞的，竟想不起是在什么地方。正纳闷，身边好像有个东西在动，用手一摸，竟是一个光滑滑的肉体，戴双印吓得一下坐起来："谁？"

　　那肉团竟扎进戴双印的怀里，一缕幽香也钻进他的鼻孔，熏得他又晕乎起来。正在他不知所措的时候，一条肉嘟嘟的胳膊箍在他的脖子上，甜腻腻的声音也在耳边响起来："瞧你，喝了多少酒，醉得跟一摊烂泥似的，怎么弄都不醒！"接着就吃吃地笑，胀鼓鼓的胸脯往他身上蹭。

　　戴双印此时才发现自己也是赤条条的。他长到二十五岁，还没碰过女人，在这寒冬的深夜，在这暖乎乎的被窝里，两个裸体纠缠着，让他体验到一种说不出的滋味，不由得就亢奋起来。那女人似乎很有经验，不失时机地把他压在身下。

　　"你是谁？"戴双印仰卧在炕上，懒洋洋地问。

　　女人用手抚着戴双印的脸："你甭问我是谁，你就说好不好？"

　　好当然是好，可戴双印说不出口，就不吭声。女人不放过他，非要他说。戴双印就羞羞地嗯了一声。

　　"既是好，我们往后就在一起，行不？"

　　"你还没告诉我你是谁？"

"我叫桃儿。"

"桃儿？"戴双印想了半天，也没想起桃儿是谁。

"嗨，想那么多干吗？既是李队长让我们在一块儿，我们就在一块儿。嗯，你身子骨真棒，我一定好好伺候你。"

"李队长？"戴双印这才想起自己这是在榆垡，他一把推开桃儿，就要下地。

桃儿拉住他："你往哪儿去？这儿是李队长的队部，里里外外都有站岗的，你出不了门。"

戴双印僵住了，他知道入了李大裤裆的圈套。跟桃儿有了这见不得人的事，他就被李大裤裆攥在手心里了。渐渐地，酒桌上的话也回想起来，李大裤裆是用这个办法拿住他，让他回独立营当内奸。他又想起蔡师儒，心里便升起一股恨意，这个表叔分明就是跟李大裤裆合伙，插圈弄套地害他。

桃儿见戴双印呆坐不动，拿起被子披在他身上："大冷天的，就不怕冻坏喽？"

戴双印被桃儿的疼爱感动了，反身把桃儿抱住："反正是跳到黄河也洗不清了，是福不是祸，是祸躲不过，随它去吧！"

"哎，这就对了，得乐就乐，管那么多干吗？"桃儿高兴了，又和戴双印缠绵起来。

这个桃儿就是汪家场保长汪安的那个女儿。自吴部被独立营消灭后，桃儿失去了靠山，也断了经济来源，便在家里硬不起来，虽有爹娘护着，哥哥的白眼、嫂子的辱骂还是时不时地抛洒过来，很是让她无地自容，委屈起来就一人躲在屋里哀哀地哭。别的女孩寂寞了还能找小伙伴散散心，她却不敢，村人的手指头能戳断她的脊梁骨。为了脱离这尴尬境地，她只得听从爹娘劝说，嫁离家门。在永定河两岸，女孩可能任何时候都没有地位，偏偏在待嫁这个短暂时光却是占上风的，所谓一家女百家求，一个"求"字，道尽了女孩的无限风光。可桃儿享受不到这种尊贵，她犯了做女孩的大忌，她和吴敬礼的腥臊事传遍十里八村，害得汪安托了不少媒人，像卖烂梨似的也甩不出去。无奈之下，只得舍近求远，把她嫁到了偏僻的翁村。桃儿的夫主姓彭，是个老光棍子，因为吃喝嫖赌，四十岁了还没娶上媳妇，人称彭混混。彭混混对桃儿的事也有耳闻，就对她看得很紧，自己在外面拈花惹草，却不许桃儿离开屋子半步，稍不如意，摁倒就揍。

桃儿一人无聊，又憋屈，就拿出吴敬礼送给她的首饰、银圆、绸缎，插上门偷偷地看，看着看着，就掉眼泪，脑海中就浮出和吴敬礼在一起的欢乐情景，心里就恨彭混混，暗咒彭混混早死。不到一年，彭混混果然死了，死在了"快马张三"的枪下。

那天，彭混混去赌场耍钱，不想手气太背，三支巴两晃，兜里的钱就输了个精光。赌徒们见他白手攥空拳，没人再跟他玩。彭混混急了，把众人拦住，从火盆里拿块通红的木炭，抹起裤腿就放在腿肚子上，说我赌这个。焦臭的气味飘满屋子，赌徒们的脸也都没了人色。彭混混咬着牙大叫，不敢呀？不敢就把钱全给我留下！可巧那天郑师爷和"快马张三"也在场，见彭混混耍光棍，郑师爷就劝，愿赌服输，不兴这么玩的。彭混混不认识这二位是要命的阎王，张嘴叫板，你有胆过来玩玩！"快马张三"耐不住性子，拔出枪说，爷跟你玩玩这个！一枪把彭混混打翻在地。

彭混混死了，桃儿自由了，就天天把嘴唇抹得红红的，把头发梳得光光的，带着一身香粉味在街上逛，只要有人搭讪，不管阿猫阿狗，都往家里领。

一天金贵带队清乡，发现了桃儿，就像吃了蜜蜂屎，追着桃儿不放手。后来觉得去翁村不方便，索性就把桃儿接到榆垡，找间房子养起来。消息传到李大裤裆耳中，不由得也来了兴趣，就不顾身份，非要金贵引来见见。一见之下，竟愣怔半天回不过神。好久，才忌妒地拍拍金贵的肩膀："你小子行，艳福不浅！"

自和蔡师儒设计策反戴双印后，李大裤裆就惦记上了桃儿，预备实在不行就使美人计。果然，戴双印说什么也不愿意当卧底。李大裤裆把戴双印灌醉后，就把金贵叫了来。金贵一听这个主意，立时就翻车了："李叔，你还是我叔吗？我心爱的女人，你夺过去，还送给那个土八路，亏你想得出！"

李大裤裆也被自己这个下流的想法羞红了脸，可为了大计，只得厚着脸皮解释："金贵你先别急，叔这也是没办法的办法。为了消灭共产党独立营，你就忍个肚儿痛吧。再说，咱好歹也是个队伍，你养个婊子在身边，也不好看哪！"

金贵心中暗骂："装什么假正经，你和大白果明铺暗盖，就好看了？"不过他不敢说出口，只是梗着脖子喊，"有句老话说得好，劝赌不劝嫖，劝嫖两不交。李叔，你别逼我！"

李大裤裆也火了："我就逼你了，你怎么着吧！"

"我，我跟你割袍断义！"

"好！"李大裤裆啪地把手枪拍在桌子上，"你走，我看你走到哪儿去！"

金贵愣了，离开李大裤裆，他还真没地方去。

李大裤裆看把金贵镇住了，也缓和了语气："金贵，叔知道你是明事理的，不会因为一个烂倭瓜似的女人跟叔掰脸。"说着拉开抽屉，取出两筒裹得紧绷绷的大洋："拿去，找个黄花大闺女都有富余。"

金贵虽然接了钱，可李大裤裆还是怕他闹事，又把金宝和大狗、二狗找来，让他们陪金贵趁夜回河沿。大狗几个人也是好长时间没见着媳妇了，听说让回家，拥着金贵就走了。

李大裤裆打发走金贵，亲自去找桃儿。

桃儿正在灯下等金贵，门一响进来的竟是李大裤裆，惊得站在屋地不知说什么好。

李大裤裆回身关上门，盯住桃儿使劲看。

桃儿被看得心里荡漾起来，以为李大裤裆是来找她打野食吃，脸上慢慢浮出媚人的笑，上去就要拉李大裤裆的手。

"好好待着，老子找你有正事！"李大裤裆喝住桃儿，拨楞下脑袋，恢复了常态。

桃儿等李大裤裆说明来意，撇嘴笑了："李大队长，你把桃儿看得就那么贱？"

"你不贱！"李大裤裆把一卷票子扔在炕上。

桃儿瞄瞄钱，又把眼盯在李大裤裆脸上："大队长知道我是谁的人，金贵不把我宰喽？"

"放心，金贵不会找你的麻烦。不过，丑话说在前头，你不能把那个人拿下，我可饶不了你！"

桃儿来到戴双印住的屋子，见一个高大男人正躺在炕上呼呼大睡，她就掌着罩子灯到跟前去照。许是因为喝醉了酒，那人的脸有点苍白，却是那么年轻，那么英俊。桃儿刚还忐忑的心放了下来，噗地吹灭灯，上炕就在男人身上揉搓。无奈戴双印像死狗一样，任凭桃儿忙活，就是不醒。气得桃儿给了他两巴掌，只得偎在身边睡了。直到戴双印被渴醒，两人才成其好事。

两人又折腾了好一阵，天渐渐亮了，屋里的景物清晰起来。戴双印被桃儿的美貌惊住了，痴痴地呆望着，说不出话。

桃儿用手捋着蓬乱的浓发，娇娇地朝他笑："看你那傻样儿！"

戴双印不好意思地红了脸。

"我好看吧？"

戴双印点头。

"愿意跟我在一块儿吗？"

戴双印迟疑一下，仍然点了头。

桃儿很喜欢戴双印年轻而俊朗的面容，更被那强健的体魄征服了，动情地拉起他的手："跟我在一块儿，我会好好伺候你。"

戴双印的嘴唇动了动，还是点点头。

桃儿娇嗔道："你是哑巴？就会点头！"

"人家……没经过这种事嘛。"

逗得桃儿心里颤颤的，一下又扑到戴双印怀中："你个生瓜蛋子！"

门外一声咳嗽，打断屋内的缠绵："老爷儿都晒屁股了，还没玩够呢？"

戴双印听出是李大裤裆的声音，立刻慌了手脚："这可怎么办？"

桃儿却不在乎："是他让咱俩在一块儿的，怕什么？"

桃儿一边拉过衣裤，一边朝窗外说："李爷，你等会儿，我们还光着哪！"

李大裤裆呸地啐一口："臭婊子！"

戴双印羞得无地自容，桃儿却嘻嘻笑着不当回事。

二人穿好衣服，桃儿慢腾腾下地，打开屋门。

李大裤裆和蔡师儒进了屋，并不说话，只用四只眼睛盯住戴双印。戴双印被盯得颤抖着，佝偻起身子，恨不得钻进地里去。

李大裤裆重重哼一声，转身走了。

见戴双印呆立着，蔡师儒推了一把："还傻站着干吗？走吧！"

四十九

王老奎在稀稀拉拉的小摊中转悠着，手里攥着仅有的几块钱，拿不定主意买什么好。

今天是腊月二十八，再过两天就是年了。以往年景好的时候，一过腊月二十三，祭过灶，年味就浓了。特别是腊月二十六这个年集，更是出奇的热闹，人们似乎把一年攒的劲，都要发泄在这一天。天还没亮，通往固安县城的土路上就缕缕行行地挤满了人，有推车的，有挑担的，也有背钱叉子的，这些人一看就是当家的，带着全家人的希望，更是炫耀自己的权威和成就，去大集上置办年货，割猪肉，买粉条，购豆腐泡咯炸泡。更多的还是闲人，纯粹是去玩儿的，"姑娘要花，小子要炮，老头要个破毡帽"。半大小子就格外欢实，连蹿带蹦，要多不安分有多不安分。最惹人眼的还是那些大姑娘小媳妇，平日很少抛头露面，这时也没了禁忌，穿上最好的衣裳鞋袜，打扮得油光水滑，三个一群，五个一伙，姐呀妹地叫着，不时发出阵阵欢笑，发现有人盯看，就捂着嘴掩了声，待人过去，那笑便又突地爆响起来，比此前更清脆，更放肆，更让人莫名其妙。走进城门，人已是乌泱乌泱的，拥挤不动了。此时，戏园子已贴出海报，《十八罗汉斗悟空》《穆桂英大战洪州》，铿铿锵锵的开场锣鼓飞出门外。藏在僻静小巷的书场，穿着长衫的先生也拍响醒木："各位客官稳坐压言，听在下说一段《五鼠闹东京》……"街道上更是热闹非凡，粗壮的屠夫憋一口气，将力气运到两臂，把用铁钩钩住的整扇猪牛羊肉挂上肉杠。一溜木板搭的摊位是卖作料的，摆满花椒、大料、鲜姜、五香粉，散发出奇香异味。卖年画、春联的在墙上钉上钉子，拉几道绳，骑鲤鱼的胖娃娃，拄拐杖的老寿星，以及"忠厚传家久，诗书继世长"便红红绿绿地挂满半条街，生出一团温馨的喜气。鱼市上的货主大多是文安洼、白洋淀来的，也有天津的。鲤鱼、鲫鱼、鲢鱼、黑鱼、鲇鱼、嘎鱼，摆的满盆满篓，这是文安洼、白洋淀的。天津的则以海鱼为主。两地人说话发音也不同，文安洼、白洋淀把"毛"说成"卯"，"钱"说成"欠"，"伯"说成"掰"，"鱼"说成"玉"："大伯（掰），这鱼（玉）便宜，才两毛（卯）五分钱（欠）一斤，约点儿给孩子大人吃（尺）去。"天津人却把"嘛"说成"骂"，见了男人便叫"二哥"，见了女人便喊"姐姐"："哎哟，二哥，姐姐，钱是嘛（骂）？嘛（骂）不是！您看着给（gēi）！"给的尾音还往上挑，显得慷慨仗义。最吸引人的还是炮市，噼里啪啦的钢鞭，吱儿吱儿的钻天猴，咚——啪的二踢脚，嗵嗵的麻雷子，比着齐儿地放，震得耳朵都聋了。炮市热闹是热闹，可人们也提着心，冷不丁飞来一个贼炮，不是掉在脖颈里炸伤皮肉，就是把棉袄烧个窟窿。赶上炸市，就更可怕了，只听轰的一声，大地一颤，冒起一股浓烟，待浓烟散尽，多少车的鞭炮都没了踪影，只剩下孤零零的车架子。年集过后，还有一个小集，就是腊月二十八。这个小集是甩卖剩货的，什么都便宜，俗称"穷人集"。今年年景不好，春夏旱，秋季涝，地里没有什么出产，吃饭都难，王老奎就没心思赶年集。早起，徐二婶一边往锅里沾蒲棒根掺榆皮面的贴饼子，一边数叨："大过年的，再难也得买点差样儿的。大人好说，不能让兴邦白盼一年呀！"王老奎觉得有理，就拿了仅有的一点钱，来到固安城。

此时的固安城里，店家铺号全都上了板，伙计放了假，老板也安心过年了，各条街道都冷冷清清，只有零星小贩蹲在街边、墙角，冒着寒风坚守着那一堆堆卖不出去的物品。王老奎转了半天，才买了一挂红皮小鞭，过年总得有个响动，再说兴邦也喜欢放炮。一个卖大柿子的老头朝他打招呼："老哥哥，我这堆冻柿子包圆儿卖给你，五毛钱可行？"

王老奎苦笑："你看我这个样儿，是有钱吃柿子的？"

老头跟着笑："也是，有钱人谁来赶这个集？我看你转悠半天了，总不能空着手回去吧？"

王老奎狠狠心："看你也挺艰难，就拿四个吧，一人一个，就算过年了。"

王老奎把四个柿子装进钱叉子，又转了一会儿，见天已傍午，一咬牙把手里的钱全拿出来，犹豫半天，还是给兴邦买了串冰糖葫芦，剩下的买了半斤多猪肉，就急急忙忙往回赶。路过"油条张"的小吃店，本想进去坐坐，又想离年傍近，不能给人添麻烦，就往里看两眼，走过去了。

王老奎踏冰过了永定河，一进家门，香巧正在炕沿上坐着。见老奎进来，香巧起身招呼："大叔回来了，买了什么好东西？"

"穷人集，穷人集，穷人真是急啊！"王老奎把冰糖葫芦给了眼巴巴的兴邦，从钱叉子里掏出个柿子递给香巧，"吃个柿子吧。"

香巧连连摇手："这冻得砖头似的，不把门牙冰掉喽？"

"这你就不知道了，讲究的是啃冰碴儿柿子，另个味儿。"

柳芽接过来递给香巧："大爷让你吃，你就尝尝。"

香巧只得咬一口，冰得用手捂着嘴直吸溜，连忙给了柳芽。

柳芽咬一口，也冰得不要不要的。

徐二婶端上饭，一柳条浅子蒲棒根面贴饼子，一盘腌黄瓜把儿："快吃饭吧，我们不知你什么时候回来，先吃了。"

王老奎拿起个饼子："香巧，你吃点儿？"

"这倒要尝尝。我做的老是渣渣拉拉的，不成个团儿。嗯，你这挺有咬劲儿。"

徐二婶就说："你那是榆皮面搁少了，黏不到一块儿。"

"我不敢放多了，多了，鲇鱼洞似的，更咽不下去。"

王老奎叹口气："能不断顿儿就念佛了，还管好味儿赖味儿！"

徐二婶也摇头："我就发愁这青黄不接怎么过！"

"咱们好歹还有几块钱，我今儿个发了狠，拉了半斤肉。香巧，三十晚上你来这边过年吧。"

徐二婶瞪王老奎一眼："还说呢，人家香巧送来二斤白面，让咱包饺子吃！"

王老奎乐了："那更好，咱就包肉馅的！"

几个人正说得热闹，腊梅挎着个小包袱进了门。

王老奎忙往炕下跳："哎哟，大侄女来了！"

徐二婶笑嗔："越老越没溜儿，人家可是书记！"

"对对，书记，书记。洪大书记！"王老奎哈哈地笑。

腊梅故意噘起嘴："大叔，什么书记呀，你可别折我的寿了！叫我侄女，比什么都好，我爱听！"

大家都笑。

王老奎看腊梅这个时候来，估摸着有事，就问："区里有指示？"

香巧见状，起身要走："你们说事吧，我回去看看。"

腊梅拦住："香巧姐，你是自家人，没有可瞒你的。今儿这个事，还得请你支持呢。"

听这一说，香巧也就坐下了。

腊梅传达了区委的决定，为帮村民度过灾荒，以妇救会牵头，组织妇女算账队，向大户借粮。

"这倒是个好办法。刚才我们还议论，发愁乡亲们度不过春荒呢。"王老奎高兴地说。

"李大裤裆和'黑杀团'手段凶残，活动猖獗，一些地主依仗着他们的势力，也很嚣张。区委担心有的妇女害怕报复，不敢参加。所以不光妇救会要做工作，支部也要大力协助。参加的人越多越好，人多气势大。"

"我这个妇救会会长以前做的工作不多，心里一直愧得慌。这回，一定把姐妹们发动起来！"柳芽当即表态。

腊梅连忙摆手："柳芽姐你可别这么说，你组织妇女送军粮，做军鞋，站岗放哨，搜集情报，可做了不少事。"

王老奎说："这是好事，不光解决群众度春荒，也扩大共产党的影响。要动员各个组织一齐上阵。河沿没问题，柳芽做不通的，我去做。只要领导坚强，我相信，大多数人是愿意参加的！"

"我先报名！"香巧也激动起来，"我和柳芽妹子一块儿去动员！

"这我就放心了！"腊梅接着交代了借粮的日期和对象。

"先拿邢玉堂开刀？"王老奎喔喔牙花子，"这可是个死硬的人，又有些背景，不太好说话。"

"就因为他不好惹，我们才先找他。拿下硬的，别人就好办了。"

王老奎还是不放心："这可得谋划好，万一哑火，下面更够呛！"

"大叔放心，我早把邢玉堂家的事摸个底儿掉了。我亲自带队，谅他也蹦跶不出圈儿去！"

五十

正月初三，残星还挂在天上，河沿村就走出一队人影，二三十个青壮妇女，臂弯里搭着口袋，在柳芽、香巧带领下，朝邢各庄走去。队伍后面，远远跟着怀揣手枪，腰挂飞刀的王老奎。王老奎不放心这些女人，他尾随着她们，遇到危险好及时相救。

队伍越接近邢各庄，行走的速度越慢，虽经柳芽、香巧一再催促，人们还是快不起来，有的还渐渐掉队了，让柳芽急不得恼不得。气得香巧直嘟囔："这些人，就是受罪的脑袋瓜子，为自个儿要粮食，都这个怂样儿！"

王老奎见有两个女人停下了，快步赶上来："你们怎么不走了？"

一个不言声，一个哭唧唧的："大叔，我，我怕……"

"这么多人，你怕什么？"

"李大裤裆知道了，不要了命？"

"你们借粮为什么？不就是没法活命了吗？饿死也是死，让李大裤裆、二狗他们打死也是死，干吗不硬气点儿？再说，有共产党做主，有独立营撑腰，你怕他什么？"

两个女人犹豫一会儿，还是转过头，追上去了。

队伍来到邢各庄村边，东方刚刚冒红，腊梅已带着另两个村的妇女等着了。

柳芽见人群里站着张桂兰，亲热地走上去："妹子，孩子胖吧？"

张桂兰的幸福感溢于言表："呀，胖。三个多月了，见人就乐，两条小腿蹬蹬蹦蹦的，心疼死个人儿！可就是……就是十天半月也看不上一眼。"

大秋过后，张桂兰坐了月子，看着黑胖黑胖的儿子，二愣和张桂兰喜得合不上嘴。以二愣的心思，要把孩子送回河沿，交给老娘看管。河桩不同意，二愣是独立营的骨干，张桂兰是县政府干部，怕走漏消息，出危险。两口子一琢磨，觉得有理，就在满月时把孩子抱回村，给奶奶看了，然后就隐蔽到堡垒户家去了。李斌为母子见面方便，也把张桂兰调回区里，做了腊梅的妇救会主任。

王老奎往四周看看，把腊梅悄悄拉到一边："没什么预备？"

腊梅知道王老奎指的什么，笑笑："大叔你就放心吧，独立营早在四下里埋伏好了，不会让我们吃亏的！"

王老奎连连称赞："好，好，谋划得周全！"

腊梅朝张桂兰挥挥手。

张桂兰就领着女人们进了村，来到一个高门楼跟前，上前敲门："邢玉堂，开门！"

喊了四五嗓子，里面也没动静。

"再喊！"腊梅走上前，亲自拍打门环。

好半天，院里才传出脚步声："谁呀？大年下的，哪位亲朋好友这么早？"随着话音，门打开，一个穿着宽大棉袍，戴着獭皮帽子的胖男人出现在门口。他一见眼前的情景，蒙了："你们……"

"你是邢玉堂？"张桂兰两眼死盯胖男人。

"是。你……"邢玉堂眼睛骨碌骨碌地转。

"我是区政府妇救会的，这么早打扰你，请别怪罪。"

张桂兰当了几年干部，进步很大，嘴巴子练得很溜，好话赖话都会说。她按照先礼后兵的部署，客客气气说明来意。

邢玉堂呲咕着眼不说话。

"邢先生，你看看，"张桂兰指着一群衣衫褴褛，冻得脸青鼻红的女人，"大荒年月，这些人家都断了顿，天寒地冻的，实在是没法过，看在乡里乡亲的面上，你借给大伙点儿粮食吧！"

邢玉堂的脸耷拉下来："这个年景，你们缺粮，我就有粮？我也没有。"说完，就要关门。

"慢。"张桂兰拦住他。

"你还要怎么着？"邢玉堂傲慢地问一句，便扬起头，两眼望着白杨树顶上的老鸹窝。邢玉堂不光家大业大，而且两个哥哥都在北平，一个是大学教授，一个是律师，根本不把穷人放在眼里。

张桂兰被邢玉堂的不屑激怒了："你家没有余粮？你三百多亩地，打的粮食大囤满小囤流，骡马成群，米烂陈仓，能说没粮？"

邢玉堂也强硬起来："你们不是说借吗？我不借，不犯法吧？"

一句话，问得张桂兰张不开嘴了。

女人们一看这阵势，有的又开始往后缩。

邢玉堂嘴角浮出一丝冷笑。

"你不借不犯法，可咱得算笔账！"站在人后的腊梅挤上前来。

"呦，这是谁呀？长得倒挺顺溜。怎么着，还要跟我算账？算什么账？"

腊梅竖起柳眉："邢玉堂，你少嬉皮笑脸！告诉你，我是共产党十一区的区委书记，洪腊梅！认识了吧？就要找你算账！"

"我欠你钱？"邢玉堂仍是满不在乎。

"你不欠我个人的，可你欠穷人的！我们今天就算算你的剥削账！"

"剥削账？"邢玉堂被腊梅的气势镇住了，口气不由得软下来。

"对，就算你的剥削账！"腊梅一字一顿，"你家有长工六七个，忙时还雇十来个短工。那些长工起早挂晚给你们干几十年，到年老干不动了，你们就一脚踢出大门。你一家身不动膀不摇，吃香喝辣，那都是剥削穷人的血汗！没有穷人给你当牛做马，你们早就饿死了！"

"那是我们家有地！"邢玉堂又神气起来，"我请他们了？我求他们了？那是他们吃不上饭，心甘情愿到我家来的！我不雇用，他们才得饿死哪！"

"你们家有地？"腊梅哧地一笑，"你们家的地是怎么来的？你爹坑绸缎庄的事，你不会不知道吧？"

邢家原来也是穷家小户，邢玉堂的爹邢锦书十几岁就到北平城里一家绸缎庄当学徒。绸缎庄老板没有儿子，只有一个与邢锦书年纪相仿的女儿。几年后，老板看邢锦书手脚勤快，又会写写算算，就收他为螟蛉义子，还想把女儿嫁给他，店铺里的一切事务都让他参与。不幸的是，老板一次外出进货时被土匪打死。邢锦书利用孤儿寡母对他的信任，拿店里的货款在老家盖了房子置了地。不久，绸缎庄倒闭，邢锦书扬言要给老板娘养老送终，把最后的一点钱骗到手，就跑回老家。孤儿寡母没有活路，只得到乡下找他。邢锦书不但不感恩，夜里还摸进义妹的屋，欲行非礼。母女看出邢锦书是狼虎之人，吓得连夜逃走，后来便不知所踪。邢锦书仗着自己的精心算计，家业滚雪球似的越滚越大，传到邢玉堂手上时，已是邢各庄的首户。

听腊梅讲完邢家的发家史，柳芽先骂起来："呸，好个狼心狗肺的东西！"

香巧也骂："欺负孤儿寡母，不怕吃饭得噎嗝！"

女人们这时胆气也壮起来，吵吵闹闹地乱嚷嚷。

邢玉堂的脸色渐渐发白。

张桂兰借势逼问："邢玉堂，你的地是坑人来的，你的粮食是剥削长短工来的，我们先不跟你算这笔账，只是跟你借粮，你借不借？"

邢玉堂仍是硬撑着："我的粮，我愿借就借，不愿借就不借。你们总不能明抢吧？"

腊梅逼近一步："我们不明抢，倒要说说你暗抢的事！"此时天已大亮，左邻右舍听到吵嚷声，都出来看热闹。

腊梅亮开嗓门："乡亲们都知道吧？你们村有个叫冯老蔫的，他的地跟邢玉堂的地挨着，邢玉堂想把他的地连成片，硬逼冯老蔫把地卖给他，冯老蔫不卖，邢玉堂就勾来土匪，绑了冯老蔫的票。冯家为赎回老蔫，只得把地卖给了他。冯老蔫又羞又恼，得了夹气伤寒，没多久就死了。邢玉堂你说，这是不是你干的事？"

看着人们交头接耳，一道道斜视过来的目光，邢玉堂终于崩溃了，连连朝腊梅拱手："得，得，我惹不起你，你也别给我散德行了。我借，我借还不成吗？"

回来的路上，王老奎望着背粮的队伍，有些惊奇地问腊梅："你怎么把邢玉堂的底摸得那么清楚？有些事我都不知道。"

腊梅笑笑："不是有那么一句话吗？打蛇打七寸。像邢玉堂这样顽固又死要面子的人，就得掐住他的嗓子。我事先做了些调查。"

王老奎由衷地竖起大拇指："年少有为，年少有为！"

"看大叔说的，我跟您比可差远了，您老人家才是当之无愧的英雄！"腊梅谦虚着，忽然想起一件事，"大叔，我向您打听个人。"

"谁？"

"赵志刚。"

"你问志刚？哎哟，那可是个百里挑一的好小伙子。跟我学武十来年，我们呀，情同父子！哎，你怎么想起来问他？"

腊梅忙掩饰："没什么，就是，前些日子我们在一起工作过。我也觉得，他……挺好。"腊梅不等王老奎再问，就慌慌地逃走了。

五十一

　　李大裤裆这些日子很郁闷。本以为国共一闹翻，把共产党消灭了，永定河北就又是他的天下了。没想到，还没高兴几天，独立营又回来了，就像那生命力极强的蔓草，紧紧抓住地皮，迅速蔓延，只一年多工夫，不仅恢复了以前的地盘，还连续不断往外扩大。他出兵围剿，还联系冯海文搞了南北对进，都没占到便宜，使得手下一听要清乡，就吓得小贼儿似的。气得他又拍桌子又打碗，一会儿骂喽啰窝囊，一会儿骂国军废物。这两天又接二连三接到地主们哭诉，说粮食被共产党"借"去了，让他给做主，烦得他心里咕涌咕涌像开了锅的粥："他妈的，什么事都找老子，老子是给你们当碎催的？这共产党也真硌硬人，就不能让老子消停会儿？"

　　二狗捧着个荷叶包走进李大裤裆的屋子："李叔，恒兴斋的烧鸡，刚出锅的，我陪你喝两杯。"

　　李大裤裆长叹一口气："你看这乱糟糟的，我哪有心思喝酒？"

　　"今日有酒今日醉，乐和一天说一天！"二狗把荷叶包打开放在桌上，又哗哗地往碗里倒酒，鸡肉香酒香立刻弥漫了整个屋子。

　　李大裤裆的馋虫被勾起来，扯下一只鸡腿塞进嘴里，又端起酒碗大大灌了一口，龇牙咧嘴地咽下。

　　二狗笑着问："这酒够劲吧？庞各庄北裕丰的正宗二锅头。"

　　一提庞各庄，又勾起李大裤裆的心事："你说，在庞各庄把共产党打了个稀里哗啦，怎么刚一年多，他们又回来站稳脚跟了呢？"

"还不是那些穷小子帮助他们。"

"真恨不得把那些穷鬼都宰喽！"李大裤裆重重把酒碗蹾在桌上。

二狗呵呵地乐："那敢情好，那我们就清静了！"

李大裤裆颓然坐在椅子上："也就是说说，嘴上痛快痛快。真能杀光喽？杀得光吗？"

"李叔，共产党那些娘们儿借粮的事，我们管不管？"

"我也为这事犯愁呢。不管吧，咱们吃着喝着那些富户，人家有事找到头上，能装没事人？说不过去呀。管，就得出去打。王河桩那小子滑得像泥鳅，咱也捞不到好处。唉，真他妈烦人！"

"叔你甭着急，我带我的人出去干一家伙！不给河桩点儿厉害尝尝，他就忘了浑河沿还有咱爷们儿！"

"他早就忘了！要不，敢跟我这么作对？真不该留他们在河沿，当年要是把王老奎哥儿俩轰走，哪会有后来这么多闹心事？唉，后悔药没处买！"

正在这时，门外传来臭子的声音："杨小山，干什么呢？"二狗起身拉开门，杨小山正站在门外。

见二狗阴森森地盯着他，杨小山轻松地笑笑："我来找大队长报告个事，听你们在喝酒，就没敢进去打扰。"

李大裤裆在屋里问："什么事？进来说！"

"报告大队长，"杨小山进屋后啪地一个立正，"向总团部要粮饷的报告写好了，请审阅！"

李大裤裆接过报告看了看，挥挥手："先放我这儿，你去吧。"

二狗看着杨小山的背影："这小子……"

臭子凑上来："我看这小子不是个好鸟！"

李大裤裆摇摇头："别疑神疑鬼的。他是郝团长拨给我的人，跟了我八九年，一直不错。眼下正是用人的时候，别净闹那些窝里反，那样，不用独立营打，咱自个儿就哗啦啦了！"

二狗听出李大裤裆在暗指他和殷麻子的事，就不言语了。

臭子还要说话，李大裤裆不耐烦地挥挥手："得得，他跟你以前可都是在我大哥手下共事的，他是什么人，你还不知道？别一天到晚总是鬼头蛤蟆眼的，有那心思琢磨点儿正事！"

臭子被噎得脸红脖子粗，不敢回嘴却在心里骂："装哪门子的大头蒜！当年老子跟'镇北关'混的时候，你哪会儿见了我不都跟孙子似的？没有我郝大哥，你就是个推粪球的屎壳郎，上得了台面儿？"

李大裤裆见臭子站着不动，更来了气："你呲咕着眼发什么月白子愣？去，骑上马，把这报告送黄村。你不是郝团长的心腹弟兄吗？就催催他，赶快把粮饷拨下来。老子不能卖了屁股还饿肚子！"

金驹带着李三林排埋伏在平大公路两旁，一条粗大的缆绳用浮土掩盖着，横在公路中间。依照杨小山送出的情报，他们在此拦截黄村来的给养车。

溜溜的西北风贴着地面刮过来，沙土枯叶蒙了人们一头一身。李三林和金驹并肩趴卧在一起，用手擦擦冻得流泪的眼：

"你怎么知道臭子会先回来？"

金驹轻轻一笑："这还不好判断？运给养用汽车。臭子是骑马去的，他不可能把马扔在黄村，随汽车回来吧？"

刚伤愈归队的李三林心情很兴奋，故意跟金驹较劲："万一臭子犯懒，偏要坐汽车回来呢？"

"他要不骑马，你把我眼珠子抠出来当泡儿踩！"金驹发狠。

"呦，那可不敢！我要把你眼弄瞎喽，麦穗还不活吃了我？"李三林装作害怕，缩了缩脖子，又用胳膊肘杵了金驹一下，"你的情报哪儿来的？就那么准？"

旁边的戴双印听到这话，使劲朝这边竖起耳朵。

金驹看都不看李三林："不该知道的，别问！"

"你连我都不相信？"

"这是纪律！"

李三林不在知道杨小山情况的范围之内，金驹当然不会告诉他。

戴双印见金驹不说实情，失望地转过头去。

戴双印被李大裤裆拿下马后，知道上了贼船已无退路，只好不顾奶奶的反对，又回到独立营。他心里很是矛盾，真不愿那些和他一起出生入死的兄弟，因他的出卖而遭毒害，他下不去手，所以一直到现在也没送出一份情报。但不知出于什么心理，他又想多了解些情况，常常偷听别人说话，把觉得重要的记在心里。时间一长，精神就有些恍惚，夜里常被噩梦惊醒，醒来便大汗淋漓。

副班长季保田看出异样，关切地问他是不是病了，都被他敷衍过去。今天随队
来劫给养车，他的内心是复杂的，他不希望成功，成功了，怕李大裤裆怪罪他。
他也不希望失败，最好是运输车别来，那就皆大欢喜了。就在戴双印心里翻腾
缠绕的时候，远处传来隐隐的马蹄声。

金驹得意地捅了李三林一下。

李三林佩服地朝金驹竖了一下拇指，命令战士们做好准备。

臭子把报告交给"镇北关"，"镇北关"看后随手扔在桌子上，就问李大裤
裆的情况，臭子狠狠把李大裤裆贬损了一顿。"镇北关"笑笑，拿出一沓票子：
"你先在这儿住一宿，找地方乐和乐和。粮饷的事，我会安排。"又嘟囔，"这个
大裤裆，干事没有出绺儿的，要钱要粮倒急得像火上房似的。"

臭子拿上钱，和几个老弟兄胡吃海塞一顿，就找个暗门子住下了。第二天
还没起炕，一个弟兄来叫他："你小子夜里折腾坏了吧？这时候还在炕上趴着。
快走，团长找你呢。"

臭子来到保安团部，"镇北关"让他先回去，给养车随后就到。又说："告诉
大裤裆，东北正打大仗，军需物资紧张。我是看在老兄弟面上，不好驳他。以
后搂着点儿，别不管不顾地瞎要，我没那么多东西给他。缺什么短什么，让他
自个儿想主意！"

臭子找个小吃摊儿，要了一套煎饼果子，一碗豆腐脑，吃饱喝足，就骑上
马，往榆堡赶。螫人的寒风冻得手脚生疼，他扬手在马屁股上抽了一鞭子，马
嘶鸣一声，一甩尾巴一摆头，就顺着公路狂奔起来。

金驹等臭子来到近前，大喊一声，两旁的战士一齐用力，粗绳绷起，那马
收不住步，翻身栽倒，把臭子远远抛在地上。

金驹等人冲上去，把臭子围在当中。

摔得头破血流的臭子望着黑洞洞的枪口，吓得一动也不敢动。

"说，给养车什么时候来？"金驹喝问。

"就在后……后面！"

金驹扳开枪机："不说实话，毙了你！"

"是实话，是实话！我来的时候，郝团长让我先走，汽车随后就到。"

金驹朝李三林一摆头，李三林命令戴双印："把他和那马，藏在小树林
里去！"

戴双印招呼一个战士，押着臭子走进不远处的树行子。

战士把马在树上拴好，指指臭子："他怎么办？"

"也绑在树上！"

"没绳子呀。"

"那还不好办？用裤腰带！"

戴双印看着战士把臭子绑好，又上去把腰带重新整理了一番，然后盯住臭子的眼睛："你老实待着，不许骑马跑！"又冲战士把手一挥，"走，参加战斗去！"

战士有些犹豫："排长让咱看住他，咱一走，他跑了怎么办？"

"你不是把他绑好了吗？他能跑到哪儿去？打汽车可是大战斗，咱哪能不参加呀！"

金驹见两人都回来了，有些吃惊："你们怎么都回来了？臭子没人看着，能行吗？"

"副营长你放心，我们把那小子捆得跟粽子似的，他就是孙猴儿也跑不了！"

金驹还要说话，汽车声已传了过来，便顾不得别的，赶忙命令："准备战斗！"

一辆苫着帆布的卡车，顺着凹凸不平的公路，颠颠簸簸地驶过来。

金驹抬手一枪，打爆了汽车的前轮。

就在汽车侧歪的一瞬间，战士们已跑上前去，围着汽车大喊缴枪不杀。

几个保安团丁扔下枪，颤颤抖抖地跳下车。

李三林掀开帆布，车厢里摆着一摞沉甸甸的木箱，撬开一看，全是花花绿绿的法币。

"妈呀，我们发财了！"李三林举着一沓钞票喊。

金驹命战士们抬着钱箱赶快撤离，就去找臭子，谁知臭子和马早没了踪影。

五十二

李大裤裆听说饷车被独立营劫了，气得暴跳如雷："王河桩你个王八蛋，你这是要逼老子跳河呀！"

二狗、金贵也嚷嚷："李叔，那可是咱弟兄们几个月的嚼谷呀，说什么也得夺回来！"

李大裤裆愣一愣，颓然坐在椅子上："夺回来？说说容易！咱们哪回出去，抢到好果子吃了？现在的弟兄们，都打怕了，一听下乡，吓得腿肚子转筋！"

二狗、金贵听李大裤裆这么说，也都泄了气。

臭子想的却是另一个问题："送款的事，独立营怎么会知道？"

一句话提醒了李大裤裆："是呀，黄村给我们送饷，王河桩怎么会知道？难不成他能掐会算？"

二狗不屑地一撇嘴："狗屁！他有那能格儿？"

"有人通风报信！"臭子一口咬定。

"通风报信？"李大裤裆嘟囔一句，眼睛猛地盯向臭子，"你不是让他们逮住了吗？那么容易就跑了？"

臭子一惊，看李大裤裆那眼神，是怀疑上他了。其实他也很纳闷，他从马上摔下是毫无防备的，立时就闹了个满脸蹿花，鼻梁骨差点被硌断。晕晕乎乎被推进树林时，脑子还在发蒙。可他清晰记得，后来绑他的那个人是手下留情的，不但把死扣改成了活扣，还把绳头拉到他手能够得到的地方。尤其是临走时说的那句话："你可不许骑马跑！"分明就是暗示他。待公路上打响，他毫不费力地扯开绳子，骑上马跑了。可这个细节他没敢跟李大裤裆说，李大裤裆生性多疑，闹不好倒惹麻烦。他心里一直怀疑杨小山，不想自己倒先让李大裤裆怀疑上了。

"大队长，你是怀疑我？哎哟，那我可冤死了！你想，我跟了郝团长那么多年，又跟你这么多年，杀的共产党没数了，能和共产党穿连裆裤？我就是想跟人家套近乎，人家也不会要呀！"二狗嘿嘿笑："这话倒是真的。就你这迎风臭十里的德行，谁他妈拿你当人！"

臭子一直认为是二狗抢了他的风头，心里对他充满嫉恨，如今又如此侮辱自己，立即火冒三丈："就你他妈德行好，你也不拿镜子照照，你是个什么东西！"

"行了行了！整天鸡吵鹅斗，没一点儿正经的！"李大裤裆烦躁得直摆手，停停，咽下一口气，"臭子，你说，谁是那个通风报信的？"

"我怀疑，杨小山！"

"杨小山？"

"我看见他好几回，站在你的门外听窗根。他心里没鬼，偷听什么？还有，他没事总爱串大街，那就是去接头！还有，你让我去黄村送报告的时候，他就在旁边！"

"嗯，是那么回事。"李大裤裆点头，随即就暴怒了，"这个王八蛋，我一直把他当近人，没想到他竟是趴在我身边的狼！去，把他抓起来！"

"别别，大队长，"臭子拦住提枪要走的二狗，"今儿你听我一句，共产党不是讲究谋略吗？咱也给他唱一出连环套！"

第二天一早，李大裤裆把保安团和"黑杀团"都集合在大院里，怒气冲冲地训话："弟兄们，你们也知道了，咱们的粮饷被独立营劫走了，共产党这是要饿死我们呀！咱们都是带把儿的爷们儿，手里也有枪，有刀，不能受这窝囊气！他们敢劫，我们就敢抢！明天下乡，把我们的东西抢回来！"

二狗跳到队前，挥舞着手枪大喊："抢，抢他个一干二净！谁敢拦挡，就杀，杀他个一溜血胡同！"

匪徒们在镇里憋了很长时间，手里的几个钱早造腾光了，眼睁睁等着发饷，竟又让独立营劫了去，心里都憋了一肚子火，一听要下乡去抢，情绪也都上来了，乱纷纷地喊："抢，抢他个奶奶的！"

李大裤裆满意地一挥手："好，今儿个好好准备，养足精神，明儿个一早就出发！凡是好东西，都给我抢回来！"

金贵故意问："大队长，遇到娘们儿抢不抢？"

李大裤裆哈哈地笑："只要有本事，你把王母娘娘抢回来我都不管！"

午饭期间，杨小山溜出营门。没走几步，金贵捧着一个油乎乎的纸包迎面走来："杨文书，出去呀？"

杨小山笑笑："这两天犯馋，厨房的饭吃不下去，街上踅摸点儿顺口的。怎么，又喝点儿？"

金贵掂掂纸包："刚出锅的杂碎，闷两口儿。"

待杨小山拐过墙角，金贵把纸包塞给站岗的："给大队长送进去！"隐着身子跟上来。

天气寒冷，又正是饭时，大街上冷冷清清的，杨小山的一举一动，都被躲在小茶馆里的臭子看在眼里。

杨小山左右看看，走进一家清真饭店，要了一盘牛肉包子，调好香醋、蒜汁，慢慢地吃。

臭子钻出茶馆，示意金贵继续监视，自己从另一条街绕过去，在前面巷口的拐角处等着。

杨小山丝毫没有意识到危险的降临，见外面没有异常，咽下最后一口包子，结了账，朝大街北头的杂货铺走去。

臭子和金贵聚在一起："看来就是这儿了。"便躲在一边偷看。

郝树臣一见杨小山，就要关门。

杨小山摇头："没时间多待。你赶快去找李书记和王营长，就说李大裤裆明天要下乡报复，让他们做好防范。"

"好，我马上就走！"郝树臣连忙收拾。

郝树臣没想到，他刚出镇，就被臭子和金贵一前一后堵住了。

"你们要干什么？"郝树臣一脸惊慌。

臭子拍拍郝树臣的肩膀："郝掌柜，别怕。走，到那边去，说点事。"

三人进入沙岗子，在低洼处停住。金贵摸摸郝树臣的身子，见没带家伙，才问："说说吧，冰天冷地的，干什么去？"

"我，我去串个亲戚。"

臭子嘿嘿地笑："行了，郝掌柜，你就别闹那虚头巴脑的了。你是明白人，就小猪钻胡同——直来直去吧。"

"你们说什么呢？我听不懂。"郝树臣装傻。

金贵掏出尖刀："看来你是敬酒不吃吃罚酒，非要让我费点事了？这大冷的天，身上扎几个窟窿可不好受！"

郝树臣的脸色有些发白。

臭子见状，知道是个软骨头，忙拦住金贵："别价呀，兄弟。郝掌柜好歹跟咱也是熟人，用不着动枪动刀的。郝掌柜，你说是不是呀？杨小山找你干什么，痛快儿说吧！"

郝树臣低头不语。

金贵又火了："你不说是吧？我还不用你说了！我们抓住杨小山，一顿大刑，他照样说喽。我现在就一刀把你捅死在这儿，你信不信？我把你一家老小都宰喽，你信不信？"

臭子在一旁添火："听说郝掌柜还有个十五六岁的闺女，长得不赖。"

金贵淫笑起来："是吗？那可太好了，鲜桃呀！老子最喜欢尝鲜了！"

郝树臣再也坚持不住，扑通一声跪在地上："我说，我全说！求求你们，放过我的家里人！"

金贵踢了郝树臣一脚："给脸不要脸！"

郝树臣把和杨小山的关系全倒了出来。

金贵朝臭子竖竖大拇指。

臭子得意地眨眨眼，把金贵拉到一边："第一步算是成了。我在这儿看着他，你去向大队长汇报，看下一步怎么走。小心，千万别让杨小山知道。"

金贵很快回来了，后面还跟着二狗。

二狗上来就给郝树臣一耳光："老兔崽子，在眼皮子底下就敢弄事！"

"大队长有什么话儿？"臭子急着想知道李大裤裆的打算。"我李叔说了还让这老兔崽子给独立营送信，不过得加上一句话，就说榆堡空虚，让他们来打。"

臭子眨了眨眼，明白了："哎哟，大队长真是活诸葛啊。这回，王河桩再精，也得睁着眼往套儿里钻了！"

"那是，要不人家在浑河沿霸了好几辈子！"二狗说着，拉起郝树臣，"刚才的话你都听到了吧？就照着样儿说！引不来独立营，你全家都得死！"

郝树臣浑身哆嗦着刚走出两步，又被二狗叫住："把身上的土打吧打吧，拿出精神头来，别他妈跟丢了魂似的。露出破绽，王河桩也得宰了你！"

五十三

这场仗，独立营险些被李大裤裆暗算。

河桩接到郝树臣的情报后，立即向李斌汇报。李斌带领县机关干部火急通知各区，做好战斗准备。

河桩命铁牛率一连在半路设伏，阻击来犯之敌。自己则带二愣的二连隐蔽在沙岗里，待铁牛一打响，即朝榆堡猛插。谁知榆堡据点里的敌人并不像郝树臣说的那样少，火力还相当猛烈，攻了几次也没奏效。河桩正疑惑，背后又响起枪声，独立营反被包围了。

"营长，咱们上当了！"金驹摇摇头上溅满的泥土，朝河桩喊。

河桩一边还击，一边向金驹跟前运动："情报出了问题，是假的！"

"两面作战，是兵家大忌。咱得赶快转移！"

躲在大树后的李大裤裆，看着有些慌乱的独立营，高兴得哈哈狂笑："王河桩，投降吧，你们出不去了！哈哈，你小子不是比泥鳅还滑吗？今儿个也让老子包了饺子了！"

"去你妈的！"金驹一梭子弹打过去，吓得李大裤裆再不敢露头。

后来，幸亏铁牛发现对阵的不是李大裤裆的保安队，只是二狗的"黑杀团"，又听榆堡枪声异常，觉得情况不对，一个冲锋把"黑杀团"打垮，冲到榆堡，才把河桩他们接应出来。

杨小山一看李大裤裆改变了原定计划，就意识到郝树臣出了问题，自己暴露了。他想乘乱逃离，可臭子寸步不离地跟着他，枪口甚至都随时指向他。杨小山知道无望了，干脆把心一横，随他去！

独立营撤出后，李大裤裆没有训话就解散了队伍，这使杨小山很纳闷，李大裤裆玩的是什么把戏？他回到自己的住房，紧张地思索应付对策。房门敲响了，杨小山心一震：来了！他本能地拔出手枪，想想不妥，又把枪插回腰里，打开屋门。臭子一脸坏笑地看着他，身后是几个持枪相对的团丁。

"杨文书，李大队长有请。"臭子仍是笑眯眯的，可杨小山分明看出，那笑容后面，隐藏着阴冷的狠毒。

杨小山点点头，迈步就走。

臭子待杨小山经过身边，冷不防抽出他的手枪。

"张班长，你这是干什么？"杨小山一脸恼怒。

臭子掂掂手枪："杨文书，对不住，这是李大队长的吩咐，兄弟我只能得罪了！有什么话，你去跟大队长说！"

杨小山走进李大裤裆的办公室。李大裤裆瞪着血红的眼珠子看了他半天，才从牙缝里挤出一句话："杨小山，你干得好啊！"

杨小山一脸无辜："大队长，你说的什么？我不明白。"

李大裤裆再也忍不住，扑过来就是两个嘴巴："兔崽子，你还给我装糊涂！这些年，我一直把你当兄弟，你竟是趴在老子身边的狼！"

杨小山不顾嘴角流出的血，还想做最后一搏："大队长，你误会了吧？我始终对你忠心耿耿，没做对不起你的事呀！"

"你对我忠心耿耿？你是想把我送进狗肉柜子！我说怎么老吃独立营的亏，闹半天是你这个内鬼玩的花活！"

"大队长，冤枉！"

"我叫你冤枉！"李大裤裆又是两个嘴巴，"一会儿三头对案，我看你还冤枉不冤枉。把那老小子带进来！"

郝树臣被两个团丁押进来，胆怯地看杨小山一眼，羞惭地低下头："杨小山同志，我……我都说了，你也招了吧！"

杨小山至此已无路可退，索性豁出去了："郝树臣，你个王八蛋，我掐死你！"

臭子照猛扑过来的杨小山就是一枪把，杨小山头上蹿出一股鲜血，摇晃一下，坐在地上。

　　郝树臣哆嗦着，眼里涌出泪光："小山，对不起，我不怕死，可他们要杀我全家，还要把我闺女……我是没法子呀！"

　　杨小山吐出一口带血的吐沫："你这个叛徒！你就等着吧，看独立营怎么处置你！"

　　这时，二狗满身灰土地走进来，看见大骂不止的杨小山，狠狠踢了几脚："你个吃里爬外的东西，我们爷们儿的好事全毁在你的手里！大队长，把他交给我，我给他好好过过热堂！"

　　二狗带着金贵几个，把杨小山折磨了一夜。天亮时，血肉模糊的杨小山被拉到大街上。二狗指着杨小山，对过往行人大喊：谁他妈敢通共，就是这个下场！吓得行人纷纷躲避。二狗见无人看热闹，也没了兴趣，便命金贵带几个人，在平大公路边挖个坑，把杨小山活埋了。

　　河桩也在担心着杨小山，他把队伍安顿好，就来找李斌：

　　"我们钻了李大裤裆的圈套，极有可能是交通站出了问题，不是杨小山叛变了，让郝树臣来送假情报，就是郝树臣投敌改变了情报内容。当然，也不排除意外。"

　　"我正在和邹珮同志研究这件事情。"李斌指指坐在一旁的邹珮，"这个问题不查清，会给我们以后的斗争带来更大损失。"

　　邹珮站起身："二位领导放心，这类工作是我们敌工部分内的事，我这就去调查清楚。"

　　这天清早，老爷儿刚升起一竿子高，榆垡镇街上就来了个邋里邋遢的女人，她头顶罩条白羊肚手巾，上身紫花布小棉袄，下穿黑布老棉裤，瘦削的脸上满是黑的锅灰黄的尘土，像是三天五天不曾洗脸，肩上背的柳条筐里，盛着多半筐白薯。她瑟缩着身子在街上走，两只大眼却机警地左右踅摸。她就是化了装的邹珮。

　　邹珮见街上冷冷清清的，几乎看不到人影，心里觉得有异，不敢乱走，便在一个背风的墙角停下，把白薯筐摆在眼前。一股扫地风打着旋儿卷来，纸片草屑落了邹珮一脸一身。泪眼迷蒙中，一个老头用袄袖捂着鼻子匆匆走来，邹珮忙上前拦住："大爷，买点白薯吃吧！"

　　老头停住步："哎呀，这是什么时候，你还敢来这儿卖白薯？你没见大街上一个人影都没有吗？"

"是呀，我也正纳闷哪。大爷，出什么事了？"

"哎哟，保安团内讧了！把一个当兵的打得呀，浑身都烂了！还拉到大街上让人看，谁看得下去？"

"后来呢？"

"在马路边挖个坑，活埋了！唉，惨哪，吓得人都不敢出门了。"

"为什么呀？"

"说是通共。你呀，快走吧，惹着他们，给你安个罪名，小命就没了！"老头说着，慌忙走了。

邹珮愣在原地。听老头的描述，那死的就是杨小山了，邹珮心中一阵酸痛。抗战八年，杨小山潜伏敌营，送出多少情报，毫发未损，没想到如今竟牺牲在地主"黑杀团"手里。忽地，她想起郝树臣。杨小山牺牲了，那叛变的就是郝树臣了。这个该死的叛徒，不仅害死了杨小山，还差点使独立营遭受灭顶之灾！她摸摸怀中的短枪，背起筐，朝镇北的杂货店走去。

在和杨小山第一次接头时，邹珮和腊梅来过杂货店，所以毫不费事就找到了。可让她失望的是，杂货店已上了板，一把大锁牢牢挂在门鼻上。邹珮踟蹰一刻，赶忙离开了。

过世德兴冲冲跑进李大裤裆的屋："大哥，哈哈，我今儿在宋庄，找到了共产党的县委书记李斌！"

正和蔡师儒喝酒的李大裤裆把酒杯往桌上一蹾："抓住了？"

过世德咽口唾沫："没有，只打死了他的通信员，让他翻墙跑了。"

蔡师儒的惊喜变成失望："唉，说了归齐，还是打了个大花碗！"

过世德不高兴了："打什么碗打碗？这回让他跑了，说不定下回就能抄上！常赶集还碰不上亲家？"

"过老弟这话不错，耐着性子慢慢磨，总有一天能把共党一网打尽！给，拿着这些钱，和弟兄们乐和去吧。"李大裤裆虽然也有些泄气，但他知道对过世德这个顺毛驴只能鼓励。

果然，过世德转怒为喜："大哥，我明个儿还下去！"

李大裤裆满意地点点头，待过世德走出门，转向蔡师儒："我说老蔡，你那个表侄怎么那么不给劲？这都多少天了，愣什么事没干！"

蔡师儒不好意思地喝喝嘴："双印那孩子，太老实，不是干这种事的料！"

李大裤裆冷笑："吃了我的，拿了我的，还睡了女人，都打哇哇了？哪有那么好的事！"

蔡师儒也觉得愧对李大裤裆，低下脑袋不再说话。

李大裤裆哼一声："欠债还钱，天经地义！"

李大裤裆思谋了一下午，又找来过世德，低低说了一阵。过世德对李大裤裆的计策大加赞许。晚上，两人撇开蔡师儒，悄悄来找桃儿。

五十四

桃儿自打和戴双印睡了那一夜，金贵就再也没来找她，可也没有撵她走，就像被打入了冷宫。这让桃儿很郁闷，很孤独，也很无聊，心中就隐隐生出恨意。见李大裤裆进了门，就做出冷淡的样子，愣怔着眼不说话。

李大裤裆笑笑："怎么，不认识了？"

桃儿哼一声："用人朝前，不用人朝后。谁认识谁？"

过世德哈哈地笑："大哥，看看，这小娘子还有小脾气！"李大裤裆也笑："别他妈酸文假醋的，看见老子心花儿都开了，还装样儿！去，闹点儿酒菜，老子跟你喝几杯！"

过世德把两瓶酒放在桌上，又把猪头肉、肚丝、饹饼盒儿递到桃儿手里。

桃儿以为李大裤裆是来调戏她的，立时心情大好，也不装了，眉开眼笑地到灶膛收拾。

几杯酒下肚，桃儿便按捺不住，有意无意地往李大裤裆身上蹭，逗得过世德嘿嘿直笑。

李大裤裆推开桃儿："你可是我侄媳妇，正经点儿行不行？"

桃儿嬉笑："什么侄媳妇？儿媳妇又怎么样？天下扒灰的多了！"

"放你妈那屁！"李大裤裆一巴掌拍在桌子上，震得盘子碗叮当响，"让你正经点儿就正经点儿，老子跟你有事说！"

桃儿被吓住，噘着嘴嘟囔："有事说呗，干吗那么凶？"

说心里话，李大裤裆确实对桃儿有那意思，桃儿的长相、脾性比他遇到的其他女人都强。当然，香巧除外。可香巧美是美，就是跟他拧巴，搂着她就如同搂着根木桩子，没有一回畅快过。遗憾的是，金贵先把桃儿弄到了手，这就叫他有了忌讳，金贵管他叫叔，而且是世交，他不能为老不尊。尤其眼下正是用人之际，他不能因为一个烂女人，坏了大事。所以每次见了桃儿，他心里虽然都蠢蠢欲动，最后还是咬着牙把欲望压下去了。见桃儿吓得眼泪都要掉下来了，心里不免有了怜悯之情，口气也就缓和下来："坐下，我真有正经事跟你说。"

李大裤裆说出他的计划，桃儿擦擦眼角，连连摆手："不行不行，这事我可干不了！"

李大裤裆沉下脸："你都能干什么？就会跟男人睡觉？"

过世德火上浇油："那戴双印又年轻又壮实，你恋上他了吧？"

一句话提醒了桃儿，她偷眼看看李大裤裆的脸，嗫嚅着说："你要答应我和戴双印在一块儿，我就试试。"

"你就是个贱货！金贵哪点儿差了？"李大裤裆很为金贵鸣不平。

"金贵不要我了。再说，金贵家里有老婆孩子，我年轻时跟着他，老了怎么办？戴双印还是个童蛋子儿，我想跟他过一辈子。"

李大裤裆虽然对金贵好色的秉性有些看法，这回却暗赞金贵的骨气。他虽为美人计的事大闹了一场，但过后就再也不理桃儿。这让李大裤裆很感动，男子汉大丈夫，就得这样，要拿得起放得下。他看看桃儿，觉得桃儿的要求也不框外，就点头答应："只要你把我的事办好，爱去哪儿去哪儿！"

"可我不知道共产党的女干部怎么装呀！"桃儿又提出一个问题。

"这好办，哥哥我教你。"过世德笑嘻嘻地说。

天空阴沉沉的，仿佛随时会有雪花飘下来。屋内却很暖和，刚吃过午饭，饭菜的香味还浓浓的。戴全夹过半笸箩花生，坐在炕上嘎巴嘎巴地剥。冬天没事干，农人就把花生籽剥出来，等春暖花开时播种用。双印的奶奶偎在火盆边，用陀螺捻麻线。火盆里的炭是刚从灶膛里掏出的，很旺盛，映得老太太的脸色一片鲜活。双印妈收拾完碗筷，也磕磕鞋底上了炕，和丈夫一起剥花生。

老太太捻够一轴线，两手倒换着"格"成麻绳，边"格"边说："印他妈，给印儿做双棉靴子，千层底，实纳帮，结实。"

"妈你放心，不会屈着你孙子的。我把袼褙儿都打好了，抽空就给他做。"

双印妈知道老太太疼孙子疼得厉害，心里也高兴，就笑着奉承。

老太太眯眯笑："真是的，守着你们这亲爹亲妈，我操的哪门子闲心！"

三个人都笑。

笑音未落，门外响起一声断喝："戴全，出来！"

一家人立时变了脸色。

老太太把陀螺扔在炕上："这是怎么了这是？"

戴全安慰老娘："妈，你别着急，我去看看。"

戴全打开屋门，一个女人站在当院，后面跟着十几个衣衫破烂但身材粗壮的汉子。门口外，还停着一挂胶皮轱辘大车。

桃儿一见戴全，就背书似的说："我是妇救会的，奉县委指示，来找你借粮！"

"借粮？我没粮啊！"

戴全一句话，桃儿就没了词，不由得拿眼去找过世德。

过世德心中暗骂："臭婊子，真是教的曲儿唱不得！"只好一按狗皮帽子上了前："戴全，你少来这哩格愣，谁不知道你有一百多亩地，小日子富得流油！"

"我有点地不假，可逢上水旱虫灾，也就是够一家的嚼谷。再说，去年你们已经挖了我的浮财，我真是没有什么多余的了。"

"我就不信，你一点儿都没有！弟兄们，给我搜，有什么拿什么！"

十几条汉子立刻散开，窜进各屋翻腾起来，把找到的棒子、麦子、豆子、花生，不论多少，都背到院子里。

老太太这时已蹭到门口，颤巍巍冲着过世德作揖："这位老爷，老爷，你高高手，放过我们吧，我孙子就在你们队伍里呀！"

过世德把眼一瞪："在队伍里怎么啦？该挖浮财照挖你的浮财，该找你借粮照样借粮，两码事！弟兄们，装车！"

老太太气疯了，扭着小脚抱住大车辕子："你们，你们，没有你们这么欺负人的。想拉粮食，除非把我弄死！"

桃儿使劲掰老太太的手："你放开，放开！"

过世德朝桃儿一挥手："理她干什么，上车！"

待桃儿爬上大车，过世德一鞭子抽在马背上，大车猛地往前一蹿，把老太太甩在地上，一群人一溜烟跑没了影。

戴全两口子连哭带叫地把老太太抱回屋，不一会儿就断了气。

蔡师儒接到报丧条子，大吃一惊，慌忙来到戴全家，跪在老太太头前哭了一顿，才问："姑姑前几天不是还好好的吗？怎么突然就……"

戴全把事情经过说了一遍。

"有这样的事？"蔡师儒不信。他跟共产党、独立营打过不少交道，以他的体会，共产党不可能干出这种事。那会是谁？他一下想到李大裤裆，李大裤裆那天的话也响起在他耳边："吃了我的，拿了我的，还睡了我的女人，都打哇哇了？哪有那么好的事！"他明白了，这是李大裤裆使的离间计。望着僵挺在灵床上的姑姑，蔡师儒心中阵阵发冷。可他还要把这事深埋心底，既不能告诉表弟，也不能在李大裤裆面前捅破，否则，他就猪八戒照镜子——里外不是人了。

戴双印是在第二天晚上赶回来的。报信的人没有告诉他奶奶死了，只说是病重。戴双印到营部去请假，河桩还安慰他不要着急，有什么需要帮忙的及时通知部队。当他看到灵床，立时哭倒在地，追问奶奶的死因。

戴全此时也是满腔悲愤，就把借粮的事一五一十地告诉了儿子。

妇救会组织借粮，戴双印是知道的，他没想到竟借到他家，竟摔死了他的奶奶。戴双印通红着两眼，跳起身就往外跑，被蔡师儒拦腰抱住："表佷，你要干什么？"

"张桂兰，准是张桂兰干的，我要杀了她！"戴双印拼命往外挣。

戴全两口子也拉住戴双印不放："儿啊，可不敢干那事呀。你想想，你杀了那娘们儿，你还回得来吗？死一个还不行，还要死俩吗？"

戴双印暴跳着："我不管，爱死几个死几个，我就要给奶奶报仇！"

屋里正闹得不可开交，李大裤裆推门走进来。

戴双印心里一惊，不由得就停止了闹腾。其他人也都安静下来。

李大裤裆谁也不看，径直走到灵床前，把两刀黄表纸和一沓票子摆在供桌上，又后退几步，朝老太太鞠了三个躬，这才和戴全两口子寒暄，说些节哀顺变的话，最后拉住戴双印的手，使劲拍了拍："小伙子，这儿不是说话的地方，走，你跟我走！"

戴双印本来是惧怕李大裤裆的，现在被仇恨蒙了眼，什么都不顾了："李队长，只要给我奶奶报了仇，我什么都听你的！"

"好！"李大裤裆拉起戴双印就往外走，见蔡师儒躲在灯影里不动，又停住脚，"蔡乡长，走呀，咱们一块儿合计合计去。"

蔡师儒推托："我姑刚走，我得帮表弟操持操持。"

李大裤裆不耐烦："人家有亲儿子亲媳妇，用你干什么？走，走走！"

蔡师儒无奈，只好跟着走了。

五十五

　　吃过早饭，戴双印跟副班长季保田打个招呼，说是出去打几只野兔，给大家改善改善伙食，就带着柳老笆、楚恩良、姜花子几个走了。刚出村口，齐三从瘫子王天奇家出来，喊着叫着追上来。齐三也是戴双印的结拜弟兄，见他脸红扑扑的，戴双印就想起桃儿，心里不由得一热："又跟那娘们儿打连连去了？"

　　齐三就笑。

　　姜花子很羡慕："老五命犯桃花，挺有女人缘！"

　　柳老笆一搡姜花子："你懂不懂？命犯桃花是男人的大忌，闹不好得毁在女人手里。不知道就别瞎说！"

　　柳老笆无心的话，倒让戴双印一惊，他和桃儿算不算命犯桃花？

　　那天，李大裤裆把戴双印拉到附近的据点，给他下的任务是，鼓动"三八枪班"反水。李大裤裆说："三八枪班是独立营的主力，你把他们拉过来，一是在我这儿立了大功，我会赏你个中队长干干，吃香喝辣玩女人，随你的便；二是削弱了独立营的力量，更在政治上给了他们重大打击。到时候，你再掉过头来打他们，别说那个娘们儿，就是王河桩，说不定也要死在你手里，这仇报得岂不痛快？"

　　戴双印被李大裤裆煽呼得鬼迷了心窍，连连点头："只要报了奶奶的仇，李大队长怎么说我就怎么办！"

　　李大裤裆又叮一句："这回你得说话算数，再没行动，我就把那事捅出去，王河桩饶不了你！"

"不会，不会，现在共产党就是我的死敌，我跟他们势不两立！"戴双印擦着眼泪，脸上的肌肉咬得一跳一跳的。

"好！"李大裤裆得意地笑了，"再告诉你个美事，桃儿那丫头看上你了，要跟你过一辈子哪。有这样的女人伺候，你梦里都得乐醒喽！"

背后，蔡师儒问戴双印："表侄，你做这事，有把握？"

戴双印很有信心："我这个班十二个人，有八个是我带过去的老人，五个都跟我拜了把兄弟，我说话还是算数的。据我看，他们早就吃不了独立营的苦了，要不是我压着，都他妈开小差了！"

戴双印外表憨厚，内里却很有心机。他当伪军时，为了保住地位，暗中拜了不少把兄弟，宣扬不愿同年同月同日生，但愿同年同月同日死，用哥们儿义气凝聚人心。加入独立营，他的第一个条件就是不能把他的班打乱，第二就是不能调换他们的武器。河桩为了团结，也是为了安抚他，就答应了他的要求。后来发现他有搞独立的苗头，曾在建立"三八枪班"时，要把他的班长换下，是李三林坚决不同意，才把季保田调去当了副班长。

蔡师儒还是不放心："表侄呀，这可是掉脑袋的事，万一泄漏出去，你的小命就没了！"

戴双印从牙缝里挤出一句话："只要能报仇，死也认了！"

蔡师儒恨共产党，但对李大裤裆的狠毒也很反感。共产党的政策他懂，借粮归借粮，绝不会伤人性命。这肯定是李大裤裆的阴谋，借此攥牢戴双印。可他没有证据，只能心里怀疑。见戴双印铁了心要跟李大裤裆走，便试探着问："你又没亲眼看见，怎么就认定是张桂兰？"

"张桂兰是区妇救会主任，在洪腊梅指使下带人借粮，是人人皆知的，还能跑得了她？"

"就不能是别人？"蔡师儒暗示。

戴双印想都不想："不可能！就是张桂兰，没跑儿！"

"表侄呀，遇事不能一棍子插到底，心里得多拐个弯儿，万一……"

"万一？万一什么？"戴双印怀疑地直视着蔡师儒。他不明白，是这个表叔鼓动他离开独立营的，怎么现在倒像心神不定了？

蔡师儒觉得只能点到为止，真把那层窗户纸捅破，传到李大裤裆耳中，说不定就有性命之虞。至于戴双印，能不能听出弦外之音，就全凭他自个儿的命了。于是，就敷衍说："万一，我是说万一。"

果然，戴双印什么也没听出来："就算不是张桂兰，也是共产党！"

蔡师儒叹口气，无声地走了。

戴双印返回独立营，人们问起他奶奶的事，都被他轻描淡写地应付过去。大家见戴双印不愿说，也就没往心里去。可谁也不会想到，戴双印肚子里长了牙。

这段日子，李大裤裆和"黑杀团"没有下乡骚扰，河桩抓住这难得的机会，命令全营休整。夜里，戴双印躺在炕上，一会儿想桃儿，一会儿想怎么把"三八枪班"拉出去。好端端拉走一个班，可不是简单的事，得有由头，起码得有大部分人支持。想着想着，还真让他想出个主意。

一天中午开饭时，炊事员挑着担子走进"三八枪班"住的院子，还是老两样，一头是棒子面掺糠皮的窝头，一头是倭瓜汤。戴双印拿起一个糠窝头掂着："我说老马头儿，你就不能换个样儿？天天吃这个，少油没盐的，哪来的劲儿打仗？"

老马头儿用白围裙擦着手："戴班长，这还吃不下呀？再过些日子，说不定连这都吃不上了！"

"什么？"戴双印瞪起眼，"俗话怎么说来的？当兵吃粮。当兵吃不上饭，这兵还当个什么劲儿？"

"是呀，老吃糠窝头，怎么冲锋呀？"

"老是这个样儿，真不如回家种地去！"

戴双印的话立刻引起反响，他的几个心腹也随着嚷嚷起来。戴双印暗暗一笑，不再搭言，蹲到墙角喝菜汤去了。

季保田端着碗凑过去："班长，你今儿是怎么了？哪能说那样的话，影响多不好。"

戴双印一直看季保田不顺眼，认为营部派季保田来任副班长，就是来监视他的。但他不敢和季保田硬争，怕引起注意，就装出不在乎的样子："我就是随便说说，没别的意思。"

季保田仍不放过他："你是班长，得起好的带头作用。"

"是是是，副班长批评得对，我错了，以后再也不说了！"戴双印赶紧认错。

　　吃过饭，戴双印独自回到屋里。柳老笆探头探脑地走进来："老三，你也受不了了？唉，就这破饭食，是人吃的吗？简直就是猪食啊！"

　　柳老笆家是种菜的，他从小就帮父母浇菜园子，稍大点摇辘轳都能摇出花儿来，一只笆斗上下翻飞，清冽的井水顺着沟渠流入菜畦，那黄瓜、韭菜、豆角、茄子，就随着风长。柳老笆看着高兴，干脆就把摇辘轳的活儿全揽下来。因为他一天到晚玩笆斗，人们就管他叫柳老笆。柳老笆家的小日子是不错的，二亩地的菜园子一年有不少出产。尤其让别人比不了的，是他家一年四季都有鲜菜吃。这就养成了他的嘴刁，一般饭菜难人他的口。那年他正耍包斗，被日本人抓了夫，修完公路就编入了伪军。当伪军虽然没有在家自由，伙食倒还说得过去，下乡清剿，更能抢个鸡啊鸭的，除去打仗有生命危险，口福还是不浅的。自打投了八路，他的好日子就没了，一年到头吃不上荤腥不算，还经常水米不粘牙。这就让他很不满，暗中没少骂大街。今天班长带头抱怨了，他觉得那些话都说到他心里去了，就来找戴双印诉苦。

　　"是啊，"戴双印叹息，"这样的日子什么时候是个头啊！"

　　"早知这样，还不如不过来！咱不过来，也被国民政府接收了，当个保安团，比当这穷八路滋润得多。"

　　"别胡说八道！"戴双印连忙制止，起身往屋外看看，关上门，"那哥儿几个怎么想？"

　　"还能怎么想，早就烦了。都是看你的面子，才瞎凑合着。"

　　"你是说……"戴双印把手往榆堡方向指了指。

　　柳老笆咬咬牙："除去这条路，还能去哪儿？"

　　"你不后悔？"

　　"只要你带头，我死了也跟着！"

　　"好，"戴双印放心了，"找个机会，咱哥儿几个合计合计。"

　　今天是休息日，营部除要求整理内务，就是自由活动，戴双印就带着哥儿几个出来了。

　　听了柳老笆无意中的一句话，戴双印起了犹疑。他把榆堡的事一梳理，可不是吗？就是桃儿把他拉下了水，让他现在变得人不是人鬼不是鬼的。可没有桃儿他就好了？他就能逃出李大裤裆的手心了？随即想到奶奶，怒火就又升起来："顾那么多干吗？身子都掉井里了，耳朵还挂得住？"于是招呼弟兄们，"别说那么多没用的，快走！"

季保田虽然到"三八枪班"的时间不长，可对班里的情况也了解不少。他见戴双印把几个心腹都带走了，很是诧异，联想到闹饭场的事，更是放心不下，就跑到营部报告。

"有这样的事？"河桩的浓眉皱起来，"他以前不是这样的啊？是反常。"

"莫非是他奶奶的丧事出了问题？"志刚问。

"没有呀。他回来后咱们都去慰问了，没看出什么呀。"

"是不是这小子没憋好屁？他说的那些话，明显就是扰乱军心，削弱斗志！"金驹一直对戴双印拜把子、搞小团体的做法很反感，"我看，干脆把他的班长撸了算了！"

"别别，这事得慎重，不能听风就是雨。"志刚示意金驹别冲动，"没有证据，随便怀疑同志，是错误的。如果闹岔劈了，会影响团结，更可能动摇军心。"

"听教导员的话，我是无事生非了？"季保田很委屈。

"保田你误会了，我不是那个意思。"志刚忙解释，"你的警惕性高，非常对头。能及时给领导提醒，说明你有责任心。我所强调的，是证据。不能人家发几句牢骚，和几个关系近的在一起说说话，就怀疑人家有什么想法。"

季保田是根直肠子，对志刚的话更不满了："说来说去，我还是没事找事了？"

志刚扑哧笑了："哎呀，我是说不清了！"

此时河桩已冷静下来："你们先别争了。这可不是闹着玩的，出事就是大祸！但在没有拿到确凿证据之前，谁也不能声张，我们都把它藏在心里，暗中加强监控，一旦发现问题，马上采取措施！当然，但愿是一场虚惊。"

志刚补充："当前最重要的，是对战士们加强政治思想教育。抗战那么艰苦都过来了，眼前的困难还克服不了？"

大家觉得有道理，就都点头。

河桩转向季保田："保田，你在戴双印的身边，责任可是重大呀！"

"营长放心，我一准儿盯住了他！"

季保田回到班里，望着少了近一半的人，心里空落落的不踏实，就背起枪到村外去找。

五十六

戴双印几个在村北沙岗子里转了半天，连个野兔毛都没碰到。姜花子很丧气："这是他妈什么世道，连野兔子都欺负咱！"

"人要倒运，喝凉水都塞牙！"

戴双印朝不远处的树林努努嘴："走，咱也别白遛腿了，去那里边儿歇歇脚。"

一进树林，戴双印先靠着大树坐下。

等柳老笆几个人都坐下来，戴双印就以话引话："跑了半天，任嘛儿没逮着，回去还得喝那少油没盐的老倭瓜汤！"

姜花子胡噜胡噜脑袋："这罪受的，还真不如我要饭舒服！"

楚恩良笑骂："扯什么鸡巴淡！要饭舒服你怎么不去要饭？"

姜花子回骂："你知道个屁！别看不起叫花子，叫花子可是受过皇封的！"

据说，朱元璋小时候也穷得要饭。当了皇上后，就把打狗棍拴上黄绫子，赏给花子头，自此就有了丐帮。而那缠着黄绫子的打狗棍，就叫"杆儿"。戏文唱的《金玉奴棒打薄情郎》里金玉奴的老爹，就是掌"杆儿"的花子头。当然，缠黄绫子的总"杆儿"只有一个，各地花子头就仿制了大大小小的"杆儿"。虽说爷爷奶奶央求着要饭、抹桌子、吃残羹剩水不是长脸的事，可有"杆儿"的帮主却也很威风，出来时也是前呼后拥，俨然是一个土皇帝。所以花子们也能吹上一口子：要过十年饭，给个知县都不换！

楚恩良听姜花子越说越玄乎，就哧哧冷笑："吹上大天去，也脱不了下贱！"

254

姜花子恼了："我就是再下贱，也比你大茶壶整天闻骚听臭尊贵得多！"

"你他妈……"楚恩良的脸挂不住了，腾地站起来。他原在固安翠香楼里当跑堂，给嫖客沏茶倒水，赚俩小费，人称大茶壶，是很让人不齿的行业。一次他偷了嫖客的钱，怕责罚，才跑出来当兵。

戴双印看两人要急眼，忙和稀泥："行了行了，你们俩一个半斤一个八两，谁也别笑话谁！都是一头磕在地上的，何必呢！"

"是呀，咱们是把兄弟，得学刘关张桃园三结义，互相帮扶，哪能互揭老底呢？"柳老笆知道戴双印带这几个人出来的目的，就赶忙往正题上拉，"老三，我是在这儿干够了。往后怎么走，你是头儿，你说话！"

齐三先表态："哥儿几个要走，我跟着。共产党的这份苦，我实在受不了！"

齐三从十三四岁就跑瓜铺、梨铺，串街贩卖瓜瓜果果。他不光卖，还赌。别看他年龄不大，胆量可不小，土匪、大兵，谁跟他赌他都不怵，别人输了，给他钱，他输了，就用瓜果抵。有个匪首看他机灵，就拉他入了伙。后来，日本人把匪首剿灭了，他就当了伪军。戴双印反正，他又随着加入独立营。前些日子，他看上了瘫子王天奇的老婆银铃，有工夫就往王家跑。和银铃有了几回事后，银铃就让他把她带走，他不敢，他知道偷拐良家妇女在共产党这边是什么罪过。他也想过，把瘫子弄死，正大光明地和银铃结为夫妻，可他下不了决心，事情若败露，王河桩非枪毙了他不可。这股劲憋在心里，闹得他八爪挠心。他是聪明人，一听话口，就猜到是合计脱离独立营，他自然愿意跟着走了。

戴双印对着柳老笆摇头："哪能我说话，你是老大，你说了算！"

柳老笆连连摆手："老三，看你这话说的！兄弟排行，我是老大不假，可水大不能漫桥，你是班长，就得你说话，我们全听你的！"

几个人异口同声："对，我们听你的！"

戴双印假意叹口气："唉，现在看来，我真不该把你们拉过来，看把你们憋屈的！可细想，当年拉你们过来也没错，小鬼子也太不把咱当人了！人哪，谁也没有后眼，本想着受几年苦，把小日本打走了，我们就能过上好日子。谁想到，八路军变成了解放军，又跟老蒋干上了，咱们还得接着吃苦受罪。共产党也不想想，就老蒋那军队，那装备，那粮饷，哪样不比你共产党强百倍？打到最后，也就是一个字：输！"

"既是输，我们还跟着填什么楦？趁早撒丫子吧！闹不好把小命搭上，不值！"姜花子又嚷嚷起来。

"是呀，咱们快走吧！"其他人也跟着嚷。

"走，去哪儿？当逃兵抓回来可是要枪毙的！"戴双印冷冷地看着大家。

柳老笆挨个看看几个人的脸，一狠心把话说破："要不，去那边儿？"

"哪边儿？"戴双印故意问。

"就……就那边。国军……"

"投国军？"戴双印刷地站起来，"那可是反水。你们敢干？"

这一问，还真把几个人吓住了，这可是掉脑袋的大事。毕竟，知道戴双印真实想法的只有柳老笆，其他人只是跟着嚷嚷，至于去哪儿，却没人想过。

"即便不想在独立营待了，还能去哪儿？只能是那边儿！老三，你就带我们走吧！"柳老笆面向戴双印，两眼却盯着齐三等人。

此时，几个人都没了主意，互相看看，也就把目光射向戴双印："只要你带着，我们就敢干！"

"好！"戴双印觉得试探得差不多了，心里有了底，也就把话敞开了，"说实话，我早就干腻歪了。今儿弟兄们既然都想走，咱就走，去榆堡投李大队长。不过，眼下还不是时候。"

"什么时候是时候？"楚恩良不明白。

姜花子就又讥笑他："说你是大茶壶，你就是稀里糊涂。不明白，老实听着！"

楚恩良想反驳，看戴双印朝他瞪眼，就闭了嘴。

戴双印给大家解释："我们现在走，王河桩派人一追，咱都得玩儿完！得找机会，等咱们班单独执行任务的时候，全班一块儿走！"

"全班一块儿走？"齐三表示怀疑，"这不好办吧？七拉八不拽的，再起了内讧，那可就砸锅了，倒不如咱哥儿几个偷走爽快！"

"老五你多虑了。"戴双印似乎胸有成竹，"咱把兄弟五个，就占了全班的近一半，剩下那一半，还有三个是咱的老弟兄。其余四个，就季保田是共产党的铁杆，那三个都是轰鹰的。只要把姓季的制服，那几个就得乖乖跟我们走！全班拉过去，那是什么气派？李大队长也得高看咱们一眼！"

姜花子竖起大拇指："要不三哥你当班长，心里就是有计谋，能算出九米十八糠来。一个姓季的能滋什么毛儿？不听话就杵了他！"

"把他交给我，只要三哥一声令下，我就给他颗黑枣吃！"齐三摩拳擦掌的。

齐三恨季保田，不是一天两天了。齐三常往银铃家跑，季保田看出不对劲，就几次警告他。齐三虽然红了脸，还是狡辩：

"我这是搞军民关系。"季保田大骂："你少给我放屁！你搞军民关系，为什么不去别人家？你是不是看王天奇瘫了，想偷腥儿？告诉你，你要敢干出破烂事，我就报告营长，枪毙了你！"经这一吓唬，齐三还真收敛了不少，可也把季保田恨到了心里。

戴双印看齐三一眼："现在说什么也都为时尚早，弟兄们把这事藏在肚子里，千万不可泄漏！"

看看太阳压山了，戴双印站起身："咱得回去了，太晚让人疑心。"

"可咱空手回去，不更让人起疑？"柳老爸有些担心。

"起什么疑？那野兔子也不是站在那儿等咱打的，没逮着就是没逮着！"齐三倒满不在乎。

戴双印也没别的法子，就一挥手："管不了那么多了，走吧！"

没走多远，就见季保田站在一个沙岗上往这边望。戴双印冷笑一声："看看，找来了吧？"

五十七

　　唐立仁这些日子可露了脸，他先是在村头买了块宅基地，又请来瓦木匠盖起三间新房，一圈围墙，还修了座漂漂亮亮的小门楼。打扮也改了，毛蓝布长袍，红疙瘩帽盔儿，脚下一双白边千层底布鞋，在村里摇来走去地显摆。过些日子，又领来三个十几岁的小孩，在家里烧香拨火，闹腾得沸反盈天。

　　宋德财眼红得直咂嘴："这小子，捡了狗头金了？"

　　张广善还记着挖浮财的仇，说出的话就很刻毒："捡狗头金又能怎么着？别人的肉贴不到自个儿身上。不是好来的东西，吃了得噎嗝！"

　　宋德财点头："嗯，是这么个理。瘦子变胖，是福是祸还两说呢。"

　　村人的议论，钻进王老奎的耳朵里，引起他的警觉："这小子几个月没见，怎么冷不丁就耷起翅儿了？莫不是有什么歪门邪道？不行，得去看看！"

　　王老奎走进唐立仁的小院，一进门就闻到浓浓的香气，忍不住打了个喷嚏。唐立仁掀帘走出来："哟嗬，老奎大叔，你可是稀客，这是……"

　　王老奎见唐立仁大大咧咧的，全无了昔日的猥琐，心中不由得暗笑："真是人配衣裳马配鞍，黄鼠狼子戴顶帽子，也能装出人模狗样！"就说："听说你小子发财了，过来看看。你喝了什么蜜，能不能也给我喝点儿？"

　　唐立仁嘻嘻地笑："看大叔说的，发什么财呀？要说呢，嘿嘿，我还真碰上了好事。不过，这事，让你干你也不干。"

　　"谁跟钱有仇，有赚钱的事能不干？"王老奎四下打量。唐立仁有些得意忘形："老奎大叔，实话跟你说吧，我是遇到贵人了，我入教了！"

王老奎掀帘走进门，见堂屋北墙挂着一男二女的画像，下面长条几上摆着香炉，三炷高香正袅袅地飘着青烟。

"嘀，还真干起装神弄鬼的事了。"

唐立仁忙纠正："不是装神弄鬼，是入教。"

"什么教？"

"一贯道。"

"一贯道？没听说过。干什么的？"

"劝人向善、积德，祈福下辈子荣华富贵。"

王老奎晒笑："还下辈子，这辈子多干点儿好事比什么不强！"忽听西屋有响动，一步扎进去，见三个孩子坐在炕上。

"你们是干什么的？"

几个孩子低着头不敢言声。

唐立仁一旁忙替答："这是我的徒弟。小孩儿杵窝子，见生人不敢说话。"

王老奎没发现可疑之处，拔脚走出门，指着唐立仁说："我不管你入什么教，不许糟害乡亲们。"

唐立仁连连点头："哪能呢。"

"更不许和共产党作对！"

唐立仁又连连摇头："不敢，不敢！"

王老奎走在街上还在琢磨："唐立仁怎么就入了一贯道？一贯道到底是干什么的？"有机会他要问问腊梅。

其实，唐立仁也没想到他会入一贯道。秋收过后，农事结束，唐立仁再找不到雇主，只好又回到浑河沿。在彭春娥家住了几天，彭春娥就发话了："你没营生，我也没进项，往后喝西北风？"唐立仁就很羞愧，作为男子汉，占了女人的身子，就得为女人负责，于是就拍着脑门想辙。想来想去，就想起了邓洪水。邓洪水是他自小玩大的哥们儿，他被迫离村后，邓洪水也进了北平，在天桥一带混日子。何不找他去？北平是大地方，说不定能碰上什么机会。唐立仁把自己的想法说了，给彭春娥留下俩钱儿，就打起小包袱，去北平找邓洪水。出门时，彭春娥动了感情，眼泪哗哗地拉住他的手，说混好了别忘了她，混不好还回来，吃糠咽菜也在一块儿。这让唐立仁很感动。

唐立仁一进永定门就开始打听，没想到邓洪水的名气很大，没费什么劲就打听到了他家的地址。找到金鱼池，竟被那高高的门楼镇住了，这小子发了什么财，买了这么大的宅子？

邓洪水见到他很高兴，说他恨死了乡里人，谁来都不给好脸儿。"他妈的，当年谁把我往眼里夹过？如今看我混好了来找了，滚你妈的蛋！可唐哥你不一样，唐哥能行的时候，从没嫌弃过我，这恩情我不能忘。"邓洪水唠叨着，就吩咐用人张妈准备酒菜。

唐立仁也很高兴，听邓洪水的话口，他起码有落脚之地了。他打量着屋内阔绰的摆设，又羡慕又疑惑："兄弟，你当年也是身无分文，怎么十来年就成阔主了？遇到财神了？"

邓洪水摆摆手，往事不堪回首的样子："唉，兄弟是什么人，哥哥还不知道？除去吃喝嫖赌，再加上打架，哪会干正经营生？可这口气没咽就得活着呀，实在没辙，进了大粪场。背粪桶，摊粪饼，臭的呀，多少天吃不下饭。别提了，连下辈儿的罪都受了！"

"那你现在……"

邓洪水一扫愁云，哈哈地笑："还真让哥哥说对了。我没遇到财神，遇到贵人了！"

邓洪水就给唐立仁说起遇到贵人的经过。一天晚饭后，邓洪水闲得无聊，就去天桥听蹦蹦戏。刚走出不远，看见几个胡同串子在拉扯一个女人。邓洪水在庞各庄一带是打架出名的，好长日子没打架，手就痒痒了。又看那女人长得漂亮，就冲上前去，英雄救美。几个小混混只是叫骂得凶，其实都是软豆腐，邓洪水下手又狠，三拳两脚，就都跑了。

"那个美妞归兄弟了？"唐立仁羡慕得直咽口水。

"哪能？那娘们儿就是我的贵人。你猜她是谁？北平一贯道总坛主——张五福的相好！"

"你就入了教？"

"那还不入？是傻子也不会错过这样的机会。那张五福记着我的好儿，不光让我入了教，还委任我为南城分坛主！"

"一贯道是什么教门？"唐立仁两眼放出光来。

"你要让我细说，我也闹不明白，反正就是入了教，能消灾免祸，还能修来生的福祉。"

　　一贯道的来历，邓洪水还真是说不清楚。相传那还是在明朝年间，山东即墨有个叫罗孟鸿的人，来到密云雾灵山出家，另立"罗祖教"，编辑出法典"龙经"。后来，"罗祖教"分裂成先天道、老爷道、西华堂、东震堂等多个分支。到了清朝末年，山东青州人刘清虚把东震堂改为一贯道。民国后，山东人张光璧掌管了一贯道，在济南设总坛，派人到各地"开荒"办道，点传师栗春旭被派到北平。再后来，张光璧自命为"师尊"，他的妻子刘率贞和小妾孙素珍为"师母"，道友发展到几十万人。国民政府见一贯道的势力越来越大，怕起祸端，就把张光璧囚禁起来。北平道友张五福忠于师尊，愿以全部家财甚至生命保释张光璧。张光璧出狱后，为报答救命之恩，就把北平的教务交予张五福主管。抗战胜利后，张五福投靠了国民党。军统局北平站站长马汉三认为可利用一贯道对付共产党，特召集坛主以上人员集训，这让张五福感激涕零，立即表示，拥护"戡乱救国"，与共产党势不两立。为谢知遇，张五福多次宴请马汉三，赠送名贵字画。在马汉三改任北平市民政局局长时，张五福一次就送了几百万元的贺仪。这些历史，这些人物，对于不学无术的邓洪水来说，当然不会知道，他也不想知道，他看重的，就是如何敛财。

　　"入了教，真能消灾免祸？"唐立仁急切地问。水生家的事，就像一块千斤大石压在唐立仁的心上，每想起当时的场景，他就心惊肉跳，怕遭报应。

　　"那还有错，要不，能有那么多人入教？"

　　"还能像你这样……发财？"

　　邓洪水得意地四处指指："你看看我的家，这不明摆着吗？"

　　唐立仁眼红得直咂嘴："兄弟真是一步登天了！"

　　"告诉你，一贯道的势力可大了，在北平，谁都得高看一眼。马汉三知道吧？跟我们张道长是老铁！"

　　"马汉三？北李渠的那个马汉三？哎哟，我的娘，那是老乡呀！"

　　"得了老哥，人家马汉三现在什么位置？人称华北王，一跺脚，四九城都得乱颤！还老乡，人家能拿你当打鸡巴棍儿？"

　　唐立仁羞红脸："也是，天底下哪有老虎跟兔子认亲的？他妈的，这老天爷就是不公，都是人，怎么就有的享福，有的受罪？就说这马汉三，在家时也没看出有什么特别出绺儿的，现在就那么大道行！"

　　邓洪水也感叹："这就是命！有的人一从娘肚子里爬出来，手里就攥着金疙瘩，有的人嘴里叼的是草。唉，人比人，气死人！不过，话又说回来，爬不高，还省得摔个大紫包哪！"

"我也知道这个理，可心里就是不服气。马汉三凭什么就当了华北王？"

马汉三是大兴县北李渠人，出生于一个富裕的农民家庭。幼年起就聪颖好学，刻苦用功，尤以诗词、书法见长。在中央农事试验厂毕业后，经人介绍，在南苑加入了冯玉祥第十一师军事教导团。因他聪明能干，屡获升迁。一个偶然机会，马汉三与在西北军做秘密工作的中共党员宣侠父相遇，两人一见如故。不久，马汉三就调到宣侠父身边。在宣侠父影响下，参加了一些抗日救亡运动。在戴笠担任三民主义力行社特务处处长时，宣侠父安排马汉三进入特务处。马汉三利用旧关系，往来于北平、张家口、归绥、包头等地，搜集日伪情报。宣侠父通过马汉三的地下特务组织，把不少西北地区的日伪情报送往党的领导机关。长城抗战失败，宣侠父遭日军追捕。马汉三先把宣侠父藏在北李渠老家，后又陪其到天津与吉鸿昌会晤。抗战全面爆发后，宣侠父任八路军西安办事处处长，不久即被胡宗南的特务暗杀。自此，马汉三断了与共产党的联系，专受戴笠领导，不断加官晋爵。但戴笠只是利用马汉三在西北、华北的人脉关系，对他并不信任，因为马非黄埔军校毕业，不是天子门生，更因为他是冯玉祥的老部下。日本投降后，马汉三调任军统局平津办事处主任、平津肃奸委员会主任、北平行营军警督察处处长，成为平津地区对日伪的接收大员，号称华北王马王爷。日本著名女特务金璧辉（川岛芳子）为保住性命，把孙殿英在清东陵盗出的龙泉宝剑给了他，请他转献戴笠。马汉三知道此物是无价之宝，就自己隐匿下来。此事被来北平视察的戴笠侦知，勃然大怒，决定将其除掉。马汉三闻知事情败露，一边给戴笠送去十箱珠宝，一边命人在飞机上装了定时炸弹，致戴笠撞山而亡。事后，马汉三任军统北平站站长，公开职务是北平民政局局长。共产党占领庞各庄后，开展土改工作，马汉三家成为主要对象。马汉三出于报复，在北平、天津、郑州、兰州等地大肆破坏我方电台，捕杀我方干部，并支持逃亡地主组建还乡团，售给武器弹药，鼓励其回乡反攻倒算，成为共产党在平津地区最险恶的敌人。

唐立仁一个农村二流子，哪了解这些内里玄机，只是嫉恨别人比他强。

就在唐立仁生闷气的时候，张妈把酒菜摆上来。

邓洪水朝发呆的唐立仁招呼："来，唐哥，咱们喝着，别管他什么马汉三骡汉三的！在什么山唱什么歌，他马汉三当他的官，咱喝咱的酒！"

几杯酒下肚，唐立仁借酒蒙脸，向邓洪水提出要求："我说兄弟，你如今混好了，也拉老哥我一把呗？"

邓洪水早看出唐立仁的心思，这也是他所盼望的，就爽快答应："老哥你说，要我帮什么？只要我能做到！"

"我想入你这个道！"

"那好办，我现在是南城分坛主，哥想入教，一句话的事。不过，初入教的，得交'开荒'费。"

"多少钱？"

"像哥这样的，怎么说也得二百块！"

唐立仁慌了："二百块？有二十块我也不到北平来！"

邓洪水摆摆手："我是跟哥说笑哩。咱哥儿俩什么交情，能要你的钱？不光不要你的钱，我还给你一千块开办费。"

唐立仁不相信："有这好事？"

"谁让你是我哥呢？我现在就封你为坛主。咱老家那边还没有一贯道，你回去开坛办道。"

唐立仁为难了："我房无一间，地无一垄，在哪儿办？"

"我不是给你钱了吗？就拿它盖房！"

"呦，那感情好。可我……我对一贯道的事，一点也不摸门呀！"

邓洪水拿出一本经书："老哥识字，脑瓜子又灵，先把它背熟。明白了教义，后面的事就好办了。"

接着，邓洪水又给唐立仁讲坛口的组织机构：一位坛主，一位点传师，还有天、地、人三才。说到三才，邓洪水朝里屋招呼一声，三个打扮得怪里怪气的小孩走出来。

邓洪水指着其中一个孩子说："人才，你给唐爷来两句。"那孩子张口就说：

　　　　我道大门朝南开，
　　　　唐爷求道入门来。
　　　　一缕诚心通霄汉，
　　　　多福多寿永无灾。

唐立仁大喜："这孩子，出口成章啊！"

邓洪水挥退孩子，告诉唐立仁，三才是管扶乩的，天才负责写，地才负责念，人才负责把念的句子写出来。又说，入教者要交费用，有开荒费、坛主费、献心费、忏悔费、齐家费、功德费，还有考财、度大仙……最后笑着说："你收了这么多费，还愁发不了财？"

唐立仁还是摇头："这三才我到哪儿找去？都是人精啊！"

邓洪水很是慷慨："我好人做到底。我替你培养，能用了给你送去。"

五十八

天刚蒙蒙亮，王老奎就起来了。他来到院中，拉了几个架势，又打了一套拳，身上松快了，也暖和了，才抄起竹扫帚扫院子。唰啦唰啦的声响惊醒了柳芽，她披衣坐起，拍拍蜷缩在被子里的兴邦："小懒猫，还不起，跟爷爷放炮去。"

兴邦一骨碌爬起来："爷爷，等着我！"

王老奎在外接话："兴邦快起，东边都冒红了！"

今天是正月二十五，打囤的日子。老规矩，打囤得在太阳出来前完成。

王老奎放下扫帚，徐二婶已从灶膛里掏出灰，用簸箕盛着端到他面前。

王老奎接过簸箕，轻轻颠着。很快，地上就现出两个大大的灰圈儿，象征着粮囤。

柳芽拿着小瓢，把小麦、棒子、黄豆、花生，一小撮儿一小撮儿地放在"囤"中。兴邦拆开红皮小鞭炮，每个粮堆上插一个，举着燃着的线香朝王老奎喊："爷爷，点吗？"

"点！"

兴邦把线香伸向鞭炮的引信。引信嘶嘶地响着，砰一个炸了，砰一个也炸了，把五谷杂粮炸得四处乱飞。

王老奎乘着烟雾未散，把一盏煤油灯放在地上，撅着屁股透过灯焰往"囤"里看。

兴邦好奇地问徐二婶："奶奶，爷爷这是干吗？"

徐二婶疼爱地把兴邦揽在怀中："爷爷在看囤影。"

兴邦从徐二婶怀里探出头："爷爷，你看到什么啦？"

王老奎爬起身："哎哟，大囤满，小囤流呀！"

徐二婶用指头点着王老奎，嘎嘎地乐："你这老头子，就会糊弄小孩。"

王老奎却一本正经："怎么是糊弄？上级指示，马上就要进行二次土改了。土改后，穷哥们儿手里有了土地，那粮食还少打得了？就是大囤满，小囤流呀！"

此时已是一九四八年的初春。经过两年多的艰苦斗争，全国的解放区不断扩大，永定河两岸已基本恢复到抗战胜利时的原貌。毛主席党中央审时度势，颁布了《土地法大纲》，命令各解放区进行土地改革。王老奎参加了县里召开的土改工作会，李斌指示，"一手拿枪，一手分田"。平南地区早在一九四六年就已进行过土地改革，后因内战爆发被迫中断，所以这次叫二次土改。

拐二爷也在打囤。他把炸飞的五谷和鞭炮皮子扫到一起，用簸箕端着倒进猪圈。年前抓的那头少了半截尾巴的小猪哼哼唧唧地爬起，先用嘴巴拱拱，就拣着豆粒嘎嘣嘎嘣地吃，边吃还边摇晃那条秃尾巴。拐二爷喜滋滋地看了一会儿，见东边天才刚冒红，就拐进牲口棚，给黄膘骡子拌上草，就手摘下墙上的套绳，坐在槌布石上，在套绳的断茬儿处打算盘疙瘩。二奶奶隔着窗户喊他："折腾了一大清早儿，冷冷呵呵的，就不怕冻出个好歹来？白薯粥给你盛上半天了，再不吃，就成冰坨了！"

拐二爷吸溜下冻红的鼻子："你也不看看都什么节气了？进八九了！离地气通还有多少天？早把绳儿套儿收拾好，耕地时就不着急了。"

二奶奶有些心酸："拐楞着一条破腿，整年都不知道歇会儿，什么时候是个头儿？"

拐二爷就有些生气："老娘们儿家，啰里啰唆没个完！"还是扔下套绳，费劲地站起来。刚要进屋，院门就让人拍响了。

"这是谁呀？大清早的！"拐二爷嘟囔着，拐拉拐拉地去开门。

门开了，迎面站着唐立仁。

拐二爷脸上立刻变了色："你来干什么？又来挖浮财？"

唐立仁笑嘻嘻地："看你这老哥，什么年代的事了，陈谷子烂芝麻的，还记仇呢？"

"陈谷子烂芝麻？那是我的汗，我的血！平白无故你就拿去，还说我记仇？

你不怕做损？"拐二爷一想起那一袋袋粮食，就心疼得跟什么似的。

唐立仁四下看看："老哥，我这回可不是找你麻烦的，是来帮你的。你让我进去，我好好跟你说。"

"就凭你，还帮我？少算计我，我就念佛了！"拐二爷毫不客气，哐当一声把门关上了。

唐立仁愣在街上，心里很不是滋味。

元宵节那天，邓洪水来到唐立仁的家，不光给他带来两盒大顺斋的元宵，还带来"师尊""师母"的大幅照片和三个相貌清秀的小孩，其中一个还是女孩。唐立仁又惊又喜，忙找来彭春娥，塞给她几张票子，说是贵人来了，要做最好的饭菜。

邓洪水一坐定，就问唐立仁背下经书没有？唐立仁说会背了。邓洪水抽查了几段，果然背得顺溜。邓洪水很高兴，说我就知道哥是个有能耐的人。又问准备情况。唐立仁说，你不都看见了，就是这样儿吧。可有一事不好办，没有点传师。他本想让彭春娥干，彭春娥打死也不答应，说："我跟你明铺暗盖，就够丢人了，再装神弄鬼，还不让人笑死。"

"那倒无关紧要。你脑瓜儿这么灵，干脆就两个职务一肩挑。"

唐立仁有些慌张："我连坛主怎么当都没摸门儿，还当点传师？"

邓洪水把三个小孩支开，低声说："点传师就是给入道的人搞个仪式，简单得很，几句话的事。我教你，一学就会。记住，在外人面前，必须要装出神秘的样子，不然，没人信你，谁来入道？"

邓洪水就教唐立仁怎么当点传师，果然很简单。邓洪水又把三个小孩从里屋叫来，扶乩给唐立仁看，还教他们怎么配合，嘱咐要多练习，熟能生巧。

酒饭过后，邓洪水把唐立仁拉进东屋卧房："你的人马算是齐了，往后可就看你怎么拉道徒了。"

唐立仁还算是个明白人，不由得又惶惑起来："不瞒兄弟说，我在这村的人缘呀，唉，那就是破鞋没跟儿一提不起来。谁愿入我的道？"

邓洪水哧哧笑："听你这话，老哥还不是太坏的人。你不知道河边上有这句话吗？一人劝另一人办件事，逞尽口舌，没完没了，那人会说，你烦不烦，跟劝道似的。这就是说，劝道得脸皮厚，死缠烂打。等人被你说烦了，或是心软了，你的目的就达到了。当然，"邓洪水朝唐立仁眨眨眼，"正着说不行，也不妨来点歪门邪道。"

唐立仁又想起一件事："这村大多是穷光蛋，有钱人不多，怎么发财呀？"

"没钱也可入道，叫舍身办道。"邓洪水指指屋外的小女孩，"她就是家里没钱，舍给道里的。你可叫男人给你干活、跑腿，至于女人嘛，那就看你的意思了。"

唐立仁看着邓洪水脸上的淫笑，也呵呵地笑起来，连连拱手称谢："老弟的恩德，我都记在心里了。等哪日发达喽，我一定重报！"

"自家兄弟，谈不上报不报的。不过，按道里的规矩，你是我的下线，要把你收入的一半上交给我，以发展道务。再有，那三个孩子别让出屋。小孩嘴不严，把实情说出去，可就砸锅了。"

唐立仁点头："放心，我让春娥看着他们。"

送走邓洪水，唐立仁就开始思谋从谁下手。想起邓洪水"舍身办道"的话，他心里一阵激动，起身去找香巧。

大河里的冰还厚厚的，在阳光下反着白花花的光。渡口上冷冷清清，偶尔有三两个行人，冒着风险，在冰面上小心翼翼地行走。

小吃店前立着个用铁桶改制的煤炉，上面烧着一把硕大的水壶，咕嘟咕嘟冒着白汽。唐立仁看看虚掩的门，知道香巧在屋子里，就推门进去。

因没有生意，香巧没情没绪地坐在床上发呆。突然的门响，让她吃了一惊，见是唐立仁，不禁有些恼怒："吓人一跳。就不知道咳嗽一声？"

唐立仁尴尬地笑笑："下回一定，一定咳嗽。"见案板前有个机凳，就一屁股坐下来。

香巧一直硌硬唐立仁，说话的口气就有些冷："你来干吗？要吃什么，我给你做。"

唐立仁贪婪地看着香巧的脸："我不吃什么，我来是想说点事。"

"我跟你有什么可说的？你要不吃，大冷的天，就回家猫着去吧。"香巧站起身，做出明确的送客姿态。

"大妹子，你看你，怎么不让人说话？我真有事跟你说。"香巧也觉出自己有些过分了，口气缓和下来："什么事，你快说。"

唐立仁往前探探身子，一副神秘兮兮的样子："妹子，你知道吗？天下要有大灾难了！"

香巧噗地笑了："那还用你说？天天打仗，天天死人，吃不上喝不上，不是灾难是什么？"

"嗯——"唐立仁拉着长音摇头，"这算什么灾难？差远了去了！佛祖说了，宇宙分红阳、青阳、白阳三期，各历一万八千年。眼下正值白阳期末世，大劫将至。哎呀，人都要下地狱呀，受老鼻子罪呀！"

香巧被说得稀里糊涂，瞪着两眼看着他。

唐立仁以为香巧被吓住了，更加滔滔不绝了："要想躲过这场灾难，就得加入一贯道。谁成了道徒，佛祖就保佑谁逢凶化吉，遇难呈祥，不光不受地狱之苦，还能在来生享受荣华富贵！"

香巧揶揄地笑："你说得这么天花乱坠，你快去入呀。"

"我当然入了。我不光入了，我还是坛主。我是看在咱俩平时关系不错，有好事不能忘了你，才来跟你说的。"

香巧拉下脸："闹了半天，你是来劝道的呀。我什么也不信，就信命。命中有三把，跑遍天下不满升！行了，你别在这儿瞎咧咧了，我不入道！"

唐立仁被赶出门，很是沮丧。他对香巧的美貌也是垂涎已久的，本想劝她舍身入道，他就可享受美味了，谁知香巧油盐不进。

五十九

　　唐立仁回到家，一边看"三才"练扶乩，一边琢磨。美色是没希望了，香巧根本不听那一套。那就发财吧，要想发财，就得找富裕主。于是壮着胆子去找宋德财、张广善、拐二爷。宋德财、张广善听说能避灾躲祸，还能修来世的福，真就有点动了心，可一听要交钱，立马打了退堂鼓。拐二爷更是不给面子，连门都没让进，就给搋出来了。

　　唐立仁盯着拐二爷那紧闭的大门，心里直骂："这个拐东西，就欠再挖回浮财，给你闹个底朝天，气死你个老王八蛋！"

　　几声吱吱的猪叫引起唐立仁的注意。拐二爷的南墙根下，有个用半头砖垒的猪圈，一头三四十斤重的小猪一边叫，一边用嘴巴拱着圈门。

　　唐立仁望着那秃尾巴小猪，一个主意冒出来。他朝拐二爷的大门嘿嘿一笑，转身走了。

　　没过几天，拐二爷的秃尾巴小猪丢了。拐二爷拐着瘸腿，站在门前口吐白沫地骂大街，引来不少人看热闹。

　　唐立仁也来了："这是唱的哪一出？"

　　宋德财告诉他，拐二爷的小猪丢了。

　　唐立仁立刻拍手打掌："呦，那可捅了毛儿蛋了！那拐二爷奸的，谁摘他俩杏吃，都像吃他的肉！那么大的猪没了，还不心疼死？"

　　张广善神秘地说："这事也真新鲜了，圈门好好的，圈墙也没倒，猪就没了。即便有人偷，猪也得叫啊。什么动静都没有！"

众人也都议论纷纷。

唐立仁趁机说："还真是有点邪门儿。要不，我给算算？"

"你还会算卦？"宋德财怀疑地看着他。

唐立仁高深莫测地笑："会不会，一算不就知道了？"

人们都想看稀罕，就鼓动拐二爷算算。

拐二爷心疼他的猪，在人们的怂恿下，也就把对唐立仁的仇恨撇在一边，点了头。

唐立仁把众人领回家，让闲人站在院子里，只领拐二爷一人进了屋。

拐二爷见唐立仁把屋门关上了，不由得有些紧张："你，你要干吗？"

唐立仁把手指竖在嘴上，示意拐二爷别出声。然后让"三才"把马尾罗和沙盘准备好，自己跪在一男二女画像前祷告。

拐二爷被这神秘劲儿镇住了，身子竟情不自禁地发起抖来。

唐立仁祷告完，便让"三才"扶乩。

"天才"就是那个小女孩，叫英子。她双手合十，紧闭双眼，嘴里嘟嘟哝哝念叨了半天，才捧起马尾罗，将罗帮上绑的竹筷对准沙盘。

拐二爷看见，马尾罗先是静止的，不一会儿就动了起来，且由慢到快，在沙盘上写出龙飞凤舞的字来。拐二爷也是念过两个冬天私塾的，可沙盘上的字一个也认不出。

飞转的马尾罗突地止住。英子往后一仰，倒在炕上吐起白沫。

"地才"是个高高瘦瘦的男孩，叫李燕平。他在早准备好的纸上，把沙盘里的字工工整整抄写下来。

名叫郭景的"人才"拿起写满字的纸，朗声念诵：

> 新春二月初，
> 拐爷失去猪。
> 若问何处寻，
> 堤上柳树窟。

唐立仁推推发愣的拐二爷："佛祖指明了，大堤上的柳树窟窿。还不快去找？"

拐二爷将信将疑，在众人陪伴下，走上大堤，一棵老树一棵老树地找。天近晌午时，果然在王八坑边的老树洞里找到了。那秃尾巴小猪口流涎水，还在呼呼大睡。

"真神啊！"众人惊叹。

拐二爷抱着猪，眼里竟流出泪来："神，神，真是神了！"

宋德财若有所思："这么看来，他还真有两下子！"

张广善捅捅宋德财："想什么呢？"

"唐立仁说他入了一贯道。莫非这一贯道真有神通？前几天他劝我入道，我还不愿意。"

"也找我来着，我也不信。现在看来，不信还真不行。"

宋德财似乎心有不甘："要是不要钱就好了。听唐立仁那话口，要的还不少。"

张广善就讥讽："你这人哪，什么都好，就是小气！一辈子只想盖房置地，一分框外的钱都舍不得花。你就不想想，遇到个灾难的怎么办。比方说，让土匪绑了票，倾家荡产；遭把天火，片瓦无存；永定河发大水，冲个一干二净。倒不如费点钱，图个无灾无难。俗话说，花钱免灾！"

宋德财气恼地给了张广善一个脖儿拐："你老小子嘴也忒损！我偷你媳妇了，那么恨我？"

张广善哈哈地笑。

"照你这么说，咱就入？"宋德财还是动了心。

"入，拉着拐二爷，咱们一块儿入！"

唐立仁点燃三支香，拜三拜，插在"师尊""师母"像下的铜炉里，然后跪下，默念咒语。好久起身，命宋德财也燃香、参拜，待宋德财跪好后，用手指在他的眉心处点了一点，念道："人中受一点，佛祖保平安。"入道仪式就算完成了。

张广善、拐二爷也完成仪式后，唐立仁开始给他们讲道训，说道规，无非就是虔心向道，多舍钱财，以消灾避难，祈来世之福。最后说："你们今天入了道，就成了道亲，以后要互称道友，要互帮互扶。我是坛主，又点你们入了道，就是你们的师父。对师父，你们要绝对忠诚，绝对服从。如有叛逆，必遭天谴！"

待三人诚惶诚恐地走后，唐立仁一边数着厚厚的钞票，一边为自己的手段得意。那天他离开拐二爷的家，就进了固安城，在野药摊上买了一大包迷药。为防拐二爷起疑，他直到第三天夜里才把迷药掺在窝头中，来到猪圈旁，扔给秃尾巴小猪。正在酣睡的小猪闻到窝头的香味，一骨碌爬起来，连嚼都顾不得嚼，就干干净净吞进肚里。唐立仁在秫秸夹的茅房里躲了一顿饭工夫，跳进猪圈，把软绵绵的小猪扛在肩上，背上大堤，塞进早先物色好的树洞里。返回家后，他把三个孩子叫起来，谋划好谶语，就躺在炕上，等着天亮好戏开锣。果然，拐二爷上当了，全村人都上当了。

唐立仁把钱藏好，心里喜滋滋的。看来，劝道并不是多难的事。他对未来充满了信心。

六十

　　腊梅的后背痒得难受，紧靠在洞壁上蹭也不管事，就抽出长苗匣子枪，反过手去使劲捅。她在地洞里隐蔽二十多天了，身上长满了疥疮，发作起来痒得抓心挠肝，恨不得把肉抓下来才解气。近来几个村子发生的事，让她又难过又恼怒。冯天焕到刘各庄召开秘密党员会，被人杀死在返回的路上，身上中了十几刀。一个区长被害，震动很大。李斌责成腊梅，必须破案。冯天焕的事还没理出头绪，粮秣助理楚子玉和干事王凯到距刘各庄二里地的孙村开展工作，被"黑杀团"包围，突围时双双牺牲。种种迹象显示，村子里隐藏着敌特。区里的干部一下没了三个，这让腊梅又恼怒又痛心，就只身来到刘各庄，决心查出真相，为牺牲的战友报仇。她白天躲在李义家牲口棚下的地洞里，夜里出去侦察情况。不想在洞里待的时间过长，受了潮气，竟长了疥。疥先从手丫巴发起，然后是胳肢窝、乳房下、裆里，慢慢向全身蔓延，痒得她像发了疯的猴子，两手不停地挠，挠得身上鲜血淋漓。好不容易痒劲儿发作过去，腊梅擦擦眼角溢出的泪水，长长出了口气，地洞上的木板就有节奏地敲响了。腊梅听出暗号，弯着身子来到洞口，用枪管捅捅木板。木板掀开，洞外已是一片漆黑，李义端着煤油灯蹲在上面。

　　腊梅爬出地洞，随着李义走进堂屋。李义媳妇秋莲一边给她拍打身上的土，一边关切地问："憋坏了吧？先喘口气，喝碗水，待会儿就吃饭。"

　　腊梅接过水碗，一口气喝个精光。

　　秋莲帮腊梅理理蓬乱的头发，心疼地说："看这细皮嫩肉的，受这罪！"

腊梅笑笑，没言语。

"洪书记，今儿我跟你出去，就不信揪不住兔崽子的尾巴！"李义是个老党员，现任刘各庄村党支部书记。刘各庄是抗战期间平南建立的第一个农村党支部，为抗战做了不少工作。如今村内出了内奸，让他这个党支部书记面子上很过不去。

"李义同志，你也不用太自责。这个敌特是不是你们村的，还不一定。查这种事，不是打仗，人多没用，还是我一个人去，也免得打草惊蛇。"腊梅一边吃着秋莲端上来的馏白薯，一边安慰李义。

李义直摇头："这都二十几天了，一点儿目标没有，简直就是大海捞针，怎么查呀？真真难为了你。"

"没有不透风的墙。只要敌人有活动，就总得露出影儿。你给党员、村干部，还有那些积极分子，布置下去，严密监视那几家地主富农和一切可疑分子。功夫不负苦心人，说不定就会发现马脚。"腊梅说着，检查好枪弹、飞镖，就往外走。

"你再多吃点儿。这老长夜的，哪儿就一宿了？"秋莲拉住腊梅，把糠面饼子往她手里塞。

腊梅笑着推拒："嫂子，你把我当成猪八戒了？我哪有那么大的肚子？"

李义脱下身上的大棉袄："穿上这个，夜里忒冷。"

腊梅感激地看看李义两口子，闪身走出门去。

节令虽已出了九，可夜风还是挺硬。腊梅裹紧大棉袄，贴着墙根一条小巷一条小巷地转悠。此时农村里除去捣粪、剥花生仁儿、拾掇锄犁镐耙，还没有什么急手的活儿，农人们吃完晚饭，为省灯油，就早早上炕歇息了，整个村庄陷入一片寂静之中。腊梅串了几条街，一无所获。来到老爷庙前，略一打量，便爬了上去。老爷庙居于村庄中心，趴在庙顶，可俯瞰全村。腊梅两眼盯住街道，脑海中又浮出冯天焕的影子。冯天焕这个北平来的大学生，虽因狂热犯了错误，但信仰是坚定的，在被隔离于永定河北的那段日子里，他亦步亦趋，紧紧跟在她的身后，钻树林，趴沙岗，蹲"蛤蟆蹲"，风餐露宿，忍饥挨饿，毫无动摇。重新担任区长后，与她紧密配合，把区里的工作搞得风生水起，多次得到李斌的表扬。不想这么一位年轻有为的干部，竟遭了敌人的毒手，而且牺牲得那样惨烈。腊梅抹抹眼角溢出的泪花，又想起了楚子玉和王凯。楚子玉已是四十多岁的人了，对她这个年轻的领导，既尊重，又像大哥哥一样呵护。永定河河畔大多是薄沙碱地，好年景都没有什么收成，更别说灾荒年了。楚子玉的工作难度可想而知。为了征集公粮，他简直是磨破嘴，跑断腿。不论看了多少难看的脸，听了多少难听的话，他都埋在心里，从不发半句牢骚，反倒常愧疚地说，老乡们也不容易啊。这次到孙村，是调查春播的种子问题。他说，我们不能光顾征粮，还得帮助老百姓发展生产。王凯只是个刚毕业的初中生，还不满十八岁，求知欲很强，主动要求和楚子玉同去，说是见见世面，长点做群众工作的本事。谁知这样好的两位同志，双双倒在了二狗那群恶魔的枪下。

看看天上的北斗星，已是半夜时分，仍没有发现可疑线索。腊梅动动有些麻木的身子，溜下老爷庙，出了村，沿着田间小路，朝孙村走去。二月初的月牙已经隐没，天地间灰蒙蒙的，四五十步远就什么也看不清。由于走动，刚才冻透的身子渐渐暖和起来。突然，她感到手丫巴里有些痒，忙用手去挠，这一挠，全身立刻都痒了起来。她知道这是疥疮又发作了，忙跑进路边的树丛，靠在树上使劲地蹭。就在这时，一阵轻微的脚步声传了过来。腊梅顾不得痛痒，忙将身子影在树后，伸着脖子朝外窥探。

灰白的小路上，隐约出现了一个人影。

待到近前，腊梅发现，这个人弓着身子，走得很慢，似乎边走边观察着什么。

深更半夜，空身一人，鬼鬼祟祟，莫非就是那只寻了很久的恶狼？腊梅心中一阵狂喜。她等那人走过，便悄悄尾随上去。

那人走进刘各庄，径直来到一座房子前。这家人很穷，孤零零三间土坯北房，连道栅栏都没有。那人往四处踅摸片刻，就钻进西南角的秫秸茅房里。腊梅认出，这是村武委会主任的家。她躲在不远的墙角后，密切注视着那人的动静。

好久，那人才从茅房里出来，猫腰来到窗根下。此时屋内一片漆黑，那人听了一阵，似乎很失望，直起身子离去了。

腊梅想看他究竟要干什么，就不声不响跟在后面。

当那人来到第二家时，腊梅不禁吃了一惊，那竟是李义的家。

李义家要稍富裕些，不光有土围墙，还有座黑漆小门楼。

那人踮着脚尖，扒着墙头往里看看，一拔身子蹿上去，翻身进了院。仍是弯腰来到窗下，侧着耳朵谛听。显然又是什么也没听到，就返回到墙根前，刚往上一蹿，脸上就挨了重重一击，哎哟一声倒了下去。

腊梅从墙头跳下，一脚踏在那人的胸脯上。

院里的响动惊醒了李义，一边扒着窗眼往外看，一边问："谁？在干什么？"

腊梅轻声说："老李，是我，逮住狼了。你把窗户蒙上，点上灯。"

李义打开门，腊梅提着那人的脖领子走进屋，狠狠摔在地上："说，你是什么人？在干什么？"

那人吭哧着不开口。

李义端着油灯到脸前一照，不由得惊叫起来："杜振玉！是你？"

"你认识他？"腊梅用手枪顶住那人的脑袋。

"孙村的杜振玉，当过农协的账房先生，常在一起开会，怎么能不认识？"

腊梅恍然大悟："我说他对你们……那么熟悉。"腊梅使劲用枪管杵了杜振玉一下，"老实交代，你要干什么？告诉你，我跟了你一路了，你到谁家我都知道。这是第二家，对不对？"

杜振玉见无可抵赖，只得招认。

杜振玉家在孙村是个富裕户，念了好几年私塾，是个文化人。村里成立农协时，因他没有什么劣迹，就让他当了账房先生。土改划成分，他家被划为富农，属于斗争对象，就免了他的职，并从他家挖了不少浮财。年前他去榆垡赶大集，遇到二狗，二狗请他吃了一顿饭。喝酒间，二狗提出让他当眼线，监视共产党的活动。他想到自家的遭遇，就答应了。因为他在农协里干过，虽然闹不清谁是党员，可谁是村干部心里还是清楚的。于是就在深夜采取听窗根、扒房檐的方式，到干部家探听消息。楚子玉和王凯来孙村时，被他知道了，就跑到榆垡报告给了二狗。

"你个混蛋！"腊梅激愤地抡起枪，狠狠砸在杜振玉的头上。

杜振玉血流满面，趴在地上哀求饶命。

"你还没说完。冯区长是不是你害的？"

"不是不是，我就干了那一件坏事！"杜振玉否认。

"那是谁？"

"是……"

"说！"

"是南庄的郎秀峰。"

"你怎么知道？"

"那天我去榆垡领奖金，他也去了。李大裤裆给了我五百块钱。说他杀了共产党的区长，功劳大，给了他两千块。我眼红他钱多，也想……就又……"

"你个害人精！"李义一脚踢在杜振玉的胸口上，杜振玉闷哼一声，昏倒在地上。

腊梅朝李义使个眼色，两人架起杜振玉，拖出门去。

六十一

处决了杜振玉，东方已经发白，晨鸡的叫声此起彼伏。

李义问腊梅，是先回家隐蔽，还是去逮郎秀峰。

腊梅略一思索，说："你赶快回家，省得嫂子担心。郎秀峰就交给我了，一条小泥鳅，翻不起大浪。我要亲手宰了他，给冯区长报仇！"

李义知道腊梅一身功夫，又有枪有镖，自己跟着去也起不了什么作用，就嘱咐几句，回家了。

腊梅来到南庄，太阳从地平线冒了出来，微弱的光芒照在空荡荡的大地上，显得很是苍白无力。早起的麻雀跳跃在房檐、树枝间，叽叽喳喳吵个不停，才给这死寂的清晨增添了点活气。

腊梅趁着街上无人，匆匆来到农协主席葛汉民的家门外，院中传出一个婴儿声嘶力竭的哭声。腊梅刚抬起手，院门就开了，葛汉民手拿一张纸条正要往外走。

"呦，洪书记，怎么这大清早的就来了？"葛汉民忙闪开身子，往里让。

腊梅走进屋，葛汉民的媳妇玉英正抱着刚出满月的孩子在地上晃。

腊梅关切地走上前："嫂子，这孩子怎么了，哭得这么厉害？"

玉英没好气地抱怨："真是越累孩子越密！那个刚断奶，这个又来了。整宿整宿地哭，烦死个人！"

"你愿意生！"葛汉民嘿嘿地乐。

"我拧你的嘴！有了不生，憋得住？还我愿意生，要不是你……"玉英看腊梅一眼，咽下后半截话，吃吃地笑了。

腊梅微微红了脸："孩子多还不好？人丁兴旺！咱穷人指着什么，就是人，人多力量大！"她忽然想起葛汉民手里的纸条，"你那纸条是什么？"

葛汉民不好意思地把纸条递过去。

纸条上写着：天皇皇，地皇皇，我家有个夜哭郎。过往君子念三遍，一觉睡到大天亮。

腊梅咯咯地笑："你还信这个？"

"人家都说把这个贴在十字路口，挺灵验的，就找人写了。其实，什么灵不灵的，就是求个心安。"

这时，孩子在玉英怀里睡着了，还打起轻微的鼾。

"你看这个小兔崽子，天亮了，他也睡了，就是折腾大人。"玉英佯骂着，把孩子递给丈夫，"你抱会儿，我做饭去。"

腊梅靠近葛汉民："你们村的郎秀峰，为人怎么样？"

葛汉民把嘴一撇："他？那是破鞋没跟儿——提不起来的人。这个郎秀峰，自小没爹没娘，守着两间破房，全靠东摸一把，西偷一点地凑合活着。长到十六七岁，就去吴部入了伙。吴部被咱们围歼后，他是漏网之鱼，从大五龙回到了村里，还是东游西逛，谁也不知道他干什么。有点钱就往胡寡妇家送。那胡寡妇比他大十来岁，拿他又当儿子又当爷们儿，人们背后说得那个砢碜，都对不上牙！"

"他就是杀害冯区长的凶手！"

"真的？"葛汉民眼都瞪圆了。

腊梅就把杜振玉的供词说了。

"那怎么办？"

"还能怎么办？这种人决不能再让他活着，除了他，为冯区长报仇！"

"就在村里？"

"就在村里。而且还要当着全村人的面处决他，以威慑敌人！"

"这……"葛汉民有些犹豫。

"老葛，我知道你的顾虑。放心，为了保护你，我不会让你出面。你的任务就是，暗中查查他有没有枪，常到什么地方去。"

"这我能办。"葛汉民爽快地答应。

腊梅的身子暖过来，奇痒又开始了，忙用双手慌乱地抓挠。葛汉民看她那难受的样子，立刻猜到了："你这是……长疥了吧？"

腊梅不好意思地点点头。

"这好办。"扭头朝外喊，"玉英！"

玉英挓挲着两只面手走进来。

"洪书记长了疥，你给看看。"

"你会治？"腊梅喜出望外。

"我的老丈人鼓捣土方、偏方一辈子，灵验得很。玉英在家时，跟她爸学了不少。让她给你看看，好治。"葛汉民说着，把孩子放在炕上，走出屋去。

玉英在瓦盆里洗净手，撩开腊梅的衣服，仔细查看了一遍："就是疥疮。我有几个偏方，专治这东西。妹子你放心，遇上我，包你三五天就能好。"

腊梅紧紧握住玉英的手："哎哟嫂子，可遇上活菩萨了。这罪，真不是人受的呀！"

李斌听了腊梅的汇报，说："郎秀峰既当过土匪，身手应该有两下子，若是再有枪，就更麻烦。你是区委书记，责任重大，不能以身涉险。"就让腊梅去找河桩，请独立营派人援助。

腊梅走进沈大爷家，一股好闻的气味钻进鼻子："呦，这是什么饭？真香！"

沈大爷笑哈哈地迎出来："洪书记，你真是有口福的，你大妈刚蒸的艾窝窝，就让你赶上了！"

河桩几个听见腊梅的声音，也都从厢房里走过来。

沈大妈一边掀锅，一边打招呼："快来，趁热吃，又黏又甜！"

志刚看看河桩："这稀罕物儿，还是留着您二老吃吧。"

沈大妈嗔怪："你这教导员，怎么倒跟我们生分了？以前少吃大妈做的饭了？这豆面儿是你大爷刚碾的，搁了不少红糖呢。"

志刚就笑："我还跟大爷大妈认生？我是觉得你们好不容易吃顿差样儿的，倒让我们赶了嘴。"

"这算什么差样儿？"沈大爷把一大盘熟豆面儿放在桌子上，"就是去年闹了灾，黍子没打多少，要不，吃艾窝窝，吃洒糕，吃黏豆包，还不可着肚子招呼？来，脱鞋，上炕！"

金驹做个怪相："别局着了，吃吧！"

大家就都笑着上了炕。

腊梅用筷子夹下一块黏窝头，在盘子里来回搅拌，待四周都黏上甜豆面儿，才夹起来放进嘴里："驴打滚的名，就是这么来的吧？"

吃着驴打滚，腊梅就把郎秀峰的事说了。

金驹立刻请战："侦察、锄奸，那是我的本分，交给我吧！"

河桩看看腊梅，又看看志刚："我看，这回，还是教导员跟洪书记去吧。"

金驹早就知道河桩有撮合二人的意思，就扮个怪相："好好，我让贤。你还别说，志刚跟腊梅，就是合适！"

志刚杵了金驹一肘子："说什么呢你？"

"我说你和洪书记去除掉郎秀峰，挺合适。怎么，我说错了？"

志刚对嬉皮笑脸的金驹毫无办法，只好不理他。

腊梅性格虽然泼辣，可在男女之事上还是羞涩的，也通红着脸不吭声。

腊梅和志刚并肩朝南庄走着。志刚一眼一眼地看腊梅，可腊梅不接他的目光，闹得志刚一时竟张不开嘴。

其实，腊梅此时心里已发生了变化。以前她对志刚没感觉，是她只把他当作大哥哥，从没往做夫妻的方面想，河桩冷不丁向她提起这事，让她很是突然，一时接受不了。如今，经过河桩的有意安排，两人接触多了，她渐渐品出志刚的好来，思想上就有了些松动。不过她眼下还不想结婚，怕有了孩子缠手，耽误工作。柳芽多能干的人，就因为孩子，窝在了家里。还有张桂兰，把孩子寄养在老乡家，整天挂念得扒心扒肝的，那个痛苦劲儿，看了就让人可怜，她才不找那麻烦呢。

志刚见腊梅一直不理自己，忍不住轻咳一声。

"教导员，你有什么话，就说嘛。"腊梅看志刚那讪讪的样子，心里竟生出些许的怜悯。

"我是说……嗯，下一步，我们怎么办？"志刚话一出口，又拐了个弯儿。

腊梅暗叹一声，只得把自己的想法说了。

腊梅走进葛汉民的家。

葛汉民报告，郎秀峰就在胡寡妇家中，有没有枪，不知道。

腊梅和志刚商量后，指挥战士们把胡寡妇的家包围起来。

近些日子，郎秀峰天天拿李大裤裆给的奖金买鱼买肉，在胡寡妇家大吃大喝。这天，郎秀峰喝得醉眼蒙眬的，枕着胡寡妇的大腿睡着了。胡寡妇望着这个比自己年轻很多的汉子，真是眼里看着心里爱，就在她抱起郎秀峰的脑袋要亲一口的时候，听到了院外的响动。

"别睡了，有人！"胡寡妇慌忙在郎秀峰的脸上拍了一下。

郎秀峰自打害了冯天焕，心里一直不踏实。一听胡寡妇说有人，立刻翻身爬起，从被窝垛下抽出盒子枪，推弹上膛，透过门缝往外看。可巧，一个战士扒着墙头要往院里跳。郎秀峰甩手一枪，身随枪声闯出门外。早已从屋后上到房顶的腊梅一镖打去，正中郎秀峰的右臂，盒子枪坠落在地。腊梅不等郎秀峰转身，腾空跃起，几个连环脚，将其踢倒在地。战士们蜂拥而上，把他摁在地上捆绑起来。

"说，你怎么害的冯区长？不说实话，我马上就毙了你！"腊梅两眼喷火，枪口紧紧顶住郎秀峰的脑袋。

"我不知道他是区长！"郎秀峰梗着脖子喊。

志刚向腊梅使个眼色，等腊梅把枪拿开，缓和着口气问："郎秀峰，你是怎么和二狗拉上关系的？又是怎么害的冯区长，从头细细地说！"

郎秀峰知道今天落在独立营手里，就算进了阎王殿，倒不如实话实说，免遭皮肉之苦，就从头到尾交代了。

"黑杀团"驻到榆垡后，郎秀峰找到二狗要求入伙。二狗掂掇半天，让他当了眼线，根据情报价值，发给奖金。郎秀峰每天夜里就在附近村里转，遇到可疑人就跟踪，看到谁家亮着灯就去听窗根。几个月下来，虽也去榆垡报告过几次，可李大裤裆和二狗都不满意："就这鸡毛蒜皮的，也叫情报？"扔俩小钱就打发了。后来再去，别说钱，连酒都不给喝了。郎秀峰就憋气，真是狗眼看人低，等老子给你闹个大的看看！事有凑巧，没几天，冯天焕到刘各庄活动，被他发现了，就拎条枣木棍子在村口等。天快亮时，冯天焕走出村，郎秀峰立刻跟了上去。但他不敢直接上前，知道共产党的干部都有枪，弄不好会偷鸡不着蚀把米，就仗着地形熟，绕到前面一棵大树下，隐在黑影里。冯天焕绝没想到会有人偷袭，枣木棍子落在头上，哼都没哼就倒在了地上。让郎秀峰也没料到的是，当他到跟前查看被打的人是否断气时，竟被冯天焕死死抓住了脖领子。吓坏了的郎秀峰拔出短刀，疯狂地朝冯天焕胸前、肚子猛刺，直到冯天焕松了手，他才头也不回地跑回家。为了避嫌，郎秀峰把沾满鲜血的衣裤脱下，刨个坑埋了，又洗净手脸，便猫在屋里不出门。直到午饭后胡寡妇来告诉他，冯天焕被杀了，他才知道死在他手下的竟是共产党的区长。不知是惊喜还是害怕，他哆嗦着倒在炕上，半天爬不起来。胡寡妇问他怎么了，他不说，只让胡寡妇给他弄点吃的，他要上榆堡。李大裤裆和二狗听他说弄死了冯天焕，高兴得又喊又叫，当即奖励了他两千块钱。

志刚和腊梅审问清楚，让战士们把郎秀峰押到十字街口，召集全村人开会，公布了郎秀峰的罪行，当众处决。

六十二

初春的阳光暖暖地照着，微微的溜河风拂在脸上说不出的惬意。几场春雨过后，胀鼓鼓的柳芽已绽出鹅黄色的嫩叶，疏疏离离的绿草中，苦菜花婀娜地迎风摇曳。喜鹊、画眉、野鸽子们嘴衔木棍、麻絮，在树枝间跳上跳下，忙碌地做窝。桃花汛还未到，永定河水静如处子，缓缓地流淌着。河桩、志刚带着警卫班，拍马冲下河堤，选个水浅处，越河而过，纷乱的马蹄踏起一片浑浊的水花。

"哎，我说，分区要我们去开会，是不是又有大的战斗任务？"河桩边跑边问志刚。

志刚打打愣，没有把握地说："分区领导远天远地地命我们去，我想不会是小事。"

"多打点儿大仗吧，早些把国民党消灭了，就都踏实了。"

"谁不愿意呀？只是国民党眼下的力量还不小，我们只能像蚂蚁啃骨头那样，一点一点地吃！"

"你和腊梅的事怎么样了？"河桩转换了话题。

"这怎么说呢？人家老不表态，云里雾里的，拿不准。"志刚很无奈。

河桩笑："你这个足智多谋的诸葛亮，这点小事就没咒儿念了？"

"看你说的，这是小事？这可是一辈子的大事！唉，看缘分吧。"志刚说着，给马加上一鞭，当先冲向前去。

他们赶到分区司令部驻地，各县地方武装领导人已来了不少。宛平县独立营营长老丁一见到河桩、志刚，便乐呵呵地迎上来："王营长，赵教导员，我们又见面了！"

老丁的家也在永定河河边，与浑河沿离得不远，是近乡亲，抗战时期两支队伍就多次并肩作战，情谊深得不能再深，见面自然格外亲热："两位老弟，我刚在老乡家买了只鸡，好好闷几口！"

几个人坐在一起，边喝酒边闲聊，自然就提到了东桑园那场战斗。

那是一场与国民党正规军较量的硬仗，也是两支友邻部队默契配合的典范战例，在冀中引起很大反响。

当时，为集中兵力打击敌人，宛平独立营和大兴独立营联合行动，利用夜晚，同时进占东、西桑园。

宛平独立营没费劲，平平安安驻进西桑园。

大兴独立营在东桑园却出了纰漏。东桑园驻有一小队"还乡团"，没打几枪就溜了，小队长赖五却留了下来。

部队占领村庄后，立即在各出口派出岗哨，封锁消息。令河桩没想到的是，戴双印给他玩了手黑的。

赖五躲在暗处，把独立营的人数、武器等情况摸个大概齐，便往村外溜，刚跳出土围墙，就被暗哨戴双印和柳老笆逮了个正着。

"干什么的？"戴双印用枪顶住赖五的胸口。

"我媳妇得了重病，出村请先生。老总，你让我走吧，人命关天哪！"赖五一副着急的样子。

"放屁！"柳老笆扇了赖五一个嘴巴，"请先生为什么不光明正大地走，要跳墙？一定是奸细！"

戴双印拦住柳老笆："既是请先生，就让他走吧。"又对赖五说，"老乡，我们独立营要在这儿驻几天呢，你放心地去吧！"

看着赖五消失在夜黑中，柳老笆有些不解："老三，这小子鬼头蛤蟆眼的，一看就不是好鸟儿，你就这么让他走了？"

戴双印阴阴一笑："我知道他不是好鸟儿，他要是好鸟，还不放他走哪！"

"你？……"柳老笆愣怔一下，猛地一拍脑袋，"真他妈，你看我这脑子！"

赖五跑到榆垡，把独立营驻在东桑园的情况报告给李大裤裆，还强调说独立营要在东桑园多待几天。

李大裤裆直视着赖五："这种事你怎么知道？"

赖五说，是他出村时站岗的告诉他的。

李大裤裆立即想到戴双印，乐得直拍大腿："好哇，这小子……"话说半截儿忙停住，朝赖五挥挥手，"行了，你找地儿歇着去吧。"

支走赖五，李大裤裆忙跑到国民党驻榆垡的工兵营营部，请武青莲营长派兵助战。武青莲虽然没有和独立营直接作过战，可独立营劫过他的军饷，这就使他对独立营有了仇，当即派出一个连，随李大裤裆行动。

拂晓时分，李大裤裆来到东桑园村外，正遇一个看瓜老头和一个小孩在点火做饭。李大裤裆停住队伍，问两个人村里有没有独立营。两人一夜没回家，不清楚村里的情况，就说没有。

"没有？我怎么听说有呀？"

老头和小孩你看我我看你，不知如何回答。

"都是他妈和共产党穿连裆裤的，"李大裤裆骂，"带走！到村里发现了独立营，把他们全毙喽！"

当独立营的岗哨发现敌情鸣枪报警时，李大裤裆已完成包围，正在树丛的遮掩下靠近土围墙。

河桩听到枪声，迅速指挥战士们抵抗。急骤的枪弹雨点般打过来，在土围子上溅起一片烟尘。

"敌人的火力够猛呀！"河桩一边吐崩进嘴里的土沫子，一边朝志刚喊。

熹微的晨光中，志刚看到了锃亮的钢盔："这是国民党的正规军！"

"我说呢，今儿个可碰上硬茬儿了。李瑞，把敌人的机枪火力点干掉！"河桩命令小炮手。

李瑞连发两炮没打中目标，索性站上围墙，直着身子朝敌人开炮。

敌人的一挺机枪飞上了天，李瑞也和他的掷弹筒一同摔下墙来。

李大裤裆见偷袭无望，把怒火撒在了老头和孩子身上："你们不是说村里没有独立营吗？怎么又有了？"举枪将二人打倒在地。

工兵营带队的耿连长根本就没把独立营放在眼里，对李大裤裆乱杀无辜也很看不上："打仗就说打仗，拿老百姓扎什么筏子？就那几个土八路，都不够蘸盐花儿的！"

李大裤裆看耿连长那不可一世的狂傲劲儿，心中冷笑，就想挖个坑给他跳：

"耿连长说的是，你们正规军是什么成色？一水儿的美国造！就独立营那几杆破枪，哪是你老哥的对手？"

耿连长被捧得有些飘飘然，挥着手枪大叫："弟兄们，全连压上，给我狠狠地打！"

在机枪小炮的打击下，独立营还真有些吃不住劲了。

志刚趴在河桩耳边喊："敌人太多了，我们得突围！"

河桩却想到了另一层："宛平的老丁一会儿肯定会来支援。我们撤了，他们怎么办？"

"那就派人通知，让他们往韩村转移，咱们突出去后，再与他们会合。"

河桩点头，叫过警卫班班长马杰，命他去给丁营长送信。

铁牛还是以往的战术，不哼不哈地掩在一个有利位置，沉稳地扣动着扳机，冲在前面的敌人接二连三地倒下去。

河桩大喊："打得好，捡当官儿的打！"

铁牛移动枪口，两个大檐帽先后倒在地上。

刚才还狂喊乱叫的敌人被震慑住了，趴在庄稼地里不敢抬头。

河桩长出一口气，揪下帽子胡噜脸上的灰尘："狗日的，你们也有屁的时候？"

志刚灵机一动："他们屁了，我们也改变战术。"

"怎么改变？"

"追回宛平独立营，让他们从背后接敌，咱们给他来个里应外合，不信敌人能坚持得住！"

"好，就这么办！"

金驹站起身："这事得我去，别人怕说不清。"

丁营长听到东桑园传来的枪声，知道大兴独立营遇到了劲敌，忙集合队伍，前来支援。半路遇到马杰，便绕道朝韩村开进。刚走出不远，金驹就追来了，又扭头往回赶。

李大裤裆和耿连长只顾了前面，却不想宛平独立营从后面摸了上来。一阵弹雨，打得敌人鸡飞狗跳。河桩抓住时机，命司号员吹起冲锋号，战士们怒吼着扑出土围子。

李大裤裆一看势头不妙，撇下耿连长，带着自己的人先溜了。

老丁端着机关枪，身先士卒冲入敌阵。见几个敌人守着两门六〇迫击炮，一梭子子弹扫过去，将敌人全部扫倒。

二愣见友军一上来就有了这么大缴获，羡慕得眼都红了，盯住耿连长就追。耿连长此时见大势已去，也就顾不得脸面，带着一个贴身马弁顺着棒子垄猛跑。二愣射出一串子弹，打得棒子叶乱飞，却没有打中。耿连长回身还击，也没打中。二愣铆铆劲，几个箭步蹿上去，伸手抓住耿连长的腰带，两人扭打在一起。

马弁见连长被缠住，反身过来抱住二愣的胳膊。二愣把缴获的手枪指向马弁，大喝："滚蛋，不走连你一块儿打！"马弁吓得松了手，耿连长却借机挣脱了。

二愣心里懊恼得不得了，便抓住马弁的大枪不放。马弁见实在挣不脱，只得举手投降。

"那一仗打得过瘾，一个连的正规军，让咱揍了个稀里哗啦！"老丁一提起那场战斗，仍然眉飞色舞。

"丁营长真是神勇，一下就缴获了两门六〇迫击炮！"河桩由衷赞叹。

"你们那二愣连长也不赖，差点儿活捉了敌军连长！"老丁也竖起大拇指。

这时旁边又聚过来几个干部，有人就笑："瞧你们俩，就对着吹吧！"

志刚说："这可不是吹，咱的事迹上了《冀中导报》头版头条，军区孙毅司令员还给咱发了嘉奖令！"

"是呀，联合起来就是力量大。什么时候找机会，咱合伙再干他一家伙！"老丁又兴奋起来。

"好，一言为定！"河桩举起酒杯，几个人一饮而尽。

第二天的会议主题是上缴电话线。

"这叫什么战斗任务？"河桩不过瘾。

"这个战斗任务很重要，千万不可等闲视之。"分区司令员刘秉彦望着河桩，满眼的喜爱，"同志们都知道，国民党军队之所以行动迅速，一是他们有汽车，二是他们有电话，有了军情，一摇电话，几分钟就能传达到几百里开外。而我们呢？送信大多还是靠人，最快也就是骑马。相比之下，我们明显处于劣势。如果我们把他们的电话线剪掉，他们就成了聋子。我们用他们的电线拉起电话，我们就有了千里眼、顺风耳。同志们说说，这个任务重要不重要？"

刘秉彦如此一解释，与会者恍然大悟，纷纷叫好。

刘秉彦见大家想明白了，就说："咱们以公里为计量单位，各县按各县的实际情况，自愿报数。"

"我们报十公里。"霸县的宋大队长先报了数。

"我们报二十公里。"宛平老丁也报了数。

河桩碰碰志刚，伸出三个手指，见志刚点头，就站起身：

"大兴报三十公里！"

没想刘秉彦一口否决："三十公里不行！"

"那报多少？"

"五十公里！"

河桩有些发蒙："五十公里？司令员，我上哪儿给你弄那么多去？"

刘秉彦胸有成竹地微笑："你有地方弄，我早给你算好了。"

"什么地方？"

"北宁线！铁路上有的是电线杆，就看你敢不敢去！"

"那有什么不敢？就是火焰山也闯它一个来回！"

六十三

返回营部后，河桩将与志刚在路上定好的战斗计划布置下去，他亲带一连去万庄，志刚和金驹带二连去安定。

腊梅率领几十个民兵，两挂大车，带着斧头、砍刀、钳子、锯，随着志刚出发。志刚看着长长的队伍，兴奋地说："《三国演义》里有草船借箭，我们给他来个大车借电话线！"

腊梅瞅着志刚笑："教导员又要讲故事了。"

志刚看着腊梅那含笑的眼，心里有说不出的温暖。

戴双印走在队伍里，急得火急火燎。自打决心反水，戴双印的心绪就彻底变了，总想冒点坏，让独立营受损失。全营出动去割电话线，这可是大事，得给榆堡送个信。他想了半天，就贴在柳老笆耳边低低说了几句。

"那我还能回来吗？"柳老笆提出一个很关键的问题。

"嗯……"这倒是戴双印没有想到的。他琢磨一瞬，把牙一咬："你就别回来了，回来不是找死？反正我们很快就过去，你先在那边等我们！"

柳老笆点点头，瞅个空子从队伍里溜出来，走向路旁的小树林。

"老柳，你干什么去？"季保田紧跟着也出了行列。

"我肚子不好受，想蹲蹲。"柳老笆按戴双印教给他的谎话说。

"我跟你一块儿去。"季保田时刻对这几个人保持着警惕。"这可真是，天底下好什么的都有，还有好闻屎味的！"柳老笆嘟囔，却也无奈。

两人走进树林，柳老笆蹲下就不起来。

"你拉线屎呀？有这工夫，去榆垡都打个来回了！"

柳老笆听了季保田的话心里一惊，以为他和戴双印的计谋已泄露，只得假装恼怒："你在一边看着，谁拉得出来？"

"那就快走！"

戴双印见二人从后面追上来，暗暗叹了口气。

来到铁路边，二愣布置好警戒，大家一拥而上，砍的砍，锯的锯，不一会儿电线杆就倒下一片。人们把剪下的电话线缠成捆儿，装上大车。金驹看着躺在地上的电线杆心疼，就对民兵喊："这可是盖房的好檩条儿，你们扛回去用，不能给国民党留下！"

民兵们就一人扛起一根，随着大队往回走。

金驹走了几步，又停住脚，跟战士们要手榴弹。

"你又要出什么幺蛾子？"志刚知道金驹的品性。

金驹坏笑："咱借了人家东西，别不声不响地走啊，那多不礼貌！我给他的火车留几颗喜蛋！"

"你这家伙，就是个沾不着儿，得了便宜还要哭三天！"

金驹把几捆手榴弹塞在铁轨下面。

几大车电线送到分区司令部。材料科科长一看乐了："大兴独立营就是行，这电线，足有一百公里了！"

押车的金驹胸脯一挺："那是！大兴独立营是谁？那可不是吃素的！"

独立营出击北宁路，割了大批电话线，还炸毁了一辆火车头，闹得国民党当局很是惊惶。"镇北关"、李大裤裆、冯海文几个被叫到南苑，挨了韩语斋一通臭骂。李大裤裆一回来就摔盆打碗发脾气："这个独立营，就没法治了？"

蔡师儒摇头："这还真不好说。你想，从日本时期到现在，十年了，独立营几起几落，就是绝不了根儿！"

"你那表侄也是个废物，多长时间了，屁事没干！"

蔡师儒一直怀疑他姑姑的死是李大裤裆干的，就不言语。

"找他去！"过世德自从侉子营逃出后，就把他的失败推到蔡师儒身上，对蔡师儒一直没有好声色，"那小子该得的都得了，不能站在干岸唱呀儿哟，也得湿湿鞋！"

"世德说得对。老蔡，要不，你去找找戴双印？"李大裤裆直视着蔡师儒。

蔡师儒有些慌："哎哟，我的李大队长，你这不是往狗肉柜子里送我？独立营想抓我还来不及，我能自个儿送上门去？"

"你不敢，老子去！"过世德鄙夷地瞪蔡师儒一眼，"哼，都是说话呱呱儿的，尿炕唰唰儿的，遇到事，就成了缩头王八！"

蔡师儒被骂得心焦火冒，胸脯子鼓了几鼓，还是把那口怨气咽了下去。

过世德穿身破夹袄，背个粪筐，把手枪藏在驴粪球下面，来到独立营驻地，对站岗的说是受戴双印父母的托付，给戴双印捎句话。

戴双印一见过世德，立刻吓得变了脸色，忙把他拉到一边："你怎么到这儿来了？不要命了？"

过世德不在意地笑笑："有你在，我怕什么？"

"让人看出破绽，咱俩全玩儿完！"

"完就完，有你垫背，也不冤！"

"你他妈到底要干什么？"

"李大队长让我来找你，答应人的事，别忘喽！"

"哪能忘？我一直在使劲儿。现在三八枪班完全在我的掌控之下，一有机会就拉过去！"

"好！要是再把王河桩杀掉，就更好了！"

"那是个人精，得看机会。你快走吧，告诉李大队长，过几天独立营要进驻侉子营，你们去袭击，我就反过去！"

"嗯，这还不错。告诉你，桃儿在那边眼巴巴地等着你，你别让人家失望！"

一提起桃儿，戴双印心里立刻涌起一股热浪。见有人往这边看，忙压下那股激动，催过世德快走。

过世德故意大声说："别忘喽，你妈想你了，抽空回家看看。"

过世德回到榆堡，向李大裤裆汇报了戴双印的情况。李大裤裆立刻让蔡师儒赶回侉子营，安排蔡老肥做眼线。

几天后，独立营果然来到侉子营。

侉子营的伪大乡公所自被拔除后，蔡师儒几次想恢复，都被独立营及时摧毁，侉子营也就成为独立营的游击区。独立营此次前来，是护卫腊梅来开展土地改革的。

腊梅在关帝庙戏台前，召开群众大会，宣讲共产党的土改政策。

白大傻听完宣讲，笑嘻嘻地往家走："这回好了，穷人都要有地种了！"

"哼，真是做梦娶媳妇——净想好事！"冷不防的，一个阴沉沉的声音从身后响起。

白大傻回头见是蔡老肥，忙赔出笑脸："不是我想，是那个女长官刚说的。"

"她说的就算数？谁家的土地白给人？你抢人家的，人家不跟你玩儿命？"

白大傻看着蔡老肥那恶狠狠的目光，不敢再言声。

蔡老肥溜出村子，来向蔡师儒汇报。

"独立营来了多少人？"李大裤裆问。

"一百多人，还有两个女的，一来就开大会，说要土改。"

"土改个屁！老过，你去把二狗他们几个找来，咱们好好合计合计，明儿全体出动，把他们给抄喽！"

六十四

腊梅演讲时，志刚一直站在戏台下，等腊梅跳下台，他就迎了上去："不愧是从延安来的，对党的政策吃得就是透！"

腊梅不好意思地抿抿鬓角："教导员可真会捧人，就我这点儿水平，哪能跟你比？"

"看你，还说我会捧人，你这是干什么？"

两人对视着，都笑了。

志刚见腊梅高兴，趁机提出邀请："我们去村外走走吧？"

腊梅犹豫了一下，还是点了头。

榆树的枝杈上拄满串串榆钱，几只艳丽的花大姐趴在嫩绿的榆叶上，缓慢地蠕动着。志刚突起孩子性儿，紧跑几步，蹦个高儿，两串硕大的榆钱就掠在手中。腊梅看着志刚那矫健的身手，心里禁不住泛起阵阵涟漪。

志刚将下一把榆钱塞在嘴里："真嫩！"便把另一串递给腊梅，"你尝尝。"

腊梅撸下几片，慢慢咀嚼："嗯，好吃！"

"这可是穷人的救命东西，掺在棒子面里蒸窝头、打糊饼，那叫一个香！"

"我小时候也没少吃。还有打粑拉儿，加点儿盐，浇上大蒜汁儿，咸不叽儿辣的梭儿的，比肉还香。"

两人说说笑笑来到村外，满眼的麦苗已经起身，不少粉蝶或翩翩飞舞，或落在叶片上一张一合地扇动着翅膀。一块耕过的空地上，一对年轻夫妇在种花生，男的用锄扒垵儿，女的手托葫芦瓢，一坑一坑地点籽，场面平和又宁静。

志刚和腊梅似乎都被这温馨感动了，站住脚，痴痴地看着。

"夫妻和睦，日出而作，日落而息，安安心心过日子，真是人间美景啊！"志刚由衷叹息。

"看来，你对这种生活很羡慕？"腊梅忽闪着眼睛问。

"谁不羡慕？我们参加革命这么多年，枪林弹雨里拼杀这么多年，为的是什么？不就是过上好日子吗？"

"是啊，"腊梅点头，"人谁不想过安定日子？可国民党不让啊！"

"腊梅，如果我们把国民党反动派消灭了，你，你愿意和我……"

"干什么？"腊梅明知故问。

"结婚！"志刚终于将压在心底的话明确说了出来。

望着那热辣辣的目光，腊梅胸中激荡不已。经过十来年的漂泊、动荡，腊梅早就渴望过安定日子了。只是她以前心里一直装着河桩，从没考虑过别人。河桩的有意安排，使她知道了河桩的苦心，不得不把目光转到志刚身上。多次接触，志刚的身影在她心中渐渐清晰起来，爱意也随之增长。只是志刚在谋划战斗上干脆果断，在战士群里谈笑风生，在她面前却是那样的胆怯和木讷，几次都欲言又止，她都替他憋得难受。今天他能说出口，看来是下了狠心，她不能再难为他了。

"志刚，"腊梅改了称呼，眼里噙着盈盈泪光，"你的心思我早知道，我同意。只是，打败国民党反动派还得几年，你能等吗？"

"只要你同意，就是等到铁树开花，我都等！"志刚激动地拉起腊梅的手，紧紧握着。

腊梅此时如同一块久冻的坚冰，在温暖的阳光下融化了，她往前一扑，软软靠在志刚的胸前。

此时志刚也无了顾忌，伸出双臂，把腊梅揽入怀中。

远处驶来一辆马车，车把式的清脆鞭响把迷醉的腊梅惊醒，急忙挣开志刚的怀抱。当她看到志刚渴求的目光时，心里也是麻酥酥的，便用眼往不远处的小树林瞟瞟。

志刚明白腊梅的意思，就抬步走进林子。

他们没料到，树林里躲藏着戴双印。

戴双印一见腊梅，心里就涌起说不出的仇恨，因为李大裤裆说奶奶是让一个女人害死的，他就把这事安在了张桂兰和腊梅身上。反正就是她们俩，不是她，就是她！戴双印固执地想。他见腊梅和志刚出了村，就尾随在后，想寻机杀死腊梅，为奶奶报仇。可志刚和腊梅一直没有分开，这就让戴双印不敢下手，他深知志刚武功深厚，也耳闻腊梅非寻常女子可比，不但枪法精准，而且身手了得，闹不好，杀不了他们，反倒会被他们所杀。便躲进小树林，等待机会。不想志刚和腊梅也进了小树林，这使戴双印陷入尴尬境地，走，怕被发现；不走，更有可能被发现。犹豫间，志刚和腊梅已在不远处站下来，想走也来不及了，戴双印只得握紧三八枪，贴在一棵大树后，静观其变，就把两人的亲密过程看了个满眼。

志刚与腊梅订了终身，又在树林里搂抱了那软绵绵的身子，兴奋得彻夜难眠，脑子里数着公鸡叫了三遍，再也躺不住，见河桩还在沉沉地睡着，就悄悄出屋去查岗。围着村子转一圈，见几处岗哨都很警醒，就在一个碾盘上坐下来，等待天亮。很快，东方现出鱼肚白，满天繁星渐渐隐去，只剩下几颗最大最亮的，还在顽强地眨着眼。新的一天又要开始了，志刚想着，站起身，拍拍屁股上的土，要往回走。就在这时，村北突然响起一声枪响，紧接着，村东、村西也都响起枪声。他知道出现了敌情，就向最近的村北跑去。

“教导员，敌人上来了！”隐在土围子后的哨兵朝他喊。

志刚探头一看，微亮的天色中，黄乎乎的敌人正蜂拥而来。他一面射击，一面命令哨兵：“快去报告营长，东、北、西三面发现敌人，让他赶快部署抵抗！”

河桩已被枪声惊醒，正在召集部队，听哨兵报告完敌情，立即兵分三路，分头拒敌。

河桩带着李三林排来到志刚身边，敌人离土围子已不足百米。战士们不等命令，就一字排开，猛烈射击。

密集的枪弹遏住了敌人的攻势，紧张的局势暂时缓和下来。

腊梅和张桂兰喘吁吁地赶到，一见面就埋怨河桩：“王营长，你怎么不给我们布置任务？”

“打仗有我们，你们在老乡家隐蔽就行了。”

腊梅不高兴地噘起嘴：“你这是歧视女同志！论打仗，我洪腊梅怵过谁？凭什么让我隐蔽？”

张桂兰也不服:"就是,枪林弹雨多少年,谁还怕打仗?"

河桩只好讨饶:"得得,你们都厉害,是我小看你们了。我错了,行了吧?"

腊梅得意地一笑,靠在了志刚身边。

河桩靠着土墙坐下:"咱们昨天刚到,李大裤裆一大早就来偷袭,这是有内奸报信呀!"

"有没有内奸,以后再查。现在最紧要的,是敌人两倍于我,怎么个打法?!"志刚一边往枪膛里压子弹,一边说。

"还能怎么打?狠打!李大裤裆仗着他人多,一直爹翅舞脚的,把咱不放在眼里。今儿就跟他来个硬碰硬,把他打趴下,让他望影儿怕!"

"那好,我在这儿盯着,你去那两边指挥。咱们有土围子,地形有利,敌人有多少,都把他撂在阵地前!"

腊梅说:"河桩哥,我跟你去!"

河桩看志刚一眼:"不用,你还是在教导员这边吧!"

张桂兰提枪立起:"营长,我跟你去吧。"

河桩又瞄腊梅一眼:"你不跟你们书记在一块儿,跟我跑什么?"

腊梅看出张桂兰的心思,就说:"河桩哥,桂兰嫂子想看二愣哥打仗,你就让她跟你过去吧!"

"嗯,两口子一个战壕,带劲儿,走!"

六十五

李大裤裆站在一棵老树下，看着连滚带爬退下来的喽啰，气恼地骂："这个王河桩，难道睡觉还睁着一只眼？还没靠前，就让他发现了！"

过世德撸撸袖子："偷袭不成就硬攻，反正咱们比他人多。"

李大裤裆摇头："他们有围墙，咱们硬冲，不都当了活靶子？去，把那几门小炮架起来，先轰他个满地找牙！"

志刚正在纳闷敌人怎么半天没动静，空中突然传来嘶嘶的响声，忙喊："注意，躲炮！"

话音未落，几颗炮弹落下，围墙里外腾起一片呛人的烟尘，眼前的一段土墙也被炸塌了。志刚抖抖头上的土，拉起腊梅："没事吧？"

"没事！"腊梅抬起满是灰尘的脸，"你怎么样？"

"我也没事！"

随着炮击，围墙被炸出大豁口，几个战士倒在血泊中。

"李三林！"志刚嘶哑着嗓子喊，"把敌人的小炮干掉！"

李三林左右看看，叫过戴双印："看到西面那座高房了吗？你带三八枪班爬上去，找到敌人的炮阵地，用机枪把炮手干掉！"

腊梅和张桂兰一到阵地，戴双印就盯上了她俩，琢磨怎么打她们的黑枪，听了李三林的命令，不免有些犹豫。

"你瞎磨蹭什么？快去！"李三林厉声呵斥。

戴双印只得临时改变主意，不无遗憾地看腊梅一眼，暗道：

"让你再多活一会儿！"便朝三八枪班一挥手，带头朝高房跟前冲。途中，他借躲炮弹的机会，告诉柳老爸："通知弟兄们，准备反水！"

志刚见李三林派了戴双印，刚要阻拦，又是一颗炮弹飞来，就咽下没出口的话，伏身在土墙后隐蔽。

戴双印跑到高房下，摘下帽子，拍打身上的土："算咱命大，炮弹可是六亲不认！来，歇会儿。"

季保田立刻反对："班长，排长不是让咱上房干掉敌人的炮手吗？你怎么能休息？"

戴双印向柳老爸几个使使眼色："我这个当班长的不着急，你当班副操的什么闲心？"

季保田觉出戴双印的反常，紧紧盯住他："不赶快把敌人的小炮干掉，我们会增加伤亡！"

戴双印脸上露出狞笑："炸吧，都炸死才解恨！"

季保田哗地端起大枪："戴双印，你这话是什么意思？想反水？"

"算你说对了，老子就要投到那边去！"

"你敢，我毙了你！"季保田对着戴双印就要开枪。

早已挪动到季保田身后的柳老爸，挺起刺刀狠狠捅入季保田的腰眼："你先死去吧！"

"你，你们……"季保田身子晃了晃，咬牙扣动了扳机。

子弹擦着戴双印的肩头飞过，钻进厚厚的墙壁中。

"宰了他！"戴双印大叫。

齐三蹿上去，一刀抹断季保田的脖子。

一个战士见势不妙，扭头就跑，被戴双印一枪打倒。

其他几个战士被楚恩良、姜花子围在中间，枪口顶住他们的前胸后背。

戴双印阴沉沉地说："实话告诉你们，老子今天反水了！你们是要死还是要活？要死，季保田就是你们的榜样。要活，就乖乖跟我走！"

原先和戴双印一起反正的三个战士忙哀求："班长，咱们可是老弟兄，别杀我们，我们跟你走！"

剩下的两人在凶狠目光的逼视下，也都慢慢低下头。

戴双印让姜花子把白毛巾绑在枪头上，爬上高墙，站在屋顶朝北面摇晃。

随着炮弹的连续爆炸，土围墙坍塌得越来越厉害，战士的伤亡也在不断增加。志刚急得两眼冒火："李三林，三八枪班怎么回事？"

李三林也纳闷："奇了怪了，戴双印的动作也迟慢了！"

志刚心里猛地一震："坏了，要出事！"

果然，李三林发现了高房上挥动的白旗："教导员，你看！"

"怪我，我失职了！"志刚一巴掌拍在自己脑袋上。既然已发现了戴双印的反常迹象，为什么不采取果断措施？

李三林暴跳如雷："戴双印这个王八蛋！我把他当亲兄弟对待，他竟是个白眼狼！我去宰了他！"

志刚连忙制止："眼下顾不得他了。敌人炮击一停，马上就会进攻，我们要赶快布置防御！"

"不行！"李三林羞怒得红了眼，"我不把戴双印毙了，不把三八枪班拉回来，怎么向营长交代？怎么向大家交代？"

"戴双印既是投敌了，你去也没用，白白赔上一条命！"

"用我的命换他的命，也不能让他跑到敌人那边去！"李三林犯了犟脾气，拔腿就走。

志刚飞起一脚，踢在李三林的腿窝处。李三林猝不及防，一下跪在地上。

"把他给我摁住！"志刚大喝。

腊梅安慰狂躁挣扎的李三林："李排长别着急，叛徒是没有好下场的。你要听教导员的指挥，赶快组织防御！"说着，从一个战士手中拿过步枪，瞄着还在房顶乱摇白旗的齐三，扣动了扳机。

齐三身子一挺，栽下房去。

李大裤裆也在望远镜中看到了白旗，狂喜地大叫："好，这兔崽子终于动手了！王河桩，你这回是完蛋了！"把枪一挥，"弟兄们，给我冲！"

团丁们也受到鼓舞，嗷嗷叫着冲上前去。

李大裤裆一边跟着跑，一边吩咐过世德："你到村东去，让赵孟加紧进攻！"

刚才的炮击，已损失了一些战士，三八枪班的叛逃，更削弱了力量。面对匪徒的猖狂进攻，李三林虽组织战士们顽强抵抗，终是力不从心，敌人渐渐逼到阵地面前。

"上刺刀！"李三林扔掉机关枪，抄起伤员身边的三八大盖。

"不行！"志刚拉住李三林，"这么多的敌人，拼刺刀不是白白牺牲？带上伤员，撤到村里，和敌人打巷战！"

望着撤退的对手，李大裤裆志得意满，站在土围子上，指挥团丁向村里追击。

戴双印惶惶不安地来到李大裤裆面前："大队长……"

李大裤裆上下打量着戴双印："等了你这么多日子，到底还是来了！"

"报告大队长，刨除打死的两个，牺牲的一个，全班九个人，都带过来了！"

"好，回去就给你们论功行赏。现在，带着你的人，给我冲，一定要把独立营一网打尽！"

"这……"戴双印面有难色。

"怎么了？"

"弟兄们刚从那边过来，掉转枪口就打，怕是……怕是下不了手。"

李大裤裆冷笑："弟兄们下不了手？是你不忍心吧？别忘了，他们打你奶奶的时候，可是没留情！"

一句话撩拨起戴双印的仇恨，把枪一抢："弟兄们，跟我上！"

李三林躲在墙角，见戴双印冲过来，破口大骂："戴双印，你个王八蛋，你个吃红肉拉白屎的货！我对你怎么样？独立营对你怎么样，你竟然反水，你还有没有良心？"

戴双印回骂："你他妈甭跟我说良心！我跟着你们出生入死，立了多少功？你们竟然打死我奶奶，你们有良心？！"

李三林很诧异："打死你奶奶？我们什么时候打死了你奶奶？"

"是那个洪腊梅带人打死的！"

腊梅一听，从墙角后挺身而出："你说是我打死了你奶奶？你看看，是我吗？"

躲在后面的李大裤裆怕露出马脚，对着腊梅就是一枪："跟他们瞎咧咧什么？打，快打，给你奶奶报仇！"

"你们都给我死吧！"戴双印端起机枪，一梭子子弹扫过来，打得墙角砖渣乱迸，溅了腊梅一头一脸。

河桩和张桂兰来到村东，二愣刚打退敌人的一次进攻，正指挥战士们整修掩体。见到河桩，忙报告战况，又问张桂兰："你怎么来了？"

张桂兰睨视着二愣："怎么，我不该来？"

河桩搭言："人家桂兰要看你这猛张飞打仗。"

二愣满不在乎地把手一指："这仗有什么好看的？没打几下，就退回去了，没劲！"

"可不能轻敌，敌人的兵力比我们多得多！"

"再多也是一窝草鸡，稀松二五眼！"

过世德来到村东，劈头盖脸把带队的中队长赵孟骂了一顿，催促冲锋。有过世德在后督战，保安团的攻势凌厉起来，很快就冲到土围子跟前。

"看看，来了吧？"河桩一边射击一边说。

"来了正好，让他尝尝老子的铁甜瓜！"二愣抓起一颗手榴弹，朝张桂兰晃晃，奋力扔出去。手榴弹飞出六七十米，在敌群中爆炸。

张桂兰喊着好，把手榴弹收集到身边，拧开后盖，拉出导火环，一颗一颗递到二愣手里。二愣要在媳妇面前显示本领，手榴弹投得又远又准，炸得团丁们鬼哭狼嚎。

志刚抵挡不住李大裤裆的攻击，带着李三林排撤到村东，向河桩报告了村北的战况："三八枪班叛变了，李大裤裆已攻进村里！"

河桩很是吃惊："戴双印果然有问题！"

"戴双印临阵倒戈，给我们造成很大损失，村北防线已被突破！"

河桩略一思索："这仗不能打了。通知铁牛，撤出战斗，到南庄会合！"

六十六

　　眨眼间，五月初五到了。王老奎到村边苇塘打来苇叶，摊在窗台上晾着。徐二婶拿出江米、小枣，泡在水盆里。又叫来香巧，一家人就坐在一起包粽子。兴邦也争着抢着要包，却弄不利落，把江米撒得哪儿哪儿都是。香巧疼爱地把兴邦揽在身边，手把手地教。先把两片苇叶错开着叠在一起，折成三角，捏一捏儿江米、三四颗小枣放在里面，再把苇叶裹紧，用马蔺草绑好，一个小巧玲珑的粽子就包成了。

　　徐二婶夸赞："香巧的手就是巧，干什么像什么。"

　　香巧就叹息："穷人家的孩子，什么都得学，哪样不会就受憋。"

　　吃过粽子，就要准备割麦了。农谚云，麦熟一晌。几天前还泛着绿色的麦田，在燥热的东南风吹拂下，瞬间便变成金黄黄的了。

　　玉老奎坐在院中大树下，不时往麻石上撩着水，嚓嚓地磨着割麦的镰刀。磨一会儿，用拇指肚儿试试刀锋，再磨。直到把镰刀磨得锃亮，才换另一把，额头上便滴下大粒汗珠。

　　徐二婶在一旁缝着王老奎割麦时穿的白布汗褂儿，心疼地叨叨："我说你着的什么急，歇歇再磨不行？我去地里看了，待两天再割也不晚。"

　　"宁吃绿腰儿，不吃焦梢儿。早割两天，产量是减点儿，可总比让雹子砸在地里强。"

　　王老奎说着站起身，活动着窝巴酸了的腿："你看你，不让我急，你不也急头扒火的？缝了那么长工夫，眼不花？"

徐二婶撇撇嘴："我不着急行吗？就你那个驴劲儿，一说要穿穿不上，还不又得诈尸？"

王老奎咧嘴笑："看你这话说的，就不会用个好词儿？"

徐二婶也笑："就我？还瓷呀碗的，能把话说利落就不错了！"

柳芽和兴邦随着笑声走进院子："大妈，你们笑什么呢？这么热闹？"

徐二婶还在笑："我们有什么正经的？没事闲磕牙儿！"

柳芽把锄靠在墙角："再有一天，春棒子头遍就耪完了，正好割麦子。"

"咱家的麦秋还不好过？三亩地，老少齐上阵，起个大早，等不到晌午就拾掇完了。"王老奎把磨好的镰刀挂在窗棂上。

兴邦从背筐里拿出耪下的棒子苗，递到棚子里的毛驴嘴边。毛驴先用鼻子闻闻，然后大嘴一张，一口就夺了过去。兴邦高兴得直喊："爷爷爷爷，你快看，它可爱吃了！"

头年隆冬，王老奎把多年积蓄拿出来，在固安牲口市上买了这头山疙瘩驴。刚买时，这驴赖得厉害，好像一阵风就能刮跑。宋德财笑话："这也叫驴？还没狗大！"

王老奎把头一扬："我出的就是狗价儿！"

以后的几个月，王老奎把很多精力放在毛驴身上。他在大门旁边搭了个棚子，用木棍支起驴槽，把晒干的花生秧、豆秸、蔓蔓草掺和起来，铡成小段，堆成一堆。又把半口袋黑豆炒熟，在碾子上碾成面儿，喂驴时拌在草里。细软的草节儿，喷香的料面儿，引诱得毛驴不停地打响鼻。每天半夜，王老奎还要起来，给毛驴加次草料。徐二婶嘟囔他："冰天冻地的，你就不能消停会儿？老胳膊老腿的，冻坏了不遭罪？"

"牲口加料，就像人加钢，身子骨壮实！"

徐二婶把大棉袄给王老奎披上："我只听说马不吃夜草不肥！"

"光是马不吃夜草不肥？驴吃了夜草也长膘！"

经过半年将养，毛驴整个变了样，毛顺了，亮闪闪的像缎子；耷拉的耳朵竖起来了，直挺挺的分外精神；个头儿也大了不少。每天傍晚，王老奎拉着毛驴在街上溜达，在沙地上打滚儿，逢人就显摆："看看，还行吧？"

宋德财不由得伸出大拇指："行，还是你眼里有水儿！"

前几天，王老奎请木匠打了辆平板小车，又到集上买来小鞍儿、夹板、套缨子，心满意足地说："往后送粪、收庄稼，再不用肩背人扛了！"

王老奎喜悦地看着毛驴，从兴邦手里拿过棒子苗，喂了几棵，拍拍驴脑袋："伙计，新麦子就要上场了，这回可要看你的了！"

徐二婶也喜滋滋的："这小日子，越过越有劲儿！"

"有劲儿的事还在后头呢。等打败国民党，土改分了地，咱换头大骡子！"

"可别像上回。水生……唉！"

一提水生，王老奎的心也沉重了："这个水生呀，命怎么那么苦？一辈子没享过福，临了临了，竟……还好，留下个麦穗，要不……"王老奎叹口气，扭头问柳芽，"你去看麦穗了吗？""还是前天晚半晌看的，她离生还早呢。这两天净顾榜棒子地，还没去。"柳芽边往桌上摆饭菜，边说。

"听金驹妈说，就这几天的事。咱该去送粥米了。"徐二婶把蒲棒叶编的草墩儿放在饭桌四周，"晌午都过了，快吃饭吧。"

王老奎吩咐："柳芽，吃完饭，你带着鸡蛋、小米、红糖，过去看看。你水生叔就剩她一个了，咱不能委屈了她。再问问你婶，有什么活儿，帮她干干。麦收前活儿多，就她那身子骨，忙不过来。咱家的棒子地，你就别管了，我榜。"

麦穗怀孕的事一直秘而不宣，直到出了怀，大家才知道了。李斌为照顾她，尽量少给她分配工作。可麦穗是个要强的人，照常挺着大肚子，东村西村地跑。后来李斌看她快生了，环境也比较安定，就强迫金驹把她送回家，交给老娘，并托付王老奎加以照顾。金驹妈早就盼着当奶奶了，见麦穗的肚子鼓得像口锅，高兴得跟什么似的："一准给我生个大胖孙子！"便什么也不让她做，恨不得吃饭都想亲手喂。

麦穗看着瘦弱的婆婆，心里很是感动，却又很是不安："妈，你别这样待我，我是什么人你还不知道？打小什么苦没吃过，什么累没受过？没那么娇气，不用伺候。快麦收了，地里活儿多，我跟你下地吧。"

"那可不行！"金驹妈连忙拦住，"老热的天，你是双身子，动了胎气，可不得了！地里的活儿有我，干不完，就让它搁着去，大不了少收几把。"

"妈，可不能这么想。咱家的地本来就少，再不全须全尾地收回来，冬天吃什么？"

"你老奎大爷说了，到时候他会帮咱们。"

"咱不能光指着别人。老奎大爷家的事也不少，咱能不麻烦人就不麻烦。"

金驹妈觉得有理，就让麦穗在家做饭、喂猪，自个儿下地。

麦穗拾掇完家务事，找出金驹穿剩的破衣服拆开，给未来的孩子缝小衣、剪裤子。

柳芽在门口叫："大婶，在家吗？"

麦穗听出柳芽的声音，惊喜地答应："柳芽姐，快进屋！"

柳芽走进门，把竹篮放在炕上："就你一个人？"

"我妈下地了。呦，干吗拿这么多东西？"

"你不快生了吗？给你送点儿粥米。"

麦穗叹口气："都是这肚子，把工作全耽误了！"

"行了，别得了便宜还卖乖。这么年轻就当了妈，多幸福啊！"

麦穗撇嘴："还卖乖？多了个累赘！"

柳芽紧挨麦穗坐下，低声问："哎，说说，金驹是不是对你特好？"

"好什么好？再没有比他坏的了！"麦穗脱口而出。

柳芽不怀好意地追问："怎么个坏法？"

麦穗知道上当了，红着脸推柳芽一把："姐姐！"

柳芽咯咯地笑："男人坏有什么不好？男人不坏，你要他干吗？"

麦穗逮住了话把儿："以前没看出来，闹半天，你更坏！"

"什么好呀坏的，人呀，都一样！"

麦穗笑着说："可不！别看有的人正儿八经的，到了黑夜，一吹灯，谁知道干什么！"

"你是说你河桩哥？"

两人对视着，咯咯地笑，又不禁都红了脸。

麦穗身子一歪，亲昵地搂着柳芽的脖子："姐，你说，这男人和女人一旦好了，怎么就掰不开？甭管什么事，都喜欢一块儿做！"

"要不人说，爹亲娘亲，亲不过两口子！"

"哎，姐，兴邦都八岁了，你怎么还不再要一个？"

柳芽沉默了。好一会儿才说："谁不想要？那是想要就有的？你河桩哥一两个月都不回来一趟，怎么……"

"河桩哥带着独立营，责任太大了。"

"等着吧，等不打仗了，给他生一窝！"

"你是猪呀！"

姐妹俩嘻嘻哈哈地说了会儿私密话，柳芽拿起炕上的小衣服："你的手真巧，看这小袄做的，多平整！"

"不是有句老话吗？大姑娘缝儿衣，闲时做，忙时用。我这都要生了，还不赶快做两件？"

"甭着急，地里的活儿有我哪，我这就去帮大婶干去。你就踏实儿等着生孩子吧。"

柳芽刚要走，二愣妈和香巧也拿着东西进了门。

麦穗忙着招呼："大婶，香巧姐，看看，让你们费心了。"

二愣妈爽快地说："这闺女，咱们几家子谁跟谁？除去姓不一样，还不就是一家人？用得着客气？"

香巧羡慕地摸着麦穗的肚子："看这肚子，生个儿子指不定多壮实呢！"

柳芽问二愣妈："大婶，你那宝贝孙子会走了吧？"

"快了，前几天我去看，正牛犊子拜四方呢！"一提起孙子铁蛋，二愣妈的嘴就乐得合不上了，"哎哟，你没见呢，黑壮实黑壮实的，跟我们二愣就是一个模子刻出来的！"

"那多好！"几个女人一齐赞叹。

"好是好，可看一回跟做贼似的！"二愣妈遗憾地摇头。

"眼下环境好了，接回来不得了？省得牵肠挂肚的。"香巧说。

"环境好也不安稳呀。铁蛋回来，又给老奎大哥增加负担，让他顾得了这个顾不了那个，万一出点事，不后悔死？唉，就先这么凑合吧。"

"都是让李大裤裆、二狗这些祸害闹的！"柳芽说。

麦穗担忧了："那我怎么办？可给老奎大爷添了大麻烦。真有个风吹草动，我家就一个病婆婆，自个儿都顾不过来自个儿，还管得了孩子？"说着就埋怨金驹，"就赖他，我说不要不要，他非……"

"这你放心，我大爷有安排。再说，你河桩哥能不惦念着？肯定不会有事的。"柳芽赶忙安慰。

"哎，你们听说了吗？周秀珍昨儿个也生了。"二愣妈说出个新消息。

"生个什么？"柳芽忙问。

"就李大裤裆那个缺德八辈儿的，还能生出什么？小丫头片子！"二愣妈解恨地撇撇嘴。

柳芽急着帮金驹妈干活儿，和几个人磨了一阵牙，先走了。

香巧见柳芽走，也跟了出来。

"柳芽妹子，你放心下地，我来照看麦穗。"香巧自从与河桩有了那一回，对柳芽的感情更深了一层，许是内疚，在柳芽面前就显得更温和，更贴心。

"那可好。香巧姐，你店里要是不忙，就常过来看看。咱们几个是比亲姐妹还亲的，可不能让麦穗有闪失。"

"我回去收拾收拾，就歇业。反正也挣不了仨瓜俩枣。"

六十七

　　李大裤裆这几天心里也是美滋滋的，周秀珍跟他结婚快二十年，老了老了，竟开了怀。虽说是闺女，也总比没有强，这证明了他的能力，省得口毒的人背后说他是骡子，更免了作孽多端、断子绝孙的压力。他买了大量补品，带着二狗的"黑杀团"，回到河沿，把周秀珍好好慰劳一番，又找了彭春娥，让她来伺候月子。

　　唐立仁自打水生被害那夜，亲眼看到残忍场面，吓得拉了一裤兜子屎后，再不敢和李大裤裆套近乎。他建了一贯道道坛，从道徒中敛了不少钱，吃喝不愁，就更不愿蹚浑水了。听说彭春娥去伺候周秀珍，心里不住地打鼓，见着彭春娥一个劲儿地责备："你疯了？那家是你去的地方吗？"

　　彭春娥却掩不住兴奋："李大裤裆说了，管吃管喝，一个月还给我两块零花钱，三斗麦子。"

　　"这么说，你还遇上贵人了？"唐立仁讥讽。

　　"那是，上哪儿找这好事？"

　　"你这见钱眼开的娘们儿！"唐立仁本想把水生一家惨死的真相告诉她，又怕娘们儿家嘴碎传出去，共产党要了他的命，就转了个弯儿，"那是什么人？可是好伺候的？"

　　彭春娥逮住了理："就是他不好惹，我才不敢不去呀！"

　　唐立仁也没法，就指点着彭春娥，连说"你呀你呀"，叹息着走了。

　　周秀珍见李大裤裆把诸事安排得很周全，还在家里住了几天，很是感动，说："看来我没白跟着你担惊受怕，你心里还是有我的。"李大裤裆也很高兴，说："看你说的，到哪儿你也是我的亲老婆！"周秀珍便提要求，满月时要大办。李大裤裆一口答应。

李大裤裆回到榆垡，受着喜事的鼓舞，就要和大白果找乐子。不想大白果却吃了醋，几次派人叫她，都不露面。气得李大裤裆闯进她家，破口大骂："你是金枝玉叶？还得老子亲自来请？"

大白果也不示弱："你老婆好，你死在家里得了，找我干什么？"

李大裤裆两眼冒火，当着大白果公婆的面，抽了她两个耳光："你他妈算什么东西，就是老子花钱玩儿的浪母狗，还敢摆谱？信不信我弄死你？"

大白果号啕大哭："我这是接生婆子死在产娘裤裆里了！我不要皮不要脸地跟着你，挨了多少骂，脊梁骨都被人戳断了，临了就落了个这？"

李大裤裆走后，婆婆拉起滚得浑身是土的大白果。老太太虽然恨她，可毕竟是自己的亲儿媳，不能不心疼："孩儿啊，你这是自作自受啊！你没听戏里唱过？不守妇道的女人，哪个有好下场？你还是收收心，安生过日子吧！"

大白果伤了心，再不去找李大裤裆，两人的关系也就冷了下来。

周秀珍满月前三天，李大裤裆又带着队伍回到河沿。一进村，就在各个路口放了岗哨，永定河堤顶还部署了一个小队的兵力，居高临下监视着大河内外。

李大裤裆得意扬扬，吩咐二狗："告诉贾知达，给我挨户知会，都他妈来喝喜酒！"

"王老奎他们呢？"

"也告诉，我看谁敢不来！"

二狗摇头："我看用不着，就王老奎那脾气，他会来捧你的场？"

果然，二狗来到街上一转，不光王老奎，所有独立营家属都没了影儿。

二狗找到贾知达，把李大裤裆的意思说了。

"每户出多少份子？"贾知达谨慎地问。

这倒把二狗问住了，因为李大裤裆没说具体钱数。二狗愣了一下，就自己做了主："李头儿多少年才有这么一回喜事，不能少出喽。像你，怎么也得五块吧！宋德财、张广善这样的，三块！其他小户，随心意，最少不能少于五毛！"

得知李大裤裆要回来做满月，王老奎一面报告腊梅，一面通知干部家属出村躲避。麦穗此时已生了儿子，腊梅亲自把他们母子接出去，安置在沈大爷家。

河桩要打李大裤裆一家伙："不能让他在乡亲面前耀武扬威！"

"李大裤裆敢回河沿，并且明目张胆地大操大办，不会没有防备，说不定就是个阴谋！"志刚冷静地分析。

"那还不好办，我带侦察员去一趟，什么都明白了！"金驹起身就走。

傍晚，金驹回来汇报："李大裤裆不仅在村里戒备森严，驻榆堡的国民党工兵营也做好了战斗准备。看来，李大裤裆真是以做满月为诱饵，给我们设置了个陷阱。"

"那也不能让他顺遂喽，得给他添点儿堵！"河桩坚持。

"李大裤裆请了戏班子，白天全天都有戏。十里八村的人少不了看戏的，我们去打，恐怕会有误伤。"金驹有些担忧。

"咱们这么办，在他正日子的夜里，我们分成几个小队，去袭扰他。打了就撤，他有圈套也白搭！"志刚建议。

"这样好，重创不了他，也搅了他的局，让他在乡亲们心里永远占不上位置！"河桩和金驹都表示赞同。

"不过，我们还是得派个人混进村去，把情况弄清楚，不打无准备之仗嘛。"

"可我们的人都是本乡本土的，很难躲过二狗的眼睛。"金驹又担心了。

"这好办，我去找李书记，请他派邹珮同志去。邹珮是外地来的，没多少人认识。她又是搞敌工的，经验丰富，跟贾知达也熟。"

六十八

李大裤裆为了女儿的满月，可真是下了血本。他派大狗去河西请了棚匠刘，带着徒弟们来搭喜棚、戏台；派金贵到固安翠香楼，请来有名的红白两案，做三天的流水席；又派二狗通过"镇北关"老婆筱翠莲，订下梆子剧团；然后就遍下请帖。"镇北关"是他的拜把子兄弟，第一要请，其他就是冯海文、榆垡镇镇长刘世昌、国军驻榆垡工兵营营长武青莲，以及各乡镇的乡镇长和各村保长。听着刺耳的猪叫和空气中飘荡的肉香，周秀珍心疼了："这么大排场，得花多少钱呀？"

李大裤裆少有的和气："我为你做满月，你还不高兴？"

"高兴，哪能不高兴？"周秀珍感动得眼里闪着泪花，"只是，花钱太多了！"

李大裤裆又笑又骂："人都说老娘们儿头发长见识短，一点儿不错！你以为是咱出钱？哼，羊毛出在羊身上！我请的人，都是有头有脸的，礼金能少得了？就是村里人，我办喜事，谁敢少出份子？你就等着数钱吧！"

听这一说，周秀珍开心了，揉着被奶水胀得圆鼓鼓的大奶子，斜眼瞟着李大裤裆娇笑："看把你能的，荞麦皮里都能榨出油！"

"那是，你爷们儿是谁？你有本事再给我生个儿子，我把你当菩萨供着！"

周秀珍的心痒痒了，抓住李大裤裆的手就往胸上按："我巴不得给你生十个八个呢！可你老不回来，让我怎么生？"

捧着鲫鱼汤进门的彭春娥见了这一幕，咪地笑一声，慌忙把汤碗放下，走

313

出去了。在李家一个月，彭春娥不光把周秀珍伺候得好好的，自己也滋养得变了样儿，白了，胖了，再穿上周秀珍送她的半新衣服，竟也光光鲜鲜的有了几分姿色。

李大裤裆把汤碗递给周秀珍，借故走出来。见彭春娥挺着身子往晾绳上晒裤子，就走过去，在她屁股上捏了一把。

彭春娥认为在李大裤裆家享了福，又知道李大裤裆是见了女人走不动道的，就没有吭声。

李大裤裆得寸进尺，伸手又去抓彭春娥的奶子。彭春娥连忙推拒："别让嫂子看见！"

李大裤裆满不在乎："她看见又怎么着？"

彭春娥就笑："她还等着给你生儿子呢！"

"我想让你给我生儿子！"

"去！"彭春娥打了李大裤裆一下，扭着腰肢躲开了。

三天流水席，李大裤裆安排的是前一天后一天正日子一天。前一天待乡亲。二狗给李大裤裆出主意："村里这帮穷棒子，减点儿席面吧？给他们吃那么好的东西，糟蹋！"

李大裤裆摆手："一点儿不减，照上！我就是让他们看看，我李头儿是什么人！只要顺着我，我不会亏待他们。这也是跟共产党争夺人心！"

锣鼓叮叮当当地敲打起来，刺刺啦啦的试弦声也响了起来。村人们能看城里的大戏不容易，听到动静就急着往外跑。孩子们更是不消停，兔子似的在人群里乱钻。很快，老爷庙前就聚了不少人。卖黄杏的，卖酸枣糕的，卖红肖梨的，一溜两行的小贩闻讯过来赶趁，高一声低一声的叫卖声在激烈的锣鼓声中时隐时现。红肖梨是永定河两岸的特产，秋后摘下来，搁在土窖里藏着，不蔫不烂，能吃到来年过麦秋。

宋德财愁苦着脸来到戏台下，正碰上张广善。张广善瞅着他直乐："有人请看戏，还跟死了亲爹似的，你可真是占了便宜还喊冤！"

宋德财忍不住发火："放你娘的狗臭屁！谁请我看戏？出的份子钱看十场戏都有剩头！"

张广善压低嗓音："二狗给你派了多少？"

"三块大洋！还说法币不值钱，就要袁大头！我一辈子能攒几块大洋？一下子就要三块，这不是吃人不吐骨头吗？"

"三块还多？你入一贯道，不是一下就给唐立仁交了五块的献心费吗？"

"那是我为求下辈子的福，心甘情愿！哎，你甭说我，你写了多少账？"

张广善也苦下脸："我能少得了？跟你一样！二狗说了，李头儿好不容易得个闺女，咱们这些富裕户得多出些喜钱。"

"他是喜了，硬拿咱们扎筏子！唉，古语说得好，酒无好酒，宴无好宴！"

张广善看看四周："共产党说咱富裕，挖咱的浮财。李大裤裆说咱富裕，硬逼着多出喜钱。你说，咱们口挪肚攒地挣几亩地，倒成罪过了？"

两人越说越丧气，戏台上的《十八罗汉斗悟空》正演得火爆，铿铿锵锵的锣鼓点打得震天响，也没心思看了，就从人群里挤出来。

"走，咱们早点儿坐席去，多吃他点儿，不吃白不吃！"

张广善被宋德财逗乐了："你这个老抠眼子，就是大处不算小处算。让你敞开了吃，能吃多少？撑坏肚子，抓药还得自个儿花钱！"

傍晚杀了戏，李大裤裆把二狗、金贵几个心腹叫到一起，坐在一桌丰盛的席面前，告诫说："这两天你们哥儿几个要多经心点儿，睁大眼睛，不能出一丝儿岔子。告诉弟兄们，谁也不许喝酒，好好给我警戒着。就是你们，也不许多喝！"

金贵拿起一只鸡大腿："李叔这么大的喜事，真想喝个一醉方休！"

二狗就拿眼瞪他："你是真不明白，还是假装糊涂？喝醉了，独立营来了不抓瞎？"

金贵不服气："李叔摆这么大阵仗，不就是给河桩下的圈套吗？我们不是怕他来，是怕他不来！"

"所以才不能喝多！"

李大裤裆对二狗的心计很是欣赏："还是二狗能看出红五六！我们虽然有准备，那河桩也不是吃素的，得多加小心。独立营不来正好，咱安安稳稳办满月。他敢来，咱就给他个样儿看！想喝酒什么时候不能喝？等这事过去，我让你们喝个够！"

金贵还是有些舍不得："酒跟酒不一样，喜酒另一个味儿！"

二狗不耐烦了："吃饱了没有？吃饱了各干各的事去！"

几个人放下筷子站起身，门口响起几声吆喝。

"怎么回事？"二狗伸手拔枪。

站岗的团丁报告："他说是保长，要见大队长。"

李大裤裆眼珠子转了转，沉声说："让他进来。"

贾知达走进院子。

"你干什么来了？"金贵正没好气，就把火发在贾知达身上。

贾知达赔着笑脸，挨着个点头："李头的喜事，就是全村的喜事，我来看看，还有什么要操持的。"

"哼，"二狗冷笑一声，"你不给河桩当探子，就念知恩了！"

"兄弟可不能说这话，这罪名我可担不起！"

"担不起？你跟河桩狗扯连环多少年了，谁不知道？"

贾知达还要分辩，李大裤裆大度地摆摆手："行了，那都是过去的事，就别再提了。共产党挖浮财，他也没少出，和我们是一样的人。知达到这儿来，也是好意。为我这事，跑东跑西的，也出了力。"

贾知达装出感激的样子："哎哟李头儿，你这么说，我这心就踏实了。李头儿，你还有什么事，交给我，我保证办利索！"

李大裤裆哈哈一乐："你看我这些人都没事干，还用得着你？你这两天就在戏台底下给我盯着，发现可疑的人马上告诉我。以后，我的家小在村里，还靠你多照应。"

"那是，那是。"贾知达连连答应。

贾知达走后，金贵不解地问："李叔，这贾知达可不是好东西，你怎么……"

"你们呀，就是不懂事！"李大裤裆拿出长辈的架势训斥，"前些年，贾知达跟王老奎、河桩他们靠膀子，那是日本人在的时候。以后就不同了，共产党挖了他的浮财，还要分他的土地，你看他还跟河桩套近乎不？你们不能只会打打杀杀，还得动动脑子。就那些土八路，要枪没枪，要钱没钱，有时候连饭都吃不上，为什么总去不了根儿？还不是穷棒子向着他们，给他们报信送情报？我们也得争取人，人们都向着我们了，共产党没处藏没处躲，不就完蛋了？"

半天没说话的金宝开了口："李叔就是有道道，想得比我们远多了！"

大狗也赶紧奉承："那是，要不能在河边儿站这么多年？"

李大裤裆喜滋滋地站起来："行了，别拍马屁了。走，咱们查查岗去，别让河桩那小子给咱来一家伙！

六十九

　　农历五月的下旬，残月高挂西天，虽没有十五十六那样明亮，却也把街道照得一片灰白。李大裤裆带着二狗几个人一个岗位一个岗位地检查，见团丁们有的影在墙角，有的蹲在树下，没有偷懒睡觉的，这让李大裤裆很高兴，便顺着小道上了大堤。堤顶上的溜河风清爽爽的，吹到身上说不出的惬意。五月十三是关老爷磨刀的日子，下了一场小雨，但还不到汛期，河水便不汹涌，淑女般静静地流着，在月光下闪着粼粼的微光。检查完堤上的岗哨，李大裤裆还没有睡意，找了个干净的"土牛"坐下来。

　　这一坐下，才发现少了一个人。

　　"哎，金贵呢？"李大裤裆转着脑袋找。

　　"我哥说，他回家看看，一会儿就回来。"金宝赶忙报告。

　　李大裤裆还没说话，二狗就哼了一声："这小子，就是离不了女人。几眼不见，就找媳妇去了。干不了大事！"

　　李大裤裆听了二狗的话，心里一动，就没了坐下去的兴趣，吩咐几句，匆匆下了大堤。

　　李大裤裆来到自家门前，哨兵刚要打招呼，被他用手势止住，轻轻推开虚掩的大门，站着听听动静，就溜进东厢房。

　　彭春娥在李大裤裆没回来前，是住在正房西间的，为的是伺候周秀珍方便。李大裤裆回来后，她就搬到了东厢房。

　　由于厢房闷热，彭春娥脱得只剩一条裤衩，光着的身子摊成个大字，打着轻微的呼噜，睡得正香，胸上的两只大白奶高高地挺立着。

李大裤裆看了一刻，再也忍不住，三下两下扒掉衣裳，扑在彭春娥身上。

彭春娥冷不丁被惊醒，吓得一激灵，挣扎着要喊，被李大裤裆捂住嘴："别怕，是我！"

彭春娥听出是李大裤裆，也就不再动了。

李大裤裆得到默许，立刻疯狂起来，把嘴按在彭春娥的奶子上，乱拱乱啃。

彭春娥自从跟了唐立仁，便没了耻辱之心。她来伺候周秀珍，已有一个月没沾男人，处于虎狼之年的她，胸中便经常涌动着欲望。前天李大裤裆对她动手动脚，她就知道李大裤裆对她有了意思。以李大裤裆的人性，她是逃不掉的，心里也就时时准备着。今天，李大裤裆来了，也算遂了她的心愿，就尽力地迎合他，不一会儿就软成了一摊泥。

贾知达到李大裤裆家去，是受了邹珮的指派。他回到家，邹珮正在正房暗间等着他。

邹珮上午就来到了河沿，是扮成看戏的混进村的，等戏一杀台，就冒名贾家的亲戚，来到了贾家。她让贾知达借到各家知会出份子的机会，了解敌人的布防情况。为准确掌握敌情，晚饭后，她又让贾知达去李家，进一步打探李大裤裆的动向。

"他们防备得可严实呢，我偷偷在街上转了一圈儿，墙角旮旯，都有暗哨。刚才，李大裤裆又带着二狗几个人，到堤上去了。"

邹珮听着贾知达的汇报，觉得也就是如此了，便说："明天是正日子，我再看看他请的都是什么客，就回去了。你不要乱动，以免暴露。"

第二天，刚吃过早饭，老爷庙前的锣鼓就又敲打起来。邹珮下身毛蓝裤，上身浅花短袖褂，打扮成普通的农家女子，又拿一条印着红花的白手巾罩在头上，遮住半边脸，走出贾家大门，混入看戏的人群中。

今天的戏码是《打金枝》，台上的宋太宗赵光义为抚慰倔强的驸马郭蕭，正深情地唱着"这一件莽龙袍真真可体，这本是你丈母娘亲手儿做来的"时，堤顶上一阵轰鸣，"镇北关"坐着一辆卡车，卡车上拉着一车保安团，顺着斜坡开进了村子。

守候在堤下的李大裤裆满面笑容地迎上前去："哎哟大哥，这么早就到了？"

"镇北关"跳下车："兄弟的喜事，能不早来？我得多喝几口喜酒呀！弟妹和侄女可好？”

“好，好着呢！”

“镇北关”嬉笑起来：“我这个弟妹呀，可真有能耐，三十八，还给你结了个老倭瓜！”

李大裤裆也不正经了：“那是她有能耐？那是我有本事！”

“你的本事我还不知道？见了女人走不动道！”

两人笑闹够了，李大裤裆拉着“镇北关”的手，笑哈哈地往家里请，并吩咐二狗把随来的保安团安置在喜棚里。

李大裤裆的家在老爷庙东边，一行人正好从戏台前经过，被躲在人群中的邹珮看了个清清楚楚。

又过了一会儿，冯海文也到了，十几匹马刮风似的飞下大堤。

紧接着，各乡镇的乡镇长、各村的保长，老派的坐着马拉轿车，新派的骑着洋车，一个挨一个地也来了，占了半条街的喜棚下立刻乱哄哄地挤满了人。

天近晌午，戏杀了台，邹珮随着四散的人群出了村子。

河桩听了邹珮的汇报，冷笑：“哼，乌龟王八都聚齐了！”

“这不正好？”金驹说，“往日想把他们拢到一块儿都不容易，他们倒自己凑起来了，我们就捅捅这个王八窝！”

几个人商定，兵分三路，志刚带一队，袭击堤顶的敌人；金驹带一队，在村东骚扰；河桩带一队，埋伏在黄堡至庞各庄之间，截击“镇北关”。

李大裤裆陪着“镇北关”几个重要人物酒足饭饱后，工兵营营长武青莲要回榆堡坐镇，提前走了。冯海文因与李大裤裆交往不多，也要走，被李大裤裆死死拉住：“我说老冯，你咋那么外道呢？正想跟你好好亲热亲热，怎么能走？”

“你这儿把牢？别再出点什么事！”冯海文长期盘踞采育、凤河营，出了他的一亩三分地，心里就不踏实。

李大裤裆喷着满嘴酒气，大包大揽：“你这是怎么话说呀？就咱这兵力，他来两个独立营也怎么不了我！这大黑天的，你回去就保险？说不定王河桩就在村外等着你呢！”

冯海文一听这话，立刻胆寒了，口气也就软下来：“这么多人，怎么住？”

“镇北关”发话了：“还睡什么觉？打麻将！打他一宿，明儿个再走！”

二狗带人在院中喜棚下摆好麻将桌，挂上汽灯。冯海文、“镇北关”、李大裤裆和刘世昌便围坐四边。彭春娥梳洗得清清爽爽，在一旁斟茶递烟。

李大裤裆连胡两把杠上开花，面前的钱堆明显高起来，乐得哈哈大笑，抓起一把塞给彭春娥："来，你也吃个喜儿！"顺势在彭春娥屁股上拧了一把。

一直没开胡的冯海文心里酸溜溜的："我说老李，人都说情场得意，赌场失意，你怎么通吃啊？"

李大裤裆更美了："这就叫本事！"

就在这时，村东突然响起枪声。"镇北关"哗地推倒牌："还真来事了！"

"是独立营？"冯海文也站起身。

"王河桩这小子，净跟老子捣蛋！你们踏实待着，我去看看！"李大裤裆骂骂咧咧的，招呼起二狗几个，跑出院子。

"镇北关"刚让随从灭掉汽灯，堤顶上又打响了。

冯海文讥讽地嘟囔："还说牢靠，牢靠个屁！"

"镇北关"对冯海文的态度很不满："冯队长，事到如今，说那些没味儿的话有用吗？还不快叫卫兵守住院子！"

李大裤裆指挥团丁向枪响的地方围攻，并派人到榆垡找武青莲求援。待他们追过去，枪声已停，搜索四周，没有找到一个人影。

折腾了半宿，李大裤裆筋疲力尽地返回家，气恼得一句话也说不出来。

武青莲把帽子往桌上一摔："这他妈的，算怎么回事！"他怨李大裤裆谎报军情，让他白跑一趟。

"这独立营太可恶了，有他们在，我们就甭想舒心！""镇北关"骂着转向冯海文和李大裤裆，"你俩都在，咱们商量商量，同时行动，挨村清剿，就是不能彻底消灭独立营，也得把他们撵出大兴！"

李大裤裆首先同意："早该这样了。今儿个这事，就是王河桩故意给我眼里插棒槌，活活糟践人！大哥你说，我都听你的！"

冯海文也说："李团长说的是，独立营就是我们的心腹大患，他们存在一天，我们就一天不得安生！"

"镇北关"听了两人的话，就向武青莲赔个笑脸："武营长，独立营奸猾得很，以我保安团的实力，要彻底根除，确有困难，还请武营长协助！"

维护地方治安本不关工兵营的事，可独立营总在眼皮子底下折腾，也是一种威胁，武青莲便爽快答应："待兄弟汇报上峰，定当努力相助！"

李大裤裆见天已透亮，便张罗摆酒给大家压惊。

几个人哪还有心思喝酒，纷纷告辞离去。

"镇北关"眯缝着眼，斜躺在汽车楼子里。一宿没沾炕，乏得浑身没了丁点气力，便在颠颠簸簸中睡了过去。车过黄垡，路两边都是苍苍莽莽的杂树和蓬蓬勃勃的野草。司机心里紧张，车轮轧在鹅卵石上，把"镇北关"惊醒了。"镇北关"没睁眼就骂："你的眼长到屁股上去了？想把老子颠死？"

司机胆怵怵地说："团长，你看这地儿……"

"这地儿怎么了？昨儿个不是刚走过？"

"昨儿个没觉怎么着，这会儿，头发根子直发炸！"

"嗯？""镇北关"一下睁开眼，扒着车窗玻璃往外望，

"是他妈够瘆人的，快，冲过去！"

此时，河桩早在树棵子后面盯着，见汽车来到伏击点，把手用力一挥。二愣猛地一拉绳子，埋在土路当中的成捆手榴弹正好在车头底下爆炸，汽车跳了几跳，停下了。

"冲！"二愣带领战士们扑上去，不费吹灰之力，就把没死的团丁解决了。

"镇北关"满脸是血地从驾驶楼子里出溜下来，坐靠在车轮上，冲着河桩惨笑："没想到我'镇北关'英雄半世，竟毁在你个穷小子手里！"

"呸！"河桩啐一口，"你还英雄？纯粹一个败类，炉灰渣！让你活了这些年，就是老天爷的不公！"

"镇北关"垂下头，吃力地喃喃低语："老子……到了……地底下，也要跟你们……干！"

"我让你干！"二愣抬手两枪，把"镇北关"的脑袋打得稀烂。

七十

"镇北关"的丧命，震动了整个大兴，韩语斋对这个追随他多年的得力干将的丧命很是痛心，慌忙请求北平军方协助剿灭独立营。傅作义从他的黑马师中派出一个营，进驻大兴，务求扫除共产党的地方武装，维护平南治安。

独立营在李大裤裆、冯海文和国民党正规军的三方围攻下，处境很是艰难。李斌为使独立营轻装上阵，能更机动灵活地打击敌人，决定县区机关脱离独立营，自行开展隐蔽工作。并根据地委"县不离县，区不离区"的指示，要求各级干部就地坚持斗争。

望着打好包裹，带着秘书、通信员即将离去的李斌，河桩内心很是不舍。他紧握李斌的手，深情地说："李书记，我能走上革命道路，你和张卫是我的领路人。如今，张卫当了分区主力团团长，很难碰到了。只有咱们两人，一直并肩战斗。这次形势的严峻，不亚于日本鬼子的铁壁合围。没有武力保护，随时可能发生危险。李书记，你可千万珍重啊！"

李斌也很激动，眼里闪出泪光："王营长，你放心，和敌人较量了这么多年，不论鬼子还是国民党，还没在我身上留下一个伤疤，这回也不会。我们有广大的群众掩护，敌人奈何不了我们。倒是你，肩上的担子太重了。二百多人的队伍，要与三路敌人周旋，万万不可大意啊！"

"不怕！我们地形熟悉，再加上老百姓的支持，是不会让敌人阴谋得逞的！"

"好好活着！"

"好好活着！"

河桩走出屋子，见志刚与腊梅站在墙角说话，那情形也是缠缠绵绵的，就不想打扰他们，绕道拐回营部。

金驹正坐在桌子旁擦枪，往日笑嘻嘻的神情不见了，脸上呈现出少有的凝重。

河桩心里感慨："有了家室跟光棍就是不一样啊！"

金驹见河桩进来，挖挲着油乎乎的手，站起身。

"惦记麦穗了吧？"河桩解下盒子枪，放在桌上。

金驹皱皱眉："你看这事闹的，早不生晚不生，偏在裉节儿上生！"

河桩故意逗笑："这怪谁？你要是老实点儿，有这事？"

说得金驹不好意思地笑了。

"趁这两天没有敌情，你去看看儿子吧。再告诉二愣，让他也去看看桂兰。"

金驹心里高兴，嘴上还嘟囔："早知这样，还不如不结婚，真麻烦！"

"行了，别装模作样了。麦穗要不跟你结婚，你还不急得挠墙？"

金驹还是嘴硬："看这话说的，我就那么没出息？"话没落音，人已出了屋门。走两步又退回来，"哥，你不也回家看看嫂子？"

河桩挥挥手："我不用。有大爷护着，没事！"

金驹来到沈大爷家，已是掌灯时分，一家人正准备吃饭。金驹和老两口打个招呼，就走向炕上的麦穗。麦穗正在灯影里奶孩子，刚出满月的孩子眯着眼，肉嘟嘟的小嘴紧嚙着紫红的奶头，贪婪地吸吮着。一个月没见天日，麦穗白了很多，也胖了一些，整个人显得容光焕发。金驹望着麦穗那双明亮的眸子，心里一阵悸动，忍不住在那胀鼓鼓的乳房上捏了一把。麦穗羞涩地无声笑笑，朝老两口努努嘴，把金驹的手打开。

沈大妈本已将小米粥、贴饼子、老咸菜放在桌上，也把单给麦穗吃的红糖拿上来了，一见金驹，便又忙着去摊鸡蛋。

麦穗拦阻说："大妈，他又不是外人，随茶随饭就行了，还用那么麻烦？"

沈大妈不依："那哪儿成？从你们娘俩来到我这儿，金驹算这回才来了两趟，不给弄个差样儿的？"说着，伸手从瓦罐里掏出几个鸡蛋，磕破皮让蛋清蛋黄流到兰花碗里，又到屋外拿来大葱，切好撒在鸡蛋上，就用筷子哐哐地搅动起来。

沈大爷掐来一掐滑秸，填进灶膛点起火。待到锅热，沈大妈洒点油，就把搅匀的鸡蛋倒进锅里。刺啦一声，香味立刻弥漫了屋子。

麦穗杵杵金驹："瞧你，跟有多大功似的，大爷大妈都把你当新姑爷待了！"

沈大妈笑哈哈地抢过话："可不就是新姑爷？大妈我一辈子没闺女，就认你当闺女了！"

金驹感动得不知说什么好，只是傻乎乎地笑。

麦穗又不满意了："整个儿一个没嘴的葫芦，就不会说句好听的？笨死！"

"哎哟，人家金驹可不笨，人长得好，又透亮杯儿似的。要不，能当副营长？"

麦穗撇撇嘴："就他？哼！"

沈大爷被麦穗逗得实在忍不住了，噗的一声笑出来："麦穗你这张嘴呀，活神仙也说不过你。金驹本来伶牙俐齿的，在你面前，他就是个挨呲的！"

沈大妈也来凑趣儿："褒贬是买主，喝喊是闲人。你别看麦穗嘴上不满意，心里指不定多美呢。"

麦穗一听这话，更撒起娇来："大爷大妈就是向着他。你看，大妈都认我当闺女了，你们都把他当姑爷待了，他就不会说句话，还赖我呲他？"

金驹被麦穗一激，活泼性儿回来了，站直身子，恭恭敬敬朝老两口子鞠了一躬，大大方方叫声："爸，妈！"

沈大妈乐得眯缝了眼，高声答应，又朝沈大爷笑："老头子，这回好了，有了闺女、姑爷，咱也是全口人了！"

沈大爷也乐得跟什么似的，从炕柜里掏出一瓶酒："这还是儿子过年的时候，给我从天津带回来的，咱爷儿俩得好好喝喝！"

吃喝间，金驹把眼下的形势讲了，嘱咐说："大爷大妈，你们可要多加小心！"

沈大爷抹一把胡子上沾的酒滴："你放心，只要有我们老两口在，麦穗就出不了事！"

沈大妈夹起一个红糖疙瘩放进麦穗的碗里："多吃红糖对产后的身子好。把身子养得壮实点儿，出了情况也有力气躲。"

麦穗用手捂住碗："大妈，我已经出满月了，就别再特殊照顾我了。这些天，给你和大爷添了多少麻烦？"

沈大爷摆手："这闺女，说的什么话？大爷没有便罢；有，就一天不能让你受委屈。再说，几个鸡蛋，二斤红糖，也算不了什么。"

麦穗眼里涌出泪花："大爷大妈，你们对我的好，可让我怎么报答？"

"报答什么？你不是我们的闺女吗？爹妈伺候闺女，那不是应该的？"

麦穗乖巧地搂住沈大妈的胳膊，甜甜地叫声妈，又叫声爸，叫得老两口的眼睛也湿润了。

金驹从怀里掏出几张钞票："爸，妈，这是我的一点儿津贴，钱不多，给你们用吧。"

"那哪儿成？我知道你们苦，你还是留着自个儿用方便吧。"沈大爷把钱推回去。

"我们整天打仗，要钱有什么用？"

沈大爷还要推拒，沈大妈却痛快地接过来："那也好，有钱给麦穗多买点儿好吃的！"

吃完饭，老两口就回东间屋歇着去了。

金驹趴在炕上，就着灯光看熟睡的儿子："这小子，长得真像我。"

麦穗偎在金驹身边："不像你像谁？像别人那不怪了？"

"该给儿子起个名了。"

"就等你回来给起呢。"

"叫金山，怎么样？"

"屁吧，我们儿子可不是钱串子脑袋！"

"那你说。"

"我说就叫金华，中华的华。"

"呦，水平见长啊。"金驹笑着，搬过麦穗的脸，热切地注视着。

麦穗有些吃不住劲儿了："看什么看，不认识了？"

金驹动了情，在麦穗的唇上亲了一口："我怎么就看不够呢。"

麦穗一头扎进金驹怀里，紧紧抱住："可想死我了！"

金驹抚摸着麦穗的头发："谁不想？想得我睡不着觉！"

麦穗扑哧笑出声："就会花麻掉嘴儿，没一点儿真的！"

窝里的公鸡一叫，金驹翻身爬起。

麦穗睡意蒙眬地拉住他："这么早，干吗去？"

金驹快速地穿着衣服："还能干吗？回队伍上去！"

"不能天亮再走？"

"不行。河桩哥让我来看你，我心里就挺不好意思。别让人说，我这个副营长只顾老婆，不管部队。"

"去你的，照你这一说，我成了拉后腿的落后分子了！"麦穗的困盹儿也打过去了，披上夹袄就下炕，"我送送你。"

"可别，大五更天，着了凉可不是闹着玩儿的！"

这时，孩子醒了，哇啦哇啦地哭起来。

麦穗忙伏下身子，给孩子喂奶。

这一闹腾，东间的老两口也醒了，一起来到堂屋。

"就走？"沈大爷打开屋门。

"就走。"

沈大妈伸手从房梁上摘下脖饽篮子，拿出几个贴饼子递给金驹："拿着，路上饿了吃。"

金驹也不客气，塞进衣兜就走出来。

等麦穗安顿好孩子赶出屋，沈大爷已把大门插上了。

七十一

时令已近中秋，拂晓便显得很凉，金驹走出三四里地，身上才暖和起来。前面朦朦胧胧现出一个村子，他知道是王屯，就走到路边一棵大树下，一边歇气，一边往四处望。眼前的棒子地已显出成熟的景象，原来碧绿的棒子叶现出了枯黄，被晨风吹着，唰啦唰啦地响。偶有一两块空白，那是收割过的谷子或是黍子地，它要等着钊了棒秸，再一起种麦子。金驹观察一会儿，没发现什么异常，才又回到路上，朝村里走去。

王屯是个小村子，只有三四十户人家，散散乱乱地铺陈在永定河堤根儿下。独立营曾几次来这个村，但因村子小，没有住过，金驹不是很熟。此时天气还早，家家户户的院门还都关着，街上冷清清的不见一个人影。金驹就要走出村子时，忽听路北一个孤零零的院里传出哭声。他心里生疑，拔出手枪就挨了上去。

大门敞开着，院中摊着一堆绿豆秧和一片没砸干净的谷穗。一个披头散发的女人靠在台阶上，两手拍打着地，鼻涕一把眼泪一把地哀号。

金驹走上前，轻轻地问："大婶，你这是……怎么了？"

女人止住哭，抬起头，一眼看见金驹手中的枪，身子立时打了个哆嗦。

"大婶别怕，我是独立营的。告诉我，出了什么事？"金驹边说边把枪插进怀里。

女人一听这话，爬起身连连磕头："哎哟，老天爷呀，求求你，快救救我的儿子！"

"你儿子怎么了？"

"让土匪绑走了！"

"什么时候？"

"就刚才。刚出村，顺着大堤下去了！"

金驹二话没说，拔腿就往堤上跑。

此时天已大亮，远远的河滩上，几个人正要钻进高粱地。

"站住！"金驹大喊一声，扑上前去。

那几个人也停住脚步，隐在树棵子后面。

"把人放回来！"金驹又喊。

对面一个沙嗓回骂："你是哪儿来的野鸟儿，敢跟爷爷抢食？赶快滚蛋，不然老子把你顺大河！"

"废话少说，放人！"

"放你奶奶个纂儿！"随着骂声，两枪打过来。

金驹赶紧扑倒在地，举枪还击。

对方打了几枪，就停止了射击，一个大嗓门响起来："朋友，你是哪个溜子的？报上号来！"

金驹也收住枪："报什么号？大兴独立营！"

对方立时沉默了。

金驹没有想到，这绑票的竟然是郑师爷和"快马张三"一伙。

随着共产党政权在永定河两岸越来越稳固，郑师爷和"快马张三"的日子也越来越不好过。他们只有六七个人，不敢像在金部时那样轰轰烈烈，只能小打小闹，充其量也就是偷偷摸摸的蟊贼。郑师爷还有个规矩，不许跟共产党对抗，这就使他们的活动受到很大限制。但这也正是郑师爷的精明之处，否则他们也不可能苟延残喘下来。可这些人都是吃喝玩乐惯了的，手中无钱，简直比要他们的命还难受，便时常地发牢骚。

怨气最大的要数龚麻子。龚麻子原是耍单帮儿的孤匪，一人一枪，横行乡里，且心黑手狠，不管是抢大户还是劫客商，基本上不留活口，外号人称"活阎王"。后被仇家追杀，无路可逃，才投奔了洪部。他对郑师爷的小心谨慎很是不满，说："咱这整天啃饼子，喝凉水，跟种地的庄稼汉一样，还叫什么绿林好汉？绿林好汉就该像《水浒传》里那样，闯州过府，大碗喝酒，大块吃肉，大秤分金银。就是哪天死了，也落得风光！"

"快马张三"拿眼瞪他："说话得凭良心，你哪天啃饼子喝凉水了？"

龚麻子还不服气："不啃饼子喝凉水，也没吃山珍海味！手里锔子儿没有，还叫土匪？"

一提钱，二孬也叹开了气："人在世上走，没什么都行，就是不能没钱。唉，真他妈，有钱王八大三辈儿，没钱爷爷是孙子！"

二孬在沙窝有个相好的张寡妇，两人好得蜜里调油，可近来张寡妇突然翻了脸，就因为他几次去都是空着手。张寡妇原是本分人家，不想丈夫年纪轻轻就得痨病死了，张寡妇拉扯着两个孩子实在无法过，就傍上了二孬。二孬有钱，张寡妇自然满心奉承，黏豆包似的，甩都甩不掉。可几次白占便宜，就冷脸呱嗒地爱搭不理了。二孬发火，张寡妇冷笑，话也说得干脆："我跟着你不图名不图分，就是图钱！你以为我是看上你了？我是卖身养儿子！既然没钱，你就小孩拉屎——挪挪窝吧！"弄得二孬光张嘴说不出话，臊眉耷眼地走了，自此再也不敢登张寡妇的门。

正在擦枪的李水泉也把枪啪地扔了："既是当了土匪，就别顾三顾四地装斯文，就得像螃蟹似的，横行霸道，天是老大，咱是老二！这倒好，整个儿就是只地排子，躲在窟窿里不敢见天日，要这枪有什么用？"

郑师爷侧歪在炕上，眯着两眼不吭声。

"快马张三"看看几个人的脸色，转身捅捅郑师爷："师哥，我觉得弟兄们说得也在理，既是干了这行，也就豁出去了，该怎么着就怎么着吧！"

郑师爷爬起身，慢腾腾地开了口："师弟，你跟那几个兄弟不一样，是识文断字的，也听过书看过戏，应该知道，历朝历代，哪个朝廷容过土匪？入了这一行，就是走上了不归路。当初班主被害，师姐要给班主报仇，我们能不跟着？后来师姐也被害了，红红火火的洪部，哗啦一下就塌了，弟兄们死的死，散的散。剩下我们这几个，不愿回家土里刨食，才又聚到一起。我们聚在一起，也就是顾着命，不能闹大喽，一闹大，我们也就完了。看这局势，别看共产党比国民党势力小，将来的天下笃定是共产党的。闹得太邪乎，共产党先就灭了我们！"

"那腊梅劝咱跟她干，你怎么不答应？"

郑师爷苦笑："跟她干？独立营的苦你吃得了？共产党的规矩你受得了？与其过去再反水，不如压根儿就不跟她，也省得给腊梅惹事！"

"那我们现在怎么办？总不能顶着土匪的名，手里有枪有刀，活活挨饿！"

"我知道，这段日子，是委屈了兄弟们。其实，我这也是为大家好。我们掏个窟窿，劫个道，只要钱不伤命，能吃饱喝足，就行了，不能贪。"

二孬想着张寡妇，那胖胖乎乎的女人实在让他舍不得，就梗着脖子顶一句："当土匪的还想死在炕上，落个全尸？就是图个痛快，哪儿死哪儿了！不让野狗撕扒喽，就算积德了！"

龚麻子几个也跟着起哄："就是，痛快一天是一天，还虑论那么长远？"

郑师爷无奈："既是弟兄们都有这个想法，我一个光棍汉，怕什么？二孬，你不嚷得欢吗？你去踩点，回头就干！"

别看二孬诈唬得厉害，真干起来就不那么容易了。他挑个焊白铁壶的担子，串了几个村，村村都有民兵站岗巡逻，吓得他担子都没落地，就慌慌地离开了。直走到王屯，见村边有个独立小院，砖门楼修得高高的，觉得应该有些油水，才放下担子吆喝起来："焊——白铁——壶咪！"

没喊几声，大门一响，一个四十多岁的女人走出来，手里举着个破旧的铁壶："大师傅，你看看，这壶还能焊不？"

二孬接过壶："哎呀，你这壶烂得可够呛！"

"还能修不？"

"修是能修，得整个换底！"

"那得多少钱？"

二孬装得很大方："老嫂子，只要你满意，钱好说，看着给！"

女人乐了："这大兄弟，真是个畅快人。到院里来吧，我给你烧碗水喝！"

二孬巴不得的，赶紧跟着女人进了院子，一边干活一边四下踅摸："老嫂子，你这小日子不错呀！"

女人是个快嘴子，一听夸，更兴奋了，把家里那点事全都抖搂出来："还凑合吧。老头子在固安开个铺子，买卖儿不错。家里置了十来亩地。三个闺女都出嫁了，就剩个小儿子，媳妇也定下了，年前就给他们办喜事！"

二孬紧着奉承："瞧嫂子这面相，就是个有福的。等当了婆婆，再抱上孙子，那福就更大了！"

女人乐得眼都眯成一道缝："就盼着抱孙子呢！"

"哎，大嫂，我在别的村看见都有民兵，你们村怎么没有？"

"我们这屁股大个小村，哪有民兵？"

二孬把该得的都得到了，就挑起担子去找张寡妇，直混了半宿，才回去向郑师爷汇报。

鸡叫三遍，郑师爷带队直奔王屯，没费什么事，就绑了女人的儿子。此时天已蒙蒙亮，怕被人发现，就想先躲进河滩的高粱地，再寻时机返回窝点。不想运气不好，被金驹跟着脚后跟就追来了。

金驹见对面不吭声，就又喊："把人留下，放你们走。不然的话，把你们全撂在这儿！"

金驹喊了半天，没有得到回应，心里起疑，悄悄靠上去。河坎下早已没了土匪的身影，只有女人的儿子被捆绑着，塞着嘴，蜷缩在地上。

金驹把女人的儿子送回家，急忙赶到营部，把事情向河桩、志刚做了汇报。

河桩问："知道是什么人干的吗？"

"他们把人留下，偷着跑了，没看清。"

"会不会是郑师爷？"志刚看着河桩。

金驹猛然醒悟过来："对，应该是他们！"

河桩皱着眉头，没有吭声。

七十二

正午的太阳火辣辣地照着，晒得焦黄的棒子叶更加焦干。腊梅和张桂兰穿行在棒子垄里，满头满脸的汗，棒子叶上的毛齿拉在脸上、胳膊上，显出一道道突起的红楞，痒疼痒疼的。终于，地垄中出现了几个坟头，一棵巨大的青杨矗立在坟边，顶尖的叶子哗啦啦地响个不停。腊梅几步赶过去，站在树荫下，撩起早已湿透的小褂擦抹脸上的汗。

"这老天爷，秋老虎热死牛！"张桂兰也走进阴凉，瞅着没有一丝云彩的天空嘟囔。

腊梅也抬头瞅着树尖："没觉着有风呀，怎么这青杨叶子一个劲儿地响？"

"那青杨叶子不是风刮的，是乐的。"

"乐的？什么乐的？"腊梅惊奇地问。

张桂兰来了兴致："我给你讲个故事吧。说是老年间的时候，有个叫王莽的奸臣谋朝篡位，要杀刘秀。刘秀就跑。跑进一个树林，已是人困马乏，又饥又渴。正没招儿，就看见一棵树上结满了黑紫黑紫的果子。摘下来一尝，嘿，又酸又甜。刘秀吃了一肚子，不饿了也不渴了。刘秀很感谢这棵树，就朝树作了个揖，发誓有朝一日当了皇上，一定封它为树王。后来刘秀真当了皇上，就派大臣去封王。大臣来到树林里，说什么也找不出那棵树，看椿树长得不错，就给椿树封了王。桑树一看气坏了，心想本来是我救的皇上，怎么倒封了你？越想越气，就气爆了肚子。你看现在的桑树，凡是大点儿的，树身上都有裂口。

再说那椿树，捡了个便宜它美呀，就瞎显摆。慢慢地，身上就生出一股臭味，就成了现在的臭椿。一边瞧热闹的青杨看它们一个气爆了肚子，一个浑身臭气，想想可乐，就不停地哗哗笑。你看现今的青杨，有事没事就哗啦啦地响，那是笑桑树和臭椿呢。这就叫桑树救驾，椿树封王，乐坏傻青杨！"

"还有这事？"腊梅也认了真，接着又摇头，"你说得不对。青杨不是有事没事就哗啦哗啦地响，那是被风刮的。"

"风刮的？现在有风吗？"张桂兰坚持。

"地面上没风，树尖上有风。青杨的叶子大，有点风就哗哗响。"腊梅也不认输。

张桂兰忽然就笑了："你瞧咱俩，跟小孩儿似的。那不过是老辈儿人说的趣儿，一听拉倒，瞎争什么？"

腊梅也笑："可不是，怎么都成小孩儿了？"

争论停止，就转到了现实。腊梅觉得喉咙里干得厉害，一屁股坐在地上："我的娘，渴死了。这会儿要是有口拔凉井水喝，可不美死？"

刚要坐下的张桂兰又直起腰："我给你找棵'枪杆'吃。"永定河两岸的庄稼人把不结穗的棒秸叫"枪杆"，可能是因为它腰中没有棒子，直溜溜的像杆枪吧。

张桂兰很快就提拎着两棵青棒秸回来了，递给腊梅一棵，两人就啃甘蔗似的啃起来。

"嗯，还真甜！"腊梅使劲吸溜着嘴。

"今年秋旱，要不，甜水儿还多呢。"

忽然，腊梅一眼一眼地看张桂兰，噗的一声把嘴中的棒秸渣喷出来。

"怎么了？"

张桂兰被笑得莫名其妙。

腊梅用手指指她的胸脯。

张桂兰低头一看，本就汗淋淋的小褂，前襟上又洇湿了两大块。

"哎哟妈呀，都不知道什么时候流出来的！你说也怪了，孩子都快一周岁了，又不常吃，这奶水怎么就憋不回去，真烦人！"张桂兰说着，毫无顾忌地解开怀，捧着硕大的奶子挤，洁白的乳汁滋滋地喷在草地上。

"桂兰姐，有个孩子是不是特别好？"腊梅望着张桂兰那鼓胀的乳房，脸上微微泛红，眼神也有些迷离。

"那是，女人没孩子，那还叫女人？"张桂兰掩上怀，露出几分神秘，"哎，告诉你吧，女人没有男人不行，没有男人，就是没根的苍蓬。有了男人，就有了定盘星。没有孩子更不行，哪有母鸡不下蛋的？有了孩子，就成了娘。哎哟，那滋味，没法儿说！"

腊梅的脸更红了，她有些娇嗔地推了张桂兰一把："姐，看你说的什么话，人家可是没出阁的黄花姑娘！"

张桂兰仍是不管不顾："就因为你是大姑娘了，我才跟你说这个。女大当嫁嘛。哎，你跟志刚到什么程度了？"

一提志刚，腊梅的心就扑通扑通地急跳起来。自那次在小树林志刚拥吻了她，她的心理就产生了巨大变化，男子汉特有的气息深深刻入她的脑海，使她那野丫头式的性格增添了柔软的成分。前几天分手时，她主动找志刚，两人说了很长时间的话，真有些依依不舍呢。临走时她还做了个大胆的动作，扑上去使劲亲了一下志刚的脸颊，弄得志刚愣怔了好半天。

张桂兰见腊梅不言语，就催促："说呀，到底怎么样了？说出来，姐给你拿主意！"

腊梅更忸怩了："去，什么姐呀？不教人好儿！"

张桂兰嘎嘎大笑："妹子，你可是个天不怕地不怕的疯丫头，怎么一提男女的事，就变成大门不出二门不迈的大小姐了？"

笑声未落，棒子地外啪啪响起两声枪响。

腊梅迅速拔出手枪，瞪张桂兰一眼："笑呀，笑出事来了吧！"

张桂兰也拔出枪，笑意仍留在脸上："正说得热闹，哪个兔崽子来搅局？"

两人在树后趴了半天，再没什么动静，腊梅收起枪："老爷儿都偏西了，咱们到沈大娘家找点吃的吧。"

张桂兰忙站起身："让大娘给咱摇岔岔吃！"

棒子地外的两枪是殷耀廷打的。

三路围攻开始后，独立营没了影，二狗觉得机会来了，就向李大裤裆请战："李叔，河桩那小子撒丫子了，剩下共产党的那些区县干部能有多大本事？一抓一个准儿！"

这话正中李大裤裆的下怀："你们到各村去，找地道。我和冯海文联合骑兵师的秦营长，拉网抄王河桩。咱们上下一齐动手，就是消灭不了独立营，也要把他们赶出大兴，落得个耳根子清静！"

二狗对王河桩、王老奎，对志刚、二愣、铁牛、金驹，甚至对全河沿的人，都有着一肚子仇恨，恨不得把全村人都灭了。可他也忌惮和王老奎达成的协议，把队伍拉出榆垡后，在村口踌躇好久，才一咬牙："去河沿！"

"去河沿？"金贵有些迟疑，"咱们不是跟……有协议吗？"

金贵一说，二狗又犹豫起来。

殷耀廷哧的一声冷笑："看来，都有软肋！"

金贵张嘴就骂："你放什么狗屁？谁的裤裆破了露出你？"

殷耀廷也不示弱："怎么着，捅到你肺管子了吧？"

"都别扯淡了！"二狗也憋了一肚子气，"七个不服八个不忿的给谁瞧？真有本事就弄死几个，那是英雄，说那咸的淡的有屁用！"

二狗一闹腾，金贵和殷耀廷都不吭声了，他们之间打架骂街行，要说谁弄死谁，还真没那个胆子。于是便默默地走，一下就没有了刚出来时的锐气。

七十三

　　王老奎正在离公路不远的地里"找"黍子。处暑找黍，白露割谷。此时已是处暑节末，黍子熟透了，干黄干黄的。一群鸟雀在黍穗上飞起飞落，弹得黍粒撒满一地。王老奎一边用爪镰割黍穗，一边惋惜地嘟囔："这老家雀儿，真能糟害，挺好的一锅年糕没了！"捡起一块土坷垃朝鸟们打去。就在这时，他看见了平大路上的那支队伍。蹲下身子细看，恍惚认出是二狗，愣一愣，把爪镰往筐里一扔，弯着腰就往村里跑。

　　王老奎跑进门，见只有徐二婶和兴邦在家，急问："柳芽呢？"

　　"去河滩帮金驹妈收拾地去了。怎么了，这么风风火火的？"徐二婶正给兴邦缝张了嘴的鞋，忙停住针线往炕下出溜。

　　"你赶快带兴邦去找柳芽，躲在河滩别回家。二狗那伙杂碎来了！"

　　徐二婶一听，起身就去拉兴邦，又回过头："你也一块儿走吧？"

　　"我哪儿能走？"王老奎伸手去灯窑里摸枪，"我得知会那几家人呀！"

　　王老奎刚通知了志刚娘，二狗的队伍就进了村西口。王老奎一看再通知别人来不及了，就告诉志刚娘往村北的沙岗里跑，自己扳开盒子枪的机头，在壕沟上的树窠子里隐蔽下来。

　　二狗进村就直扑王老奎的家，见门上了锁，气得直骂："这老小子，真是命大，又跑了！"

　　大狗说："他跑了，还有别人呢。我就不信，能都跑喽！"二狗把枪一挥：

"凡是跟共产党有联系的，挨家搜，逮住一个算一个！"

很快，一群人就被赶到老爷庙前，其中包括二愣的娘、金驹的娘、铁牛的父母、李三林的一家子。

二狗站在庙门前的碌碡上，指着大庙说："这是什么地方，你们该知道吧？这是斗争我的地方，这是放我的粮食、花生的地方，是我至死也忘不了的地方！今天，共产党完蛋了，独立营也跑了，你们没有撑腰的了吧？咱废话少说，你们告诉我，独立营哪儿去了？王老奎哪儿去了？抓住他们，没你们的事。不说实话，就地活埋！"

王老奎趴在一个斜对大庙的房顶，庙前的情景都呈现在眼底。他见铁牛的爹挨了金宝的枪托子，弱不禁风的金驹娘被大狗一个嘴巴打得倒在地上爬不起来，三林的弟弟被吊在了槐树上。王老奎几次把枪伸出去，想想不妥，又缩了回来。他一个人说什么也是打不过四五十个人的，枪一响，不但救不了乡亲们，可能还会加速他们的牺牲。这时，他又想起孙秃子，忙把枪插在腰里，从房后坡溜下来。刚站稳脚跟，一扭头就看见了唐立仁。

唐立仁也是躲二狗的。他虽然和二狗有勾结，甚至关键时候还帮了二狗，可他毕竟当过贫农团团长，斗争过地主富农，以二狗的阴狠劲儿，说不定哪会儿一翻脸，就要了他的命。所以他很怕二狗，能躲就尽量躲。刚才他正在家里和"三才"练扶乩，听彭春娥说二狗带人进村了，知道没好事，就赶忙溜了出来，想到村北的"河行"里躲躲。不料才来到后街，正巧见王老奎从房顶上下来，一下子就愣在哪儿，不会动了。

王老奎见了唐立仁，也是一惊，立刻拔出手枪："你在这儿干什么？"

面对黑洞洞的枪口，唐立仁一下瘫坐在地上。

"说，你要干什么？"王老奎走近一步，低吼。

"我，我跑……"唐立仁嘴唇哆嗦半天，才挤出几个字。

"你跑？"

"二狗来了，我怕他找我麻烦，想跑……"唐立仁终于说出一句完整话。

王老奎觉得他说得也有道理，就垂下枪口："不许说你看见了我！"

"不说，不说，我什么也没看见！"

直到眼见着唐立仁爬出壕沟，进了华塘，王老奎才从村东绕过去，来到渡口。

孙秃子并不知道儿子回村的事，正蹲在船帮上抽烟。见王老奎急匆匆地走来，连忙跳下船："老奎兄弟，要过河？"

王老奎不言语，朝他使个眼色。

孙秃子惴惴不安地跟王老奎走到一边，赔着笑脸："兄弟，有事？"

王老奎把夹袄大襟往两边一扯，露出腰里的手枪："有事？有大事！你儿子进村了，抓了好多人，你说怎么办吧？"

孙秃子的脸白了，烟袋也掉在地上："我不知道哇！老奎兄弟，你别着急，我去找那两个兔崽子！"

王老奎冷笑："现在的情况是，铁牛的爹，金驹的娘，都让你儿子打了，四林也给吊在了树上，你掂掇掂掇，怎么办吧！"

"我这就去，这就去！让那个兔崽子把人放了！"

孙秃子趔趔趄趄跑进村，上去就把四林从树上解下来，然后咕咚一声跪在二狗面前："活祖宗，你把我打死吧！"

"黑杀团"的人都知道孙秃子是二狗的爹，眼睁睁看着不知如何是好。大狗见爹竟然给儿子跪下了，羞愧得满面通红，赶忙上去拉，孙秃子死活不起来。二狗也没了主意，朝大狗吼："甭管他，愿意死就死，早死早心静！"吼完，就红头涨脸地朝村外走去。

其他人一见这情景，也撇下被抓的人，跟着二狗出了村。

殷耀廷见二狗丢了脸，心里说不出的痛快，就边走边甩闲篇儿："要不人说呢，砍的没有旋的圆！到底是父子，这要搁在别人身上，姥姥！"

二狗眼里都要出血了："殷麻子，你他妈……你他妈给老子滚！"

殷耀廷还是有些怵二狗的，怕他恼羞成怒下狠手，有些事不能欺人太甚，须适可而止，就自己给自己找台阶："得得，我知道你看着我来气，我单走还不行？"

"滚！"

殷耀廷带着自己的小队斜插小路走了。

金宝见队伍一下短了半截，就有些心虚："这死麻子，说走还真走了？"

"走就走，离了鸡蛋还不做槽子糕？"二狗仍是气呼呼的。

"可咱这点人……"

"人少怎么着？去押堤！"

殷耀廷离开二狗，领头向马屯走。和他关系密切的杜愣秋竖起大拇指："还是大哥是爷们儿，二狗那么豪横，也让你弄得没辙没辙的！"

"人善被人欺，马善被人骑。二狗横，还不是仗李大裤裆给他支着，还有大狗、金贵、金宝几个捧臭脚的。以后，咱也抱成团儿，谁怕谁呀？"殷耀廷别有用心地鼓动。

"对对，往后咱们小队也得齐心，都听大哥的，省得总让人欺负，跟小婆子养的似的。"杜愣秋首先响应。

其他人平时也没少受二狗几个的气，便一窝蜂地喊，听大哥的，抱成团儿。

殷耀廷高兴了："走，进马屯，闹顿好吃的去！"

刚走不远，草丛里蹦出只兔子，两只红眼睛转了转，突地抿起长耳朵没命地跑起来。殷耀廷想显摆本事，抬手一枪。那兔子打个滚儿，接着跑。殷耀廷失手，脸就有些红，待兔子跃起时，又开了一枪。这回打中了，那兔子在空中一挺身子，便颓然落在地上。

"好！"杜愣秋带头叫好。

殷耀廷得意地吹吹枪口："拿着，顿锅肉吃！"

腊梅和张桂兰串着棒子地走，一个大水坑挡在面前。这水坑足有几十亩地大，是雨水掺杂着渗堤水汇聚成的，坑边长满芦苇、蒲草和狗尾巴花，水面漂着细长腿的"油挑子"，水里浮游着尾巴挨着眼的小鱼。腊梅正琢磨从哪边绕过去，忽被张桂兰拉了一下："蹲下！"

"怎么了？"

"你看，那边有人！"

腊梅透过草缝儿望去，果然在水坑对面，影影绰绰地蹲着一个人。

那人不走，腊梅和张桂兰也不敢动。

僵持了一顿饭工夫，张桂兰沉不住气了："这人怎么了？难不成真是监视我们的？"

"这样，你从坑北过去，我从坑南过去，抓住他，看看到底是干什么的。"腊梅打开手枪的保险。

二人刚要行动，只见那个人影晃了晃，突然飞了起来，竟是在水边逮鱼吃的长脖老等。

腊梅轻舒一口气："虚惊一场。"

张桂兰嘎嘎地笑："真是草木皆兵了，让只水鸟折腾半天！"

"你又笑，一笑准没好事。"

"不笑怎么着？就我们这个环境，发愁还不得愁死？"

两人来到押堤村外，远远地就看见村口有两个人站岗。

"这回是真的了！"腊梅忙隐在树后。

"这准是刚才打枪的那伙人。"张桂兰依着腊梅蹲下。

腊梅惋惜地咂咂嘴："看来，摇籿籿是吃不上了。"

"你看，村里起火了！"

"不好，那好像是沈大爷家！"腊梅低叫。

"怎么办？"

"咱不能让兔崽子们糟蹋堡垒户。走，把他们引开！"

两人往前靠了靠，一人一枪，把村头的两个岗哨撂倒。

村里立刻乱了营，二狗带着人边打枪边冲出来。

腊梅和张桂兰又打出几枪，转身没人黄绿相间的青纱帐里。

七十四

　　晒米的高粱，焦须的棒子，密不透风的青纱帐如同道道屏障。连绵的沙岗，茂盛的树林，形成神秘的战场。独立营就在这屏障中闪转腾挪，在这神秘的战场上伏击敌人。这天，独立营穿过十来个村庄，爬越七八条沙龙，才把追兵甩掉，傍晚时分，进入永定河堤下的辛庄。

　　河桩看着疲惫不堪的战士们，对志刚说，不能再跑了，再跑就吐血了，先休息休息再说。

　　"这狗日的李大裤裆，比当年日本鬼子追得还凶！"志刚往堡垒户刘大爷家的炕上一躺，使劲伸展开四肢："哎哟，舒服，给个知县都不换！"

　　河桩也四仰八叉倒在炕上："李大裤裆还搁在第二上。最讨厌的是国民党的骑兵，马蹄子太快，追得咱喘不过气来！"

　　刘大妈端进一铜盆清水："王营长，赵教导员，快洗洗手脸，待会儿大妈给你们打糊饼吃。"

　　通信员丁小毛接过水盆，笑嘻嘻地说："大妈给我们打糊饼吃？那可太好了！多放点儿葱花，又香又脆，美死个人！"

　　河桩假嗔地瞪丁小毛一眼："你小子，一说吃就来劲！"

　　刘大妈喜爱地望着小毛："十七八岁的孩子，正长身子，不吃哪成？走，帮大妈烧火去！"

　　吃完饭，天已黑了，河桩要去查岗，被志刚拦住："营长，我想，咱不能驻在一起，得分开，以防敌人一锅端！"

河桩觉得有理，于是，河桩、金驹带铁牛的一连留在辛庄，志刚带二愣的二连驻十里地外的刘家铺。志刚多了个心眼，为防坏人告密，直等到大多村民都睡觉了，才悄悄把队伍拉出村子。走到五里外的阎家场，志刚又改变主意，命二排就驻在阎家场，特意嘱咐排长郭宝田，如果辛庄发生情况，要不惜任何代价援助营长。

榆堡据点内，李大裤裆正在宴请骑兵营营长秦岭。两盏锃亮的玻璃罩子灯下，一桌鸡鸭鱼肉飘着诱人的香味。

骑兵第四师是傅作义的王牌部队，全师战马无一杂色，都是黑的，人称黑马师。秦岭的一营是王牌中的王牌，所以就很骄横，很傲慢，根本不把李大裤裆的杂巴凑儿放在眼里。

"我说李队长，就一个小小的独立营，打了几年也没消灭，还让人家越来越强，也太窝囊了吧？"秦岭把鸡骨头扔在桌子上，搓搓油乎乎的手，很是不屑。

李大裤裆心里恼火，暗骂："吹他妈牛皮不脸红！你参加合围十天了，摸着独立营一根毛了？"可骑一营是他自己请来的，就不敢显露出怒气，赔着笑脸奉承："秦营长英勇无比，你一来，独立营就跑得没影儿了！"

秦岭没听出李大裤裆话里的讽刺，继续说大话："独立营算什么？在我秦某眼里，就是小菜一碟儿！"

二狗实在听不下去，冷哼一声："网再好，罩不住鱼，也是扯淡！"

秦岭被噎了个倒憋气，愣了半天，才一拍桌子："你把独立营找出来，看我怎么收拾他！"

二狗也拍了一下桌子："能找到独立营，我们早就把他们灭了，还用得着你？"

二狗这次下乡本想捞点便宜，没想到在河沿，竟被贪生怕死的老爹砸了场子，还让殷麻子羞辱了一番，导致两路分兵。来到押堤，没找到共产党的干部，才烧了几间房子，又被村外的枪声惊扰，他率队追出来，连人毛也没见到一个。他因兵力单薄，怕中了独立营的圈套，只得胆战心惊地跑回来。殷麻子更气人，只在马屯胡吃海塞一顿，牵着几只羊回来了。二狗气急败坏，找到李大裤裆，给殷麻子猛上眼药，希望李大裤裆严厉惩治。没想到李大裤裆挺不耐烦："都是一个锅里搅马勺的，别再窝里斗了行不行？"

二狗两头受气，心里就憋屈，仗着酒壮胆，就和秦岭顶上牛了。

李大裤裆见秦岭变了脸色，忙叫骂着让大狗、金贵把二狗拉出去，转过头给秦岭赔不是："秦营长息怒，我这些弟兄都是浑河边长大的，不懂礼数。秦营长人大量大，多多包涵！"

秦岭仍是气不得出："怪不得独立营铲除不了，就你这些人，哼！"

"是是，秦长官说得对，以后我得严加管教！"

李大裤裆好不容易把秦岭安抚好了，刚端起酒杯，金贵又进来了。

"你怎么回事，能不能让我清净点儿？"李大裤裆的心火翻上翻下的。

金贵不安地眨着眼："不是，那什么，队长，辛庄来人密报。"

"密报什么？"

"他说是发现了独立营。"

李大裤裆仍是没好气："叫他进来。敢蒙我，立时毙了他！"

进来的是地主牛得草。他平时不哼不哈，装作老实巴交，心里却恨透了共产党，一直暗中窥探共产党的活动。这些日子得知李大裤裆三路围攻独立营，从心里往外乐，两只眼暂摸得更欢了。今见独立营进了村，忙偷偷溜出来，趴在大堤顶上，居高临下地盯着。天黑透后，估摸独立营不会走了，就来到榆垡报告。

"你为什么来报信？"李大裤裆恶狠狠盯着牛得草。

"哎哟，李大队长，这还用说？他们挖了我的浮财，还要分我的地，还让我给长工涨工钱。共产党在一天，我就一天过不了日子。我，我恨他们呀！"

李大裤裆重重地哼下鼻子："行，有独立营，什么不说；没有，让我空跑腿，我可饶不了你！"

牛得草没想到折腾半天，竟是这个下场，一句话没敢再说，灰溜溜地走了。

"秦营长，你看？"李大裤裆征询地看着秦岭。

"宁可信其有，不可信其无。鸡叫三遍，包围辛庄。这回我打头阵，让不开眼的看看老子的厉害！"

昨晚上炕前，河桩怕连日太累睡沉了，特意嘱咐刘大爷叫早。刘大爷笑嘻嘻地说："王营长你就踏实睡吧，我家的芦花大公鸡比人灵！"

公鸡一叫，河桩就醒了，即刻翻身爬起来。睡在一旁的金驹和丁小毛也赶紧起身。

河桩阻止："我去查查岗，你们再眯会儿。"

金驹抢先下炕："我去，你躺着吧。"

河桩就让小毛跟着去。

两人一走，河桩也出了门，到隔壁院子去叫铁牛。

金驹和小毛来到村东口，两个哨兵从黑影里闪出来："谁？口令！"

金驹答出口令，走上前，问了情况，叮嘱说："天傍亮是最危险的时刻，眼要放欢实点儿，别让敌人偷袭喽。"

金驹转到村西口，也没什么情况，就爬上河堤，站在"土牛"上往四下里瞭望。天还灰蒙蒙的，田野和村庄一片沉寂，只有那报晓的晨鸡，在拉着长音高唱。金驹伸个懒腰，打个哈欠，就要下堤。猛地，栖息在老树上的鸟儿呼啦啦飞起一片。金驹心中一沉，夜鸟不飞，眼下虽然天已将明，但还不到鸟们活动的时候，它们成群飞起，必是受了惊吓。金驹忙揉揉眼睛，弯下腰细看。果然，远处的田地里，一群模糊的黑点正快速地向村子移来。金驹一推小毛："快向营长报告，敌人的骑兵偷袭！"

此时，河桩已命铁牛把战士们叫了起来，准备吃过早饭转移。

小毛飞跑而来："营长，敌人的马队来了，正在包围村子！"

"副营长呢？"河桩急问。

"副营长让我回来报告，他在堤顶上监视敌人！"

"把岗哨撤回，趁敌人还没形成包围圈，悄悄突出去！"河桩果断命令。可他的话音还未落，东西村口就都响起枪声。

"往北冲，和二连会合！"河桩把枪一挥，战士们朝北拥去。刚到村边，就被激烈的枪弹挡了回来。

"营长，村外全是骑兵，我们不能硬冲。两条腿跑不过四条腿！"金驹气喘喘来到河桩面前。

"那怎么办？"

"这村只有一条街，我们不如占据街两侧的房屋，给敌人布个口袋，放他进来。马高目标大，一打一个准儿！"

"好，行动！"

七十五

天渐渐亮了。秦岭站在村外一个土岗上，举着望远镜观察。

"这个王河桩，真是够精的，又偷袭不成了。"李大裤裆很沮丧。

"偷袭不成就硬攻！只要围住了他，他就跑不了！"秦岭放下望远镜，吩咐传令兵，"命令各连，收紧包围圈。命令王得胜连长，向村内发起攻击！"

传令兵答应一声，一拍马屁股飞奔而去。

殷耀廷看得直咂嘴："人家正规军，就是威风！"

二狗斜楞殷耀廷一眼："威风？喊，这才哪儿到哪儿？消灭了独立营，干掉了王河桩，那才叫威风！"

李大裤裆一见俩人又掐上了，恼火地斥责："你们俩消停会儿行不行？"又有意看了秦岭一眼，"有秦营长在，还怕消灭不了独立营？"

这时，传令兵跑回来报告，独立营想从村北突围，被一连阻回。

秦岭哈哈大笑："都说独立营厉害，我还以为是三头六臂呢，闹了半天就这点儿尿儿呀？命令弟兄们，向村内冲击！"一股旋风卷进村里，亮闪闪的马刀在初升的阳光下迸出瘆人的光。紧接着便是一阵激烈的枪声和手榴弹爆炸声。很快，那股旋风又卷了回来。

歪戴着头盔的王得胜纵马来到秦岭面前报告，遭了共军埋伏，伤亡很大，只得撤了出来。

秦岭的脸都绿了："王连长，受一点挫折就撤退？你还是个军人吗？你还是黑马师的军官吗？重新组织部队，再次发动攻击！灭不了独立营，提头来见！"

"营长，不能再进村了。独立营在大街两边的房上，居高临下，咱们的骑兵在窄街道里施展不开，只有挨打的份儿呀！"

"好不容易抓到独立营的影子，难道就罢了不成？骑兵改步兵，继续进攻，我倒要看看这块骨头有多难啃！"

王得胜指挥士兵把马拴在村外，端着马枪又向村里冲去。

见敌人退出村子，河桩命战士们赶快打扫战场，收点武器。望着街上一地的死人死马，战士们兴奋得不得了，都讥笑国民党的正规军也不过如此，一顿手榴弹就给炸成了奶奶样儿。

李三林从地上捡起一把马刀，一边挥舞一边解恨："被狗日的撵鸭子似的撵了十来天，今儿可出了口恶气！"

金驹总也改不了爱说笑的习惯："你们看那么多死马，剥洗干净，多搁花椒大料，用大锅一炀，那可香啊！"

众人哈哈大笑："这些天可亏坏了肚子，是得好好补补！"

河桩怕敌人再次进攻，忙命令："各班排回各自的战斗位置！"

在铁牛指挥下，战士们拿着缴获的枪弹，重又爬上房顶。丁小毛顺着梯子爬到房檐，忽见离村口不远处躺着一匹受伤的战马，在一抖一抖地挣命，马旁边扔着一挺轻机枪，叫声：

"那儿还有个宝贝！"就又一个蹦子跳下来，朝机枪跑去。

河桩忙叫："回来，危险！"

小毛的心只在机枪上，不顾河桩呼喊，反倒加快了脚步。

王得胜催着士兵再次冲进村子，见小毛抱着机枪在前面跑，挥枪打去。小毛一个跟头，摔在地上。

"捉活的！"王得胜躲在矮墙后大叫。

铁牛在房顶看得分明，抓过一支步枪，接连打倒几个冲在前面的敌军，冲锋的浪头戛然而止。

河桩喊声"打"，轻重武器一齐开火。在密集火力掩护下，两个战士跳下房，将小毛抢了回来。

河桩看着胸前涌血的小毛，又气又心疼，忍不住大吼："为什么不听命令？谁让你去的？"

小毛抱着机枪，忍住疼痛强笑："抢回这宝贝，搭上命都值！"

河桩铁青着脸，命卫生员黄涛把小毛背到刘大爷家。

刘大爷自枪声一响，就和老伴儿赶紧收拾屋子，把独立营居住的痕迹打扫干净，然后就坐在炕沿下，静听外面的动静。

刘大爷见黄涛背着小毛进来，忙上炕拉开被子。

刘大妈看着浑身是血的小毛，眼里流出泪："孩子，刚才还活蹦乱跳的，怎么一眨眼，就这样了？"

小毛喘息着安慰："大妈，别担心，没事。打仗哪有不负伤的？钻个眼儿，小菜儿！"

"还没事？你是木头呀？就不知道疼？"

刘大爷不耐烦了："你这个老婆子，碎嘴唠叨，还不快去烧点热水，给孩子洗伤口？"

骑兵变步兵，战场形势发生逆转，国军的优势火力发挥出来，把独立营渐渐压缩到几个院子里。

李大裤裆看出了棱缝儿，对二狗一挥手："走，咱们也别光看戏了，凑凑热闹去！"

二狗瞟秦岭一眼："人家能耐，教他一人打去！"

"你糊涂，独立营马上就完了，放着现成的功劳不抢，白白送人？"

二狗也明白过来："从哪儿上？"

"村北，袭击独立营的后背！"

一连受到四面围攻，战士们一个接一个倒下，渐渐有些支持不住。

李大裤裆站在土墙上，冲着村里大叫："王河桩，你们完蛋了！哈哈，这回可是跑不出去了，快缴枪投降吧！"

住在阎家场的郭宝田听到辛庄传来的枪声，带领战士们一阵猛跑，很快就突击到村子的围墙前。

李大裤裆有些发蒙："怎么回事，哪儿又冒出一股子来？"

二狗发狠："管他哪儿冒出来的，一勺烩！"

"你傻呀？这儿有秦岭顶着，咱献什么殷勤儿？快撤！"

河桩乘机指挥一连冲出村子，和郭宝田会合一处，向志刚靠拢。此时志刚也率队来援，全营跑过阎家场，进入刘家铺。

秦岭见独立营又跑了，忙命全体上马，尾随急追。

独立营喘息未定，见敌人又追了上来，志刚向河桩建议："敌人数倍于我，这个村子不能待。我们上永定河大堤，堤顶路窄，堤坡上又满是大树，可迟滞敌骑兵的速度。"

河桩觉得只能如此，便下令："全营上大堤，敌人的骑兵追上来，就串着大树跑。以班为单位，互相掩护，不能跑散！"

独立营刚跑上大堤，敌人的骑兵就分成两队，一队在堤上，一队在堤下，紧紧地黏住不放。独立营进入堤坡上的树丛，高大的树木钻得进人，却钻不进马，使骑兵顿时失去优势，两者相距不过五六丈远，就是靠不上前。

秦岭急得大叫："用枪打！他跑得再快，也没有咱的马腿快，累死他们！"

独立营隐在树后，边跑边射击，敌骑兵接二连三地摔下马，独立营的战士也不时倒下。

郭宝田主动承担起断后任务，在他消灭了两个敌人转身后撤时，一颗子弹打中了他的大腿。

河桩一直关照着后面的人，见郭宝田倒下，扑回来营救。郭宝田几次试着往起站，都没有成功，索性就靠着大树坐下来，掏出一颗手榴弹朝河桩晃了晃："营长，别管我，快跑！"

几个敌骑兵听见返回的人是营长，立即策马朝河桩围来，子弹打得树皮飞溅。郭宝田见形势危急，大喊一声"营长快走"，随即拉响手榴弹，几个敌人随着巨大的爆炸声飞到半空。

独立营边打边撤，十里长堤弥漫着激烈的枪声和凄厉的惨叫声。长时间的奔跑，人们的体力消耗殆尽，尤其是那些伤员，渐渐落了单。眼见战友一个个倒在敌人的屠刀下，金驹急眼了：

"营长，不能再跑了，这样下去，我们会被敌人追垮的！"

河桩也为想不出遏制敌人的办法着急，听金驹这么说，就朝金驹吼："你说怎么办？"

这倒把金驹问住了，他也不知道怎么好。

志刚赶过来："不能再往北退了，前面就是赵村，离黄村很近，如果黄村的敌人再包抄过来，我们就更危险！"

"那就不撤了！"河桩让人把铁牛和二愣找来，命令他俩组织战士利用地形就地抵抗，和敌人决一死战。

"决战不是好办法，那会把老本拼光的！"志刚不同意，"要不，我们突到河西去？"

河桩断然否决："敌人离得太近了，我们一下河，还不成了活靶子？"

二愣哗地扯掉小褂："营长，把机枪都给我，我断后，掩护你们过河！"

铁牛一推二愣："去，别好事都让你占了。我还没有媳妇呢！"

二愣想起打鬼子时掩护主力过河，巧遇张桂兰的事，不由得笑了："你也想捡个媳妇？行，让给你！"

就在这时，河西大堤上响起一连串的机枪声，几个敌人相继从马背上摔下来。

河桩大喜："准是老丁，丁营长来接应我们了！"

七十六

十里长堤大战，李大裤裆没有参加，秦岭前脚去追独立营，他后脚就让二狗带队进了辛庄。

二狗有些不情愿："李叔，好不容易摸着独立营的影儿，怎么不追？"

李大裤裆哼哼两声："仨多俩少不知道？两条腿的人能跑过四条腿的马？咱们跟着追，就是使出吃奶的劲，也只能吃秦岭的马屁。听我的，进村，捡洋落儿！"

独立营一撤，刘大爷老两口就把丁小毛抬到西厢房，藏在粮食囤里。

刘大妈左看右看不放心："这地方行吗？那些坏种不搜还罢，一搜就藏不住。"

刘大爷也知道藏不住，可急切里实在没有再好的地方，只能心里盼着这事赶快过去。

可这事就是没过去，李大裤裆带人进村了。

听着外面传来乒乒乓乓的打砸声，刘大妈心慌得不停念叨："这样不行，这样不行！"

刘大爷此时也没了主意："你说怎么行？"

"要不，咱把小毛的衣服换喽，还抬到正房炕上，就说是咱的外甥，被枪误伤的？"

刘大爷觉得这办法不错，明摆浮搁着总比搜出来好说话。就把小毛的军服脱下来塞在灶膛里，嘱咐好小毛该说的话。

小毛看老两口为自己担惊受怕，很是不安，就挣扎着下炕："大爷大妈，你们别管我了，我到外面去。能躲过搜查，算命大，躲不过去，就和敌人拼了！"

刘大妈赶忙拦住："你看这孩子，说的什么话？王营长既是把你送到我家，就是相信我们，我们就得保护好你，能让你一个人出去？"

"我不能连累你们呀。你们知道'黑杀团'，那些东西可是杀人不眨眼的！"

刘大爷有些着急："你这孩子怎么一根筋？乖乖躺着！没事更好；有事，咱们一块儿担！"

小毛不能再争，流着眼泪又躺下了。

街门被砸响。刘大爷朝老伴儿和小毛使个眼色，就去开门。刚走出正房，破旧的街门就哗啦一声被踹开了，二狗领头冲进来。

"干吗不开门？屋里藏着共产党吧？"

"哪能呢？"刘大爷赔着笑脸，"门一响我就出屋了，是长官太性急，不等我开，就……"

"性急？不急你们就把共产党藏好了。"二狗一挥手，"搜，搜出来再跟老东西算账！"大狗、金贵带几个黑杀团跑进东、西厢房，二狗朝院里踅摸一番，径直进了北上房。

"这是谁？"二狗一眼瞄见炕上的小毛，拿枪就指上了。

"长官，这是我的外甥。"刘大妈给小毛掖掖被角。

"外甥？"二狗紧盯着小毛的脸，"年纪轻轻的，怎么在被窝里躺着？"

"是这样，"刘大爷赶忙解释，"你们打枪的时候，他正在街上，紧跑慢跑地，到了家门口，还是挨了一枪。唉，这是个没娘的孩儿，命苦着哪，常到我家找他姨要口吃的。谁知这回……要是落下残疾，这辈子就完了！"

二狗嘿嘿冷笑："真是无巧不成书啊。来人！"

厢房里的大狗、金贵闻声跑了进来。

"搜到什么没有？"

大狗摇摇头。

金贵也摇摇头。

"我这儿倒有个宝贝。"二狗一指炕上的小毛，"去，把那小子拉下来，看看他是什么变的！"

金贵上前，拉住小毛的胳膊就往炕下拽。

"动不得呀，他伤得厉害！"刘大爷阻拦。

大狗把刘大爷推个趔趄："老东西，滚一边去！"

小毛被拽到地下，敞开的前襟露出雪白的纱布。

二狗抬手扇了刘大爷一个耳光："老混蛋，你敢骗老子！这是误伤？你家有军队用的纱布？"

小毛见瞒不过去了，心里倒踏实下来，他看着二狗，平静地说："我是独立营的，与二位老人无关，我跟你们走。"

"哟嗬，你还挺义气，给我玩军民鱼水情呢？都带走！"

李大裤裆坐在牛得草家里，惬意地喝着香茶。院里，陆续押进几个人，有堡垒户，也有村干部。二狗把小毛三人推进院，进屋向李大裤裆报告："大队长，又逮住仨，一个还是独立营的伤员！"

"好！"李大裤裆站起身，又停住，问在一旁伺候的牛得草，"村里还有谁跟共产党走得近？"

牛得草看看院里，低声说："堤顶上看堤的郭振启，他家是堡垒户，共产党的干部常住他家。"说完，又不放心地叮嘱一句，"李队长，你可千万别透露是我说的啊。"

李大裤裆一哼鼻子："瞧你那尿样儿！想吃又怕烫，还是不是爷们儿？"

牛得草连连作揖："李队长，我不想惹事，就想过踏实日子！"

"不想惹事？你这事惹得还小哇？"

李大裤裆不再理会呆若木鸡的牛得草，掀起帘子来到院里，命令金贵："你带人把堤顶上那三间房子围了，那是共产党的窝点！"又转向二狗，一指院里被捕的人，"把这些混蛋押到河滩去！"

郭振启是老河兵，为看堤方便，就在堤顶的宽敞处盖了三间土房。抗战时期，共产党八路军常在永定河河畔活动，郭振启的家地势独特，被李斌、张卫看中，就给郭振启一家做工作。郭振启也是穷人，仇恨日本鬼子的烧杀抢掠，就做了堡垒户，偷偷在河滩柳行里挖了地窖子，掩护往来的共产党干部和独立营的伤病员。内战爆发后，郭振启见国民党、还乡团残杀共产党和土改积极分子比日本人还厉害，就更同情共产党，主动承担起地下交通员的任务，利用巡堤的便利，来往于永定河两岸，传递情报。辛庄战斗打响，郭振启就伏在土牛后面观察动静。独立营突围后，他就进村查看情况，看是否有牺牲的战士需要掩埋。自打抗战时期起，就形成了一条不成文的规矩，凡有牺牲的烈士，就由附近村庄的地下组织或积极分子负责收殓，能备棺材的备棺材，没条件打棺材的，也要入土为安，不能让牺牲者暴尸荒野。郭振启刚下堤，就发现李大裤裆进了村，忙又返回堤上，伏在大树后面。见一伙人朝他家跑来，预感到不好，叫出儿子让他快走。儿子已十六岁，放心不下父母，不愿独走。正争执间，金贵已把他们围了起来："说，把共产党藏哪儿了？"

一家三口谁也不吭声。

"死鸭子不张嘴呀？行，一会儿有你们好果子吃。带走！"

深秋季节，棒子掰了，黑、黄豆割了，大柳也打得干干净净，河滩就显得空空荡荡。

被捕的人们被赶下河堤。李大裤裆站在堤顶上，看看粼粼流动的河水，一句话没说，就朝架在土牛上的机枪挥了挥手。枪声响了，人们一个个倒下，滚烫的鲜血浸透了这片收获过的土地。

第二天，兴犹未尽的李大裤裆刚吃完早饭，就把二狗几个找了来："你们说，咱还到哪儿开心去？"

"我看还是去西北片。"二狗说，"独立营被黑马师追打得屁滚尿流，沿河各村肯定还藏着伤员。早就听说，石垡、刘家铺那边的穷小子跟共产党走得挺近乎。"

李大裤裆长出一口气："哪儿的穷小子跟共产党不近乎？走，再宰他几个去！"

七十七

　　青纱帐倒了，裸露的大地便一览无遗。曹化臣沿着地边走，播下的小麦已经出土，一垄一垄的，闪着嫩黄的绿，很是诱人。曹化臣的心情很沉重，无意观赏田间景色。他是区民政助理，听说李大裤裆在辛庄杀了不少人，就从邻村连夜赶来，悄悄组织几个积极分子，把死难者埋了。巨大的哀痛和恐惧笼罩在人们的心头，也就没人邀他吃饭，他也吃不下，安慰大家几句，就走出村来。他和腊梅分开已好多天了，一直没有碰上面。失去上级领导，就单独行动，能干什么就干什么，反正不能闲着。走在一块刨了半截儿的白薯地前，肚子咕噜噜地响了，才记起已是一夜半天水米没打牙，就弯下身子，扒出块白薯，在大襟上擦擦，嘎嘣嘎嘣地嚼起来。

　　李大裤裆骑着匹枣红马，马脖子下的铜铃叮叮当当地响着，耀武扬威地走在队伍中间。连续几次得手，让他很是兴奋，下乡清剿的心劲儿就很足。刚搜查了两个村子，没有什么发现，就带队向石垡进发。

　　二狗眼尖，指着不远处的曹化臣给李大裤裆看："李叔，前面那个单帮儿，鬼鬼祟祟的，不会是好东西！"

　　"管他是什么，先给一颗黑枣吃！"李大裤裆抬手就是一枪。

　　曹化臣听到枪响，回头看看，扔下啃剩的白薯，撒腿就跑。

　　"哈哈，果然不是个溜子！"李大裤裆又是两枪，还是没打中，就命令二狗，"你带一小队，抄到前面截住他！"

　　曹化臣见前有截堵后有追击，就一抹头跑向不远处的阎家场，进了李凤池的家。李凤池抗战时期就入了党，是村里的党支部书记，二话没说，就掀开鸡窝，让曹化臣钻进下面的地洞。

阎家场是个只有二三十户的小村子，被李大裤裆围了个水泄不通。可搜了半天，也没找出那个可疑人员。

李大裤裆问二狗："你真看见那个人进了村？"

"没错，我看得真真儿的！不信，你问问弟兄们。"

"那他妈就怪了，他能有孙猴子的本事，变个蠓虫飞出去？"

二狗给李大裤裆出主意："把全村人集中起来，让娘们儿领爷们儿，没人领的，就是共产党！"

村人集合起来了，女人也认领男人了，可还是没有找出那个逃跑的人。

二狗威胁人们："辛庄的事你们不会不知道吧？不交出共产党，那就是你们的下场！"

全村人挤在一起，谁也不吭声。

李大裤裆有些不耐烦："甭跟他们费唾沫了，把男的都押到河滩去！"

男人们被推下大堤，二狗就要指挥开枪。

李大裤裆抬起手："慢。不能这么便宜他们，先打一顿出出火。去，把裤子都给我扒下来！"

三四十个男人光着下半身，被枪托、棍子轮番抽打。惨叫声响满河滩，却仍是无人招供。

"嘴够硬的啊！"李大裤裆跳下河堤，在人群中找了找，一把抓过李凤池，撅住他的大拇指，"说不说！"

李凤池大口喘着粗气："你让我说什么？我什么也不知道呀！"

咔吧，李凤池的拇指被撅断，闷吼一声，晕倒在地。

二狗把李大裤裆扶上大堤："李叔，都突突掉算了！"

李大裤裆无力地摇摇头："穷小子们遍地都是，杀得完吗？撤！"

李大裤裆的连续清剿，使区县干部受到重大损失。

大兴县委宣传部部长方波、区武委会干部王维森、县委组织部干事李军等在沙坨村开展工作，被李大裤裆包围，几人钻进地道，洞口被发现，在突围无望的情况下，饮弹自尽。

农会主任张志奎、青联主任于春等人在苗村隐蔽，被李大裤裆用烟熏死。

大兴县委组织部部长方明在贾屯开展工作，因坏人告密，被二狗抓获，牺牲在永定河大堤上……

在李大裤裆四处逞凶的时候，戴双印也没闲着。他叛变后，心情很是舒畅。李大裤裆兑现了承诺，不仅把桃儿给了他，还任命他为小队长，单独住在郭村据点里，成了一方的霸主。戴双印在郭村租了间房子，就把桃儿从榆垡接了过来。桃儿经过了那么多男人，感觉出戴双印是最靠得住的，也就真心实意对待他，夜里的缱绻自不必说，白天也是饭是饭、茶是茶，照顾得无微不至。这就让在八路军里过了几年苦日子的戴双印无比满足，满足之余就感谢李大裤裆，把李大裤裆看成了生命中的贵人。"三八枪班"是他的老班底，他把柳老笆、楚恩良、齐三、姜花子都提拔为班长、副班长，时不时地叫来一起喝酒，一起商量怎么在辖区里搜刮更多的粮饷。

心里不得劲儿的是蔡师儒。蔡师儒仇恨共产党，那是因为共产党要共他的产。要说戴双印的奶奶是共产党害死的，他不相信。以他在抗战时和共产党的接触，共产党绝做不出那样的事，这很有可能是李大裤裆的圈套。他不相信，戴双印相信，还把李大裤裆看作了恩人。看着戴双印那神采飞扬的样子，蔡师儒心中冷笑：傻小子被人卖了，还帮人数钱！可他不敢说破，他没有证据。他知道李大裤裆的狠毒，一旦发现他有二心，他也就活到头了。福祸个人找，好坏自己背，这年头，谁知谁到什么地界呢？凭命吧。蔡师儒无奈地想。也就不再关心戴双印的事，去榆垡的次数也少了，双方的关系渐渐疏远。

这天，戴双印在租的小屋里摆好桌子，让桃儿炒了几个菜，又把几个铁杆儿叫来喝酒。

"嗯，香！"柳老笆啃完鸡腿，舔舔油腻腻的手指头，"兄弟，咱这条路是走对了。在共产党那边，哪有这吃喝！"

"是呀，"戴双印也很感慨，"所以我们要听李大队长的，没有李大队长，哪有我们的今天！"

齐三乜斜着眼，瞟着前凸后撅的桃儿，心里火烧火燎的："我说哥哥，你是美人搂在怀里了，兄弟我可还是光棍一条哪，半夜里急得挠墙呀！"

姜花子看不上齐三那涎皮赖脸的样儿，不屑地撇撇嘴："瞧你那出息，没有女人能死呀？！"

戴双印见齐三两眼不离桃儿的身子，也生出醋意："有劲儿使在正地方，敢动歪心思，别怪我割袍断义！"

　　楚恩良嘻嘻地笑："干什么都能上瘾。抽大烟能上瘾，喝酒能上瘾，耍钱能上瘾，玩娘们儿也能上瘾。齐老五要是实在憋不住，把银铃抢来不就结了？"

　　齐三巴不得的："我是想啊，可老三他……"

　　来到郭村驻防后，齐三几次向戴双印提出把银铃弄过来，都被戴双印拦住了，说是稳住脚跟后再说。

　　"我怎么了？你以为养个女人那么容易？"戴双印立棱起两眼，很是不屑，"就你眼下这德行，是管得起人家吃还是管得起人家喝？打得起金银首饰还是置得起绫罗绸缎？让人家光着屁股跟你喝西北风？"

　　"那你……"齐三想说抢来的好东西都被你一人吞了，想想不合适，就把后半截话咽下去了。

　　戴双印猜到齐三要说什么，火更大了："哟嗬，还跟我比上了！一根黄瓜撅三截儿，你拿哪截儿跟我比？"

　　柳老笆怕闹僵了，忙打圆场："喝点酒火气都大，别说没油没盐的了，还是请队长说正事吧。"

　　齐三还觉得委屈："有点儿权势就不认人了！"

　　"你……"戴双印气得说不出话。

　　柳老笆搡了齐三一下："老五，你怎么不知好歹？没有老三，能有咱们今天？你要再胡搅蛮缠，别怪大伙儿跟你拔香头子！"

　　齐三怕闹大不好收场，就噘着嘴不言声了。

　　戴双印也不想掰面儿，毕竟这几个弟兄是他的基本力量，要干事还得靠他们出力，就借坡下驴："不怪老五发火，我也有做得不到位的地方，以后改。现在咱们说正事。李大队长这阵子没少消灭共产党，我们不能揣着两手看热闹，也得表现表现。这样，楚二哥带你的班守据点，其余的都跟我下乡！"

　　楚恩良一听就不愿意了。他知道，下乡应名是抓共产党，其实捞钱财是主要的，就说："队长，咱们是把兄弟，干什么都得在一块儿，哪能把我落下？我跟你去，让那个王国瑞看家！"王国瑞那个班是李大裤裆拨给戴双印的，看着李大裤裆的面子，戴双印不敢怠慢，可一直没把他看成圈儿内的人，核心机密没有他知道的份儿。

　　戴双印也明白其中的道道，就点头答应："也行。回去告诉弟兄们，明天一早出发！"

第二天，戴双印率队来到徐营，可巧把李斌围在了村里。李斌是头天晚上来到徐营的，开完会已是鸡叫。村支部书记徐卫国一边让媳妇做饭，一边说："李书记，忙了多半宿，垫补垫补肚子，眯会儿再走吧。"

李斌也是真累了，就没走，吃了两碗杂面条，就和通信员赵铁柱蜷在炕上睡着了。戴双印进村时，两人还没醒。被徐卫国叫起来，李斌先问来的是哪部分。徐卫国说是郭村据点的戴双印，李斌就说坏了。

"甭管谁来，赶快钻洞吧。"徐卫国催促。

"不行，"李斌摇头，"戴双印在独立营这么多年，对我们的活动规律知道得很清楚。要是让他堵在洞里，那可是插翅难逃了。"

"那我们就往外冲。李书记，我在前头开路，你跟着我！"赵铁柱拔出双枪，在大腿上一擦，就打开了枪头。

两人刚摸出不远，就被柳老笆发现了："老三，李斌，李斌在这儿！"

戴双印大喜："好哇，这可是个大家伙，抓住他！"带着人蜂拥而来。

"戴双印，你个王八蛋！"赵铁柱一梭子子弹打出去，保护着李斌往外突。

村外的田野空荡荡的，没有一点遮挡。赵铁柱指着不远处的村庄："李书记，你快进崔屯，我掩护！"

李斌跑向崔屯，赵铁柱隐在一条土沟里，左右开弓，阻击着戴双印的进攻。

眼见着李斌跑得没了影儿，身边的人又倒下好几个，戴双印叫过齐三："李斌是大兴共产党最大的头子，不能让他跑了。你带上你的人，绕到前边去，一定要把李斌抓住！"

赵铁柱看出戴双印的企图，跳起身就去追齐三。

"你去死吧！"戴双印端起三八枪，一枪打在赵铁柱的大腿上。

赵铁柱跪在地上，向齐三射去一串子弹。齐三趔趄一下，也倒了下去。

戴双印以为齐三死了，眼都红了，对手下大喊："打，把那小子打成马蜂窝！"

柳老笆、姜花子也大喊大叫着，向赵铁柱猛烈射击。

赵铁柱多处受伤，软软地躺在地上。

"抓活的！"戴双印一挥手，柳老笆等人一拥而上，把赵铁柱围在中间。

"赵铁柱，你跑不了了，投降吧！"戴双印得意地笑。

赵铁柱慢慢爬起身，轻蔑地将一口血水吐在地上："戴双印你这个叛徒，想让老子投降？别做春秋大梦了！"倏地举起枪，将最后一颗子弹打进自己的脑袋。

戴双印愣愣地站着，额头上冒出一层冷汗。

正在这时，齐三被人架着鬼哭狼嚎地过来了："三哥，哎哟，队长，我的腿打坏了，妈呀，疼死我了！"

"你没死？"戴双印迎上去。

"三哥你这是说的什么话？你盼着我死？"

戴双印也察觉自己说错了，忙赔笑："老五，我哪是那意思？腿打坏没关系，养些日子就好了。只要裆里的家伙没坏，就成！"

"你是说？"齐三扭歪的脸上露出一丝惊喜。

"去洼店，哥哥给你把银铃抢过来！"

七十八

腊梅满面憔悴地斜靠在土坟上，搂着张桂兰发愁。

李大裤裆的频繁出动，逼得腊梅和张桂兰轻易不敢在村里待了。没有了青纱帐的掩护，能隐身的只剩下地道。李大裤裆带着他的虾兵蟹将，进村就找地道，一旦发现洞口，就用碌碡砸。永定河沿岸多是松散的沙土，加之水位高，地道不能挖得太深，深了容易出水；也不能挖得过长，长了容易坍塌。地道离地面浅，用碌碡一砸就能砸塌；地道短，一旦被敌人发现洞口，很难脱逃。这就是很多干部牺牲的主要原因。腊梅吸取教训，和张桂兰进村工作，都是速战速决，说完事拿点吃的就走，绝不迁延。这天她们从宋庄出来，腊梅领着张桂兰来到郭家坟。初冬的天气已有了寒意，坟圈子里更显得冷气森森。张桂兰看着累累的坟头，密不见天的松柏，浑身不由得一凛，就感觉有一股冷气弥漫了全身，忙把夹袄往紧里裹了裹。腊梅来到紫穗槐丛，槐叶已经落尽，沈大爷挖的土坑也被白沙填平了。想起和冯天焕在一起的那段战斗经历，仿佛就在眼前，可冯天焕已牺牲两年多了，而后牺牲的人更多，其中不少是她熟悉的同志，心中就是一阵酸楚，眼里便浮出一层泪花。

腊梅擦擦眼角，用脚归拢起一堆树叶，抱起来，铺在一座巨大的坟堆前。

"今夜就在这儿？"张桂兰有些犹豫，怵怵惮惮地问。

"这儿不挺好吗？又背风，又严实，人们轻易不会进来。"看张桂兰不说话，腊梅忽然笑了："你是不是害怕呀？就你这个孙二娘，还怕鬼？"

张桂兰有些不好意思："谁害怕？天底下哪有什么鬼！我就是觉得有点

儿……不得劲儿。"就也归拢些树叶，铺在坟前。

　　说着话天就暗了，归巢的鸦雀们发现有人侵入它们的领地，便不安地聒噪，后来见人没有伤害它们的意思，也就渐渐安静下来。腊梅和张桂兰啃了块棒子面饼子，就着葫芦头又喝了两口凉水，蜷身躺在树叶堆上。小北风溜溜地刮着，四周寂静得悄无声息。腊梅一躺下就睡着了，口中还发出轻微的鼾声。张桂兰却大睁着两眼，望着黑黢黢的夜空，没有丝毫睡意。她也是见过大阵仗的，胆子比不少男人还壮，可今天不知怎么了，心里就是做不了主，身子不时阵阵颤抖。突然，一串夜猫子的惨厉叫声从头顶响起，吓得张桂兰一骨碌坐起来。腊梅也被惊醒，握着枪听了半天，见无别的动静，说声没事，就又躺下了。

　　张桂兰仍然坐着，呼哧呼哧喘粗气。

　　腊梅觉出张桂兰的异样，忙问："桂兰姐，你怎么了？"

　　"我……我有点冷。"

　　"挨近点儿，我们搂着睡。"

　　腊梅一靠近张桂兰的身子，就低叫起来："你怎么哆嗦得这么厉害？病了？"

　　"不知道，就……就是钻心地冷！"

　　腊梅摸摸张桂兰的额头，烧得像火炭似的："你发烧了，你真的病了！"

　　"我头晕，我……冷！"张桂兰断断续续地说完，就不吭声了。

　　腊梅搂起张桂兰，心里又心疼又着急。自她来到大兴地区，张桂兰就成了她的得力助手和好姐妹，无论环境多么残酷恶劣，从无畏葸退缩，总是那么开朗，那么乐观。那知情知义的话，使她深深体会到革命大家庭的温暖，给她增添了不少动力。可如今这个铁女人却病了，躺在她怀里软得像面条儿。她把脸贴在张桂兰的脸上，眼里涌出一串热辣辣的泪。

　　张桂兰的身子抖得越来越厉害，腊梅把手伸进她的夹袄里，马上就缩了回来。心想，我的妈，这么烧，还不把人烧傻喽？赶紧连摇带叫："桂兰姐，桂兰姐……"

　　张桂兰哼哼两声，便没了动静。

　　腊梅愣怔了一刹，把枪插进腰里，背起张桂兰走出坟地。她要去河沿，去找贾知达。她知道贾家是专科正骨，治跌打损伤拿手，对别的症候二五眼，可怎么说也是大夫，总比门外汉强。再说，就眼下的形势，她也不敢找外人，人心隔肚皮，谁知谁心里的小九九？

来到离河沿不远的一块棒子地，天已将明，村里的公鸡此起彼伏地高叫着。腊梅见地里的棒秸攒成一堆一堆地戳立着，就把张桂兰放在一堆棒秸前，轻声说："桂兰姐，你在这儿别乱动，我去给你找先生。"

张桂兰已没了知觉，躺在地上一动不动。

腊梅擦擦脑门上的汗，拎过两捆棒秸挡在张桂兰前面，就向村里走去。

贾知达蒙蒙眬眬地听到有人敲窗户，噌的一下坐起身：

"谁？"

"贾保长，别害怕，是我。"

贾知达抚着怦怦乱跳的胸口："你是谁？"

外面的声音更低了："洪腊梅。"

贾知达长出一口气："我的妈呀，吓死我了！"下地打开门，"洪书记，这是什么时候，你还往村里钻？李大裤裆那帮人，说来就来呀！"

腊梅提着枪，两眼不停地四处踅摸："你家没有外人吧？"

在得到贾知达肯定答复后，腊梅才收回目光："贾保长，天快亮了，咱长话短说。桂兰病了，发高烧，已经昏迷不醒，请你给看看。"

贾知达为难地挠挠头："洪书记，你知道……"

"我知道你是专科正骨，可有些医术是触类旁通的，你总比一点儿不懂的强！"

贾知达知道推脱不过去，也就咬咬牙："行，我去看看。我家里还有些治头疼脑热的药，是遇方便的，也带着。"

腊梅说声"你快点儿"，就出了屋子，蹿上墙头，翻到院外。

两人来到棒子地，找到张桂兰。贾知达拉过张桂兰的手，号了号脉："这是内有虚火，外感风寒所致。唉，你们呀，颠沛流离，饥寒劳碌……"

腊梅打断他的话："看来你还是懂啊。"

贾知达不好意思地笑笑："就像你说的，触类旁通，多少知道一点儿。"

"怎么治？"

贾知达把出诊包打开，拿出两瓶药，又拿出一瓶水："先吃点退烧药吧。不过，她病得太重，还得吃别的药。"

"别的药哪儿有？"

"辛庄的牛先生，他是多年的老中医。"

"可靠？"

"他行医半辈子，老实巴交，从来不招惹是非。"

"那好，你马上去他家拿药，我在村北'大河行'的苇塘里等你。"

"病人不去？"

"你看东边的天都发白了，我们去太危险。你把病情说详细点儿不就行了？"

贾知达无奈，只得一人走了。

腊梅等贾知达走远，背起张桂兰，来到王老奎家。

王老奎一见腊梅，又惊又喜。徐二婶看着滴里当啷的张桂兰，嘴都张圆了："祖宗，这是怎么了？"

腊梅将张桂兰放到炕上，把病情和贾知达去辛庄拿药的事说了。

王老奎点点头："牛先生我知道，那是个好人，十里八村的，很有面子。"说着，就让徐二婶去熬姜糖水。

柳芽被惊醒，披着棉袄走过来。见了腊梅，亲热得不得了。

王老奎往外撵柳芽："你还回你那屋吧。一会儿兴邦醒了看不见你，又哭又闹的，让人起疑。"

柳芽恋恋不舍地回去了。

给张桂兰灌下姜汤，抽搐减轻了好多。徐二婶把两条棉被都盖在桂兰身上："发身汗就好了。"

"闺女，你也喝碗吧，驱驱寒气。"徐二婶又把满满一碗姜糖水递给腊梅。

腊梅折腾了一夜，此时面色苍白，浑身没了丁点儿力气。接过碗一口气喝了，往后一仰倒在炕上。

"看把闺女累的。"徐二婶嘟囔着，忙去做饭。

王老奎也是心疼不已："洪书记，你踏实儿睡吧，我去外头看看。"

蒙眬中的腊梅还没忘记拿药的事："大爷，一会儿叫醒我，我还得去'大河行'找贾知达。"

王老奎背起粪筐走出院子。

此时老爷儿已从东方地平线钻出来，黄浊浊的显得有气无力。西北风嗖嗖地刮着，手脸就有些疼。几只老鸹在高高的树顶戗风而立，漆黑的羽毛奓得乱糟糟的。一群麻雀跳跃在柴垛前，麻利地挠找着草籽。王老奎站在平大公路上，往榆垡方向望。灰白的路面空荡荡的，偶尔有枯干的棒子叶随风飘起又落下。王老奎放心了，把一溜驴粪蛋用粪叉捡进柳条筐，两手插进袄袖里，走上堤顶，来到香巧的小吃店前。

天一隆冬，过往的行人就少了，尤其是寒冷的早晨，没有人吃饭，香巧就赖了床。听到外面的敲门声，香巧迷迷糊糊地问：

"谁呀？"

听出王老奎的语声，香巧立刻精神起来，穿上衣服去开门："大叔，这么早？"

王老奎站在门口，把腊梅和张桂兰的事说了。

"要我干什么？"香巧把散乱的额发往耳后捋了捋。

"你就盯着榆垡，一见李大裤裆、二狗的影儿，赶快告诉我。"

"你想把腊梅留在家里？"

"桂兰病得厉害，又是两个小女嫩妇，这大冷的天，能让她们到哪儿去？"

"也是。大叔，你回吧，这儿就交给我了。"

王老奎回到家，腊梅睡得正香，踌躇了一下，还是忍着心把她叫醒。

腊梅一骨碌爬起来："大叔，什么时辰了？"

"别急，误不了事。"

徐二婶把饭端上来，小米粥，贴饼子，陈年老咸菜："快，趁热吃！"

腊梅使劲在脸上胡噜两把，拿起一个饼子："我边走边吃吧，不能让贾知达等着。"

徐二婶忙又从腌菜坛子里捞出个萝卜疙瘩，在水瓢里涮涮，塞到腊梅手里："哪能干嚼？就着这个吧。你们呀，唉，真是！"

腊梅来到"大河行"，找个芦苇茂密的地方蹲下来。贾知达还没到，她就从怀里掏出饼子，一口饼子一口咸菜地吃。一个饼子吃完，附近苇塘里响起哗啦哗啦的声音。腊梅借着苇子缝儿，看见贾知达，就站起身朝他招手。

贾知达来到近前，拿出一包药，是圆溜溜的黑丸子。

"都是中成药，用温水送服。熬药不行，味儿大，容易引起人注意。再说，你们东跑西颠的，也没工夫熬。"贾知达说着，又把用量告诉了腊梅。

腊梅对贾知达的细心很满意，表扬了几句，贾知达也很高兴。

腊梅突然又想起什么："你没把我们的情况说给牛先生吧？"

"哪能呢？" 贾知达做出很有经验的样子，"我就说是一个亲戚病了，不方便来，把病情告诉了他，让他照症状拿药。"

"好，你做得对。今天的事，任谁也别告诉。我们一会儿就转移，你也赶快回去吧。药钱以后再给。"

"要什么钱？不要。"

望着贾知达走远，腊梅伏下身子，钻出苇塘，又悄悄回到王老奎家。

张桂兰醒了，出了一身大汗，觉得身上松快不少，可还是软得拾不起个儿。

腊梅给桂兰喂下药，让她围着被靠墙坐着，就商量起今后的行动。

王老奎嘶嘶地抽着烟，说："看桂兰的样子，一时半会儿还跑不动颠不动，只能在这儿隐蔽了。"

腊梅很犹豫："这儿离榆垡太近，又是李大裤裆、二狗他们关注的重点，一个眼错，就可能出事。"

"我已经知会了香巧，让她盯着榆垡方向。一会儿我到公路边上拉大筢，二狗他们来，老远就看见了，到时再转移也来得及。我那驴槽底下有地洞，实在不行，就钻洞。" 王老奎满有把握。

腊梅想想，也没有更好的办法，就同意了。

一天过去，风平浪静。张桂兰吃了药，又经过休息，状况也好多了。

傍晚，王老奎拉着大筢回来，筢拍子上堆着高高的杂草。他把草卸下，摊在院子里，待晒干后抖去泥土，用铡刀铡碎，就是喂驴的饲料。

饭桌上，张桂兰提出一个要求，要看看婆婆。

腊梅拿不定主意，征询地望着王老奎。

王老奎说："这要求不框外。娘儿俩多少日子没见面了，见见，应该。"

撂下饭碗，王老奎就去找二愣的娘。

二愣娘一听儿媳妇在老奎家，还病了，立时就要过来。

王老奎拦住："老嫂子，别着急，让坏人看见可不是闹着玩的。我先走，你待会儿再过去。多加小心，千万不能被人盯了梢。"

王老奎前脚到家，二愣娘后脚就到了。

王老奎就笑："要不二愣脾气那么急，随你！"

二愣娘从大袄兜里掏出几个鸡蛋，放在锅台上，转身就扑向桂兰："我的孩儿啊，想死妈了！"

张桂兰也紧紧拉住婆婆的手，两人都流下眼泪。

三天间，王老奎虽封锁了消息，可香巧来过两趟，二愣娘就更勤了，几乎早中晚都要来，这让腊梅和王老奎很是担心。腊梅不好张口，王老奎就说二愣娘："我说老嫂子，你别这样行不行？一天三趟四趟地往这儿跑，不让人起疑？万一李大裤裆知道了，来个突然袭击，那可怎么好？"

二愣娘不好意思地笑："我也知道不能常来，容易暴露，可就是管不住自个儿的脚。说不能来不能来，还是忍不住地要来。"

腊梅决定转移。

当天夜里，腊梅搀着张桂兰，悄悄走出河沿村。

七十九

夜黑得像锅底，北风越刮越紧，眨眼间，天空就洒下颗颗雪糁。雪糁打在树枝上，唰唰地响，钻进脖子里，冰冰的凉。很快，雪糁又变成雪片，随着寒风飞舞，地上就形成一层薄薄的白。

张桂兰大口大口地喘气，艰难地迈着脚步。幸亏临出门时，王老奎把大棉袄硬披在了她的身上，不然，这冷她就受不了。在过一条荒沟时，虽有腊梅搀扶，还是一个趔趄坐在了沟里。

"不行了，实在走不动了！"桂兰靠着沟坡，再也不想起来。

"那就歇会儿。"腊梅无法，只得挨着桂兰坐下来。

待喘匀了气，桂兰歉疚地望着腊梅："妹子，我连累你了！"

腊梅揽过桂兰的身子搂着："姐说的这是什么话，我们是同志，是战友！"

"是啊，我们是同志，是战友。"桂兰握着腊梅的手，把眼望向茫茫黑夜，"也不知独立营到哪儿去了？"

"想二愣哥了吧？放心，独立营，还有李书记，他们都走不远，更不会忘了我们！"

停了一阵，桂兰又轻声问："妹子，你说，咱们这爷们儿打仗，娘们儿挣命，到底图个什么？"

"那还用说？我们打日本，是为了把侵略者赶出中国去。我们打国民党，是要让穷人过好日子，让子孙后代不再受苦！"

"妹子，姐从心里佩服你，你的水平就是高！你当区委书记，县委选对人了！"桂兰由衷赞叹。

"姐，看你说的。工作是大家做的，没有同志们的支持帮助，我一个人能干出什么事？姐这两年，帮我做了多少事呀！"

桂兰摇头："我就是个农村娘们儿，不是遇到共产党，不是遇到二愣，也就整天围着锅台转，到死拉倒。"

腊梅没有说话，只是把桂兰搂得更紧一些。

桂兰看着腊梅头上、肩上落满的白雪，沉默了好久，又幽幽地说："妹子你说，咱们要是死了，后人能记得咱们吃的苦，受的罪吗？"

"当然能记得。将来建立起新中国，人们当家做主，过上好日子，怎么会忘记流血牺牲的先烈呢？"

桂兰长吁一口气："我想也是。真要忘记了，那才让人寒心哪！"

腊梅听桂兰净说些不着边儿的话，很是奇怪："姐，你这是怎么了？"

"我也想多为党做点工作，可这身子，不争气呀！莫不成，我要死了？"

腊梅捧住桂兰的脸："姐，哪能说那丧气话？你平时壮得跟牛犊子似的，这点小病能把你怎么样？过几天就好了。"

桂兰苦笑："眼下呢？我总不能老拖累着你呀！"

腊梅沉默了。她曾有把桂兰坚壁起来的念头，可两人亲密得跟亲姐妹似的，实在舍不得分开。更怕桂兰有想法，身体好好的在一起，病了就不管了？

桂兰见腊梅不说话，忽然就改了称呼："洪书记，我有个请求！"

"你说。"

"我要到礼贤去！"

"去礼贤？"

"洪书记别怪我有私心。我想去抚养铁蛋的那家堡垒户隐蔽，就手看看儿子。"桂兰看会儿腊梅，又把目光转向夜空，向往地说，"临死能见见儿子，也就心安了！"

腊梅忙堵住桂兰的嘴："姐，不许瞎说！咱得活着，咱都得活着，还有很多工作等咱做哪！"

桂兰拨开腊梅的手，笑了："妹子你也迷信呀？我就是随便一说，哪就真了？就这样定了吧，我去礼贤养病，你放开手去工作。等我病好了，再跟着你继续干！"

腊梅想想，这倒是个两全其美的办法，也就答应了。

八十

这天，戴双印让桃儿炒了俩菜，把蔡师儒请来喝酒。蔡师儒自打和李大裤裆分了心，就离开了榆垡。可他又不敢回侉子营，怕独立营掏他的窝，就跟着戴双印来到郭村，找个小院住下来。见戴双印来请，忙不颠儿地跟着来了。

桃儿穿着紧身的碎花棉裤袄，腰间煞个雪白的小围裙，更显得胸高臀翘。听见蔡师儒在院里说话，风情万种地迎出来："表叔来了？快进屋，酒菜刚炒的！"

看着桃儿，蔡师儒心里说不出是什么滋味，就应酬几句，进了屋。

屋子不大，却收拾得很干净。前檐炕铺着羊毛炕毡，炕柜上摆着几条新棉被，一个长长大大的双人枕显鼻子显眼地摆在上面。地下靠北墙是一张花梨木条案，两端立着高大的胆瓶，中间一架座钟，钟摆不紧不慢地晃动着，发出嘀嗒嘀嗒的响声。此时八仙桌上已摆好四盘菜，丝丝缕缕的香气飘满屋子。

"表叔，快请。"戴双印伸着手，热情让座。

蔡师儒也不客气，一撩棉袍后摆，坐在上首的太师椅上。

环视一遍屋子，蔡师儒点头："表侄，你这小日子过得不错嘛。"

戴双印一边满酒一边奉承："这都是表叔你给指的明路呀。"

蔡师儒咧咧嘴，没有搭茬儿。他看出戴双印很贪，也听说他在周围村子里搜刮得厉害，眼前这一屋的摆设就是明证。他真的有些后悔，不该伙同李大裤裆给戴双印挖这个坑。

喝着酒，戴双印吹嘘起自己的战绩，直说得满面红光，神采飞扬。

蔡师儒只是静静地听，脸上的表情也是木木的。

戴双印看出来了，停住吹牛："表叔，你怎么了？"

蔡师儒捏着酒盅沉默很久，才一抬头："表侄，表叔吃的盐比你吃的饭还多。听表叔一句劝，有些事，得给自个儿留后路。"

戴双印此时已被酒精烧红了眼："留后路？我还有后路吗？共产党害死我奶奶，我杀他们多少都不解恨！"

"你奶奶要不是共产党害的呢？"

"什么？"

就在这时，外屋传来哗啦一声脆响。

"怎么了？"戴双印一步挑开帘子。

桃儿脸色煞白地站在灶台边，地上是一个打碎的蓝花盘。桃儿虽在外屋炒菜，耳朵却一直留意着里屋的对话。当她刚要把大葱摊鸡蛋铲进盘子里时，就听到了蔡师儒那句要命的话。那是她心里的一个死结，是任谁也碰不得的。自从和戴双印在一起，她才真正感受到家的温暖。以前，吴敬礼宠她，金贵喜欢她，不过是拿她当玩物，就是俗话说的，想起来六月，想不起来腊月，她终究是棵无根的苲蓬，飘到哪儿是一站，自己都不知道，只是凭着不守规矩的放荡女人的性子，享受眼前的欢乐。戴双印却和别人不同，是把她作为真正的媳妇来爱的，而且是那种扒心扒肝的爱，这就使她有了定盘星，下决心收起过去的荒唐，一心一意要和戴双印过日子了。可戴双印奶奶的死，犹如一块巨石压在她的心上，虽然主意是李大裤裆出的，实施者却是她。这就让她在面对戴双印时，产生深深的愧疚。正因为她的愧疚，她待戴双印分外地好，反过来又感动了戴双印。在外人眼中，两人就是蜜里调油的小两口儿，要多恩爱有多恩爱。但如果真相被揭穿，桃儿都不敢想象会是什么样的后果，不要说美满生活没了，性命都很难保住。她曾多次看到戴双印提起给奶奶报仇时，那种发疯发狂的样子。蔡师儒的话让她惊恐万分，手一抖，盘子从手里滑出，掉在砖地上摔了个粉碎。

"这是怎么了？"戴双印见桃儿不说话，又问一句。

"手……滑，摔了！"桃儿喃喃着，眼却不敢看戴双印。

看着桃儿那可怜兮兮的样子，戴双印心疼得不得了，一手揽过桃儿的脖子：

"不就是摔个破盘子吗，还至于吓成那样？旧的不去，新的不来。明儿个再买，买它十个八个的，随便你摔！"

桃儿站着不动，眼泪就吧嗒吧嗒落下来。

戴双印哪里知道桃儿的内心，还以为她被吓住了，就用手扒拉着桃儿的头发，念儿歌："胡噜胡噜毛，吓不着，猫儿怕，狗儿怕，我的小心肝儿不怕！"

桃儿见戴双印当着蔡师儒耍二百五，羞得满面通红，一把将他推开："去，没正形！"然后就噗地笑了。

蔡师儒也被逗笑了，可那笑里却有着说不出的苦涩。

葱油饼烙好，桃儿端上桌，就坐在炕沿上抠手指。

戴双印让桃儿上桌一起吃，她不答应。

蔡师儒也让桃儿一起吃，她还是摇头。可蔡师儒分明觉出桃儿在一眼一眼地看他。这就使蔡师儒心里有了压力，他明白桃儿眼里隐含的意思，喝酒也就没了情绪，一顿酒草草收了场。

蔡师儒走后，戴双印就问桃儿怎么不高兴，桃儿说身子不爽，然后顺势倒在炕上。戴双印拉过被子给桃儿盖上，说："那你歇着，我还得回炮楼，和弟兄们商量去礼贤的事。"

桃儿用被子蒙着头抽抽搭搭地哭。哭着哭着，就有了主意。第二天，戴双印带着人刚走，桃儿就到炮楼来找王国瑞。

王国瑞是李大裤裆在戴双印队里安插的眼线。以李大裤裆的为人，他怎么会信任戴双印？他只是利用戴双印瓦解独立营，给共产党抹黑，在政治上取得优势。他让戴双印率队驻扎郭村，也是不得已而为之，他要在外人眼中营造信守承诺、赏罚分明的假象，更让戴双印死心塌地为他卖命。在戴双印提出自己扩招人马时，李大裤裆以种种借口加以阻止，硬是把王国瑞一个班塞给了他。临行，李大裤裆偷偷吩咐王国瑞，监视戴双印的行动，及时汇报。还给了王国瑞尚方宝剑，情况危急时，可先斩后奏。并说桃儿是自己人，让他必要时与桃儿联系。王国瑞很是垂涎桃儿的姿色，又耳闻过她的臭底，就几次趁戴双印不在家时去找她。不想桃儿对王国瑞的动手动脚很是反感，正言厉色地加以斥责。王国瑞不相信馋嘴的猫儿不吃腥，以桃儿的骚劲儿，怎么也变不成贞节烈妇，就想来霸王硬上弓，把桃儿摁在炕上。桃儿又抓又咬，王国瑞得不了手，只得松开她。桃儿骂："你把姑奶奶当成什么人，猪啊狗的都想上？告诉你，姑奶奶早就从良了，我要和戴双印过正经日子！"

王国瑞还不死心："是李大队长让我来找你！"

桃儿从炕席底下摸出剪子："李队长让你找我，是为正事，你有正事吗？"

"戴双印有没有想反对李大队长？"

"没有！戴双印把李队长当活祖宗供着，能反对他？你给我滚，以后少进我这个门！"

后来，王国瑞还真不敢再招惹桃儿，一见桃儿就远远躲开。如今桃儿自己进了炮楼，王国瑞的心又动了，两眼就放出贪婪的光："呦，小嫂子，戴队长刚走，你就闷得慌了？"

桃儿瞪他一眼："王班长，我找你有正事，别把心搁歪了！"

"什么事？说。"王国瑞见桃儿一本正经，也就不再涎皮赖脸，靠近桃儿低低地问，"是不是戴双印那小子有了反心？"

王国瑞对戴双印只自己吃肉，连汤都不给他喝的做法恨得咬牙切齿，早就想抓他个苲口向李大裤裆报告了。

"你胡呲什么呀？我们双印对李大队长可是忠心耿耿，你少贼心烂肠子！"

王国瑞见桃儿又翻了脸，心里很不受用，脸也耷拉下来："那你找我干什么？拿爷开涮呀？"

桃儿知道王国瑞是什么人。她来郭村前，李大裤裆曾找过她，让她监视戴双印的动向，如发现戴有反心，立刻告诉王国瑞。最后还恶狠狠地威胁："要想活命，必须听我的。要不，弄死你就跟碾死个臭虫一样！"为此，她心里一直乱糟糟的。好在一年多过去，戴双印没有任何反常，她才踏实下来。今天的事急了，虽然和戴双印无关，却比戴双印的事还大，她只能来找王国瑞了。

"你赶快去报告李大队长，就说那个事要露馅儿，有人想说出来。快去！"

"什么事？谁要说出来？"王国瑞摸不着头脑。

"你就这么说，李大队长自然明白。快去，晚了就出大事了！告诉你，真要出了事，你担不起这个沉重！"

王国瑞虽然还在云里雾里，也不敢怠慢，急忙找辆自行车，到榆堡去了。

李大裤裆听完王国瑞的话，惊出一脑门子冷汗。王国瑞不知道，他可知道，桃儿说的那事，就是冒充共产党干部害死戴双印奶奶的事。这是他的一个大手笔，也是给共产党抹黑，拉拢、掌控戴双印的手段。他难以想象，一旦真相大白，戴双印将会是什么样子，他和戴双印的关系将是什么样子。桃儿说有人要说出来，那要说的人肯定是蔡师儒，只有他和过世德知道这件事的底细，而过世德不可能说。想着蔡师儒这些日子和他的不冷不热，甚至有意躲避他，李大裤裆更坚定了自己的想法。桃儿不明说，是不想让王国瑞知道，李大裤裆不由得暗暗佩服起桃儿的心计。猛地停住乱转的脚，李大裤裆朝王国瑞招招手："过来！"

王国瑞忙不迭儿地来到李大裤裆面前。

"把蔡师儒干掉！"

"啊！"王国瑞这一惊可是不小，他了解李大裤裆和蔡师儒的关系，更知道在各大乡长中，蔡师儒反对共产党是最坚决的。怎么说要命就要命？

"啊什么啊？让你办你就办！"

"是！"

"还有，越快越好。哑不叽儿的，一定要赶在戴双印回来之前！"

这王国瑞倒理解，蔡师儒是戴双印的表叔。

八十一

　　戴双印领着队伍，后跟两挂大车，一路搜查一路抢掠，来到小刘村已近晌午。齐三不好意思地向戴双印笑笑："队长，天这早晚儿了，弟兄们肚子都饿了，要不在这儿打打尖？"

　　齐三把银铃从沙窝抢来后，没有合适的地方住，很是为难。银铃冲他翻白眼："想女人，有了女人又没地方安置，算什么男人？"齐三不敢言语，只是抱着脑袋嗑牙花子。

　　银铃就叹气："我跟你跑出来，已是人不人鬼不鬼，没有回头路了，怎么着也得混下去呀。这样吧，小刘村有个姑姑，我也不怕丢人现眼了，去她那儿吧。"

　　姑姑本不愿收留他们，嫌碍碜。架不住银铃苦求，又见齐三拿出一卷票子，就答应了。小刘村虽离郭村七八里，来往不是很方便，可总算有了安身之地，也就顾不了太多了。好在姑姑是个孤老婆子，有钱花有饭吃就行，别的闲事也不愿管。齐三没事的时候过来住两天，形势紧了就隔三岔五地夜里来。这些日子天天有行动，已有七八天没回来了。

　　戴双印对齐三的小九九心知肚明，也不点破，就找来保长，要吃午饭。保长赶紧让人准备猪肉炖粉条，葱花烙大饼，并把戴双印请到自己家，另行款待。

　　齐三摸摸怀里揣着的玉镯子，心里说不出的兴奋。当时从地主婆手里抢玉镯子，胖婆子吓得浑身发抖，而那个老地主更是连屁都没放一个，这使他再一次认识到枪杆子的厉害。齐三走出几步，灵机一动，又从大车上扛了半袋麦子，才来找银铃。银铃的姑姑是个见财眼开的主儿，见齐三扛来那么高一袋麦子，心里立刻就乐了，忙张罗做饭。一撂饭碗，就借故躲出去了。老婆子一出门，齐三就不老实起来。

"去去，大白天的，起什么腻？"银铃假意推拒。

齐三嘻嘻地笑："你姑姑都给咱让地儿了，咱还不快点儿？"说着拿出那个玉镯子。

银铃一把夺过来，戴在手腕上，翻过来调过去地看，喜得两眼眯成一条缝儿。

齐三乘机把她压在炕上。

见齐三急慌慌地整理衣服，银铃噘着嘴嘟囔："屁大一会儿就走，抢孝帽子去呀？"

"我们是来搜共产党的，能不急？我能来你这儿，是因为和队长是拜把子兄弟，咱不能给脸不要脸！"

"哎……"银铃欲言又止。

"怎么了？"

银铃摇摇头："指不定是不是那回事呢，还是别说了。"

"到底什么事？快说！"

银铃又犹豫了一下，才张口："那天我去礼贤赶集，遇到表姐，拉到家里吃饭。扯起闲话，她说隔壁李存家半年前多了一个小孩，对外说是捡的。还说，隔三岔五的，常有一个老婆子和一个年轻媳妇到他家去。人们怀疑，那小孩是共产党干部的孩子。"

"啊，有这事？"齐三大喜，使劲抓住银铃的胳膊摇了摇，"我们要发财了！"转身跑出门去。

戴双印听了齐三的报告，连酒也不喝了，集合起队伍就奔了礼贤。很快找到李存的家，往上一拥，就包围了院子。

此时，张桂兰正歪在被垛上，欣赏着呼呼大睡的铁蛋。这孩子虽然整天喝棒子面粥稠米汤，可仍长得壮壮实实，这让张桂兰说不出的高兴，更对李存一家充满感激。前天夜里，腊梅把她送到李存家，住了一宿就走。张桂兰见了铁蛋，病就好了一半，抱着铁蛋再也舍不得撒手。惹得李存的妈抿着没牙的嘴笑："真是眼里爱着心里疼着！"

张桂兰苍白的脸上浮起一抹红晕："谁身上掉下的肉不疼！"

今天上午，张桂兰逗着铁蛋玩了半天，连着喂了两次奶，用手指夹着乳头一边往铁蛋嘴里塞，一边说："孩儿啊，可吃到娘的奶了。甜吧？香吧？"直到铁蛋睡着了，才不舍地把他放在炕上。

院外异常响动引起正在刷锅的李存媳妇的注意，她把炊帚一扔，扎进屋："有情况！"

李存忙让张桂兰进地洞，张桂兰摇头："你家的洞太小了，进去两个人都憋屈得慌，这么多人怎么钻？敌人突然行动，八成是冲我来的。"转身抱起铁蛋，塞进李存娘怀里，"大婶，这孩子就托付给你了。你抱他进洞，不管外面发生什么事，都不要出来。大婶，一定要保住孩子啊！"话没说完，眼泪早已流了下来。

李存不敢耽搁，忙搬开屋地上的破柜，让娘和铁蛋进了地洞。

此时，街门已被砸响了。

李存一推张桂兰："快进夹皮墙！"就连连答应着去开门。

门一开，戴双印就用枪顶住了李存的脑袋："快把共产党交出来！"

李存装傻："什么共产党？我不知道啊！"

"不知道？你家多出来的孩子是怎么回事？"

李存一惊，还是强作镇静："孩子？什么孩子？"

"少他妈给我提起裤子不认脏！"戴双印一枪把将李存的脑门砸出血，"给我搜！搜出来，看我怎么收拾你！"

柳老笆几个得令，立刻跑进几个屋里。

很快，齐三把李存媳妇从正房推出来："就这个老娘们儿，别的什么都没有！"

柳老笆也退出屋，报告说没有发现情况。

戴双印揪过李存媳妇："你老实说，是不是有个孩子？那孩子是不是共产党养在你这儿的？"

李存媳妇说，没有什么孩子。

戴双印又抡起枪砸过去："别以为老虎不发威就是病猫！给我打，打出实话来为止！"

李存媳妇几次被打倒在地，仍是咬着牙不承认。

楚恩良伸手在枣树上撅下两根树枝子："你们都躲开。我专会治不听话的娘们儿！"他扒下李存媳妇的棉袄，抡起枣枝子就朝白花花的胸脯抽去。尖利的枣针扎进皮肉，立刻就血糊一片。

张桂兰躲在夹皮墙内，外面的动静听得一清二楚。李存媳妇的惨叫，激得她再也忍耐不住，虽然体虚气弱，还是颤抖抖挤出墙缝儿，挺身站到了院中。

戴双印一见张桂兰，两眼就现出了血丝："好你个臭娘儿们，还我奶奶的命来！"抬手就是两个嘴巴。

张桂兰晃了几晃，没有倒下，把一口血水吐在地上："戴双印，我是共产党的区干部，要杀要剐随你的便！但我要告诉你，你奶奶不是我害死的！"

"你放屁！你带着人到不少村子找富户借过粮，大人小孩都知道。我奶奶不是你害死的，还会有谁？"

张桂兰冷笑："戴双印，你也在独立营干过几年，共产党的政策你应该知道，什么时候害过老百姓？"

戴双印没了词，憋了半天，一梗脖子："今儿你就是说破大天，我也不听。我要为我奶奶报仇！"说着，举枪就打。

旁边的柳老笆一托戴双印的胳膊，子弹飞向天空，吓得枯树上的两只老鸹惊叫而去。

"你要干什么？"戴双印狠狠地瞪着柳老笆。

柳老笆嘿嘿一笑："老三，这张桂兰可是区里的大干部，我们要是把她送到榆垡，李大队长不得给咱大大的奖赏？"

"那我奶奶的仇就不报了？"

"怎么不报？先领赏，再要过来杀她，还不一样？早一天晚一天的事！"

戴双印略一思谋，觉得有理："那就先回郭村，好好收拾收拾她，再送榆垡。"

八十二

　　戴双印返回郭村据点，找了间空房子，把张桂兰吊起来好一阵折磨，直到张桂兰昏死过去，戴双印也累了，才住了手。

　　戴双印命齐三带俩人看着张桂兰，自己来到大街上。此时天已麻麻黑，但他心里还在兴奋着。抓住了张桂兰，给奶奶报了仇，多时的心愿了了，不枉奶奶疼他一场。想着，肚子就咕噜噜地叫了。他扭头走进一个小巷，寻思叫上蔡师儒，到小酒馆喝一顿，庆贺庆贺。

　　蔡师儒住的是一个买卖人的宅子，买卖人生意做大了，全家搬进北平城里，蔡师儒经人说合，就住了进来。小院很整洁敞亮，离据点也近，蔡师儒很满意。戴双印来到门前，街门虚掩着。他一边推门，一边喊表叔。屋里亮着灯，却没人回应。戴双印直接进了屋子，蔡师儒蜷缩着身子，倒在地上。戴双印急扑上去，抱起蔡师儒，却见他胸前插着一把刺刀，鲜血正顺着刀口缓缓流出。

　　"表叔，你怎么了？快醒醒！"戴双印边摇边喊。

　　蔡师儒睁开眼。

　　"谁干的？"

　　蔡师儒脸上露出一丝苦笑："表侄，我们都上了李大裤裆的当！"

　　"什么？"

　　"你奶奶不是共产党害的。"

　　"那是谁？"

　　"是……李大裤裆，派……过士德，还有……桃儿……"

戴双印的脑袋轰的一声就炸了："他为什么要这么干？"

蔡师儒的声音越来越弱："逼你……投靠他！"

"那你这是……"

"王国瑞……，杀人……灭……口！"蔡师儒身子猛地一挺，便耷拉下脑袋。

戴双印放下蔡师儒的尸体，愣愣地站起身。此时，他如同三九天掉进冰窖，冷得浑身发抖。他心中的贵人，他最爱的女人，刹那间全变成了魔鬼，张牙舞爪地冲他狞笑。

戴双印都不知道怎么回的家，一进门，就见到桃儿那笑靥如花的脸。他看也没看，木木地坐在炕沿上。

桃儿端起桌上的菜盘："等你半天，怎么这么晚才回来？菜都凉了，我再热热去。"

戴双印没言语，眼神复杂地看着她。

桃儿觉出不妙，小心翼翼地问："你怎么了？身子不得劲儿？"

戴双印突然爆发了，一挥手打翻菜盘子："你干的好事！"

桃儿的脸色一下惨白了："我……怎么了？"

戴双印一把揪住桃儿的脖领子："说，我奶奶到底是怎么死的？不说实话，弄死你！"

桃儿惊慌了一阵，反倒镇静下来。以她的经历，知道事情败露，躲是躲不过去的。她抿抿鬓角：

"是李大裤裆让我们去你家的，你奶奶是过土德摔死的。要杀要剐，你看着办！"

"你这个臭娘儿们，我真是瞎了眼！"戴双印一巴掌把桃儿扇倒在地。

桃儿哭了："在我身上，你没瞎眼，我是真心要跟你过日子的！"

"你放屁！你害死我奶奶，还真心跟我过日子？"

"那是意外……"

"现在让我怎么办？让我怎么办？你们把我毁到家了！"戴双印两眼望天，号啕大哭。

桃儿跪爬着到戴双印跟前，抱着他的腿："你奶奶的事，真不是诚心的。你饶了我，我以后给你当牛做马！"

"你去死吧！"戴双印一脚踢翻桃儿，拔枪朝她的头上身上乱打。

枪声惊动了全村，更惊动了据点里的人。

柳老笆先冲出来："哪儿打枪？"

楚恩良抬头踅摸着方向："像是老三家。"

"不好，老三出事了！"柳老笆带头跑起来。

几个把兄弟跑进戴双印的家，眼前的情景令他们都呆住了。桃儿满身血迹地躺在地下，戴双印抱着头坐在炕沿上，旁边扔着二十响的盒子枪。

"三哥，这是怎么了？"好久，齐三才抖着嗓音问。

戴双印不动，也不吭声。

柳老笆蹲下身，试试桃儿的鼻子，已经断了气："这是谁干的？"

"是我，是我杀了她！我让他们当猴儿耍了！"戴双印跳起来大叫着，眼泪哗哗地流下来，"哥哥弟弟们，毁了，毁了，全毁了！"

好久，戴双印才平静下来，把发生的事说了。柳老笆等人一听，全傻了眼。

"那，今后怎么办？"戴双印虽然是队长，可柳老笆在弟兄们中间是大哥，他自然要操心多一些。

"还能怎么办？谁害了我奶奶，谁就是我的仇人！我就跟他不共戴天！王国瑞杀了我表叔，先干了他！然后去榆垡，找李大裤裆、过士德算账！"戴双印眼里红得像着了火。

"这……"姜花子一听，就尿了。其他几个人也是面面相觑。

戴双印更火了："你们要是怕死，只当咱没结拜过，都躲远远的，省得溅身血！剩下我一个，照样报仇！"

戴双印这一闹，几个人都不好意思了。柳老笆忙赔笑脸："老三，看你这话说的，好歹咱们也是一头磕在地上的兄弟，你有了事，能不帮助？你先别急，咱们得商量个法子不是？"

齐三几个也连连附和。

柳老笆见戴双印不说话了，就说："老三你可想好喽，我们从独立营反出来，再回去是不可能了。再反了李大裤裆，我们往哪儿去？"

"没地方去，就自个儿干！我就不信，活人还能让尿憋死！"

柳老笛看看几个弟兄，使劲一挥手："那好，老三，我们听你的，大不了就当绺子，更随便！"

戴双印的气消了不少，跪在地上砰砰磕了三个响头："我就知道兄弟们都是讲义气的人，我先替我奶奶谢谢大家。只要我不死，哥儿几个的大恩大德我一定报答！"

哥儿几个的血性被戴双印鼓动起来，纷纷表示要跟他走到底。

"那好，"戴双印拿枪就走，"这事宜早不宜迟。王国瑞是李大裤裆的眼线，先干掉他！"

几个人怒气冲冲地走到据点前，不料门前的拒马已经关上了。

原来，王国瑞从李大裤裆处出来后，并没有立即回郭村，而是到一个暗门子家去喝酒。酒足饭饱，又眯瞪了一觉，直到老爷儿快压山了，才忙忙活活地骑上洋车往回跑。一进据点，就听说戴双印已经回来了，正在折腾一个共产党的女干部。王国瑞后悔得不得了，李大裤裆交代得明白，要赶在戴双印回来之前把蔡师儒杀掉。误了那个魔王的事，他可知道后果是什么。无奈之下，只得咬咬牙进了蔡师儒的家。趁蔡师儒给他倒水的机会，把刺刀扎进他的胸口。本想再刺几刀，戴双印却进了门。他忙躲进西屋，把手枪上了膛，倘若被发现，就连戴双印一起干掉。好在戴双印只顾抱着蔡师儒喊叫，他才偷偷溜了出来。

溜回据点的王国瑞心里并不踏实，忐忑不安地等待着事情的发展。待听到枪响，又看到戴双印的几个把兄弟跑出据点，王国瑞就知道坏事了，忙把自己班的人叫到一起，说是戴双印要反水，派几个人占据炮楼，几个人把守大门，不许戴双印进来。虽然戴双印兄弟掌握着两个班，可都跟着下乡清剿了。回来有的拷问张桂兰，有的拿着抢来的鸡鸭到相好的家鬼混去了，没有一人回据点，这就给了王国瑞一个机会。

"王国瑞，王八蛋，给我滚下来！"戴双印指着黑黢黢的炮楼大骂。

王国瑞站在炮楼顶上回骂："戴双印你个狗日的，你还真干出来了。李大队长早就看出你有反骨，让我监视你，你就等死吧！"

戴双印不再说话，举枪就是一梭子。

炮楼上的机枪也立刻开了火。

看着渐渐聚拢来的弟兄们，戴双印连连喊打。

可那些不是心腹的士兵不想蹚浑水，胡乱打了几枪，就杨广的兵——漫散了，只剩下孤零零的几个拜把子兄弟。

这边的枪声越来越稀薄，而王国瑞那边却越打越激烈。柳老笆看出形势不好，凑到戴双印身边："老三，不能打了，就咱这几支枪，打不进去！"

"那你说怎么办？"戴双印当时是凭着一腔火，到了此时，也蔫了瘪子。

"依我看，还是先走吧，找个地方安顿下来再想办法。一会儿李大裤裆的援兵到了，想走都走不了了！"

戴双印无法，只得又朝炮楼打了几枪，骂了句："王国瑞，你等着，老子早晚要了你的命！"就撤了下来。

戴双印回到家，一进门，看到躺在地上的桃儿，立刻呆住了。柳老笆几个也不知道说什么好。愣了会儿，戴双印从炕上扯下一条棉被，盖在桃儿身上。拉开抽屉，揭开炕柜，把钱揣在怀里，然后抢起枪把，将胆瓶、挂钟砸了个粉碎，转身走出屋子。

默默来到街上，柳老笆猛然想起一件事："老三，那个女共党怎么办？"

戴双印这才想起还有这么一个人，琢磨琢磨，甩出一句：

"不能便宜了王国瑞那小子！"

张桂兰本来身子就弱，挨了一顿毒打，已是奄奄一息。见戴双印进来，撩起眼皮看看，又垂下了头。

"把她解开，拉出去！"戴双印命令。

柳老笆以为戴双印要枪毙张桂兰，向齐三、姜花子使个眼色。两人把张桂兰从房梁上放下，架起胳膊就往外走。

离开村子二里地有个小树林，几个人进去，柳老笆说："就这儿了吧？"

戴双印站住："放开她吧。是死是活，全凭她的命了。"

柳老笆几个明白了戴双印的意思，很是吃惊。但吃惊归吃惊，谁也没言声。

走到小刘村，天已蒙蒙亮。齐三叫开银铃的门，几个人冻得呲呲哈哈的，说不出的狼狈。

齐三让银铃弄点儿热汤喝。银铃借口要齐三帮着抱柴火，在草棚低低问齐三："这是怎么了？跟丧家狗似的？"

齐三杵了银铃一肘子："别瞎叨叨！"可还是忍不住把发生的事跟银铃说了。

银铃一下变了脸色："那你怎么办？跟他走下去，不是死路一条？"

见齐三不吭声，银铃便带出了哭韵儿："咱俩刚到一块儿，就这么完了？你要是出了事，扔下我上不来下不去的，还活不活？"

齐三不敢多耽搁，抱起一捆树枝子就走："你别多想，我心里有小九九！"

李大裤裆接到王国瑞的报告，忙派过世德带一个排，二狗带着他的"黑杀团"，围剿戴双印。临行时吩咐："全宰喽，一个不留！敢反我的水，真是活腻歪了！"

过世德和二狗来到郭村，王国瑞介绍了情况："戴双印没有几个人，就六七个拜把子的兄弟。他是从独立营反出来的，共产党那边是回不去了，也就是在附近村子打游飞。咱们分路包抄，跑不了他！"

戴双印从一个村跑到另一个村，怎么也逃不出三路包围。楚恩良先被打死了，姜花子负伤也被扔下了，逃进一片沙岗时，身后只剩了柳老笆和齐三。

一天水米没打牙，三个人饿得都没了力气。喘息一阵，齐三提议去村里找些吃的。戴双印嘱咐他快去快回。不想齐三一去再没回头。

戴双印叹息："无是无非，在一块儿吃吃喝喝是好兄弟，有了事，就什么都不是了！"

"俗话说得好，爹死娘嫁人，各人顾各人！"柳老笆说着，眼里冒出一股奇异的光。

戴双印心里一凛。

此时，沙岗四周响起密集的枪声。

戴双印两眼盯住柳老笆："大哥，咱们往外冲吧？"

柳老笆不说话，把枪慢慢指向戴双印。

戴双印猛然一声大喊："大哥，看后面！"

柳老笆一回头，戴双印一枪把他打翻在地。

望着柳老笆胸口流出的鲜血，戴双印露出一脸狞笑："人哥，你说实话，是不是要把我送给李大裤裆？"

柳老笆点头："跑……不了……了，把你……送出去，还能活……条命！老三，你……你比我狠！"

戴双印暴怒起来："我让你活命！我让你活命！"几颗枪弹全打入了柳老笆的胸膛。

过世德闻声赶过来："戴双印，你跑不了了，快投降吧！"戴双印看见过世德，一抡手枪冲下沙岗："姓过的，你害死我奶奶，我让你偿命！"

过世德一声冷笑："你去死吧！"端起机枪把戴双印打成了筛子。

八十三

眨眼间，形势有了飞速变化，冀中十分区的主力部队跨过永定河，在大兴独立营的配合下，横扫榆垡、庞各庄、采育等各据点。进关的东北野战军包围了北平、天津，平津战役即将打响。

李大裤裆刚被包围时还满不在乎："河桩这小子还真他妈有筋骨，黑马师没要了他的命，一回来就作死！"

可越打越觉得不对劲："这不是独立营的兵力呀，莫非是共产党的大部队过来了？"

他刚要让臭子去看看情况，过世德就呼哧带喘地跑进来：

"大哥，不好了，进攻咱的不是独立营，是冀中的老七十六团！弟兄们顶不住了！"

"不可能吧？"李大裤裆不相信，"他们过来得有动静呀，咱们怎么什么都不知道？"

话音未落，二狗也哭叽叽地来了："李叔，金宝……金宝被打死了！弟兄们也死了十几个！"

李大裤裆的脸一下白了："快，快突围，往庞各庄跑！"费了好大劲儿，李大裤裆总算从榆垡突出来了，可刚到新立村，又被独立营打了伏击。

这是河桩和七十六团团长张卫定的计策，万一李大裤裆侥幸从榆垡逃脱，肯定会往北跑，独立营就在新立村的天堂河桥头进行截击。

"不是鱼死就是网破，弟兄们，给我冲！"李大裤裆怕七十六团从后面追上来，挥舞着手枪拼命督战。

河桩隐在天堂河河堤的一棵大树后，朝着溃不成军的保安团大喊："保安团的士兵们听着，你们都是贫苦人，不要再给李大裤裆卖命了，赶快投降，才是活路！"

团丁们听了这话，纷纷趴在地上，不再动弹。

李大裤裆开枪打死一个团丁，指着河桩骂："王河桩，你别得意得太早了，等老子翻过手，给你连根拔！"

在李大裤裆的威逼下，团丁们又爬起身，"黑杀团"更是嗷嗷叫着猛冲上来。

独立营的轻重武器一阵猛扫，打得匪徒们纷纷倒地。

二狗拉住李大裤裆："李叔，不能再冲了，一会儿就全打没了！"

"不冲过桥，就到不了庞各庄！"

"咱们绕道，上永定河大堤！"

李大裤裆长叹一口气，带着残兵败退下来。

摆脱独立营的追击，保安团只剩下三四十人，二狗的"黑杀团"连二十人都不到了。

李大裤裆钻进一片苇子地，实在跑不动了。此时的苇秆光秃秃的，苇叶厚厚地散落在地上，和泥泞的地面冻在一起，显得冰凉梆硬。天也阴沉着，混沌沌的，像要下雪。李大裤裆筋疲力尽，一屁股坐在湿地上，惊魂未定地环顾四周："奶奶的，这天怎么说变就变了！"

过世德蹲在李大裤裆身边，狠狠地咬着牙："甭着急，等咱缓过劲儿，杀他一溜血胡同！"

李大裤裆强作欢颜地拍拍过世德的肩膀："我就喜欢兄弟这样的硬汉子，打死也得屌朝上！"

天渐渐黑了，派出去探听情况的二狗领着两个戴破毡帽的人回来了："李叔，庞各庄不能去了。这是我埋在村里的两颗钉子，他们说，昨儿个夜里庞各庄就让解放军占了！"

李大裤裆问完情况，耷拉着脸，半天没言语。

二狗看看这个，看看那个，琢磨半天，还是忍不住开了口："韩县长没了影儿，北平城进不去，老窝儿也给端了，真成丧家犬了！"

二狗的话，引起一片叹息。

　　李大裤裆不耐烦地朝二狗瞪瞪眼："你少放屁行不行？没人把你当哑巴卖喽！"接着又愤愤地骂，"韩语斋这个王八蛋！平时说话呱呱儿的，到了褃节儿上，就他妈尿炕了。只顾自个儿跑，连个招呼都不打！"

　　"这就叫爹死娘嫁人，各人顾各人！大哥，咱谁也不靠，自个儿的梦自个儿做吧！"过世德惨笑。

　　"兄弟说得对。穷忍着，富耐着，睡不着眯着！大不了从头再来，老天爷饿不死瞎眼雀儿！"李大裤裆想站起来，小肚子里一阵揪疼，不由自主地又蹲下了。他知道，小肠疝气犯了。

　　二狗忙过去扶着李大裤裆的肩膀："叔，你不要紧吧？""没事，老毛病。"

　　"叔，大伙儿一天水米没打牙了，这数九寒天的，得找个安身的榻榻儿呀！"

　　"要不，咱过河，去霸县、雄县，躲躲共产党的风头？"过世德建议。

　　"不行。"李大裤裆在二狗的搀扶下站起身，"那地方是共产党的老窝子，人生地不熟，更不好施展。咱是伏地人，就在永定河边转，跟共产党藏猫猫，看王河桩拿咱有什么咒儿念！"

八十四

一夜北风刮过，永定河的冰层又厚了不少。王老奎举着沉重的冰镩子，一下一下使劲地镩着冰面，嘴里喷出呼呼的白汽，飞起的冰碴溅了他满身满脸。他索性解下腰里的褡包，脱下狗皮大袄，对周围的人们大喊："乡亲们，使劲干呀，别让傅作义跑喽！"

张广善直起身，看着河面上乌泱乌泱砸冰的人群，佩服地说："共产党的招儿就是高，这是以水代兵呀！"

"那是，"王老奎骄傲地竖竖拇指，"共产党里能人多了去了！"

解放军把北平城围住后，前线指挥部便传下命令，要大兴、良宛两县组织地方武装和群众，将永定河的冰面砸开，以防国民党军越冰南逃。

河桩与腊梅沿着河道并肩走过来，边走边和熟识的人打招呼。看着冰上热气腾腾的场面，河桩赞叹："你们区的动员工作做得真好，来了这么多人。"

腊梅撒娇地杵了河桩一肘子："你就会夸我。我的那点能耐，你比谁不清楚？"

"我当然清楚。你就是大兴地区能文能武的女英雄！"

"哥，"腊梅拉着长声地叫，"你是越来越没正形了！"心里却是甜蜜蜜的。经过那么多残酷的争斗，终于盼来就要胜利的一天，而且大家都活着，能不高兴、自豪吗？

"哎，"河桩突然停住脚步，笑眯眯地看着腊梅，"你和志刚的事，该有个结果了吧？"

腊梅又似羞涩又似怨恨地哼一声："还不是你，急着赶着地非要把我嫁出去，我有什么办法？"

河桩咧嘴笑了："那就好，那就好。北平一打下来，我就操持给你们结婚！"

"谁用你！"腊梅故意顶了一句，咯咯笑着往前跑了。

张桂兰挥动着刨斧，吃力地砍着坚硬的冰面，砍几下，就挂着斧把喘息一阵，额上冒出豆大的汗珠。

腊梅走近张桂兰，夺下刨斧："姐，你身子这么虚，哪儿干得了这重活儿？快回家歇着去！"

二愣娘在一旁搭了话："不让她来，她非来！"

张桂兰苍白的脸上露着笑容："这么大的事，我不参加，以后还不后悔死？添个蛤蟆四两力，我能干多少算多少。眼看就要胜利了，我能在炕上躺着？"

腊梅知道劝也没用，只好把刨斧还给她。

张桂兰被戴双印扔在小树林里后，很快就昏迷过去。不知过了多久，觉得脸上痒痒，一睁眼，竟是一条瘦骨嶙峋的狗在舔她的脸。她吓了一跳，霍地坐起来。瘦狗也吓了一跳，转身跑了。张桂兰这才感觉到浑身撕裂般的疼，早先流出的血已和棉袄粘在一起，一动，就剐皮剜肉地疼。她坐在地上，回想着发生的事，怎么也不明白戴双印为什么会放了她。想不明白就不想了，她得赶快找个安身的地方，不然，不被敌人再抓住，也会被冻死。好在腿还能动，费尽力气爬起来，抱住一棵树站稳，辨别了一下方向，就朝着沙窝村跌跌撞撞地走去。

天蒙蒙亮时，张桂兰终于来到沙窝村的堡垒户马大爷家。她和这家人很熟，以前没少在这儿隐蔽。她抬手刚要敲门，就一头撞在破板门上，瘫软下去。

早起的马大娘正端着从灶膛里掏出的灰往茅坑里倒，听到门上有响动，开门发现了昏死的张桂兰，忙回屋叫来老头子。两人把张桂兰抬进屋，放在炕头用被捂上，马大爷就去找区政府的人。转了好几个村才找到腊梅，又把她转移到有地道的堡垒户家，隐蔽起来。

不久，独立营回来了，地区主力也打过来了，把平南的据点都拔了，张桂兰就急着回河沿，说："咱这地区解放了，是咱的天下了，再不用躲着藏着，我得正大光明地回家去住！"

张桂兰回到家，就把儿子铁蛋接了回来，二愣也请假来看她。这是几年来一家人的第一次团圆，乐得二愣娘出来进去地笑，比捡了狗头金还高兴。

没几天，东北大军入关，围了北平、天津。张桂兰再也躺不住，就和大伙儿一起来砸冰。

河桩、腊梅走到王老奎跟前，腊梅拾起冰上的皮袄，披在王老奎身上："大爷，这大冷的天，怎么把皮袄还脱了？小心着凉。"

王老奎抹把胡子嘴："心里热，不觉冷！"

大家哈哈地笑。

旁边的张广善也来凑趣："老奎大哥的身子骨，年轻小伙子也比不上！"

河桩见了张广善，心里更是高兴。这人可是插起门过自己小日子的主儿，树叶掉下来都怕砸破脑袋，家外的事历来不闻不问。就说："大叔，你也来破冰了？"

张广善有些不好意思："大家伙都来，我能不来？快点打完仗，好过日子呀！"

"大叔说得对，等打完仗，就能过安稳日子了，你就可着劲儿地发家吧！"河桩话音刚落，远处传来轰的一声爆炸，接着就响了枪。

河道里的人一下炸了营，有的扛起铁锤、刨斧乱跑，有的喊儿叫爹地乱嚷嚷。

张广善抱着脑袋蹲下身子，吓得说话都不成串："这……这怎么打起来了？"

河桩拔出手枪，叮嘱腊梅："你告诉大伙儿，蹲在冰上不要乱动，免得误伤。我去看看！"

腊梅就朝人群喊："大家不要乱，这是坏人破坏，没有什么大不了。有独立营在，保证大家的绝对安全！"

在县区干部的安抚下，骚乱的人们很快就稳定下来。

王老奎凑近腊梅悄声问："闺女，这是怎么回事？"

腊梅沉思一会儿才说："解放军把北平城围了个水泄不通，不会是大股敌人，多半是国民党的散兵游勇。"

"李大裤裆？"

"极有可能。他从榆垡逃出来，一直没有下落。"

李大裤裆斜靠着被窝垛，腿上盖条棉褥子，闭目养神。几日奔波，似乎耗尽了他所有精力，浑身软绵绵地抬不起个儿。毕竟四十多岁了，体力已是大不如前，再加上患有小肠疝气，时不时发作，使他常有力不从心的感觉。回想当年的豪横，面对眼下失魂落魄的现实，便生出一股悲凉。好在霍营的霍老六讲情分，收留了他，不然，他还真就成了丧家的野狗，连个站脚的地方都没有了。

房门一响，霍老六走进来。这是个三十岁出头的粗壮汉子，十年前是杀牛的屠夫，后来觉得杀牛不过瘾，就改成杀人，趁着乱世，拉起一拨人，干起打家劫舍的勾当。不过他秉承兔子不吃窝边草的古训，从不在近处做买卖，更不欺负村里人，甚至还经常救济鳏寡孤独，村里人就不恨他，但都怕他。曾有一人告了他的密，他就把那人全家斩草除根了，自此再没人敢坏他的事。他把整个村子控制得严严的，四处都是他的眼线，外人都说霍营是个土匪村。五年前，李大裤裆随日军讨伐，霍老六被抓。李大裤裆看出这是条汉子，将来说不定有用，就向日本人求情，把他放了。五年后的今天，果然就用上了。

李大裤裆见霍老六进来，忙坐起身子。

"别动别动，好好躺着。"霍老六笑嘻嘻地拦住，"你是大哥，是我的救命恩人，到这儿就跟到家一样，随便！"

李大裤裆微微红了脸："什么大哥，我如今就是一条丧家犬！"

"大哥可别这么说，大哥的威风，方圆百十里，谁不知道？"

"唉，"李大裤裆悲凉地长叹一声，"好汉不提当年勇。我是挑水的回头——过井（景）了！"

"大哥何必自轻自贱，说书唱戏的不是说吗？不以成败论英雄。大哥是英雄，总有东山再起的一天！"霍老六念过几年书，为表现自个儿是个文化人，说起话来总要装得文绉绉的。

霍老六的话又激起李大裤裆的豪情："借兄弟吉言！自古英雄三起三落，但等我翻身那天，绝忘不了你！"

霍老六哈哈地笑："大哥，这就对了！今儿个我让下人们炖了只小鸡儿，咱哥俩好好喝喝！"

"好，喝点儿！"

霍老六把炕桌放在李大裤裆跟前，就让他围着褥子坐着，从柜橱里提拎出一坛子南路烧二锅头，扭头朝外喊："把炖鸡端上来！"

外面立刻应声，一个脏了吧唧的厨子捧着个热气腾腾的瓦盆走进来。

霍老六一边往碗里倒酒，一边笑骂："我说沙胖子，你他妈就不能拾掇拾掇？就你这邋遢样儿，多好的东西也没了味儿！"

李大裤裆等不及地夹起一块鸡肉放进嘴里，咝哈咝哈地嘘着气："嗯，香，真香！"

过世德一步扎进来："大哥！"

李大裤裆停住咀嚼："那事办成了？"

"给他扔了俩手榴弹，炸倒了好几个！"

"好！共产党不就是会搞偷袭吗？我原锅端给他，也让王河桩尝尝苦头！来，上炕，喝酒！"

过世德把狗皮帽子摘下，一步登上炕沿："就是，咱也伤了两个弟兄，一个当场嗝儿屁了，一个受伤被捉了。"

"什么？"李大裤裆扔下筷子，两只蛤蟆眼骨碌骨碌转起来。

霍老六毫不在意："大哥，不就是伤了俩人吗？那算什么事？喝酒！"

李大裤裆抬腿就往炕下蹭："老过，快，集合弟兄们，转移！"

八十五

李大裤裆还是晚了一步，他率队刚出村，迎面就碰上了独立营，雨点似的枪弹泼过来，一下撂倒四五个。二狗和过世德架着李大裤裆，扭头就往村里跑。

今天早上，河桩跑到爆炸地点，事情已经过去。金驹向他报告，两个匪徒混进破冰队伍，扔了两颗手榴弹，炸伤几名群众。匪徒逃跑时，一个被当场击毙，一个被活捉。

河桩审问了俘虏，得知是李大裤裆派来的，立刻让志刚带铁牛的一连留下保护群众，自己和金驹带着二愣的二连急速向霍营赶来。

匪徒们在枪弹的追逐下，像惊了塘的鸭子，乱哄哄地拥进村子。

李大裤裆跑进村口，停在矮墙后，朝溃逃而来的手下喊："快，进村，上房！"然后一拉二狗和过世德，扎进护村的壕沟，隐在衰败的枯草里。

"李叔，咱们不进村？"二狗不明白李大裤裆的用意。

"进村？"李大裤裆咬住牙巴骨，"进村你还出得来？"

待独立营从他们身边拥过，李大裤裆说声走，三人弯腰钻进不远处的沙岗子。

大狗跑进村街，回头不见了李大裤裆，心里立刻没了主心骨，惊慌得大叫："李叔……"

金驹追近，举枪指住他："大狗，站住！"

大狗顾不得李大裤裆了，转身就跑。

"我让你跑！"金驹一枪打去，大狗应声倒在地上。

金驹上来用脚踢踢，见大狗只有捯气的份了，就撇下他，继续向前追。

金贵昏头昏脑地随着人群跑进一个院子，才发现误入了殷耀廷的小队。

殷耀廷喝令手下插上大门，又从磨坊里掀下磨扇把门顶住，就看见了金贵，两眼立刻阴冷下来。

金贵平时和金宝、大狗、二狗结成团儿，又有李大裤裆撑腰，在"黑杀团"里称王称霸，谁都欺负。金贵误杀了殷耀廷的姑父和表弟，殷耀廷心里仇恨，往往跟金贵顶牛，就更受到金贵等人的打压、羞辱。殷耀廷怕李大裤裆整治他，只得咽下冤屈，忍气吞声。如今，在这样的局面下，殷耀廷满肚子的屈辱、仇恨一齐涌了上来。

金贵被殷耀廷的眼神吓住了。金宝死了，李大裤裆、大狗、二狗又不在身边，没了仗势，心里就虚，心一虚，身子竟发起抖来，但还是勉强挤出一丝笑："殷队长……"

"呦，这不是金队长吗？"殷耀廷一脸讥笑。

"嘿嘿……"金贵一时不知说什么好。

"你金队长那么牛气，到我这儿干吗来了？"殷耀廷的话音冷得像冰。

"我……我的人被打散了……"

殷耀廷两眼望向天空，傍晚的天际灰蒙蒙的，一只被枪声惊起的黑老鸹在冷风中扇着翅膀，拼命向远处飞去。

殷耀廷收回目光，狞笑起来："打散了好哇，打散了你就不欺负人了！"

"殷麻子，你要干吗？"金贵边说边往墙角溜。

"干吗？也该我们出口气了！弟兄们，把他捆起来！"

殷耀廷小队的人都是受过金贵气的，早就心怀怨愤，一听队长下令，立刻就往金贵跟前凑。

金贵端起大枪："干吗，干吗，要造反呀？李大队长知道了，饶不了你们！"

"李大队长？哼哼，他这会儿还不知道在哪儿装缩脖子呢，自个儿都顾不了，还管你？看今儿个这架势，能不能活着出去都两说！弟兄们，揍他！临死也得出口恶气！"

殷耀廷说着，抡起大枪砸在金贵的肩上。

其他人一拥而上，七八支枪托蹾向金贵。

正乱哄着，咚咚的敲门声响起来。

"快，进屋！"殷耀廷低叫。

匪徒们扔下金贵，钻进屋子。

金贵爬起身，见房檐立着梯子，就蹬上去往房顶爬。

"想跑？老子送你回老家！"殷耀廷顺过枪，一枪把金贵从房檐上打了下来。

在众匪惊愕的目光中，殷耀廷的麻子脸黑得像锅底："以后有人问，就说是独立营打死的！"

二愣听到院里的枪声，大门又撞不开，就命令战士们上房压顶，朝屋里喊话："你们被包围了，都出来投降！"

殷耀廷也在屋里喊："弟兄们，共产党是咱的死对头。我们手上沾满了他们的血，就是出去也是个死！打，打死一个够本，打死俩就赚了！"

二愣气得大骂："真他妈顽固！用手榴弹炸，都炸死，一个不留！"

随着轰轰隆隆的爆炸声，整个大院成了一片火海。

"完了，全完了！"站在沙岗顶上观察情况的二狗嘟囔着，一屁股坐在地上。

李大裤裆和过世德耷拉着脑袋，一声不吭。

天渐渐黑实在了，尖利的北风肆无忌惮地刮着，在树梢上形成恐怖的啸叫。李大裤裆几个躲到岗洼里，可那冷风就像无处不在，将浑身的衣服钻透，直直地冷进心里。过世德拧把清鼻涕，哆嗦着说："大哥，咱不能待在这儿，再待下去，就冻成冰棍了！"

李大裤裆此时已没了主意："这寒天黑地的，能去哪儿？"

过世德想想，没有把握地说："要不，咱去曹店？我拉杆子的时候，有个拜把子兄弟曹祥，他后来受伤回了家，没少得我接济。咱去他那儿闹顿热乎饭吃，应该能成。"

"你有把握？别热饭没吃上，倒进了狗肉柜子。"李大裤裆已成惊弓之鸟。

"有枣一竿子，没枣一棍子。宁吃克不耽误。咱去试试呗！"二狗冷饿得受不了，极力撺掇。

李大裤裆一咬牙站起身："该井里死，死不到河里。认命吧！"

"咱们不能再穿这身皮了吧？"二狗指指身上的军装。

"也是，"李大裤裆一拍脑袋，"找个估衣铺，换换行头。"

　　三人费了好大劲，才换成便装，悄悄来到曹店。

　　曹店是个小村子，坐落在大兴、安次两县交界处，既偏僻又安静，是国共两党都不怎么在意的地方，就连以前的日本鬼子都没骚扰过。曹祥祖辈是剃头匠，他爷爷剃，他爹剃，到了曹祥这辈还剃。那年曹祥到一个村里招揽生意，站在大槐树下正摇"唤头"，几个日本兵过来，说他那哗啦哗啦响的"唤头"是土八路的联络暗号，捆起来就往镇里的据点拉。走到半路，被过世德打了伏击。曹祥心眼灵，一听枪响，立刻趴下，结果，几个日本兵全死了，他竟毫发无损。自此，曹祥就加入了过世德的绺子。曹祥整年走村串户，哪个村子富户多，谁家趁钱，他都清楚，给过世德提供了不少信息，让过世德捞足了油水。过世德为表谢意，就和他拜了把子。在一次"砸窑"中，曹祥大腿中枪，成了瘸子，就回了家，仍挑剃头担儿。过世德倒没冷落他，时不常地派手下送些钱财。直到过世德投靠了李大裤裆，两人的来往才渐渐断了。

　　鸡叫三遍，过世德找到曹祥的家，跳墙进院，打开街门，把李大裤裆和二狗放进来，然后去敲窗户。

　　曹祥是门里手，警醒得很，院里一有动静就醒了，三把两把蹬上裤子，披个大袄就下了地，抄起门旮旯儿后常备的铁棍，做好防御准备。

　　过世德见敲窗无人应声，就轻轻地叫："曹老弟，曹老弟！"

　　"你是谁？不说清楚，不开门！"曹祥仍高举着铁棍。

　　"我是你过哥，过世德呀！"

　　"哎哟！"曹祥低呼一声，放卜铁棍，哗啦打开屋门。

　　过世德三人挤进屋，一股暖气迎面扑来，曹祥却打了个冷战。

　　"大哥，你这是……"

　　"兄弟，细节待会儿再跟你说。你赶快弄点儿吃的，饿坏了，也冻坏了！"过世德咝咝哈哈地搓着手。

　　"大哥你们先在外屋委屈会儿，我叫你弟妹起来。"曹祥掀起门帘进了里屋，低低说了几句什么，然后转身把尿盆端出来，朝几个人不好意思地笑笑，一拐一拐地出了屋子。

　　很快，里屋亮起灯，一个女人蓬松着头，撩起帘子："几位大哥，进屋来暖和吧。"

　　李大裤裆领先迈进门槛，一股热烘烘的尿骚味和说不清的什么味钻进他的鼻子。他皱皱眉，但没有嫌恶，反倒生出久违的温馨家庭的感觉。炕上，曹祥两口子的被窝已卷起来，一男一女两个孩子还在呼呼大睡。

屋里很窄憋，几个人站在炕下已无法转身。曹祥挤在人后说："穷家破业，没法讲究了，哥儿几个就随便坐吧。"

李大裤裆也不客气，首先爬上炕，拉过棉被盖在腿上。

屋地靠北墙有个破桌子，两边各有一个木柜，过世德和二狗就坐在上面。

曹祥歉意地朝过世德笑笑："过大哥别介意，天不亮不敢动烟火，怕人起疑。哥几个先暖和暖和，待会儿再弄饭吃。"

李大裤裆见有了榻榻儿，心里安定了，说话也有了精神："兄弟行，是行家。"

"做贼的洗手三年，再干也比力巴强。"过世德逗笑。

曹祥咧咧嘴，没吭声。

很快，天就亮了，钻出窝的芦花大公鸡拍拍翅膀，飞上土墙，探头探脑地踅摸一阵，梗起脖子，发出一声响亮的鸣叫。

曹祥帮着媳妇烧开一大锅水，一碗一碗递到每人手里："先喝点热水暖暖身子。咱就水熬粥，一会儿就得！"

很快，曹祥媳妇走进来，叫起两个孩子，拉到外屋。然后把矮腿饭桌放在炕上，把几碗岗尖岗尖的白薯粥端进来："没什么好吃的，大哥们担待吧。"

李大裤裆抬眼看去，这是个三十多岁的女人，长得不怎么好看，但手脚麻利，显得很是精明干练。便向她龇龇牙："麻烦弟妹了。"

"看大哥说的，既到家里来，就不是外人。"曹祥媳妇说着，又返回外屋，端来一盘子老咸菜。

"曹老弟，你媳妇不错！"

"她叫金花，三里外刘村的娘家。"曹祥眯眯地笑。

过世德瞄瞄门外，悄声说："老曹，能不能让弟妹回娘家住几天？咱们商量点儿事。"

"行，"曹祥很爽快，"前几天孩子舅舅还来送信，说老丈母娘身子不得劲儿，要去还没去呢。正好，吃完饭就让她带着孩子走。"

李大裤裆捅捅二狗。二狗解下腰里的小包袱，打开，拿出一沓钞票："给嫂子带上，买点儿好吃的孝敬老人。"

曹祥要推辞，被过世德拦住："都是兄弟，让你拿就拿着。"

金花领孩子走后，过世德问曹祥："你怎么不问问我这两兄弟的来路？"

曹祥憨憨地一笑："大哥考我呢。不说不问，这是规矩。大哥要想告诉我，早晚会说。"

过世德猛拍了一下曹祥的肩膀："好兄弟，哥没看错人！"就把李大裤裆和二狗介绍给曹祥，又说了眼下的窘境。

曹祥瞪大了眼："你就是李大队长？"

李大裤裆得意起来："你也知道我？"

"河沿的李头儿谁不知道？那是一跺脚，永定河堤都得颤呀！"

李大裤裆刚兴奋起来的情绪转眼就败落下去："可现在，让共产党闹得，唉，成了没根的苲蓬！"

沉默了一会儿，过世德说话了："曹老弟，事到如今，咱就不藏着掖着了，我们想在你这儿猫些日子。你说行，我们就住；不行，我们拔腿就走！"

曹祥转转眼珠子，哈哈地笑了："瞧大哥说的，就那么看不起兄弟？兄弟的命都是大哥给的，兄弟的家就是大哥的家，随便住！"

"好，痛快！"李大裤裆赞一句，随即转头环视着房间，"你这一间屋子四个旮旯儿，怎么藏人？"

"正房不行，东厢房行。东厢房有炕有灶，还有地洞。把炕烧热，也不冷。你们白天在屋里，我把门在外面锁上，吃喝拉撒不出屋。有了事，就钻洞。"

八十六

今天，四各庄热闹非凡，村中打麦场临时搭起的戏台上红旗飘扬，锣鼓震天。为庆祝北平解放，也是感谢当地政府的大力支持，解放军某部驻四各庄的连队与独立营正在这里举办联欢会。

戏台前，整齐地坐着部队，四周是看热闹的老百姓。军部文工团表演完毕，就到了互拉节目环节，气氛更是热烈。先是连队上去两个战士唱了一段东北二人转，腊梅还了一段河北梆子；连长说了一段快板，河桩打了一套拳；连队战士朗诵一首诗后，该独立营上了，二愣带头喊："教导员讲故事！"他这一喊，全场立刻鼓起掌来。

志刚微笑着看看河桩。

河桩说："大家喜欢听，你就讲呗。"

志刚就走上台，轻轻嗽嗽嗓子，便绘声绘色地讲起来："大家知道吗？在很古很古的时候，咱们这片地方有座广阳城，非常富裕。富裕到什么程度呢？每片庄稼叶子丫巴里都长一个穗儿，打的粮食堆成山。"

二愣又喊起来："不可能！那粮食还吃得完？"

金驹就呛他："说要讲的是你，不相信的也是你，什么人性！"

志刚摆摆手："我讲的是故事，信，也在你，不信，也在你。"就又接着讲：

"那时，广阳城里有三百六十五个员外，轮流掌管政事。这三百六十五个员外就比着摆阔，不光每天唱一台戏，还顿顿大鱼大肉，吃不了就倒掉。有些小户也有样儿学样儿，比着赛地浪费。这事被灶王爷报上天庭，玉皇大帝就派太白金星下界私访。太白金星化作一个邋里邋遢的叫花子，到大宅门去要饭。一家主妇说，刚把半锅米饭喂了猪。另一家主妇说，刚把吃剩的鱼肉倒进泔水桶里。太白金星连走好多家，什么都没要到。有的主妇还嫌叫花子脏，竟放出恶狗咬他。一群孩子也追在身后，把砖头、土坷垃往他身上扔。太白金星最后来到城边一个小户人家，主妇看叫花子可怜，忙端出饭菜给他吃。太白金星很感动，临走告诉这家主妇：'你留神大庙前的石狮子，狮子眼一红，就要天塌地陷。你用秫秸秆扎条船，全家坐上去，可保平安。'

"小户主妇把这事告诉了孩子，孩子们天天去看石狮子。一天，有个淘气孩子把狮子眼涂红了，小户主妇慌忙用秫秸秆扎船。后来，真就天塌地陷了，广阳城整个没了，只有勤俭持家、好心眼的主妇一家保住了命。玉皇大帝为惩治骄奢淫逸，就命天下的庄稼再不长穗，一下饿死了很多人。猪、狗、鸡觉得自己没有糟蹋粮食，就一起向玉皇大帝求情。玉皇大帝怜悯生灵，又降下旨意，一棵庄稼可结一个穗儿，人若不辛勤耕种，就不够吃。人们有了活路，为感谢猪、狗、鸡的恩德，喂猪的时候就叫'姥姥'，喂狗时就叫'伯伯'，喂鸡时就叫'姑姑'。"

战士们听到这儿，都哗地笑了。

铁牛说："还真是那么回事，咱叫猪，叫狗，叫鸡，不都是这么叫？"

二愣咧着大嘴乐："教导员讲的故事，就是好听！"

河桩见乱了营，就招呼大家："坐好坐好，听教导员继续讲！"

志刚就接着讲。

"广阳城虽然塌陷了，可时不常地还在夜里显现。就有人说里面埋着很多宝贝，不少人想挖宝，可找不到进城的门路。过了好多好多年，狼虎庄一个姓肖的地主，在广阳城旧址南门外种了几十亩瓜，雇了个山东的瓜把式。有个寻宝的南方人经过瓜地，看见一条谢了花的菜瓜长了两根须儿，立刻认出这是开广阳城的钥匙，就向瓜把式买下了这条菜瓜，临走时一再嘱咐：'等我回来，叫你摘，你再摘。'

"小暑吃菜瓜，大暑吃甜瓜，等黑籽红瓤的西瓜成熟的时候，菜瓜就该拉穰了。处暑拔麻、掰快棒子。转眼到了收割秋庄稼的节气，还不见南方人回来，瓜把式就把那个孤零零的菜瓜摘下来，等南方人回来拿。

"几天后，南方人来了，一见菜瓜被摘下，把瓜把式好一通埋怨，但也没法了。

在一个鸡不叫狗不咬的夜晚，广阳城又显现了。南方人来到城门口，他手中的菜瓜已变成一把金钥匙。由于菜瓜摘早了，幻化成的钥匙不结实，南方人刚把城门拧开一条缝儿，钥匙就断了。他顺着门缝儿挤进去，见商店柜台上堆着很多亮闪闪的黄豆，就抓起两把掖进褂子口袋。又见木桩上拴着匹小马驹儿，就去牵。小马驹儿打着坐坡不愿走，好不容易拉到城门口，门缝儿太窄，出不去。南方人站在门外使劲一拽，缰绳断了。正在这时，一声鸡叫，广阳城不见了。不过南方人总算没白去，他掖进口袋里的黄豆，都变成了金豆子。"

二愣懊悔得直捶大腿："可惜了，那瓜要是不早摘就好了。山东人就是性急！"

金驹又和二愣杠上了："说书唱戏，都是编的，你还当真了？再说，你怎么知道山东人性急？你去过山东？"

二愣这回不怵金驹："我没去过山东，我听过《水浒传》，李逵、鲁智深、武二郎，哪个不是性急的？"

志刚笑着制止二人："这不过就是个传说，当个趣儿听听而已。但它也说明了一个道理，富由勤俭，败由奢。我们只有勤俭持家，才能过上好日子。"

志刚见战士们听得入迷，也来了兴致："我还有个村名演变的传说，大家想不想听？"

"想听！"台下齐声回答。

志刚就接着讲："有人说广阳城的陷落，不单是人们奢侈腐化造成的，还跟地理位置有关。你们听，广阳，广阳，它不过是只'羊'。可它四周呢？西北有天狗院，东北有虎狼庄，东南有四狗掌，在这些恶兽的包围中，这只'羊'还好得了吗？所以呀，人们盼望广阳城再次出现，重新过上富足生活，就把天狗院改为天宫院，虎狼庄改为郎各庄，四狗掌也就叫四各庄了。"

故事讲完，台下响起热烈的掌声。

志刚继续说："广阳城的传说，只是人们的美好愿望。穷人要想过上好日子，就只能跟着共产党，彻底打垮国民党反动派，建立人民当家做主的新中国！"

"赵教导员说得对，"连队的指导员也走上台，"穷人要想过好日子，就得按照党中央毛主席的伟大战略部署，消灭一切反动派！北平解放，还远远不够，我们要再接再厉，打到海南岛，解放全中国！同志们，大家有没有信心？"

"有！"

激越的吼声惊吓了场边刨食的麻雀，哄的一声飞得无影无踪。

八十七

这些日子，河桩的心纠结得不行不行的。

三大战役结束，党中央从西柏坡来到了北平，意味着新中国很快就要建立。面对如此好形势，大兴的党政军领导机构进行了调整。李斌仍任县委书记，河桩提升为主管公安司法的县委副书记，志刚升为县委常委、副县长，金驹任公安局局长，二愣为副局长，铁牛任武装部部长。而独立营除留下少数人改为公安队，由刘小强担任队长外，大部分复员或转业。对此，河桩既兴奋又失落。兴奋的是，经历了无数次枪林弹雨，饱受了不可言说的艰辛苦难，牺牲了那么多好兄弟，终于胜利了，穷苦的乡亲们就要过上好日子了。失落的是，十年出生入死、亲如家人的弟兄，自此分手，各奔他乡了。为此，谁走他都去送别，哪怕是不很熟悉的新战士。每次面对一个个离去的背影，他都是热泪滚滚。李斌、志刚、金驹理解他的心情，谁也没有劝解的话可说，就看着他掉泪，甚至陪着他一起掉泪。

这天，河桩送走最后几个人，连饭都没心情吃，躲在自己的办公室里发呆。

"河桩哥！"冷不丁的，门外响起喊声。

河桩抬眼看去，竟是李三林和刘顺，忙惊喜地站起来："你们这么快就回来了？"话一落，就又倏地沉下脸，"怎么，刚离开部队，就不认我这个营长了？"

二人嘻嘻地笑："哪能呢，叫哥，不是显得亲热吗？"

"不行，叫营长！"

"是，营长！"两人啪的一个立正，笔直地站在河桩面前。河桩眼里又泛出泪花："还是独立营好啊，可……哎，你们的手续办完了？"河桩知道这二人是转业到铁路部门的。

"我辞职了。"李三林轻松地望着河桩。

"辞职？为什么？"河桩瞪大了眼。

"营长，咱们都是庄稼人，还是土地亲啊。干什么也不如种地踏实。再说，我的腿伤虽说好了，可阴天下雨还是不得劲儿。我琢磨着，不能给组织添麻烦，就申请回家了。"

"是呀，"李三林的话引起河桩的向往，"种上几亩地，热景天往大柳树下一躺，溜河风一吹，嘿，那叫舒服！"

"还有，"李三林话一出口，眼圈就红了，"营长，那个郭秋萍你还记得吧？曹化龙大哥是为我牺牲的，我不能丢下秋萍嫂子不管！"

"好，咱浑河沿的汉子，就得重情重义！这么多年，乡亲们没少为独立营做贡献，咱到哪会儿也不能忘了他们！"河桩点头称赞，扭头问刘顺，"你怎么回事？"

"营长，我也辞职了，回家种地去！我孤身一人，不想去外地，还是落叶归根吧！"刘顺倒是乐哈哈的。

河桩紧紧握着两人的手，心里很是感慨："也好，回家也好！我们本来就是农民，种地是本分。我们打这些年的仗，那是被逼无奈！如今解放了，农村会有大发展，也需要你们这样的老革命、老干部带头去建设！"

河桩的话使两人都笑了。河桩也笑了，压在心头的悲凉之情一扫而光。

笑声引来志刚。他听说了二人的打算，也说："人各有志，反正工农业建设都需要人，在哪儿都一样！"

"就是。"刘顺使劲点头，"打了十年仗，尽在外面跑了，连家的感觉都跑没了。这回好了，不打仗了，回去娶个媳妇，种几亩地，小日子就过起来了，多美！"

志刚一听，脸色就严肃起来："刘顺，你这是三十亩地一头牛，老婆孩子热炕头呀，这思想可要不得！"

刘顺还是笑："教导员就是教导员，张嘴就是思想工作。"志刚仍是一脸凝重："刘顺，我这可不是跟你说着玩儿的，你也不能当儿戏。你别看北平解放了，就以为天下太平了。土改工作刚开始，阶级斗争会很激烈。尤其是李大裤裆、二狗还没有抓住，漏网的敌人还没有肃清，清匪反霸的工作还很重。你俩回去，得协助老奎大叔把村里的工作搞起来。特别要摸清李大裤裆、二狗的下落，尽早把他们抓捕到案！"

李三林忙表态："营长，教导员，你们放心，我们知道哪儿轻哪儿重！"

刘顺也点头："受党教育这多年，哪能连这点觉悟都没有？你们也别把我们忘了，常回家看看，我给你们烙饼摊鸡蛋！"

"我们的家都在河沿，能不回去？过几天就看你们去。"

志刚、河桩把二人送出院子，河桩碰碰李三林："既是心里有郭秋萍，就尽快把人家娶喽。"

李三林红了红脸，没有吱声。

八十八

　　唐立仁这些日子又麻爪了。北平城被围时，他还不在意，见王老奎动员人们去凿冰，他还讥笑："共产党就喜欢闹那啰啰事，打不过就凿冰。你把整个永定河砸烂了，能挡得住蒋委员长的大军？"让他想不到的是，蒋委员长的大军没来，傅作义倒投诚了，北平和平解放。城门一解禁，他就急慌慌地进城，去找郑洪水。郑洪水给他打气说，别看共军暂时进了北平，他们站不住脚，国民党的军警宪特遍地都是，正准备暴动，不出十天半个月，就得撤出城去。然后管了他一顿酒饭，鼓动他回去制造谣言，扰乱人心。

　　唐立仁回来后，看村里划成分、搞土改闹得热火朝天，就悄悄找孙秃子："老孙，你真眼看着穷小子们把你的地分喽？"

　　孙秃子本来就记着唐立仁当贫农团团长时的仇，如今国民党败了，两个儿子没了踪影，心里正烦，知道唐立仁不是好东西，一句话就给撅了回去："那不正称了你的心？"

　　唐立仁在孙秃子那儿挨了剋，又去找宋德财。宋德财正和老伴儿坐在炕上镚棒子，见了他，连头都没抬。

　　唐立仁心里冒火，说话也就不是味儿："王老奎带着人闹土改呢，你又该倒霉了吧？"

　　宋德财不吭气，铁镚子把棒子粒镚得四处乱迸。

　　"你是我的道友，我是关心你。"唐立仁靠近炕沿，缓和了口气，"你甭怕，共产党长不了。前几年不是也闹过土地粗分，还挖浮财，结果怎么样？国民党

405

一来，全一风吹了，死了多少人！这回，也照样，你只要顶……"

宋德财不等唐立仁说完，使劲一摔锛子："你让我消停地活几天行不行？"

宋德财当然不愿共产党分他的地，那是他半辈子血汗的积累，是他的命根子。可他更不愿惹火烧身，自古民不与官争，争来争去还是小百姓吃亏。以前他很怕唐立仁，不光是唐立仁当贫农团团长时那种狠劲，更因为他那能通仙的法术。可这两年，他发现唐立仁只会装神弄鬼诈骗道友们的钱财，供自己享用和填补彭春娥，心里就不把唐立仁当好人了。今天唐立仁的这些话，他虽然猜不透内里的详情，但知道这是诈唬傻子咬疯狗，给他下套，他才不上那个当。

唐立仁在全村道友面前都嗫了瘪子，王老奎也找上门，让他停止活动，还让他到区里登记。唐立仁慌了，又一次进城。可这回他没见到郑洪水，听郑家人说，共产党正在勒令国民党的散兵游勇、军警宪特和一切干过伪职以及会道门的首领到政府登记，罪恶重大的当场就扣留。郑洪水已经被抓起来了。

唐立仁六神无主地回到家，王老奎已带着几个村干部在等他。

"你去哪儿了？"

唐立仁被王老奎锥子似的目光盯得浑身不自在，吭哧了半天，也没说出一句整话。

"村里不是开过大会了吗？你为什么还不把那几个孩子遣散？为什么还不到区里登记？"

"我这就办，这就办。"唐立仁把"三才"从里屋叫出来，"政府不让办道了，你们从哪儿来，还回哪儿去吧。"

"三才"一脸惊慌，都低着头不说话。

"他们都是孩子，你让他们怎么走？"王老奎逼视着唐立仁。

唐立仁无奈，只得拿出一点钱分给他们，挥手让他们出去。

王老奎陪着三个孩子来到村西口的汽车站。

从北平到河沿有一趟客运汽车，已通行几十年了，但发车很不正常，时断时续的。这一是因为战乱，战火一起，司机怕死，就停运。二是汽车过于老旧，车尾上装个烧劈柴的大铁炉，火烧旺，有了足够的热量，才能启动。破败不堪的汽车走在坑坑洼洼的平大公路上，像头羸弱的老牛，说不定什么时候就趴窝，把乘客扔在前不着村后不着店的野地里。

借着等车的空儿，王老奎从三个孩子口中问出不少唐立仁坑骗道友的事，就心里感叹，宋德财、张广善、拐二爷，都是把钱串在肋巴骨上的人，过年拉二斤猪肉都舍不得，怎么就心甘情愿地送给唐立仁？

汽车终于顺着永定河堤根儿颠颠簸簸地来了。王老奎告诉几个孩子，回去找个正经营生，别再干坑人骗人的事。

王老奎返回辟为村公所的大庙，一进门，李三林带着几个人正用长木条钉的尺子丈量土地。自二狗带着"黑杀团"害了水生等人后，河沿村的干部就不够用了，大事小情几乎就是王老奎一人支应着。李三林和刘顺一回来，河沿村立刻红火起来。王老奎在腊梅的帮助下，重新调整了各种组织。此时，党已公开，再不用偷偷摸摸，王老奎就正大光明地担任了党支部书记，总揽全盘，李三林任农会主任，船工老黑也就是麻子林仍任工会主席，刘顺任武委会主任兼民兵队队长，柳芽还是妇联主任，香巧任妇联副主任，协助柳芽工作。划成分也算顺利，地主就李大裤裆、孙秃子、金贵三家，而且是恶霸地主。富农是贾知达一家，对此，出现了两种意见，有人说贾家舍医舍药德行不错，定富农有点冤。有人说按地亩数他就是够，而且还多年雇着长工，有剥削行为。大家就把眼望向王老奎。王老奎也有点为难，说贾家这些年没少为共产党做事，可谁叫他有那么多地呢？最后一咬牙：按党的规定办！在宋德财身上也费了点儿掂掇，有人给他定富农，有人给他定中农。王老奎借到区里开会的机会找腊梅拿主意。腊梅说党有政策，就低不就高，就给宋德财定了个富裕中农。宋德财问什么叫富裕中农，王老奎告诉他，就是比富农低点儿，比中农高点儿。宋德财的脸就白了，问，也要分我的地？王老奎说："贫下中农是我们党的依靠力量，中农是团结对象。你这富裕中农也在中农圈儿里，不分你的地。"宋德财的脸就又红了，说："只要不分我的地，富裕就富裕，咋着还是团结对象哩！"

李三林见王老奎来了，就说："大叔，分地方案都做好了，什么时候分呀？"

"好事就得紧着办，现在就分！"王老奎满脸放着光，"你们谁上房顶知会知会，让全村人都到现场去，做到心明眼亮！"

刘顺把大枪往肩上一抡："我去吧，三林的腿不利索。"

听到刘顺的高房广播，张广善去找宋德财："听见没有？农会要分地了，咱们也去看看？"

宋德财连连摆手："我的祖宗，你这不是没事找事吗？没分咱的地，就是恩典了，你还往前凑？勾起他们的想头，把咱再捎上，你就哭去吧！"

"不会，成分都划完了，哪能说话不算话？"张广善摇头。

"算话？你忘了前几年挖浮财了？起先也说不挖我们，后来不也挖了？"

"那是唐立仁那小子干的。王老奎可是吐个唾沫就是钉的主儿，不会干拉抽屉的事！"

宋德财还是心有余悸："想去你自个儿去，我可不去撞那霉洋运！"

"看个稀罕嘛。你活了几十年，经过这样的事？"

其实，宋德财心里也好奇，只是胆子小，怕惹火上身。在张广善极力撺掇下，也就缩头缩脑地去了。

分地从李大裤裆的河滩地开始，李三林丈量完一家，刘顺就带着民兵在地界上插一块牌子，牌子上写着户主姓名和分得的亩数。全村人随着李三林跑，乱哄哄、闹吵吵的像赶集。

张广善看着不远处的永定河，厚厚的冰层在阳光下闪着刺眼的光。又低头看看脚下的地，蒙金土平展展的，一眼望出多老远。嘴里就啧啧地感叹："这李大裤裆，就是豪横，霸着渡口不说，还占着这么多好地！"

宋德财也眼红眼绿的："一水儿的沙胶呀，一年棒、麦两熟，得打多少粮食呀。要不人家横晃着膀子走道！"

王老奎接过话："他再豪横，不也完了吗？渡口归政府了，土地分给穷人了，他白落个骂名！"

何嫌哩那没眼的妈也由儿媳妇搀扶着跌跌撞撞地来了。她先摸摸自家的牌子，然后跪坐在地上揉搓那硬邦邦的胶泥土，泪水就从凹陷的眼窝里涌来："要是没有共产党，我下辈子也种不上这么好的地呀！"

王老奎把老人搀起来："老嫂子，你儿子为革命献出了生命，你分点儿好地是应该的！"

刘顺也走上前来："大婶，你家种地的事，全由我们民兵队包了，你就踏踏实实地等着过好日子吧！"

听着几个人的对话，宋德财很是感动，说："要是没灾没难的，平安过日子多好！"

王老奎和他开玩笑："现在解放了，不打仗了，也没土匪绑票了，你就可着劲地发家吧！"

宋德财连忙一缩脖子，身子也矬下去半截："哟哟，不敢不敢！要是过成地主，不该分我的地了？"

宋德财的怪样，引起人们一阵哄笑。

王老奎亮开大嗓门："宋德财，你把心放在肚子里，只要你不偷不抢不剥削，没人拿你当地主斗！听区里的腊梅书记说，毛主席、党中央已经到北平了，新中国就要成立了！共产党是鼓励劳动人民发家致富的，我们以后要努力发展生产，大家都过成财主！"

人们一下沸腾起来，欢乐的笑声把柳树上的老鸹都吓飞了。

八十九

曹祥每天拐着一条腿，挑着剃头担儿，抖着"唤头"，到各村去招揽生意。遇到哪村开群众大会，他就站在一旁，静静地听。他是按照李大裤裆的指令，以剃头为名，来探听共产党动向的。

本来曹祥是不愿干这个的，他离开匪部多年，又有了老婆孩子，便收了心，想踏实过日子。可过世德来了，又正在落难之时，他不能不收留。他虽是小手艺人，却把情义看得很重，当年过世德救了他，他得知恩图报。本以为这几个人歇歇脚就走，没想到李大裤裆赖上他了，说他这个地方好，要长久住下去。曹祥心里就很郁闷，这真是说什么有什么，引狼入室啊！

李大裤裆整天憋在地洞里，只有晚上才敢出来透透气，对外面的情况一点儿不知道，就让曹祥去打探情况。曹祥不愿意：

"无是无非的，我各村乱窜，不招人疑影？"

"你不是剃头的吗？出村剃头谁怀疑你？"

曹祥还是摇头："冰天雪地的，谁会在大街上剃头？"

"那就找上门去，找人多的地方去！"李大裤裆有些不耐烦了。

曹祥求救地看着过世德。

过世德朝他摆下脑袋。

曹祥没法，只得去收拾剃头担儿。一头是个小煤球炉，上面坐个洗脸的铜盆；一头是一个小机凳、一个小水桶，又把装剃刀、耳挖勺等物件的布袋往扁担上一挂，就哗啦哗啦抖着"唤头"出去了。

　　与滴水成冰的天气不同，各村都在划成分、分土地、分房子，显得热气腾腾。曹祥预感到，他们村也快派工作队了。而更让他心惊肉跳的，是要那些身上有"褶儿"的人到区里登记。

　　这天，曹祥来到王屯，正赶上群众大会散会，街上走着三三两两的人。曹祥拿起"唤头"刚哗啦了几声，就有一个人来到跟前："你还挺闲呀，没去登记？"

　　曹祥心里一惊，手里的"唤头"差点掉到地下："登……记？登什么记？"

　　"政府不是让当过土匪的到区里登记吗？"

　　曹祥强压住惊慌，脸上挤出一丝难看的笑："老哥你可真能说笑话，土匪登记，跟我挨得上吗？"

　　"你装什么傻？"那人也是一脸冷笑，"那年我去礼贤赶集，你带人抢走了我的毛驴，忘了？"

　　曹祥立刻目瞪口呆。

　　曹祥的举动也引起腊梅的怀疑："那个剃头的是哪村的？我在好几个村里都碰到过他，鬼鬼祟祟的，很不正常。"

　　区农会主任杨福海说："他是曹店的，祖传剃头匠，不少人都认识他。"

　　"查查他的底细，我们决不放过任何可疑之人！"

　　"曹店是个三不管，一直由保长支应事，最近才划入咱们区。我们正准备组织工作队进驻那个村。"

　　"好，赶快组织，我亲自带队去！"

　　李大裤裆借着微弱的灯光，细细地审视着曹祥。窗户是用棉被遮挡起来的，门也死死地插住，屋里充满呛人的煤油味，使人的胸腔就感到无比压抑。

　　"老曹，"李大裤裆放下酒杯，"怎么，心里有事啊？"虽然曹祥对他们的招待没有变化，每晚还给弄点小酒喝，可李大裤裆还是从曹祥身上看出了异样。

　　面对那双狼一样的眼睛，曹祥心虚地垂下头。

　　工作组进村没几天，就建立起各种组织，天天召开群众大会，讨论划成分、分土地的事。腊梅还找他谈了话，向他询问村里谁当过国民党兵，谁参加过会道门，谁做过土匪。话虽没点明，曹祥却认为是旁敲侧击，是暗示，这就让他六神无主，如坐针毡。李大裤裆三个人就是三颗炸弹，说不定什么时候就会爆炸，炸得他家尸骨无存。他把担忧向已从娘家回来的媳妇说了，金花白了脸：

"赶快让他们走！"

"走？"曹祥惨笑，"请神容易送神难，闹不好，咱全家先没了命！"

"那怎么办？你当过土匪已是一桩罪，再窝藏他们，更是罪上加罪！"

曹祥长叹一声："我是小猪赶进死胡同，没有回头路了！"

他本想找个机会跟过世德说说，不料却被李大裤裆看出了破绽。

"你是忒老实还是傻啊？这么大的事不告诉我们？"过世德听曹祥说了外面的情况，立刻火了。

"我怕说了，你们会怀疑我撵你们走。"

"你呀你呀，"过世德用手指点着曹祥的脑门子，"你这是想让共产党把我们一勺烩呀！"

"没有没有，我要有那心，天打雷劈！"曹祥吓得差点跪在地上。

李大裤裆和二狗对个眼神，假惺惺地劝道："行了老过，曹兄弟不是那样的人。"又对曹祥笑笑，"兄弟，你也累了，回去歇着吧。待两天我们就走，决不会让你为难！"

曹祥走后，三人沉默了好久，李大裤裆突然一拍大腿："拾掇拾掇，咱们走！"

"马上？"二狗问。

"马上！"

"你不是说再待两天吗？"

"你糊涂呀？等着共产党来抓？"

二狗明白了，噌地从腰里拔出短刀，就要出门。

"你要干吗？"过世德一把拦住。

"还能干吗？"二狗朝北屋指指，"留着他们给共产党报信？"

"你敢！"过世德火了，"人家管咱吃管咱喝，哪点对不起你了？临走倒想要人家的命，还有点良心没有？"

李大裤裆见状，忙假装训斥："二狗你要什么半疯？咱可不干那不仁不义的事。走，快走！"

第二天不等天亮，曹祥提着饽饽篮子打开东厢房，掀起盖洞的石板，里面却是静悄悄的，喊了两声也无人吭气。下到洞里一看，里面除去那个臊气冲鼻的尿盆外，什么也没有了。

"这人，好吃好喝伺候着，走了连个招呼都不打！"曹祥嘴里嘟囔着，心里却像卸下块千斤重石。

金花听说李大裤裆走了，欢喜得连连合十作揖："老天爷呀，可去了这块心病了！"

两口子庆幸的情绪还没平静下来，腊梅就带着工作队员进了屋。"你都干了什么事，说说吧！"腊梅不等曹祥醒过神，厉声喝问。

"我……我干了什么？"曹祥还想硬撑。

"你没干什么，我们来找你？"杨福海一拍手枪套，"你的情况我们都掌握了，你是想坦白从宽，还是想抗拒从严？你不顾自个儿，也不顾老婆孩子？"

金花一看这阵势，早哆嗦起来："孩儿他爸，你就有什么说什么吧。你要有个好歹，我们娘儿仨可怎么活呀！"

两个孩子也哇哇地哭起来。

曹祥心烦意乱，愣怔一会儿，长叹一口气："我说，都告诉你们，要杀要剐，我认了！"

腊梅朝杨福海点点头，杨福海掏出笔记本，开始记录。

"李大裤裆？你说李大裤裆住在了你这儿？"腊梅眼里放出异样的光。

"是，还有两个人，一个叫过世德，一个叫二狗。可他们夜里冷不丁就走了，连我都没告诉。"

腊梅立刻命令一个年轻的工作队员："小刘，你赶快去公安局，把这情况报告金驹局长！"

小刘刚走，一个村民跑进来，说是他早起去赶集，在十里路外的沙岗里发现了一具男尸，是用刀扎死的。

"走，快去看看！"腊梅吩咐杨福海把曹祥押到村公所看管起来，自己带着两个工作队队员跑出门去。

九十

　　李大裤裆逃离曹店，走不多远，就下了土路，钻进沙岗子。

　　"李叔，这黑咕隆咚的，咱们去哪儿呀？"二狗搀着李大裤裆，一边磕磕绊绊地走，一边问。

　　"哪村的情况都不明，敢进村吗？先在沙岗子里躲躲再说吧。"

　　"这共产党，可把老子害苦了！"过世德嘟嘟囔囔地骂，见无人搭言，又说，"照这样下去，不被共产党打死，也得冻死饿死！"

　　"怕受苦，你还回曹祥家去呀！"二狗没好气地顶了一句。

　　"你他妈……"

　　过世德突然住了口。不远处的沙岗顶上，隐隐约约出现了几个人影。

　　"有人！"二狗也看见了，一拉李大裤裆，趴在了地上。

　　岗上的人似乎也发现了他们，慌忙隐下了身子。

　　双方对峙着。

　　"你们是什么人？"过世德看看东方渐白的天际，终于沉不住气，先喊起来。

　　见无人吭声，又喊："不说话，开枪了！"

　　"开你个姥姥！"对方一个粗壮的嗓门应了声。

　　过世德蹿起身，一梭子子弹扫过去。

　　对面也射过一片枪弹。

　　过世德哎哟一声倒在地上。

李大裤裆和二狗欲再射击时，对方却悄悄撤走了。

李大裤裆爬到过世德跟前，见他抱着大腿，鲜血正淙淙地涌出来。

"这可怎么弄？"李大裤裆急得直抖手。

"大哥，你得救我，千万别把我丢下！"过世德此时已没了威风，满脸都是垂死的恐惧。

二狗抽出尖刀，绕到过世德身后："过哥，别怕，我来救你！"一刀刺入过世德的胸膛。

"你……你怎么……"李大裤裆惊得一屁股坐在地上。

"李叔，好腿好脚的都难逃活命，还带着他这个累赘？让他早死早托生吧！"二狗满不在乎地在过世德衣服上蹭着刀刃上的血。

"都是生死弟兄，你这……这也太不仗义了吧？"李大裤裆又悲又怒。

"仗义？"二狗哼地一笑，"仗义得分时候！"

李大裤裆觉得二狗那声笑比雪地里的石头还冷，身子不由得打个哆嗦："小子，你成，你够狠！"

二狗却把注意力转了方向："刚才那伙人是谁呢？怎么打几枪就退了？"

李大裤裆也把目光射向岗顶，琢磨着："不像是共产党，要是共产党，决不会轻易放过我们。"

"莫不成还有我们的人？"二狗心里燃起一丝希望。

"不管他了，咱得赶快离开这儿！"

腊梅在村民带领下跑到沙岗里时，金驹已先　步到了，正翻动着那具尸体。

"你怎么这么快？"腊梅有些惊讶。

"我们的侦察员听到枪声了。"金驹拍打着手站起身，指指死尸，"这人叫过世德，是李大裤裆部下的一个小头目，凶残无比，以前没少和我们交手。他腿上中枪，胸上中刀，应该是受伤后被同伴所杀。"

"这一定是李大裤裆和二狗干的。看来他们还没有跑远。"腊梅环视着四周的沙岗。

"我调集公安队，全力搜捕！"

"我通知各村民兵，协助你们，跑不了他！"

二人要分手时，腊梅忽然想起一个问题："和李大裤裆交手的是谁？"

金驹也弄不明白："附近没有我们的武装呀！"

"那是……"

金驹急着抓李大裤裆，不等腊梅说完，就打断她："先抓李大裤裆要紧，其他的以后再说！"

腊梅就住了嘴，心里却隐隐有个预感，这预感让她很沉重，很痛苦，但更多的还是耻辱。她望着光秃秃的沙岗，望着岗下疏疏落落的树林，心情复杂地叹了口气。

腊梅猜想得不错，和李大裤裆遭遇的，正是郑师爷和"快马张三"一伙。清匪反霸运动开始后，他们的处境越来越困难，活动范围越来越狭小。这天夜里，好不容易选定个大户，却没抢到什么东西，因为那家地主的浮财已被农会挖去了。不想回来的路上又遭遇了李大裤裆，他们以为对方是共产党，被迫开了几枪后，就慌忙撤出了。垂头丧气地回到窝点，把抢来的白面、棒子面、白薯扔在墙旮旯儿，几个人就躺在炕上，各想各的心思。

忽然，啪的一声，龚麻子把枪摔在炕上："他妈的，不干了，回家！"

几个人都坐起来，直眉瞪眼地看着他。

好久，郑师爷才开了口，声音很低很沉，像是说给大家，又像说给自己："也好，眼下共产党不正在清匪反霸吗？去登记，说不定能闹个宽大处理。"

"快马张三"不同意："那是说的罪过轻的，就我们？当了半辈子土匪，能轻饶得了？"

"就是挨枪毙也比这痛快！吃不上喝不上，东躲西藏，担惊受怕，到哪儿是个头呀？还不如死了呢。我是受不了这份罪了！"龚麻子似乎下了决心。

郑师爷笑了，笑得很安详，问李水泉和二孬："你们呢？"两人你看我，我看你，谁也不敢说话。

"看你们，这是怎么了？娘们儿唧唧的。痛快儿的！"

李水泉这才吭哧着说："我……我也想回去试试。"

"我……也是。"二孬说得很羞涩，但脸上的表情是坚定的。

"好，既是愿走，你们就都走吧。"

"不行！哪能说走就走？还有没有规矩？""快马张三"拔出枪，推弹上膛，对准几个人。

郑师爷平静地摆摆手："人各有志，不能强勉。再说，咱们就是临时搭伙，没有什么规矩。愿干就干，不干拉倒。"

"那也得把枪留下！""快马张三"仍然梗着脖子。

三人把枪摆在郑师爷面前。见郑师爷闭着眼睛不再看他们，才一个挨一个溜走了。

"这下轻松了，就剩下咱老哥俩了。"郑师爷透过窗玻璃，看着几个人走出院子，才把湿润的目光收回来。

"快马张三"坐在炕沿上喘粗气："纯粹一帮王八蛋！"

郑师爷向"快马张三"笑笑，声音变得无比柔和："老三啊，你也活了半辈子了，怎么还是看不透啊。俗话不是说了吗？人无千日好，花无百日红。千里搭长棚，没有不散的宴席。聚散离合，都是缘分，缘分尽了，就随他去吧。剩下咱哥儿俩，更好，简单了，利索了，省得想着这个，惦着那个。行了，别像谁欠你三斗谷子还了糠似的。去，打酒去，我弄俩菜，咱好好喝喝！"

"快马张三"出去后，郑师爷将几把枪拆巴拆巴，分几处藏在隐秘的地方。然后摆上案板，切了几刀罗锅白菜，点上灶火，往锅里倒上油，再扔几段红辣椒，刺啦刺啦炒熟，又就着热锅炸了盘花生仁，摆在桌子上。听见外面的脚步声，他从腰里掏出个纸包打开，把里面的粉末倒进炒白菜里，用筷子搅拌均匀。

"哈，快过年了，小商铺的货还真多。你看，整坛的庞各庄南路烧。还有，江米条，又甜又脆，正好下酒！""快马张三"的脾气上来得急，消退得也快，此时他把龚麻子几个人走的事已忘在了脑后，又变得嘻嘻哈哈了。

两人用大碗斟上酒，盘腿坐在炕桌两边，举碗一碰，大大喝下一口。

"好酒，够劲儿！""快马张三"抹把胡子嘴，连声叫好。

"来，尝尝，辣炒白菜！"郑师爷指指盘子，自己先夹一大箸子塞进嘴里。

"嗯，香！"

郑师爷眯眯地笑了："老三，你说咱这辈子怎么样？"

"不错呀！""快马张三"连连吃着炒白菜。

"是呀，"郑师爷放下酒碗，陷入对往事的回忆，"在杂耍班子里，虽说吃了不少苦，可登台演出时，千人瞅万人看，那是何等的风光啊！就那些大姑娘小媳妇，啧啧，眼都看直了！"

"可不，""快马张三"的兴致也上来了，"大王庄王财主的二太太记得不？看了我的马戏，非要跟我私奔。是我怕给师父惹麻烦，不敢答应。"

"跟着师姐拉杆子也给劲儿呀。永定河两岸的绺子，哪个不服？就是后来打小鬼子，咱也不赖怠，共产党的司令都接见过咱师姐！"

"可惜呀，""快马张三"忽然丧了气，"咱们全被吴部这两个狗汉奸给毁了！他们害了师姐，也拆散了咱的队伍！"

"这就是命！"郑师爷微微皱了下眉，"要不出那样的事，咱们说不定也是共产党的人了呢。"

"那你怎么不听腊梅的？咱跟着她干，不也是共产党的人？"

郑师爷弓起腰："师姐一死，我的心也死了！"

"快马张三"终于发现了郑师爷的异样："师哥，你……你，哎哟，我的肚子好疼！"

郑师爷爬过来，把"快马张三"紧紧抱住："兄弟，咱俩找师姐去吧！"

"你……你……""快马张三"指指菜盘。

"是，我……在里面……放了东西！"

"为……什么？"

"咱是……浑河……汉子，不能……不能……丢了脸面！"

"你早就……有这心了！"

"是，可我……不想……要那么多条命，还是咱……哥儿俩好！"

"哥儿俩……好！"

"哥儿俩……好！"

两人狂笑着，翻到了炕底下。

九十一

一个春光明媚，鸟语花香的正午，程子瑶穿着破烂的黄军装，来到永定河河边，望了河对岸很久，才卷起裤腿，迟迟疑疑地下了河。

河水说温不温，说凉也不是很凉，就像程子瑶眼下的心情。五年了，他没有再踏上河沿村的土地，也没有见过老婆彭春娥和女儿大妞。他由于嗜赌嗜嫖，常常误事，被饭馆老板辞退了。在街上混不几天，就身无分文了，经人介绍，入了国民党五县联防司令王凤岗的队伍。他是粗识文字的，在饭馆又学会打算盘，就在一个连队管记伙食账。这很合他的懒散性格，不用出操，不用练枪，还能伙同连长抠点儿士兵的菜金。不想好景不长，固安县城解放了，他们全连都成了俘虏。整训后，不少兄弟参加了解放军，程子瑶没参加，领了回家的路费。但他并没有回家，又来到县城，在熟识的暗门子里把偷喝的兵血糟蹋光，直到孤零零地被赶出来。靠在冷飕飕的城墙根下，他欲哭无泪，忽然想起整训时听解放军长官说过，北平地区正在土改，没地的人都能分到土地，他终于下了回家的决心。

程子瑶进了村，村里没有什么变化，他毫不费力就找到自己那三间破房，心里不禁涌出一丝欣喜，彭春娥这娘们儿还算仗义，还在等着他，还在给他守着这个家。可他走进院子，房门却锁着。趴窗眼往里看，屋内倒是不邋遢，但凉锅冷灶，像是多日没动烟火了。

程子瑶转身出来，站在门前往两边看，可巧隔院的二大妈牵着孙子出来玩，忙迎上去："二大妈，知道我媳妇去哪儿了吗？"

"程子瑶？你是程子瑶？"二大妈使劲儿擦着眼。

"是，我回来了。我媳妇呢？"

二大妈脸上起了变化，一边拉着孙子赶紧走，一边摇头："不知道，不知道！"

程子瑶过日子不行，心眼并不少。他从二大妈的表情里看出了蹊跷，忙去找唯一的远房叔叔。远房叔叔对他很冷淡，吃着饭连让都不让，沉默了很久，才让他到唐立仁家去找。

"谁是唐立仁？"程子瑶不认识这个人。

"村南那五间新房。"远房叔叔说完这句，再不开口。

程子瑶刚到那座新房外，就闻到浓烈的酒肉之香。他咽下一口唾沫，稳了稳神，几步闯了进去。

唐立仁和彭春娥坐在炕上，正吃肉喝酒。自从唐立仁利用一贯道敛财后，彭春娥就不在家动烟火了，顿顿和唐立仁一起吃，夜里也就住下来，俨然成了两口子。只是接三片两地回自己家，收拾一下屋子。两人见猛地闯进个穿军装的，一下都愣住了。彭春娥先认出程子瑶，立刻拉下脸："你来干什么？"

程子瑶火了："你是我媳妇，背着我跟野男人吃肉喝酒，倒问我干什么？臭不要脸！走，跟我回家，回去再收拾你！"

唐立仁此时知道来的是谁了，立刻慌了手脚，站起身子，不知所措。

彭春娥不光稳坐不动，还连连冷笑："我是你媳妇？你忘了你走前怎么说的了？五年了，你在外面吃喝玩乐，管我一根手指头了吗？你知道我是怎么活下来的吗？现在说我是你媳妇，呸，你才臭不要脸！"

唐立仁听了彭春娥的一番话，胆气壮起来，咚地跳下地，抬手就推程子瑶："你是谁呀？出去，出去！"

程子瑶被彭春娥问住了，一时竟不知说什么好。但唐立仁一推他，男子汉的火气又上来了，甩手就给唐立仁一嘴巴："王八蛋，信不信老子弄死你！"

彭春娥捡起桌上的盘子、碗、酒瓶子，往程子瑶的身上砸："你弄死他？我先打死你！"

唐立仁一眼盯住程子瑶穿的军装："你个国民党，还敢打我？看我报告王老奎，把你抓起来！"

三人在屋内的吵嚷，惊动了左邻右舍，门口聚起一帮人，叽叽喳喳地议论着，讥笑着。也有人怕出事，跑去给王老奎报信。

王老奎正向腊梅汇报工作。在王老奎眼里，腊梅虽然年轻，但她的人格、能力都是让他钦佩的，他对她的敬重，比对李斌的敬重毫不逊色。只是为了表示亲近，他一直叫她闺女或直呼其名。

"闺女，河沿村的情况就是这样了。土地分完了，没地、少地的贫雇农都分得了相应的土地。没劳力的军工烈属也都有帮工组帮忙耕种。干过伪军的李兴、当过国民党兵的陈青山、一贯道的唐立仁，也都到区里登记了。眼下要干的，就是鼓励大伙发展生产，勤劳致富了。看看你还有什么指示？"

腊梅合上笔记本，满意地笑笑："大叔的工作完成得这么好，我能有什么指示？您呀，真是老当益壮，是咱们区的老英雄啊！"

王老奎连连摆手："你就别夸我了。我都六十五岁了，还老英雄？说话就变狗熊了！"

"哪能呢？就您这身板，两三个赖怠小伙子也不是您的对手！"腊梅由衷地佩服。

王老奎哈哈地笑："闺女，你老是拣我爱听的说！其实，我早就要跟你磨叨了，我想把村里的差事让给年轻人干。"

"那可不成！"腊梅脸上严肃起来，"河沿村情况复杂，没有您老掌舵，别人还真玩不转！您想，李大裤裆和二狗还没缉拿归案，您怎能打退堂鼓呢？"然后又笑着说，"您想享清福，过几年再说吧！"

"是呀，这两个土八羔子跑哪儿去了呢？"提起李大裤裆、二狗，王老奎的脸色也凝重起来。

"说完没有呀？都晌午了，还不吃饭？"徐二婶端着一柳条浅子贴饼子走进来。

望着黄澄澄、暄囊囊的饼子，腊梅高兴得拍了一下手："大婶贴的饼子，看着就馋人！"

"还有馋你的呢！"徐二婶转身又从外屋端进一碟黄酱、一把嫩绿的小葱，"小葱抹酱，越吃越胖！"

吃着饭，王老奎问了一个久在心中盘旋的问题："那些军警宪特，反动一贯道头子，登记完就没事了？"

腊梅沉思一下，摇摇头："这关系到党的政策，目前上级没有明确指示，我也不清楚。不过，就我个人认为，登记只是摸底的过程，以后还会逐个调查。罪恶小的，可以教育改造。那些罪恶大的，尤其是有血债的，不应该放过他们！"

"就是，"王老奎赞同，"对那些给我们造成重大损失，尤其是杀过我们人的坏蛋，绝不能饶了他们！要不，对牺牲的同志太不公平了！"

两人正说着，一个村民跑进来，把程子瑶和唐立仁打架的事报告了。

"程子瑶回来了？我去看看！"王老奎放下筷子就找鞋。

"我跟你一块去！"腊梅也下了炕。

路上，王老奎把程子瑶家的事跟腊梅说了。

"还有这样的事？"腊梅吃惊得张大了嘴，"那你打算怎么处理？"

"世上的事千奇百怪，家家有本难念的经。看事做事吧。"王老奎轻轻一笑，倒显得很淡定。

王老奎和腊梅走进唐立仁的屋子，见满地的菜汤子碎盘子，唐立仁和彭春娥还在搋着程子瑶乱打。

"住手！"王老奎大喝一声。

唐立仁和彭春娥松开手，程子瑶爬起身，边擦鼻子里流出的血，边朝王老奎嚷嚷："老奎大叔，这小子霸占我媳妇，你得给我做主！"

"你放屁！谁是你媳妇？"彭春娥喘着粗气，还不忘把唐立仁护在身后。

王老奎把这一切看在眼里，心中有了底数。他朝几个人摆摆手："别嚷嚷，坐下，都坐下，好好说。"然后转向程子瑶，"你怎么回来了？"

程子瑶吸吸鼻子："我没地方待了，不回来去哪儿？"

"噢，"王老奎点点头，"五年没露面，在外面混不下去了，回来了。那你想怎么样？"

"要回我媳妇！"程子瑶一指唐立仁，"这个王八蛋霸占我媳妇！"

彭春娥又要发飙，被王老奎止住："你媳妇的事，全村人都知道，虽不合礼，却也合情。你一走五年，不闻不问。一个女人，无亲无友，孤苦伶仃她不找个人，你让她怎么活？"

"现在我回来了，她得跟我回家！"

"这得听彭春娥的。"

彭春娥赶紧说："我不回去，我就跟唐立仁过了！"

"你，你他妈……"程子瑶一时竟没了话。

王老奎盯着程子瑶："程子瑶，看清了吧？你也别怪彭春娥无情，是你无义在先。这样吧，你不是让我做主吗？我就做个主，彭春娥愿跟唐立仁过，就让他们过去吧，要得了人，要不了心。你还回你的家，房子归你，彭春娥净身出户。你们看怎么样？"

唐立仁和彭春娥都高兴得连连点头。

程子瑶见事已至此，再加上和彭春娥没有感情，也就答应了，但提出要求："村里得分给我地，我没吃的，没籽种，也得给我解决。"

王老奎轻笑起来："你小子在外面鬼混了一个溜够，还当了国民党兵，倒像个功臣了？"

"我不是功臣，可我有证明。"程子瑶把部队的遣散证拿了出来。

王老奎看过证明，转手递给腊梅，又转向程子瑶："地没问题，我们会按规定分给你。至于其他，让唐立仁解决！"

唐立仁一听急了："我给解决？我怎么解决？"

王老奎立棱起眼："唐立仁，你别不知好歹！你镚子儿没花，白得个媳妇，不便宜死你？这样，程子瑶刚回来，不能不吃饭，你给他五十斤棒子，再给他二十块钱，自此两来无事。你看怎么样？"

唐立仁还在犹豫，彭春娥倒先说话了："给他，以后就清爽了！"

腊梅见王老奎三下五除二就把这么棘手的事解决了，心里更是钦佩。她拉了一下王老奎的衣角，指指程子瑶。

王老奎会意，站起身："程子瑶，你跟我们走一趟！"

回到家，王老奎问程子瑶吃饭没有。程子瑶说，要是有饭吃，我回来干什么？王老奎哼一声，让徐二婶拿出饼子给他吃。腊梅了解了程子瑶在外面的经历，问："你的枪呢？"

程子瑶吃饱了肚子，又恢复了吊儿郎当的本性："枪？我还有大炮呢！"

"当兵没有枪？"

"我……"程子瑶嘻嘻地笑起来，"我当的是字儿兵！"

"字儿兵？什么字儿兵？"王老奎和腊梅都糊涂了。

"就是写字儿的兵，没枪！"

逗得几个人噗地全笑了。

腊梅使劲儿抿抿嘴："明天到区里登记，听候处理！"

九十二

麦收过后，李三林结婚了。

李三林先托沈大爷做媒，结果沈大爷到河沿回话，郭秋萍不同意。李三林二话不说，撒腿就往押堤跑，进门就给郭秋萍跪下了。吓得郭秋萍赶紧来拉，李三林死活不起来，说是曹化龙大哥为掩护他而死，他不能让大嫂孤苦伶仃，他不管大嫂，就不是人生父母养的！郭秋萍哭了，说，兄弟的情义我心领，可我比你大五岁，不合适。李三林说，女大五赛老母，我把你当妈供着！郭秋萍无法了，和李三林到曹化龙坟前烧了纸，痛哭一番，一同来到河沿。在王老奎的主持下，当天夜里就入了洞房。

趁着吃新麦的当口，铁牛和刘小强也都成亲了。铁牛的爱人是在公安局当侦察科科长的邹珮，刘小强娶的是一位小学教师。两人都是回村办的喜事，河桩、志刚、金驹、腊梅都来参加了婚礼，热腾腾的喜气在河沿村上空弥漫，把入伏天气的酷热都冲淡了不少。

不久，志刚和腊梅也在河沿举办了婚礼，把喜庆的气氛推向了高潮。

谁也没注意到，有一个人却与全村氛围很不融洽。那婚礼上的热烈场面，在他心里是冰凉的，那喜庆的气氛在他看来是对他的嘲讽和讥笑，这个人就是刘顺。每场婚礼刘顺都参加了，可都是闷头喝酒，一句话不说。当一对对新人在战友们、乡亲们推搡嬉笑下相拥相抱时，他就按捺不住地委屈、悲凉，一个人悄悄溜出来，回到他那用树枝子夹的、里外抹滑秸泥的小破屋，抱着脑袋叹气。他从加入长安城抗日义勇队开始，至今已是十三年，经过数不清的枪林弹雨，从死人堆里爬出爬人多少次，终于熬到了胜利。如今，昔日的伙伴一个个娶了媳妇，过上了甜蜜日子，他却仍是孑然一身，每天自做自吃，凉枕头冷被窝的一个人睡觉，这让他在羡慕战友们的同时，也产生了怨气。我也三十来岁了啊，怎么就没人惦记我？他辞去工作回家，就是想娶个媳妇过日子。可能是他太穷了，长得也不起眼，回家多半年，竟没一人给他提亲。他以当民兵队队长为借口，有机会就参加妇女会的活动，可那些姑娘们没有一个对他动心思，让他眼睁睁地干着急没办法。

正午的太阳像个火盆，喷射着浓烈的光焰，虽没有水无月那般的溽热，却把堤里堤外的树木、野花、杂草晒得都低下了头。鸟儿们趴在巢里不动了，张着嘴儿喘息，还很稚嫩的蚂蚱也躲在庄稼棵下，瞪着两只迷迷瞪瞪的眼睛发呆。刚长到一腿高的春棒子，全没了清晨时挺拔的神气，软塌塌地卷着黄绿的叶子。而叶沿儿上毛茸茸的锯齿更显得锋利，碰在腿上就拉出一道道血棱子，又疼又痒让人难受。

刘顺躺在堤坡根儿的柳树下，蔫得比烈日下的棒子苗还没精神。刘顺的娘去世早，是爹把他和姐姐拉扯大。日本鬼子占了永定河两岸后，爹不敢把闺女留在家，怕让日本兵糟害了丢人，匆匆找个主儿嫁出去，不久还是死于战火。刘顺从十六岁就跟着河桩跑，在独立营也是有名号的人物，爹就常要东躲西藏。一次鬼子扫荡，爹被围在永定河边，鬼子兵和他玩起猫耍老鼠的游戏，一颗颗枪弹打在脚下，爹就一惊一跳地往后退，直到退进河里，退到河心。爹水性不好，几个浪头过来，就呛晕了，随着河水漂了下去，鬼子站在岸边拍着手笑。刘顺自此成了孤身一人。在独立营时和战友们一起吃一起睡一起打仗，还没什么感觉，回到家就感到了孤单，不做饭就吃不上，不烧火就睡凉炕。更可怕的是，出来进去一个人，满屋子冷清清地充斥着一股子光棍儿味。

耪了半天棒子地，刘顺的肚子早饿了，可他不想回家，他早厌恶了那泛着馊味的贴饼子。为了省事，他一次就贴一大锅，够吃三四天。天凉还凑合，暑期一到，没两天饼子就变质了，一掰能拉出长长的黏丝，酸酸臭臭的让人没吃就饱了。

一只黑黄的蚂蚁顺着刘顺的腿爬上来，在那被棒子叶拉出的血棱子上吸吮。正没好气的刘顺烦躁地抬起手，一巴掌把那只蚂蚁拍得粉碎："他妈的，你也欺负我！"

正在这时，不远处传来一声轻轻的咳嗽。

刘顺扭过头，眼前站着金贵的媳妇杜玉荣。

金贵、金宝一死，李狗子家就算是败到底了。家里的田亩除留下一部分口粮地，其余的都被贫雇农分了。两个儿子活着时，李周氏还能耍婆婆的威风，对儿媳说打就打说骂就骂。如今，儿媳妇们满肚子怨气，谁还把婆婆放在眼里？有时李周氏发火，杜玉荣张嘴就顶上去："行了，省省吧！老的让人活埋了，小的挨了枪子，没一个死在床板上，还豪横呢？"

李周氏在河沿也是个惹不着，当年李狗子干的那些坏事，有不少是她出的主意。掌家更是霸道，儿媳妇在她眼里，就是花钱买来的奴隶。见杜玉荣敢捅她的肺管子，像往常那样抓起鸡毛掸子就抽过去："你个小没良心的，反了你了！吃香喝辣的时候，乐得屁颠屁颠的，怎么不这么说？"

杜玉荣夺过鸡毛掸子一撅两段："吃香喝辣？吃香喝辣有几年？还不够担惊受怕哪！我嫁到你家是来生孩子过日子的，不是来守寡的！如今那该死的嘎巴儿了，你让我下半辈子靠谁？下半辈子朝谁说？"

李周氏捣蹬着两只小脚，手指往杜玉荣的脸上戳："你个浪货，爷们儿刚死就有外心了？不要脸！"

"我就不要脸了，明儿就找人嫁出去！"

李周氏这才知道什么叫虎落平阳被犬欺了，嗓子眼里咕哝咕哝的，光剩了哆嗦说不出话。

此前李家的女人是不用下地的，他们有长工，农忙的时候还雇短工，就是李狗子被贾知达几个人活埋后，有李大裤裆关照着，这个家也没倒架儿。现在不行了，三个寡妇带两个孩子，不种地就没有饭吃。于是李周氏在家看孩子，杜玉荣和弟妹葛梨花下地。杜玉荣是小户人家出身，在娘家吃过苦，有活底，干起活来还不吃力。葛梨花就嘬瘪子了，她娘家是固安城里开药铺的，自小就没摸过锄把、铁锨，刚干半天就满手血泡，哭啼啼地扔下铁锄跑回家，再不回来了。

杜玉荣和刘顺地挨地，都在永定河堤里边，河坎上面，俗称河滩地。永定河的两条大堤相距很远，最宽处可达七八里地。通常河水只在河堤中间流一小溜儿，河水两边就形成一丈来高的土坎，坎上的地很肥，人们就种棒子，种麦子，种白薯花生，还有的干脆就栽桃、杏、李、梨等果树。不过种河滩地是有风险的，遇到雨水大的年景，挨近坎边的土地禁不住河水的冲刷，就一块一块往下坍，成熟或不成熟的棒子、白薯、花生，就坍入河中，被水冲走。若是赶上上游山洪暴发，那就更惨了，黄浊的河水南堤至北堤，任什么也都泡在水中了。这块地原是李狗子的，在一个河湾处，孤单单的没有邻地。李狗子活着时，在坎下栽了成片的大柳，一是防河水冲刷，二是秋后打下来，卖到柳编作坊，也是一笔不小的收入。平分土地时，这块地留给了李周氏一家，余出的部分，王老奎力主给了刘顺，嘱咐刘顺要监视这家人的一举一动。

空旷旷的河滩里就杜玉荣和刘顺两人劳作，这让刘顺很别扭。独立营和金贵、金宝斗了好几年，双方都是不共戴天的仇敌，杜玉荣是金贵媳妇，自然也不是好东西。于是他就不理杜玉荣，偶尔朝她瞥上一眼，眼里也是冒着仇恨的火花。而杜玉荣心里更是别扭，她虽然不知道金贵在外面具体干了什么，可她知道金贵是跟着李大裤裆反对共产党的，杀了不少共产党的人。如今共产党胜了，金贵死了，刘顺回来当了民兵队队长，跟这样的人在一块地里干活，这让她很害怕，很惶恐，一瞄到刘顺的影子，就好像后背撒了一把麦鱼子，刺刺痒痒地不舒服。她就尽量躲着他，刘顺耪地，她就拔草，刘顺薅苗子，她就施肥，想办法离他远远的。但孤男寡女时间久了，心里就不自禁地起了涟漪。

这涟漪首先是从杜玉荣身上体现出来的。她看出来，刘顺过得并不好，那破褂子上的碱花，多少天不洗；下地连个水葫芦都不带，渴极了就蹲在河边捧几口浑吞吞的脏水。许是女人心软吧，她觉得刘顺也够冤的，打了十几年仗，回家来却是孤单一人，吃不像吃喝不像喝，心里就生出一丝可怜。虽说他和丈夫是死对头，可那是男人间的事，与她这个连大门都很少出的娘们儿有什么相干？再说金贵已经死了，人死账烂，过去的也就过去了。于是，她再看刘顺时，眼里就流露出几分怜悯。夜里躺在炕上，眼前就时不时出现刘顺的影子。刘顺不英俊，但身体壮实，脱下小褂，满胸满胳膊都是疙里疙瘩的腱子肉。眼下他也孤我也单，要是凑在一起，也是挺好的一个人家。想到这儿，杜玉荣心里就涌起一股冲动。可再想到自己的身份，燃起的激情就像被浇上一桶冷水，立刻熄灭了。她知道，共产党是讲究身份的，刘顺是共产党的人，她是反革命家属，怎么可能走到一块儿？想着今后漫长的孤苦日子，杜玉荣就恨金贵，死都死了，还这么糟害人！

杜玉荣本来是个性格活泼的人，爱说爱笑，两人一天到晚磕头碰脑袋，整天不说一句话，这让她很是憋得慌。尤其是自打有了那个念头，她就想接近刘顺，她相信，只要功夫到了，没有捂不热的石头。于是，每到地头或路上碰面，她就冲刘顺笑。谁知刘顺就像没看见，睬也不睬她。这让杜玉荣很沮丧，难道我长得不漂亮？笑得不好看？就回家偷偷照镜子，偷偷冲着镜子笑。这一照一笑，杜玉荣的信心又高涨起来。

其实，此时的刘顺心里也像猫抓似的。他不是傻子，早就看出了杜玉荣的心思。但杜玉荣是什么人？他敢招惹她？更别说还有王老奎的叮嘱。可杜玉荣总朝他笑，那笑竟使他那凄苦悲凉的心甜甜的，暖暖的。人非草木，有理不打笑脸人。杜玉荣笑得多了，刘顺铁板似的脸就不像以前那般生硬。再后来，看见杜玉荣朝他笑，便也咧咧嘴，并开始正视起这个二十七八岁的女人来。杜玉荣长得还算周正，尤其那丰满的身子里面，似乎潜藏着说不出的活力，这对刘顺是一股不可抗拒的诱惑。于是刘顺就想，金贵虽然罪大恶极，可那罪恶与这个女人无关，她除了担惊受怕，并没有得到什么好处，如今家破人亡，也该算个受害者。这一想，刘顺的心情就轻松下来。

今见杜玉荣示意似的向他咳嗽，刘顺竟不自觉地爬起身，有些慌乱地把破褂子披在肩上。

九十三

杜玉荣站在堤半坡，肩上背个柳条筐，铁锄斜插在背筐里，手上提个黑瓦罐，笑吟吟地看着刘顺。

刘顺的举动给了杜玉荣莫大的鼓舞。以前不要说咳嗽，就是主动搭讪，刘顺也是看也不看她的。如今能爬起身，披上褂子，说明刘顺心里开始松动了，开始有她了。就鼓起勇气走上前，羞红着脸，轻轻地叫了声："刘顺哥……"

刘顺愣了片刻，终于没头没脑地冒出一句："这么早？"眼睛却是望着别处。

这是刘顺和杜玉荣第一次说话，这让杜玉荣很激动，话也就顺畅起来："我一进那个家就烦，还不如到地里舒心！"

见刘顺不作声，杜玉荣故意说："刘顺哥比我还早呀。"

"我……"刘顺张张嘴，又闭上了。

"你这是还没回去吧？"杜玉荣脸上溢出意味深长的笑，"快回去吃饭吧。香香喷嚏地吃完饭，再踏踏实实睡个觉，多美呀！"

"你！"刘顺的脸变了色，恼怒地瞪着杜玉荣。

杜玉荣并不惊慌，反倒把背筐放到刘顺面前："刘顺哥，我知道你是怪我揭了你的短。其实，地挨地地干活，低头不见抬头见，谁能瞒得了谁？你呀，也是个可怜人呢！"

刘顺低下头，心里就酸酸的。

杜玉荣看着刘顺的脸色，说出的话更加大胆："刘顺哥，不是有个唱光棍的曲儿吗？光棍苦，光棍苦，裤子破了没人补。"刘顺的脑袋耷拉得更低了。

杜玉荣继续念:"光棍光,光棍光,病了谁给做碗汤……"

"你……你别说了!"一串豆大的泪珠从刘顺的眼角滚下来。

杜玉荣乘机坐在刘顺身边,话说得更柔更甜:"刘顺哥,别难受了。我猜想你没回家吃饭,给你带来了。"说着拉过背筐,从里面拿出个手巾包,里面是三个贴饼子和一个咸菜疙瘩,又提过瓦罐,"先喝点儿绿豆汤,败火。长天老日头,光干活不吃饭哪成?"

愣了一刻,刘顺终于放下矜持,捧起绿豆汤喝起来。

看着刘顺香甜地吃着饼子,杜玉荣的身子靠上来:"哥,以后我给你缝衣裳、做饭!"

此后,两人那冷眼相对的情形不见了,而是想法子挨得紧紧的。

再后来,两人就时不时地往河坎下的柳行里钻了。

一天晚上,刘顺来找王老奎,提出要娶杜玉荣。

这大大出乎了王老奎的意料,他本意是让刘顺监视杜玉荣,没想到两人竟走到了一起。

王老奎不认识似的看了刘顺好久,才破口大骂:"你浑蛋!"

刘顺温顺地点头:"我是浑蛋。"

"你……你到底是怎么想的?"王老奎见刘顺这个样子,心里有些不忍,使劲压住怒气。

"我什么也没想,就想娶个媳妇。"

"她是反革命家属!"

"她是家属,不是反革命。"

"金贵是咱们的死敌!"

"金贵是咱们的死敌,杜玉荣不是。"

"金贵杀了咱们很多人!"

"杜玉荣没杀。"

"他们是两口子!"

"我娶了杜玉荣,我们就是两口子。"

"孩子,你娶了她,要耽误你的前程呀!"王老奎几乎哀求了。

刘顺仍然很坚定:"我的前程就是娶媳妇,生孩子,种地。"

"我不同意!"王老奎又暴怒起来。

"我不管你同不同意，反正我得娶！"

王老奎没辙了，只得上报。

腊梅来了，河桩来了，志刚来了。可任谁劝说，刘顺就是不改口。

志刚拿出教导员的撒手锏："刘顺同志，你是要党，还是要媳妇？"

刘顺眼皮都不眨："我要党！"

河桩乐了："那不结了？"

刘顺又跟上一句："我也要媳妇！"

河桩上了火，一个嘴巴甩过去："我让你要媳妇！"

刘顺的眼泪流下来："河桩哥，你打我，我不怨你，谁让我没出息呢。可你不知道我的苦啊！你不知道光棍的苦啊！"

河桩的热泪夺眶而出，紧紧抱住刘顺的肩膀："兄弟，是哥不好，哥没照顾好你。你想娶媳妇，哥给你娶！"

刘顺号啕大哭："晚了！杜玉荣已经怀了我的孩子！"

刘顺的民兵队队长职务被免了，还受了留党察看的处分。

九十四

进入盛夏，棒子、高粱气吹似的疯长起来，仿佛一夜间就越过了人的头顶，浓绿绿地遮严了大地。水坑里的芦苇、堤坡上的树木和庄稼们连在一起，便形成密不透风的帷帐。在这广袤的绿色中，兀立着一座孤零零的砖窑。这窑废弃多年，很是破败，窑门坍塌了一半，里面的砖道歪七扭八地没有了先前的形制。通向窑顶的烟囱也封堵了，洒着一道道一摊摊灰色或白色的鸟粪。李大裤裆赤着膀子躺在一片席头上，不时抹着从脑门、脖子流下的汗珠。半年多的光景，李大裤裆已经脱了形，大肚子下去了，浑身的肥肉没有了，只有那双大眼显得更突出，那副大嘴岔显得更阔大。但他很幸运，虽是千难万险，仗着地形熟，机警狡猾，一次次躲过公安队的追捕，苟活到了现在。可另一个残酷的现实又摆在面前，口袋瘪了。由于仓皇出逃，他从榆堡据点带出来的钱本来就不多，至今已是两手光光，而没钱就意味着饿肚子。眼下是今非昔比，以前他到哪个村镇，都是白吃白喝，伺候不好还要打要骂。如今他们的吃喝都得花钱买，就这还得跟做贼似的，买了就跑，以防被人发现。好在平南地区社会环境还很复杂，共产党还控制不了每个角落，这才给了他们回旋的余地。二狗像条圈在笼子里的恶狼，龇着牙咆哮，熬煎得受不了了，拼了命吧！李大裤裆倒沉住了气，劝他："还没到山穷水尽的地步，不能认输。别看共产党占了北平，老蒋的力量还大着呢，说不定哪天就打回来。我们得活着，等着翻身报仇！就是老蒋不回来，我们也得活着，我们活一天，就给共产党添一天堵，就让河桩心里不安定一天！"

想活就得想辙。李大裤裆皱着眉头琢磨了半天，终于从记忆深处找出来一个信息。这个信息也是得之于偶然。

那是过世德死后不久，李大裤裆和二狗来到一个村口，高杆上挂着的破笊篱幌子在寒风中微微晃动。李大裤裆看看已落入山后的夕阳，领先走进院子。这是个鸡毛小店，简陋的牲口棚里拴着两匹瘦骨嶙峋的老马，在摇头晃脑地嚼着草料。五间正房烟气蒸腾，像是正在做饭。一个小伙计满面带笑地迎出来，一见两人的凶恶相貌，笑容就有些凝固："二位爷，住……住店？"

"有单间吗？"二狗两眼不停地四下踅摸。

"没有，我们这样的小店，只有大通铺。"小伙计赔着小心。

二狗望望李大裤裆。李大裤裆没说话，掀起厚重的棉门帘，走进屋子。屋里灰暗暗的，一盏煤油灯放在窗台上，发着微弱的光。五六个汉子坐在炕上，有的吃自带的干粮，有的捧着盘子吃店里提供的炒饼，粗声大气地聊着天。李大裤裆和二狗的出现，中断了人们的胡侃，当见二人不声不响坐在灯影里的炕脚后，谈话就又接续上了。

"我说大哥，咱隔着几里地，谁不知道谁？你别说我看不起你，你以前可是穷得叮当响，如今怎么就买了马？"一个公鸭嗓问一个胖子。

胖子哈哈地笑："贷款呀。如今政府发放小额贷款，专门救助穷人的，只要符合条件，谁都能贷。咱刚分到土地，没有牲畜怎么行？就几家联合贷款买了匹马。冬天没事进山蔸点儿柿子卖，挣个油盐钱，明年开春再种地。"

"有这好事？我怎么不知道？"公鸭嗓为自己的孤陋寡闻很遗憾。

"你回村问问吧。我们陶庄就有信贷所，你想贷款，我领你去，一说准行。"胖子很豪爽，也不无显摆。

"这共产党呀，就是好，什么都替穷人想着。"公鸭嗓啧啧称赞。

"那是。谁会像那个李大裤裆？就知道吃村嚼户。这些年，可把咱这一弯村子祸害惨了！"

李大裤裆一听，立刻紧张起来，二狗也伸手摸枪。

侃大山的两人哪知道正说在点儿上？还在不管不顾地白话。公鸭嗓问胖子："你认识李大裤裆？"

"呸，我认识那不拉人屎的！他烧了我们村多少房啊，我老爹就死在他手里。当时我是不在场，要不，非宰了他不可！"公鸭嗓似乎有些惋惜："说了半天，你不认识呀？"

胖子不服气："你认识？"

公鸭嗓就笑了："我也不认识。"

"那不结了。"

李大裤裆松了一口气，连忙按住二狗的手，拉着他往更黑的灯影里躲了躲。

手里没钱了，李大裤裆就想起陶庄的信贷所。前天，他们潜进陶庄，用刀扎死了信贷员，抢劫了所有钱款。说心里话，李大裤裆是不愿动共产党机关的，他知道共产党如今的力量，知道河桩的本事，他闹腾得越欢，离死的日子越近。他目前就是想法子不被共产党抓住，想法子活下去。可他实在是活不下去了，只好做这无奈之举。作案后，他们就躲进了这座砖窑。李大裤裆很了解永定河两岸的风土人情，砖窑是让人忌怕的地方。这是因为窑场远离村庄，窑工又都是来自四面八方的精壮男人，里面难免隐藏着蟊贼歹人，常做些不法之事，就是绑票、劫道等行径也不是做不出来。尤其是女人，掳进去糟蹋够了，扔进窑里一烧，连骨头渣儿都找不到。所以人们没有不得已的事，谁也不会去窑场。眼下正是挂锄季节，广大的原野里，很难见到一个人影，对他们的藏匿非常有利。即便是案发公安队追查过来，他们往庄稼地里一钻，也就如同鱼人大海了。

李大裤裆闷得受不了，就挪到窑门口，一边透气，一边往四处探看。天阴得很沉，远近没有一丝风，密丛丛的庄稼像是被这闷热吓住了，蔫蔫地呆立着。这死一般的静谧使李大裤裆突然产生了恐惧，浑身的毛孔就紧缩起来，爆起一层米粒似的冷疙瘩。他站起身，拉开枪栓，顶上子弹，两眼骨碌骨碌地在各类庄稼上扫瞄。李大裤裆知道自己在这一带是出了名的，容易被人认出，就把买吃食、探听消息的事交给了二狗。二狗一早就出去了，此时已是天近正午，却还没有回来，这让李大裤裆很是不安。

倏地，不远处的棒子梢晃动起来，像平静的水面游着一条鱼。李大裤裆几步窜进高粱地，握着手枪紧张地等待着。

二狗手里拎着几个纸包，从庄稼地里钻出来。

李大裤裆并没有动，他在观察二狗的动静。人心隔肚皮，不能不加小心。

二狗往后看了看，直接进了砖窑。很快就又退出来，站在窑口想喊又不敢喊，焦急得东张西望。

李大裤裆直到确信无人跟踪，二狗也没有背叛他的迹象，才把枪插进怀，从高粱地里走出来。

"李叔，你吓我一跳，干吗去了？"二狗长舒一口气。

"出去尿了泡尿。"李大裤裆掩饰地摸摸裤腰，对自己的多疑有些不好意思。

两人进到窑里，二狗在席片上打开纸包。

"就这些？"李大裤裆皱皱眉。

"小铺里就是桃酥、江米条，凑合吃吧。"

李大裤裆抓起一块桃酥塞进嘴里，吃了一半就扔下了："总吃这个，黏的乎、甜不叽的，都吃腻了，真他妈咽不下去！"

"唉，别提了！"二狗有些沮丧，"我本来在一老太太家买了咸菜疙瘩，还买了十来个鸡蛋，等那老太太煮鸡蛋的当儿，我去茅房，就看见了金驹。我哪还顾得拿东西，跳墙跑回来了。"

"金驹？你看见了金驹？就在东边那个村子？"李大裤裆立刻紧张起来。

"啊，岗上，离这儿有五里地。七八个人都穿着便衣。"

"不行，咱得走！"

"这就下雨了。"二狗望望窑外，有些犹豫。

"你要想挨抓，就甭走！"

伴着隐隐的雷声，两人钻进了棒子地。

信贷所案件发生后，河桩、志刚、金驹等有关领导和部门立刻召开了联席会议，经过汇总各方情报，认定是李大裤裆和二狗所为。志刚以县政府名义通知各镇乡村，协助搜查。金驹将公安队分成几个小组，跟踪追捕。

金驹分析，李大裤裆袭击信贷所，就是为了钱，手中有钱，他们才能买到吃喝，才能苟活。于是，他带领换成便衣的小组在案发地周边的村子侦察，来到岗上村时，从商铺伙计口中了解到刚有人买走不少吃食，而那人的长相与二狗无异。

"小子，可抓住你的尾巴了！"几天的追查没有结果，闹得金驹寝食难安。今天终于有了线索，而且敌人就在身边，这让金驹激动万分，他压住心中的狂喜，追问那人买完东西去了哪里。伙计说："进了好几个家门，像是还要买什么东西。"

金驹就一家一家地查，查到村边李老太太家时，李老太太正在纳闷：她把咸菜疙瘩洗干净了，鸡蛋也煮熟了，怎么人不见影了呢？

金驹忙问附近有什么可藏身的地方。李老太太一听那人是个坏蛋，慌了："西边，西边五里地有个破砖窑！"

金驹赶到时，砖窑里已空无一人，但从遗留下的脚印和其他痕迹可以看出，确有两个人在此待过。

金驹跑到窑口，突降的暴雨烟幕般地遮挡了一切……

九十五

暴雨掩护了李大裤裆和二狗，可也给他们造成了困难。二人跑上永定河大堤，天已擦黑，密集的雨鞭打得他们无处躲无处藏，最后钻进堤坡上的料垛。料垛是成捆的芦苇和高粱秸转圈码起来的，呈圆形，高丈余，用来镶埽和堵决口。码垛时根朝里，梢朝外，因根大梢小，垛中心就形成空腔，为防料垛外翻，空腔便用废料填实，然后再用芦苇在垛顶码成锥状，用草绳固定，以利雨水下流，远看就像一座小亭子。河工们往往偷懒，填空腔时敷衍了事，中心处就有了空间。李大裤裆和二狗攀上垛顶，扒开锥状的垛尖，蜷缩进去。人是藏起来了，可挡不住雨水，冰冷的雨水顺着苇子的缝隙流下来，落在他们的头上身上，一会儿就冻得打起哆嗦。

"李叔，这不行，一会儿就冻坏了！"二狗的牙齿嘚嘚发抖。此时虽是盛夏，但在暴雨如注的深夜，气温低得也是让人受不了。

李大裤裆上了几岁年纪，比二狗更不禁冻。他沉默了一霎，猛地站起身："走，回家！"

"回家？"二狗大吃一惊，"那不白送给王老奎了？"

"王老奎再厉害，我就不信他能天天派人盯住咱们家。这大雨泡天的，咱就钻他个空子。共产党会跟咱们玩游击战，咱也给他来个灯下黑！"

两人钻出料垛，在泥泞的堤顶不知摔了多少跟头，才来到河沿村头。趴在树后往堤下望去，村里黑漆漆的，不见一点灯火，也听不到什么响动。窥测半天，看不出蹊跷，李大裤裆才站起身，趴在二狗耳边轻轻说句："各走各的，天亮前在王八坑会合！"就野猫似的溜进村。

自打坐完满月，李大裤裆就回了榆堡，家里只剩下周秀珍母子。彭春娥似乎还记住周秀珍对她的好处，或是还惦记着李大裤裆，就隔三岔五地过来坐坐。时间一长，周秀珍就变了脸，见她大不叽叽的，有吃就吃，有喝就喝，禁不住嘿嘿冷笑："还真拿自个儿不当外人了？别忘了，我才是正头香主！"

彭春娥羞红着脸，把啃了一半的苹果放回盘里："姐，我怕你孤单，好心好意来陪你，你怎么说这种话？"

"你陪我？你是想着我们家爷们儿吧？"周秀珍的脸色更加难看。

"你……"

"我怎么着？要想人不知，除非己莫为。你跟那不要脸的瞎咧咧几回，我全知道！"

李大裤裆从堤上下来，进入彭春娥住的东厢房，自以为做得机密，其实早被周秀珍从窗眼里看了个明明白白。但周秀珍没敢声张，一是李大裤裆刚和她亲热点儿，怕一闹腾，李大裤裆又不理她了。二是大喜的日子，嚷嚷出去，败兴。再说，李大裤裆好色的德行，不是一时半会儿了，她也管不了。于是，就把满肚子怨气压下来，更加密切地关注着他们的举动。满月一过，立刻把彭春娥打发了。不想彭春娥没有眼色，自充近人，竟主动找上门，甚至还摆出了家主的样子，这让周秀珍再忍无可忍，就捅破那层窗户纸，和她翻了脸。

彭春娥见事情已然败露，不承认也没意思，就不顾了脸面："这事甭赖我，你家爷们儿什么人，你比我清楚！"

"母狗不摆尾巴，公狗不上前！你就是个谁都能上的烂母狗！"

彭春娥热脸贴了冷屁股，一腔兴头全打没了，自此再不登李家的门。彭春娥不登门，村里更没谁跟她亲近，周秀珍就成了孤家寡人，偌大的院子空空荡荡，即使白天，也显得鬼气森森。好在还有女儿小鸾，偶尔的哭声或笑声，才给院子增添点活气。每当夜深人静，周秀珍躺在炕上，就回想往日的风光。那时李大裤裆主着村里的事，还占着渡口，每天大把大把进票子不说，那威风更是无人可比。村人对他笑脸相迎，过往的渡河人向他点头哈腰，就是榆堡镇的镇长也要让他三分。家里更是红火，整天煎炒烹炸，肉味鱼味能香半条街。虽然崔兰英总抢她的风头，可两个女人伺候一个男人，哪有不争风吃醋的？其实崔兰英人不坏，除去和男人睡觉抓尖儿抢上，其他方面还是拿她当姐姐看的。尤其是崔兰英满肚子戏文，每当酒酣耳热，就唱上几段，给家里添了不少欢乐。可惜她过于淫荡，竟然偷着跟小白脸鬼混，被李大裤裆要了命。日本人来后，李大裤裆的势力更大了，可她不愿过那担惊受怕的日子，要不是日本人，男人也不会至今活不见人死不见尸。于是她就恨日本人。但她更恨共产党，恨王老奎，恨河桩的独立营。要不是你们追着我男人打，要不是你们要挖我的浮财分我的地，我男人能跟你们玩命？如今你们胜了，我的男人却生死不明，说不定将来连个尸首都找不着。胡思乱想着，周秀珍的眼泪就流出来，搂着小弯哭到天亮。实在闷得慌，她就去孙秃子家，和孙秃子老婆、儿媳妇说会儿心里话。可没去两回，孙秃子就发话了，不许她再来，怕招是非。她就骂他没良心。孙秃子说，我是对不起李头儿，可我更惹不起共产党呀！她没地方去，就带着孩子闷在院子里，孤孤单单地熬日子。傍晚下起大雨，把柴火都淋湿了，周秀珍没做饭，和小弯啃了块剩饼子，就摸着黑上了炕。上炕也睡不着，就又乱想，就又流泪，然后就迷糊过去了。

"笃笃笃"，有人轻敲窗棂。周秀珍似乎有所觉察，但翻个身，又睡着了。

"笃笃笃"，敲窗的声音加大了，周秀珍彻底清醒过来。望着漆黑的屋子，听着院里哗哗的雨声，周秀珍惶恐地不知如何是好。愣一刻，她穿上衣裤，大着胆子，把脸贴在窗玻璃上。

"秀珍！"窗玻璃外面也贴着一张脸，如果没有玻璃隔着，两张脸就碰在了一起。周秀珍吓得一收身子，外面又传来一声低叫："秀珍！"

周秀珍这回听清了，可还不放心："你……你是？"

"是我，快开门！"外面有些不耐烦了。

周秀珍妈呀一声，快速下了炕。

李大裤裆携着一股风雨挤进门。

"老天爷，这些日子你去哪儿了？"周秀珍抓住李大裤裆的手，话一出口眼泪就掉下来。

"先把被拿来，冻死我了！"

脱光湿衣服，裹进棉被里，好一会儿李大裤裆才缓过劲。

"家里怎么样？"

"还能怎么样？该拿的全拿了，该分的全分了，就给留下几亩吃饭的地。那王老奎三天两头带着民兵来追问你的下落，吹胡子瞪眼的，吓死人！"周秀珍呜呜地哭了。

"这个老王八蛋！"李大裤裆挫得牙齿咯咯响，"早晚把他顺了大河！"

"行了，别再逞英雄了！你要老实点儿，也不至于让人攥得燕儿不下蛋的！"

搁在以前，周秀珍敢和他这样说话，李大裤裆早一个嘴巴扇过去了，这次他没有，只是轻叹了一口气。

周秀珍怕伤了男人的心，忙说："家里还有一袋子白面，是我偷藏起来的，给你做碗疙瘩汤，驱驱寒气！"

李大裤裆满意地哼了哼，裹着被子挪到炕尾去看小鸾。三岁的孩子正贪觉，屋里发生的事一无所知，仍呼呼地睡得甜甜的。

李大裤裆眼里蒙上一层水汽。这孩子命不济，从出生他也没看过几回，以后的日子谁知会是什么样？

周秀珍费了好大劲，终于把淋湿的柴火炬着，做熟疙瘩汤。两碗下肚，李大裤裆头上身上冒出汗，这才扔开被子。

周秀珍靠上来，抚摸着李大裤裆的前胸："瘦多了！"

李大裤裆多日没接近女人了，哪里把持得住？把一切危险都抛在了脑后，翻身将周秀珍压在炕上。

鸡叫三遍，李大裤裆使劲掰开周秀珍搂抱的胳膊，穿好衣服，走出家门。此时雨停了，弯弯的上弦月挂在西天边，给大地洒下朦朦胧胧的微光。他来到王八坑，在柳行里寻了一遍，刚换的干衣裤又都打湿了，也没见到二狗，只好在柳棵子里蹲下来。

九十六

二狗进到家，自然引起一阵惊喜。

大狗死后，是王老奎通知的孙秃子，用大车把尸首拉回来，拼了副薄皮棺材，草草埋葬了。如今，多日不知生死的二狗回来了，能不高兴？孙秃子的老婆和二狗媳妇，一个搂着儿子，一个抱着男人，压抑着声音，又哭又笑。

孙秃子几滴眼泪掉过，最早清醒过来，呵斥两个还在魔怔的女人："你们傻了还是怎么的？就让他那样？"

两个女人这才醒过梦，忙忙地找干衣服，张罗饭食。

虽然经过了土改，但船破有底，孙秃子家的吃喝还是比穷人好得多。葱花烙饼摊鸡蛋，一身干松的二狗直吃得打嗝，才放下筷子。在一旁看着的孙秃子老婆又擦起眼泪："看把我儿艰难的！"

婆媳俩一做饭，孙秃子就披上麻袋，站在门楼底下听动静去了。此时的他，心里很是矛盾。他在渡船上风里浪里几十年，奉承得李大裤裆高兴，当了二船头。二船头虽然也叫船头，但什么权力也没有，一切都是李大裤裆说了算，他就是领着船工干活，每天多拿点儿船份。对此他没有怨言，反倒对李大裤裆感恩戴德，他不是搅是非的人，更没有权力欲，只想多弄些钱，把日子过富裕。对共产党，他没有好感，恨共产党搞共产，分他的房子地。他也恨李大裤裆，把他的儿子引进火坑，一天到晚打打杀杀，闹得血雨腥风，鸡犬不宁。可儿大不由爹，两个儿子吃了蜜蜂屎一样跟着李大裤裆跑，到处杀人放火，得罪了不少乡亲，成了共产党的死对头。如今，李大裤裆败了，大狗没了，二狗回来了，却成了逃犯。这就把他逼入两难境地。以他的本意,他不想跟共产党对着干,不想跟王老奎、王河桩对着干,他没那个胆量,也没那个能力。可二狗毕竟是他的儿子,是他的骨血,二狗再没了,他家的香火就断了,就成绝户了。他不能眼睁睁看着二狗让共产党捉了去,所以二狗一进家门,他就出来站岗。可他又不愿二狗躲在家里,他觉得那是藏不住的,他更不愿搅进这个臭水塘。

看看雨渐渐小了,孙秃子走进屋,把湿麻袋扔在墙角,侊侊地问:"你什么时候走?"

二狗茫然地看看这个看看那个,不知怎么回答。

老婆子用手指点着孙秃子的脑门骂:"你个老东西,会不会说人话?儿子刚回来,就逼他走?"

"不走,留着害人?他把这个家毁得还不够?"孙秃子眼里冒出凶光,"你们作死,我还想活呢!"

二狗也火了,咚地跳下炕。

豆花一把拉住他,拖进他们住的西厢房。

"你也别怪老头子不通情理,你看看,这家都成什么了?"豆花搂着二狗肩膀,使劲安抚。

"成什么样都赖我?我不也是为这个家好?"

"你是为家好,可你们……败了。你不知道,王老奎常找我们训话,逼问你的下落。老头子是吓坏了,真再出点事,这个家就散了!"

"那他把我交出去!"

"你说什么呢?他要想把你交出去,还给你站岗?你们好歹是亲父子!"

二狗不说话了。好久才问:"这屋里的地洞还好吗?"

"好,好着呢。你哥俩不在家的时候,我和老爷子又把它挖长、加宽了。告诉你,咱家不少值钱的东西都藏在里边,没让穷小子们抢去!"

"那,那我就留在家里。唉,实在是没地方去了。只是,老头子……"

豆花兴奋起来:"你就藏在洞里,离我近近儿的,这半年多可把我孤单死了。老头子那儿你放心,虎毒不食子!"

二狗把豆花拉坐在腿上,亲了一口:"还是你对我好!"

豆花趁机把脑袋往二狗怀里扎:"我不对你好,还能对别人好?我嫁给你,这辈子就指着你了。放心,你藏在家,我不会让你饿着冻着!"

两人缱绻过后，媳妇告诉二狗一件事：金贵媳妇杜玉荣嫁给刘顺了。

二狗气恨地低吼起来："这个浪娘们儿，我非宰了她不可！"

"你呀，算了吧，别再惹事了。其实这也怪不得杜玉荣，年轻轻的，能守一辈子寡？守寡的滋味可不好受呢！"豆花的身子又贴上来。

"那也不能摸谁嫁谁！"

"只要男人知疼知热，就是好男人。"

"糊涂！"二狗一把将豆花推开。

二狗来到王八坑，天已蒙蒙亮。李大裤裆对二狗的迟到很是不满，刚要说粘在女人肚皮上下不来了？想想自己也和周秀珍折腾了半天，就伸伸脖子，把埋怨的话咽了下去。

二狗把家里的情况说了，眼巴巴等着李大裤裆做决断。

"你是说，你想藏在家里？"好半天，李大裤裆才说话。

"家里有地洞，方便。不过……我听李叔的。"二狗觉得自己扔下李大裤裆不管有些不仗义，话说得就不是很硬气。

李大裤裆迟迟没有言语，把头扭向不远处的河水。听着汹涌的浪涛声，他想起了在渡口呼风唤雨的辉煌；想起了和共产党撕破脸，到固安投奔"镇北关"的往事；想起了在日本人和国民党的驱使下，在永定河两岸杀人放火的经历。如今，日本人跑了，国民党败了，"镇北关"、大狗、金贵、金宝死了，过去的一切，就像落入河水中的枯枝败叶，在浪涛的推送下，全都远去了，淹没了，只剩下他和二狗，如同两条漏网的鱼，在苲草中仓皇地东躲西藏。现在，二狗也要离开他了，一股刺心的悲凉涌上来，两颗硕大的泪珠便顺着消瘦的面颊滴在地上。

二狗见李大裤裆好久不说话，有些着慌："李叔，你别生气。我不住家里了，永远跟着你，你去哪儿我去哪儿！"

李大裤裆悄悄擦去泪水，换成欢欣的语调："你家里能藏身，好哇！咱现在就是藏下一个是一个，保住一个是一个！"二狗很感动，问剩他一人，怎么办。

"好凑合。"李大裤裆打个沉儿，说，"我家没有地洞，没法待。可中国这么大，哪儿不能藏下我？过几天，我去东北，往深山老林里一扎，累死王河桩，他也找不着我的影儿！"

李大裤裆和二狗说这话，是口不对心的。他并不想离开家，眼下密丛丛的大柳和一望无际的青纱帐，还有沿堤数不清的料垛，都是很好的藏身之处。他生在河沿，长在河沿，看不见堤顶上的大榆树，听不见永定河水的咆哮声，心里就没着没落的，老了老了，能把尸骨扔在外边？他这样说，也是要甩开二狗。二狗对他的忠心他不怀疑，二狗对共产党的仇恨，他也深信，只是二狗说自己儿藏在家里，根本没提他，这让他很伤心，也很恼怒，看来多亲近的人也是有私心的，到了很节儿上就显出来了。悲凉之余他又想，分开也好，二狗做事太莽撞，很容易暴露。卖一个搭一个，他不干。

二狗听说李大裤裆要走，心里不由得也难过起来，说和他一起走，死生在一块，李大裤裆不答应；二狗要李大裤裆留个接头地点，以备将来去找他，也被李大裤裆一口回绝。

二狗唏嘘一阵，又说起杜玉荣改嫁的事。

李大裤裆叹息："好汉无好妻呀！"

"宰了这骚货，不能让她给金贵丢脸！"

李大裤裆摇头："人在人情在，两口子也一样。夫妻本是同林鸟，大难来时各自飞。谁敢保证死了以后媳妇不是别人的？"

二狗心里一动，不再说话。

李大裤裆就催他赶快回家。

二狗动了感情，趴在地上给李大裤裆磕了三个响头，才起身离开。

九十七

  信贷所案件已发生一个多月，可李大裤裆和二狗就像天上的乌云被风吹散一样，无影无踪了。李斌很生气，说："难道李大裤裆比当年的我们还能藏？"河桩、志刚和金驹更感到沉重的压力。他们开会分析研究，得出两个结论，一是李大裤裆跑到外地去了，二是他们找到了固定的隐蔽场所，不轻易露面。经反复讨论，几个人都倾向于后者。于是，一面向外地发出协查通报，一面派出公安便衣队，到各村征集线索。金驹站在公安队前，把手枪拍得啪啪响："再抓不住这两个王八蛋，咱们都回家抱孩子去！"

  改变了装束的二愣上穿算盘疙瘩小褂，敞怀露着黑森森的胸毛，下穿毛兰单裤，裤腿挽成一高一低，脚穿一双纳帮鞋，十足一个打短工的汉子，气哼哼跨出行列："局长放心，我们就是不吃不喝，也要把这两个恶魔抓住！"

  金驹点点头："河沿是重点，我亲自驻到那里去。你们发现情况，及时向我汇报。这回，不取得胜利，决不收兵！"

  香巧参加完金驹召开的秘密会议，既兴奋又紧张。兴奋的是，王老奎不把她当外人，她不过是村里的妇联会副主任，协助柳芽，干些组织妇女学习、调节婆媳矛盾之类的琐事。抓捕李大裤裆、二狗，可是重大的秘密工作，能让她参与，说明从县里到区里、村里，都是对她完全信任的，这使她浑身上下充满力量。紧张的是，李大裤裆和二狗的阴险奸诈是出了名的，抓住他们可不容易，说不定还要付出血的代价。但她并不怎么害怕，她经的事还少吗？怕与不怕一个样，该来的总会来。如今她已经活明白了，已从李大裤裆的阴影中和与河桩的感情旋涡里挣脱出来了。对于河桩，心里的爱恋自然是根除不掉的，但已能够控制。每次见面，她都故意离得远些，眼里的火辣也淡了不少。既不是自己的东西，何苦总惦记着呢？她和他的那次已经逾规了，她也已经满足了，不能再贪得无厌，更不能让他再犯错误。她知道共产党的纪律是严明的，她不能毁了他的前程。至于自己，赶上了新时代，那就好好活着，相信会有一个完美归宿。眼前最大的事就是抓住李大裤裆，为被他残害的人报仇，也为自己报仇。

香巧白天坐在小店门前，警惕地注视着每一个过河的人。夜里也常常起来，沿着河堤巡查。前天，可能是太累了，鸡叫时她才醒来，一边埋怨睡过了岗，一边匆匆穿好衣服出了门。走出没多远，就隐约发现一个人影，从堤坡往堤顶爬，似乎从村里出来。她先还以为是巡夜的民兵，刚要搭话，那人影突然不见了。她就琢磨那人走路的样子，越琢磨越觉得像李大裤裆，赶忙报告了王老奎。王老奎和金驹把民兵召集起来询问，没有人出过村子。金驹高兴极了，说，狐狸尾巴终于露出来了，就要组织公安队在村子周围搜查。王老奎不同意："那样只会打草惊蛇。真要是他的话，往庄稼地里一钻，我们就很难找到。不如按兵不动，外松内紧，只把有牵连的几家人秘密监视起来，再在村口、路边、堤顶布好暗哨，守株待兔。李大裤裆和二狗要是藏在村外，必定会回来找吃的，那就进了我们的网，抓他就是手拿把攥！"

金驹觉得王老奎的主意不错，就听从了。

香巧为自己的发现很激动，可又有些担心，若是看花了眼，那不成谎报军情了？就想，为了河桩，为了自己，也要把李大裤裆抓住。索性就不睡觉，每天夜里都去堤上转悠。

今天天一擦黑，香巧就早早吃了晚饭，耐着性子等了会儿，直到外面没有了人声，才怀里揣上剪子，又来到发现人影的地方，站在"土牛"上的一棵大树下，瞪大两眼注视着不远处的那条灰白小路。溜河风微微地刮着，满鼻都是将熟庄稼的香甜气味，但也带来丝丝寒意，使她时不时把身上的夹袄紧了一次又一次。

夜越来越深，寒气也越来越重，香巧冻得有些受不住，几次想回去添件衣服，可还是忍住了。她怕回屋的当儿，把那个黑影错过了。她离开大树，往那条灰白小路靠了靠。前天，那个黑影就是从这条小路上的堤。果然，不多一会儿，大堤里坡就传来窸窸窣窣的声音，一个人影出现在堤顶上。香巧的心怦怦跳着，拔出剪刀，悄悄移了过去。上回没看清，这回可是真真的，不能再让他跑了。可没走出几步，脚下咔嚓一响，一根枯树枝被踩断，自己也被绊了个趔趄。再抬头，那个人影倏然不见了。香巧心急起来，顾不得细想，拔腿就追了上去。猛地，她身子一挺站住了，腰已被人从后面搂住，脖子上也勒了一把凉冰冰的刀。

"臭娘儿们，你真是作死呀，竟敢监视老子！"一个低沉的声音在耳边响起。

李大裤裆！

极大的恐惧使香巧脑袋里暂时出现一片空白，随即就又兴奋起来：她没有白等，终于找到他了！

香巧稳稳神，想转过身，脖子上的刀就加了力，使她感觉到了疼痛："别动，动就宰了你！"

李大裤裆自和二狗分开后，就在庄稼地、柳行子、料垛里交替躲藏，隔三两天回家一次，拿点吃的，借机和周秀珍亲热亲热。后来又在柳棵底下挖了个"蛤蟆蹲"，把挖出的土倒进河里，做得神不知鬼不觉。每次出来，他都在地洞盖板上撒层沙子，倒退着把脚印抹去，倒也平安过了些日子。他就很得意，得意自己灯下黑的计策高明。随着风声越来越紧，李大裤裆不敢进院了，怕被堵在屋里，就让周秀珍每隔三天，趁黑夜把烙饼煮鸡蛋塞在院外的槐树丫巴里，他定时来取。前天他没找到要拿的东西，不知是周秀珍没送，还是被野猫叼走了。满怀失望地返回时，就碰到一个人，亏他缩身一躺，滚进草丛，才躲了过去。这让他很惊慌，觉得危险正一步步逼近，躲在"蛤蟆蹲"里不敢出来。可不出来又不行，他要拉撒，要吃东西。只得在夜深人静时爬出洞，钻进庄稼地，掰几个青棒子，啃几块生白薯，然后趴在河边灌一通凉水，不想就闹起肚子。"蛤蟆蹲"在坎下，离河水近，潮湿得很，拉稀拉得没了火力，就抵不住了阴冷。瑟瑟颤抖中就羡慕起二狗，不出院子不出屋，还有媳妇伺候，真是神仙过的日子啊。想着，李大裤裆的怒火就冲上脑门子：妈的，老子也不受这罪了，回家！不想刚上大堤，就被香巧发现了。

"说，你是不是受谁指使的？"李大裤裆想知道王老奎的部署。

香巧了解金驹和王老奎的计划，料定附近会有自己人，就定定神，故意提高嗓音："李大裤裆，你跑不了了，投降吧！"

"你他妈小声点儿，再敢嚷嚷，我马上就弄死你！"

"弄死我，河桩也饶不了你！"香巧的声音更大了。

李大裤裆一把捂住香巧的嘴："臭婊子，都什么时候了，还想着河桩！走，跟我下堤！"

香巧拼命挣扎。

此时，近处传来杂沓的脚步声。

"你就死在这儿吧！"李大裤裆慌了，扬起短刀，狠狠朝香巧的胸膛刺下。在他再次扬起刀时，一道白光飞来，李大裤裆哎哟一声，短刀落地。随即，一个黑影凌空而下，把李大裤裆踹倒在地。香巧也随着瘫在地上。

二愣抢上前，踏住李大裤裆，从他腰间抽出手枪，顶住他的脑门。

河桩此时已顾不得什么，几步扑过去，一把将香巧抱在怀里。

得知发现了李大裤裆的线索，河桩也很兴奋，恨不得立刻亲自抓捕。怎奈工作繁忙，直到今天晚饭后才有了空闲，便去找李斌请示。李斌理解河桩的心情，十几年的老对头，当然渴望亲手抓获，便爽快地答应："这黑天黑地的，坐我的吉普去！"临上车又嘱咐，"注意安全，别末了末了，出点事，不值！"

河桩来到河沿，听了金驹等人的汇报，立刻想到了香巧："她一个人在堤顶，怕是要出危险！"

几个人一听，也觉得疏忽了，急急来到小吃店。见屋门锁着，猜想她又去监视了，就顺着大堤寻来，可巧李大裤裆在对香巧下毒手。金驹手疾眼快，掏出飞刀打去，正中李大裤裆手腕。二愣纵身跃起，朝李大裤裆狠狠踹去。虚弱的李大裤裆全无了以往的威风，哪禁得住这千钧之力，像根腐朽的木桩一样倒了下去。

几个战士扑向前，把李大裤裆五花大绑起来。

王老奎划着洋火照过去："李大裤裆，你是活到头儿了！"

李大裤裆惨笑："王老奎，这回算你赢了。我真后悔当初不早早宰了你！"

王老奎冷冷一哼："你可真是属鸭子的，肉烂嘴不烂！"

河桩急切的呼喊吸引了人们的注意，大家一起拥过去。

香巧绵软的身子依靠着河桩的臂弯，一句微弱的话语断断续续挤出嘴唇："抓住……李大裤裆，我死……也……不冤了！"

河桩的眼泪流下来："香巧姐，你不能死，你得……活着，好日子就要……

开始了！"

香巧嘴角掠过一丝苦笑："谁不想……活着？可我，还是……死了好，死了好哇！"

"不，你得活着，活……着！"河桩低泣着，用力堵香巧胸前涌出的血。

香巧艰难地把嘴靠近河桩耳边："我的好兄弟，我不死，你……怎么办？"

"香巧姐！"

香巧握着河桩的手慢慢松开了，随即，头也歪到一边。

河桩痛哭失声。

王老奎蹲下身，抓住香巧的胳膊，老泪纵横："可怜的闺女，你的命怎就这么苦哇！"

九十八

一个月后，二狗也落网了。他是被他媳妇豆花暴露的。

抓住了李大裤裆，最后的主要目标就是二狗了。可多次审讯，李大裤裆都是一言不发。最后审急了，李大裤裆竟咆哮起来："你们想抓二狗？做梦！你们等着吧，二狗会为我报仇，会一个一个把你们全宰喽！"

正是李大裤裆这句话，坚定了河桩、金驹的信念，二狗就在附近，说不定就藏在他的家里。可搜遍孙秃子的整个院子，却是一无所获。

"真是怪了，他能变成孙猴子？"金驹有些气馁。

"别着急，越急越出错。把他的院子包围起来，把他的家人叫到村公所，一个一个地过堂。我就不信找不出破绽！"王老奎却是满有信心。

果然，在豆花身上有了意外发现。

豆花是由腊梅和柳芽询问的。豆花嘴很紧，一问三不知，而且时不时地就说心里难受，跑到屋外一次次地呕吐。

柳芽盯住豆花细细观察。

腊梅有些担心，悄悄问柳芽："她是不是真病了？"

柳芽肯定地点头："是，闹小病儿。"

"闹小病儿？什么小病儿？"腊梅不明白。

柳芽就笑："亏你还结婚了，连闹小病儿都不知道？她这是有身孕了，是怀孩子的反应！"

腊梅脸红了红，就追问豆花怀孕的事。豆花脸色大变，竟一屁股坐在地上撒起泼来，哭着喊着要腊梅指出那个野男人。

腊梅和柳芽面面相觑，一时乱了分寸。

王老奎听到这边吵闹，连忙走过来："怎么了？你们可不能逼供！"

柳芽把豆花的情况说了。

王老奎惊喜得瞪大眼："你敢肯定？"

"没错儿！"

王老奎狠狠一拍大腿："二狗，我看你还往哪儿跑！"

王老奎来到询问孙秃子的屋子，冷笑着说："我说孙头儿，你在河沿也是有头有脸的人，可你的家风，不怎么样啊！"

孙秃子被王老奎说糊涂了，不知说什么好。

王老奎往外一指："豆花跟人搞瞎扒，你不嫌丢人？"

"没有的事！豆花连大门都很少出，能跟谁……"孙秃子一下涨红脸。

"那豆花的肚子是怎么大的？"

"这……"孙秃子的脸唰地又变白了。

"说呀，今儿个不说出个真章来，你过不了关！"王老奎紧追不舍。

孙秃子张了几回嘴，也没有说出话。

王老奎猛地站到孙秃子面前，两眼鹰隼般地盯住他："既是豆花没跟别人，那就是跟你了？公公扒儿媳妇的灰，你还要脸不要脸？"

孙秃子暴跳起来："王老奎，要杀要剐随你，这么砢碜人不行！我能干那猪狗不如的事？"

"那你说是谁？总得有个人吧？"王老奎退到杌凳上坐下，抽出烟袋，点上火，慢悠悠地吸起来。

孙秃子这时才悟出钻进了王老奎的圈套，耷拉下脑袋，再不说话。

"装死猪是吧？怕丢人是吧？那好，今儿个我就让你把人丢大点儿。三林，把孙秃子和豆花挂上破鞋，游街！"王老奎扭头朝外面喊。

看着闻声进屋的李三林，孙秃子噗地跪下了："别，千万别！那还不如把我一枪崩了！"

"那你就实说，豆花肚里的孩子到底是谁的？"

"二……二狗！"孙秃子彻底崩溃了，软软地瘫在地上。

王老奎和金驹交换了一下目光："二狗在哪儿？"

"就在西厢房灶腔的地洞里。"

"我们搜过了，怎么没发现？"

"灶腔是两层，你们只看了上层。"

金驹和王老奎带着孙秃子、豆花回到家，直奔西厢房。拔下锅，扒出灶灰，下面是一层土坯，正是这层土坯，麻痹了搜查的人们。掀开土坯，底下还有一块铁板。

金驹让众人躲开，猛地把铁板抽出，一个黑乎乎的洞口呈现在眼前。

"二狗就在这下面？"王老奎再一次确认。

孙秃子无奈地点点头。

王老奎咧开胡子嘴笑了。他此时的心情很愉悦，李大裤裆已抓捕在案，二狗也成了瓮中之鳖，多年的心结终于打开，不由得就戏谑起孙秃子来："真是人老奸，马老滑，兔子老了鹰难拿。亏你怎么琢磨出来！"

"人给逼急了，什么招儿都想得出来！"

金驹向洞里喊话，让二狗投降。

里面没有回应。

金驹再喊，一颗子弹射了出来。

"兔崽子，死到临头还这么顽固。给他个铁甜瓜尝尝！"二愣骂着，就掏手榴弹。

豆花哭喊着扑向洞口："不能炸，不能炸……"话未说完，洞内又一颗子弹飞出，将她击倒在地。

二愣把两颗手榴弹一齐拉了弦，塞入洞口。随着一声巨响，整个炕洞就塌了下去。

大秋收完，小麦播下，县里召开了公审大会，李大裤裆被当众处决。

很快，北京天安门上举行了开国大典。二十八响礼炮的轰鸣，昭示着一个崭新的时代开始了。

2018 年 11 月 18 日初稿于黄村

2018 年 12 月 18 日改毕于黄村